清代才学小说考论

Exploration on the novels recording
knowledge and talent in Qing dynasty

赵春辉　著

人民出版社

国家社科基金后期资助项目
出版说明

后期资助项目是国家社科基金项目主要类别之一，旨在鼓励广大人文社会科学工作者潜心治学，扎实研究，多出优秀成果，进一步发挥国家社科基金在繁荣发展哲学社会科学中的示范引导作用。后期资助项目主要资助已基本完成且尚未出版的人文社会科学基础研究的优秀学术成果，以资助学术专著为主，也资助少量学术价值较高的资料汇编和学术含量较高的工具书。为扩大后期资助项目的学术影响，促进成果转化，全国哲学社会科学规划办公室按照"统一设计、统一标识、统一版式、形成系列"的总体要求，组织出版国家社科基金后期资助项目成果。

全国哲学社会科学规划办公室

2014 年 7 月

序　言

张　锦　池

　　春辉博士的专著《清代才学小说考论》即将出版,嘱我制序,我欣然允诺,并引为人生乐事。春辉攻读博士学位期间,我与四平任其导师,亦属幸焉;而能借其专著出版之机,略抒己见,亦属乐焉!

　　春辉的这部著作,是以实证考据研究为基础的;并以此实证考据的新材料与所用为指导的新理论——小说生态学、小说社会学有机融合,相得益彰,遂得出为人所信服的阐发与建构。

　　譬如,春辉考证《草木春秋》和《草木传》的作者,就没有轻信学界的一般看法,也没有盲从权威,而是运用充足的史料进行实证考据与分析研究。对于《草木春秋》的作者,郑振铎《西谛书目》认为:"《草木春秋》,清江洪撰。"春辉先是根据康熙《嘉定县志》、嘉庆《直隶太仓州志》记载的两则相关史料:

　　　　《嘉定县志》卷二十四《书目》云:"《三侬赘人集》《河南通志》《中州杂俎》《汪子化化书》《鼠吓》《草木春秋》《侬雅》《千里面目》《斗筋词》《火山客谯》,俱汪价撰。"

　　　　《直隶太仓州志》载:"汪价著述有《三侬啸旨》《中州杂俎》《半筋词》《三侬赘人集》《河南通志》《草木春秋》。"

经过审慎思考,提出《草木春秋》的作者不是江洪而应是汪价的观点。继从《草木春秋》自叙与题署分析出泗溪云间子是以居住地或籍贯而自拟的号,推论出作者籍贯应为云间,即嘉定。而题署钤印"江洪氏",若实有其人,而依《清代官员履历档案全编》的记载:"江洪,江南扬州府泰州人,年三十三岁,由附生捐贡生。雍正元年二月内选授刑部督捕司郎中。"则江洪是扬州府泰州人,与籍贯云间不符,且无著述。接着,春辉转换角度,没有囿于"江洪是谁? 是哪里人?"这一问题,而从训诂学角度出发,得出"江洪氏"实为"汪氏"之谓的观点。最后,结合汪价所著小说作品除《草木春秋》外,尚有《蟹春秋》《化化书》《三侬赘人广自序》与《中州杂俎》等,从旁证实汪价确实是一位著述颇丰的小说家。现在,这个结论,能否作为定论,当然还有待于更直接的更有力的文献资料证明,但从相关的文献资料来看,这是比较接近实际的。

对于戏剧《草木传》作者考证及论证戏剧《草木传》与小说《草木春秋》的关系,春辉则是采用了内证与外证并行的方式进行研究。戏剧《草木传》共十回,亦名《草木春秋药会图》等,该戏曲作者曾一度被认为是蒲松龄,并编入《蒲松龄集》中。经过考证,春辉提出《草木传》的作者是山西人郭廷选的新观点。对于道光十九年钞本《草木春秋药会图》卷首所录的邱世俊《序》,春辉认为这其中不仅可以觅得与剧本作者相关的信息,而且还可确定剧本的创作时间和故事来源。春辉分析说:

> 从中可知,郭秀升是一名"儒医",精通《素问》《灵枢》等医学典籍,并著有传奇《药会图》;郭秀升其人"居心慈祥,人品端方,非市井者俦";其与邱世俊交谊甚深,为"金兰"之契。考邱世俊,乃贵州大定府人,嘉庆四年(1799)任宝丰县知县。道光十七年(1837)纂修的《宝丰县志·职官志》云:"知县……邱世俊,贵州大定府庚寅恩科举人。嘉庆四年任。"道光二十九年(1849)纂修《大定府志·俊名志》亦云:"邱世俊,大定增生,官宝丰知县。"足见,《草木春秋药会图》的作者是郭秀升,山西人,与邱世俊同属乾隆、嘉庆时人。

以上这些分析都可见其思路清晰而论断结实。春辉对于《草木传》编纂的地点和时间的分析也是切中肯綮的:

> 而从作者的《自叙》,亦可考订该剧编撰的时间。嘉庆十三年、道光十九年《草木春秋药会图》的《自叙》皆云:"余尝留心于医道者,非一日矣。甲子夏,在汴省公寓与原任宝丰县邱公忽谈及《草木春秋》,乃谓'其无益于人也',余不禁有感于药性者……"由于邱世俊是在嘉庆四年(1799)任宝丰县知县的,到郭秀升编撰该剧时已离任,可见这个甲子年应是在嘉庆四年(1799)以后的甲子年。依据郑鹤声《中西史日对照表》,则可知道,当在嘉庆九年(1804)。这个时间,当是郭秀升编撰《药会图》的时间。

这是外证分析。从内证分析的角度来看,即比较《草木传》与《草木春秋》的篇章及基本内容,分析说:

其实蒲氏说也罢，郭氏说也罢，研究者还忽略了一个至关重要的问题，那就是《草木传》剧本的题材来源问题。……《草木春秋》小说中，所有出场人物均以草药名之，如以"刘寄奴"为汉家君主，以"管仲""杜仲"为辅相，以"甘草"为国老，以"金石斛"为总督，以"黄连""木通"为总兵等；又以"巴豆""大黄"为番邦胡椒国的郎主，以"高良姜"为军师，以"天雄"为元帅，以"密陀僧"为国师等，演出一场番汉大交兵的故事。应该说，小说趣味性和知识性都很强，也较适宜改编成剧本，进行演出。……从《草木传》的回目，也可看出其与《草木春秋演义》之间确实存在着一定的联系。如《草木传》第二场是"陀僧戏姑"，《草木春秋演义》第十三回则有"密陀僧大施妖术"、第十四回则有"黄芪大战密陀僧"；《草木传》第三场是"妖邪出现"，《草木春秋演义》第二十六回则有"水精湖蛇怪兴妖"；《草木传》第四场是"石斛降妖"，《草木春秋演义》第四回则有"金石斛起兵征剿"……如果把它们的情节故事详加比较，完全可以断定，《草木传》一剧的创作，同《草木春秋药会图》一样，正是以小说《草木春秋演义》的故事为蓝本的。

这一分析，是朴素而合情合理的，也是令人信服的。这里，就体现出了春辉的实证研究是要将文本与文献结合在一起的方法。

春辉在论述清代才学小说创作的文化生态机制时，指出：

质而言之，史徒华的文化生态观念完全可以借用过来，将清代小说，尤其是清代才学小说产生的具体环境纳入小说作品的研究探讨中来，从而构建新型的小说学理论，甚至提出小说生态学的观念也是能让人接受的。可以说，影响清代才学小说发展的文化生态，既有来自内部的中国小说历史的变迁，也有来自外部的诸如清初至清代中叶的学术发展理路、社会政治因素、早期启蒙思潮、清代科举制度、小说作家的生平仕宦以及家世家学等方面。

春辉在这里的分析是具有一定启发性的，认为才学小说创作的发生必将受到一定文化生态的影响。显而易见的，当代科学的发展已经揭示了一个事实：世界上万事万物均是在一种生态——生长的动态平衡之中；它们不仅在一种生态——生长的关系之中形成和发展，也须在这种关系中得到全面分析。春辉将这一观念具体化为这样一种分析框架，即历史、社会与文化这三者之间的透视。对此，春辉从两条路径，即两个向度上展开分析：一是中国小说历史的纵向变迁,二是横向的社会政治因素、学术发展理路、早期启蒙思潮、科举制度、作家生平仕宦以及家世家学等。这就完全是一种从文化学的角度出发来进行精细化结构化的学术研究与探讨,要走一条将文本与文献、文化相结合的研究的路子。由此,春辉又进而提出"小说生态学"的理论观点。显然,这种观点完全可以拿来诠释清代才学小说创作的发生以及思想内容、人物情节等。甚至这种小说生态学的新理论还具有某种普遍的指导价值。

再如,春辉运用《江阴夏氏宗谱》与《道光乙未科会试同年齿录》两则新材料,分别考证了夏敬渠、李汝珍两位才学小说作家的家世情形与生平阅历,然后指明其与小说创作的关系。对于夏敬渠的家学渊源与小说创作关系,春辉分析说:

> 夏敦仁重儒宗、辟二氏的主张,尊君崇礼的思想,对夏宗泗、夏宗澜与夏敬渠等人的影响非常大,乃至成为家学、家风。关于这一点,鲁迅先生亦云:"盖江阴自有杨名时而影响颇及于其乡之土风;自有夏宗澜师杨名时而影响又颇及于夏氏之家学,大率与当时当道名公同意,崇程朱而斥陆王,以打僧骂道为唯一盛业。"在夏敬渠所著《野叟曝言》中,观文素臣阐述除佛、老的言论,亦尽可获见。如《野叟曝言》第四十回中,文素臣谒见成化帝,极力阐述崇儒、辟佛、除老的言论,因而触怒当权者安吉、勒直等人,被流放辽东。其母水夫人获悉后云:"身为人臣,倘因直谏,触怒朝廷,既戮其身,复连及家属,自当投身有司,或刑或戍,顺受国法,岂敢逃避山泽以求幸免乎?"再如第一百三十二回中,文素臣上奏本,欲彻底铲除佛、老二氏,然成化帝不允,身为太师的文素臣亦是不敢逾越君臣之礼,于是装疯,俟成化帝驾崩,方大展宏图。此二例,即为明证。

对于李汝珍捐赀投效河工并到河南做官的问题,春辉在考实李汝珍是作为试用县丞到河南赴任后,分析说:

> 《镜花缘》中有几段论治河文字,最可注意。其文曰:河水泛滥为害,大约总是河路壅塞,未有去路,未清其源,所以如此。……两边堤岸,高如山陵,而河身既高且浅,形像如盘,受水无多,以至为患。……第河道一时挑挖深通,使归故道,施工甚难。盖堤岸日积月累,培壅过高,下面虽可深挑,而出土甚觉费事;倘能集得数十万人夫,一面深挑,

一面去其堤岸,使两岸之土不致壅积,方能易于蒇事。……上引几段治河文字,与邵坝治河情形颇为相符,而与运河毫无关系。足可说明李汝珍是参加过邵坝治河的。清代治河专家陈潢曾撰《天一遗书》,其中论"挑河涮淤"云:"黄河埽湾之处,对岸必有沙滩。滩在北,则南地险;滩在南,则北地险。治之法,除险处做矶嘴坝,下护埽,并抢筑里越之外,救急之善,莫过于沙滩之上挑掘引河,为效甚速。且河成之后,险亦永平,诚一劳永逸之计也。"李汝珍所论治河,可谓深得"挑掘引河"之法。李汝珍有如此治水之才,然其两次之官河南均未得实授,这对李汝珍不能说不是一个打击。于是,在嘉庆十年(1810)之后,他便绝意于仕途,潜心创作小说《镜花缘》,并把治水的经验写入小说,以寄其内心的抑郁,同时也是借此一展其生平所学。

春辉将实证考据与小说文本及文化生态结合起来,指明夏敬渠先祖的理学家学思想对其创作小说《野叟曝言》和塑造小说人物产生了直接影响;指明李汝珍因到河南做县丞,虽未得实授,但毕竟获得了治河的实际经验,并将之写入小说《镜花缘》一书的相关情节之中。明显地看出,春辉治学的方法是在向着文本、文献和文化整合一体的路子的目标迈进的。

春辉在这部专著中着意阐明小说主题时还包含另一种新的理论运用,那就是小说社会学的理论。春辉指明小说社会学的来源:

卢卡奇《小说理论》曾深刻地指出:"史诗可从自身出发点去塑造完整生活总体的形态,小说则试图以塑造的方式揭示并构建隐蔽的生活总体。对象的给定结构表明了对塑造的态度,历史情况自身所承载的一切破裂和险境,都得包括进塑造中去,而不能也不应该用编排的手段加以掩饰。"卢卡奇的观点从小说社会学理论的角度指明小说既要揭示社会生活总体,也要构建社会生活总体,并且把"历史情况自身所承载的一切破裂与险境"一一指明,也就是要揭示存在的社会问题。卢卡奇的理论深刻还在于,认为小说家最终目的并不仅限于揭示问题,以引起"疗救者的注意",而是要指明或者最低也要暗示如何解决问题,即以文(小说)载道、以文(小说)化人。因此,卢卡奇一再强调"塑造"和"构建"这两个概念,并进一步指出:"小说中规定形式的基本观念就客体化为小说主人公们的心理状态,他们是探索者。"卢卡奇强调了小说的规定形式与小说主人公的关系,赋予小说主人公以"探索者"的身份,从而也就使揭示社会问题并探索其中的解决路径成为小说家的必然使命。

以往治古小说者,都注意到了小说对社会问题的揭示与批判,这当然是正确的,是没有问题的。春辉也已敏锐地捕捉到了这一点,并做了深入思考,提出小说社会学的理论观点及理论构架,这不仅是大胆的,而且是有见地的,属于一种理论自觉。同时,春辉又将小说社会学理论与中国传统目录学家的观点,如"伏以六籍既分,九流并起,皆得圣人之道,以尽万物之情。足以启迪聪明,鉴照今古"(李昉)、"夫仕与学一道,君之好古若是,推之于政,殆必有过人者,而不俟予之言也"(都穆)、"裨圣教、资政理、备法制、广见闻、考同异、昭劝戒者,靡不品骘决择,区别汇分,勒成一书,列为四部"(陆俨、黄标)进行比较,然后分析说:

> 上引宋代李昉(925—996)向宋太宗进表,认为小说内容有符合"圣人之道"的地方,能为治国提供借鉴。明代的都穆(1458—1525)曾为《博物志》作跋,据他介绍,贺志同在担任衢州推官时,非常喜欢晋人张华的《博物志》一书,并刊刻以广传之。那么,作为推官的贺志同为什么如此重视小说呢?都穆的观点十分明确,认为小说的过人之处就是由小说之道可推之于为政之道。关于这一点,明人陆俨、黄标的观点就更鲜明了,认为小说的社会价值可以有助于解决教育问题、治理问题、法制问题等,即"裨圣教、资政理、备法制"。因此,研究古代小说创作本旨就不能不涉及社会政治思想和核心价值观问题,关注个人、家庭的社会化以及与此相关的社会政治危机、意识形态危机、法律底线失守、道德观念失范等。换句话说,小说研究应当与社会问题构成一定的联系,而这也应当是小说社会学理论框架下的重中之重,甚至有必要置于社会历史文化哲学的新高度来看待。

关于才学小说研究与社会问题关联的这一分析与概括,稍显稚气,还不够十分绵密、成熟,但仍属卓识,亦能让人可信。因为接下来春辉运用了大量的丰富的文本作品,包括其思想与内容、人物与情节,对此问题进行了切实地论证。这充分地体现在"才学小说创作与社会问题""清初才学小说创作的民族意识""清中叶才学小说创作的风教观念""清代才学小说创作的理治思想"等相关章节以及后面的文字中,而涉及的小说作品有《草木春秋》《蟫史》《燕山外史》《镜花缘》《野叟曝言》《西游补》《续金瓶梅》等。比如春辉在分析《续金瓶梅》《西游补》《蟫史》和《燕山外史》的社会意识时,分别说:

　　丁耀亢安排以上三条线索(西门府的风流云散与大宋的风雨飘摇对比、吴月娘母子相寻与宋高宗偏安一隅而不顾父兄对比、西门府众人转世相报与赵宋和大金相争相杀对比)呈扇面打开,在三个不同的地方,即清河、汴京和江南,展开这三组不同的故事。而起到关锁作用的无疑便是那《太上感应篇》所讲的"三世因果"报应。这种"三世因果"、循环报应的叙事模式,旨在惩恶劝善,因而其在本质上应是属于一种"神道设教",乃中国小说叙事学之一。无疑,这种神道设教流露了作者的民族意识,表现对金代统治者以及后金,即大清统治者一种否定态度。

　　我们应该注意到董说对青青世界社会的态度。无疑,董说对青青世界是持否定态度的,而青青世界则隐喻清王朝。这有事实为证。第一,董说笔下青青世界的教育采取科举制度,而其所录之士皆为"无耳无目、无舌无鼻、无手无脚、无心无肺、无骨无筋、无血无气"之人,这无疑是对青青世界人才的嘲讽与否定。第二,董说笔下青青世界"第二镜"的古人世界,孙悟空则变做假虞美人,通过描写项羽对假虞美人百依百顺,以至成了"妻管严",不唯不敢思念蘋香,还上了假虞美人的当而将真虞美人杀死,明确地写出项羽的软弱、昏庸、无勇、无谋。表达了对青青世界为君者不仁不智的否定态度。第三,董说笔下青青世界的未来世界,为臣者皆为不忠不信之人,这集中体现在对秦桧案重审的描绘上。

　　屠绅的《蟫史》一书虽有"炫才"和"志异"的倾向,但其创作的最终命意并不在此。屠绅苦心经营才学小说《蟫史》的着眼点是所谓"乾嘉盛世"的治乱问题,其所围绕的核心是人才,作者所要表达的观点是如何运筹谋划,完成兴邦大业。这亦当是作品的文化内涵所在。

　　陈球《燕山外史》对封建科举的态度,从本质上来讲,不是进行批判和否定,而是进行反思,想办法进行完善。因为陈球对科举制度本身是不否定的,其所反对的是考官无识、不辨真才。关于这一点,陈球倒是与蒲松龄相同,而与吴敬梓不同。

春辉提出小说社会学的理论,通过才学小说所表现出来的强烈的社会意识,逐一进行分析与论述,表现出了清代才学小说创作的民族观、社会观、人才观、人生观、婚姻观、爱情观、政治观、廉洁观、兴亡观等一系列思想,深刻地表现了才学小说作家的一种社会理想、人生理想、政治理想和文化理想等。

　　春辉的这部论著是以清代才学小说为主要研究对象的。目前,研究清代文学包括小说，是近些年来学术研究的一个重大热点，已经列为各类基金项目者，数量亦多；所推出的相关论著，亦颇为可观。春辉的论著能被列为2015年国家社会科学基金后期资助项目(项目批准号:15FZW049)，亦属可幸！然而，如何将这个领域的研究推向深入，落到实处，还有许多重要的问题值得探讨。显然，清代小说的才学化是清代小说史上一个独特的文学景观，至今无系统全面之研究，更遑论才学小说的专史研究。可以说，春辉对清代才学小说作品及清代才学小说史的研究给我们提供了一个典范，尽管还存在着一些不足，有些理论的提出，还有待深入挖掘。

我对我的学生，经常说这样一段话，春辉也不例外："哈尔滨师范大学和黑龙江大学位于'北大荒'，为各方面条件所限，在国内学术界属'第三世界'。作为'第三世界'的学人，是山谷里的树，不要与山上的树去比高，那是没有意义的，应祝福他们长得枝荣叶茂；也不要问自己有多高，那是很小器的，哪儿有土壤就向哪儿生根，哪儿有阳光就向哪儿伸枝，纵然长得弯弯曲曲，死了还他个自然美，也就是了。"我衷心地祝愿春辉这颗生在山谷里的小树，能够长得越来越活泼，越来越舒坦。

2018年6月10日于哈尔滨师范大学庐寓

目　录

前　　言

　　这本小书,是在我的博士学位论文基础上不断修改、不断补证、不断完善和不断扩充而成的。修改过程中,加入了若干新的文献史料,并在探究才学小说文化生态机制的基础上,运用了小说社会学理论予以观照,既强调作家作品生成的文化生态结构,也突出小说作品的社会意识,从而在观点上有了许多新的深入思考。现将修改的相关内容与观点阐发及建构过程列于下,以供读者参考或批评。

　　清代才学小说的含义是新增入的内容,主要探讨三个方面的内容:第一,解释才与学的含义。这一问题曾在博士论文《绪论》中进行过初步探讨。认为才与学是构成才学小说的主要元素,才学小说流派的命名即因此而起。首先从汉字构造、语汇词义的角度对"才"与"学"的内涵进行探究,然后在文学、经学、史学的范围内进行详细考证,指出了才学的具体内容与基本含义,并探究才与学的内在联系。第二,梳理才学小说的概念。认为对于才学小说的概念,金圣叹提出"才人书"的观念,鲁迅先生则提出"清之以小说见才学者"的命题,指出夏敬渠的《野叟曝言》是"文章经济之作",屠绅的《蟫史》和陈球的《燕山外史》是"才藻之作",李汝珍的《镜花缘》是"博物多识之作"。稍后的学者在研究这一问题时,或称为杂家小说,或称为文人小说,甚至称为教授小说,认为这一类小说的特点是以才、学、识见长,是要充分汲取作者学问,罗列、炫耀个人才学,而不以塑造人物见长。笔者认为,这类小说还是称为"才学小说"更为恰当,同时才学小说不仅要展示作者的才学,而且也是要运用文学手段的,即塑造人物,并借以表达作者的政治思想与社会文化诉求。从思想与艺术方面来看,才学小说一方面吸收和借鉴了中国传统小说在长期的历史发展中所积累的艺术经验,另一方面又不断谋求着主题意蕴的深入和表现形式的多样,力求达到叙事手段、塑造人物手法的创新。第三,考查才学小说的内涵。认为我国古代的小说观念,实际上存在两种含义:一是指学术观念,即与儒家、道家等并称的"小说家",这种小说本身就是以记录知识见长的,注重写才与写学;二是指文学样式,即六朝志怪为其萌生期,唐人传奇为其成熟期,明清小说为其高峰期。文学上的小说观念之所以存在炫学现象,显然是受到学术上小说观念直接影响的。因此,古代小说受到传统学术观念和文学观念的双重影响,虽被视为稗官野乘、间里小道、杂览琐语，但是它以无所不包而兼采众长的方式，蕴含丰富知识、囊括百家学说，足以见史才、诗笔和议论。对于大众而言，可以"供谈笑、广见闻"，获得知识与教育；对于治国者而言，可以"资治体、助名教"，提供经验与教训。因此，笔者以为才学小说的内涵就是一种炫耀个人的经史百家学问、才藻辞章之美、诸技杂艺之术等才学内容，并把它当作塑造人物形象的主要手段，来寄托作者的心志情意。一句话，才学小说既注重写才写学，也注重写情写志，二者是辩证统一的。

清代才学小说的源流，原为博士学位论文第一章内容，题为"才学小说溯源"，内容分五部分，修改后分三部分，并新加入魏晋小说流变的内容。首先从稗官的职能说起，探讨才学小说的渊源。认为才学小说的源头并不是从儒家的通识教育开始的，也不是从唐传奇的诗才、史笔、议论开始的，当然，才学小说的记录知识、逞才炫学与此二者关联甚密。才学小说记录知识、逞才炫学的真正源头是从稗官开始的，即所谓"小说家者流，盖出于稗官"。稗官是周代官职中的一种，职能专为王者诵说远古传闻之事和九州风俗、地理、掌故等知识。其次探讨才学小说与诗史传统的关联。认为才学小说逞才炫学、文备众体，无疑是受到诗、史、骚、赋、骈文的文学传统的滋养，不过这还是从形式上来看，其实在文化内涵、审美趣味上，即诗的比兴、史的褒贬、骚的美刺、骈赋的铺排等笔法方面也对才学小说的品格产生重大影响。最后探讨才学小说的流变，包括魏晋时期、唐宋时期、元明时期。认为魏晋时期的志人志怪小说虽然已经具有文学自觉意识，但记录才与学的功能还没有失去，尽管在审美上追求奇人奇事、奇才奇学。才学小说的博物多识与写奇写怪是受到魏晋小说的创作内容与审美诉求的影响。唐宋时期的传奇小说作为文学观念的小说成熟期，其传"奇"的审美特征固是源自魏晋，但其展现史才、诗笔与议论的特点则是时代文化风气的反映，并将对才学小说产生更深刻的影响。宋元话本的四家数，即小说、说经、讲史与合生均在不同程度上融入才学小说的创作之中。说经、讲史与才学小说中讲论佛经经文、庋藏史学、讲论儒家经典以达到传播知识、教化众生的目的是一脉相承的，而合生、商谜、游艺等小伎艺恰恰开启了才学小说中显露作者才艺、杂技的先河。

清代才学小说的文化生态，原为博士学位论文第二章的内容，主要是探讨作家在创作才学小说时都会受到来自社会与文化的哪些因素的影响。修改的重点是进一步完善史徒华的文化生态理论对于探讨清代才学小说创作发生机制的理论指导及实践运用过程。史徒华的文化生态学，是一门研究文化的生成与生态环境之间关系的理论与方法。运用这一理论探讨关于清代才学小说的生成机制,也就是要思考才学小说这一文化现象的发生、演化是如何受到国家政治、思想、学术、历史和地域文化特征以及家学环境、个人生平仕宦等诸多因素上下交互影响的。梳理在儒家的发展历程中对待知识、学问的传统,即道问学的传统。"尊德性而道问学"一语出自《中庸》,原本就注重"德性"与"学问"的辩证统一。宋代以来,出现了重德性与重学问的争论局面,即所谓"朱子道问学工夫多,陆子静却以尊德性为主"的差别。到了明代,从陈献章到王阳明,都走的是"尊德性"的路子,也就是想直接把握人生的道德信仰,以期能安身立命,而把知识、学问看成是外在的,与道德本体是没有直接关系的。这种学术倾向到了明末清初,才有所改变,开始讲究"取证经书""博学于文""经学即理学"。乾嘉时期,汉学兴起,更加注重知识与学问,讲究实学、文献和考据等。而这种从尊德性向道问学转变的学术特点反映到小说的创作上,便形成了小说家庋藏学问、逞才炫艺的审美追求。详细考查从清初至清代中叶的学风理路构成,即由政治、社会、地域、家学等因素相互依赖与影响所构成的文化生态系统。认为在明末清初,王学末端的空疏学风及其严重后果已经引起了士人的关注,东林、复社人士以卫道、辟佛、尊孔、读经为门径,来批判王学的空疏弊端,王夫之、黄宗羲、顾炎武等三大家则更主张经世致用的学风,兴起实学思潮。到了清代中叶,各个学术派别崇尚"道不虚谈,学贵实效",汉学成为学术主体,乾嘉考据成为典型代表。同时,科举考试的变革与西学东渐也为清代学风的建设提供了重要的视角。既有对晚明以来学术多元观念的因袭,又有对释、道的包容;既有对程朱理学的独尊,又有对汉学的提倡。再加上思想家们的大力推动和统治阶级的政策呼应,以及大型图书《四库全书》出版的推广,清初至中叶的清代学风呈现出一方面积极讲学与结社,一方面注重求实与创新相结合的特点,使得中国学术呈现出由经世致用、理学独尊,开始走进实证研究阶段的渐次演化特征。

清代才学小说的社会意识,为新增入的内容,主要包含卢卡奇和他的小说批评理论的考查、清初才学小说创作的民族意识、风教观念和理治思想等。指出卢卡奇《小说理论》中关于小说揭示社会问题的理论方法,对才学小说思想内容的考查,尤其是社会意识方面,具有重要的指导意义,因而对于小说社会学的学科建构也会产生某些有益的启发。卢卡奇是匈牙利著名的马克思主义理论家、文学批评家。他的《小说理论》提出:"史诗可从自身出发去塑造完整生活总体的形态,小说则试图以塑造的方式揭示并构建隐蔽的生活总体。"赋予小说主人公以新的定义,即"给定结构表明了对塑造的态度,历史情况自身所承载的一切破裂和险境,都得包括进塑造中去,而不能也不应该用编排的手段加以掩饰。因此,小说中规定形式的基本观念就客体化为小说主人公们的心理状态:他们是探索者。"显然,卢卡奇所说的"历史情况自身所承载的破裂和险境"就是小说作品所反映的社会问题,而作家就是要通过"客体化为小说主人公们"来成为"探索者",并最终寻求解决问题的良法美意。其实,卢卡奇的观念与中国传统的"文以载道""以文化人"观念是相通的,也就是,任何一部小说作品,都将要在一定程度上来描写与反映当时社会、思想和文化领域内所发生的危机,这就必然会触及当时人们的物质生活与精神生活存在的一些社会问题,并分析这些社会问题存在的原因,从而尝试着去探索解决问题的对策与方法。因此,我国古典小说的目录学家在评价小说创作的目的和价值时,反复强调"裨圣教、资政理、备法制""治身理家,必有可观之辞"等观念。认为汪价的《草木春秋》通过叙述刘寄奴、甘草与番邦的战争故事,表现了作者的民族思想,寄托其立功勋、定华夷的个人价值诉求。董说的《西游补》借阎王重审秦桧害死岳飞的冤案来反思北宋何以亡于金、南宋何以亡于元的历史事件,这就将矛头指向了有"后金"之称的清朝统治者。再有,董说描绘青青世界是采取否定的态度的,如写青青世界的教育采用科举制度,而录取之士皆为"无心无肺、无骨无筋、无血无气"之人。丁耀亢的民族意识表现在作品三世因果的叙事模式中,丁耀亢安排三组故事,包括大宋的败亡、西门府的盛衰和大宋将士、金代将士以及西门庆、潘金莲、李瓶儿等的三世因果故事,总结了明亡的历史经验,控诉了清朝贵族的残暴统治。认为清初至中叶,由于清王朝建立已近百年,社会相对趋向稳定,一些文人士子的民族意识,尤其是江南地区的文人士子已经不再像清初那样激烈反对异族入侵。社会上道德教化与核心价值的培育开始出现变化,这也表现在小说创作上,尤其是"四大才学小说"的创作。

　　清代才学小说的艺术诉求,原为博士论文第三章的内容,原题为"清代才学小说审美形态",分为三部分,修改后,将重点和核心内容放在清代才学小说的艺术诉求上。认为小说的"规范、标准和惯例的体系",既包含小说的思想诉求,也包含小说的艺术诉求。单就才学小说的艺术诉求来看,它的构成及各要素的特点也是错综复杂的,起码包含清代小说思想化与才学化的差异、才学小说对"四大奇书"题材的整合和才学小说逞才炫学的方式与本质等内容。认为清初至清代中叶,清代章回小说所表现出的思想化与才学化二水分流的审美格局,最终确定了中国小说向文人小说的彻底转化。说到思想化的小说作品,《红楼梦》与《儒林外史》可为代表,而才学化的代表作品,则包括本书所列的七部小说在内。小说作品的思想化,是指作品表达出了近代民主主义的某些思想，而才学小说则是略以寄慨、逞才炫学，是自觉或不自觉地庋藏自己的才、学、识，表达的思想也是当时政治社会的思想状况、时代学术与学风等。从清初至清中叶的学术特征和学风构成理路来看，才学小说主要可分为三类，即文章经济之作（义理派）、才藻辞章之作（辞章派）、博物多识之作（考据派）。认为明代章回小说，从内容题材划分，大致包括历史演义、英雄传奇、世情小说、神魔小说四类，每一类均与明代四大奇书相应，即《金瓶梅》对应的是世情小说、《三国演义》对应的是历史演义、《水浒传》对应的是英雄传奇、《西游记》对应的是神魔小说。而清初至中叶的才学小说，其总体倾向是要沿袭这明代"四大奇书"的结构类型，同时，在题材上又呈现一种融合的状态，也就是要打破明代"四大奇书"的界线，在小说中将这几种题材混融在一起。如清初的《草木春秋》属于历史演义小说，但又兼具英雄传奇、神魔小说的特点；《续金瓶梅》继承明代的世情小说，又具有十分明确的讲史、神魔、演义、笔记小说等的特点。如果说清代早期的才学小说，在融合"四大奇书"所代表的题材方面表现为初级阶段，那么到了乾嘉时期，这种融合倾向越来越明显，甚至在一部小说中就包含四种题材，如《野叟曝言》《蟫史》等。《蟫史》以演义清代本朝历史为主，而其中又夹杂着大量的英雄传奇、世情和神魔的成分。夏敬渠《野叟曝言》的题材特点表现为作者要将"四大奇书"所代表的题材类型熔为一炉以成之。如写英雄传奇则有奚奇、叶豪、红须客等侠士落草东阿山后又招安的事迹；写世情内容则有文素臣与市井奸棍计多兴讼及李又全妻妾淫乱的故事；写历史演义则有明代成化至弘治年间的景王叛乱的历史史实等；写神魔内容则有猛蛟发水、恶龙飞天、河蚌成精、神马腾云、马化玉女等。毫无疑问，明代"四大奇书"，对后世长篇小说的创作影响是巨大的。才学小说的作家们所探讨的以写才写学为中心，试图整合明代"四大奇书"所代表的四种题材类型，亦不失为一种有益的尝试。认为清代文化生态的所有层面在功能上是彼此依赖的，诸如社会的、政治的、宗教的、地域的，甚至包含家族与个人遭际等，这就使得才学小说的内涵：一方面表现为要记录知识和学问，作者要借以逞才炫学；另一方面又要略以寄慨，作者要借以表情达意，即写才与写志是辩证统一的，是密不可分的。是故，才学小说在体式、表现手法和立意诸层面上，都表现出与传统小说不同的艺术特点，包括以小说兼备诸种文体、以小说见才藻辞章之美、以小说填塞经史百家学问、以小说庋藏诸技杂艺之术。小说作家写才写学与抒情言志的结合点，体现在作家对其笔端人物形象的塑造上，这可以说是才学小说写才写学的宗旨所在。

　　汪价与《草木春秋》创作考论，原为博士学位论文第四章"清代早期才学小说考论"中第一节内容,修改后将其单独列为一章,包含《草木春秋》的作者汪价新考、汪价的籍贯生平家世、汪价的诗文著述、《草木春秋》与戏曲《草木传》的关系、《草木春秋》的才学展示与文化意蕴五部分。认为《草木春秋》是一部清代初期的才学小说。《草木春秋》的作者,学界一般认为是江洪。而事实上,《草木春秋》的作者是汪价。关于这一点,康熙间的《嘉定县志》、嘉庆间的《直隶太仓州志》均有记载。汪价,字介人,号三侬赘人、老侬、驷溪云间子等,生于明万历三十八年(公元1610)三月初六日,卒年不详,康熙二十三年(公元1684),尚在人世。汪价还是云间词派著名词人,著述颇丰。除才学小说《草木春秋》外,尚有《中州杂俎》《七十狂谈》《天外天寓言》《三侬赘人广自序》《上元甲子百八咏》《半舫词》《三侬赘人集》《河南通志》《三侬赘人诗文全集》《蟹春秋》《嘉定县志》《嘉定县续志》等20余部。《草木春秋》曾被改编成戏曲《草木传》,搬上舞台演出。戏曲《草木传》共十回,亦名《药性梆子腔》《药会图》等,也具有逞才炫学的性质。该戏曲作者曾一度被认为是蒲松龄,被编入《蒲松龄集》中,本章经过考证,指出作者是山西人郭廷选。才学小说《草木春秋》一书的价值,一直不为人所注意,评价也不高,被人说成是"以其所学知识为小说的,然就小说演义故事看,也无其他寓意"。认为这部才学小说的价值有三:一是作者以小说庋藏中医草药的博物才学;二是作者以忠奸二元对立的模式来表达其"意主忠义,旨归劝惩"的思想;三是表现作者立功勋、定华夷的个人价值观念诉求。

　　董说与《西游补》创作考论,是新增加的内容,包含董说创作《西游补》新考、董说先祖世系及姻亲、董说家学与《西游补》庋藏才学、《西游补》与《西游记》关系、《西游补》的艺术特色与思想主旨五部分。认为《西游补》是明末清初的一部才学小说,它记录才学的特点与汪价的《草木春秋》有所不同。董说(1620—1686),字若雨,号西庵,晚为僧,法号漏霜,字南潜,一字月涵。晚明诸生,浙江乌程南浔人。曾加入复社,受业于复社领袖张溥,并从事反清活动。董说天性颖悟,博学多能,著述宏富,多至百余种,除才学小说《西游补》外,有《董若雨诗文集》《丰草集》《丰草庵杂著》《七国考》《昭阳梦史》《酬唱语录》《栋花矶随笔》《南潜日记》等,涉及领域包括史学、易学、佛学、诗歌和小说等。关于《西游补》的作者,目前学界有三说,或认为董斯张,或认为董说,或认为董斯张与董说父子合著。认为《西游补》的作者是董说,有两条重要证据:一是清人钮琇《觚剩续编》的记载。其文云:"吴兴董说,字若雨,华阀懿孙,才情恬旷。……余幼时曾见其《西游补》一书,俱言孙悟空梦游事。"二是董说本人的诗作。《丰草庵诗集》卷二有《丰草庵漫兴》诗十首,其四尾联云:"西游曾补虞初笔,万镜楼空及第归。"自注云:"余十年前曾补《西游》,有《万镜楼》一则。"在董说的家世与家学方面,董说有个令其骄傲的先祖,叫董贞元,北宋末年因忤逆当国者蔡京而罢官,便归隐湖州乌程县梅林村,遂为梅林董氏。在明代,从董说曾祖董份起,即南浔董氏第五世,董说家族以词林起家,三代四进士,一时称雄浙省。董氏家族作为文献世家,自董份起,以经、史、易三学为家学,且家族代代皆好诗文,足称诗文传家。董氏文化世家的家学特色及家庭教育,必会反映到他的创作中,尤其是小说《西游补》。认为《西游补》庋藏的才学,包括儒家心性之学、史学和诗词文赋等。《西游补》共十六回,诗歌文辞不下四十篇,文体有绝句、律诗、偈语、歌辞、古文、骈文、书启、诰敕、告示、哀诔、狱词以及稗语、戏曲、弹词、平话。诸多文体样式,汇于一书,可谓文备众体。认为《西游补》作为《西游记》的续书,是董说按照《西游》故事情节发展、人物特点和作品思想主旨创作的"又一个"西游故事,从思想内容到人物性格、小说手法等,都没有游离于书外。《西游补》一书以孙悟空的精神成长、价值观念为主脉,以"情"的哲学反思为着眼点,进一步突出国家治理应注重以民为本的情怀,表达了对人才的重视和对明君的期待。

丁耀亢与《续金瓶梅》创作考论,原为博士学位论文第四章"清代早期才学小说考论"中第二节内容,修改后将其单独列为一章。认为丁耀亢创作的长篇小说《续金瓶梅》是清代初期重要的一部才学小说作品,在清代才学小说史上具有重要的地位与价值。本章包含丁耀亢的家世与生平、《续金瓶梅》对《太上感应篇》的解说、对丁耀亢本人史学专著《天史》内容的引用、对《金瓶梅》的评论以及《续金瓶梅》的结构形态与文化意蕴等五部分内容。关于丁耀亢的家世与生平,据新见史料丁际年《举人中式朱卷履历》《武夷山志》中所载丁耀亢佚诗佚文,结合方志史料及丁耀亢本人诗文著述,进行了较为详细的考证。由于一些原因,还不能直接看到诸诚《丁氏家谱》,致使丁耀亢的家世与生平尚存在一定的不足,这是引以为憾的。有待进一步查阅文献,进行补证。关于《续金瓶梅》与《太上感应篇》的关系,认为《太上感应篇》是一部道教典籍,被誉为中国劝善第一书。历来为之作《序》、作《跋》的不乏名人,如真德秀、李卓吾、惠栋等人,而与之不同的是,丁耀亢采用创作小说的方式给《太上感应篇》作注。关于《续金瓶梅》与《天史》的关系,本章指出丁耀亢所撰《天史》,是一部史学著述,刊于明末崇祯年间。考查《续金瓶梅》一书,其所庋藏的大量史学,当是皆取材于《天史》。《天史》共十卷,分别为大逆二十九案、淫十九案、残三十六案、阴谋二十五案、负心十三案、贪十三案、奢十四案、骄十六案、党六案、左道二十四案。《续金瓶梅》一书乃为《太上感应篇》作注,讲论因果,丁耀亢为了证明自己的观点,其所引证史书上的事例,皆出于《天史》。认为《金瓶梅》是一部言情存理之书,其审美特征是"炫情于色",而旨在惩恶劝善。也就是说,《金瓶梅》乃是一部戒痴戒淫之书,本旨是劝人为善止恶。这与《劝善录》《感应篇》的本旨是相同的。认为《金瓶梅》运用了"微而显、志而晦"的春秋笔法,阅读是书当透过纸背去体贴作者本意。认为《金瓶梅》写的是家国一体的故事:西门庆之亡身、西门府之败落与蔡京等奸臣误国、徽钦二帝被掳是彼此密不可分的,他们或同运而兴,或同运而亡。认为《续金瓶梅》一书主要写了三组相照应的故事:西门府风流云散和大宋王朝风雨飘摇、吴月娘母子离合悲欢和徽钦二帝北狩的悽惨景象、西门庆潘金莲等人轮回和南宋偏安一隅,发生的地点集中在山东东昌府清河县、东京汴梁和江南三地,仿佛形成一幅打开的扇面,而那扇柄则是《太上感应篇》所宣扬的"三世因果"的理念。这种"三世因果循环"的叙事模式,旨在惩恶劝善,属于一种"神道设教",是中国传统叙事方法。关于《续金瓶梅》文化意蕴,本章指出,首先在于为《太上感应篇》一书做注解,要将儒、释、道三家思想融通为一体,阐明三教同源,旨归劝善;其次是要表达家国一体的政治寓意,总结北宋何以会亡于金的历史教训。

陈球与《燕山外史》创作考论,原为博士学位论文第五章内容,题为"四六体才学小说《燕山外史》考论"。本章包含《燕山外史》作者及版本考略、《燕山外史》与骈文小说、《燕山外史》对《窦生传》的再创作、《燕山外史》的艺术特征与创作本旨等四部分内容。注重对相关史料的进一步考订,以支撑对陈球生卒年、生平事迹考证的不足。据上海图书馆藏手抄本《燕山外史》李汝章、吴展成的《序》所署时间为"嘉庆己未暢月沁碧李汝章拜题",并比较吴序与刻本《燕山外史》的差异,结合吕清泰说的:"忆己未之秋,蕴斋索余题词,甫读一遍⋯⋯嘉庆辛未涂月上浣,辟支头陀吕清泰铁崖氏拜手。"考证《燕山外史》一书写定的时间,即是嘉庆四年(1799),而此年,陈球约四十岁,由是推知陈球约生于乾隆二十四年(1759)左右。认为运用骈文创作小说是骈文走向通俗、实用的表现,体现了文体融合的特征,可以说《燕山外史》是小说史上骈文小说的高峰。《燕山外史》的创作本事,源于《窦生传》,但并不是对《窦生传》的简单改编,而是一种超越与再创作。《燕山外史》是属于辞章派的才学小说,其美学特征表现为典故繁复、属对精练,情节曲折、摇荡生姿等。认为《燕山外史》的创作本旨表现在爱情与婚姻上,主张自由与自主;表现在科举制度上,不是批判与否定,而是希望改良,具有讽喻的特点;表现在对官场与朝廷的态度上,不仅是揭露,更是思考如何保民与安国。

屠绅与《蟫史》创作考论，原为博士学位论文第六章内容，题为"文备众体的才学小说《蟫史》考论"。结合新发现的《澄江屠氏支谱》，对屠绅家世情形进行重新考证。认为屠绅六世祖在清初从常州始迁江阴，至屠绅父亲屠芳，五世务农。屠绅的先世可追溯到南宋初年，右司谏屠挺因护驾有功，累官至内阁学士，被称为南宋中兴宰辅。屠氏家族在明代比较显贵，名宦辈出，有屠勋、屠潘、屠侨、屠隆等。认为屠绅创作《蟫史》，庋藏其一生才学及治平理想，是与他的坎坷仕宦经历密切相关的。屠绅幼年失怙，品尝了人世的辛酸；二十中进士，归班十年待选，养成了孤傲的性格；初仕云南不惜触犯李仕尧、福康安等总督，而改官寻甸与广州，又似升而实降。一部《蟫史》，可以称得上是"屠笏岩之孤愤，假才学以发之"。本章指出《蟫史》的创作本事是乾嘉之际的历史史实，包括安南匪患、回民起义、台湾林爽文等起义、苗民起义、白莲教起义等。辅佐主帅甘鼎南征北战，立下汗马功劳并功成隐退的桑蜎生则为作者自喻；甘鼎的人物原型并不是傅鼐，而是同样宦滇三十余年的屠述濂。认为《蟫史》不同于《燕山外史》这样的骈文体小说，因为它是全篇运用骈散相间的文言文写成的长篇小说，这在中国小说史上是独一无二的。《蟫史》炫耀的才学，种类繁多，五花八门。全书以骈散结合为主，穿插诗、词、曲、辞、赋、歌行等文学体式，夹有论赞、章奏、诏书、诔辞、信函等公文体式，同时还有对联、谜语、童谣、俗歌、俚曲、牌戏、祝咒、禅偈、谶语、酒令以及织锦回文、集句联诗等游艺形式。《蟫史》全篇运用的文体样式之多之全，古今罕有伦比，堪称"文备众体"，因此，《蟫史》可归入辞章派的才学小说。对于《蟫史》的结构与命意，认为由甘鼎和桑蜎的人生经历贯穿始终的若干个短篇结成的有机长篇，所谓"一线贯珠，首尾圆合"，而"因史成材，旨归劝惩"是《蟫史》的选材指南，也是《蟫史》的思想性质所在。屠绅苦心经营才学小说《蟫史》的着眼点是所谓"乾嘉盛世"的治乱问题，其所围绕的核心是人才，要表达的观点是"失士者亡，得士者昌"，即人才是兴邦之本。

夏敬渠与《野叟曝言》创作考论，原为博士论文第七章内容，题为"逞才炫学'第一奇书'《野叟曝言》考论"。据《江阴夏氏家谱》所载，认为夏氏家族努力践行封建纲常伦理道德，笃信程朱理学，排斥佛、老二氏，已然形成一种家族文化，构成夏氏家风家教。而这种家族文化、家风家教与当时朝廷（主要是指康熙时期、雍正朝和乾隆初期）独尊程朱理学的文化特质亦是相互映衬，相互补充的，共同形成一种家庭文化生态。认为《野叟曝言》庋藏学问属于义理派。夏敬渠的学术思想主要来自其家学的影响。夏氏家学，旨在崇圣教、辟佛老，堪属正宗理学。这一家族理学思想始于夏敬渠曾祖母和祖母叶氏姑侄，发展于祖父夏敦仁，而成于母亲汤氏。叶氏二人系东林党人叶茂才之后,夏敦仁尝游京师,入李光地门下,汤氏乃明大理寺卿汤沐之后。对于《野叟曝言》的叙事特点,认为是明显受到《金瓶梅》的影响,采用了"家国一体""家国同构"的叙事模式。《野叟曝言》的思想性质表现为黜佛贬道,独崇儒家,既继承程朱理学,并向原始儒家回归,又与陆王心学分庭抗礼,是属于崛起于三者之间的清代"新儒学"。

李汝珍与《镜花缘》创作考论,原为博士学位论文第八章内容,题为"'万宝全书'《镜花缘》考论"。首先讨论李汝珍的家世生平,结合李维醇的"会试同年录履历表"和在《大清缙绅全书》中新发现的记录李汝珍试用河工的《分发河工试用人员表》等材料,对李汝珍近百年来鲜为人知的生平与家世予以考证与廓清,指出李汝珍两次在河南为官均是试用县丞,未得实授。《受子谱》和《李氏音韵》两部学术著作体现了李汝珍的治学兴趣与能力,也寄寓了他的深刻的思想。认为《镜花缘》记录的才学除棋艺、音韵学之外,还有大量的经史之学、智识之学和游艺之学等。认为《镜花缘》写才写学的特点,本身就是一种叙事美学。此外,《镜花缘》在审美观念上还有其独到的地方,那就是源自佛教的所谓"三世"说和源自《易经》的所谓"四时"说,前者所着意的是人物的命运轮回,即按照前世→今世→来世塑造人物;后者所强调的是情节的逻辑推衍,即按照春→夏→秋→冬构撰情节。《镜花缘》的这一叙事特点是与《红楼梦》颇为相似的。认为从"理想国"的角度来探究《镜花缘》的文化意蕴,会更接近李汝珍的创作实际,也更符合李汝珍的社会理想。《镜花缘》所写百名才女集于长安凝翠馆与卞府花园尽情展现才学的内容,唐敖、唐闺臣入访海外诸国的见闻及入蓬莱仙境得道成仙,还有才女们参与义军征讨武后的事迹,个中均隐藏着李汝珍心目中的"理想国"。这一"理想国"乃是李汝珍对武则天女皇朝的历史反思、文化反思、哲学反思的结果。李汝珍所持的哲学思想是原始儒家的。但是,他又给这种儒家精神蒙上了一层道家色彩,可谓之"内儒而外道"。

总之,本书有系统、有目的地扩大了清代才学小说篇目和范围的探讨。清代才学小说自明末清初至清代中叶是有一条发展的轨迹可循的,明末清初出现了以显露草药学知识为主的《草木春秋》、文备众体的《西游补》和以讲论《太上感应篇》《天史》《金瓶梅》为主的《续金瓶梅》,清代中叶则出现了被鲁迅称为清代四大才学小说的《野叟曝言》《蟫史》《燕山外史》《镜花缘》。这样,篇目扩大到七篇,范围则从明末清初延展至清代中叶以后。同时在研究综述方面进一步梳理了自二十世纪二三十年代至二十一世纪初学界对才学小说内容与主题评价的主要观点,重点指出三个方面的论题:首先,突出才学小说题材类型的研究;其次,突出才学小说思想、人物及艺术的评价;最后,指出进入九十年代以来,除了从文学角度进行重新评价并取得突出成就以外,从民俗学、人类学、社会学等角度入手,对才学小说进行探讨的作品亦逐渐增多,取得了不错的成绩。关于研究方法和价值取向,进一步明确中国传统叙事理论与当前新的文艺理论有机结合。中国传统的叙事理论包括春秋笔法、神道设教等,西方文艺理论则包括史徒华的文化生态理论和匈牙利马克思主义理论家卢卡奇的小说学理论。

　　谨请方家和读者不吝赐正。任何指教和建议都会受到最热烈的欢迎。

赵春辉

2018 年 10 月 20 日

绪　　论

在中国古代小说发展史上,有清一代出现了所谓才学小说流派。尽管它存在的时间比较短,从清初至中叶,历时不过百余年,但是,才学小说作家强烈的才学情结、救世情怀、社会参与意识和作品所反映的清代政治思想与文化社会生态,以及在这种政治思想与文化社会生态影响下所形成的文化特质,无不令人思考、发人深省。

清代才学小说深受影响的文化理路有两条:一来自外部,即清代政治思想与社会文化生态,包括清初启蒙思潮、康熙理学、乾嘉汉学和清代社会治理观念等;一来自内部,即中国传统小说自身的演变规律,包括对奇书观念①和才子书观念②的承传,尤其是对明代"四大奇书"及其所代表的四大小说流派,即历史演义、英雄传奇、神魔小说、人情小说进行的突破和整合。③ 这是能给人鲜明印象的,也是能给人文化反思的。是故,探究清代才

---

① 针对小说而言的奇书观念,即"四大奇书"之说,由来已久,然其确切年代,现在还难于考订。清人刘廷玑(1654—?)《在园杂志》即已使用了这个名称。(见清刘廷玑撰《在园杂志》卷二,清康熙五十四年刊本)清初顺治十七年(1660)西湖钓叟为《续金瓶梅》作序,唯标榜小说中"三大奇书":"今天下小说如林,独推三大奇书,曰《水浒》《西游》《金瓶》者。"(见丁耀亢《续金瓶梅》卷首《西湖钓叟序》,清代顺治年间刊本)李渔在《〈三国志〉通俗演义·序》中认为是冯梦龙首创了"四大奇书"之名,其文有云:"闻吴郡冯子犹尝称宇内四大奇书,曰《三国》《水浒》《西游》及《金瓶梅》四种,余亦喜其赏称为近似。"(见国家图书馆藏两衡堂刊本《三国演义》卷首,清代刊本)至乾隆年间,南京芥子园书坊以"四大奇书"作为一套小说集的名称,此名称才一直沿袭至今。
② 金圣叹首创"才子书"说,以代称古今经、史、子、集著名的作品,即《庄子》《离骚》《史记》《杜诗》《水浒》《西厢》六本书,故称"六才子书"。其中,《水浒传》为"第五才子书"。清代天花藏主人沿用了这一说法,并刊刻"天花藏合刻七才子书",其中包括《玉娇李》《平山冷燕》等。毛宗岗批评《三国演义》,将"奇书"与"才子书"观念合二为一,并称"四大奇书"之一的《三国演义》为"第一才子书"。谭帆先生认为,以"奇书""才子书"来评判通俗小说,实则透露了一种独特的文化信息,体现了文人对通俗小说这一文体的关注和评价,这是文人士大夫在整体上试图改造通俗小说的文体特性和提升通俗小说文化品位的一个重要举措。议论中肯,深具文化意识。见"奇书"与"才子书"——对明末清初小说史上一种文化现象的解读,《华东师范大学学报》(哲学社会科学版)2003 年第 6 期。
③ 关于明清章回小说流派的划分,鲁迅先生《中国小说史略》认为有讲史、神魔小说、人情小说(含世情书、色情小说和才子佳人小说)、讽刺小说、狭邪小说、谴责小说等多种,但在明代实为前三种。其中讲史包括《三国演义》和《水浒传》及其各自的一脉。(见鲁迅著《中国小说史略》,《鲁迅全集》第九卷)而事实上,《三国演义》一脉与《水浒传》一脉在内涵与外延上是有明显不同的,是故,现在学术界将二者区别开来,分为历史演义与英雄传奇。

学小说对推进中国小说史学科结构的构建与发展具有双重的意义：既有小说文化学的因子，也有小说社会学的成分，或者两者兼具。

一、篇目与范围的界定

明末清初，才学小说开始出现，出现了以炫耀草药学知识为主的《草木春秋》、文备众体的《西游补》和以讲论《太上感应篇》《天史》《金瓶梅》为主的《续金瓶梅》，这三部著作可视为清代才学小说的早期作品。

清中叶乾嘉时期，才学小说迅速发展，并达到了高潮，涌现了所谓"四大才学小说"，亦即《野叟曝言》《蟫史》《燕山外史》《镜花缘》。于此，苗怀明先生认为："如果作为一种重要的文学创作现象进行考察，将上述四部小说笼统地称作才学小说，倒也未尝不可。而将其作为严格意义的小说流派来研究，就会出现顾此失彼的尴尬情况。"②对于苗怀明先生的"将才学小说作为小说流派来研究就会顾此失彼"说，笔者以为似未妥，因为只要方法科学，是可以寻求到深蕴其中的规律的，况且苗怀明先生并没有论及才学小说在清初的发展趋势。

才学小说作为中国古代小说的类型之一，是伴随着中国古代小说的缓慢发展而逐步确立起来的。从清初开始，才学小说的发展是有一条轨迹可循的，至清代中叶，终于走向繁荣与成熟。清初，有以中草药名敷演为小说的《草木春秋》、文备众体略具大观的《西游补》和庋藏佛学、史学与"金学"的《续金瓶梅》，清中叶则有被鲁迅先生称为"清之以小说见才学者"的《野叟曝言》《镜花缘》《蟫史》《燕山外史》等作品。《中国小说史略》中，鲁迅先生说："以小说为庋学问文章之具，与寓惩劝同意而异用者，在清盖莫先于《野叟曝言》；……欲于小说见其才藻之美者，则有屠绅《蟫史》二十卷；……以排偶之文试为小说者，则有陈球之《燕山外史》八卷；……（李汝珍）盖惟精声韵之学而仍敢于变古，乃能居学者之列，博识多通而仍敢于为小说也；《镜花缘》惟于小说又复论学说艺，数典谈经，连篇累牍而不能自已，则博识

此说首次提出者为郑振铎先生。他在《插图本中国文学史》中专列《讲史与英雄传奇》一章，阐释二者的区别：一、历史演义重在演绎史实，记述朝代之兴替，而英雄传奇重在描述传奇英雄的事迹，渲染其勇武豪侠的风采；二、历史演义的主要事件与人物是有史实依据的，而英雄传奇则以民间传说为主，其主要事件与人物只是有一些历史的影子而已；三、历史演义多采用编年体与纪事本末体结合的写法，英雄传奇则以纪传体为其基本写作方式。（见郑振铎著《插图本中国文学史》，人民文学出版社 1957 年版，第 699 页）

②　苗怀明著：《清代才学小说三论》，《南京师大学报》2010 年第 6 期，第 133 页。

多通又害之。"①可见,鲁迅先生不仅提出了才学小说的观念,而且在一定程度上对才学小说的炫才特点进行了概括。然而遗憾的是,鲁迅先生忽略了才学小说在清初的发展轨迹,没有对清初的三部才学小说作具体分析,同时对清代中期出现的四大才学小说也没有做整合分析。

《草木春秋》曾被郭秀升改编为传奇,即戏曲,名曰《药会图》。其《自序》云:"或寄情于草木,或托兴于昆虫,无口而使之言,无知识情欲而使之悲欢离合。名士见之固可喷饭,俗人见之亦可消遣,乃吾之意不在此。合《本草》一大部,煅炼成书,欲起死人而活之,先活草、木、金、石之腐且朽者。如甘草、金石斛之属,尽使着优孟衣冠,歌舞笑啼于纸上,以活药药死人,未有不霍然而起者。纵不日用乎活药,亦岂肯忘情于活药,鼓舞欢诵,则人人知其药,亦即人人知其性。"②则《草木春秋》实是一部炫耀中草药医学才识的小说。

《西游补》一书,以"文备众体"见长,其书前接吴承恩《西游记》火焰山三调芭蕉扇,后结于此书唐僧洗心扫塔之回目。贯穿前后文章的线索虽然是鲭鱼精的幻化历世,思想主旨亦是大抵谈情,但是在这十六回书当中,董说所炫示才学包括其所擅之诗歌、文辞和时文以及尺牍、平话、盲词、佛偈、戏曲等,无一不备,实开小说作家于作品中展示各种文体之先河,有筚路蓝缕之功。鲁迅先生认为:"惟其造事遣辞,则丰赡多姿,恍忽善幻,奇突之处,时足惊人,间以俳谐,亦常俊绝,殊非同时作手所敢望也。"③再,《西游补》中对于易学与史学也有多方涉及,而这两门学问与诗歌一样,亦属董说家学。据赵红娟博士考证,董说家族世代能诗,而且泛览百家、学问博杂。其中以诗歌传世有60人,有诗集的48人。这个家族也特别重视史学与易学,如董份、董斯张、董汉策、董说等颇具史才,而董说、董汉策、董闻京和董汝煌等均对《周易》有专门研究。④

关于《续金瓶梅》,鲁迅先生《中国小说的历史变迁》认为:"山东诸城人丁耀亢所做的《续金瓶梅》,和前书颇不同,乃是对于《金瓶梅》的因果报应之说,就是武大后世变成淫夫,潘金莲也变为河间妇,终受极刑;西门庆则变

---

① 鲁迅著:《中国小说史略》,《鲁迅全集》第九卷,人民文学出版社 2005 年版,第 250—263 页。
② (清)郭廷选撰:《药会图》,道光十九年钞本。《药会图》前有黔南邱士("士"应为"世")俊《序》和作者郭廷选《自序》。参见杨燕飞点校:《药会图钞本校勘》,《山西中医学院学报》2001 年第 2 卷第 3 期,第 8—12 页。
③ 鲁迅著:《中国小说史略》,《鲁迅全集》第九卷,人民文学出版社 2005 年版,第 310 页。
④ 赵红娟著:《明遗民董说研究》,上海古籍出版社 2006 年版,第 22 页。

成一个呆惫男子,只坐视着妻妾外遇。——以见轮回是不爽的。从此以后的世情小说,就明明白白的,一变而为说报应之书——成为劝善的书了。"①鲁迅的"报应""劝善"之说,无疑是正确的,与《续金瓶梅·凡例》所言的"兹刻以因果为正论,借《金瓶梅》为戏谈"是一致的。鲁迅说的《续金瓶梅》及其以后的世情小说,一变而为"报应之书""劝善之书",确实指明了这类小说的特点。然而问题是,《续金瓶梅》小说是如何说演"报应"的呢?又是如何进行"劝善"的呢?这就涉及了《续金瓶梅》题材上的一个重要特点,即炫示才学问题。丁耀亢在书中所炫才学有:谈佛说道、讲史、论"金"。这在《续金瓶梅》第一回中,作者即已指出。其文曰:"这篇词是要说佛、说道、说理学,先从因果说起,因果无凭,又从《金瓶梅》说起。单表这《金瓶梅》一部小说,原是替世人说法,画出那贪色图财、纵欲丧身、宣淫现报的一幅行乐图。"②要之,《续金瓶梅》也是一部庋藏佛学、理学、史学与"金学"的才学小说,并且是带有说教性质的劝善之书。

二、内容与主题的评价

才学小说在中国小说史乃至中国文化史上都是一个特殊的存在。其特殊性不仅在于它作为中国的小说流派的独特地位,也在于其由漫长的集体累积的成书过程向文人独立创作转变及由此带来的文化意蕴的丰厚性,还在于其传播与影响的广泛性。这种特殊性决定着它不仅是一种文学现象,而且是一种中国的社会文化现象。

在才学小说研究这个领域,前辈与时贤已做了大量的工作,特别是近年来取得了可观的成就。通过对相关文献的梳理,笔者亦发现,对才学小说的研究,其特点是小说作家、作品内容的研究,与小说题材类型的研究并重。其中,在才学小说题材类型研究上,胡适《〈镜花缘〉引论》认为:"《镜花缘》是一部讨论妇女问题的小说。"③将其归入社会问题小说这一类。鲁迅先生论《野叟曝言》,云:"可知炫学寄慨,实其主因,圣而尊荣,则为抱负,与明人之神魔小说及佳人才子小说面目似异,根柢实同,惟以异端易魔,以圣人易才子而已。"论《蟫史》,云:"《蟫史》神态,仿佛甚奇,然探其本根,则实未离于神魔小说;其缀以衮语,固由作者禀性,而一面亦尚承明代'世情书'之流

---

① 鲁迅著:《中国小说史略》,《鲁迅全集》第九卷,人民文学出版社2005年版,第341页。

② (清)丁耀亢撰:《续金瓶梅后集》,顺治十七年刊本,《古本小说集成》影印本,上海古籍出版社1994年版。

③ 胡适著:《中国章回小说考证》,上海书店1980年复印本,第531页。

风。"论《燕山外史》,云:"其事殊庸陋,如一切佳人才子小说常套,而作者奋然有取,则殆缘转折尚多,足以示行文手腕而已。"①这里,鲁迅先生分别指出了才学小说与世情小说、神魔小说、才子佳人小说的关联。刘勇强先生与陈文新先生不约而同地提出了清代小说思想化与才学化的问题。刘勇强先生《中国古代小说史叙论》认为:"从小说类型的角度看,这些小说(指才学小说)其实比较模糊,有的具有历史小说的特点,有的则带有神怪小说的内容;大多采用章回小说的形式,有的却用文言写成。不过,无论从内容还是从形式上看,它们又具有共同的特点,即思想化与知识化。"②陈文新先生《明清章回小说流派研究》则认为:"清代相当一部分章回小说,如夏敬渠《野叟曝言》、屠绅《蟫史》、李汝珍《镜花缘》,它们与明代章回小说在创作路向上的差异,类似于宋诗与唐诗的差异。……清代章回小说的处境,与宋人颇为相似。历史、豪侠、神魔、人情,主要的题材都被明人写过并且写出了出色的作品,清人如果试图展开新的局面,可供一试的路数之一是换一种写法,换一种与明人迥异的写法。明人以曲折的情节、生动的人物见长,而清人则试图以思想见长,以博学多识见长,以才藻见长,概括地说,以才学识见长,而不以塑造人物、编织情节见长。"③何满子《古代小说退潮期的别格——"杂家小说"》指出,以小说见才学是"一条不能成为艺术出路的出路,一条小说发展中的岔路"。④ 苏建新撰《才学小说与佳人才子书关系新探》一文、冯汝常撰《清代才学小说的文体特征》一文,指出才学小说作为一独立文体,其与才子佳人小说、儿女英雄小说和神魔小说都有一定的关系,⑤此种观点,笔者认为实是对鲁迅先生观点的继承。与此不同的是,张俊《清代小说史》则取消了才学小说这一类型。认为《野叟曝言》像文康的《儿女英雄传》一样,属于儿女英雄传奇类小说;《镜花缘》属于杂家类小说;《蟫史》属于文言类长篇小说。⑥

对于才学小说思想、人物及艺术的评价,众说纷纭,褒贬不一,然大抵是贬多扬少。鲁迅先生批评"《野叟曝言》是道学先生的悖慢淫毒的心理结

①　鲁迅著:《中国小说史略》,《鲁迅全集》第九卷,人民文学出版社 2005 年版,第 250—264 页。
②　刘勇强著:《中国古代小说史叙论》,北京大学出版社 2007 年版,第 470 页。
③　陈文新等著:《明清章回小说流派研究》,武汉大学出版社 2003 年版,第 115—116 页。
④　何满子著:《古代小说退潮期的别格——"杂家小说"》,《社会科学战线》1987 年第 1 期,第 267—271 页。
⑤　苏建新与冯汝常的论文均见《2009 年海峡两岸夏敬渠、屠绅与中国古代才学小说学术研讨会论文集》,第 31、101 页。
⑥　张俊著:《清代小说史》,浙江古籍出版社 1997 年版,第 302—327 页。

晶"，认为文素臣是"崇华、抑夷的满崽"。又评《镜花缘》："惟于小说，又复论学说艺，数典谈经，连篇累牍而不能自已，则博学多通又害之。"①黄人《小说小话》亦是贬抑《野叟曝言》："若此书之忽而讲学，忽而说经，忽而谈兵论文，忽而诲淫语怪，语录不成语录，史论不成史论，经解不成经解，诗话不成诗话，小说不成小说。"②胡适《镜花缘考证》认为："《镜花缘》里论卜、谈弈、论琴、论马吊、论双陆、论射、论筹算，以及种种灯谜，和那些双声叠韵的酒令，都只是这位多才多艺的名士的随笔游戏。我们现在读这些东西，往往嫌他'掉书袋'。……只是挂了一个博学的牌子。"③钱玄同在《寄陈独秀》信中曾痛诋《燕山外史》，认为："除用典外，别无他事，实为文学中最下劣者……直可谓全篇不通。"④在《寄胡适》信中又评道："《燕山外史》专用恶滥之笔，叙一件肉麻之事，文笔亦极下劣，最不足道。《镜花缘》作者太喜卖弄聪明，双声叠韵，屡屡讲述，几乎是'文字学讲义'矣！《野叟曝言》为'最下乘者'，'读之真令人喷饭'。"⑤中国社会科学院文研所编《中国文学史》中，述及清乾嘉文学的小说时，认为："《野叟曝言》是中国小说史上的一部怪书，作者笔下的主要人物文素臣实际仍旧是才子佳人小说里习见的面貌，不过作者涂饰了更多的圣贤灵异等怪诞的颜色。"对于书中的大量才学现象，认为："大事炫耀才情，宣扬理学，使人读之不能终卷。"同时评价作者夏敬渠："凭借小说以夸博识的始作俑者。"⑥而对于其他三部才学小说不作评述。在游国恩先生等主编的《中国文学史》中，述及清中叶小说时，认为："《镜花缘》是继《红楼梦》后比较优秀的一部小说。"指出："要求提高妇女地位是《镜花缘》十分突出的主题思想。"然对于书中才学现象的评价也不高，认为全书一百几十个人物形象，大多形象苍白，她们实际上是作者"矜才炫学"的代言人而已。同时述及《野叟曝言》和《蟫史》等小说，竟评之为"反动小说"。⑦刘大杰先生《中国文学发展史》述及清代才学小说，沿袭鲁迅先生《中国小说史略》中的观点。对于《镜花缘》也颇多好语，然观点与胡适先生相类，指出《镜花缘》的价值在于提出了妇女问题。同样，对于其才

---

① 鲁迅著：《中国小说史略》，《鲁迅全集》第九卷，人民文学出版社 2005 年版，第 250—264 页。

② 阿英编：《晚清文学丛钞·小说戏曲研究卷》，中华书局 1960 年版，第 366 页。

③ 胡适著：《中国章回小说考证》，上海书店 1980 年复印本，第 533 页。

④ 胡适著：《胡适古典文学研究论集》，上海古籍出版社 1988 年版，第 37 页。

⑤ 胡适著：《胡适古典文学研究论集》，上海古籍出版社 1988 年版，第 726—731 页。

⑥ 中国社会科学院文研所编：《中国文学史》，人民文学出版社 1962 年版，第 1087 页。

⑦ 游国恩主编：《中国文学史》，人民文学出版社 1964 年版，第 282—287 页。

学现象评价不高,认为上人"沉闷干枯","有些地方不是在写小说"。① 章
培恒先生等主编的《中国文学史》则评这几部才学小说为:"都是把小说当
作卖弄学问或炫耀辞章的手段。""大抵思想陈腐而文字平庸。"②

袁行霈先生主编的《中国文学史》是较晚出的本子,在述及清中叶小说
时,有意识淡化才学小说的提法,提出这一时期的长篇小说呈现多样化是其
显著特点的观点,将才学小说与李百川《绿野仙踪》等小说并提,认为:"多
沾染了汉学风气,以炫鬻才学为能事,内容芜杂,程度不同地偏离了小说的
文学特性。"③

以上即为鲁迅先生、胡适先生等诸家及新中国成立后几部著名的文学
史对于才学小说的论述与评价。下面再来看几部小说史及小说断代史的评
价。北京大学中文系一九五五级编著的《中国小说史稿》较少论及才学小
说,只评《镜花缘》为"富有讽刺的意味"。④ 杨子坚先生《新编中国古代小
说史》中,一一述及四大才学小说,认为:"内容除了炫耀学问、铺陈辞章以
外,大抵宣扬封建道德和因果报应。"⑤谭邦和先生的《明清小说史》对才学
小说采取了回避态度,没有加以论述。张俊先生的《清代小说史》,按理应
该是对这才学小说论述最多的了,然而他亦仅是对才学小说流派进行重新
分类,将其重新并入到世情小说、神魔小说、历史演义和英雄传奇等类型里
面去,而对其思想与艺术评价并不高。

对才学小说思想主旨及其作者的评述也不是没有褒扬的。如徐珂《清
稗类钞·著述类》称赞作者夏敬渠为:"湛深理学,又长于兵、诗、医、算。"评
《野叟曝言》:"书凡一五四回,其中讲道学,辟邪说,叙侠义,纪武力,描春
态,纵谐谑,无一不臻绝顶。昔人评高则诚之《琵琶记》,谓用力太猛,是书
亦然。"⑥林语堂曾盛赞《野叟曝言》为"白话上等文字","直可作修辞学上
之妙语举例"。⑦ 再有黄人虽贬抑《野叟曝言》,但是他又极力推崇《蟫史》
一书,认为:"虽章回小说乎! 而有如《庄》《列》者,有如《竹书》《路史》
者,……盖奄有《水浒传》《西游记》《金瓶梅》诸特色,而无一语袭其窠
臼。"⑧如此吹捧,亦是不妥,不仅没有指出才学小说与诸子、野史的不同之

---

① 刘大杰著:《中国文学发展史》,上海古籍出版社 1982 年版,第 1262—1263 页。

② 章培恒主编:《中国文学史》,复旦大学出版社 1996 年版,第 558 页。

③ 袁行霈主编:《中国文学史》第四卷,高等教育出版社 2005 年版,第 336—337 页。

④ 北京大学中文系一九五五级:《中国小说史稿》,人民文学出版社 1960 年版,第 289 页。

⑤ 杨子坚著:《中国古代小说史》,南京大学出版社 1990 年版,第 392—393 页。

⑥ (清)徐珂著:《清稗类钞·著述类》,中华书局 1984 年版,第 3763—3764 页。

⑦ 鲁迅著:《且介亭杂文二集》,《鲁迅全集》第六卷,人民文学出版社 2005 年版,第 270 页。

⑧ 阿英编:《晚清文学丛钞·小说戏曲研究卷》,中华书局 1960 年版,第 372 页。

处,相反倒模糊了才学小说与其他小说名著的界限,掩盖了才学小说的真貌。

进入二十世纪九十年代以来,特别是近十年以来,对才学小说的研究范围进一步扩大,研究者除对作者及文本进行考证外,还从才学小说的文体、才学小说与民俗学、语言学、文化人类学、心理学等更多的角度入手,进行细致的分析,这其间发表了许多单篇论文,取得的成果令人耳目一新。如对才学小说思想的研究,时贤与前人不同,肯定意见颇多。谢玉玲撰《儒教圣殿的无尽追寻》、常雪鹰撰《对程朱理学思想的推崇》、王众撰《屠绅〈蟫史〉的思想寄托》、徐大军撰《〈镜花缘〉之写心与遣兴论略》,则多从正面对才学小说的内容进行不同程度的肯定。① 其他研究,如胡益民《〈镜花缘〉与中国古典小说的终结》、杨旺生《落寞文士的心声——夏敬渠诗论》、侯忠义《〈蟫史〉的历史贡献》、潘建国《新见〈燕山外史〉清稿本考略》、冯保善《夏敬渠〈野叟曝言〉与晚明清初实学思潮》等,从版本流传、价值观念、艺术特色等角度予以观照。②

2009 年和 2010 年,分别召开了海峡两岸才学小说研讨会和中国《镜花缘》学术研讨会。两次会议,共收论文六十九篇。这标志着才学小说研究进入了一个高潮期。

据检索,截至目前,从文学角度探讨才学小说单篇作品论文共 100 余篇,研究才学小说单篇作品的硕士学位论文共七篇,③然而,对才学小说的题材类型进行整体研究,目前尚无专著。单篇论文,也仅有苗怀明《清代才学小说三论》④、赵兴勤《清代学术与才学小说的兴起》⑤、张蕊青《才学小说炫学方式及其文化根源》⑥、冯汝常《清代才学小说的文体特征》⑦等零星篇

① 以上论文见《2009 年海峡两岸夏敬渠、屠绅与中国古代才学小说学术研讨会论文集》。
② 分别见《安徽大学学报》1995 年第 4 期、《南京农业大学学报》2001 年第 2 期、《明清小说研究》2010 年第 1 期、《明清小说研究》2008 年第 1 期、《南京师大学报》2010 年第 11 期。
③ 因单篇论文过多,无法一一开列,然所涉及的主要论文,上文已分别论之;又,硕士论文七篇分别为:杨龙《镜花缘归类问题研究》(曲阜师范大学,2009 年)、施媛《屠绅生平、著作研究》(南京师范大学,2005 年)、熊佐琴《〈野叟曝言〉创作心态研究》(陕西理工学院,2010 年)、周勇《〈野叟曝言〉研究》(湖南师范大学,2004 年)、王慧秀《〈野叟曝言〉与儒家正统思想》(青岛大学,2008 年)、姜克滨《〈续金瓶梅〉反清主旨再探》(首都师范大学,2008 年)、陈小林《〈续金瓶梅〉研究》(湖南师范大学,2005 年)。研究才学小说单篇作品的博士论文一篇,杨旺生《夏敬渠与〈野叟曝言〉研究》(南京农业大学,1999 年)。
④ 见《南京师范大学学报》(社会科学版)2010 年第 6 期,第 133—138 页。
⑤ 见《2009 年海峡两岸夏敬渠、屠绅与中国古代才学小说学术研讨会论文集》,第 1—21 页。
⑥ 见《苏州大学学报》(哲学社会科学版)2002 年第 4 期,第 67—69 页。
⑦ 见《2009 年海峡两岸夏敬渠、屠绅与中国古代才学小说学术研讨会论文集》,第 31—38 页。

什。苗怀明指出,才学小说的炫学式创作是中国小说史上的一次可贵的尝试;赵兴勤认为,清代才学小说是文人失意的自娱、自慰的心理驱动的产物;张蕊青则强调,才学小说是清中叶这个特殊时代的产物,明显受到乾嘉时代政治文化、学术文化和审美风尚的影响;冯汝常则认为才学小说不仅是炫耀才学,其在人物、叙事、结构上均有其独特的体制、体式与体性等文体特征。四家持论颇有见地。而关于才学小说文体研究的硕士学位论文只有一篇,是王世立《清代才学小说成因审视与价值重估》(天津师范大学,2005 年)。

　　港台学人对才学小说的研究,如刘经庵《中国纯文学史纲》认为:"清代的社会小说,以《儒林外史》《镜花缘》……最为有名。这类小说或写现实的社会问题,或写自己理想的社会。关于批评现实的社会,多出之以讽刺的态度。"① 夏志清则提出了"文人小说"类型的概念,在《文人小说家和中国文化》一文中指出,"清代小说在才学或文体上卓然有异","《野叟曝言》和《蟫史》充分汲取其作者的学问,同时显出对中国文化关怀备至"。② 再如对夏敬渠及《野叟曝言》的研究,周越然《书书书》中痛诋道:"宣扬了反动的传统概念,既恶俗又淫秽。"③ 谭嘉定《中国小说发达史》认为是"清代的理想小说","他们都利用她来为庋藏他们博学的工具,将他们一生所得完全借小说发抒出来,这种文字算不得是文学"。同时也指出这种小说是"有趣味而又很动情的故事,亦得在小说史上占一席之地"。④ 葛贤宁《中国小说史》认为:"清人以传奇小说,寄托人生与社会的各种理想,而复以才学见称者,为夏敬渠的《野叟曝言》和李汝珍的《镜花缘》两书。"同时认为:"可惜过于卖弄才学,叙述议论,均陷于芜杂。而造意夸诞,设想庸俗,反不及神魔及才子佳人小说的能吸引读者。"⑤ 台湾中正大学中文系专任教授王琼玲用力颇勤,如其先撰硕士论文《〈野叟曝言〉研究》、博士论文《夏敬渠〈野叟曝言〉考论》,后又著《夏敬渠年谱》《清代四大才学小说》等。其中《清代四大才学小说》一书分甲、乙、丙、丁四编,每编分四章,分别考述了四大才学小说的作者、版本、创作目的和价值与缺失。考证不可谓不详,而尤以夏氏家谱来证夏敬渠之炫学及心理能给人启发。然亦有不足,如李汝珍家世生平,尚须补考;而对才学小说的文化意蕴、叙事模式论述尚不充分;尤其是对才学小说的共性特征,包括才学小说与诗史传统、才学小说与其他小说流派比

---

①　刘经庵著:《中国纯文学史纲》,东方出版社 1996 年版,第 318 页。

②　朱传誉主编:《李汝珍与镜花缘》,台北:天一出版社 1982 年版,第 7—8 页。

③　周越然:《书书书·野叟曝言》,香港:汉学图书供应社 1966 年版。

④　谭嘉定著:《中国小说发达史》,台北:启业书局影印,第 411—414 页。

⑤　葛贤宁著:《中国小说史》,台北:中华文化出版事业委员会,第 157—160 页。

较、才学小说审美特征及才学小说与清代文化生态、社会治理等，亟须深入论证。

对李汝珍及《镜花缘》的研究，如叶庆炳的《中国文学史》、孟瑶的《中国文学史》均列专章予以介绍，叶庆炳认为，"作者大量卖弄自身才艺……以致内容驳杂，结构散漫。惟唐敖游海外部分，藉各国风土人情，寄作者理想感慨，写来差强人意。"指出："《镜花缘》若专就此部分发挥成书，其成就必然较大也。"①孟瑶认为："我国小说源于'说话'，自文人染指其间，使它产生了许多辉煌的作品，但文人每有炫其所长的积习，因而将小说引到另一条路上，这一类作品很多，甚至于也可归为一类，它应该以《镜花缘》为代表。"同时又评《镜花缘》："全书分两部分，前面写唐敖出洋，尚不离小说规范；后面一半多炫其所学，沉闷处令人欲睡。"②总体评价不高。

学位论文如姜台芬于 1989 年撰写的博士论文 *The Allegorical Quest: The Problem of Meaning in The Pilgrims Progress and Ching Hua Yuan*；董璨撰写的硕士论文《屠绅〈六合内外琐言〉研究》等。

国外学人对才学小说的研究，范围相对更为狭窄，亦是主要集中在夏敬渠《野叟曝言》和李汝珍《镜花缘》的研究上。

美国学者马克梦《吝啬鬼、泼妇、一夫多妻者——十八世纪中国小说中的性与男女关系》第七章《儒家两性学说的真实写照》认为："《野叟曝言》是一部纯情的一夫多妻小说。"指出："男主人公是清代小说中被百般精心刻画的人物之一，堪称对西门庆和贾宝玉这类不中轨仪，每日珠环翠绕者形象的一种匡正，其功殊不可没。"与《红楼梦》不同在于："《野叟曝言》肯定了男性力量的至高无上，而《红楼梦》则否定男人，并进而排拒男人的性行为本身。"与《金瓶梅》不同在于："《金瓶梅》只写了一个反派的色情好汉。而《野叟曝言》则予以修正；并像色情小说一样，证明能坚定抵御女色诱惑的正面英雄也依然可能存在。"③艾梅兰《竞争的话语——明清小说中的正统性、本真性及所生成之意义》第五章《扩展正统性：野叟曝言的叙事过度与行权所体现的真》认为："《红楼梦》与《野叟曝言》代表了 18 世纪关于正统尚有无生机与魅力的两种截然不同的声音。"第六章《〈镜花缘〉、〈儿女英雄传〉中的强女人与弱男人》指出："在其他方面颇为传统的《儿女英雄传》以诙谐的笔调将性别加以倒置，这使这部很少被研究的晚清传奇小说成为

---

① 朱传誉著：《〈镜花缘〉杂考》，台北：天一出版社 1982 年版，第 15 页。

② 朱传誉著：《〈镜花缘〉杂考》，台北：天一出版社 1982 年版，第 16 页。

③ ［美］马克梦，王维东、杨彩霞译：《吝啬鬼、泼妇、一夫多妻者——十八世纪中国小说中的性与男女关系》，人民文学出版社 2001 年版，第 159—187 页。

上文有关《红楼梦》《野叟曝言》《镜花缘》的性别分析的一个很恰当的补充。"①

从才学小说题材类型的角度来看,夏志清《文人小说家和中国文化》一文中指出,"清代小说在才学或文体上卓然有异","《野叟曝言》和《蟫史》充分汲取其作者的学问,同时显出对中国文化关怀备至"。同时又指出:"才学小说具备共通点的典型性作品既然没有,我们准的无依,就没法论述了。"②其他论文,如韩国河正玉《〈镜花缘〉研究》(成均馆大学博士学位论文,1983 年);俄国斯科罗包加托娃《李汝珍长篇小说〈镜花缘〉中对若干儒家教条的批判》(远东文学研究所,1972 年);日本小原一雄《小说〈镜花缘〉所具有的特点——特别以妇女问题为中心》(《松山商大论集》,1966 年);日本太田辰夫《〈镜花缘〉考》(《东方学》1974 年第 48 辑);日本驹林麻理子《〈镜花缘〉——妇女问题与女性》(《东海大学纪要》1976 年 7 月号)等。英国牛津大学的汉学家 Sir Willian H.Wilkinson 针对明清小说中的大量描写骨牌等才艺现象,指出:"中国知识分子认为游艺是庸俗不道德的,会导致玩物丧志,然而,他们还不是自由自在照玩不误,却不做研究,也写不出关于此方面的有系统之著作。"③虽未直接论述"才学小说",但对于从文化学、民俗学的角度研究才学小说的逞才炫艺,颇具启发性。

三、研究的方法与创新

才学小说作为一个小说流派,其内涵是深刻的,其内容也是十分丰富的。小说文本保存了许多稀见、可贵的文献资料,既有文学价值,又有历史价值,能给人以多方面的知识和影响;而且由于用笔随意,毫无拘束,所以常常写得活泼生动,亦庄亦谐,饶有趣味,和一般所谓经典著作那样板着面孔说话不同,作者的学问、见识,也常常能淋漓尽致地表述出来。而这又是为它书所不见的,足称大有可观。

是故,本书的创新之处是力争最大限度地厘清与还原才学小说在中国文学、学术上的生存状态,界定才学小说在清初至中叶的篇目与范围,考证

---

① ［美］艾美兰著,罗琳译:《竞争的话语:明清小说中的正统性、本真性及所生成之意义》,江苏人民出版社 2004 年版,第 159—245 页。

② 夏志清著:《文人小说家和中国文化》,台北:幼狮文化公司出版 1975 年版,第 265—303 页。

③ Sir Willian H. Wilkinson, *Mah-Jongg: A Memorandum*, Amsterdam: the Continental Mah-jongg Sales Co., 1925, p.3.

才学小说与其他小说流派的异同,揭示其深层的文化意蕴与美学特征。

从宏观研究来看,主要内容是探求才学小说源流,发展脉络;弄清才学小说与不同时代诗骚传统、经史等学术走势的交叉与互动;分析作家的个人诉求、救世情结、时代思潮及对小说传统的接纳;剖析清代才学小说兴起与清代学术的联系,并对清代才学小说的形态作分类;廓清学界对才学小说的概念、理论、特点诸方面的认识。

从文献方面来看,研究作家的生平、交游以及著述,充分利用中国第一历史档案馆明清上谕档、朱批奏折及台湾内阁大库的题本、文会史料,还有清代诗文集汇编,尽量参合正史、野史、杂记,包括家乘与方志材料等。

从文化意蕴方面来看,梳理作家家族学术文化与当地学术流派之间的渊源关系,将地域文化与作家思想以及作品联系起来,揭示才学小说与乾嘉学派汉学、实学的内在联系。才学小说并不是在清中叶骤然出现,迅即达到高峰,然后就悄然隐退的。才学小说实是肇端于明末清初,从清初至中叶,可分为发轫期与高潮期。

从才学小说与其他小说流派的关系来看,由于才学小说的学术化倾向突破了传统小说以人物情节为中心的模式,打破了小说题材的界限,是故,才学小说的研究可以推进小说各门类的合流。

在思想主旨方面,才学小说对封建伦理道德观念,既有揭露,亦有建设,而以讽谕为主、反思为辅。才学小说接受宋元明清理学伦理道德的洗礼,并呈现出一种向儒家原教旨思想回归态势。针对这一点,正确的态度应是既要继承,又要批判。

本书研究的基本原则,是坚持民族性、文本性、文学性,强调须将才学小说置于中国文学、民族文化的传统与体系之中,须将才学小说视为中国文化的一种特有精神。如钱穆所说:"一部理想的文学史,必然该以这一民族的全部文化史来作背景,而后可以说明此一部文学史之内在精神。反过来讲,若使有一部够理想的文学史,真能胜任而愉快,在这里面,也必然可以透露出这一民族的全部文化史的内在精义来。"①同时也要借鉴西方相关文艺理论。如美国学者史徒华的文化生态学理论②和匈牙利学者卢卡奇的小说社会学理论③。其中史徒华"文化生态"的理论与方法,最大的意义在于指明了文化演化,不仅源自文化内部的演变,也应当包含文化的周围环境及其所

① 钱穆:《中国文学论丛》,生活·读书·新知三联书店 2005 年版,第 95 页。
② [美]史徒华著,张恭启译:《文化变迁的理论》,台北:远流出版社 1989 年版。
③ [匈牙利]卢卡奇著,燕宏远、李怀涛译:《小说理论》,商务印书馆 2012 年版。

有层面在功能上都是彼此依赖的,诸如社会的、政治的、宗教的、地域的,甚至包含家族与个人遭际等。史徒华本人也认为:"文化的所有层面在功能上都是彼此依赖的,然而所有的特质并不具有相同程度与种类的互赖。"可以说,影响清代才学小说发展的文化生态,既有来自内部的中国小说历史的变迁,也有来自外部的诸如清初至清代中叶的学术发展理路、社会政治因素、早期启蒙思潮、清代科举制度等方面。卢卡奇的观点则是关照小说自身与社会问题的关系,他指出:"史诗可从自身出发去塑造完整生活总体的形态,小说则试图以塑造的方式揭示并构建隐蔽的生活总体。对象的给定结构表明了对塑造的态度,历史情况自身所承载的一切破裂和险境,都得包括进塑造中去,而不能也不应该用编排的手段加以掩饰。"卢卡奇所说的"历史情况自身所承载的破裂和险境"就是小说作品所反映的社会问题,而作家就是要通过客体化为小说主人公们来寻求解决问题的良法,即表达一种救世情结。不过,借鉴西方的理论观点,绝不是套用概念,而是要尽量使其与小说文本和方志家乘等史料文献相契合,避免出现文化排斥。

才学小说的文化意蕴,包括社会参与意识,是颇为值得研究的问题,它关系到能否真正理解小说文本的价值。是故,笔者拟以才学小说的社会参与意识为研究的重要内容,以文化意蕴的探讨来更新长篇小说主题模式的研究。关于此,李时人先生指出:"'主题'既然可以多义的、多层次的,那么何'主'之有呢?'主题'既然是'最深层最根本的意蕴',那么那些多义的东西又怎么称之为'主题'呢? 其实,如果我们说作品所包含的思想内容是多层、多义的,本来就已经够了,还有什么必要一定要把作品多层次、多义的思想都加上'主题'的冠冕呢?"①关四平先生认为:"作家是立足于一定的文化背景、以一定的文化观念、文化素养进行创作的,读者亦是在不同时代文化背景下以特定文化眼光来欣赏作品的,创作与接受在文化的层面上可达成某种互通与共识。据此,若以'文化意蕴'这个概念来涵盖这三个方面的东西或许是比较合适的选择。"②是故,以古代小说学术性与文学性的离合为背景,以才学小说的文化意蕴与审美特征为主线,展现不同时代的才学小说创作,揭示出才学小说在不同学术文化生态下的本质特征,将是本书孜孜以求的目标。

才学小说毕竟是文学现象,因此本课题拟采用恩格斯所倡导的历史与

① 李时人著:《关于古典长篇小说主题的概念和研究方法》,《光明日报》1985 年 1 月 22 日第 3 版。

② 关四平著:《三国演义源流研究》,黑龙江教育出版社 2008 年版,第 201 页。

美学相统一的方法,来考察才学小说的审美理想与美学特征,并力争将其置于才学小说的演化过程中去追根溯源,考察各环节的历史联系,希望达到历史与美学的统一,从而对本课题有新的接近本质的认识。

本书研究的基本方法是宏观着眼、微观入手,根据论从史出,考论结合,亦考亦论的原则,融通文献、文本与文化,走整合一体研究的路子。李希凡先生在《世纪末面向 21 世纪红学的寄语》中说:"'面向 21 世纪,《红楼梦》研究文献、文本、文化的融通和创新',包蕴很丰富。这是一种整合研究的想法,是要在红学'门槛'上有所突破。自然不能说过去的红学没有整合的研究,我看近年来陆续问世的张锦池的四部古典名著的《考论》,就是想走整合一体的研究路子。"①张锦池先生的这种"融通文本、文献、文化,将三者做整合一体"的研究方法,对于研究才学小说是足资借鉴的。

在我国古代,小说的观念有学术与文学的差别。小说家在汉代位列儒家、道家等十家学术派别之一;而唐人小说,则是文学意义上小说的成熟期,可以见"诗笔、史才与议论"。而才学小说恰好兼有此学术与文学的双重特性,是故,将二者合而为一,做整合一体的研究,担起学术与文学的双重任务,无疑是古代小说史研究方面的重要课题。

本题目不仅能拓宽古代小说研究的范围,推进古代小说研究向纵深方向的发展,而且由于突出强调小说文化学与小说社会学研究的结合,从而在小说理论上具有创新的价值。才学小说源流的考证,可以发现古代小说与其他学术的分野,打通小说与儒家、道家、杂家等的联系;才学小说与其他小说流派的考辨,可以弄清才学小说在汉魏六朝、唐代、宋元、明清各个时期与我国诗骚文学、经史学术的离合关系,并可考见这不同时期的政治、经济、文化特征;清代才学小说个案的分析,可以揭示清代文学、学术的发展脉络,揭示明清理学的显著特征,揭示元明以来佛道二氏的发展趋势,及其对中国文学及学术的影响。

明清小说研究向以名著的研究为核心,这是无可非议的。而本书从古代小说才学化、社会化的角度进行研究,不仅会推进名著小说的思想深度研究,而且会带来非名著小说研究的极大繁荣,无疑会使明清小说的研究格局更趋于合理化、精深化。

要之,笔者将对才学小说进行全面、整体的研究,以清初三部才学小说作品和清中叶四大才学小说为核心,将才学小说的源流,才学小说与其他小说流派的异同,才学小说逞才炫学与古代小说传统、明清理学发展、清代学

---

① 李希凡著:《有感于"文献·文本·文化"的命题》,《红楼梦学刊》2000 年第 1 辑,第 4 页。

术走势及政治思想、社会文化做一番深入的挖掘、归纳、排比与分析,以期探索才学小说与社会学、人类学、文化学、民间文学等的联系,揭示才学小说的文化内涵与审美特征。

第一章　清代才学小说的含义

当前的古代小说研究,有关清代才学小说的内涵与源流发展的梳理,还有许多不足之处,亦存在一些争议问题,甚至有亟须填补的空白。比如,才学小说与诗、史传统的关系;才学小说记录知识是受儒家教化思想的影响,还是另有玄机;才学小说逞才炫学与辞赋、古体小说的关联;等等,都是没有很好解决的问题。班固《汉书·艺文志》尝云:"小说家源于稗官。"那么,才学小说作为一种小说类型,也必然会与"稗官"存在某种联系。还有,才学小说与宋元以来的书会才人之说话家数是否有关联,其异同点又是什么?目前,学界还鲜有人论及于此。是故,本章将就以上问题,分别论之。

一、才与学的释义

才学,乃构成才学小说之重要内容,才学小说之命名亦由此而来。是故,研究才学小说,不妨从考释"才学"的内涵开始讨论。

"才"字,早在殷商时即已使用。甲骨文写作"十、十"。①《甲骨文字典》释为:"▼、▽示地平面以下,丨贯穿其中,示草木初生,从地平面以下冒出。"②《说文解字》亦释:"草木之初也。从丨,上贯一,将生枝叶。一,地也。凡才之属,皆从才。徐锴曰:'上丨,初生歧枝也,下一,地也。'"③可知,"才"字最初之义,是指刚刚出土、冒出新芽的草木。因此,后世凡讲到"起始"义时,都称为"才",此义又引申为基本之意。如《说文通训定声》:"才,引申为本始之义。"《正字通》:"天、地、人,谓三才。"《后汉书·张衡传》:"三才理通。《注》:三才,天、地、人。"而"才"所指天赋之能力、禀性,当从上述之义转折而来。如《集韵》:"才,一曰能也、质也。"《诗·鲁颂·駉》:"思无期,思马斯才。《传》:才,多材也。"《论语·先进》:"才不才,亦各言其志也。"《孟子·离娄下》:"才也养不才。注:才,谓人之有俊才者。"《淮南子·主术

---

① 郭沫若主编:《甲骨文合集》,中华书局1978年影印,二期第27213片,三期第2732片。
② 徐中舒主编:《甲骨文字典》,四川辞书出版社1990年版,第672—675页。
③ (汉)许慎撰:《说文解字》,中华书局1963年影印版,第126页。

训》："任人之才也。注：才智也。"①清代官员选举制度，列四种标准，才即为其中之一。《清会典·吏部》曰："凡京察，堂官察其属之职，而注考焉，乃定以四格。一曰守、二曰才、三曰政、四曰年。……才，有长有平之分。"②

"学"字，甲骨文作"𡥉、𡦉"。③ 释为："觉悟也。从教，从冂。冂，尚朦也。段注：'冂下曰，覆也。尚童朦故教而觉之。'"④又《白虎通·辟雍》："学之为言觉也，以觉悟所不知也。"《广雅·释诂》云："学者，《书大传》云：'学，效也。'"《字汇》："学，受教传业曰学。"《论语·学而》："学而时习之。"《集注》：学之为言，效也。"《庄子·庚桑楚》："学者，学其不能也。"《书·说命下》："学于古训，乃有获。"以上，均是从学的本义上来训诂，包含"觉悟"和"仿效"两义。后来"学"亦泛指学问、学说、学派。如《老子》曰："为学日益。河上公注：学，谓政教礼乐之学也。"《庄子·天下》："百家之学，时或称而道之。"《史记·老庄申韩列传》："老子修道德，其学以自隐无名为务。"《汉书·丁宽传》："王孙授施雠、孟喜、梁丘贺。由是，《易》有施、孟、梁后之学。"⑤

考"才学"一词，始见于《后汉书·宋弘传》，云："帝尝问弘：'通博之士？'弘乃荐沛国桓谭。才学洽闻，几能及扬雄、刘向父子。"⑥桓谭因"才学洽闻"，宋弘便谓其"通博"。所谓"通博"即通经博史之谓也，可见，此处才学当偏重于经、史。而《陶渊明集》中亦云："时秘书丞谢灵运，才学为江左冠。而负才傲物，少所推挹。一见远公，遽改容致敬。因于神殿后凿二池，植白莲以规求入社。"⑦这里的才学，则应偏重于诗、文。

刘勰《文心雕龙·事类》首论"才学"与文学创作的关系。其文有云："文章由学，能在天资。才自内发，学以外成，有学饱而才馁，有才富而学贫。学贫者，迍邅于事义；才馁者，劬劳于辞情，此内外之殊分也。是以属意

---

① 以上所举各条，参见台湾版《中文大辞典》，台北：中国文化研究所 1982 年版，第 5610—5611 页。

② （清）吴树梅等纂修：《钦定大清会典》，《续修四库全书》第七九四册，上海古籍出版社 2002 年版，第 117 页。

③ 胡厚宣撰：《战后京津新获甲骨集》，上海群联出版社 1954 年版，一期第 641 片，四期第 4836 片。

④ （汉）许慎撰，（清）段玉裁注：《说文解字注》，上海古籍出版社 1981 年版，第 127 页。

⑤ 以上所举各条，参见台湾版《中文大辞典》，台北：中国文化研究所 1982 年版，第 3828—3829 页。

⑥ （宋）范晔撰、（唐）李贤等注：《后汉书》，中华书局 1965 年版，第 903—905 页。

⑦ （晋）陶潜撰：《陶渊明集》，《文渊阁四库全书》第一〇三册，台湾商务印书馆 1986 年版，第 503 页。

立文，心与笔谋，才为盟主，学为辅佐，主佐合德，文采必霸，才学褊狭，虽美少功。"①刘勰之论，不仅指出才与学之差异，而且辨明了才与学的辩证关系及其在文章中的不同作用。

若讲"才学"之具体内容，还当属颜之推。他在《颜氏家训·勉学篇》中说："士大夫子弟，数岁已上，莫不被教。多者或至《礼》《传》，少者不失《诗》《论》。及至冠婚，体性稍定，因此天机，倍须训诱。有志尚者，遂能磨砺以就素业；无履立者，自兹堕慢便为凡人。人生在世，会当有业。农民则计量耕稼，商贾则计论货贿，工巧则致精器用，伎艺则深思法术，武夫则惯习弓马，文士则讲议经书。……若能常保数百卷书，千载终不为小人也。夫明六经之指，涉百家之书，纵不能增益德行、敦厉风俗，犹为一艺得以自资。"②颜氏所言，才学不仅因人而异，亦且因业而有不同，农、工、商、伎、武之才学固是不同，而文士之才学不仅包括儒家六经，亦指百家。关于这一点，王钦若在《册府元龟》中亦持类似观点，同时指出才学的本质："夫周官行人之选，汉仪使者之才，应聘四方，祇役千里，委之专对，理无失辞，必资才高樽俎，学备古今，观其唇齿相依之世，玉帛结好之辰，酬酢风生，是非锋起，不辱君命，可谓士矣。"③也就是才学乃士所必备之本领。

至才与学的具体关系，明代石珤云："且所谓才者，材也。隆之可为栋宇，劙之可为盘盂，刳之可为舟，暢之可为车，故谓之才。其于人也，亦然。如使人之于才也，其分不能相通，若舟车之不可兼于水陆也，则天下何贵于君子之所谓才也？学不聚，不足以谓之才；学聚之量不能受，不足以谓之才。学聚之量能受之，授之以事不能旁行而泛应，则其为才也，亦末矣！"④

《新唐书·刘知幾本传》中，刘知幾论才学最为显豁。其文曰："礼部尚书郑惟忠尝问：'自古文士多，史才少，何耶？'对曰：'史有三长：才、学、识，世罕兼之，故史才少。夫有学无才，犹愚贾操金，不能殖货；有才无学，犹巧匠无楩柟，斧斤弗能成室。善恶必书，使骄君贼臣知惧，此为无可加者。'"⑤刘知幾针对才、学、识，从理论上阐明文士与史才的区别，颇受后来学者推崇。胡应麟即在此基础上有所发挥，《少室山房笔丛》云："才、学、识三长足尽，史乎？未也。有公心焉，直笔焉。五者兼之，仲尼是也。董狐、南史，制

---

① （梁）刘勰著，范文澜注：《文心雕龙》，人民文学出版社1962年版，第615页。
② 王利器撰：《颜氏家训集解》，中华书局1996年版，第143—157页。
③ （宋）王钦若纂：《册府元龟》第五六八卷，中华书局1989年版，第2221页。
④ （明）石珤撰：《熊峰集》，《文渊阁四库全书》第一二五九册，台湾商务印书馆1986年版，第673页。
⑤ （宋）欧阳修等纂：《新唐书》第一三二卷，中华书局1975年版，第4522页。

作亡征。维公与直，庶几尽矣。"①胡应麟论"史"，应具五"长"，即在"才、学、识"的基础上，还应注重"直笔"与"公心"，即兼重史才与史德。

清代章学诚《文德》亦曰："夫史有三长，才、学、识也。古文辞不由史出，是饮食不本于稼穑也。夫识生于心也，才出于气也。学也者，凝心以养气，炼识而成其才者也。"《史德》又言："非识无以断其义，非才无以善其文，非学无以练其事，三者固各有所近也，其中固有似之而非者也。记诵以为学也，辞采以为才也，击断以为识也，非良史之才、学、识也。"②章氏之论才与学的内涵及才、学与识的关系，十分明了，认为凡记诵者为学，而辞采则为才；才、学与识的关系，则是辩证统一的，是不能割裂开来的。同时在《丙辰札记》又不无担心地指出："近日才人风气，好逞繁博，而不甚求文理之安，故于辨难之文，摭故拾典，如经生之对策，意在曝炫所有，而谛审义意，与其所辨之言，往往不甚比切，或至反相背驰。"③这就指出了过分炫示才学亦可妨害"识"之表达，才与学的展示要恰到好处，方可使"识"突出。正如黄侃指出那样："然则学之为益，何止为才裨属而已哉？然浅见者临文而踌躇，博闻者裕之于平素，天资不充，益以强记，强记不足，助以钞撮，自《吕览》《淮南》之书，《虞初》百家之说，效用于誃闻，以我搜辑之勤，祛人翻检之剧，此类书所以日众也。"④

最后，再回到儒家思想传统来。荀子云："学恶乎始？恶乎终？曰：'其数则始乎诵经，终乎读礼；其义则始乎为士，终乎为圣人。真积力久则入，学至乎没而后止也。故学数有终，若其义则不可须臾舍也。为之，人也；舍之，禽兽也。故《书》者，政事之纪也；《诗》者，中声之所止也；《礼》者，法之大分，类之纲纪也，故学至乎《礼》而止矣。夫是之谓道德之极。《礼》之敬文也，《乐》之中和也，《诗》《书》之博也，《春秋》之微也，在天地之间者毕矣。"⑤荀子之论不仅谈到了"学"的内容，"学"从哪儿开始，到哪儿结束，怎样学为"圣人"，而且还谈到了儒家的经典《诗》《书》《礼》《乐》与《春秋》。刘宝楠《论语正义》："春秋时，废选举之务，故学校多废，礼乐崩坏。孔子删《诗》《书》，定《礼》《乐》，于是学业复存。《史记·孔子世家》：'孔子当定公五年已修《诗》《书》《礼》《乐》，即谓也。删定之后，学业复存。凡篇中所

① （明）胡应麟著：《少室山房笔丛》第一三卷，中华书局1958年版，第167—168页。
② （清）章学诚著，叶瑛校注：《文史通义校注》，中华书局1985年版，第279、219页。
③ （清）章学诚著：《章学诚遗书》，文物出版社1985年版，第398页。
④ 黄侃著：《文心雕龙札记》，上海古籍出版社2000年版，第37—39页。
⑤ 王先谦撰：《荀子集解》，中华书局2006年版，第7页。

言为学之事,皆指夫子所删定言之矣。'"①由此我们知道,在儒家看来,凡学,其内容皆是《诗》《书》《礼》《乐》等经典著作。

当然,随着时代的发展,"学"的内容也要有所变化,也更见出其内容和对象的广泛性。顾炎武说:"'君子博学于文',自身而至于家、国、天下,制之为度数,发之为音容,莫非文也。"《潘耒原序》云:"有通儒之学,有俗儒之学。学者,将以明体适用也。综贯百家,上下千载,详考其得失之故,而断之于心,笔之于书,朝章国典,民风土俗,元元本本,无不洞悉,其术足以匡时,其言足以救世,是谓通儒之学。若夫雕琢辞章,缀辑故实,或高谈而不根,或剿说而无当,浅深不同,同为俗学而已矣。"②

顾炎武和潘耒的观点扩大了"学"的内容,从通儒与俗儒的角度来阐明"学"的范围,将"学"的内容从个人扩大到"家、国、天下",扩大为"综贯百家,上下千载""朝章国典,民风土俗"。这是有历史的进步性的。同样,对现代"学"字作出较为科学、全面并且简洁明晰解释的,还属章炳麟所撰《原学》一篇。其文曰:"学,指世界各国的学术及其流行的各种学说。"③这就将"学"扩展到整个世界,显示了其深远的眼光与博大的心胸。

二、才学小说概念

对于才学小说的概念,目前学界对其称谓尚不统一,还存在不同的说法,著名的有"以小说见才学者""杂家小说""文人小说"和"才学化一类的小说"等。

才学小说的观念可以说是鲁迅先生首先提出的,因为鲁迅先生在《中国小说史略》第二十五篇曾列专章"清之以小说见才学者"予以阐述。鲁迅先生称夏敬渠的《野叟曝言》是"文章经济之作",屠绅的《蟫史》、陈球的《燕山外史》是"才藻之作",李汝珍的《镜花缘》是"博物多识之作"。④ 不过,尚需指明的是,在清初,金圣叹亦曾提出"才子书"的观念,除了屈原、庄子、司马迁、杜甫等人的经史及诗作外,还包括小说和戏曲,即《水浒传》《西厢记》。其实,金圣叹的"才子书"观念主要是针对作者创作素材的剪裁而言的,即"言才为裁"。金圣叹为《水浒传》撰《序》,有文云:"才之为言裁也。……言其才绕乎构思以前、构思以后,乃至绕乎布局、琢句、安字以前以

① (清)刘宝楠撰:《论语正义》,《诸子集成》,中华书局2006年版,第2页。
② (清)顾炎武著,黄汝成释:《日知录集释》,上海古籍出版社2006年版,第1、403页。
③ 章炳麟著,徐复注:《訄书详注》,上海古籍出版社2000年版,第37页。
④ 鲁迅著:《中国小说史略》卷首,《鲁迅全集》第九卷,人民文学出版社2005年版。

后者,此其人笔有左右,墨有正反。用左笔不安,换右笔,用右笔不安,换左笔;用正墨不现,换反墨,用反墨不现,换正墨。心之所至,手亦至焉。"①金圣叹的"才子观念",着眼于"材"与"裁"二字,即对小说素材的剪裁与衔接,所谓左笔右笔、正墨反墨;而鲁迅先生着眼点则在于小说素材本身,即材料的性质,包括经国济世、博物考证、才藻才情、经史之学、百家杂艺等。

自鲁迅先生提出才学小说观念以来,人们对才学小说的研究虽代不乏人,但对其总体评价并不高,从二十世纪五六十年代到九十年代,有些学者甚至认为一些才学小说作品思想反动,创作手法呆板,并且与文学的距离越来越远。② 进入二十一世纪以来,对才学小说研究的范围才逐渐扩大,对其思想内容与艺术手段的评价也趋于客观。可以说,至此才学小说的研究终于开始进入了一个新时期。

然而,对于才学小说概念的研究,虽经前辈学者与时贤的努力,已经有显著的成果,但是对于其基本内涵及审美特征,仍需要进一步展开探讨。鲁迅先生虽然提出才学小说的观念,但可惜的是他没有给予明晰的界说。至二十世纪八十年代,何满子先生撰文认为才学小说当称作"杂家小说",是"采通俗小说的体裁,将各种古来列为小说类的大量谈片组成他概念中的'小说'的集成"。③ 而美国学者夏志清先生针对清代小说在才学或文体上卓然有异的现象,提出了"文人小说"的概念,认为这类小说只是"充分汲取作者学问,同时显出对中国文化关怀备至",而其"具备共通点的典型作品既然没有,我们准的无依,就没法论述了"。④ 比较何先生与夏先生的观点,何先生虽没有直言才学小说显示的就是作者的学问,但就其内容来讲,二人的观点还是一致的,只不过是一人命名为杂家小说,一人命名为文人小说。

陈文新先生在详细分析了清代小说的特征之后,指出了清代小说出现思想化与才学化的差异,并认为"才学化一类的小说"特点是"以才、学、识见长,而不以塑造人物、编织情节见长",⑤这一观点无疑是深刻的、进步的。

---

① （清）金圣叹著:《贯华堂第五才子书水浒传序一》,《金圣叹全集》,江苏古籍出版社1985年版,第1—6页。
② 此类说法,详见游国恩主编:《中国文学史》(第四册),人民文学出版社1964年版,第282—287页;袁行霈主编:《中国文学史》(第四卷),高等教育出版社2005年版,第336—337页。
③ 何满子著:《古代小说退潮期的别格——"杂家小说"》,《社会科学战线》1987年第1期,第267—271页。
④ 夏志清著:《文人小说家和中国文化》,《中国古典小说》第二辑,台北:幼狮文化公司1975年版,第265—303页。
⑤ 陈文新等著:《明清章回小说流派研究》,武汉大学出版社2003年版,第116页。

不过,有关才学识的观念,自唐代史学家刘知幾在《史通》中进行探讨以来,一直是一些学者经常讨论研究的话题。刘知幾在回答礼部尚书郑惟忠的提问时,说:"史有三长:才、学、识,世罕兼之,故史者少。"可见,陈文新先生将此史学观点移植过来,以此来评价才学小说,当是受到小说家是史家分支的观念的影响的。

台湾小说家、学者王琼玲女士对于才学小说研究用力颇勤,成果甚夥。王琼玲女士直接称此类"才学化小说"为"才学小说",认为:"才学小说,乃是以小说的形式,罗列、炫耀个人才学的作品。"①显然,王琼玲女士的观念具有突破性,不仅确立了才学小说的概念,而且将鲁迅先生所称的清代四部"以小说见才学者"小说称为"清代四大才学小说",并出版了专书予以探讨。但是,要清楚看到王琼玲女士认为才学小说就是简单"罗列、炫耀个人才学"的观点,还有商榷的价值,留有进一步探究的余地。因为这一"罗列炫耀说"几乎完全忽视了才学小说的文化内涵、社会意识与艺术诉求,这显然是不符合事实的,不具有科学的历史思维。

其实,从思想与艺术方面来看,才学小说一方面吸收和借鉴了中国传统小说在长期的历史发展中所积累的优秀艺术经验,另一方面又不断谋求着主题意蕴的不断深入和表现形式的多种多样,力求达到叙事手段、塑造人物手法的创新。而这两个方面,也最终会使才学小说这一流派形成自己独具时代特色与民族特色的艺术格调和美学特征。

三、才学小说内涵

我国古代小说,实际上存在两种观念:一指学术上概念,此种小说本身就具有记录知识、写才写学的特性,具有写"史"的特点,即完整地记录知识与才学;一指文学体式,六朝志人志怪为其萌生期,唐人传奇小说为其成熟期,注重叙事婉转,情节摇曳,人物多变。而文学上的小说观念的炫学现象实是受到学术上古代小说观念的直接影响。

由于受到传统文化观念和传统小说观念的双重影响,古代小说历来被视为稗官野乘、间里小道、杂览琐语而受到歧视。然而正是小说的这种长期不被重视和沉沦下层,反而培养了它顽强的生命力,使其成为显赫一"家",可以与诸子并存,甚至以文学为基础,可以无所不包而兼采众长,从而具有

① 王琼玲著:《才学小说的源流、定义、成就与缺失》,《镜花缘学术研讨会论文集》,2010年11月,第128—154页。

蕴含才学、囊括百家的特点。而这首先也是才学小说内涵的一种表现。

正因为才学小说是以小说文学性为底子，注重"无所不包而兼采众长"，致使有的学者认为才学小说"内容芜杂"。其实"内容芜杂"是一个相对的概念，若掌握科学的方法，在芜杂的材料中是可以梳理出一条清晰的线路的。况且，有的才学小说正因为内容的芜杂性，创作不受任何约束，才为后人保存了大量鲜活的文化史料。

宋人赵彦卫称唐人小说："文备众体，可以见史才、诗笔、议论。"①这是较早从理论上对古代小说蕴含才学现象的总结，指出才学包括史家之春秋书法（史才）、诗词之比兴传统（诗笔）及诸子的纵横捭阖（议论）等。相对才学小说而言，赵彦卫的评说，也可以认为是从才学小说的表达方式上进行总结。明人胡应麟曰："小说，子书流也，然谈说理道，或近于理，又有类注疏者。纪述事迹，或通于史，又有类志传者。他如孟棨《本事》、卢瑰《抒情》，例以诗话文评，附见集类，究其体制，实小说者流也。"②胡应麟在承认小说为子书的基础上，又进一步指出小说作为子书与经、史、集的关系，从而得出小说所蕴含的才学可以通于经、史、子、集众家学问的结论。明人莫是龙对小说逞炫才学的认识则更进一层，他认为："经史子集之外，博闻多知，不可无诸杂记录。今人读书，而全不观小说家言，终是寡陋俗学。宇宙之变，名物之烦，多出于此。"③由此可见，才学小说所蕴含的才学内容不仅包括经史内容、百家学问，亦且包括诸技杂艺、诗话文评、博识名物之类。

还必须看到，才学小说除了以写才写学为内容与主题外，还是要表达作者的心志情意的，即写情写志，"略以寄慨"。这也是才学小说的内涵之一。小说流传于社会各阶层，是同人民大众接触最密切的，除了娱乐的特点之外，大多还兼具所谓"可观""可采"的特点，也就是说能从中获得知识与教育。桓谭云："若其小说家，合丛残小语，近取譬喻，以作短书，治身理家，必有可观者之辞。"④小说的内容是"合丛残小语"，采用的表现方式是"近取譬喻"，而其能"治身理家"，所以才"可观"。班固亦云："闾里小知者之所及，亦使缀而不忘，如或一言可采，此亦刍荛狂夫之议也。"⑤所谓"刍荛狂夫之议"，应是稗官收集来的庶人对国家政令实施情况的议论，上层于此可广

---

① （宋）赵彦卫撰：《云麓漫钞》，中华书局1996年版，第135页。
② （明）胡应麟著：《少室山房笔丛》第二十九卷，中华书局1958年版，第374页。
③ （明）莫是龙撰：《笔塵》，《丛书集成新编》第八八册，台北：新文丰出版公司1985年版，第202页。
④ （梁）萧统编：《文选》，上海古籍出版社1986年版，第1453页。
⑤ （汉）班固撰：《汉书》，中华书局1962年版，第1745页。

视听,可知得失,所以说"可采"。

　　要之,"丛残小语"也好,"刍荛狂夫之议"也罢,都应是具有写才写学特点的,可以让人获得知识与教育,表达作家一定的社会观念与社会参与意识。因为,无论小说作者、传播者,还是读者,往往要求小说具有教化大众与传播知识的社会功能,而这与儒家思想教育的要求也是相一致的。是故,宋人曾慥《类说序》认为:"小道可观,圣人之训也。……可以资治体,助名教,供谈笑,广见闻。"①明人庸愚子在《三国志通俗演义·序》里还论及小说与治平的关系,他说:"夫史非独记历代之事,盖欲昭往昔之盛衰,鉴君臣之善恶,载政事之得失,观人才之吉凶,知邦家之休戚,以至寒暑灾祥,褒贬予夺,无一而不笔者,有义存焉。……若东原罗贯中,以平阳陈寿《传》,考诸国史,自汉灵帝中平元年,终于晋太康元年事,留心损益,目之曰:三国志通俗演义。文不甚深,言不甚俗,事记其实,亦庶几乎史,盖欲读诵者,人人得而知之,若《诗》所谓里巷歌谣之义也。"②庸愚子的观点与宋人曾慥的观点相同,都谈到了小说对于社会和国家治理的意义与价值。关于这一点,梁启超先生曾撰《论小说与群治之关系》一文予以探讨,认为"欲新一国之民,不可不先新一国之小说",理由就是梁启超先生认为小说有四种力量,即"熏""浸""刺""提"。③　显然,这四种力量还是从儒家正心、修身的角度来论述的。

　　从班固、曾慥、胡应麟、庸愚子到梁启超等人的论述中,我们知道,在古代小说中,作者通过写才写学构撰情节与故事来展现自己的才识与博学,表达修齐、治平的救世情结与社会诉求,以寄托自己的心志与情意,已是非常普遍的现象。而且小说中的才学内涵、文采辞藻也备受当时人们的认可与推崇,甚至认为小说上可通"宇宙之变",下可究"名物之烦"。

　　因此,笔者以为才学小说的内涵就是一种刻意炫耀个人的经史百家学问、才藻辞章之美、诸技杂艺之术等所有堪称才学的内容,甚至包括治繁理剧之才,安内攘外之能,并把它们当作塑造人物形象的主要手段,以寄托作者心志情意的小说类型。从才学小说的基本概念与内涵来看,才学小说与传统小说最大不同之处,就在于作家对待构成才学小说素材的各种学问、知识、游艺等才学的态度的差异。对于才学小说与传统小说的区别,台湾学者

---

①　(宋)曾慥辑:《类说》,《北京图书馆古籍珍本丛刊》第六二册,书目文献出版社1987年版,第6页。

②　见《三国志通俗演义》,上海古籍出版社1980年版,第1—2页。

③　梁启超著:《论小说与群治的关系》,《饮冰室合集·文集之十》第四册,中华书局2015年版,第6页。

王琼玲曾予以辨析,认为:"传统小说内容中,虽多有'蕴涵才学'者,但是'蕴涵才学'仅是作者'表达'的手段之一。……但是'才学小说'则恰恰相反,作者是以展现己身之'才学'作为创作目的,小说仅是其利用之工具而已。"①笔者以为,这一"以炫才为目的、以小说为工具"的"目的工具"分疏观念,失之片面。因为"才学"的目的说与"小说"的工具说本身就很难成立,况且二者的实质是统一的,并不是截然分开的,即不是"分疏"的,而是"理一"的。传统小说,虽亦多有写才写学者,但其写才写学并不是作家主观上的逞才炫学,也不是作者铺叙情节、塑造人物的主要手法。而作为才学小说,其含义是作者既要露才显能,又要借以寄慨,即写才写学与写情写志是辩证统一的,是二而一的。

---

①　见王琼玲:《才学小说的源流、定义、成就与缺失》,《镜花缘学术研讨会论文集》,2010 年 11 月,第 128—154 页。

第二章　清代才学小说的源流

才学小说的源头,与儒家通识教育、唐传奇的审美特质是有关联的,不过,既然小说有稗官之称,而且周代稗官的职能又是为王者诵说远古传闻之事和九州风俗、地理、掌故等知识,因此,不妨直接从此考查,或可对于才学小说史的研究有更大的启发意义。再,才学小说逞才炫学、文备众体,与诗、史、骚、赋、骈文的文学传统是否有所关联,尚需进一步考证。魏晋时期的志人志怪,也具有记录才与学的功能,由此出发,则或可找到才学小说的博物多识与写奇写怪的源头。唐传奇综合史才、诗笔与议论的特点,宋元话本的四家数,即小说、说经、讲史与合生均在不同程度上哺育了才学小说的创作。是故,本章将从以上三个方面展开探究。

一、从稗官职能说起

追溯才学小说的源头,或以为从儒家的通识教育说起,①或以为从唐代兼具"诗才、史笔、议论"之长的传奇说起。② 然而,若论才学小说真正的源

---

① 王琼玲认为:中华民族是极讲实用的民族,影响社会最巨的儒家思想,亦多落实于"正德、利用、厚生"层面。儒家又特别注重民众之教养,教养内涵主要包括德行之陶冶与知识、技艺的传授。受此双重影响,文学作品亦多兼具道德教化、知识教育之功能。如孔子论《诗》,除了可"兴、观、群、怨"之外,尚可作为"事父""事君"之凭借;又可"多识草木鸟兽之名"。文学作品中,小说流布于各阶层,与民众之接触面最广,除了娱乐效用之外,多需兼具"虽小道,必有可观者焉"的社会功能,故桓谭云:"小说家合丛残小语,近取譬喻,以作短书,治身理家,有可观之辞。"历来无论创作者、传播者及阅读者,往往要求小说需具教化大众与传播知识之社会功能。虽然,任何文艺创作,作者或隐或显皆有露才显能之心意。然而,小说因取材不拘、形式多样、内容广博,遂使作者既便利展现其博学广闻、才艺技能、人生理想等主观要求;又可符合小说兼具传播知识、教化道德之客观社会功用。因此作品中蕴含、呈现作者之才学,乃成为中国小说的一大特质。(见王琼玲:《才学小说的源流、定义、成就与缺失》,《镜花缘学术研讨会论文集》,2010年11月,第128—154页)
② 苏建新认为,以石头(曹雪芹)的视角看,佳人才子书显然也具有"以小说见才学"的嫌疑。作者假借潘安、子建(模范才子)与西子、文君(模范佳人)诗词唱酬,变相展示了自己的诗才。的确,自唐人《莺莺传》传奇问世后,宋元传奇、话本,明代中篇小说,清初至《石头记》产生前数量可观的章回体小说,其中符合批评者眼光的作品,为数可谓夥矣。《才学小说与佳人才子小说关系新探》,《2009年海峡两岸夏敬渠、屠绅与中国古代才学小说学术研讨会论文集》,第32页。

头,笔者以为应从稗官的职能说起。

在先秦与汉代,中国的小说观念是与今天的散文体叙事小说不同的。那时的小说是作为一个学术概念而存在的,故亦称小说家。小说家被认为是源于稗官,是与儒、道、阴阳、法、名、墨、纵横、杂、农九家并列的学术流派。《汉书·艺文志》中《诸子略·小说家·小序》云:

> 小说家者流,盖出于稗官。街谈巷语,道听途说者之所造也。孔子曰:"虽小道,必有可观者焉,致远恐泥,是以君子弗为也。"然亦弗灭也。闾里小知者之所及,亦使缀而不忘。如或一言可采,此亦刍荛狂夫之议也。①

那么,明显的问题是:稗官是一种怎样的官职呢? 而其职能又是什么呢? 这不妨从小说家与其他九家的比较来看问题。

由于《汉书·艺文志》乃班固"删"刘向、刘歆父子《七略》之"要"而成,所以也应将此志当作刘氏父子等人的作品。《汉书·艺文志》是刘向、刘歆父子及任宏等专家学者奉汉成帝御旨而纂修成的国家级图书目录,是供皇帝阅读以资治世借鉴的。是故,该志向来以体例谨严、学术价值巨大而著称。在该志中,刘向等明确指出:儒家"出于司徒之官"、道家"出于史官"、阴阳家"出于羲和之官"、法家"出于理官"、名家"出于礼官"、墨家"出于清庙之守"、纵横家"出于行人之官"、杂家"出于议官"、农家"出于农稷之官"、小说家"出于稗官"。以上十家,为汉代学术的分野,集中体现了汉代人的基本学术观念,即按行政职能的不同来划分。小说家既然能名列十家之一,地位实不算低,足可登大雅之堂。于此,颜师古以"小官"来注"稗官",显然是错误的,试问其他九家之官,难道都是大官乎? 而班固的"诸子十家,其可观者九家而已"的结论性观点,亦不足为法。

潘建国先生曾撰《"稗官"说》一文,在余嘉锡先生、周楞伽先生考证"稗官"的基础上,详细考辨了"稗官"一职自周至汉的演变过程。其文曰:

> 在周官中,它(指稗官)就是土训、诵训、训方氏,其职能专为王者诵说远古传闻之事和九州风俗地理、地慝;在汉代,它就是待诏臣、方

---

① (汉)班固撰:《汉书·艺文志》,中华书局1962年版,第1745页。

士、侍郎一类人物，其诵说内容除古事、风俗之外，多为修仙养生之术。①

潘建国先生的观点，一方面指明稗官在周代与汉代的不同称谓，另一方面也交代了其不同的职能。大家知道，《汉书·艺文志》记录的十五篇作品，汉代以后就已逐渐亡佚，内容亦复不可知了。而"稗官"的官职及其职能的发现，恰恰给人们推知古小说所记录的内容提供了线索。

　　刘向通过目录学确立的学术概念的小说，虽然与汉魏六朝及以后的文学概念的小说是分离的，但是，其内容大多可依稗官的职能在汉魏六朝小说中找到合理的对应。譬如，以《山海经》《博物志》《十洲记》等为代表的博物地理小说，事实上就是土训、诵训所谓的"九州风俗地理、地慝"等内容；以《穆天子传》《燕丹子》等为代表的志人小说，即为土训、诵训、训方氏所说的"专为王者诵说远古传闻之事"；而以《列仙传》《神异经》《汉武帝》系列等为代表的有关神仙方术的作品，也无疑是汉代稗官所诵说的"修仙、养生、古事、风俗"等内容。

　　由此可见，作为学术概念的古代小说，记录地理、传闻、方术等知识，原本就是其基本功能。换句话说，古代小说本身就是以记录知识、展现才学见长的。

　　作为证信的倒是《青史子》一书。《青史子》是《汉书·艺文志》所录已亡佚的那十五篇小说作品之一，乃是稗官所作的小说，其书虽亡佚，然其佚文尚有三则。

　　第一则见于贾谊《新书》卷十《胎教杂事》，其文曰：

　　　　古者胎教之道："王后有身之七月而就蒌室，太史持铜而御户左，太宰持斗而御户右，太卜持著龟而御堂下，诸官皆以其职御于门内。比及三月者，王后所求声音非礼乐，则太史抚乐而称'不习'；所求滋味非正味，则太宰荷斗而不敢煎调，而曰：'不敢以侍王太子。'太子生而泣，太史吹铜曰：'声中某律。'太宰曰：'滋味上某。'太卜曰：'命云某。'然后为王太子悬弧之礼义。东方之弧以梧，梧者，东方之草，春木也，其牲以鸡，鸡者，东方之牲也；南方之弧以柳，柳者，南方之草，夏木也，其牲以狗，狗者，南方之牲也；中央之弧以桑，桑者，中央之木也，其牲以牛，

<hr />

① 潘建国著：《"稗官"说》，《文学评论》1999 年第 2 期，第 83 页。另，余嘉锡先生的《小说家出于稗官说》，见载于《余嘉锡文史论集》，岳麓书社 1997 年版；周楞伽先生的《稗官考》，见载于《古典文学论丛》第三辑，齐鲁书社 1982 年版。

牛者,中央之牲也;西方之弧以棘,棘者,西方之草也,秋木也,其牲以羊,羊者,西方之牲也;北方之弧以枣,枣者,北方之草,冬木也,其牲以彘,彘者北方之牲也。五弧五分矢,东方射东方,南方射南方,中央射中央,西方射西方,北方射北方,皆三射;其四弧具,其余各二分矢,悬诸国四通门之左,中央之弧亦具,余二分矢悬诸社稷门之左。然后卜王太子名:毋下放此取于天,下无取于地,中无取于名山通谷,无悖于乡俗。是故,君子名难知而易讳也;此所以养息之道也。

《大戴礼记》卷三《保傅篇》亦引有上则《上古胎教之道》,文字稍有不同。这篇文字记录的知识是与优生学密切相关的,指出孕七月、三月之际的坐、立、行、食、乐等的不同要求。同时,指出太子出生后,亦有悬弧之礼仪。从中不难看出,其礼仪的烦琐、精细。

第二则见于《保傅篇》,其文曰:

古者年八岁而出就外舍,学小艺焉,履小节焉;束发而就大学,学大艺焉,履大节焉。居则习礼文,行则鸣佩玉,升车则闻和鸾之声,是以非僻之心无自入也。在衡为鸾,在轼为和;马动而鸾鸣,鸾鸣而和应;声曰和,和则敬,此御之节也。上车以和鸾为节,下车以佩玉为度,上有双衡,下有双璜,冲牙玭珠以纳其间,琚瑀以杂之,行以采茨,趋以肆夏,步环中规,折还中矩,进则揖之,退则扬之,然后玉锵鸣也。古之为路车也:盖圆以象天,二十八橑以象列星,轸方以象地,三十辐以象月。故仰则观天文,俯则察地理,前视则睹鸾和之声,侧听则观四时之运,此巾车教之道也。

本则记载,指明孩子长到八岁,开始求学。入小学,学习的科目则有小艺、小节等;稍大一些,要入大学,则学大艺、大节,包括礼仪、文学、佩饰、驾车等。

第三则见于《风俗通义》卷八,其文曰:

鸡者,东方之牲也,岁终更始,辨秩东作,万物触户而出,故以鸡祀祭也。

本则记载,当与祭祀的礼仪有关。综上,则不难发现,这三篇稗官"小说家"的作品,均是如实记录知识的小品,分别记录了古代胎教教育原则、过程与方法,古代学校教育的入学、课程与目标,并重点介绍了御车一科之道,以及与鸡有关祭祀等知识。

要之，古代小说自诞生之日起，因稗官职能的关系，它本身就是要记录知识、展示才学的，而其目的则是要给人们及当政者以教育与影响，从而表达作者的文化社会诉求与愿望。

二、诗史传统的滋养

论及才学小说与我国文学传统的关系，无疑要想到"诗""骚"及"赋"的传统，即《诗经》、楚辞与汉大赋开创的艺术手法与抒情言志传统。这不仅表现在形式上，诗、骚、赋对才学小说的文体渗透，使其"文备众体"，也表现在审美趣味上，诗之比兴、骚之美刺、赋之铺排等艺术手法对才学小说展才、炫学、写人、叙事产生的深层影响。正如陈平原先生所言："诗骚影响于中国小说，则主要体现在突出作家主观情绪，于叙事中着重言志抒情；'摛词布景，有翻空造微之趣'；结构上引大量诗词入小说。"①需要强调的是，诗、骚、赋对才学小说的滋养，若止于此，那就不见其个性了。还需看到，《诗经》、楚辞、汉赋，在创作目的、内容题材上，亦有蕴涵、庋藏知识，炫示才学的特性，而这对才学小说炫才的影响，则是直接的。

《诗经》因有"风、雅、颂、赋、比、兴"六义，而成为后代诗学之壶奥，自不待言。《诗经》亦载有天文、地理知识，宋人王应麟作《诗地理考》②、清人洪亮吉作《毛诗天文考》③，早已证实了这一点。《诗经》蕴藏最多的才学实属"草木鸟兽虫鱼"之名，多达370种。历来注疏者颇多，自吴陆玑《草木鸟兽虫鱼疏》④至清陈大章《诗传名物辑览》⑤，亦有不下十家。是故孔子强调：

---

① 陈平原著：《中国小说叙事模式的转变》，上海人民出版社1988年版，第224页。

② 其书录郑氏《诗谱》，又旁采《尔雅》《说文》《地志》《水经》以及先儒之言，凡涉于诗中地名者，荟萃成编。《四库全书总目提要》，中华书局1997年版，第198页。

③ 张凯跋语云："道光己酉春日，子龄师以其尊甫北江先生遗著《毛诗天文考》一卷命凯校录。以人事倥偬，卒卒未暇。今春重理旧箧得之，始克毕。半月力校，付手民以报师命。深愧学术荒芜，其中鲁鱼亥豕，是所不免，尚俟海内博雅君子重加厘正焉。咸丰元年岁次辛亥春王月淮宁张凯谨识。"（见《续修四库全书》第六五册，上海古籍出版社2002年影印版，第12页）

④ 纪昀评是书曰："虫鱼草木，今昔异名，年你迢遥，传疑弥甚。玑去古未远，所言犹不甚失真，《诗正义》全用其说；陈启源作《毛诗稽古篇》，其驳正诸家，亦多以玑说为据。讲多识之学者，固当以此为最古焉。"（见《四库全书总目提要》，中华书局1997年版，第189页）

⑤ 其书凡鸟二卷、兽二卷、虫豸一卷、麟介一卷、草四卷、木二卷。盖尤其生平精力所注也。……虽精核不足，而繁复有余，固未始非读诗者多识之一助。《四库全书总目提要》，中华书局1997年版，第209页。

"《诗》可以兴,可以观,可以群,可以怨。迩之事父,远之事君。多识于草木
鸟兽之名。"又说:"人而不为《周南》《召南》,其犹正墙而立也与!"又说:
"不学《诗》,无以言。"①孔子观点,揭示了诗学的系统理论,那就是兴观群
怨说。其实从"观"的角度来看,《诗》中记载的草木鸟兽之名,何尝不是"观
物""观知识"的内容呢!

　　楚辞中亦多载草木虫鱼知识,其注疏者如宋吴仁杰撰《离骚草木疏》②、
宋谢翱撰《楚辞芳草谱》③、清周拱臣撰《离骚草木史》④等。吴仁杰之《离骚
草木疏》编末《自序》云:"梁刘杳有《草木疏》二卷,见于本传,其书已亡。
而仁杰独取诸二十篇之文,故命曰《离骚草木疏》……《离骚》之文多怪怪奇
奇,亦非凿空置词,实本之《山经》,其言鹭鸾皇鸤鸟,与《诗》麟麚凤凰何异?
飂又何足以知之?《离骚》以蘼草为忠正,藫草为小人,荪、芙蓉以下,凡四
十有四种,犹青史忠义独行之有全传也。茨葏菿之类十一种,传著卷末,犹
佞幸奸臣传也。彼既不能流芳后世,姑使之遗臭万载云。"是故,纪昀评曰:
"以其征引宏富,考辨典核,实能补王逸训诂所未及。以视陆玑之疏《毛
诗》,罗愿之翼《尔雅》,可以方轨并驾,争骛先后,故博物者恒资焉。"⑤

　　如果说《诗经》《楚辞》是一般的记录、传播知识,那么借助炫示才学以
夸能的文学作品,在先则又非汉大赋莫属了。汉赋乃脱胎于楚辞,名虽为抒
情诗,实已有散文化的特点,与小说亦有相类似的地方。在这一点上,钱钟
书先生在论《首阳山赋》中是一语中的。钱钟书先生说:"观'卒命'二字,则
所睹乃伯夷、叔齐之鬼也。此赋后半已佚,然鬼语存者尚百字。……玩索斯
篇,可想象汉人小说之仿佛焉。"⑥钱钟书先生虽是从汉赋记鬼怪的角度言
之,但其"汉赋仿佛小说"的观点颇能给人启发。照我看来,才学小说的炫
学逞才确实与汉赋相仿佛。汉赋的主客问答一般采用客观叙事,大肆铺排

---

① (魏)何晏集解,(宋)邢昺疏:《论语注疏》,十三经注疏本,中华书局 2009 年版,第
　　5486 页。

② (宋)吴仁杰撰:《离骚草木疏》,《文渊阁四库全书》第一〇六二册,台湾商务印书馆 1986
　　年版,第 493—494 页。

③ (宋)谢翱撰:《楚辞芳草谱》,《丛书集成续编》第一一八册,台北:新文丰出版公司 1988 年
　　影印版,第 683 页。

④ 周拱臣《自叙》云:"草木之中有君子焉,有小人焉。——比其类而暴其情,使萧艾、葏菿知
　　所顾忌,而不敢进。而与兰芷江蓠竞德,凛凛乎衮钺旨也。以治草木还以治草木者治人,
　　是所望于灵修者挚焉尔尔,若夫窃取之义,予则何敢? 夫固曰:'风木之酸泪,草莽之孤愤,所
　　攸寄焉尔也。'稗官野乘,聊寄荒衷。篇中之草木禽鱼,其有以罪我也,夫其有以知我也
　　夫。"(见《续修四库全书》第一三〇二册,上海古籍出版社 2002 影印版,第 75—76 页)

⑤ (清)纪昀等撰:《四库全书总目提要》,中华书局 1997 年版,第 1975 页。

⑥ 钱钟书撰:《管锥编》,生活·读书·新知三联书店 2007 年版,第 1573 页。

饮食之盛、歌舞之乐、女色之美以及宫室苑囿鸟兽之事,其所昭示的审美情趣和艺术取向,恰恰与才学小说的铺叙、绘景、摛藻、逞才相似。譬如枚乘的《七发》,其以观潮的描写最为精彩。其文曰:

> 疾雷闻百里,江水逆流,海水上潮。山出云内,日夜不止。衍溢漂疾,波涌而涛起。其始起也,洪淋淋焉,若白鹭之下翔;其少进也,浩浩澄澄,如素车白马帷盖之张。其波涌而云乱,扰扰焉,如三军之腾装;其旁作而奔起者,飘飘焉,如轻车之勒兵。六驾蛟龙,附从太白,纯驰皓蜺,前后络绎。颙颙卬卬,椐椐彊彊,莘莘将将。壁垒重坚,沓杂似军行。旬隐匈磕,轧盘涌裔,原不可当。观其两旁。则滂渤怫郁,闇漠感突,上击下律,有似勇壮之卒,突怒而无畏。蹈壁冲津,穷曲随隈,逾岸出追。遇者死,当者坏。初发乎或围之津涯,荄轸谷分。回翔青篾,衔枚檀桓。弭节伍子之山,通厉骨母之场,凌赤岸,篲扶桑,横奔似雷行。诚奋厥武,如振如怒。沌沌浑浑,状如奔马。混混庳庳,声如雷鼓。发怒庢沓,清升逾跇,侯波奋振,合战于藉藉之口。鸟不及飞,鱼不及回,兽不及走。纷纷翼翼,波涌云乱,荡取南山,背击北岸,覆亏丘陵,平夷西畔。险险戏戏,崩坏陂池,决胜乃罢。濊汩潺湲,披扬流洒。横暴之极,鱼鳖失势,颠倒偃侧,沈沈湲湲,蒲伏连延。神物怪疑,不可胜言,直使人踣焉,洄闇凄怆焉。此天下怪异诡观也,太子能强起观之乎?[1]

宋玉《高唐赋》也有对于山洪暴发场面生动逼真的描写。其文曰:

> 惟高唐之大体兮,殊无物类之可仪比。巫山赫蜺无畤兮,道互折而层累。登巉岩而下望兮,临大阺一稸水;遇天雨之新霁兮,观百谷之俱集。濞汹汹其无声兮,溃淡淡而并入。滂洋洋而四施兮,蓊湛湛而弗止。长风至而波起兮,若丽山之孤亩。势薄岸而相击兮,隘交引而却会,崪中怒而特高兮,若浮海而望碣石。砾磥磥而相摩兮,巆震天之礚礚。巨石溺溺之瀺灂兮,沫潼潼而高厉;水澹澹而盘纡兮,洪波淫淫之溶裔。奔扬踊而相击兮,云兴声之霈霈。猛兽惊而跳骇兮,妄奔走而驰迈。虎豹豺兕,失气恐喙,雕鹗鹰鹞,飞扬伏窜,股战胁息,安敢妄摰?于是水虫尽暴,乘渚之阳,鼋鼍鱣鲔,交织纵横。振鳞奋翼,蜲蜲

---

[1]　(清)严可均辑:《全上古三代秦汉三国六朝文》,中华书局1958年版,第237—239页。

蜿蜒。①

二者的描写对象相似,而且都铺陈得非常充分。枚乘把潮水写成一支声势显赫的军阵。他从形貌、动态、气势、声威各方面加以比较,多角度展现潮水与军阵之间近乎神似的相通之处。枚乘对潮水的描写发挥出丰富的想象力,人的主观精神贯注于自然,使自然的再现闪耀着人的生命的光辉,因而有一种激动人心的力量。

是故,钱钟书先生说:"夫院本、小说正类诸子、辞赋,并属'寓言'、'假设'。即'明其为戏',于斯类节目读者未必吹求,作者无须拘泥;……倘作者斤斤典则,介介纤微,自负谨严,力矫率滥,却顾此失彼,支左绌右,则非任心浸与,而为无知失察,反授人以柄。……时代错乱,亦有明知故为,以文游戏,弄笔增趣者。"②钱钟书先生从院本、小说素材的真伪上剖析其与史的差异,并指出院本、小说素材之真伪亦当从其所要,不必斤斤计较,否则贻人笔柄。不过,如果从小说记录知识才学的角度观之,则与诗骚之记录知识、辞赋之铺排夸饰亦正相类。

从才学小说作家方面看,清初的丁耀亢、汪价、董说,以及清中叶的李汝珍、夏敬渠、屠绅、陈球等,他们几乎都是能诗善赋、博通经史的,且多有学术著述。宋人洪迈说唐代作家:"大率多工诗,虽小说戏剧,鬼物假托,莫不宛转有思致,不必颛门名家而后可称也。"③洪迈所言,若用来形容清代才学小说作家,亦无不可。清代才学小说作家以此种才力著小说,有意无意显露诗才与学问,那是自然而然的事情,亦是情理之中的。

要之,没有诗、骚的文体借鉴与草木虫鱼的博识启发,没有辞赋的铺排夸饰,后世才学小说中的逞才、炫学、露能是无法想象的。

小说在传统文化中的地位,是无法与史传同日而语的。"经、史、子、集"之排序,不唯是图书目录的分类,更是价值高下的评判。诗歌中记载史实、蕴藏故典,作者是为了提高其自身品位,是故把"诗史"当作最高的追求;经书亦与史传交融,所谓"六经皆史"也。那么,小说比附史书,以期提高其自身地位,也就在所难免了。譬如"信实如史"常用做对小说的极高赞誉。文言笔记小说固可作为正史之补,品位较低的白话小说也可归结于

---

① (梁)萧统编,(唐)李善注:《文选》,上海古籍出版社 1986 年版,第 876—878 页。
② 钱钟书著:《管锥编》,三联书店 2007 年版,第 2036 页。
③ (宋)洪迈撰:《容斋随笔》卷十五,《笔记小说大观》第十六册,江苏广陵古籍刻印社 1983 年版,第 189 页。

"古今大账簿"之下的"杂记小账簿"。①

基于此,在叙事手法上,才学小说尽量向史传靠拢。为了保证叙述的客观性,它尽量描写人物的内心活动,采用全知叙事,注重时间的节奏与空间的整饬性,等等。

观《蟫史》《燕山外史》《草木春秋》等才学小说题目,均以"史"命名,这就可见作者之用心,而《野叟曝言》虽不以史为名,却是才学小说乃至整个章回小说系统中带着纪传性结构形态最强的一部,故不妨以此为例,予以考释。

第一,全书集中描写某一个人的人生经历,纪传体的特征十分突出。如果说《三国演义》《水浒传》是一部集体"英雄谱"式的写照,那么《野叟曝言》就是一曲个人英雄主义的赞歌。书中一开头就仿照《金瓶梅》第一回,写了文素臣与十弟兄把酒言志,然后集中笔墨写文素臣的江西、京都之行;后来写救驾、平叛、剿苗、驱倭、抚台等,涉的所有人物、一切事件,几乎全是为塑造文素臣这个中心人物服务的。

第二,作者博学多识,庋藏才学的内容占有很大比重。但这也是为了塑造文素臣超凡的形象。《野叟曝言》炫示才学集中表现为兵、诗、医、算四大才学,作者安排文素臣娶四妾,分别承继其绝学。

第三,全书以编年体来写,在时间上安排得非常精确。故事始于明宪宗成化元年乙酉(1465),终于明孝宗弘治三十二年己卯(1519),共五十四年的历史。人物大多有出生年月,而且前后一致。据侯健先生计算,只有文素臣长子文龙的年龄,在他登科出仕那一段差了一年。②

第四,《野叟曝言》作为才学小说,借鉴了史传文学"纪事本末体"的写法。所谓纪事本末,即讲究故事的完整性、连续性。《野叟曝言》中,作者为了把每一件事的来龙去脉交代清楚,惯用手法即为倒叙、补叙。例如,书中写主人公文素臣与璇姑失去联系后,多方寻找未果,一直到偶遇石氏。作者通过石氏之口,竟用了近十三回的篇幅来补叙璇姑之悲惨遭迹。再如书中写文素臣因直谏斩贼与景王之恶,触怒了成化帝,将其贬往辽东。而文素臣

---

① (清)褚人获撰:《隋唐演义》,康熙年间四雪草堂刊本,《古本小说集成》影印本,上海古籍出版社 1994 年版。《自序》曰:"昔人以通鉴为古今大账簿,斯固然矣。第既有总记之大账簿,又当有杂记之小账簿。此历朝传志演义诸书所以不废于世也。他不具论,即如《隋唐志传》,创自罗氏,纂辑于林氏,可谓善矣,然始于隋宫剪影,则前多阙略,厥后铺缀唐季一二事,又零星不联属,观者犹有议焉。"

② 侯健著:《〈野叟曝言〉的变态心理》,载于卢兴基选编《台湾中国古代文学研究文选》,人民文学出版社 1988 年版。

在去往辽东的一切遭遇均以补叙方式写出。同时,小说亦用到了伏笔照应
之法。与一般小说不同的是,这些伏笔常常寓含在联对、字谜、酒令之中。
譬如,湘灵、素娥、璇姑、天渊四人联对,有"四女同居,吾夫子东西南北之人
也"一句,实暗示天渊也将成为文素臣妻妾之一员,而这一事实直至第一百
二十五回才点出。其文曰:"天渊涨红了脸,说道:'那日酒底,不特老爷可
疑,连各位姐姐的酒底,并对的对子,都像知道妹子心事的,暗暗相合。'"①
可见,书中表现才气与学问之处,不宜简单视为"炫耀才学",亦是含有作者
微意。

　　陈平原先生曾指出,"史传之影响中国小说,大体上表现为补正史之阙
的写作目的,实录的春秋笔法,以及纪传体的叙事技巧。"②石昌渝先生也
说:"史传在文体上孕育了小说,换句话说,小说来源于史传。"③可以说,在
这一点上,才学小说与中国传统小说是相通的,均受到史传文学的滋养与哺
育,表现出了笔削、褒贬、虚实、互见的叙事技巧和实录精神。要之,才学小
说作为中国古代小说的流派之一,是十分关注史传及诗、骚、赋传统的,讲究
与他们的互动与嬗变关系。

三、魏晋以来的流变

1. 才学小说与魏晋小说

　　魏晋时期,相去稗官记录知识的学术风气还未远,因此这一时期出现的
大量的志怪和志人小说作品,虽然已经具备了所谓文学概念的小说的原初
状态,但其"记录"的功能还没有失去,甚至居于主要地位。

　　魏晋志怪小说,明显具有"怪"的特定倾向,主要内容是一些奇异之人
或事,超乎寻常的人或事。如《搜神记》卷五记载"蒋山庙侮神"之事,写韩、
王、刘三人因侮庙中妇像而俱为蒋侯神降已并亡;《神仙传》中"栾巴"一文,
写栾巴降狸鬼并杀其子;《冥祥记》中"赵泰"一文,写主人公死而复活,追述
地狱见闻;等等。

　　再,这一时期出现的志人小说,约略可分为世说类、笑话类、杂记类。比
如世说类小说中,代表作有裴启的《语林》和刘义庆的《世说新语》等,观此

---

① （清）夏敬渠著:《野叟曝言》,光绪辛巳冬月毗陵汇珍楼刊本,《古本小说集成》影印本,上
　　海古籍出版社 1994 年版。
② 陈平原著:《中国小说叙事模式的转变》,上海人民出版社 1988 年版,第 224 页。
③ 石昌渝著:《中国小说源流论》,三联书店 1994 年版,第 81 页。

二书,多录时人之奇语妙句,显得清奇文雅。《语林》中写:"士衡在坐,安仁来,陆便起去。潘曰:'清风至,尘飞扬。'陆应声答曰:'众鸟集,凤皇翔。'"《世说新语》中写小孩元方则有"日中不至,则是无信;对子骂父,则是无礼"等。笑话类则有邯郸淳《笑林》、侯白的《启颜录》等。而殷芸的《小说》则为杂记之属。

诚然,从这一时期出现的志怪小说、志人小说的具体篇目中,可以分析得到这一时期小说的艺术特点,不同作品具有不同特点,有的粗陈梗概,三言两语,有的情节曲折,有对话、有景物描写等。比如刘勇强先生分析志怪小说产生的一个前提是在于特定的信仰背景,含有民间信仰和宗教信仰。①见解十分深刻。但有一个问题是不能忽视的,那就是当时人记录这些奇异的人与事,其所持的写作原则是认为真有其人、确有其事的,即认为这都是实录。即使像干宝《搜神记》这样的志怪小说,作者亦是在证"神道之不诬"。② 这就产生一个问题,就是这些作家们专门记录这怪人怪事、奇语妙句,其主观愿望在于什么? 显然不是为了表达他们的想象力奇特和丰富。应该是炫才,或者起码含有炫才的成分,也就是要显示其多见多闻多识多记之才。

关于这一点可以从张华《博物志》得到印证。是书前三卷皆记地理、动物、植物,卷四、卷五主要是方术家言,卷六系杂考,包括人名、文籍、地理、典礼、乐、服饰、器名、物名八目,卷七为异闻、卷八为史补、卷九卷十为杂说。从卷七至卷十所记按今天文学小说概念衡量,最具小说意味,然以古小说概念,即稗史的记录观念来看,恐怕只能得此小说为记录作者才识的作品。正如张华《自序》所言:"余视《山海经》及《禹贡》《尔雅》《说文》《地志》,虽曰悉备,各有所不载者,作略说。出所不见,粗言远方,陈山川位象,吉凶有征。诸国境界,犬牙相入。春秋之后,并相侵伐。其土地不可具详,其山川地泽略而言之,正国十二。博物之士,览而鉴焉。"③按序中,张华作《博物志》目的十分明显,乃是补史地"所不载者"。

不过,魏晋志怪志人小说对后世的影响,尤其是对清代才学小说流派生成的影响,则是魏晋志怪志人小说家所始料不及的了。一是志怪小说本身就蕴含了小说的因素,即传奇的审美特色,同时也包含着虚构的色彩,并给后世才学小说作家们提供了丰富的想象空间和想象形式,并造就了才学小

---

① 刘勇强著:《中国古代小说史叙论》,北京大学出版社 2007 年版,第 75 页。

② (晋)干宝著,李剑国辑校:《搜神记·自序》,中华书局 2007 年版。

③ (晋)张华著:《博物志》,见吴琯:《古今逸史》。

说的写奇写怪、写才写学的审美形式。

2. 才学小说与唐宋传奇

如果说魏晋志人、志怪小说是文学概念的古代小说的萌芽期,那么唐传奇则是文学概念的古代小说的成熟期。一般认为,传奇在唐代的兴起是受进士行卷风气的影响。宋赵彦卫《云麓漫钞》认为,进士们以传奇行卷,是因为传奇"文备众体,可以见史才、诗笔、议论"。① 换句话说,就是传奇更能直接表现士子的才华与学问。

鲁迅先生在《六朝小说和唐代传奇文有怎样的区别》一文中,以推测口吻说:"唐以诗文取士,但也看社会上的名声。所以士子入京应试,也许预先干谒名公,呈献诗文,冀其称誉,这诗文叫做'行卷'。诗文既滥,人不欲观,有的就用传奇文,来希图一新耳目,获得特效了。于是那时的传奇文,也就和'敲门砖'很有关系。但自然只被风气所推,无所为而作者,却也并非没有的。"② 虽然,目前学界对唐传奇与行卷的关系尚有分歧,③但若果如鲁迅先生的推测,则唐传奇的作者,其主观目的便是要炫耀学问、逞才露能。

首先,在唐代初期(618—762),由于受到魏晋志怪的影响,唐传奇多与神怪、志异题材结合在一起。具有代表性的传奇名作,如王度《古镜记》、无名氏《补江总白猿传》、张鷟《游仙窟》、陈玄祐《离魂记》、唐暄《唐暄手记》、张说《梁四公记》、郭湜《高力士外传》等。

《古镜记》可谓唐人小说才学化开山之作,作者为王度。此小说最能体现作者才学的,是作品依次铺叙的古镜十二灵异现象,作者"有意综合六朝以来言镜异之说,以恢宏其文"。④ 这古镜十二灵异现象,依次为:大业七年,以镜制伏狸精、鹦鹉;大业八年,镜光与日蚀相应;八月中秋夜,令铜镜无光;大业九年,镜可照见肺腑;在芮城伏蛇妖;在河北以镜愈疾;大业十年赠

---

① (宋)赵彦卫撰:《云麓漫钞》,中华书局 1996 年版,第 135 页。
② 鲁迅著:《且介亭杂文二集》,《鲁迅全集》第六卷,人民文学出版社 2005 年版,第 335—336 页。
③ 关于唐五代文士是否用小说行卷,学界存在两种截然对立的观点:一种意见认为,唐五代文士用小说来行卷,行卷的风气是小说兴盛的原因之一。鲁迅先生指出:"顾世间则甚风行,文人往往有作,投谒时或用之为行卷,今颇有留存于《太平广记》中者,实唐代特绝之作也。"(见《唐之传奇文》,《中国小说史略》,人民文学出版社 2005 年版,第 73 页)陈寅恪先生亦主此说,撰文认为传奇是"江湖举子投献之文卷"。(见《〈顺宗实录〉与〈续玄怪录〉》,《金明馆丛稿二编》,三联书店 2009 年版,第 74 页)另一种意见认为,唐五代用小说行卷(温卷)的现象并不存在。如吴庚舜的《关于唐代传奇繁荣的原因》、于天池的《唐代小说的发达与行卷无关涉》等均持否定说。笔者倾向于鲁迅、陈寅恪的意见。
④ 汪辟疆校录:《唐人小说》,上海古籍出版社 1978 年版,第 12 页。

勘后,勘以镜收象猿二精怪;收池鲛果腹;以镜击老鸡妖;以镜定波、驱熊、鸟、虎、豹、豺、狼;分河道而登天台、杀鼠狼精、老鼠精、守宫;大业十三年,镜在匣中悲鸣而失。

无名氏《补江总白猿传》的显著特点是运用了史家传记体例,完整叙述一事之始终。清章学诚云:"小说出于稗官……唐人乃有单篇,别为传奇一类,专书一事始末,不复比类为书。"①其情节主要包括失妻、寻妻、救妻等,写得摇曳生姿、波澜起伏。尤其值得关注的是,作品添入的景物描写。史传文章历来是排斥写景的,只有辞赋、骈文等文体才允许描写山水。是故,《补江总白猿传》的绘景描物,就使得传记融入了辞赋、骈文等体式,从而有机会实现文备众体,开唐人传奇小说辞章化的先河。如小说写欧阳纥入深山寻妻云:

> 又旬余,远所舍约二百里,南望一山,葱秀迥出。至其下,有深溪环之,乃编木以度。绝岩翠竹之间,时见红彩,闻笑语音。扪萝引絙,而陟其上,则嘉树列植,间以名花;其下绿芜,丰软如毯。清迥岑寂,杳然殊境。②

此段描写自然景物的文字,采用骈体,充满诗情画意。

张鷟作于高宗调露元年的《游仙窟》应是唐人传奇中带有逞才炫学性质最突出的一篇,小说通篇近乎骈俪,大量穿插辞赋、诗歌、俚语等。作品中虽有些艳情文字,然而作者并无意炫耀其艳遇,其所侧重的是逞示诗才与表达真情。③

其次,唐代中期,即从唐代宗广德起(763),至唐宣宗大中止(859),这是唐人传奇的鼎盛期。传奇所达到的成就,与唐诗一样构成了唐代文学的双璧。正如洪迈《唐人说荟》云:"与诗律可称一代之奇。"④鲁迅先生《唐宋传奇集·序例》说:"惟自大历以至大中中,作者云蒸,郁术文苑,沈既济、许尧佐擢秀于前,蒋防、元稹振采于后,而李公佐、白行简、陈鸿、沈亚之辈,则其卓异也。"⑤传奇集亦有两部,为牛僧孺《玄怪录》和陈邵《通幽记》。其中,《玄怪录》尤为著名。通观这一时期的传奇才学小说作品,或偏重于辞

① (清)章学诚撰,叶瑛校注:《文史通义校注》,中华书局 1994 年版,第 560 页。
② 李时人编著,何满子审定:《全唐五代小说》,第一册,陕西人民出版社 1998 年版,第 24 页。
③ 详见本书第七章《四六体才学小说〈燕山外史〉考论》中《〈燕山外史〉与骈文》一节。
④ 程国赋编著:《隋唐五代小说研究资料》,上海古籍出版社 2005 年版,第 14 页。
⑤ 鲁迅著:《唐宋传奇集》,《鲁迅全集》第十卷,人民文学出版社 2005 年版,第 190 页。

章,或偏重于史笔,或二者兼重。

偏于史笔的作品,如《枕中记》《任氏传》《长恨歌传》《东城父老传》等;偏于辞章的作品,如《湘中怨解》《异梦录》《秦梦记》《冯燕传》等;而史笔与辞章兼重的,如《柳氏传》《南柯太守传》《古岳渎经》《谢小娥传》《柳毅传》《莺莺传》《霍小玉传》《李娃传》等。注重史笔与辞章,是这一时期小说的普遍类型,成就与影响也非常大。上述所举传奇中的后三部,便是代表唐传奇最高水平的三大传奇。可以说,唐代传奇小说成长的过程,也是其才学化的过程,从体制的角度来说,就是传、记的辞章化的过程。传、记是史家体制,而注重辞章,则是受到六朝骈俪文的影响,即所谓的“文与笔的融合”。

综观此一时期的作品,如《任氏传》《南柯太守传》等,篇末均有史传论赞。《湘中怨解》文前有小序,正文中掺入辞赋体文字三段,文末又附说明。《莺莺传》《柳氏传》《李娃传》等夹杂大量诗歌及议论,并引述人物书信,形成诗、文、论三者相结合的局面。《东城父老传》《潇湘录·马举》《大唐奇事·管子文》等借角色之口以议兵政。《东阳夜怪录》《传奇·宁因》及《玄怪录》中的《元无有》《来君绰》《滕庭俊》等,则以“谐辞”“隐语”咏物,刻意展现作者的典故辞藻及博闻多识。《古岳渎经》后半部有作者虚拟的《岳渎经》,《玄怪录·董慎》则有两通判词及一道天符;《纂异记·徐玄之》有状、书、表各一篇。因诗歌、铭文、辞赋为韵体;判词、状、书、表多为骈体,故以文言为主的唐人小说,在文体上不只众体兼备,且已有韵、散、骈相杂之情况。

最后,在唐代后期(860—907),唐代传奇小说逐步增强了侠义的内容,并对人生有了一种忧患的意识。而在逞才炫学,仍与前期、中期相似,走史笔与辞章相结合的路子,间或有少量考据作品。从懿宗到唐末,这是一个“山雨欲来风满楼”的时代,世纪末的情绪在传奇中潜滋暗长着。吊古伤今,发抒盛衰无常之感。此期作家对政治格外关心,伴随着咏史诗等讽喻诗的兴起,传奇亦多影射和抨击社会现实,如《纂异记》《博异志》等。侠士的形象在这一时期发展到了极致。对侠的兴趣和崇拜,折射出的是对时局的动荡不安的担忧,表现人们出于一种心理安全和超越的需要,如《传奇》《甘泽谣》等。

李玫的《纂异记》是一部具有强烈政治讽刺色彩的传奇集,而郑怀古亦自称其《博异志》的写作宗旨是:“非徒但资笑语,抑亦粗显箴规。或逆耳之辞,稍获周身之诫。”①《许生》《蒋琛》是《纂异记》的代表作,所写均与“甘露之变”有关,表达作者对蒙难大臣的痛悼之情。《许生》安排在寿安甘棠馆

---

① 丁如明校点:《唐五代笔记小说大观》,上海古籍出版社2000年版,第477页。

有五位大臣鬼魂吟诗之事，凡作诗八首。后者则安排诸大臣之鬼魂与屈原饮酒赋诗，而屈原则"左持杯，右击盘，朗朗作歌"，凡作诗十三首。其中屈原歌曰："凤骞骞以降瑞兮，患山鸡之杂飞。玉温温以呈器兮，因碔砆之争辉。当侯门之四辟兮，瑾嘉谟之重扉。既瑞器而无庸兮，宜昏暗之相微。徒刳石以为舟兮，顾沿流而志违。……"

郑怀古《博异志》在艺术上达到了较高境界，深受后人激赏。明顾元庆曾将《博异志》刻入《顾氏文房小说》，其跋语云："唐人小史中，多造奇艳事为传志，自是一代才情，非后世可及。然怪深幽渺，无如《诺皋》《博异》二种，此厥体中韩昌黎、李长吉也。"①纪昀亦评："所记神怪之事，叙述雅赡，而所录诗歌颇工致，视他小说为胜。"②其中《刘方玄》一文记刘方玄夜宿巴陵古馆，听女鬼之吟诗啸咏。天明，视其柱上有诗，曰："爷娘送我青枫根，不记青枫几回落。当时手刺衣上花，今日为灰不堪著。"而《崔玄微》则记封（即风）十八姨、石醋醋、众花精等十数人对诗，其中封十八姨的轻佻，石的倔强，杨、李、桃等的懦弱既切合其物性，又表现了人物的思想性格，对后世影响颇大。李汝珍之才学小说《镜花缘》中写众花神降凡，亦与此相仿佛。

《集异记》中《王之涣》一篇记载王之涣与王昌龄、高适于旗亭听妓诵诗赌胜负的故事。作者于叙事中并没有什么深奥的人生见解，平平淡淡，只是想说一件轶事，可见，逞才志诗实其主意。

要之，唐人小说堪称"文备众体"，其内容多夹杂诗歌、议论、史赞、骈文、辞赋、谐辞、隐语，以及书信、奏章、上疏、判词等，作者的各种才学得以充分展示在小说中。陈文新先生对唐人传奇作审美考察时认为："唐人传奇融传、记与辞章为一体，建立了若干新的写作惯例：从选材上看，唐人传奇对想象世界和私人感情生活倾注了浓厚的兴趣；就艺术表达而言，唐人传奇在传、记的框架内穿插大量景物描写，注重形式、辞藻、声调的经营，不仅采用第三人称客观叙事和第三人称限知叙事，还不止一次地采用第一人称限知叙事。可以说，只有在融合了辞章的旨趣和表现手法后，传、记才成为了传奇。"③则知，唐人小说之炫才则主要体现在辞章上，而不在考据与义理上。

至于，宋元明三代传奇小说中逞才炫学，大都继承了唐传奇的特点，不同程度地融诗笔、议论、史才于一体。不同的地方，亦是表现为或辞章、或考据、或义理，各有所侧重而已。

---

① 丁锡根编著：《中国历代小说序跋集》，人民文学出版社1996年版，第551页。
② （清）纪昀等纂：《四库全书总目提要》，中华书局1997年版，第1878页。
③ 陈文新著：《再论唐人传奇的文体特征》，《齐鲁学刊》2006年第1期。

　　传奇至宋代,其才学特征,表现在辞章方面渐趋衰落,然其史笔与议论却更突出了。由于唐宋两代知识精英在审美趣味上的差异,造成唐代文人偏好怪异,崇尚才情,而宋代文人爱好知识,注重思想。胡应麟说:"小说,唐人以前,记述多虚,而藻绘可观;宋人以后,论次多实,而彩艳殊乏。盖唐以前出文人才士之手,而宋以后率俚儒野老之谈故也。"①这无疑是正确的。而之所以造成这种差别,还应从唐宋科举的不同来看问题。唐代科举重诗赋,诗赋崇尚才气,富于浪漫与激情;宋代科举重策论,策论重视知识,富于思想与见地。这不仅影响到唐宋文人不同的性格,而且也影响到他们的文艺创作,甚至包括文艺批评在内。唐代文人喜夸饰,热情豪放,富于想象;而宋代文人则平淡、稳重,显得老成持重,富于智慧与冷静。针对唐人,鲁迅先生说:"餍于诗赋,旁求新途,藻思横流,小说斯灿。"②而针对宋人,清人桃源居士《宋人小说·序》说:"惟宋则出士大夫手,非公余纂录,即林下闲谈。所述皆生平父兄师友相与谈说,或履历见闻、疑误考证;故一语一笑,想见先辈风流。其事可补正史之亡,裨掌故之阙。"③可谓一语中的。

　　宋代传奇的才学化表现是由诗化向历史倾斜,突出史笔。这方面的作品极多,如无名氏《王谢传》、乐史《绿珠传》、秦醇《赵飞燕别传》取材于汉魏两晋;无名氏《隋遗录》《海山记》《迷楼记》《开河记》取材于隋代;张实《流红记》、乐史《杨太真外传》、秦醇《骊山记》、无名氏《梅妃传》等取材于唐代。另外,宋代传奇的议论比较注重义理,这一点与唐人不同。唐人传奇之议论跌宕有致,富于抒情意味,而宋人传奇平稳庄重,突出理学色彩。如《谭意哥记》云:

　　　　求之人情,似伤薄恶;揆之天理,亦所不容。业已许君,不可贻咎。有义则合,常风服于前书;无故见离,深自伤于微弱。盟顾可欺,则不复道。稚子今已三凤,方能移步,期于成人,此犹可待。妾囊中尚有数百缗,当售附郭之田亩,日与老农耕耨别穰,卧漏复毳,凿进灌园。教其子知诗书之训,礼义之重;愿其有成,终身休庇妾之此身,如此而已。其他清风馆宇,明月亭轩,赏心乐事,不致如心久矣。

再如《绿珠传》云:

---

① （明）胡应麟撰:《少室山房笔丛》,中华书局1958年版,第283页。
② 鲁迅著:《唐宋传奇集》,《鲁迅全集》第十卷,人民文学出版社2005年版,第190—191页。
③ 丁锡根编著:《中国历代小说序跋集》,人民文学出版社1996年版,第1790页。

　　噫！石崇之败，虽自绿珠始，亦其来有渐矣。崇常刺荆州，劫夺远使，沉杀商客，以致巨富。又遗王恺鸩鸟，共为鸩毒之事。有此阴谋，加以每邀客宴集，令美人行酒，客饮不尽者，使黄门斩美人。王丞相与大将军，尝共访崇。丞相素不能饮，辄自勉强，至于沉醉。至大将军，故不饮以观其气色，已斩三人。君子曰："祸福无门，惟人自召。"崇心不义，举动杀人，乌得无报也？非绿珠无以速石崇之诛，非石崇无以显绿珠之名。绿珠之坠楼，侍儿之有贞节者也。……绿珠之没，已数百年矣，诗人尚咏之不已，其故何哉？盖一婢子，不知书而能感主恩，奋不顾身，其志烈懔懔，诚足使后人仰慕歌咏也。至有享厚禄，盗高位，亡仁义之行，怀反复之情，暮三朝四，惟利是务，节操反不若一妇人，岂不愧哉？今为此传，非徒述美丽，窒祸源，且欲惩戒辜恩背义之类也。

　　更有甚者如清虚子《廿棠遗事》和蔡子醇《廿棠遗事后序》，写温琬虽入娼籍，然能通晓《孟子》，并著有《孟子解义》八卷，诗六百首，《南轩杂录》若干卷。这就难怪鲁迅先生评宋传奇的审美特征，认为："篇末垂诫，亦如唐人，而增其严冷。"①

　　辽、金两朝之传奇小说，作品少，影响亦微。元朝传奇小说亦未大观，然宋梅洞《娇红记》一篇，为人瞩目，不仅有炫才之动人处，而且标志着中篇传奇的出现，其小说史意义重大，故不可忽视。至王鼎《焚椒录》、郑禧《春梦录》、高德基《平江纪事》亦可参考。

　　《焚椒录》是辽代唯一可视为才学小说的作品，叙辽道宗懿德皇后萧观音事。小说虽演宫闱之事，欲为懿德皇后辩诬，然作品亦多所庋藏诗词，如《回心院》词十首、《十香词》十首，还有怀古诗一首、绝命词一首。至其议论，则多带宋代理学气。如：

　　妾闻穆王远驾，周德用衰；太康伏豫，夏社几危。此游佃之往戒，帝王之龟鉴也。顷见驾幸秋山，不闲六御，特以单骑从禽深入不测，此虽威神所届，万灵自为拥护，倘有绝群之兽，果如东方所言，则沟中之豕必败简子之驾矣！妾虽愚闇，窃为社稷忧之。惟陛下尊老氏驰骋之戒，用汉文吉行之旨，不以其言为牝鸡之晨而纳之。……自古国、家之祸，未尝不起于纤纤也。鼎观懿德之祸，固皆成于乙辛。然其始也，由于伶官得入宫帐；其次则叛家之婢使得近左右，此祸之所由生也。第乙辛凶残

---

① 鲁迅著：《中国小说史略》，《鲁迅全集》第九卷，人民文学出版社 2005 年版，第 108 页。

无匹,固无论也。而孝杰以儒业起家,必明于大义者,使如惟信直言,毅
然诤之,后必不死,后不死,则太子可保无恙。而上亦何惭于少恩骨肉
哉!……懿德所取祸者有三,好音乐与能诗、善书。①

郑禧《春梦录》是自述恋爱经历的一篇传奇。女主人公吴氏,"生长儒家,才
色俱丽,琴棋诗书,靡不通究"好爱慕郑禧,然其母逼其嫁给周生,不从,毒
打至死。郑禧为其情所动,录二人往来词翰,竟达百首之多,题为《春梦
录》。可知为炫才伤情之作。高德基所作《平江纪事》,体例杂乱,然书中记
莲塘二姬实为传奇小说,亦有炫才性质。小说写女鬼,为大都乐籍女,应杨、
陆求歌以觞,一连唱了七首感慨西施和吴越兴亡的诗。

产生于元代的《娇红记》,作者为宋梅洞。②《娇红记》写申纯与王娇娘
生死不渝的爱情。情节虽有效仿唐传奇《莺莺传》之处,然亦有其独特之
处。一是不取大团圆结局,男女主人公因外在社会力量的强大,双双殉情而
死;二是规模从短篇扩为中篇,标志着中篇传奇小说正式的诞生。本篇中作
者之炫才亦表现为诗笔,辞章化的特点十分明显,全文约一万八千字,穿插
诗词韵文达六十首。

明代中篇传奇小说的大量产生,传奇小说集的陆续问世,使得明代传奇
出现了复兴的局面,无疑,这是令人可喜的。

有明一代,元末明初,是一个崇尚勇武与豪侠的时代,宋濂、高启创作的
传奇如《王冕传》《秦士录》《李疑传》《杜环小传》《南宫生传》《书博鸡者
事》《胡应炎传》都是这类题材;明代中晚期,由于资本主义萌芽经济的发
展,陆王心学风靡天下、泰州学派倡导具有近代色彩的自然人性论,导致了
对个人价值判断的重视,儒家道德和正统观念的约束力大大松弛,有力地推
动了明代传奇反思性、知识化的发展。如宋懋澄《九籥别集》、蔡羽《辽阳海
神传》、胡汝嘉《韦十一娘传》、袁宏道《徐文长传》《醉叟传》《拙效传》、袁中
道《一瓢道人传》、无名氏《小青传》等,均为这方面的佳作。

传奇小说集引人注目的是"剪灯三话"。即瞿佑《剪灯新话》、李昌祺
《剪灯馀话》、邵景詹《觅灯因话》。"剪灯三话"逞才炫学趋向于辞章化,文
中亦多夹杂诗词歌赋、骈文联语等。

---

① (辽)王鼎著:《焚椒录》,《四库全书存目丛书》第四五册,齐鲁书社1997年影印版,第
129—134页。
② 关于《娇红记》作者,尚存争议。除宋梅洞说外,尚有虞伯生、卢伯生、李诩诸说。明宣宗
宣德十年,丘汝乘为刘兑《娇红记》杂记作序,云:"元清江宋梅洞尝著《娇红记》一编,事俱
而文深,非人莫能读。"学者一般本此。

　　瞿佑是传奇小说作者,也是诗人。郎瑛《七修类稿》评其诗不乏梗概之气:"尝闻其《旅事》一律云:'过却春光独掩门,浇愁漫有酒盈樽。孤灯听雨心多感,一剑横空气尚存。射虎何年随李广?闻鸡中夜舞刘琨。平生家国萦怀抱,湿尽青衫总泪痕。'读此亦知先生也,噫!"①诗中,瞿佑以李广、刘琨自勉,表明其抱负是宏伟的,然而由于种种原因,抱负化为泡影,伴随他的只能是盈樽之酒而已。观《剪灯新话》,其反复抒写的是内心的一种孤愤与不平。如《令狐生冥梦录》,述一歹人乌老死后,因家人广为佛事,多焚楮币,令其复活;这一冥间颠倒黑白的事情激怒了令狐譔,他作诗斥道:"一陌金钱便返魂,公私随处可通门。鬼神有德开生路,日月无光照覆盆。贫者何缘蒙佛力?富家容易受天恩。早知善恶都无报,多积黄金遗子孙。"表达了瞿佑对现实黑暗的揭露。瞿佑写作小说,除此目的外,乃在展现其才学,而这主要走的是辞章化的道路。如《水宫庆会录》写余善文与南海广利王会,作《上梁文》并《水宫庆会诗二十韵》,以记龙宫灵德殿之宏与水宫庆会之盛。《联芳楼记》篇幅不长,然其联诗多达十四首。至《滕穆醉游聚景园记》《渭塘奇遇记》《爱卿传》《翠翠传》《龙堂灵会录》《寄梅记》《秋香亭记》等,亦在情节中穿插大量诗词。

　　李昌祺《剪灯馀话》中逞才虽亦走辞章化道路,然与瞿佑稍有不同,更注重集句与联诗。如《听经猿记》,写猿得道后出家为僧,题咏山寺景物诗十三首,偈两首。《月夜弹琴记》则集前朝诗句三十韵百廿句,结尾又出《广陵散》琴谱。《田洙遇薛涛联句记》则记联句诗近二百句。《至正妓人行》仿陈鸿《长恨歌传》,并仿白居易《琵琶行》作长诗以赠妓人。邵景詹《觅灯因话》诗才乏弱,倾向于史笔与议论,理学气较浓。这也与他的审美追求有关。邵景詹反对逞文字之藻,认为自己的作品并非"幽冥果报之事",乃在于宣扬"至道名理之谈"②。

3. 才学小说与宋元话本

　　关于说话四家数的分类,小说批评界历来说法不一,歧见纷出。如胡士莹分为小说、说铁骑儿、说经、讲史四类;青木正儿分为小说、铁骑公案、说经、讲史四类。业师张锦池先生从说话形式、内容详细考辨说话有四家数,认为第一类小说含有银字儿、说公案、说铁骑儿;第二类说经包括说佛书、说参请、说浑经;第三类讲史,即是讲说前代书史文传兴废争战之事;第四类较杂,含

　　①　(明)郎瑛撰:《七修类稿》卷三十三,中华书局1960年版,第360页。
　　②　(明)邵景詹撰:《觅灯因话小引》,附《剪灯新话》刊,上海古籍出版社1981年版。

有合生、商谜、猜诗谜、字谜、社谜、戾谜及说诨话等。① 按照张先生的分类，宋代说话家数有四家，即小说、说经、讲史与合生商谜等小伎艺。关于说话家数的分类，最早见于耐得翁的《瓦舍众伎》一文对"说话"言之较详，其文曰：

> 说话有四家，一者小说，谓之银字儿，如烟粉、灵怪、传奇。说公案，皆是搏刀赶棒及发迹变泰之事，说铁骑儿谓士马金鼓之事。说经，谓演说佛书。说参请，谓宾主参禅悟道等事。讲史书，讲说前代书史文传、兴废争战之事。最畏小说人，盖小说者能以一朝一代故事顷刻间提破。合生与起令、随令相似，各占一事。商谜，旧用鼓板吹"贺圣朝"，聚人猜诗谜、字谜、戾谜、社谜，本是隐语，有道谜、正猜、下套、贴套、走智、横下、问因、调爽。②

第一家小说，亦称银字儿，据叶德钧先生考证，因说书人所用的配唱工具——管、笙或篥上刻有银字，故有此称。③ 它包括烟粉、灵怪、传奇以及说公案、说铁骑儿等。说"小说人"最令人生畏，原因是上述几类小说子目所蕴才学包含诗笔、史才与议论。能把"一朝一代故事"顷刻间敷演成文，有说有唱，并寓褒贬，惩恶扬善。说经与讲史两类，旨在用讲唱的生动方式来宣传史识与佛学，不能有过多的虚构。当然它所要求的才学就是熟悉前代的史、文、传与佛经典籍，可谓记问之学。合生类虽较杂，但多为韵文琐语、百家游艺，炫示才学当走辞章化和百戏杂艺道路。吴自牧的《梦粱录》亦沿袭了这一看法。它在《小说讲经史》条中是这么说的：

> 说话者，谓之舌辩。虽有四家数，各有门庭。且小说名银字儿，如烟粉灵怪、传奇公案、朴刀杆棒、发发踪参（即发迹变泰）之事。……谈经者，谓演说佛书；说参请者，谓宾主参禅悟道等事。……讲史书者，谓讲说《通鉴》、汉唐历代书史文传、兴废争战之事。……但最畏小说人，盖小说者，能讲一朝一代故事，顷刻间捏合，与起令，随令相似，各占一事也。商谜者，先用鼓儿贺之，然后聚人猜诗谜、字谜、戾谜、社谜，本是隐语。④

---

① 张锦池著：《中国古典小说心解》，黑龙江人民出版社 2000 年版，第 31—34 页。
② （宋）耐得翁著：《都城纪略》，《文渊阁四库全书》第五九〇册，台湾商务印书馆 1986 年影印版，第 8 页。
③ 叶德钧著：《戏曲小说丛考》，中华书局 1979 年版，第 630 页。
④ （宋）吴自牧著：《梦粱录》，《笔记小说大观》第七册，广陵古籍出版社 1983 年影印，第 309 页。

吴自牧认为"说话"也叫舌辩,共有四家数:小说、谈经、讲史、商谜。那么,这说话四家数,其内容所蕴藏才学,有何不同呢? 与后来的才学小说又有何关联呢? 这不妨从说话家数分类的审美标准来看问题。

说话者谓之舌辩,是不是靠舌辩,这是划分说话与傀儡、影戏的分类的标准。而在说话家数的分类上,则主要是依据其内容的虚与实来看问题。凡小说,大抵虚多实少;凡讲经史,大抵真假相半或实多虚少。这种标准,对于区分同是取材于演说"兴废争战之事"的宋元话本,哪是讲史,哪是说铁骑儿,是有帮助的。比如,说"兴废争战之事"的,同是取材于前代史书、文传,若是儒家的典籍或史家的著述,借以宣扬孔孟之道者,则谓之讲史;若是讲农民义军抗金故事、宋朝爱国将领精忠报国故事的,即是说铁骑儿。若取材于佛教的典籍,并有所发挥以弘扬佛法的,则谓之说经。再比如,同是讲精怪的作品,如果与佛教思想有瓜葛,则谓之说经或说诨经;若与道教思想有瓜葛,则谓之银字儿;同是讲超凡入圣的作品,若讲涅槃、禅悟,谓之说经或说参请;若讲炼丹,讲羽化,则谓之银字儿。

换个角度,就题材性质来说,若取尘世人间的,谓之"小说";取佛门教义宣扬佛法的,谓之说经;借前代史实而有所发挥以褒善惩恶的,谓之讲史。是故,讲史者,可通于儒教者流;说经者可通于佛教者流;而讲灵怪和神仙及妖术者,可通于道教者流。

而合生、商谜等小伎艺,则可谓之"小才微善"。洪迈《夷坚志》卷八《合生诗词》一篇,对"合生"这种艺术形式做了较为详细的解释。其文曰:"江浙间路其伶女,有慧黠知文墨,能于席上指物题咏,应命辄成者,谓之合生。其滑稽含玩讽者,谓之乔合生。盖京都遗风也。"①看来,无论是合生,还是乔合生,均属于"舌辩"性质的文艺小品,但必须是以"诗词"形式来表现。洪迈为了说明合生的样式,还特意列举事例:

> 张安国守临川,王宣子解庐陵郡印归次抚。安国置酒郡斋,招郡士陈汉卿参会。适散乐一妓言学作诗,汉卿语之曰:"太守呼为五马,今日两州使君对席,遂成十马,汝体此意作八句!"妓凝立良久,即高吟曰:"同是天边侍从臣,江头相遇转情亲。莹如临汝无瑕玉,暖作庐陵有脚春。五马今朝成十马,两人前日压千人。便看飞诏催归去,共坐中书布化钧。"安国为之叹赏竟日,赏以万钱。……惠英有述怀小曲,愿

---

① (宋)洪迈撰:《夷坚志》,《笔记小说大观》第二册,广陵古籍出版社 1983 年影印,第136 页。

容举似。乃歌曰："梅似雪，刚被雪来相挫折。雪里梅花，无限精神总
属他。梅花无语，只有东君来作主。传与东君，且与梅花作主人。"歌
毕再拜，云："梅者，惠英自喻。非敢僭拟名花，姑以借意。"①

则知，"合生"这一种技艺，在于指物赋诗立就，才思敏悟，达到应景合时即
可，其旨在一个"合"字。而命意，大抵在于炫示诗才。而那诗谜、字谜亦与
此类通，因为谜面与谜底也在一个"合"字。再如罗烨《醉翁谈录》卷二《嘲
戏绮语》中"夫嘲妻目青黑"条所录：

> 有一邻家，夫妻甚相谐和。夫自外归，见妇吹火，乃赠诗焉。诗曰：
> "吹火朱唇动，添薪玉腕斜。遥看烟里面，大似雾中花。"其妻亦候夫
> 归，告之曰："君何不能学彼咏诗？"夫曰："君当吹火，吾亦赋诗以咏
> 汝。"妻即效吹，夫乃作诗赠之："吹火青唇动，添薪鬼胆斜。遥看烟里
> 面，恰似鸠盘茶。"（乃鬼名）②

这显然是对东施效颦的讽刺了。其中"吹火朱唇动"云云是起令，"吹火青
唇动"云云是随令，符合"合生"的特点。

话本小说的出现可能稍晚于传奇，但传奇逞才炫学之时，民间的说话艺
人也不甘示弱，运用口语的描写功能欲代替用文言写成的志怪与传奇。这
可以从白行简《李娃传》得到反证。《李娃传》当是在"一枝花话"的基础上
产生的。元稹《酬翰林白学士代书一百韵》："翰墨题名尽，光阴听话移。"句
下自注："尝于新昌宅说一枝花话，自寅至巳，犹未毕词也。"③"一枝花话"
历时四个时辰，尚未完，可见其艺术感染力之大。令人惋惜的是，它的话本
已失传。但所幸的是，它的故事因为被白行简改写成《李娃传》，而成为唐
代最好的传奇小说之一。据程毅中先生考证，《游仙窟》作为传奇小说集中
炫才的佳作，也受到当时通俗文学的影响④。唐代寺院俗讲、变文的骈散与
诗赞相结合的特点，完全被《游仙窟》继承下来。

罗烨《醉翁谈录》是开列小说话本名目炫才较多者，有《李亚仙》《章台

---

① （宋）洪迈撰：《夷坚志》，《笔记小说大观》第二册，广陵古籍出版社1983年影印，第
136页。
② （宋）罗烨撰：《新编醉翁谈录》，《续修四库全书》第一二六六册，上海古籍出版社1986年
版，第426页。
③ （清）曹寅等修纂：《全唐诗》卷四〇五，第十五册，中华书局1960年版，第4520页。
④ 程毅中著：《唐代小说史》，人民文学出版社2003年版，第111页。

柳》《卓文君》《崔护觅水》《崔智韬》《孙庞斗志》等。

小说话本所分类别有八,分别为"灵怪、烟粉、传奇、公案、朴刀、杆棒、妖术和神仙"。炫才较多者为传奇类,上述名目多与传奇小说有继承关系。如《崔智韬》来自薛用弱《集异记》,《章台柳》来自许尧佐《柳氏传》,《风月瑞仙亭》来自《绿窗新话·文君窥长卿抚琴》,《李亚仙》来自白行简《李娃传》,《崔护觅水》来自孟棨《本事诗·崔护》。

《李亚仙》受《李娃传》的影响,又是直承"一枝花话"而作的进一步发展。白行简的传奇,女主人公叫李娃,而男主人公但称荥阳公子,名姓全无。在《李亚仙》中,李娃改名为李亚仙,荥阳生成了郑元和,有了属于自己的专名。

卓文君与司马相如的故事,是表现文人爱情故事的,则其炫才是情理之中。《绿窗新话·文君窥长卿抚琴》基本沿袭《史记》,情节发挥不大。而真正把文君、相如恋爱故事变成小说的,是《清平山堂话本》的《风月瑞仙亭》。在话本里,说书人将二人自由恋爱的故事加以敷演,生动表现,突出了卓文君追求爱情的高洁品格,讽刺了卓王孙嫌贫爱富的丑恶嘴脸。出自《熊龙峰小说四种》的《苏长公章台柳记》和出自《清平山堂话本》的《柳耆卿诗酒玩江楼记》也是以著名文人的恋爱故事为题材的。《章台柳记》不是《柳氏传》的改写,而是借鉴其故事做翻案文章。韩翃担心昔日的章台柳"多应折在他人手",但柳氏终归原主。苏轼就没有这么幸运了。由于健忘,痴心等候他的章台柳最终被画家李从善娶走。苏轼手持题写韩翃词的简帖探访,想说服章台柳回心转意,而章台柳回诗复云:"而今已落丹青手,一任东风不动摇。"《柳耆卿诗酒玩江楼记》是写柳永与周月仙爱情故事的,作品中说书人所炫之才多为诗词等,但有时张冠李戴,如把李煜的《虞美人》强安在柳永头上。

唐人传奇小说文备众体及俗讲变文韵、散、骈合流的形式,在宋话本中也相沿袭。宋代话本今多残佚,但由《东京梦华录》《梦粱录》《武林旧事》《醉翁谈录》等诸书记载,可知宋代说话的盛况。说话人由于职业的要求,往往具有广博的历史知识和很高程度的文学修养。如《醉翁谈录·小说开辟》所言:"夫小说者,虽为末学,尤务多闻,非庸常浅识之流,有博览该通之理。幼习《太平广记》,长攻历代书史。烟粉奇传,素蕴胸次之间,风月须知,只在唇吻之上。《夷坚志》无有不览,《琇莹集》所载皆通。动哨中哨,莫非《东山笑林》;引绰底绰,还须《绿窗新话》。论才词,有欧、苏、黄、陈佳句;说古诗,是李、杜、韩、柳篇章。"[①]这类说话人,如果没有丰富的社会、历史、

---

①　(宋)罗烨撰:《新编醉翁谈录》,《续修四库全书》第一二六六册,上海古籍出版社 1986 年版,第 408 页。

自然、生活、文学、艺术等知识,来充实小说的内容,如何能吸引广大听众;而且在讲唱表演的过程中,为了更加精彩多姿,还需要适当的吟诗、唱词、讽诵等。正因为说话人知识渊博、文采斐然,所以讲史书者多有"进士""书生""解元""万卷"的称号;说经者则多称"和尚""某庵"。如《西湖老人繁胜录》《武林旧事》《梦粱录》等记载两宋讲史书的说话人就有:张解元、乔万卷、许贡士、穆书生、陆进士、陈进士、戴书生、王贡士等;说经者有长啸和尚、善然和尚、管庵、啸庵、息庵等。

可以说,宋元说话人的演说故事,在社会上正具有道德教化与知识传播两大功能。《东坡志林》卷一引王彭:"途巷中小儿薄劣,其家所厌苦,辄与钱,令聚坐听说古话。至说三国事,闻刘玄德败,颦蹙有出涕者;闻曹操败,即喜唱快。以是知君子小人之泽,百世不斩。"①《醉翁谈录·小说开辟》亦云:"说国贼怀奸从佞,遣愚夫等辈生嗔;说忠臣负屈衔冤,铁石心肠也须下泪。……谈吕相青云得路,遗才人著意群书;演霜林白日长天,教隐士如初学道。噇发迹话,使寒士发愤;讲负心底,令奸汉包羞。"②因此,无论是感发心意,使贪者廉懦者立,还是感化薄劣小儿,使顽者正劣者优,话本小说在道德教化方面的功用,可以说是功不可没的。宋人说话,科别众多,有讲史书、杆棒儿、小说、说诨经、说三分、五代史、说铁骑儿等等的不同,足以说明当时小说门类的齐全,内容的丰富;同时也应该看到,小说在传播各种历史、宗教、生活等知识方面具有重大的作用。

由是可知,宋元说话家数中的说经、讲史与后来才学小说中讲论佛经经文、庋藏史学,甚至讲论儒家经典以达到传播知识、教化众生的目的是一脉相承的;而那合生、商谜、游艺等小伎艺恰恰开启了后来才学小说中显露作者多才多艺、诸技杂艺的先河。

---

① (宋)苏轼撰,王松龄点校:《东坡志林》,中华书局1981年版,第7页。
② (宋)罗烨撰:《新编醉翁谈录》,《续修四库全书》第一二六六册,上海古籍出版社1986年版,第409页。

第三章　清代才学小说的文化生态

本书研究坚持民族性、文本性、文学性的基本原则,强调才学小说在中国文学、民族文化的传统体系中的特有精神。钱穆先生说过,"一部够理想的文学史"要能够"透露出这一民族的全部文化史的内在精义"。① 然而,正如周建渝先生指出的那样:"任何一种新观念或新方法的引入,都可能引发一种自我颠覆的过程,学术亦因此推陈出新。"②因此,也要借鉴西方相关的文艺观念,如史徒华的文化生态学理论。不过,笔者要尽量使其与作家作品的文本创作本以及与之相关联的史志、档案、履历、别集、同年录、家谱等史料文献结合起来,避免出现生搬硬套与文化排斥现象,深入探讨文学与政治、经济、文化、制度及思想的关联。

一、才学小说创作与文化生态

包括文学在内的文化,是人类的一种特殊精神生产生活创造,其产生、发展和演化的过程离不开一定的时间和空间范畴。因而,文化是时间的产物,也是空间的产物。正是这种文化的时间性与空间性,才使我们能够感受到文化的历史感和文化生长所具有的国家、民族和地域以及家庭、个人经历的依托性。在文学范畴内,无论小说的创作,还是戏剧的创作,作为人类的一项特别的文化生产生活活动,也是会受到一定的时间与空间影响的,甚至对其产生某种依赖的心理。

认识文化,不管是从文化时间的角度,还是从文化空间的角度,我们均会发现,文化归根结底都是与人类对于文化生态及文化生态机制的认识与影响相关联的,尤其是从文化空间来看,这种关系就更加密切。因为人类都生存于一个具体的时空之中,这种时空用另一个术语来表达,那就是所谓的"具体环境",而且,世界上每一个地方、每一个民族、每一个国家、每一个个人都有自己不同的具体环境,这种具体环境的特点或个性在原始社会时期就对人类的文化起着决定性的影响,并造就了一种特色文化;然后这种特色

---

① 钱穆著:《中国文学论丛》,生活·读书·新知三联书店2005年版,第95页。
② 周建渝著:《多重视野中的〈三国志通俗演义〉》,中国社会科学出版社2009年版,第2页。

文化与环境又一道对今后的文化发展起着规定的作用。当然,小说的产生,其具体环境甚至是综合的,不仅包含时间的延续影响,还包括地域的、民族的、国家的、家庭的、个人的诸多因素。

因此,从某种角度上来说,人的文化就是人与环境斗争、协调或妥协的产物。恩格斯说:"因此我们每走一步都要记住,我们统治自然界,绝不像征服者统治异族人那样,绝不是像站在自然界之外的人似的,——相反地,我们连同我们的肉、血和头脑都是属于自然界和存在于自然之中的;我们对于自然界的全部统治力量,就在于我们比其他一切生物强,能够认识和正确运用自然规律。"①抛开人对自然的统治不论,单就人与自然的和谐角度,即"人的肉、血和头脑都是属于自然界,存在于自然界"所蕴含的文化观念来看,人的文化的创造从根本上说,确是要受到环境的某些影响的,甚至是决定性的。当然,这里的环境不仅包括自然界,还应包括一定的社会关系在内。关于这一点,恩格斯认识到了,某些人类学家和历史学家也认识到了,比如史徒华,并第一次提出了文化生态的理论。

文化生态理论是美国人类文化学者朱利安·史徒华(Julian H.Steward,1902—1972)的代表性文化理论观点之一。1929年,史徒华获得博士学位,其博士论文为《美洲印第安人仪式性丑角的研究》。后来曾相继任职于哥伦比亚大学、伊利诺伊大学,执教期间,史徒华在其博士论文的基础上不断扩充研究,发表了一系列论文,并于1955年结集出版了《文化变迁的理论》一书。②

史徒华一生的研究,是试图构筑文化变迁演进的规律,努力寻找一种"因果关系"。其主要成就在于:提出了文化生态适应的观念,即人类以其生产技术开发环境资源以谋社会生活的过程;将社会组织从文化模式的束缚中脱离出来,看成是独立的研究对象;追求因果解释;使用跨文化的比较法;与怀特(L.White)恢复了演化概念的地位,并独创多线演化论。③ 以上这五点可以归结为三个原创性的文化理论方法,那就是多线演化论、社会文化整合水平与文化生态学。可以说,这些理论与观点无一不是与文化相对论观点针锋相对,一举要将人类文化学的目标从"个相的理解变为对共相

---

① [德]恩格斯著:《劳动在从猿到人的转变中的作用》,《马克思恩格斯选集》卷四,人民出版社1995年版,第383页。
② 参见叶春荣《文化生态学的倡言人——史徒华》一文。载黄应贵主编:《见证与诠释》,台北:正中书局1992年版,第183—185页。
③ 参见张恭启《文化变迁的理论·导言》一文,载其所译《文化变迁的理论》一书卷首,台北:远流出版社1989年版。

的发现"。

文化生态学,是一门研究文化与决定影响它的产生并变化的生态环境之间关系的理论与方法,即研究土地、自然资源、雨量、气候等自然条件与技术、经济、劳力等社会因素之间的互动所造成的不同文化之间的相异、相同的关系。史徒华的文化生态理论,其本旨在于指出了生产活动这个领域值得作有系统的深入研究,以便衔接至整个社会生活。他在《文化变迁的理论》一书中说道:

> 文化生态学对文化史的看法……在文化源自文化的贫乏假设中加上了生态环境作为一项非文化的因素。因此文化生态学所呈现的不只是问题,而且也是方法。其问题是人类社会对其环境的调适究竟是需要一套特殊的行为模式,或者在某种范围之内好几套模式都可以适用。①

史徒华所谓的文化生态学观点,起码给人这样的一个启发,文化不是简单来源于文化或曰文化的自身发展变化,而是受生态环境影响的。是故,笔者认为:"文化生态"的理论与方法,其最大的意义在于指明了文化演化,不仅源自文化内部的演变,也应当包含文化的周围环境及其所有层面在功能上都是彼此依赖的,诸如社会的、政治的、宗教的、地域的,甚至包含家族与个人遭际,等等。这一点,也是适用包括研究小说创作在内的所有其他文化活动。史徒华本人也认为,"文化的所有层面在功能上都是彼此依赖的,然而所有的特质并不具有相同程度与种类的互赖。""文化核心的概念,指谓与生产及经济活动最有关联的各项特质之集合。实践证明与经济活动有密切关联的社会、政治与宗教模式皆包括在文化核心之内。""文化生态学最关注的特质,是经验性分析显示在文化规定的方式下与环境的利用最有关联者。"②这里,史徒华一再指明在文化演化过程中,处于核心地位是"社会、政治与宗教模式",这是与文化生态"最有关联者"的。

文化生态的影响是普遍存在的,而且是深刻无比的。从表象上看,诸如衣饰打扮、饮食起居、交通方式等方面,都受到不同生态环境的制约和影响;而从深层结构来看,则人们的价值观念、人生态度、宗教信仰、道德伦理、艺术文化等内容,概括说来,就是"社会、政治与宗教模式",也都会不同程度

---

① [美]史徒华著,张恭启译:《文化变迁的理论》,台北:远流出版社1989年版,第45—46页。
② [美]史徒华著,张恭启译:《文化变迁的理论》,台北:远流出版社1989年版,第45—46页。

的受生态环境的影响与支配。当人们把上述种种特征加以概括、总结的时候，不同地区、不同类别所谓不同的文化模式也就应运而生了。

由此来看，史徒华的文化生态观念完全可以借用过来，或者说完全适用于分析文学创作，尤其是小说的创作。对于清代小说，对于清代才学小说而言，其创作机理，也就是作家作品发生的具体环境，即文化生态，理所应当是文学研究的重要范畴。换一句话说，就是将创作之所以发生的时空生态机制纳入小说作品的研究探讨中来，从而构建新型的小说学理论，甚至提出小说生态学的观念也是能让人接受的。可以说，影响清代才学小说发展的文化生态，既有来自内部原因，也有来自外部的要素，即内外两条理路。从内部来看，就是中国小说本身的历史变迁，这包括了先秦时代的古小说观念，从本质来讲还不是近代的文学范畴，它的特点是记录生产生活的知识，因此也叫"小道""小知"，小得像一个"稗草"，以致记录这类知识的小官叫"稗官"。经两汉后，至魏晋时期，出现了文学的自觉，小说的演变出现了志怪、志异、志人的倾向，这是一种转型，即由志知识而向志怪志异的转型。至唐宋以来，乃至明清，小说的转型出现了综合的倾向，即文备众体，且文备众知。即小说可以做到无所不包，成为众家之荟萃。从外部来看，针对清代小说而言，那就是清初至清代中叶的学术发展理路、社会政治因素、早期启蒙思潮、清代科举制度、小说作家的生平仕宦以及家世家学等方面。显然，以上两个方面，将是以下章节讨论的重点。

二、儒家道问学传统观念影响

才学小说的内涵虽也表达作者的心志情意，但其最明显的特征还是表现为逞才炫学，即在小说中要记录知识、谈讲学问。一句话，就是尊重知识。比如汪价的《草木春秋》倾向于考订名物、胪列草药，全书中三百余人物的命名及其思想性格均与中草药之名目相符。李汝珍的《镜花缘》倾向于庋藏音韵、训诂、注疏、校勘、经史等知识，堪称文艺之列肆，万宝之全书；夏敬渠的《野叟曝言》除了崇尚理学外，对医、兵、算等实学又是超乎寻常的重视；《西游补》《蟫史》与《燕山外史》则努力追求辞章才藻的卓绝，或文备众体，或通篇运笔文言，或全篇皆采骈文……这就不能不让人联想到在整个儒家的发展历程中所秉持的如何对待知识、学问的传统。

在宋明理学的传统里面，有一个中心问题就是如何对待儒家的文献知识，即"文"的问题，然后与文相应的才是"知"与"行"的问题。余英时认为："儒学也有智识主义与反智识主义的对立，……但这种对立并非两种截然相异的文化冲突的结果,而是起于儒学内部学者对'道问学'、'尊德性'之间的畸轻畸重有所不同。"①观余英时所论,其与所谓智识主义相应的是"道问学",讲究考证,主张回到儒家的原始文献;而其与所谓反智识主义相应的是"尊德性",空谈心性,轻视甚至摒弃一切知识与学问。

"尊德性而道问学"一语出自《中庸》,原是二而一的,是不可分的,这也是儒家的原教旨。朱熹和陆九渊鹅湖之会(1175)后,便逐渐发展出朱熹重"道问学"和陆九渊重"尊德性"的分别。朱熹在《答项平父书》中云:"大抵子思以来,教人之法,惟以尊德性、道问学两事为用力之要。今子静所说专是尊德性事,而熹平日所论却是问学上多了。"②后来,陆九渊反驳道:"观此则是元晦欲去两短,合两长。然吾以为不可,既不知尊德性,焉有所谓道问学?"③因此,后人便有所谓"朱子道问学工夫多,陆子静却以尊德性为主"④的分别。

在明代的思想界,从陈献章(1428—1500)到王阳明(1472—1529),都走的是"尊德性"的路子,也就是想直接把握人生的道德信仰,以期能安身立命,而把知识、学问看成是外在的,与道德本体是没有直接关系的。如陈献章讲学宗旨,即以静为主。他教学生,令其端坐澄心,要于静中养出端倪。有人曾劝他著述,他说:"吾年二十七,始从吴聘君学,于古圣贤之书无所不讲,然未知入处。比归白沙,专求用力之方,亦卒未有得。于是舍繁求约,静坐久之,然后见吾心之体隐然呈露,日用应酬随吾所欲,如马之御勒也。"⑤至王阳明龙场悟道,更是认为:"圣人之道,吾性自足向之。求理于事物者,误也。"⑥是故,王阳明的"心学""致良知"之教之所以轻视"闻见之知"而流入反智识主义的道路,也就不难理解了。

那么,如何重新确立儒学的规范呢?这一问题就摆在了一些理学家们的面前,迫使他们回到儒家的原始经典中去寻求根据。这可从两方面来考察。

一方面,从儒家文化内部演化来看,朱、陆的义理之争在明代并没有停止,尤其是在明代中后期至清初。罗钦顺(1465—1547)和王阳明及王学末

①　余英时著:《中国思想传统的现代诠释》,江苏人民出版社1998年版,第175页。
②　(宋)朱熹撰:《晦庵先生朱文公文集》卷五十四,《四部丛刊》,上海涵芬楼藏明刊本。
③　(宋)陆九渊撰:《象山先生全集》卷三十四,《四部丛刊》,上海涵芬楼藏明刊本。
④　(元)虞集撰:《临川先生吴公行状》,《道园学古录》卷三十四,《四部丛刊》,上海涵芬楼藏明刊本。
⑤　(清)孔继汾撰:《阙里文献考》卷六十九,清代乾隆刊本。
⑥　(清)张夏撰:《洛闽源流录》卷十五,清代康熙二十一年黄昌衢彝叙堂刊本。

流在思想上的对峙,皆是最好的说明。这种理论的冲突,最后是以回到儒家的经典文献上来画上句号的。如程、朱说:"性即理。"象山说:"心即理。"在明代,王阳明则是儒家反智识主义最彻底的了,在其后继者的推动下,尤其是王学末端,使得他的思想在明代儒学史上一直占有主导地位。他在《传习录》中答顾东桥的书信有云:"有训诂之学,而传之以为名;有记诵之学,而言之以为博;有词章之学,而侈之以为丽。若是者纷纷藉藉,群起角立于天下,又不知其几家。万径千蹊,莫知所适。……记诵之广,适以长其傲也;知识之多,适以行其恶也;闻见之博,适以肆其辨也;辞章之富,适以饰其伪也。"①观王阳明之文,他是对经、史、子、集一概屏绝了。而罗整庵是程、朱一派的思想家,理所当然服膺"性即理"的说法。他极不满陆九渊"六经皆我注脚"②之言,说:"自陆象山有'六经皆我注脚'之言,流及近世,士之好高欲速者,将圣贤书都作没紧要看了。以为道理但当求之于心,书可不必读。读亦不必记,亦不必苦苦求解。……一言而贻后学无穷之祸,象山其罪首哉!"指出了放弃读书、轻视学问所带来的后果,故在《困知记》又中征引《易经》和《孟子》等经典,提出论学要"取证于经书"的观点,认为:"学而不取证于经书,一切师心自用,未有不自误者也。自误已不可,况误人乎?"③

需要指出的是,罗整庵提出的"取证于经书"的观点,就已经包含考证之学了。无疑,这是一个非常值得注意的转变。其实,陆、王的"心即理"也好,程、朱的"性即理"也好,他们都强调这是孔、孟的意思。所以到了最后,一定要回到儒家经典中去找根据。于是义理的是非只好取决于经书。由此可见,自王阳明以后,明代的儒学就已经产生了向"道问学"的智识主义轨道扭转的趋势,只不过到清代,这一趋势变得更为明显。

另一方面,清初三大家,即顾炎武、黄宗羲、王夫之,他们都强调"道问学"的重要性,讲求智识主义。顾炎武反对明人的空谈心性,提出的口号是"博学于文","行己有耻"。④顾炎武提倡经学的前提是对明末王学末端流弊的批判,认为王学末端是舍弃圣人之学的本旨而言心性,"陷于禅学而不自知,其去尧、舜、禹授受天下之本旨运矣"。⑤是故,正式提出了"经学即理

---

①　(明)王守仁撰:《王文成公全书》卷二,《四部丛刊》,上海涵芬楼藏明隆庆刊本。

②　(宋)陆九渊撰:《象山先生全集》卷三十四,《四部丛刊》,上海涵芬楼藏明刊本。陆九渊于本卷中亦曾有言曰:"六经注我,我注六经。"

③　(明)罗钦顺撰:《困知记》卷上,明万历刊本。

④　(清)顾炎武撰:《与友人论学书》,《亭林文集》卷三,《四部丛刊》,影清代康熙刊本。

⑤　(清)顾炎武撰,(清)黄汝成释:《日知录集释》卷十八,上海古籍出版社 2006 年版,第 1048 页。

学"的说法。在他看来,儒家所讲的"道"或"理",当然要从六经孔、孟的典籍中去寻求,离开了经典根据而空谈"性命""天道",则只有离题愈远。顾炎武提出"明道"和"救世"两大目标:"救世"是属于"用"的一方面,"明道"则非研究经学不可,这就是顾炎武心目中的"理学"。所以,他又坚决地宣称,凡是"不关于六经之旨、当世之务"①的文字,他都一概不为。

黄宗羲的学术尽管出于王阳明,与有朱学背景的顾炎武有所不同,但在反思王学流弊,寻找新的学术出路的问题上,二人殊途同归。黄宗羲对于空谈、虚妄的习气深恶痛绝,他主张以风格平实的经学、史学来挽回日趋衰败的学风,大力提倡和重视"闻见之知",主张用渊博的知识来支撑道德性的"理"。他说:"读书不多,无以证理之变化。"②也就是主张用"读书"来印证儒家的"理",即通过"道问学"而进于"尊德性"。黄宗羲教人读书不限于经学,还要读史,越是时代接近的历史,就越有用处。在心性修养一方面,黄宗羲也对王学有重要的修正。王学末流好讲现成良知,不需要工夫便可直透本体。黄宗羲却直截了当地说:"心无本体,功力所至,即其本体。"③对王学末端予以坚决还击。

王夫之在三大家中理学的兴趣最高,因此他曾从哲学的层面上,从本体、认识、人性等诸多领域,来讨论"闻见之知"的问题。王夫之承认人的认知能力得之于天,但他同时强调多见多闻的重要性,认为离开了见闻,人将没有知识可言。所以他提倡程、朱一派的"格物穷理"之学,劝人不要学陆、王一派的"心学",只讲"存神"两字。强调人的心之所以有"神灵",并不是天纵,而是要靠见闻知识来培养和启发的。王夫之《读四书大全》卷六《卫灵公篇》辨"一以贯之",道是:"呜呼!苟非知圣学之津涘者。固不足以知之,然唯不知此,则不得不疑为多学而识之矣!藉令不此之疑,则又以为神灵天纵,而智睿不繇心思,则其荒唐迂诞。率天下以废学圣之功,其愈为邪说淫词之归矣!"④更值得注意的是王夫之很佩服晚明方以智、方中通父子的科学思想,认为"格物"应该是"即物以穷理",而不应该是"立一理以穷物"。前一种方法是客观的,后一种方法则是主观的。

可见,儒家由"尊德性"而进至"道问学"的阶段,最重要的内在线索便是罗整庵所说的义理必须"取证于经书"。这个趋势在明代已初步有了萌

---

① (清)顾炎武撰:《与人书》,《亭林文集》卷四,《四部丛刊》,影清代康熙刊本。
② (清)唐鉴撰:《经学学案》,《学案小识》卷十二,清代道光二十六年四砭斋刊本。
③ (清)黄宗羲撰:《明儒学案序》,《南雷文定四集》卷一,清代康熙年间刊本。
④ (清)王夫之撰:《读四书大全说》,《续修四库全书》第一六四册,上海古籍出版社 2002 年影印,第 520 页。

芽,而到了清初至清朝中叶,就已经长成参天大树了。每一个自认为得到儒学真传的人,都不免要向儒家的传统文献上去寻求根据。要而言之,清初这几位大师,其背景和学术渊源虽各不相同,但能不约而同地得出共同的结论:强调从"尊德性"到"道问学",讲求智识主义。这就表现出清代学术思想史上的一种新的动向。

然而,从儒学发展的内在理路探讨"尊德性"与"道问学"的关系,其意义在于什么呢? 原来,这"道问学",其所强调"闻见之知",是与早期启蒙思潮密切相关联的。一般讨论中国早期启蒙思潮的特点,认为政治上与晚明的黑暗及清代的高压统治(尤其是文字狱)有关系,经济上与资本主义萌芽有关系,文化上与西学东渐有密切的关系。① 其实,这是从外部来分析原因。若从启蒙思潮内部发展的理路来看问题,还是一个如何对待知识与学问的问题。1923 年,梁启超在对明末以降近三百年的学术思想嬗变进行细致考察后,写道:"总而言之,最近三十年思想界之变迁,虽波澜一日比一日壮阔,内容一日比一日复杂,而最初的原动力,我敢用一句话来包举他,是残明遗献思想之复活。"②梁启超论近现代启蒙思潮,其着眼点还是早期启蒙思潮如何对待"遗献"的问题,即知识、学问的问题。早期启蒙思潮,其锋向所指是理学因崇尚义理,即"尊德性",而走向空谈的陆王心学,着重从本体论、认识论、人性论的角度来揭露天理命定之荒谬,即"三纲五常"的不合理性,这就要求必须回到经、史的典籍上,从音韵、训诂、注疏、校勘等考据的方面入手,对儒家经典进行追本复原的解释,以消除长期以来宋明理学中对原始经典的误解与歪曲。这种注重实学和考据的做法,从方法论上解构了理学的支柱,对于扭转理学崇尚空谈、坐而论道的虚玄学风,无疑具有推动作用。

对于这一点,魏义霞先生分析说:"在对待理学的问题上,早期启蒙思想家的做法……或者从考据入手,否认其解释方式的正确性;或者从训诂入手,抨击其概念、范畴的舛误。"③可见,注重知识与学问,注重实学与考据,这本身就是一种启蒙。因此,那才学小说作家们在小说中记录知识、逞才炫学,其内在的理路不也就明白显豁了吗? 要之,清代才学小说的产生是与时代的"从尊德性到道问学"的学风转变分不开的,也是与早期的启蒙思潮分不开的。

① 侯外庐著:《中国早期启蒙思想史》,《中国思想通史》第五卷,人民出版社 1980 年版,第3—26 页。
② 梁启超撰:《中国近三百年学术史》,《饮冰室专集》第七十五卷,中华书局 1989 年版,第28—29 页。
③ 魏义霞著:《理学与启蒙》,商务印书馆 2009 年版,第 245 页。

三、清代中叶学风理路的推动

从儒家学术发展的内在线索讨论了明末清初至清代中叶学术从"尊德性"向"道问学"的演化后,不妨再从清代才学小说周围的文化生态,即政治、社会与地域等因素来看清代学风从清初至中叶的构成理路。

崇祯十七年(1644)明王朝覆灭,满洲贵族建立的清王朝入主中原。国家兴亡与政权更迭,无疑会构成清初士人生活最显豁的生存特征,而这一定会折射到学术与学风上来。杜桂萍先生认为:"清初的学风既具有历史的延续性,遵循其内在的理路,但同时也是朝野上下通力合作的结果。在表述一种普遍的道德意义与对秩序的忧虑态度时,还没有哪一个朝代的士人与政体达成过如此默契的一致。"①对清初的学风进行此种框架式的分析无疑是十分深刻的。笔者看来,这种带有"朝野上下通力合作"特质的学风在清代中叶——乾嘉时期表现得更为突出而实在。

伴随着清初三大家对经世致用学风的提倡,兴起了实学思潮。这种实学思潮随着清初对理学的推重而发展,随着清中叶乾嘉汉学的兴起而达到高峰。

在明末,王学末端的空疏学风及其严重后果已经引起了士人的关注。这种关注又因为明末农民起义、外族入侵等种种内忧外患的矛盾和中外文化交流逐渐深入的大背景,从而构成了一种深刻的忧患意识。在这一过程中,东林、复社士人以卫道、辟佛、尊孔、读经为门径,来批判王学的空疏弊端,在由虚而实的学风转变中,无疑具有拓荒之功。

清初至清代中叶,面对着空前的时代变革以及社会文化的多元化,尤其是明朝的覆亡和清朝的遽然兴起,更多的士人开始了深刻的反省。顾炎武《夫子之言性与天道》云:"不习六艺之文,不考百王之典,不综当代之务,举夫子论学、论政之大端一切不问,而曰一贯,曰无言,以明心见性之空言,代修己治人之实学。股肱惰而万事荒,爪牙亡而四国乱,神州荡覆,宗社丘墟。"②陆陇其《上汤潜庵先生书》认为:"必尊朱子而黜阳明,然后是非明而学术一,人心可正,风俗可淳。"③陆陇其甚至还将明代的灭亡归咎于王学。

---

① 杜桂萍著:《清初杂剧研究》,人民文学出版社 2005 年版,第 7 页。
② (清)顾炎武撰,(清)黄汝成释:《日知录集释》卷七,上海古籍出版社 2006 年版,第 403 页。
③ (清)陆陇其撰:《三鱼堂文集》卷五,清代康熙刊本,《文渊阁四库全书》第一三二五册,台湾商务印书馆 1986 年影印。

他在《学术辨》中说："明之天下不亡于盗寇，不亡于朋党，而亡于学术。学术之坏，所以酿成盗寇、朋党之祸也。"①这种将国家兴亡与学风的状况联系在一起的说法，未免有夸大理论的社会功用之嫌，但由于学者的出发点是致力于寻找切实可行的救世途径，所以是可以获得理解的。

世所公认，汉学才是清代学术之主体。冯友兰分析说："所谓汉学家者，以为宋明道学家所讲之经学，乃混有佛老见解者。故欲知孔孟圣贤之道之真意义，则须求之于汉人之经说。"②这是因为"两汉经学，所以当遵行者，为其去圣贤最近，而二氏之说，尚未起也"。③ 乾嘉考据为其典型代表。清代汉学，其开山鼻祖当然是顾炎武，随后是阎若璩、吴渭奠基，到了惠栋公开打出旗号，一代学术才正式确立。考据学内部也是学派林立，有惠栋之吴派和戴震之皖派以及稍后的扬州学派等。吴派弃宋宗汉，专攻汉学，认为："《五经》出于屋壁，多古字古音，非经师不能辨。经之义存乎训，识字审音，用知其义。是故古训不可改也，经师不可废也。"④戴震学识渊博，识断精审，可谓集清代考据学之大成。他对惠栋吴派采取的是既推崇其由文字、音韵、结构、训诂以明义理的主张，又不墨守惠栋所创汉学成规。他说："经之至者，道也，所以明道也；其词也，所以成词者，字也。由字以通其词，由词以通其道，必有渐。"⑤扬州学派的代表人物是阮元、汪中、焦循、凌廷堪等，皆为戴震后学，他们继承戴学，对吴派也不拒斥，能够本着兼容并包的精神吸纳两家之长，从而形成求同存异、不墨守门户的学术态度。扬州学派的学术贡献，充实并完善了清代汉学，正是经过吴、皖两派及扬州学派的共同努力，乾嘉考据之风才大盛，汉学占据了学术主导地位。一时四海之内，"家家许、郑，人人贾、马，东汉学灿然如日中天矣"。⑥ 文字、音韵、训诂、校勘、辑佚等方面的研究，成为对学者最具吸引力的学问。扬州学派的领袖阮元对此曾进行总结，其文云："我朝列圣，道德纯备，包涵前古，崇宋学之性道，而以汉儒经义实之。圣学所指，海内向风。"⑦

---

① （清）陆陇其撰：《三鱼堂文集》卷三，清代康熙刊本，《文渊阁四库全书》第一三二五册，台湾商务印书馆 1986 年影印。

② 冯友兰撰：《中国哲学史》，生活·读书·新知三联书店 2009 年版，第 443 页。

③ （清）江藩撰：《国朝汉学承记》，《续修四库全书》第一七九册，上海古籍出版社 2002 年影印，第 253 页。

④ （清）惠栋撰：《松崖文钞》卷一，《聚学轩丛书》本，光绪二十九年贵池刘氏刊本。

⑤ （清）戴震撰：《与是仲明论学书》，《戴震全书》第六册，黄山书社 1995 年版，第 370 页。

⑥ （清）梁启超撰：《清代学术概论》，上海古籍出版社 1998 年版。

⑦ （清）阮元撰：《拟国史儒林传序》，《揅经室一集》卷二，四部丛刊影清道光本。

　　清代的各个学术派别崇尚"道不虚谈,学贵实效"①的学风恰恰顺应了清代统治者文化建设的需要,这种朝野上下不谋而合的思路虽然出于不同的文化背景,却强化了一种普遍的价值观念,即对现实的关注及其务实的作风。在顾炎武、戴震固然是出于建设一个理想的国度,而在清廷,则是为了恢复传统道德秩序,达到使天下人才"入吾彀中"的政治目的。

　　满族贵族统治者在政治上入主中原的同时,在文化上却经历了一个从首崇满洲到全面汉化的过程。从清初到清朝中叶,每个皇帝所采取的有益于统治的各项政策中,均在不同程度上重视程朱理学。在顺治、康熙、雍正、乾隆四个皇帝中,顺治与雍正相似,前者奉行崇儒重道的文化政策,后者则执行儒、释、道三家并重的文化政策;康熙与乾隆奉行的则是独尊程、朱理学的文化政策,稍不同的是,乾隆中叶以后,则对于汉学表现出更大的兴趣。

　　康熙帝熟读经书,倡导儒学,尤为尊崇朱熹,推重程朱理学。他谕曰:

　　　　宋儒朱子,注释群经,阐发道理,凡所著作用编纂之书,皆明白精确,归于大中至正,经今五百余年,学者无敢疵议。朕以为孔孟以后,有裨斯文者,朱子之功,最为弘巨。②

　　与康熙独尊程朱相同,乾隆继位以后,再次把注意力转向了程朱理学。乾隆五年十月颁谕旨,倡导读宋儒之书,精研理学,说道:

　　　　夫治统原于道统,学不正则道不明。有宋周、程、张、朱子,于天人性命大本大原之在,与夫用功节目之详,得孔、孟之心传,而于理欲、公私、义利之界,辨之至明。循之则为君子,悖之则为小人。为国家者,由之则治,失之则乱。③

　　康熙、乾隆期间,大力整顿官场作风、推崇程朱理学、优待理学名士。当时跻身新朝的理学家如魏象枢、李光地、朱轼、杨名时、朱珪等,或登台辅,或居卿贰,以大儒为名臣,一方面积极向皇帝和清朝贵族鼓吹理学思想,传播儒家学说,推动清朝政权的儒学化进程;另一方面通过讲学论道,向士人和民众宣传程朱主敬躬行之学,缓和群众的反抗情绪,为理学正宗地位的确立做出

---

①　(清)李颙撰:《二曲集》卷七,清代康熙三十三年刊本。
②　《清实录》第六册,中华书局 1985 年版,第 466 页。
③　《清实录》第十册,中华书局 1985 年版,第 876 页。

了贡献。这样做的结果,自觉不自觉的顺应了学术潮流的转型。"统治者复古是为了专制统治的稳定,思想家们则希望从历史遗产中寻找新的思想武器,以复古为革新。"①但作用的合力是巨大的。到乾嘉时期,学风获得了明显的改进与确立,清廷的专制统治也收获了明显的成效。

考据汉学之所以在乾嘉时期成为显学,除了中国儒学内在发展的理路及当时的经济因素外,还有一点,是与当时的统治者对汉学的重视有关。乾隆继位前期,同其祖父一样,对理学情有独钟,但从乾隆十年(1745)起,他对朱子学说开始质疑,于是及时调整了文化政策。这主要表现在两个方面,一方面是通过科考,将一批经学之士吸纳进政权体系之中;另一方面,成立四库馆,通过修书活动促进汉学的研究。

乾隆之前,清代科举各层次的考试,其理学气味极浓,尤其是康熙年间,对于整理和考据古典文献的学者来说,登上仕途颇为不易。乾隆十年这种局面开始得到扭转。乾隆在殿试时务策中加上了经、史方面的内容。乾隆十年(1745)殿试谕曰:"夫政事与学问非二途,稽古与通今乃一致。爰以多士所素服习敬业者询之,必有以导朕焉。五、六、七、九、十一、十三之经,其名何昉?其分何代?其藏何人?其出何地?其献何时?传之者有几家?用以取士者有几代?得缕晰而历数欤? ……将欲得贤材,舍学校无别途;将欲为良臣,舍穷经无他术。"②乾隆十四年(1749)又谕曰:"圣贤之行,本也;文,末也。而文之中,经术其根柢也,词章其枝叶也。……夫穷经不如敦行,然知务本,则于躬行为近,崇尚经术,良有关于世道人心,有若故侍郎蔡闻之、宗人府府丞任启运,研究经术,敦朴可嘉。近者侍郎沈德潜,学有本源,虽未可遽目为巨儒,收明经致用之效,而视獭祭为工,剪彩为丽者,迥不侔矣。"③乾隆二十一年(1756)以后,这一部分试题的比重越来越大。如乾隆三十年(1765)谕曰:"诸生为文,惟当根柢经史,发挥义理,一以清真雅正为宗……至文内引诸史子集者,务以平正切当为宗。"④这种从经部文献和史籍中出来的命题,对于研经治史的人来说,往往并不算难,但对于不读经史却又高谈理、气、性、命的理学家和八股文人而言,则难之又难。通过这种手段,乾隆限制了理学信徒的入仕途径,而将一大批经史研究卓有成效的学者

① 高小康著:《市民、士人与故事:中国近古社会文化中的叙事》,人民出版社2001年版,第282页。
② 《清实录》第十二册,中华书局1985年版,第81—82页。
③ 《皇朝文献通考》,《文渊阁四库全书》第六三三册,台湾商务印书馆1986年影印,第447页。
④ 《清实录》第十八册,中华书局1985年版,第238页。

吸收到各级政府中来,主要有钱大昕、纪昀、朱筠、庄存与、卢文弨、王鸣盛、毕沅、赵翼、王昶、陆费墀、邵晋涵、孔广森、程晋芳、孔继涵、任大椿、戴震、章学诚、王念孙、武亿、阮元、凌廷堪、孙星衍、洪亮吉、潘世恩等数十人,几乎囊括了乾嘉学派的所有骨干。乾隆帝这样做,等于无形中鼓励了读书人向经史考据方向努力,从而对汉学考据学风的盛行起了推动作用。

除科举取士外,乾隆帝组织的大规模修书活动亦有助于汉学的兴盛。乾隆在位期间,官修图书数量之多、范围之广是惊人的。每次修书,大量科举出身的官员和各地知名学者亦是参与其中,尤其是《四库全书》的纂修。《四库全书》内容浩瀚,经、史、子、集四部俱全,遍及目录、版本、校勘、辨伪、辑佚、考据等整理古典文献技能的每一个方面,所以需要大批专业的人才,而这恰是汉学家发挥才能的平台。故而"四库馆"实乃汉学大本营也。

说到清代中叶的乾嘉考据学,有一点必须要提到,这些考据学大师们,他们主要生活在江南,即今天的江苏、浙江和安徽一带,依靠官方、私人的资助,凭借书院的讲学、书信往来的切磋、家学的传承,甚至通过坐馆的方式等等,在学界传播他们的学术,赢得学者的认知和一定的社会声望。可见,乾嘉考据学是一个地域性很强,但通过朝廷的力量,其影响力又很大的学术共同体。艾尔曼在《从理学到朴学》一书的《中文版序言》中指出,若使用所谓新文化史的方法,"力图透过政区和地方史的视角"来看清代的考据学,则乾嘉学派的实质就是一个所谓"江南学术共同体"①而已。笔者看来,艾尔曼的新文化史的方法,其实就是史徒华的文化生态学的借用。"江南学术共同体"无疑也对清初至中叶的才学小说作家产生影响。因为这六位才学小说作家基本为江南人或于一定时间内在江南居住。《野叟曝言》的作者夏敬渠与《蟫史》的作者屠绅均为江苏省江阴人;汪价为江苏省太仓人;陈球是浙江秀水人;李汝珍虽是北京大兴籍人,但是他在很早前就随其兄李汝璜宦游至海州板浦,②《镜花缘》的撰作与完稿即在板浦居住期间;丁耀亢是山东诸城人,但他在年轻时即赴云间拜董其昌为师,而且他创作的才学小说《续金瓶梅》即成稿于居住杭州西湖时。③ 是故,才学小说的创作实是与所谓的"江南学术共同体"有极密切的关系。

---

① [美]艾尔曼著,赵刚译:《从理学到朴学》,江苏人民出版社1995年版,第2页。

② 《李氏音鉴》卷五《第三十三问著字母总论》云:"壬寅之秋,珍随兄佛云,宦游朐阳。"壬寅之秋即乾隆四十七年(1782)。李汝璜,字佛云。朐阳即海州。

③ 《续金瓶梅·太上感应篇阴阳无字解序》有云:"亢不敏,病卧西湖,既不克上膺简命,而效职于民社,谨取御序颁行《感应篇》而重锓之。"《续金瓶梅·凡例》亦曰:"客中并无前集,迫于时日,故或错讹,观者略之。"

　　毫无疑问,西学东渐也为清代学风的建设提供了一个世界性的视角。明末西学的流行对中国文化的影响是不可低估的。葛兆光曾深刻指出:"从那个时代起,知识、思想与信仰世界就在悄悄地、缓慢地,也是深刻地发生着变化。"①笔者以为,这"深刻地发生着变化"中,亦含有文人、士大夫务实思想的形成。关于这一点,学者徐海松认为:"一是西学负载的大量新知识为探求经世实学的明清学人开拓了视野,树立了标杆,并激励了知识界倡导务实的新学风。二是西方科学重实证、讲逻辑的思维方法可补中国传统学术之缺失。"②可见,文人、士大夫已自觉地将之视为实学的一种,并以之作为拯救世道的手段。到了清代,包括清初及清代中叶,这种观念并未发生改变,相反,在许多学者、士大夫身上发现了清晰的科学精神迹象。针对这一现象,杜桂萍先生指出,这不仅"昭显为中国文化与西洋文化的亲和关系",而且为学者、士大夫们的"求实态度提供了学术上的依傍",从而使得这一"实学思潮在某种意义上已经具有了世界性的背景"。③ 无疑是十分深刻的。譬如,陆世仪是较早将西学纳入学术视野的学者,他说:"今人所当学者,正不止六艺之文,如天文、地理、河渠、兵法之类皆切用于世,不可不讲。"④清初三大家亦是对西学抱有客观的态度,顾炎武即主张:"士当求实学,凡天文、地理、兵、农、水、火及一切典章之故,不可不熟究。"⑤康熙帝对西学则是表现出更浓厚的兴趣,他在《庭训格言》中说:"朕幼时,钦天监汉官与西洋人不睦,互相参劾,几至大辟。杨光先、汤若望于午门外九卿前,当面赌测日影,奈九卿中无一人知其法者。朕思,己不知,焉能断人之是非?因自愤而学焉。"⑥当时的许多名人与传教士有交往,如钱谦益、陈名夏、许桂林等,甚至包括皇世子在内。如康熙五十五年十一月二十五日(1717 年 1月 7 日),皇三子允祉在奏折中就提道:"经查看新来之西洋人戴进贤等带来之书,意大利亚国名里佐利者所著《黄历算书》二本,名沙勒斯所著《几何原本》一本、《黄历算书》一本,讲述地方地图及讲述各本著作缘由之书一本,日耳曼尼亚国名达格德才所著讲解天数之书二本。此外,尚有简单讲述

① 葛兆光著:《七世纪至十九世纪中国的知识、思想与信仰》,复旦大学出版社 2000 年版,第444 页。
② 徐海松著:《清初士人与西学》,东方出版社 2000 年版,第 51 页。
③ 杜桂萍著:《清初杂剧研究》,人民文学出版社 2005 年版,第 11 页。
④ (清)陆世仪撰:《思辨录辑要》卷一,《文渊阁四库全书》第七二四册,台湾商务印书馆1986 年版。
⑤ (清)顾炎武撰:《与人书》,《亭林文集》卷四,《四部丛刊》,影清代康熙刊本。
⑥ 《圣祖仁皇帝庭训格言》,雍正六年内府刊本,《文渊阁四库全书》第七一七册,台湾商务印书馆 1986 年版。

小计算之书几小本。"①

乾隆时期,尽管没有像康熙那重视西学,但是在乾隆时期编纂的《四库全书》中,却收录了大量有关西学的著作,全文收录的著作有二十三种,存目十四种,共达三十七种之多。随着《四库全书》的传播,这些西学著作无疑会影响当时的文人、士大夫。《四库全书》中的西学包括天文、算法、奇器、水利、医学等。四库馆臣亦是对西学著作给予了高度的评价。如利玛窦的《乾坤体义》:"是书上卷皆言天象,以日、月、地影三者定薄蚀,以七曜地体为比例倍数,日、月、星出入有映蒙,则皆前人所未发。其多方罕譬,亦复委曲详明。下卷皆言算术,以边线、面积、平圆、椭圆、互相容较,亦足以补古方田少广之所未及。虽篇轶无多,而其言皆验诸实测,其法皆具得变通,可谓词简而义赅者。是以《御制数理精蕴》多采其说而用之。"②对西方机械科学亦有好评,如《奇器图说》:"(西洋)制器之巧,实为甲于古今。寸有所长,自宜节取。且书中记载,皆裨益民生之具,其法至便,而其用至溥,录而存之,固未尝不可备一家之学也。"③纵观《四库全书》对西学的评价,虽然强调"西学中源",④但是,这种对西方科学既有嘉许也有贬抑,又何尝不是一种更好的宣传呢。况且它已经充分肯定了西方的天文历算、机械制造、农业水利等实学。

要而言之,在一个中西文化交流的世界性的大背景下,既有对晚明以来学术多元观念的因袭,又有对释、道的包容;既有对程朱理学的独尊,又有对汉学的提倡。再加上思想家们的大力推动和统治阶级的政策呼应,以及大型图书《四库全书》出版的推广,清初至中叶的清代学风呈现出一方面积极讲学与结社,一方面又求实与创新相结合的特点,使得中国学术呈现出由经世致用、理学独尊,开始走进实证研究阶段的渐次演化特征。

---

① 中国第一历史档案馆编:《康熙朝满文朱批奏折全译》,中国社会科学出版社 1996 年版,第1158 页。

② (清)纪昀等编纂:《四库全书总目提要》,中华书局 1997 年版,第 1390—1391 页。

③ (清)纪昀等编纂:《四库全书总目提要》,中华书局 1997 年版,第 1529 页。

④ 吴伯娅著:《康雍乾三帝与西学东渐》,宗教文化出版社 2002 年版,第 487 页。

第四章　清代才学小说的社会意识

　　所谓社会意识，就是要强调关注社会问题；或者说，在某程度上社会意识就是指社会问题意识。社会问题，并不是文学的专属，而是社会学研究的范畴。研究社会问题在于了解社会，寻求解决社会问题的途径，这正是社会学学科的意义所在。我国著名社会学家孙本文先生曾谈道："以往我国社会学文籍中以社会问题一类为最多最重。……唯社会问题研究方法能彻底了解本国社会问题的特质，及其可能解决的途径。"①孙本文先生的观点强调了社会问题在社会学中的重要性，甚至可以讲，社会学存在的意义就是研究社会问题。运用社会学的理论观照小说，尤其是才学小说，那么它的着眼点就不能不投注于或者起码应该包括社会问题或社会意识。关于这一点，萨孟武先生在《红楼梦与中国旧家庭》一书的《自序》中曾予以探究。他说："研究社会科学的人是将小说看作社会意识的表现。因之，研究方法与研究文学的绝不相同，不做无意义的考证，更不注重版本的异同。"②注重考证、版本，严格说来应属于史学的范畴，并不是文学专属，也不能说是无意义的。但是萨孟武先生所说的"将小说看作是社会意识的表现"倒是将小说研究与社会问题紧密联结起来。因此，这就在理论上解决了一部小说作品，包括才学小说作品，为什么要在一定程度上来描写与反映当时社会、思想和文化领域内所发生的危机。如果借用中国儒家传统的社会理论来讲，那就是"文以载道"或曰"以文化人"的观念。

一、才学小说创作与社会问题

　　文学研究要注重文献、文本与文化的整合一体。③　无疑，这种主张已包含了"文献先行、文心前置"④的观念，这里所谓的文心，包含内容主要还是

---

①　孙本文著：《当代中国社会学》，《民国丛书》第一编，据胜利出版公司1948年版影印，第285页。

②　萨孟武著：《红楼梦与中国旧家庭》，岳麓书社1988年版，第1页。

③　参见李希凡先生所著的《有感于"文献·文本·文化"的命题》一文，载《红楼梦学刊》2000年第1辑第4页。

④　杜桂萍著：《文献先行与文心前置刍议》，《文学遗产》2013年第6期，第154—156页。

作家对整个社会的关注,亦即"文以载道"和"以文化人"的社会意识。对一部才学小说的生成机制进行探讨就必然会触及才学小说作品产生时代人们的物质生活与精神生活存在的一些问题,并分析这些社会问题存在的原因,从而尝试着去探索解决问题的对策与方法。正因为这样,我国古典小说的目录学家往往在评价小说创作的目的与价值时,就反复强调:

> 伏以六籍既分,九流并起,皆得圣人之道,以尽万物之情。足以启迪聪明,鉴照今古。①
>
> 夫仕与学一道,君之好古若是,推之于政,殆必有过人者,而不俟予之言也。②
>
> 裨圣教、资政理、备法制、广见闻、考同异、昭劝戒者,靡不品骘抉择,区别汇分,勒成一书,列为四部。③

上引宋代李昉向宋太宗进表,认为小说内容有符合"圣人之道"的地方,能为治国提供借鉴。明代的都穆(1458—1525)曾为《博物志》作跋,据他介绍,贺志同在担任衢州推官时,非常喜欢晋人张华的《博物志》一书,并刊刻以广传之。那么,作为推官的贺志同为什么如此重视小说呢?都穆的观点十分明确,认为小说的过人之处就是由小说之道可推之于为政之道。关于这一点,明人陆俨、黄标的观点就更鲜明了,认为小说的社会价值可以有助于解决教育问题、治理问题、法制问题等等,即"裨圣教、资政理、备法制"。

因此,研究古代小说创作本旨,包括才学小说作品的创作本旨,就不能不涉及社会政治思想和核心价值观问题,关注个人、家庭的社会化以及与此相关的社会政治危机、意识形态危机、法律底线失守、道德观念失范等。换句话说,才学小说研究应当与社会问题构成一定的联系,而这也应当是小说社会学理论框架下的重中之重,甚至有必要置于社会历史文化哲学的新高度来看待。

卢卡奇《小说理论》曾深刻地指出:"史诗可从自身出发点去塑造完整生活总体的形态,小说则试图以塑造的方式揭示并构建隐蔽的生活总体。

---

① (宋)李昉撰:《太平广记表》,见丁锡根编《中国历代小说序跋集》,人民文学出版社1996年版,第1769页。

② (明)都穆撰:《跋博物志》,见丁锡根编《中国历代小说序跋集》,人民文学出版社1996年版,第37页。

③ (明)唐锦著:《古今说海引》,《龙江集》,《续修四库全书》第一三三四册,上海古籍出版社2002年影印,第602页。

对象的给定结构表明了对塑造的态度,历史情况自身所承载的一切破裂和险境,都得包括进塑造中去,而不能也不应该用编排的手段加以掩饰。"①卢卡奇的观点从小说社会学理论的角度指明小说既要揭示社会生活总体,也要构建社会生活总体,并且把"历史情况自身所承载的一切破裂与险境"一一指明,也就是要揭示存在的社会问题。卢卡奇理论的深刻性还在于,认为小说家最终目的并不仅限于揭示问题,以引起"疗救者的注意",而是要指明或者最低也要暗示如何解决问题,即以文(小说)载道、以文(小说)化人。因此,卢卡奇一再强调"塑造"和"构建"这两个概念,并进一步指出:"小说中规定形式的基本观念就客体化为小说主人公们的心理状态,他们是探索者。"卢卡奇强调了小说的规定形式与小说主人公的关系,赋予小说主人公以"探索者"的身份,从而也就使揭示社会问题并探索其中的解决路径成为小说家的必然使命。

　　运用社会学理论观照才学小说,尤其讲究才学小说主旨与社会问题的联系,究其实质,还是从文化批评的角度来看问题。文化批评与文学批评是有一定区别的。文学批评的标准,一是考察文学的思想内涵;二是考察文学的诸审美样式。一般来讲,文学应包含三大要素:思想内涵、审美诸样式、想象力。文学批评就是对这三者的把握。而文化批评所观照的是蕴含于文学作品文本之中的社会意识、核心价值和文化诉求,它较多涉及文学的思想内涵,而较少涉及诸审美样式和想象力,甚至于忽略不计。如此看来,对才学小说所反映的社会问题的把握,就是对小说文本所蕴含的政治社会核心价值以及相关的思想文化意识的判断,直接面对的是作品的精神取向、思想观念、文化意识、人性原则等价值要素,而较少涉及诸审美样式和想象力等要素。

　　虽然文学批评与文化批评都是一种判断,但是前者的重心在于审美判断,属于美学的范畴,后者的重心在于道德判断,属于伦理的范畴。审美判断是一种形式,不同于道德主义,它不设置所谓政治和道德法庭。如果说它与康德的美学观念"无目的的合目的性"有某些关联,亦无不可。因为"无目的",就是指没有直接的、具体的功利目的,没有世俗的政治目的和道德目的;而"合目的",就是它也符合人类自由、发展的总目的,也符合人性追求真善美的总趋向。因此,从这个角度来讲,文学就是一面镜子,它可以把面对它的一切东西照出来,目的是检验它是什么样子,符不符合自己的目的。希腊三贤之一的柏拉图曾谈到了这一比喻,他把文学家比喻成一个拿着镜子的人,向四面八方旋转就能造出太阳、星辰、大地、自己和其他动物等

---

① 　[匈牙利]卢卡奇著,燕宏远、李怀涛译:《小说理论》,商务印书馆2012年版,第53—54页。

等一切东西。① 柏拉图把文学比作镜子,显然包含艺术的模仿,认为文学等艺术形式的产生就是对生活美的形式的模仿。柏拉图的镜喻说恰好说明了文学批评对审美诸形式的注重,它不在乎被照在镜子里的东西是否有理性,只在乎是否有形式的东西。

道德判断不同于审美判断,它是"有目的的合目的性"判断,即从不隐藏自己道德伦理的目的。实质上,道德判断就是一种价值判断,就是一种是非判断,具有鲜明的价值内涵,包括核心价值取向和道德舆论导向等。文学批评是审美判断,它的出发点是艺术感觉,关键是进入文本展示一个审美的世界,感悟其中的心灵内容和审美特点,而不作出政治与社会道德价值的判断。而文化批评恰好相反,它就是要把作品中的社会意识与伦理道德的内容抽离出来,并逐一澄清。它的批评出发点不是艺术感觉,而是维系人类社会的共同的带有普遍的价值规范。

因此从这个角度来讲,可以把文学比作发光体——灯。"镜子的比喻往往是把文学看成了一种再现方法,而发光体的比喻把文学看成了心灵的表现。"②显然,灯的比喻不仅把文学看成了心灵的照射,而且包含了人内心的判断。与西方形成对比的是,我国很早就把文学比作灯一类的东西了。比如庄子,他说:"宇泰定者,发乎天光。发乎天光者,人见其人。"《释文》:"宇,器宇也。谓器宇闲泰,则静定也。……人心自兆其端倪,而天光发焉,自然而不可掩也。"③庄子认为,人的心灵就好比灯一类的东西,可以发出光芒,照亮世界,照亮每一个角落,给人送来温暖,使人自见其人,理解人心端倪原委。庄子的这段话完全可以拿来诠释文学的社会价值与文化功能,判断文学的价值所在。

关于这一点,钟嵘在《诗品序》中也认为:"照烛三才,晖丽万有;灵祇待之以致飨,幽微藉之以昭告;动天地,感鬼神,莫近于诗。"④钟嵘把文学的功能说成可以照亮万物、启蒙人间,甚至惊天动地。又,《国语·楚语》说:"教之《春秋》,而为之耸善而抑恶焉,以戒劝其心;教之《世》,而为之昭明德而废幽昏焉,以休惧其动;教之《诗》,而为之导广显德,以耀明其志;教之《礼》,使知上下之则;教之《乐》,以疏其会合而镇其浮。"⑤这里,将《诗》《春

① [古希腊]柏拉图著,郭斌和、张竹明译:《理想国》,商务印书馆1986年版,第389页。
② 傅道彬、于靡著:《文学是什么》,北京大学出版社2002年版,第15页。
③ (清)郭庆藩辑:《庄子集释》,《诸子集成》,中华书局2006年版,第344页。
④ (梁)钟嵘著,曹旭集注:《诗品集注》,上海古籍出版社1994年版,第1—2页。
⑤ (周)左丘明撰,(清)董增龄注:《国语正义》,《续修四库全书》第四二二册,上海古籍出版社2002年影印本。

秋》《世本》一类的名著的价值说的再具体不过了,包含耸善、明德、戒惧、明志、知礼、镇浮等等,均为社会意识与文化功能的构成部分。

由此,不难发现中西方文论的相异之处。西方镜喻说,指明文学作品并不影响生活,只是忠实于社会生活。正如别林斯基所说的那样:"文学作品不改造生活,而是把生活复制、再现,像突出的镜子一样,在一种观点之下把生活的复杂多彩的现象反映出来,从这些现象里汲取那构成丰满的、生气勃勃的、统一的图画时所必需的种种东西。"①但是,文学作品如果仅仅描写自然人物和事件,或者仅仅叙述人物的自然情感,那么无论这种叙述如何清晰有力,都不足以构成文学作品的最终目的和宗旨。文学作品不应该只是像镜子,而应该像灯光一样,不仅能照亮黑暗中的一切美的事物,而且能曝光其中丑的东西,并能施加影响,给予温暖和力量。小说作品的"光线不仅直照,还能折射,它一边为我们照亮事物,一边还将闪耀的光芒照射在周围的一切之上……"②这里,美国文学批评家艾布拉姆斯的描述非常形象,也富于诗意,突出强调了小说作品对社会意识与社会问题的关注是小说社会学的题中之旨、应有之义。

二、清初才学小说创作的民族意识

清代才学小说的作家们首先表现出来的社会意识就是民族意识,与此密切攸关的社会问题显然就是民族问题。民族问题不论是清初的才学小说作品,还是清代中期的才学小说作品,都或实或虚、或显或隐地存在着,只不过明清易代之际,遗民小说家们因有切身体会和切肤之痛而表现得更猛烈一些罢了。

1. 汪价《草木春秋》的民族意识

《草木春秋》一书曾引起过人们的注意,但总体评价不高。袁世硕先生指出该书的才学小说特征,认为作者是"以其所学知识为小说的",但对其内容评价不高,认为"就小说演义故事看,也无其他寓意"。③ 其实,这部小说除了作者以小说庋藏其博物才学之外,在内容上以忠奸二元对立的模式来表达其"意主忠义,旨归劝惩"的思想,同时表现出作者立功勋、定华夷的

---

① ［俄］别林斯基著:《论俄国中篇小说和果戈理君的中篇小说》,《别林斯基选集》第一卷,人民文学出版社 1959 年版。
② ［美］艾布拉姆斯著,郦稚牛等译:《镜与灯》,北京大学出版社 1989 年版,第 75 页。
③ 袁世硕撰:《草木春秋·前言》,《古本小说集成》,上海古籍出版社 1994 年版。

观念。从后者来看，作者主要表达的就是对民族问题的看法。无论从哪个方面说，《草木春秋》都在一定程度上表现了作者汪价的民族思想，寄托其个人的价值诉求。

考查汪价的身世，则知经历了明亡的重大变故，家乡嘉定县又发生过"嘉定三屠"这样的民族大难。这不可能不给汪价的思想带来影响。是故，汪价创作了《草木春秋》这样的庋藏中草药才识的小说来表达内心苦闷与感慨。这只要从番邦郎主的命名曰巴荳大黄，而其元帅名曰天雄、军师名曰高良姜即可看出作者的微言大义。周拱臣曾撰有《离骚草木史》，其自叙云："草木之中有君子焉，有小人焉。一一比其类而暴其情，使萧艾、荔蓏知所顾忌，而不敢进。而与兰芷江蓠竞德，凛凛乎衮钺旨也。以治草木还以治草木者治人，是所望于灵修者挚焉尔，若夫窃取之义，予则何敢？夫固曰：'风木之酸泪，草莽之孤愤，所攸寄焉尔也。'稗官野乘，聊寓荒衰。篇中之草木禽鱼，其有以罪我也，夫其有以知我也夫。"①周拱臣深知屈原的遭际，深解《离骚》篇中草木寓意，以君子小人为草木分疏。而汪价以草木中"君子"为汉天子及其将帅命名，而以草木中的"小人"为胡椒国、西域国国主及将帅命名，其意亦与周拱臣的观点相同。

汪价的《草木春秋》一书，曾被郭廷选改编为戏剧《草木传》。在《草木传》一剧中，郭廷选曾借剧中人物甘草云："我要想立功勋，与国同休。常欲想定华夷，朝居一品。"②这"立功勋"与"定华夷"不仅是郭廷选略以寄慨之所在，而且也是汪价久郁心中的抱负与志向。《草木春秋》与《草木传》一样，也上演了一出番汉大交兵的龙虎戏，作者以南北朝为背景，安排刘宋王朝的汉家天子刘寄奴御驾亲征，而从征的大将军亦是金石斛及其子金樱子、金铃子，女儿金银花，有黄连父子兄弟五人，还有仙人如威灵仙、决明子、覆盆子等，最后攻入番邦异域胡椒国，迫使狼主巴荳大黄递上降书顺表，从此番汉讲和，天下太平，永无征战。要而言之，作品中对敌我双方将领以中草药药性为据的命名，采用忠奸二元对立的审美结构方式，其寓意已明矣。那就是不仅在于意主忠义、旨归劝惩，而且也在于表现作者立功勋、定华夷的理想抱负与民族意识。

2. 董说《西游补》的民族意识

考查《西游补》，会发现这是一部有特别思想的才学小说。早在二十世

---

① （清）周拱臣撰：《离骚草木史》，《续修四库全书》第一三○二册，上海古籍出版社 2002 年影印，第 75—76 页。

② （清）蒲松龄著，路大荒编：《蒲松龄集》，上海古籍出版社 1986 年版，第 1704 页。

纪初,黄人在《小说小话》中就将《西游补》与《蟫史》并举,认为:"《蟫史》虽章回小说乎,盖奄有《水浒记》《西游记》《金瓶梅》诸特色,而无一语袭其窠臼,虽好用词藻,及侈陈五行禨祥,而乏真情逸致,然不可谓非奇作也。小说界中富于特别思想者,除《西游补》外,无能逮者,但不便于通俗耳。"①黄人认为《西游补》具有"特别思想",颇耐人寻味。

对于《西游补》一书的审美特色,笔者以为有两点:一是文备众体,二是以孙悟空的行踪为主脉来范围全书。关于这一点,将在本书后面的章节予以详细阐述。从小说体现的民族意识与董说的民族观念来看,首先在于,作者借阎王重审秦桧害死岳飞的冤案来反思北宋何以亡于金、南宋何以亡于元的历史事件,这就将矛头委婉地指向了大明王朝和有后金之称的大清王朝及其统治者。小说中董说曾借孙悟空之口作《吊岳飞诗》一首,有句云:"谁将三字狱,堕此万里城? 北望真堪泪,南枝空自萦。国随身共尽,相与虏俱生。落日松风起,犹闻剑戟鸣。"此诗沉郁顿挫,一唱三叹,不仅将岳秦的"三字狱"案收结,而且巧妙点出了董说对于岳秦二人的不同态度:岳飞是"国随身共尽",而秦桧是"相与虏俱生"。反思宋王朝灭亡的教训,寄托明朝面临倾覆的无限感慨。其次在于,小说描绘楚王项羽好道术,专门用情虞美人,并通过大书特书其演讲平话来自叙家谱,达到几千余字。其开头便道:"项羽也是个男子,行年二十,不学书,不学剑,看见秦始皇蒙瞳,便领着八千子弟,带着七十二范增,一心要做秦始皇的替身。……"再有,写到关雎殿上,唐僧与小月王共听弹词,则其有文曰:"天皇那日开星斗,九辰五都立乾坤。跸日寻云前代迹,鱼云珠雨百般形。……图秦不就六国死,去秦称皇刻碣文。谁闻三世秦皇帝,人鱼烛尽海东昏。……"这平话与弹词无疑是全书的点睛之笔,具有隐括全书的作用,表现了作者对明代君王的专门好道与房术的不满情绪,甚至是辛辣嘲讽。

董说先祖几世为宦,食明俸禄。至董说,生于晚明,曾亲身经历亡明的时代变迁。入清后,又出家为僧。"身丁陆沉之祸,不得以遁为诡诞,借孙悟空以自写其生平之历史,云谲波诡,自成一子。"②黄人认为董说创作《西游补》是自叙胸中块垒。从小说描写实际来看,黄人这一自叙传说是有一定道理的。董说创作《西游补》时,明代虽然还没有被清灭掉,但从当时时局来看,董说产生这种隐忧是存在的。清兵于关外虎视眈眈,其入关已成箭

---

① 黄人撰:《小说小话》,见《晚清文学丛钞·小说戏曲研究卷》,中华书局1960年版,第371—372页。

② 黄人著:《小说小话》,见《晚清文学丛钞·小说戏曲研究卷》,中华书局1960年版,第356页。

弦之势,国内又有轰轰烈烈的李自成、张献忠农民大起义,已然成了星火燎原、席卷天下之状。所以董说在《西游补》设计了一段以孙悟空的精神成长为主脉的群山故事。比如写唐僧被任命为杀青大将军,赴西部边关镇压起义军士,即隐喻这一史实。再,西边起义之头目则是孙悟空之子名波罗密王者,系孙悟空与罗刹女所生,只因当年孙悟空为借芭蕉扇曾钻到罗刹女肚子里。在书的最后,则是波罗密王杀了唐僧和青青世界之主小月王。凡此,皆在表现孙悟空对于一个"情"字的历练,以"情"为魔,这固无大错。但其所隐喻的则是作者对现实社会的观照,即对明王朝政权的焦虑与彷徨心态。

同时,我们应该注意到董说对青青世界社会的态度。无疑,董说对青青世界是持否定态度的,而青青世界则隐喻清王朝。这有事实为证。第一,董说笔下青青世界的教育采取科举制度,而其所录之士皆为"无耳无目、无舌无鼻、无手无脚、无心无肺、无骨无筋、无血无气"之人,这无疑是对青青世界人才的嘲讽与否定。第二,董说笔下青青世界"第二镜"的古人世界,孙悟空则变做假虞美人,通过描写项羽对假虞美人百依百顺,以至成了"妻管严",不唯不敢思念蘋香,还上了假虞美人的当而将真虞美人杀死,明确地写出项羽的软弱、昏庸、无勇、无谋。表达了对青青世界为君者不仁不智的否定态度。第三,董说笔下青青世界的未来世界,为臣者皆为不忠不信之人,这集中体现在对秦桧案重审的描绘上。董说写秦桧,谓之偷宋贼,以"求奸水鉴"之法——坐实秦桧之罪名,让他历经了通身荆棘刑、小鬼掌嘴刑、小刀山刑、碓粉刑、滚油洗浴刑、变蜻蜓刑、万鞭刑、脓水刑、泰山压顶刑、花蛟马刑、鱼鳞剐刑等十余种刑罚之苦。

凡此种种,皆在表明作者的民族意识:即对朱明王朝痛惜,对清王朝嘲讽。

3. 丁耀亢《续金瓶梅》的民族意识

可以说,《续金瓶梅》是一部庋藏佛学、史学与"金"学的著作,同时也是一部政治讽喻之作,表达作者的理想是如何"御边幅",是如何"平虏、保民、安国"。这显然包含了作者的民族自觉意识。

丁耀亢的民族意识首先表现在其所构撰的三世因果的叙事模式中。丁耀亢将西门府的败落与北宋王朝的灭亡放在一个平台上叙写。西门庆亡殁后,潘金莲、庞春梅、陈经济亦相继死去。由于金兵入侵山东一带,吴月娘携子孝哥与仆人玳安、小玉夫妇一同到寺中避难。这时,西门庆平时所交结的朋友应伯爵、来安、吴典恩等,不但不对陷入窘境的吴月娘母子予以援助,相反却落井下石。来安勾结土贼张三、李四、杨七等,先是将西门府翻了个底朝天,把值钱的东西抢了个光,等到吴月娘返家的时候,又将吴月娘仅有的一点金银细软骗走,又与吴典恩勾结企图将吴月娘下狱致死。观其行径,简直与入侵的金兵毫无分别。应伯爵更为歹毒,竟为了一千两银子将西门庆之子孝哥卖掉。与西门府风流云散的故事相照应的则是大宋王朝衰落的故事。作品写蔡京、高俅、童贯和杨戬四大奸臣以淫奢、贪权误国,致使金兵入侵。金人掳走徽、钦二帝后,大宋朝的臣工们,或投降金朝,如郭药师;或僭主称帝,如张邦昌;或假意奉承二帝暗地里却与金人勾结,如秦桧等。那秦桧在徽宗朝任御史,靖康之乱后,曾随二帝北狩,当听说张邦昌称帝时,也曾正言劝止。可是到了燕京后,见金朝兵马强壮,想那宋室衰微,做不成大事,于是便投降了金主。粘罕侵掠江淮,秦桧竟写檄文数说高宗君臣之罪。其妻王氏更是机巧乖变,与秦桧狼狈为奸,暗约金主,合成一路,充当细作,里应外合,要将南宋作个整人情,送给金朝。当然,作品中也写了忠臣如宗泽、岳飞、李纲、洪皓等,为了恢复中原,南征北战的事迹。

作品中安排西门庆三次转世,一转为盲丐,二转为太监,三转则为犬豕,令其饱受人间的磨难与痛苦;潘金莲则转世为金桂,先是嫁给陈经济转世的刘瘸子,不得男女之爱,然后让金桂变为石女,不得男女之欢;李瓶儿则转世为银瓶,被卖入娼门李师师家,嫁给年已花甲的翟员外后,与花子虚转世的郑玉卿私奔,竟被郑玉卿卖给苗青,自杀而死;而庞春梅转世的梅玉嫁给金二官人为妾,金二官人的原配竟是孙雪娥转世的粘夫人,则粘夫人对梅玉是极尽虐待之能事。而与此故事相照应的是,作品写大宋国的君臣与金主,竟然也是有其前生转世的。比如写金粘罕,竟系赵太祖托生,金兀术竟是德昭太子托生,金主买竟是柴世宗托生,宋高宗竟是钱镠所托生,或报柱斧之仇,或报陈桥夺位之仇,或报伪夺周禅之仇,故而扰乱宋家天下。而那宗泽、岳飞父子、韩世宗、张宪等俱系陈桥兵变拥戴太祖黄袍加身的众将领托生。故而其徒有勇武而不能北上收复中原。

丁耀亢安排以上几组故事,在清河、汴京和江南三个不同的地方展开,以"三世因果"、循环报应为关锁,流露了作者的民族意识,表现出对北宋亡于金、明亡于清的政治意识和民族意识。关于这一点,袁世硕先生、黄霖先生都曾予以探讨,见解亦是深刻。如袁世硕先生认为:"《续金瓶梅》演因果故事,也正寄寓着对卖国通敌者的鞭挞。"①黄霖先生认为:"《续金瓶梅》……沉痛地总结了明亡的历史经验,愤怒地控诉了清朝贵族的残暴统

---

① 袁世硕著:《续金瓶梅后集·前言》,《古本小说集成》影印本,上海古籍出版社1994年版。

治,自始至终洋溢着爱国爱民的激情。"①两位先生持论,正是着眼于社会学的理论,指明了作品中流露出的民族意识。

三、清中叶才学小说创作的风教观念

清代中叶,长篇小说的创作出现了思想化与才学化二水分流的审美格局。被人誉为"清代四大才学小说"的《燕山外史》《蟫史》《野叟曝言》和《镜花缘》就是这一时期的才学化小说的代表作。由于清朝建立已逾百年,社会相对趋于稳定,一些文人士子的民族意识,尤其是江南地区的文人士子已经不再像清初那样激烈反对异族入侵。文化社会的观念,包括道德教化与核心价值观的培育开始出现了变化,这也表现在小说的创作上,尤其是"四大才学小说"。

1. 陈球《燕山外史》的风教观

对于《燕山外史》的风教观,学界关注不多。张蕊青提出"尊重情性,非议礼教和程朱理学"与"性灵文学思潮"有关。② 台湾学者王琼玲强调小说对封建科举制度和官场的批判与揭露。③ 两位学者的观点一是着眼于反对礼教,实质在反对程朱理学;二是着眼于揭露科举考试制度与官场的黑暗。若从小说社会学的角度来看,《燕山外史》的风教观念还有待补说,这主要表现在爱情与婚姻的道德观念上:即自由与自主。

陈球主张婚姻自由,倡导爱情自主。关于这一风教观,其实作者在文中即已微露其旨,只不过是没有言明而已。如《燕山外史》卷一云:"球只替古人担忧不浅,非干己事,抱恨偏多! 叹潘郎掷果虽多,朱颜改色;嗟杜牧寻春已晚,绿叶成阴……无端技痒,妄求见技之方;讵是情痴,忽有言情之作。"又卷八结尾云:"第是情缘未断,口业难除。浔江闻商妇之谈,青衫泪湿;阳关听故人之唱,苍发霜催。秀颊添毫,究向阿谁润色? 枯肠搜句,总缘我辈情钟。此《燕山外史》所由作也!"两段文字,均突出"情"字,即讲"情痴",也讲"情种"(情钟即情种之谓),明白交代了自己创作的关键,在于言情。

那么,在陈球的笔端,他的爱情主张是什么呢? 陈球笔端主张是爱情自

---

① 黄霖著:《金瓶梅续书三种·前言》,齐鲁书社1988年版。
② 张蕊青著:《燕山外史与性灵文学思潮》,《江海学刊》2003年第3期。
③ 王琼玲著:《清代骈文小说燕山外史初探》,《93年中国古代小说国际研讨会论文集》,开明出版社1993年版。此观点亦见于其《燕山外史研究》,《清代四大才学小说》,台湾商务印书馆1999年版。

由与婚姻自主,这主要是通过窦生与爱姑二人的自由结合,并始终不渝表现的。贫家少女爱姑虽倾慕窦生,但她并不是水性杨花之辈。她对前来求爱的窦生严厉相拒,后虽察知其积思成病,心生怜悯,也并未以身相许;最后探知窦生确实有志读书,一心向学,且对己情有独钟,遂与之订终生。再看窦生所谓明媒正娶的富家小姐,蛮不讲理,心忍手狠,致使窦生不堪其辱;家道中落时,又耐不住贫寒,与窦生离异,弃之而去。通过这一对比,表现的是对父母之命、包办婚姻的否定;而写窦生与爱姑历尽艰辛,终获幸福,并化仙而去,这种中国式的叙事风格,即神道设教,也就表明作者在肯定自主恋爱这一思想。所谓"欲结同心之果,必栽称意之花"。

　　窦生与爱姑的婚姻自主观念,同《会真记》中的张生与莺莺的婚姻观念似同而实异。张生与莺莺由爱而生情,最后私订终身,终违母命;而爱姑虽为窦生才学及诚意所感动,但仍是在得到母亲允许后才与之订终身之好。所谓将追求爱情自主与还违婚姻之礼紧密结合。

　　《燕山外史》揭示的爱情自由婚姻自主观念,早在清末,淮山人宋振仁就看到了这一点。他曾为《燕山外史手稿本》撰写《跋》一篇。其文有云:"在百数年前,已具男女爱慕,婚姻自由之萌芽。惟稿本纵情描述,辄无他忌。"[1]"男女爱慕,婚姻自由"的观念,在清末民初已然成为一种新的社会理念。殊不知这种观念的萌芽,在清代中叶,甚至清代前期就已出现,包括《红楼梦》与《燕山外史》。

2. 屠绅《蟫史》的风教观

　　《蟫史》是中国小说史上唯一的长篇文言章回小说,探讨它的思想内涵及其所包含的核心价值观念,无疑是十分有意义的。侯忠义先生认为《蟫史》是一部神魔小说,是"以独特的神魔小说的形式,表达了文人的普通的人生理想"。[2] 詹颂认为,《蟫史》是一部描写"神魔斗争的历史小说",其构思体现为一种"衍古性,打破时空界限",明显带有一种"魔幻色彩"。[3] 这些观点无疑很有启发性,可惜的是,都未从风教观念来探讨。其实,《蟫史》的思想本质首先是关于社会风教与人心教化的,是对社会治理体系达到善治的一种殷切期待,是入仕士子对仕途公平正义环境的热切期待。

　　屠绅卒于嘉庆六年(1801),在滇南从政三十余年,被誉为廉吏、儒吏,

---

①　(清)陈球撰:《燕山外史手稿本》,上海图书馆古籍部藏。
②　侯忠义撰:《〈蟫史〉的历史贡献》,《明清小说研究》2010 年第 1 期,第 4 页。
③　詹颂撰:《论〈蟫史〉的构思与文体特点》,《明清小说研究》2005 年第 2 期,第 223 页。

政绩突出,曾以报最入都述职。而这恰恰就是屠绅的为政目标与追求,也代表了那个时代的清官廉吏的共同价值观。洪亮吉有《屠大令绅以报最入都话旧》诗四首,作于乾隆四十五年庚子(1780),其一云:

> 远宦迢迢十载余,相逢我亦颔添须。贤劳已觉官声起,忧患偏怜壮志虚。釜欲生鱼推上考,书应成蠹少宁居。重来流辈俱清秩,莫晒狂奴尚鹿车。

在诗中洪亮吉赞美屠绅"官声清秩",即是明证。但是,屠绅虽然少年科第,但他功名蹭蹬,曾居家铨选十年,授官后,长期沉沦下僚,为云贵督抚排挤,曾六任滇南知县,后勉强升任寻甸州知州,又以知州署理知县。嘉庆元年,屠绅以知州迁广州通判任。至嘉庆二年,因丁母忧守制,解职回乡。《蟫史》一书的主要部分即创作于这一时期,至嘉庆六年屠绅入京前脱稿。

《蟫史》一书所涉及的乾嘉史实,集中在乾隆五十年至嘉庆四年这十五年间,因此可称《蟫史》为乾嘉之际史实的"画影图形"。这十五年,处在康乾盛世的末期,所谓"落日余晖",正是清代由盛转衰的关节点。这一时期,各种潜在的社会危机开始集中爆发,包括安南匪乱、苗民起义、白莲教起义、回民起义、台湾起义等诸多的社会群体性事件。显然,这些起义除去政治因素、经济因素之外,均与社会治理与人心教化有关。

屠绅虽然在家为母守制,但他忧心国事,只好以笔为文,以文为政,用创作稗官野乘的方式,表达向母尽孝之心,亦表达对国家善治、对天下太平的期许。屠绅在小说中塑造了甘鼎、桑蝎等英雄形象。这些人南征北战,东伐西讨,集乾隆时期阿桂、李侍尧、福康安、海兰察、徐嗣曾、孙士毅、柴大纪等名将所有功绩于一身,并事功之后悄然隐退。尽管甘鼎这一人物原型乃是乾嘉时期屠绅的本家屠述濂,桑蝎可说是作者自喻,但毫无疑问,这些人物都寄予了作者一定的社会治理思想,包括风教观、文化观在内。

作者描绘李舜佐,其原型是李侍尧,曾任云贵总督,是乾隆时期著名的将军,战功赫赫。在小说中,官拜节度使,然而无勇无谋,屡战屡败,最后仅充任甘鼎的副手而已。作者描绘斛斯贵,其原型是福康安,亦曾任云贵总督,是乾隆最为倚重的心腹。在小说中,甘鼎因故免职,斛斯贵代任总师,结果为苗人打得落花流水,差点丢掉性命;奉旨征剿岛屿贼寇,则毫无战功,最后不得不在甘鼎与桑蝎的辅助下,勉强取得胜利。屠绅塑造人物,如此运笔削其功绩,召唤英雄的亡灵,用意何在呢?毫无疑问,是在反思乾隆盛世的盛与衰,反思太平粉饰下的弊政与虚伪,即借史警世,表达人们的一种价值观与文化诉求。

从屠绅的国家治理与人才观来看,屠绅强调的是:人心为立国之本,而人才为兴邦之本。这一点集中体现在甘鼎与桑蜎二人的关系上。甘鼎不因桑蜎是落第书生而怠慢其人,而是以礼相待,重金相聘。对其筑城护佑百姓的仁政措施,一概采纳。书中也描写了桑蜎向甘鼎推荐贤能之辈,如常越、沙明、邬郁等,因此甘鼎才取得石湾大捷,并一举击败安南交匪。同时,难能可贵的是,甘鼎赴楚征九股苗,对女性人才也是格外器重,并同样待之以礼,如天女、木兰、鬘儿、魔妗等。

与此形成对照的是,当降将魔妗首次脱逃时,她的谋士鲜于季通、郎应宿为节度使李舜佐俘获,并将问斩。其中有一段对话,含义深刻。其文曰:

> 李节使勃然曰:"中朝士类,助妖女为乱,科目可废,胶庠可芜也。速寸斩之。"季通、应宿骂曰:"朝廷养士数百年,未尝无定乱之才,宣猷王国。今被兵处所,守陴官民,独非科目胶庠之士哉？公等内贪外忌,视士林如盗贼,平时不能教养,而又使劣官狡吏,如脍切之。"

屠绅借鲜于季通、郎应宿之口指出了乾隆治世的人才问题,即轻视士林。李侍尧也好、福康安也罢,均非正途出身,所仰仗者,不过与皇室的密切关系,而成为封疆大吏,手握督抚大权。屠绅十九岁即中进士,宦滇近三十年,长期沉沦下僚,为督扶所排挤,长期受到不公正的对待,致使空怀报国之志。朝廷养士储才,却不知公正用才,人尽其才,这当是屠绅发愤著书、苦心经营《蟫史》的社会意识所在,也是乾隆盛世时期存在的主要社会问题之一。

3.夏敬渠《野叟曝言》的风教观

《野叟曝言》采用了"家国一体"的叙事模式,因此,它的风教观也就关锁了家庭道德伦理与社会核心价值的培育与实施。换一句话说,夏敬渠笔端的理想国所推许的是儒家的社会思想,讲究君仁臣良子孝,讲究理学的诚敬修身之法,讲究程朱的天命之性与气质之性。

《野叟曝言》所写的一个家庭,即文府,是一个纯正理学世家,文素臣乃一纯正理学先生,讲究诚敬修身,注重克己复礼。文素臣之母水夫人亦是女中大儒,有仁者风范。文素臣十八岁游庠,精通诗学、医学、历算、韬略诸书。推崇程朱,反对陆王,性恶佛老,遇僧道二氏者,必力折之;他的朋友十数人,志向抱负全在于为国效力,一心辅佐贤主,建功立业。《野叟曝言》所写的一个国家,即明朝,情况正与文府相反,故其着眼点在于朱明王朝的兴衰。

明宪宗朱见深,在位共二十三年,重用宦官外戚,笃信佛老二氏,专心房术,欲求长生,是一个标准的昏君。

围绕文素臣的人生轨迹,小说重点描写了文府的兴衰,主要分三个阶段:一是成化帝怒贬文素臣、发配辽东,文府避居乡村;二是太子重用文素臣,使得文素臣立下十全战功;三是文府迁居京城后六世同堂的发达显赫情形。这三个阶段的结构形态是有变化的,但就其主体部分来说,文家之荣辱与明王朝之兴衰是始终有机地融为一体的,呈现出一种"家国一体"的叙事模式。作者这样将家国放在一起描写,表达了一种家国同构的观念。

围绕"家国同构"观念,夏敬渠具体表达的风教观主要有三点:

一是推崇爱国观念。不仅文素臣本人以及文素臣结义的十个弟兄秉持这种得君行道的爱国观念,就是啸聚山林、集结荒岛的豪杰也是对乱国的叛贼和奸臣恨之入骨。比如小说第一回曾写十弟兄结义言志,包括文素臣与申心真、景敬亭、元首公、金成之、匡无外、余双人、文古心、景日京及文点等,或自比为郦食其、鲁仲连,为人排难解纷、与人休兵息争,或探讨程朱圣贤学问,或欲复典教之旧,以教天下之士,以拔真儒等等。再比如东阿山、盘山等处盗匪亦为报国之士,皆因奸臣当道,不得不落草为寇。

二是推崇母教观念。夏敬渠笔端的文府是一个文化世家,以理学为家学,推尊程朱实学,反对陆王心学。这一点完全可以从文母的形象得到证实。文母教子遵从程朱理学,完全体贴朱子本意。她说:"仁者,人也。人受中于天,即有此仁,非此仁无以为人。仁于事君,即忠;仁于事亲,即孝。……若守定省温清之小节、临深履薄之常经,临难苟免,贪生舍义。在国为乱臣,即在家为逆子,此知孝不知忠之弊也。"文母分辨仁与忠、孝的关联,突出仁为本体,忠与孝均从仁上来。即讲究仁是天赋的,是宇宙中的根本,所谓"人受中于天,即有此仁"。这是符合程朱理学的天命之性观念的。

三是对"三从四德"妇女观的反思。表面来看,夏敬渠的妇女观是矛盾的,因为他一面支持妇女守节,一面赞同妇女再嫁。实则不然,夏敬渠笔底的妇女观是辩证的,带有一定的反思性。夏敬渠赋予"三从四德"以翔实具体的内涵,并提出"有变有常"的观念,即:"从子与从夫、从父不同,父与夫有过失,小者屈意勉承,大者委曲讽谏,若子有过失,当严切训戒,不可任其胡行;若遇昧理之丈夫,则不可一味顺从,要保守自己的节操,方是正理。"夏敬渠的这一"有变有常"说,可以说包含着非常深刻的辩证法哲理,将夫妇之道、父子之道说得明白透彻。叛贼景王、奸贼李又全的姬妾均多至数十人,二人兵败后,他们的妻妾中,除同谋者问斩,大多数都嫁给了东阿山、盘山这两个地方的草泽英雄。这就表明作者是赞同妇女再嫁的。文母教女及媳妇,所安排日课亦是与班昭《女诫》不同,颇注重才学。关于这一点,文母说道:"君子教人,不拂其性,顺而导之,则人易从。汝以诗文为性命,若欲禁你笔砚,使专务女工,则郁郁无聊,必生疾病,我故留此一个光阴,为汝陶情适性之地。"这种观念,与戴震"各尽其性,各遂其情"的人性论如出一辙,不仅符合程朱理学的气质之性,也包含了人权思想的萌芽。

4. 李汝珍《镜花缘》的风教观

《镜花缘》揭示的社会问题有政治问题、科举问题、人才问题等,而居于首位的当属妇女问题。同时,本书牵涉的社会思潮既包含道家思潮,也包括儒家思潮。因而,考查李汝珍笔端的风教观,是比较复杂的,这主要体现在书中百名才女的行为和那大大小小充满"特别精神"的小国异邦的描绘上。

从女德来看,李汝珍推崇班昭的"四行"说,即妇德、妇容、妇言、妇功,认为"此四者,女人之大节,而不可无者也"。后来又借才女师兰言之口将这一理念与儒家的"四箴"联系在一起。说道:"为人在世,那做人的一切举止言谈,存心处事,其中讲究,真无穷尽。若要撮其大略,妹子看来看去,只有四句可以做得一生一世良规。你道哪四句? 就是圣人所说的:非礼勿视,非礼勿听,非礼勿言,非礼勿动。"而书中为天下女子立极的便是唐闺臣了,构成全书的主要线索便是她海外寻父和率兵讨伐武则天以及功成归隐山林的故事了。

从君子国的民风来看,君子国重礼让,抑争讼。李汝珍笔端的君子国是吴泰伯后裔,两个宰辅吴之和、吴之祥,即是泰伯、仲雍的子孙。泰伯曾三以天下让,因此,其后人便以此为家学。同时,君子国非常注重节俭,不尚奢华。凡宴客、生子、婚筵等,敬谨遵守"五箬论"之法,即五道菜。清代著名清官于成龙就十分推崇五箬之法,并在民间倡行。

从淑士国教育改革来看,淑士国非常重视儒家教育,国家的士农工商各个阶层都是儒生打扮,行政长官亦是如此,因此淑士国的人们自幼就喜欢读书。为此,淑士国特制定"十二取士之法",包括经史、词赋、音韵、诗文、刑法、书画、医卜、乐律等。可以说这一制度体现了教育内容的多样化特征,人人皆有所好,考试之法将随之而定,则人人皆可成材,这无疑是十分先进的。

令人奇怪的是,李汝珍一面极力推崇女德,并以四箴为人生之定律,一面又十分推崇女权,比如武则天开女科考试,并授女官。当然,最能体现这一风教观还属"女儿国"的男主内制度了。李汝珍笔端的"女儿国"规定:男女配合,男子穿裙子,扮作妇人,以治内事,而女子穿靴帽,扮作男人,以治外事。即所谓男主内、女主外。难怪,胡适在五四时期就认为《镜花缘》的进步性在于提出了妇女问题。

再,李汝珍是追求自然美的,反对缠足、穿耳等陋习。比如小说描写林之洋到了女儿国,被封为王妃,正自高兴时,几个长大丫鬟将其摁倒打扮,不由分说就是穿耳环、缠足、涂粉等,结果是受尽了折磨。这一富于喜剧性的情节设置,意义关涉重大,表现出了李汝珍敢于批判社会的精神。

四、清代才学小说创作的理治思想

清代的才学小说,几乎每一部的内容都蕴含作家的理政之才、治国之学,表现出作家对国家与社会治理的关心,这应该是每一个儒家知识分子的自觉使命与担当。当然,其他类型的小说也具有这样的特点,但均没有才学小说表现得这样强烈、这样自觉。因此如何理政与治国,也就成了才学小说所庋藏的最大的才学。这主要体现在三个方面:一曰民心,二曰人才,三曰谋略。

1. 推崇仁政 以德治国

《尚书》有言:"民为邦本,本固邦宁。"又言:"德唯善政,政在养民。"强调的都是民本民心的重要性。关于这一观念,在清代中叶的四大才学小说中,《野叟曝言》与《镜花缘》表现得比较突出。

首先来看《野叟曝言》一书,小说明确交代,明代纲常混乱、民乱四起是"乱由上作"。因为成化帝崇信佛、老二氏和重用宦官而致国家政令失常,于是东宫太子向文素臣征求国家政令的"培补之方"。文素臣认为只有黜佛老、崇儒术才能正人心,也才能得人心,于是讲解《大学》《中庸》二书,试图从学理上批判佛、老二氏邪说。夏敬渠借文素臣之口说道:"《大学》八条目中,诚欲修齐治平之道,即《中庸》之尽性、参赞、形著、动变。……而《大学》由意诚而至治国平天下,顺而推之也;《中庸》由为天下国家而至诚身,逆而推之也。顺逆虽殊,而俱归重一-'诚'。其入手工夫,则《大学》之格物致知,即《中庸》之学问思辨也。"大家知道,孔子仁学讲一个"诚"字,谓之诚者天下之达道也,诚之者,天下之人道也;又说自诚明,谓之性,自明诚,谓之教。诚则明矣,明则诚矣。再,朱子也讲一个"诚"字,认为在于那"格物"二字。这里,夏敬渠将"修齐治平"的治国理想与"学问思辨"的为学之道归结到一个"诚"字。这一修养论的思想,突出地表现了夏敬渠的观念,那就是如果真的要得人心,只有从学理上像儒家讲"诚"那样,才能让人心正、理顺。

夏敬渠讲《中庸》，只重一个"庸"字。他借文素臣之口说："庸也，即中也。老佛则贪生怕死而言长生，言太觉矣，皆隐怪。而非庸也，即非中也。后世援儒入墨，卒使圣道与异端如黑白之判然，皆庸字之力也。不然，则老之窈冥昏默，佛之如如不动，后人皆得以附于尧之执中、舜之精一矣。是则庸之一字，乃圣道万里长城。"夏敬渠又分辨老氏与儒之差异，则曰："老氏之言，千变万化，其旨皆归于清净，其念皆起于贪生，其功则皆用以养生。"显然，夏敬渠如此来论中庸之道，亦是着眼于与佛、老的差别，指出老、佛的思想是与中庸之道相违背的。

在书中第十回，夏敬渠又借文素臣之口反驳释教，说："儒家即有败类，尚不至无父无君，全乎禽兽。释氏则不识天伦，不服王化，弃亲认父，灭子求徒。其下者，行奸作盗，固国典所必诛；其上者，灭类绝伦，亦王章所不宥。"第五十九回有文素臣与东方侨言老庄之言性与儒家之言性不同点："圣人之性是仁义礼智之性，扩而广之，以保四海，此圣人尽性之事也；老庄之性是以仁义礼智为贼性之物，而以清净为尽性也。"这就表明夏敬渠是以仁义礼智信五常为人性的基本内容。

除了学理上推崇理学，辟除佛、老外，为了真正得到民心，还要以德治国，推崇孝道，讲究礼治。关于这一点，在《镜花缘》中，李汝珍笔端的"理想国"表现的就比较突出了。

《镜花缘》中主要人物唐闺臣，海外寻父的事迹表现的即孝行，而她参与讨伐武则天的事迹则是忠义的表现。从作品展现才学来看，才女讲论经史，其所宗者皆儒家正论。如讲《春秋》，殷若花说《春秋》褒贬之义，集中在三点，即"明分义、正名实、著几微"；如讲《三礼》，唐闺臣说周公救乱而制五礼，孔子欲除时弊而重定礼正乐，以挽风化，及至战国，继周、孔之学，讲究礼法的唯孟子一人；如讲《周易》，卢紫萱说汉儒所论象占，固不足尽《周易》之义，王弼扫弃旧闻，自标新解，惟重义理，孔子说《易》有圣人之道四焉，岂止"义理"二字？等等，表现的还是儒家的礼治与孝道。

质而言之，《镜花缘》一书所表现的理治思想，是属于儒家的，是入世的。这一点作者通过描绘讨伐武则天采用破四阵之法，以及全书中百名才女所炫示的才学内容就已经明确强调了，而唐闺臣去小蓬莱寻父，留给弟弟的临别赠言也是明证。唐闺臣说："总之，在家须要孝亲，为官必须忠君，凡有各事，只要俯仰无愧，时常把天地君亲放在心上，这就是你一生之事了。"

因此，我们可以下结论说，《镜花缘》一书的理治思想是以道家为外在特征的，是以儒家为思想内核的，即"外道而内儒"。

2. 完善科举　注重得人

　　清代初期的才学小说《西游补》就曾涉及科举制度,到了清代中叶,无论是《燕山外史》《镜花缘》,还是《蟫史》,也都十分注重科举取士和如何任用人才的问题,甚至提出改革科举,实行男女平等,女子亦有参政的权利等。

　　陈球《燕山外史》对封建科举的态度,从本质上来讲,不是进行批判和否定,而是进行反思,想办法进行完善。因为陈球对科举制度本身是不否定的,其所反对的是考官无识、不辨真才。关于这一点,陈球倒是与蒲松龄相同,而与吴敬梓不同。蒲松龄认为科举考试本身是没有问题,是能够选拔人才的,但是坏就坏在考官上,考官不辨真才,因此撰《司文郎》以贬之。吴敬梓认为科举考试制度本身就不好,它败坏了社会风气,造成世态炎凉,甚至让人疯掉,重创人的身心。

　　科举选才,自唐至清,实行已达千年。虽有种种流弊,但有一点不可否认,那就是它相对于隋唐以前的选士之法,不失为公平。《燕山外史》针对伤害科举公平的致命处,亦即考官的愚昧、不辨真才,大加挞伐。如卷二有文云:

　　　　生固词社仙才,文坛飞将。胸有成竹,立就云蒸霞蔚之篇;目无全牛,群推虎绣龙雕之技。奇士自存大志,直探骊窟明珠。……岂料文星易晦,士运难亨。适当秋令而宾兴,偏遇冬烘之主试。青纱罩面,安知班马文辞?白蜡存胸,讵晓匡刘经义?

这就说明考生即使有班固、司马迁的文才史笔,似匡衡、刘向的博学明经,但若遭逢冬烘考官,则天纵才学,满腹经纶,也都将付诸东流水。陈球说考官是“青纱罩面”“白蜡存胸”的“冬烘”,乃是运用典故,讥讽其目不识才,胸无点墨。再看卷六写窦生再次落第。其文曰:“检点生涯,支持家计,箧内唯余扁蠹,囊中只剩乾萤。研上韭田,待时何益;书中无粟,望岁徒劳。每夜燃糠,已尽埋头之苦;连年献璞,频遭刖足之伤。”自阮元(1764—1849)任学政以画才铨选陈球为诸生后,陈球屡下科场,屡不得志,致其终生穷困,以卖画为生。于此,陈球当是借窦生之酒杯,浇自己胸中之块磊,以抒抑郁不得志之情。

　　现实生活中,大凡科场失意士子,在屡败屡战之际,唯一的奢求是出现像“南宫名宿,东观耆英”一样的考官,来遴选优秀士子。显然,这所说的

"南宫名宿"对于陈球来说是有所指的,那就是《窦生传》的作者冯梦祯(1548—1595),冯梦祯曾会试第一,凤擅文名,又好奖人,曾两任南雍国子监祭酒。

观《镜花缘》一书,其价值在于提出了妇女问题,这是许多专家所认可的。原因在于,此书不仅是以众多女性人物为主人公,更主要的在于女性享有同男子同样的权利,那就是参加科举考试,像男子一样参与社会公众事业。这一点在武则天所下诏书里是言明了的。其文有云:

> 朕惟天地英华,原不择人而畀;帝王辅翼,何妨破格而求。丈夫而擅词章,固重圭璋之品;女子而娴文艺,亦增蘋藻之光。我国家储才为重,历圣相符;朕受命维新,求贤若渴。辟门吁俊,桃李已属春官;《内则》遴才,科第尚遗闺秀。……况今日,灵秀不钟于男子,贞吉久属于坤元;阴教咸仰敷文,才藻益征竞美。是用博谘群议,创立新科,于圣历三年,命礼部诸臣特开女试。

从神道设教的角度来看,这诏书也就是作者所下之诏,这观点也就是作者的观点。正如诏书所言,"丈夫而擅词章","女子而娴文艺",完全表明的是国家储才当以丈夫与女子并重的观念。这就是男女平等的观念!同时,才女榜上殷若花,乃是女儿国的储君,将来还要登基称帝,而枝兰音、黎红薇、卢紫萱将来要任太子少保、少师、少傅等。

再,《镜花缘》描写淑士国重视教育,提出改革科举制度的"十二取士之法",就颇具创新意识。明清科举取士,只有八股一途算正途,其余以画、算、医等出仕,皆为不入流,这显然是不公正的。

前文曾论及《蟫史》人才观念,指出只有公正合理地选拔人才、重用人才,才能做到人尽其才,才能达到国家善治、社会善治。如果像清朝贵族那样,搞裙带关系,只注重满人,只注重皇亲贵戚,那么势必会造成天下大乱。

3. 运筹谋划　得君行道

运筹谋划所讲的问题是策略问题、是政策问题,而得君行道也是一个与政策相关的路线问题。这也是一个与国家治理成败与否密切相关的社会问题。

于源《灯窗琐话》中评《燕山外史》云:"诗有寄托便佳,而寄托亦足自见身分。屈翁山先生,布衣也。题鲁仲连庙云:'从来天下士,只在布衣中。'

吴澹川先生,秀才也。题范文正公祠云:'由来贤宰相,只在秀才中。'其风调亦复相似。"①于源在文中将陈球与鲁仲连、范仲淹相提并论,实是过高之誉,然陈球的一腔忧国忧民之心实是与他们相通的。陈球强调治乱成败,关键在于主将要智勇仁三者缺一不可,其中智讲的就是谋略。

《燕山外史》卷五写窦生携爱姑离家出走,不幸在途中遭遇唐赛儿之乱,以致使苦命鸳鸯再度离散。作者探讨叛乱的原因,曾云:

> 三年两歉,十室九空。石壕之吏频呼,监门之图孰绘。因匿灾而就毙,漠不上闻。即奉诏以赈荒,徒为中饱。甚有桁杨不辍,只解苛徵;升斗未输,便遭酷比。脂膏竭而疮难补肉,掳掠严而臀尽无肤。毒逾永野之蛇,猛过泰山之虎。嗟乎! 官威太峻,民命何堪? 荐饥莫恤天灾,反有助天为虐。掊克必干众怒,能无结众成仇? 向存畏虎之心,尚知法纪。今绝求生之路,岂顾身家?

荒年饥馑固属天灾,但人祸更是人间惨剧的罪魁祸首,包括官府不恤民命,中饱私囊,助纣为虐,致使哀鸿遍野,饿殍塞路。那么百姓无路可走,只能起义反抗。这种分析,不仅是揭露贪官污吏的黑暗,而且将批判的矛头指向了最高统治者。同时,面对叛乱,官军连连败退,作者分析原因说:

> 乃有羸师不济,将军却惧断头;窃位无谋,守令但知袖手。寇方压境,即弃甲以疾逃;贼未临城,便挂冠而先遁。亦有危城粱绝,孤垒矢穷。祖孙皓之躯,甘投降矣;断霁云之指,莫发援兵。遂使青犊横行,苍鹅深入。

主将没有谋略,加之将怯兵懦,注定必将败亡。这就使得这篇骈文小说,不仅是逞学炫才、"大旨言情"之作,亦是一篇保国安民的形象的"谏疏",作者期待的是君仁、臣忠、将勇。

《蟫史》的创作观念一直以来是个聚讼不休的问题。杜陵男子《蟫史·序》曰:"作者现桃源于笔下,别有一天;读者入波斯之市中,都迷两目。自我作古,引人入胜。不洵可以餍好奇之心,而供多闻之助乎哉!"②那么屠绅

---

① (清)于源撰:《一粟庐合集》,道光年间刊本,国家图书馆藏。
② (清)屠绅著:《蟫史》,《古本小说集成》影印本,梅竹氏藏板,磊砢山房刊本,上海古籍出版社1994年版。

借小说提供的"多闻之助"究竟是指什么呢？清代满族学者震钧倒是一语中的，他在《天咫偶闻》中说《蟫史》一书："详其命意，似指三省教匪之役。当世将相，任意毁刺，且有上及乘舆处。"①震钧大胆指出了是书是表现屠绅对当时社会治理的不满情绪，包括对当朝督抚、皇帝等的批评，指出他们缺乏谋略才干。于此，黄摩西发挥云："《蟫史》，此小说中之协律郎诗，魁纪公文也。书中主人甘鼎，盖指傅鼐。傅之材力，在明韩襄毅、王威宁右，而未竟其用，举世悼惜。故好事者撰为是书，以同时一切战迹，归傅一身，致崇拜之意。"②虽然黄摩西认为书中主人公的原型是傅鼐，还值得商榷。但指明此书关乎乾嘉时代的"一切战迹"，则是非常深刻的。

屠绅的《蟫史》一书虽有"炫才"和"志异"的倾向，但其创作的最终命意并不在此。屠绅苦心经营才学小说《蟫史》的着眼点是所谓"乾嘉盛世"的社会治理问题，围绕的核心问题是如何使用重用人才问题，作者所要表达的观点是如何运筹谋划，制定正确路线，来完成兴邦大业。这理所应当成为作品的文化内涵与社会意识所在。

屠绅在书中着力描写的事件：一是甘鼎与桑蝎相识始末，采纳桑蠋生建议，仿照伍子胥修内城外郭之法帮助甘鼎修筑了甲子城，以护佑一方百姓；二是桑蝎向甘鼎推荐贤能之辈，如常越、沙明、邬郁等，取得石湾大捷；三是甘鼎赴楚征九股苗途中，收大将员矩儿，与白苗战时，得谋士司马季孙与明化醇辅佐，收白苗时，得大将乐犷儿与谋士乐般，同时，对女性人才也是格外器重，并同样待之以礼；四是不计前嫌，收降噩青气，为以后平台埋下了伏笔。

总之，《蟫史》的审美特征是寓庄于谐，借神魔以写人间，借战争以写人才，而其社会观念则是求索治国安邦之道，因此说《蟫史》是一部形象的"资治通鉴"，是一曲人才兴邦的赞歌。

《野叟曝言》一书继承了明代东林党人、清初三大思想家的清议之风，讲究"经世致用"，谋求"得君行道"。比如，第一回写景敬亭、元首公、申心真、金成之、匡无外、景日京与文素臣等十人相聚清议，把酒言志。则其所议内容，大抵不离关心民瘼、排难解纷、与人休兵等。

再如，书中描述文素臣与刘时雍、戴廷珍等贤士在一起清谈，评议唐太宗说："太宗治天下，却是贤君，若讲修身齐家，便几于禽兽之行。这逼父内

①　（清）震钧撰：《天咫偶闻》，《续修四库全书》第七三〇册，上海古籍出版社 2002 年影印。
②　黄人撰：《小说小话》，《晚清文学丛钞·小说戏曲卷》，中华书局 1960 年版，第 371—372 页。

乱,是千真万确,罪无可逭的了。"又评蔡邕说:"董卓之暴恶,千古无对,只要想着遍发祖宗陵寝一节,就断没有不痛心疾首欲其速死者矣。"可见,夏敬渠笔端的贤士清谈所论莫不以"裁量人物""移风易俗"为己任。

第五章　清代才学小说的艺术诉求

美国文艺理论家韦勒克说:"一个时期(文学史)就是一个由文学的规范、标准和惯例的体系所支配的时间的横断面。这些规范、标准和惯例被采用、传播、变化、综合以及消失是能够加以探索的。"①清初至清代中叶,才学小说的"文学的规范、标准和惯例"也是如此,其生成机制与演化规律是完全可以探索的,不能简单说成是对文学特性的偏离。这不仅表现在社会意识与文化内涵,还表现在艺术诉求方面。单就才学小说的艺术诉求,亦即文学表现力来看,主要包含三个方面的内容:清代小说思想化与才学化的差异、才学小说对"四大奇书"题材的整合、才学小说逞才炫学的方式与本质。

一、清代小说思想化与才学化分流

刘勇强先生曾指出,进入明代后期以后,中国章回小说出现了"创作形式由以书场'说—听'为主向书面'写—读'为主转化,创作主体由'书会才人'、说话艺人为主向文人小说家转化"②的特性。这一方面代表性的小说著作首推《金瓶梅》,这是毫无疑问的。然而,笔者认为这一所谓"向文人小说家转化"虽是始于明代后期,而最终的完成却是在清初至清代中叶。其标志就是文人小说家创作章回小说不仅大量涌现,而且出现了思想化与才学化二水分流的审美格局。

一般来讲,若提到有代表性的思想化小说作品,首先会联想到《红楼梦》与《儒林外史》。这两部名著,作为"文人小说"的杰构,其思想化的特质是作者以思想家的身份对时代政治、经济、文化进行反思和批判,是为求得一种新的思想武器。因而,带有反思性、超前性是它的最大特征。正是从这个角度,才说《红楼梦》的思想性质是"苦痛地求索未来",贾宝玉意淫观念所包含的自由、平等、博爱的内涵是带有近代民主主义色彩的;也正是从这个角度,才说《儒林外史》的思想性质是"悲怆地缅怀过去",那泰伯祠大祭

---

①　[美]雷·韦勒克、奥·沃伦著,刘象愚译:《文学理论》,生活·读书·新知三联书店1984年版,第306页。

②　刘勇强著:《中国古代小说史叙论》,北京大学出版社2007年版,第251页。

所包含的三代礼治和仁孝观念亦是一种带有复古倾向的早期民主主义思潮。①

　　而才学小说的略以寄慨、逞才炫学，是不同于此的，因为才学小说作家所创作的小说是自觉或不自觉的庋藏自己的才、学、识，而其所表达的思想亦只是时代学风与学术的折射而已，即读书用世、经济天下，基本不像《儒林外史》《红楼梦》那样具有反思性和超前性，或者偶尔带有某些反思性，那也是作品局部的某些特性与客观效果而已。如前所述，清代的文化生态是动态的，具有演化、渐变的特质，如明末清初是经世致用的思潮强些，儒、释、道三家共融，呈现多元化的格局；而到康熙时期又是理学独尊，解构了清初的文化多元个性；到了乾嘉时期，汉学考证是一枝独秀。这种学术观念与思想的演化，在才学小说中表现得非常明显，而那乾嘉汉学所使用的各种手段以及与之相应的义理、考据、辞章等才学特质更是为才学小说家所青睐。

　　鲁迅先生分析才学小说炫才的倾向大致有三类：一类是文章经济之作，一类是才藻之作，一类是博物多识之作。何满子先生亦曾撰文分析清代小说才学化这种现象，得出结论是："这些'见才学'的小说，正好各自联系着和某种程度上代表着当时学术上的三个派别：《野叟曝言》的灵魂是奉程朱道学为圭臬的义理派，《蟫史》代表着逞才摘藻的辞章派，而《镜花缘》则显示了和考据派的深刻渊源。"②联系清初至中叶学风演化的理路，这种观点无疑是正确的。因此不妨可将清代才学小说分为三种路数，或曰三派，即义理派、考证派、辞章派。

　　在清初，才学小说的代表当推汪价的《草木春秋》和丁耀亢的《续金瓶梅》。这两部才学小说无疑打上了明末清初之际学术思想的烙印，而又分别具有自己别具一格的炫学逞才特色。首先，因为"在当时，正值国家颠覆，中原陆沉，斯民涂炭，沦为夷狄，创巨痛深，莫可控诉"，③而汪价本人为云间人，即上海嘉定，亲身经历"嘉定三屠"的惨烈事件；丁耀亢本人乃是明代大臣丁惟宁之后，曾参与江南的抗清斗争。是故，这两部小说不约而同地写到了番汉大交兵的故事：丁耀亢的《续金瓶梅》是借北宋与金人的战争及高宗南迁来予以敷衍；汪价的《草木春秋》则是借南北朝时宋刘寄奴与入侵中原的西域等少数民族的战争来予以敷衍。因此，说两部小说没有一点民

----

① 张锦池著：《红楼梦考论》，黑龙江教育出版社1998年版，第428页。
② 何满子撰：《古代小说退潮期的别格——杂家小说》，《社会科学战线》1987年第1期，第268页。
③ 钱穆撰：《国学概论》，商务印书馆2008年版，第246页。

族意识,那是说不过去的,而这也是与两位作家由明入清的经历相符的。但是,两位作家的本意又不全在此。汪价的小说里面出场人物约计三百余,均用草药命名,且其思想与性格,甚至其武艺亦无不与其草药药性相合,这无疑是带有考据学的特色的。但还不能说这是乾嘉汉学造成的,因为,清初至清中叶,相距百年,清初的小说反而受到清中叶的学风影响,绝无是理。在清初学术发展理路中,受儒学内部由"尊德性"至"道问学"的影响,已经产生了考证之学,当然这是由内驱力造成的,顾炎武开创清代考证学的先河便是明证。丁耀亢的《续金瓶梅》,其所炫耀才学中对经史的注重恰恰是与清初三大家经世致用、注重经史的思想不谋而合的。丁耀亢本人虽由明入清,但他不仅到过江南求学,拜云间名士董其昌为师,且在清初入仕,因友人帮助,以顺天籍生员拔贡,先后任满洲镶红旗教习,椒丘、容城教谕及福建惠安知县;丁耀亢本人亦著有史学著作《天史》,在《续金瓶梅》中其所庋藏的史学知识均出自是书。同时,《续金瓶梅》一书在思想上亦是融合儒、释、道三家,这恰与顺治时崇儒尚道的学术思想有密切关联。所以在《续金瓶梅》一书中,作者大肆宣讲《太上感应篇》,并广引佛经经文。还有值得一提的是,《续金瓶梅》处处不忘《金瓶梅》前部,从人物、结构、命意等方面予以评说,可视为是评论《金瓶梅》的专著。因此,如果说清初的才学小说《草木春秋》展露的是作者中医草药才识,具有考据学的性质,那么丁耀亢的《续金瓶梅》则庋藏了作者的佛学、史学与"金学"的才识,明显带有义理派的性质。

到了清代中叶,出现了鲁迅先生所谓的"清代四大才学小说",即夏敬渠的《野叟曝言》、屠绅的《蟫史》、李汝珍的《镜花缘》和陈球的《燕山外史》。

论清代的文化生态,除了政治、经济、科举、地域及宋明以来儒学内部发展的理路外,还有家族家学的渊源、个人的教育成长、仕宦经历以及特殊事件等因素,这些因素互相碰撞、交叉、置换,共同形成一个文化链,影响着才学小说的思想化与才学化。

夏敬渠乃是康熙年间人,生于康熙四十四年(1705),卒于乾隆五十二年(1787)。夏敬渠创作才学小说《野叟曝言》,其与清初至清中叶的文化生态的关系就含有国家的学风建设与家族的家学渊源谐调互动的特点。康熙与乾隆初期独尊程朱理学的学风理路,无疑是夏敬渠在小说中阐述"崇儒辟佛除老"思想的社会原因;然而若没有来自其家族内部的理学家学渊源,夏敬渠创作《野叟曝言》也是不可想象的。夏敬渠的祖父夏敦仁一生崇信理学,著有史学专著《十七史论》。夏敦仁与当时名士杨名时关系甚笃,又同为当时的大儒李光地的门生。夏敬渠的祖母乃是明末"东林八君子"之一叶茂才的孙女,母亲汤氏亦是理学名门出身,均是饱读经史,一生笃信理学。叶氏与汤氏无疑也会对夏敬渠的思想产生影响。同时,夏敬渠思想意识中倡导实学,主张经世致用亦是占有相当大的比重。是故,在小说中极力讲论历朝历代史实事件与人物及《大学》《中庸》等经书,并竭尽全力炫耀其兵、诗、医、算四大绝学。

屠绅应是才学小说作家当中特殊的一位了。他出身农家,年仅十九岁即考中进士,等待他的似乎是仕途的通达与名声的显贵。然而,屠绅在朝考中因辞赋策试而名落孙山,由进士归班铨选,在家闲居十年;而十年后出仕时,却又选在边远荒凉的苗疆师宗县;当以报最回京面圣时,却又为李侍尧案所累,差点被和珅砍掉脑袋;由知州迁广州通判,乃是明升暗降;又曾历尽艰辛不远万里三运京铜……这一切一切的不如意,最终促成了屠绅创作"以逞才炫学为发愤"的《蟫史》。《蟫史》全篇皆用文言和骈文,无疑走的是辞章化的道路。

陈球亦是受辞章学风的影响,采用通篇骈俪方式来撰写《燕山外史》。这与他的宿学有关。《燕山外史·凡例》云:"球在总角时,即喜读六朝诸体。稍长,于本朝四六家,尤所研究。"所谓"本朝四六家",即乾嘉时期的著名骈文家袁枚、邵斋焘、刘星炜、孔广森、吴锡麒、曾燠、孙星衍、洪亮吉等大家。

至李汝珍的《镜花缘》,其逞才炫学全然走的是考据派的路子,其所瞩目的是乾嘉考据学者的音韵、注疏、训诂、校勘等学术手段,同时亦是出入经、史,出入游艺百家。李汝珍曾自言:"恰喜欣逢圣世,喜戴尧天,官无催科之扰,家无徭役之劳,玉烛长调,金瓯永奠;读了些四库奇书,享了些半生清福。心有余闲,涉笔成趣,每于长夏余冬,灯前月夕,以文为戏,年复一年,编出这《镜花缘》一百回。"(《镜花缘》一百回)这就道出了其学问与四库馆臣的渊源。另外,其本人亦曾是考据学大师凌廷堪的受业弟子,这种个人的际遇,无疑会对李汝珍产生巨大的影响。

要而言之,这清初至中叶的才学小说,其炫才的方式,或是义理,或是考据,或是辞章,无不与清初至中叶的学风理路相一致,其所表现出来的思想,亦是时代学术思想的折射。

二、清代才学小说与明代四大奇书

以上从清代学风构成理路的角度,梳理了清初至中叶的才学小说的思想与才学特色。接下来,不妨从明清章回小说自身发展演变的角度来探讨一下才学小说与明代四大奇书所代表的题材类型之关系。

关于明清章回小说流派的划分，历来众说纷纭。鲁迅先生《中国小说史略》从内容角度认为有讲史、神魔和世情小说三类；在世情小说一类中包含人情小说、色情小说和才子佳人小说等；而"讲史"则包括《三国演义》和《水浒传》及其各自的一脉在内。① 其实，《三国演义》一脉与《水浒传》一脉在内涵与外延上是有明显不同的。是故，现在学术界将二者区别开来，分为历史演义与英雄传奇。此说首次提出者为郑振铎先生。他在《插图本中国文学史》中专列《讲史与英雄传奇》一章，阐释二者的区别：一、历史演义重在演绎史实，记述朝代之兴替，而英雄传奇重在描述传奇英雄的事迹，渲染其勇武豪侠的风采；二、历史演义的主要事件与人物是有史实依据的，而英雄传奇则以民间传说为主，其主要事件与人物只是有一些历史的影子而已；三、历史演义多采用编年体与纪事本末体结合的写法，英雄传奇则以纪传体为其基本写作方式。② 郑振铎先生的四分法，其每一类均与明代四大奇书相应，都可以找到具有代表性的作品。如《金瓶梅》对应的是世情小说、《三国演义》对应的是历史演义、《水浒传》对应的是英雄传奇、《西游记》对应的是神魔小说。

清初至清朝中叶的才学小说，其总体倾向是要沿袭这明代四大奇书的结构类型，同时，在题材上又呈现一种融合的状态，也就是要打破明代四大奇书的界限，在小说中将这几种题材混融在一起。

《续金瓶梅》在融汇明代"四大奇书"题材方面，首先是融汇其叙写世情的特点，借西门庆、潘金莲等人的三世因果说法。其次是它也注重讲史的特点，其全书约有三分之一篇幅写金宋统治者的斗争，如卷三中十三回、十四回，卷四中十五回、十六回，卷六中三十四回，卷十中五十四回，卷十一中五十八回等等，这些讲史故事，作者将之错杂在吴月娘寻子和西门庆、潘金莲、李瓶儿、庞春梅等人投胎转世、人神共舞的悲欢离合故事之中，把国家、市井、江湖与家庭，国君、臣僚、豪杰与细民放在一个平台上，演出各自不同的悲喜剧，从而让人反思北宋何以亡于金、南宋何以亡于元。王汝梅先生曾评价《续金瓶梅》："在题材上杂神魔、世情、演义、笔记于一炉，像一部杂著，或可以说是一部杂体长篇小说。"③这无疑是十分深刻的。

---

① 鲁迅著：《中国小说的历史的变迁》，《鲁迅全集》第九卷，人民文学出版社 2005 年版，第337—342 页。

② 郑振铎撰：《插图本中国文学史》，人民文学出版社 1982 年版，第 699—701 页。

③ 王汝梅著：《丁耀亢的〈续金瓶梅〉创作及其小说观念》，《丁耀亢研究》，中州古籍出版社 1998 年版，第 161 页。

　　汪价的《草木春秋》,其融合"四大奇书"题材,首先表现为具有历史演义小说的特点。它采取南朝刘宋的历史故事为背景,着意刻画的圣君贤臣武将是刘寄奴、管仲、杜仲、金石斛父子、黄连父子等,反进中原的番邦郎主则为巴荳、大黄、巴嗒杏等,而以忠奸对立的二元模式贯穿全篇。其次,在作品中间亦是夹杂有英雄传奇与神魔故事,如前者有宜州蜀椒山草泽英雄天竺黄、天门冬等相继谋反,后者有威灵仙、女贞仙等神仙先后下界等。无疑,《草木春秋》一书而兼有历史演义、英雄传奇与神魔故事的特点。

　　如果说清代早期的才学小说,在融合"四大奇书"所代表的题材方面表现为一种初级状态,那么到了乾嘉时期,这种融合倾向就越来越明显了,甚至在一部小说中就包含有四种题材,如《野叟曝言》《蟫史》等。

　　《蟫史》以演义清代本朝历史为主,而其中又夹杂着大量的英雄传奇、世情和神魔的成分。其写到的史实,全部是发生在清代乾嘉时期的事件,包括征剿安南海匪和镇压回民起义、苗民起义、白莲教起义及台湾林爽文、庄大田起义等,屠绅塑造的大将军甘鼎人物形象,其原型当是嘉庆时的傅萧;其写神怪出没,则有铜头蚩尤、锁骨菩萨、李长脚、龙女等;其写英雄传奇,则有以打鱼为生的常越、沙明,曾随桑蝎一起投军,并随甘鼎南征北战,立下汗马功劳;其写世情,则有明化醇与鬘儿之婚媾,等等。

　　夏敬渠《野叟曝言》共一百五十四回,几乎是中国古代小说中篇幅最长的了。其题材的特点表现为作者要将"四大奇书"所代表的题材类型熔为一炉以成之。如其写英雄传奇则有奚奇、叶豪、红须客等侠士落草东阿山后又招安的事迹;其写世情内容则有文素臣与市井奸棍计多兴讼及李又全妻姜淫乱的故事;其写历史演义则有明代成化至弘治年间的景王叛乱的历史史实等;写神魔内容则有猛蛟发水、恶龙飞天、河蚌成精、神马腾云、马化玉女;等等。

　　毫无疑问,明代"四大奇书",对后世长篇小说的创作影响是巨大的。才学小说的作家们所探讨的以写才写学为中心,试图整合明代"四大奇书"所代表的四种题材类型,亦不失为一种有益的尝试。

三、清代才学小说写才方式与本质

　　清代文化生态的所有层面在功能上是彼此依赖的,诸如社会的、政治的、宗教的、地域的,甚至包含家族与个人遭际等,这就使得才学小说的内涵:一方面表现为要记录知识和学问,而作者则要借以逞才炫学;另一面又要略以寄慨,亦即作者要借以表情达意。即写才与写志是辩证统一的,是密不可分的。是故,才学小说在体式、表现手法和立意诸层面上,都表现出与传统小说不同的审美特征。

1. 以小说兼备诸种文章体式

从文章体式上看,才学小说表现出以小说兼备诸种文体的美学特征。当然,传统小说亦可"文备众体",行文中运用骈散结合,掺杂大量的诗词歌赋,比如唐人传奇、明人的一些章回小说等。但是后者的"文备众体"是因人而设,按头制帽,而清之才学小说众体兼备是因文而就,刻意为之的,二者可谓是貌相似而实相异。清代才学小说中《野叟曝言》《蟫史》与《镜花缘》等莫不是文备众体。譬如《蟫史》,是用文言写成的长篇小说,这在中国小说史上是独一无二的。作者屠绅,乾隆间进士,亦是目前所知功名最高、官至知府而作长篇小说的唯一作家。屠绅于书中炫才,几乎无所不有,无所不用。具体说来,其小说是以骈散结合为主,穿插诗、词、曲、辞、赋、歌行,夹有论赞、章奏、诏书、诔辞、信函等,同时还有对联、谜语、童谣、俗歌、俚曲、牌戏、祝咒、禅偈、谶语、酒令以及织锦回文、集句联诗等。

观屠绅《蟫史》,于文言中,喜用骈体,附丽多典,佶屈聱牙。如应用文书、诏命诰敕、章表奏议、榜文告示、檄文牒报、祭文诔辞等体,莫不如此。骈体的运用,传统小说或在起首、或在结尾、或用作人物景物赞语、书信拟写等处,而屠绅运用骈体不拘于此,于人物对话中竟也大量运用骈文。如卷九,女将木兰至洞庭湖晋谒王妃求援时,二人对话皆为骈文:"木兰拜手曰:'叔姬人天艳异,金碧精诚。通九泽之灵,寿千龄之友。衍重渊之积气以毓智珠,扬小劫之飞尘而磨仁镜。麾神不惊其绛节,有皇终护以青霞。明星下垂,不落洗头之盆;瑞露旁湛,宁濡续发之帐。名常留于河岳,感不及于海田。固以瑶馆之真仙,不徒洞庭之贵主矣! ……'王妃曰:'范阳异姓,我知妇道之有终;泾水为墟,儿愧家声之不振。无或侧身而弱息,庶几其长揖以待将军。盖有谋而就之,无非事而至止矣!'"①再观其诗、词、歌、赋的运用,数量庞大,有近体、古体,还有集句、联吟等形式。如卷三有三首五言和七言唱和次韵律诗;卷五有四首集杜诗名句七绝;卷八有九首七绝;卷十五有四首凯歌七绝;卷十八有四首五古咏物诗;每卷末必有七律一首;此外,还有长篇联句诗若干。歌、赋,或仿民歌,或仿楚辞,大量散见全文各卷,其数已不胜计算。

---

① (清)屠绅著:《蟫史》,梅竹氏藏板,磊砢山房刊本,《古本小说集成》影印本,上海古籍出版社 1994 年版,第 441—442 页。

"蟫史"之名,何谓也? 小亭道人所撰《〈蟫史〉序》云:"盖闻人为保族之一虫,苟蠕蠕焉,无所见白于世……曾不若吾蠹鱼之获饱墨香古泽,又安望启沃群伦,主持风雅哉? 我用是深感于人之为虫,而虫之所以为人矣! ……举凡鸿文巨制,洵足解脱虫顽,拔登觉路。独奈何见即生倦,反不若稗官野乘,投其所好,尚堪触目警心耳! 矧驱牛鬼蛇神于实录中,用彰龟鉴,化虫为蟫,恣其游泳,水即涔蹄,未始非世道人心之一助。此磊砢山人《蟫史》之所由作也。"序作者深知屠绅及《蟫史》之命意,乃在"获饱墨香古泽"以作稗史。与此相类,杜陵男子所撰《〈蟫史〉序》亦云:"诡道前身,本是羽陵之蠹。钻研既久,穿穴弥工。笔墨通灵,似食惯神仙之字;心思结撰,遂衍成稗史之编……且子独不见夫蟫乎? 坠粉残编之内者,蛃鱼也;含灵积卷之中者,脉望也。常者觅生活于故纸,变则化臭腐为神奇。"①可见,屠绅是以书虫自喻,出入"残编""故纸"之中,要融通百家之学,炫示古今未有之才。

《野叟曝言》与《镜花缘》亦如《蟫史》一样,在文章体式上,有意识地追求一种集大成的审美特征。在小说中,大量运用诗、词、曲、赋、诏、奏、章、表、信函、对联、谜语、童谣、俗歌、俚曲、牌戏、酒令、集句联诗等。

2. 以小说表现藻饰辞章之美

一部文学作品,意欲问世传奇,其语言注重辞章,追求清丽风韵;其文采注重藻饰,追求骈赋华艳,乃是作家共同的心理目标,而才学小说因其作家要逞才炫学,则更是着意于此。甚至,这些才学小说作家不惜影响人物形象创造,而将语言、文采与其他能够体现才学的东西等的呈现置于人物形象塑造之上。

陈球:《燕山外史》是一部骈俪文的才学小说,计三万一千余字,内容以乡贤明人冯梦桢的《窦生传》为创作本事,构撰情节类似于才子佳人小说。但是,陈球创作的目标并不全在于此,而是重点在于炫耀才藻和略寄感慨。《燕山外史·旧例》云:"史本从无以四六成文,自我作古。极知僭妄,无所逃罪。第托于稗乘,常希未减。"②从"凡例"中可以窥见陈球用骈文创作小说是刻意为之的,即于小说见其才藻之美;另由于他未见到唐人张鷟的《游

① 小亭道人与杜陵男子所撰二序均见《蟫史》卷首,梅竹氏藏板,磊砢山房刊本,《古本小说集成》影印本,上海古籍出版社 1994 年版。
② (清)陈球:《燕山外史》,《韩国藏中国稀见珍本小说》第二卷,中国大百科全书出版社 2003 年版,第 369 页。

仙窟》,遂自诩为独创。这一点鲁迅先生在《中国小说史略》中曾有所阐释。① 其实张鷟的《游仙窟》也不能算作纯粹的四六体小说,因为文中尚有俚词、俗语及杂诗等。所以,陈球的自诩并非完全与实际不符。陈球《燕山外史》的骈文运用究竟如何? 不妨举一例,如:"未几,暮云归岫,倦鸟投林;风急石头,涛声汹涌。晖斜浦口,树影迷离。蚊阵阵以成雷,犬猜猜而如豹。宿荒途则露筋可患,投旅邸则牵臂堪虞。"②此段文字写爱姑与母为龃龉赶出家门,沿途所见之景,深刻表现了人物内心的穷愁困苦。再有陈球用骈文还有其特殊之处,那就是他的五言对、七言对,都是集唐、宋、元、明人的诗句。

清代乾隆年间,特别流行织锦回文诗。此种织锦回文诗,亦为炫耀文采之一种,相传为晋代苏蕙所创,名为"璇玑图",李汝珍的才学小说《镜花缘》亦以极大篇幅详解此诗。③ 在《蟫史》中,写甘鼎与回人对峙,员夫人织六幅"璇玑图",计破敌兵。如第一幅提示为"织一图,如弓样;两头顺、逆读",则原句"命薄皆丑,性恶皆狗;柄是斧刀,逃遁何有"的逆读为:"有何遁逃,刀斧是柄;狗皆恶性,丑皆薄命。"第二幅提示为"如玉尺,十字演七绝,复四字,回还读之",则原十字为"氓蚩笑舞学狐鸣忽甲兵"演成的七绝为:"氓蚩笑舞学狐鸣,舞学狐鸣忽甲兵;鸣忽甲兵氓蚩笑,兵氓蚩笑舞学狐。"④李汝珍也罢,屠绅也罢,运用此回文诗,并不着意于人物性格的塑造,而是为文而设,主观上是为了达成炫才耀学的目的。

3. 以小说填塞经史百家学问

说部之文,历来有别于经、史,一直为后者所轻视、拒斥,但是才学小说家们胆大妄为,突发奇想,竟将经、史之学悉数囊括于小说之中,使小说成为百家之书,不得不让人刮目。李汝珍于《镜花缘》中谈经论史,既有论《毛

---

① 鲁迅认为:"陈球自谓'史体无以四六为文,自我作古,极知僭妄,……第行于稗乘,当希末减'。盖未见张鷟《游仙窟》,遂自以为独创矣。"见《中国小说史略》,《鲁迅全集》第九卷,人民文学出版社 2005 年版,第 255 页。

② (清)陈球:《燕山外史》,《韩国藏中国稀见珍本小说》第二卷,中国大百科全书出版社2003 年版,第 390 页。

③ "苏氏因遭弃悔恨自伤,故织锦为回文:五采相宣,莹心耀目。纵横八寸,题诗二百余首,计八百余言,纵横反覆,皆为文章。其文点画无阙,才情之妙,超古迈今。名《璇玑图》。"见《镜花缘》第四十一回,《古本小说集成》影印本,上海古籍出版社 1994 年版,第 719——721 页。

④ (清)屠绅著:《蟫史》,梅竹氏藏板,磊砢山房刊本,《古本小说集成》影印本,上海古籍出版社 1994 年版,第 139——140 页。

传》《郑笺》之误,也有论"三礼"诸家之注释及断句;既有论王弼、韩康伯注《周易》之失,也有论《春秋》之大义微言。①

夏敬渠在《野叟曝言》中展示的才学主要有医、兵、诗、算等家。徐珂说夏敬渠:"湛深理学,又长于兵、诗、医、算。"又云:"讲道学,辟邪说,叙侠义,纪武力,描春态,纵谐谑,无一不臻绝顶。昔人评高则诚之《琵琶记》,谓用力太猛,是书亦然。"②称夏敬渠的小说已臻顶壁一层,实是过高之誉,但其以小说填塞医、兵、诗、算四大才学确实是达到了前人罕有的高度。如在第八回中,文素臣对璇姑说:"我生平有四件事,略有所长,欲与同志切磋,学成时传之其人。如今历算之法,得了你,要算一个传人了。我还有诗学、医宗、兵法三项,俱有心得,未遇解人。将来再娶三位慧姬,每人传与一业,每日在闺中焚香啜茗,不是论诗,就是谈兵;不是讲医,就是推算。追三百之风雅,穷八门之神奇,研《素问》之精华,阐《周髀》之奥妙。"③后面小说情节亦如文素臣所言,作者果然安排其再娶三妾,分别为素娥承其医宗、湘灵领其诗学、木难儿习其兵法。

《草木春秋》亦是一部才学小说,为嘉庆间作品,鲁迅先生似未见,故于"清之以小说见才学者"中未录。该书亦称《草木春秋演义》。现存最早的博古堂刊本,题"驷溪云间子集撰",首有云间子《自叙》。《草木春秋》是以演义历史故事的形式来戏说各种草药的性味、功能,展现了作者的史学与医学才识。如书中以"刘寄奴"为汉家君主,"管仲""杜仲"为相,"甘草"为国老,"金石斛"为总督,"黄连""木通"为总兵等等,又以"巴荳""大黄"为"胡椒"国的郎主,"高良姜"为军师,"天雄"为元帅等等,演出一场番汉交兵的战争戏。诚如《草木春秋·自叙》所说:"黄帝之嗜百草也,盖辨其味之辛甘淡苦,性之寒热温凉,或补或泻,或润或燥,以治人之病,疗人之疴,其功非细焉。予因感之,而集众药之名,演成一义以传于世,虽半属游戏,然其中金石草木水土、禽兽鱼虫之类,靡不森列,以代天地器物之名,不亦当乎?"④

4. 以小说庋藏诸技杂艺之术

在宋人说话四家数中,除了小说、说经与讲史外,尚有合生商谜一家,正

---

① 《镜花缘》中,论《毛诗》《郑笺》,见第十七回多九公与尹红红、黎亭亭对话;论"三礼",见第五十二回黎亭亭与殷若花对话;论"春秋大义"亦见第五十二回黎亭亭与殷若花对话。
② (清)徐珂编:《清稗类钞·著述类》,中华书局1984年版,第3763—3764页。
③ (清)夏敬渠著:《野叟曝言》,《古本小说集成》影印本,上海古籍出版社1994年版,第139—140页。
④ (清)汪价著:《草木春秋》,《古本小说集成》影印本,上海古籍出版社1994年版,第1—2页。

如前文所论,这一家数的特点与才学小说中庋藏诸技杂艺之术实是一脉相承的。

比如《镜花缘》,书中第七回至四十回,写唐敖因落榜,与林之洋、多九公等人去海外历险,作者李汝珍主要展示了他的博通群籍、精于声韵及水利、算学、医学等才识学问,这一般认为是全书最精彩的部分。然书中第四十一回至九十四回,以唐闺臣为主线,串联所有情节,令一百名才女聚于京都,参加科举考试,中榜后大摆宴筵游玩,尽情展现她们的多才多艺,这也是有其独到之处的,在历史、民俗、文化等方面均有其特殊价值。百名才女尽情展现的才艺有酒令、灯谜、联韵、书法、绘画、斗草、对花、双陆、马吊、围棋、象棋、弈道、射覆、投壶、六壬、四课、算法、垂钓、花湖、十湖、状元筹、升官图、蹴鞠、秋千、舞剑以及古琴、箫、笛合奏等等,多达三十种。

以上诸技杂艺中,如古琴弹拨,其指法与音位要求非常严格。顾梅羹云:"琴的音色有三种,即散音、按音和泛音。音的部位有两个,即弦位与徽位。这三种音色和两个音位,一纵一横,有经有纬,交互相织,更迭变化,为一般民族器乐所不及,宜其矫然为众乐之首。"[1]其中左手泛音一直是习学古琴的难点。《镜花缘》第七十二回"古桐台五美抚瑶琴"中,写五位女子一齐弹奏《平沙落雁》,这充分展示了她们的才华,同时,还用大篇幅讲解了如何习学泛音才不致"哑"的抚琴之法。作者借秀英之口说:"若论泛音,也无甚难处。妹妹如要学时,记定左手按弦,不可过重,亦不可太轻。要如蜻蜓点水一般,再无不妙。其所以声哑者,皆因按时过重;若失之过轻,又不成泛音:'蜻蜓点水'四字,却是泛音要诀。"后来又借舜英之口说:"要学泛音,也不用别法,每日调了弦,……弹那'仙翁'两字,……不过一两日,再无不会的。"[2]这"蜻蜓点水"说的就是学习泛音之法,而"仙翁"则是练琴的入门曲目之一。

才学小说的这一审美特征,在《蟫史》《野叟曝言》中亦是颇多表现。比如《蟫史》卷十五中记录的名为"四灵图"的牌戏、《野叟曝言》士字卷之十记录李又全诸姬妾表演杂戏争宠等。

5. 写才与写人及言志的关系

清代才学小说在内容上表现为一边写才,即逞才炫学,还要一边写志,

---

① 顾梅羹:《琴学备要》(手稿本),上海音乐出版社2004年版,第77页。
② (清)李汝珍:《镜花缘》,《古本小说集成》影印本,上海古籍出版社1994年版,第1308—1309页。

即抒情言志。同时,才学小说毕竟也是一种文学体裁,是小说,而小说是要以塑造人物形象为中心的,因此才学小说也是要写人的。凡此,也就涉及三者的关系。笔者以为才学小说中作家的写才写学,本身也是抒情言志,二者的结合点,则体现在作家对其笔端人物形象的塑造上。而这也就是才学小说写才写学的本质特征所在。

二知道人蔡家琬有云:"蒲聊斋之孤愤,假鬼狐以发之;施耐庵之孤愤,假盗贼以发之;曹雪芹之孤愤假,假儿女以发之。同是一把酸辛泪也!"①如果蔡家琬这一孤愤说成立的话,那么才学小说的略以寄慨、写情写志乃是作者之孤愤在"假才学以发之"。同时,有别于传统小说塑造人物的描写方法与构撰情节,才学小说人物的性格往往寄寓在作者所记录的知识与才学之中。一句话,也就是假才学以写人,假才学以寄孤愤。

《草木春秋》一书,作者塑造人物,则汉家君主刘寄奴为仁德之君,番邦狼主不仅以大黄、巴豆名之,且负欺君之罪而以兵戈犯界,则作者的褒贬亦寓焉。是故,作者于这部才学小说中寄其孤愤是别有深意的。若用依据该书改编的戏剧《药会图》中的一句话说,就是"立功勋""定华夷"。② 作者塑造每一个人物的性格,充分考虑其所代表这一味草药的性能。如写黄连,则曰:"为人忠直,温诚性冷。"写杜若,则曰:"面色晦而青。"写甘蔗,则曰:"面皮青亦厚。"写甘草,则曰:"面黄长髯,性温主和。"胡椒国敌将有号曰"九皮将"者,分别为:白藓皮、海桐皮、大腹皮、牡丹皮、榆白皮、地骨皮、石榴皮、川桦皮、柞木皮。汉将黄连、石韦、杜衡等九人分别迎战,汉将刀砍、枪刺九皮将,皆不能伤之,反而折损了上将徐长卿,军师决明子只好收兵。后来,覆盆子设计以火攻之,方将九皮将战败。观此破敌之法,也是与医理相符的。

以中草药命名汉将与贼将、番将,其所分别者,唯在药性。汉皇乃正统,主和,又忠诚、仁爱,故用刘寄奴草命名。关于刘寄奴草,《野菜博录》曰:"野生姜,《本草》名刘寄奴。生山野中,茎似艾蒿,长二三尺余,叶似菊叶,瘦尖,开花白色,结实黄白色,作细筒子蒴儿。叶味苦,性温无毒。"③而番将以下犯上,负有欺君之罪,故用巴豆、大黄等命名。巴豆,乃有毒植物,其毒性为全

① (清)蔡家琬撰:《红楼梦说梦》,嘉庆十九年解红轩刊本。
② (清)郭廷选撰:《药会图》,道光十九年钞本。《药会图》前有黔南邱世俊《序》和作者郭廷选《自序》。参见杨燕飞点校:《药会图钞本校勘》,《山西中医学院学报》2001 年第 2 卷第 3 期,第 8—12 页。
③ (明)鲍山撰:《野菜博录》卷二,《文渊阁四库全书》第七三一册,台湾商务印书馆 1986 年影印。

株有毒,种子之毒性尤其大。《本草纲目》载其药性曰:"气味辛、温,有毒。"①关于大黄,《本草纲目》载其药性曰:"气味苦、寒。"②看来,用中草药来命名汉室忠臣与番邦贼将,其所分别者在中草药有毒无毒、性温性寒等。

《野叟曝言》塑造文素臣的人物形象,其才学则表现为通经博史、擅用兵法、能诗善赋;而计其功业则用救危主、定叛乱、除释老、封素王……则文素臣这一形象,简直成了一圣人。夏敬渠亦是负有一身才学,曾自诩为"镕经铸史""奋武揆文"的天下正士,然其困于场屋,有志不得展。于是愤懑之余,提笔为小说,在书中大肆崇正辟邪,以理学为正宗,力辟佛、老二氏,以抒其"孤愤"。足见夏敬渠塑造文素臣形象,实是自我写照,同时亦是为古今以来受屈的儒士们鸣不平。

李汝珍在《镜花缘》中,以展示知识与学问塑造百名才女,集中笔墨处则是写百名才女于长安殿试后,在卞府花园大展才华的四十余回描写中。而在最后五回中,又令才女们弃文从武,冲锋陷阵,扶正抗邪。作者如此塑造能文能武、文武兼备的才女形象,是颇具意蕴的,并不是简单地提出了一个妇女问题。而尤其富于趣味的是作者描绘诸将攻打酉水、巴刀、才贝、无火四阵,以象征的手法写酒、色、财、气对人们的诱惑及戕害。李汝珍标四阵总名为"自诛阵",同时借仙姑之口说出:"惟知修身养性,何来破解之道?"③这就等于说出攻阵之法只在此四字,即"修身养性",这也就足可见出李汝珍撰写才学小说的良苦用心。

要而言之,以才学的视点考察古代小说,得出具有美学意蕴和文化价值的结论,是可以促进古代小说研究的。中国古代小说自肇始以来,展示才学现象就与之相贯穿始终,时至今日,仍是古代小说研究者所必须面对的问题。当然,这其中由于可考不可考的必然与偶然因素,加之才学展示方式的复杂性、特殊性,遂使该领域的研究为人们所忽略,相比之下,研究成果亦是比较匮乏,因此,从才学小说的角度来分析、研究中国古代小说,其价值不仅在于为古代小说的研究提供一种独特的视野,来填补、充实古代小说的研究,而且也拓展了古代小说研究领域的学术空间。无论对于中国传统思想文化的理解,中国古代小说美学的建构,还是对于我们认识和整理中国传统的诸技杂艺等民间文化都具有不可估量的价值与意义。

---

① (明)李时珍撰:《本草纲目》卷三十五,《文渊阁四库全书》第七七三册,台湾商务印书馆1986年影印。
② (明)李时珍撰:《本草纲目》卷十七,《文渊阁四库全书》第七七三册,台湾商务印书馆1986年影印。
③ (清)李汝珍撰:《镜花缘》,《古本小说集成》影印本,上海古籍出版社1994年版,第1775页。

第六章　汪价与《草木春秋》创作考论

清代才学小说,从明末清初到清代中叶,其发轫与兴盛,是有一条发展轨迹可循的。明代后期至清初,一些学者就已经对王阳明学说所导致的反智识思想和学术空疏感到不满了,如晚明的罗整庵、胡居仁、方以智等,清初的黄宗羲、顾炎武、王夫之等,他们强调知识,主张读书,重视学问,将学术由"尊德性"转到"道问学"的轨道上来。而这种现象也反映到小说的创作上。笔者认为,明末清初云间派词人汪价创作的《草木春秋》、复社中坚人物董说创作的《西游补》和山东诸城著名文人丁耀亢创作的《续金瓶梅》就是这样的三部作品。其中汪价的《草木春秋》以展示中医草药学问为主,董说的《西游补》以展示诗歌、文辞、时文、尺牍、平话、盲词、佛偈、戏曲等为主,可谓"文备众体",而丁耀亢的《续金瓶梅》则以展示佛学、史学和"金学"为主。

对于才学小说《草木春秋》,学界鲜有人问津,更不要说从才学的角度来考查了。至于《草木春秋》的作者,学界一般认为是江洪。而事实上,《草木春秋》的作者是汪价。汪价乃是云间词派著名词人,其著述颇丰。

一、关于《草木春秋》的作者

清初才学小说《草木春秋》,是一部以演义历史故事的形式来戏说各种草药性味、功能的长篇章回小说。共三十二回,学界一般认为是江洪所撰。如郑振铎先生《西谛书目》卷四《集部小说类》云:"《草木春秋》,清江洪撰。"①类似的记载还见于孙楷第先生著录的《中国通俗小说书目》②、石昌渝先生主编的《中国古代小说总目·白话卷》③以及日人大塚秀高著录的《增补中国通俗小说书目》④等著作中。江苏省社会科学院明清小说研究中心编《中国通俗小说总目提要》,据《西谛书目》亦认为《草木春秋》的作者

---

① 北京图书馆编:《西谛书目》,文物出版社1963年版,第76页。
② 孙楷第撰:《中国通俗小说书目》,作家出版社1957年版,第179页。
③ 石昌渝编:《中国古代小说总目·白话卷》,山西教育出版社2004年版,第25页。
④ [日]大塚秀高撰:《增补中国通俗小说书目》,东京:汲古书院1987年版,第155页。

为江洪。①

关于《草木春秋》的作者,该书《自叙》署为驷溪云间子撰,《引首》署为云间子集撰。而所谓江洪说,乃是依据博古堂刊本卷首《自叙》末题署"驷溪云间子撰"下方的钤印。此处钤印,共两枚,一为阴文,一为阳文,阴文为"云间"二字,阳文为"江洪氏"三字。《草木春秋》的最乐堂、大文堂刊本亦与此同,而到了山阴书屋刊本中,此处钤印却被挖掉了。是故,仅仅据此钤印来断定《草木春秋》的作者,论据似不够充分。那么这个《自叙》署为"驷溪云间子"、《引首》署为"云间子"而印文为"江洪氏"的撰者到底是谁呢?

在清初康雍时期,江南确实有一名为江洪的人。据《清代官员履历档案全编》:"江洪,江南扬州府泰州人,年三十三岁,由附生捐贡生。雍正元年二月内选授刑部督捕司郎中,五年四月内尚书励廷仪等保送引见,奉旨补授西宁府知府。乾隆八年十月内引见。"②由此知道,此江洪是扬州府泰州人,而其居官之地远在甘肃。《西宁府新志》卷二十三《官师》载:"江洪,江南扬州人,雍正五年任。"③然而,江洪并无文名,目前亦未发现其诗文集。

又,清嘉庆七年《直隶太仓州志》卷五十六《艺文志》中记载清人汪价的著述,有"《三侬啸旨》《中州杂俎》《半舫词》《三侬赘人集》《河南通志》《草木春秋》"等多部。④ 从中可知,汪价曾著有《草木春秋》一书。《直隶太仓州志》的编纂体例,其《艺文志·凡例》云:"娄东为声名文物之邦,自宋迄今,著述甚富。兹编集艺文,依张志,以书从人,以人从代,不以四部分类,或有卷数未详,姑阙之。""张志"即明代张受先于崇祯年间编纂的《太仓志》,由于该志不以四部分类,故多记录野史、笔记、小说之类的作品,如《林外野言》《明野史汇》《砚北琐言》等。

关于汪价著述的记载还见于《虞初新志》《嘉定县志》《嘉定县续志》《中州杂俎跋》和《三侬啸旨》等文献中。《虞初新志》卷二十《三侬赘人广自序》云:"少辨方言,作《侬雅》四卷。蒙难时,作《火山客谯》十五卷、《广禅喜》一卷。同人问迅,作《千里面目》六卷。老闲半舫,作《化化书》十二卷、《人林题目》八卷、《蟹春秋》一卷。《三侬赘人诗文全集》,未定卷数。

① 江苏省社科院明清小说研究中心编:《中国通俗小说总目提要》,中国文联出版社1997年版,第570页。

② 秦国经主编:《清代官员履历档案全编》第一册,华东师范大学出版社1997年影印,第484页。

③ (清)杨应琚等纂修:《西宁府新志》,清代乾隆十二年刊本,国家图书馆方志馆藏。

④ (清)王昶等纂修:《直隶太仓州志》,《续修四库全书》第六九八册,上海古籍出版社2002年影印,第54页。

今虽衰,踵门而乞文者,必应之,如偿夙逋,不以为疲。"①

　　汪价晚年曾参与《嘉定县志》及《嘉定县续志》的修纂工作。这两部县志对汪价的著述均有记载。如《嘉定县志》卷二十四《书目》云:"《三侬赘人集》《河南通志》《中州杂俎》《汪子化化书》《鼠吓》《草木春秋》《侬雅》《千里面目》《斗舫词》《火山客谯》,俱汪价撰。"②共十部著作,其中就有《草木春秋》一书。《嘉定县续志》卷五《书目》又补充汪价三部著作:"《三侬啸旨》《人林题目》《三绝倒》。"③

　　民国张凤台《中州杂俎跋》云:"(汪价)弱冠作《侬雅》四卷,蒙难时作《火山客谯》十五卷、《广禅喜》一卷,又有《鼠吓》五卷。晚年游豫,……贾中丞开府中州,延修《豫志》,故于中州掌故烂熟于胸中,因作《中州杂俎》二十四篇。细大不捐,雅俗同赏,讵可以小道短之耶? 余如同人问讯,作《千里面目》六卷;老闲半舫,作《化化书》十二卷、《蟹春秋》一卷、《三侬赘人诗文全集》无卷数。著作烟海,率无刻本。"④

　　从以上的几则材料中,我们可知汪价著述非常丰富,不唯有诗、词、文、史,还有小说等。比如他的《中州杂俎》,就是一部文言短篇小说集。纪昀曾评曰:"采摭繁富,用力颇勤,而多取稗官家言,纯为小说之体。"⑤要之,《嘉定县志》《直隶太仓州志》所载的《草木春秋》,即为今见之章回小说《草木春秋》,除此,汪价还有类似小说《蟹春秋》等。

　　最后,再来考查一下《草木春秋·自叙》题署下方的钤印"江洪氏"三字。何谓"江"?《说文·水部》云:"江,水。出蜀湔氐徼外崏山,入海。《书·禹贡》曰:'岷山导江,东别为沱。'"何谓"洪"?《尔雅·释诂上》云:"洪,大也。《书·洪范》曰:'帝乃震怒,不畀洪范九畴。'孔传:'不与大法九畴。'"可见,所谓"江洪"即谓江水浩大、宽广之意。那么,何谓"汪"呢?《说文·水部》云:"汪,深广也。《玉篇·水部》:'汪,水深广也。'"要之,"江洪"实乃"汪"字之义训。而"江洪氏",却原来是"汪氏"之谓。这亦有汪价本人的字可为旁证。汪价,字介人。而所谓"介人",合起来,即为

①　(清)张潮编:《虞初新志》,《笔记小说大观》第十四册,江苏广陵古籍刻印社1984年版,第319页。

②　(清)苏渊等纂修:《康熙嘉定县志》,《中国地方志集成》,上海书店1991年影印,第1004页。

③　(清)许自俊等纂修:《康熙嘉定县续志》,《中国地方志集成》,上海书店1991年影印,第1148页。

④　(清)汪价撰:《中州杂俎》,《四库全书存目丛书》第二四九册,齐鲁书社1997年影印,第461页。

⑤　(清)纪昀等撰:《钦定四库全书总目提要》,中华书局1997年版,第1044页。

"价"也。

至《草木春秋》的刊刻与传播,则有博古堂、最乐堂、大文堂、味经堂、山阴书屋诸刊本。嘉庆八年(1804),清人郭廷选曾将小说《草木春秋》改编成戏剧《草木春秋药会图》,其《自序》云:"余尝留心于医道者非一日矣。甲子夏,在汴省公寓与原任宝丰县邱公忽谈及《草木春秋》,乃谓其无益于人也。余不禁有感于药性,择其紧要,正其错误,不必整襟而谈,但从戏言而出。……庶于医道不无小补焉,是则吾之志也矣。"①序中提到的"甲子夏",即为嘉庆八年,公历1804年。而所谓邱公,实指时任宝丰知县邱世俊。道光十七年纂修的《宝丰县志·职官志》云:"知县……邱世俊,贵州大定府庚寅恩科举人。嘉庆四年任。"②道光二十九年纂修《大定府志·俊名志》亦云:"邱世俊,大定增生,官宝丰知县。"③嘉庆八年,邱世俊当已卸任,寓居汴省。另,从此序中,亦知《草木春秋》的早期流传恰在汪价游幕的河南一带。

二、汪价的籍贯、字号与生平

汪价生平,《四库全书总目提要》曾称:"其里居未详也。"④兹考其生平如下:

汪价,字介人,号三侬赘人、老侬等。太仓州嘉定县人,功名蹭蹬,科场失意,终其一生,也仅为一名生员。《直隶太仓州志》卷三十七《人物志·文学》云:"嘉定县……诸生汪价,字介人,博学多著述。"⑤《昭代丛书》卷十三《吴鳘放言》卷首题署:"嘉定吴庄茂含著,同邑汪价介人评。"⑥《嘉定县志》亦云:"协修,诸生汪价。"⑦汪价本人的著作《三侬啸旨》各卷皆题嘉定汪价三侬氏著。

嘉定县旧属松江府,而松江府亦称云间,因西晋文学家陆云家在华亭,

①　(清)郭廷选撰:《草木春秋药会图》,道光十九年抄本。
②　(清)李枋梧等纂修:《宝丰县志》卷九,道光十七年刊本。
③　(清)黄宅中等纂修:《大定府志》卷三二,《中国地方志集成》,巴蜀书社2006年影印。
④　(清)纪昀等撰:《钦定四库全书总目提要》,中华书局1997年版,第1044页。
⑤　(清)王昶等纂修:《直隶太仓州志》,《续修四库全书》第六九七册,上海古籍出版社2002年影印,第588页。
⑥　(清)吴庄撰:《吴鳘放言》,《丛书集成续编》第二五册,台北:新文丰出版公司1988年影印,第565页。
⑦　(清)苏渊等纂修:《康熙嘉定县志》,《中国地方志集成》,上海书店1991年影印,第433页。

对客自称"云间陆士龙"而得名。《晋书·陆机陆云列传》：

> 云与荀隐，素未相识。尝会华坐。华曰："今日相遇，可勿为常谈。"云因抗手曰："云间陆士龙。"隐曰："日下荀鸣鹤。"鸣鹤，隐字也。云又曰："既开青云睹白雉，何不张尔弓，挟尔矢？"隐曰："本谓是云龙骙骙，乃是山鹿野麋。兽微弩强，是以发迟。"华抚手大笑。①

《三侬赘人广自序》云："马迁腐刑，居蚕室而著《史记》；陆平原临刑曰：'古人立言以垂不朽；吾所恨者，予书未成耳！'蔡中郎被收，请黥首刖足，继成汉史。此三贤者，介人之师也。"陆氏兄弟皆云间著名文人，为汪价同邑先贤，故引为师长以敬服，于此，可知《草木春秋·自叙》题署"云间子"当为汪价的号。汪价《甲子百八咏》②中，有与吴庄唱和之诗，其中有句曰："日下云间皆杰士，鱼头铁面是名臣。"另《半舫漫兴四首》其三有句曰："日下云间标姓氏，吴头楚尾盛交游。"汪价有《半舫词》行世，刊于《三侬啸旨》中，亦为《全清词》收录，共有九十九首，③汪价本人亦被评为"清初云间词派值得提名的词人"。④ 另据《嘉定县志》载，嘉定有河曰"泗泾"，流经泗泾镇。"泗"与"驷"谐音，而"泾"即为"溪"之意，是故，这"驷溪"二字，亦有可能是汪价的号。

汪价因被聘纂修《河南通志》，得以悠游中州，因而撰《中州杂俎》。《中州杂俎》卷二十一《诗脔》载有汪价游豫时与友人薛宗伯、周栎园、李琳枝等游玩、唱和诗计五十余首。其中有《庚子年五十自寿诗》一首，诗前亦有小序，弥足珍贵，特抄录如下。其序曰："每岁作生日诗，必切年月方佳，贱降三月初六。"其诗曰："五十平头老布衣，难言知命与知非。短长梦了疏人事，成败棋分冷世机。一半年光花送去，三分春色鸟将归。但能沉醉长如此，何必松乔白日飞。"⑤庚子为清顺治十七年（1660），由是可推知汪价生于明万历三十八年（1610）三月初六日。汪价卒年不详。康熙二十三年（1684），尚在人世。汪价晚年曾参与康熙年间《嘉定县志》及《嘉定县续志》的修纂工作，而《嘉定县续志》即修纂于是年。

① （唐）房玄龄等撰：《晋书》卷五四，中华书局 1974 年版，第 1482 页。
② （清）汪价撰：《甲子百八咏》，《三侬啸旨》卷四，清代康熙年间刊本，国家图书馆善本室藏。
③ 南京大学中文系编著：《全清词·顺康卷》第一册，中华书局 2002 年版，第 477—498 页。
④ 邱明正等编：《上海文学通史》，复旦大学出版社 2005 年版，第 197 页。
⑤ （清）汪价撰：《中州杂俎》，《四库全书存目丛书》第二四九册，齐鲁书社 1997 年影印，第 449—460 页。

汪价喜好交友。《三侬赘人广自序》云："至若朋友,吾性命也。愿言结契,莫非俊人;率尔相遭,便如夙昔。明末,有仕于粤而死兵者陈室臣、蒋文若,帅河北死颠连者沈元培等。"又云："甲申当国变,天地裂崩,邑令修故事,群士大夫临于县庭,口呼大行,含辛以为泪。余独号踊,几不欲生。"甲申(1644)国变,即明亡,清顺治北京改元,汪价时年三十四岁。可见,汪价是亲身经历了像"嘉定三屠"这样的民族之耻了。

顺治初年,汪价游豫。与中州文士交游唱和,其诗多存于自著小说集《中州杂俎》中。顺治十八年,客湖南宋荦家,与周亮工晤。康熙十四年,顾岱为其《汪介人文集》作序,惜文集已佚,序文亦不可见。康熙戊午十七年(1678),汪价坚决辞博学宏词科试。《三侬赘人广自序》云："岁戊午,薛黄门卫公先生谋之要津,欲以'博学宏词'荐。余上札启谢曰:'价夙遭屯难,沉痼书城,雕虫琐事,不足名家,实乏史材,无容黍窃……'固辞而后已。"

汪价酷喜读书。《三侬赘人广自序》云："每展卷,自首讫尾,方理他册;不抽阅,不中轰。坐必竟夜,不停晷,不知寒饿,不栉发颒面。"乙酉(1645)嘉定城陷,汪价家藏的万卷书籍毁于战火。晚年筑"书带草堂",曾作诗曰:"兀坐书堂尺地宽,终朝食字蠹鱼干。心如精卫填东海,名似鲇鱼上竹竿。"抒发了一个学者好书如渴的情怀。

三、汪价的诗、文与小说著述

汪价的著述很多,但因种种原因,导致其大多数著作已佚失。今据《西谛书话》《中州杂俎》《直隶太仓州志》《嘉定县志》等文献史料,对其著述考证如下:

1.《七十狂谈》

卷首题"嘉定汪价三侬氏撰,同学许自俊评"。清代康熙十八年(1679)刻本。单面行 10 字 21,白口,左右双边,单鱼尾。自《三侬赘人自序》下杂收诗、词及文数十篇。至许自俊(1598—1682),崇祯六年(1633)举人,康熙九年(1670)年已七十时,中进士,曾任山西知县。《大清一统志》云:"嘉定人,康熙十九年(1680)以进士知闻喜县,携一子一仆之仕。食脱粟饭菜羹,往来会城,策蹇而已。用法平民,多劝输,乞休去,行李萧然,一时称清白吏。"①清嘉庆《烟草谱》曾引《啸旨》中汪价戒烟之论,系出自《七十狂谈》其

---

① (清)穆彰阿纂修:《嘉庆大清一统志》卷一百五十六,《四部丛刊续编》景旧抄本。

文有云："近日俗尚食烟，余每语人奈何以火烧五脏，请观筒中垢腻，将何以堪?"①

2.《天外天寓言》

卷首题"嘉定汪价三侬氏撰，同学缪彤评"。清代康熙十八年(1679)刻本。单面行 10 字 21，白口，左右双边，单鱼尾。首篇为《郭将军传》，下录文凡二十一篇，诗词二十七首，"文多假借，语杂诙谐"。至缪彤，乃江南吴县人，康熙六年(1667)丁未科状元，有《双泉堂集》。《苏州府志》云："彤，少异敏，早擅文誉。康熙丁未殿试第一，授修撰，升侍讲，父艰归。澹于宦情，遂不复出。"②

3.《三侬赘人广自序》

卷首题"嘉定汪价三侬氏撰，同学阚选瞿亭氏评"。清代康熙十八年(1679)刻本。单面行 10 字 21，白口，左右双边，单鱼尾。此篇实为仿司马迁《太史公自序》而做的自传。前有小序。其文云："行文至万余言，章句互变，无一胜文叠字，使人读之而不知其长，惟恐其尽，比开辟来予一人手笔。《自序》仿太史公，系之简末，乃三侬效之。东海遗民倘得预兰台之选，其著作岂遂出龙门下哉!"署名为"书带草堂弄笔"。后有跋文。其文云："叙事以琐杂见妙，奇诡之笔，不可捉搦。张尚书谓左太冲之赋，尽而有余，久而更新。千载而下，惟我三侬足当斯语。"《三侬赘人广自序》全篇亦曾为张潮辑入《虞初新志》，其按语云："文近万言，读之不厌其长，惟恐其尽。允称妙构。予素不识三侬，而令嗣柱东曾通缟紵，因索种种奇书，尚未惠读，不知何日方慰予怀也。"③则知汪价有子汪柱东也。孔尚任《湖海集》收有《答汪柱东》书信一通。其文曰："萧寺雪夜共话究愁，才几日耳。不意又至残腊，萧寺之雪如故，仆之穷愁如故。忽接新函，顿感旧事，不禁唏嘘欲泪矣。近日河事又非前比，以一文弱书生追逐其间，非得已也。闻尊公先生老境著书，足下暇日奉养，享人世天伦之乐。下河苦境，当弃之如遗耳。"④至阚选，《直隶太仓州志》记其生平较详，其文云："阚选，字若韩，原籍昆山。授经来嘉定，补邑诸生，遂家西城。顺治十五年进士。坦怀质行，与人交洞见肺腑。

---

①　(清)陈琮撰：《烟草谱》，清嘉庆刊本。

②　(清)冯桂芬纂修：《同治苏州府志》卷八十二，清代光绪九年刊本。

③　(清)张潮辑：《虞初新志》，《笔记小说大观》第十四册，江苏广陵古籍刻印社 1984 年版，第 324 页。

④　(清)孔尚任撰：《湖海集》卷十二，清代康熙间介安堂刊本。

文有根柢,长洲汪琬亟称之,年七十四卒。"①

4.《上元甲子百八咏》

卷首题"嘉定汪价三侬氏著,同学沈荃绎堂氏评"。清代康熙十八年(1679)刻本。单面行 10 字 21,白口,左右双边,单鱼尾。此诗集前有目录,目录前有小序。其文云:"今岁甲子,又轮上元阳九云。毕万事更新,老侬因而有吟。百八者,何义? 取念珠其数转施,吟无已时也。"此集选诗共一百零八首。盖述其日常所感及交游、唱和往来者。其中亦偶有抒发对时局的感慨,寄世变之叹。如《感旧》五首其三云:"沧桑一易正心酸,阅历方知死事难。杵臼故人多珍瘁,簪缨门第忽单寒。休言耻食周家粟,已见争弹贡氏冠。帝里梦华谁省忆? 刦余遗老泪丸澜。"观是诗记甲申之痛,呜咽感人。至沈荃(1623—1684),华亭人,顺治九年(1652)壬辰科探花,授编修,出为河南大梁道,有政绩,历官詹事,卒谥文恪。《江南通志》云:"荃,学行醇洁,名重馆阁,书法尤推独步,为圣祖所赏,士以一长来谒者,辄为嘘植。"②

5.《半舫词》

卷首题署嘉定汪价三侬氏著,同学龚士禛子谷氏评。清代康熙十八年(1679)刻本。单面行 10 字 21,白口,左右双边,单鱼尾。前有小序,文云:"唐之诸伶采诗人绝句歌之以媚客? 至宋长短句兴焉。周待制、柳屯田遂称绝调。然竟作香闺妮语,未免为风雅罪人。骚情赋骨犹有存者,请以《半舫词》正之。"观龚士禛之评语,可谓推崇备至。《全清词·顺康卷》录其《半舫词》99 首。③ 汪价因而被称为清初云间词派重要词人。《康熙嘉定县志》亦载是书。

6.《中州杂俎》

卷首题三侬外史汪价介人撰,安阳张凤台厘定。单面行 11 字 25,白口,上下左右双边,单鱼尾。民国十年(1921)安阳三怡堂排印本,藏于北京大学图书馆。《清文献通考》《清通志》《康熙嘉定县志》均有记载。《中州

---

① (清)王昶等编纂:《直隶太仓州志》,《续修四库全书本》第六九七册,上海古籍出版社 2002 年影印,第 611 页。

② (清)赵宏恩纂修:《乾隆江南通志》卷一百四十一《人物志》,《文渊阁四库全书》,台湾商务印书馆 1986 年版。

③ 《全清词·顺康卷》第一册,中华书局 2002 年版,第 477—498 页。

杂俎》共二十一卷。《四库全书总目提要》述其书甚详。其文有曰："顺治己亥,贾汉复为河南巡抚,修通志,价与其役,踰年,书成。复采诸书所载轶闻琐事,关于中州者,荟萃以成。是编分天、地、人、物四函。天函子目五,曰分野、图谱、余论、杂识、时令;地函子目十六,曰建都、封国、纪邑、纪乡、纪山、纪水、纪室、纪园、纪寺、纪塔、纪观、纪庙、纪墓、纪碑、纪桥、纪俗;人函子目二十一,曰帝迹、圣迹、贤迹、官迹、文迹、武迹、忠迹、孝迹、义迹、节迹、隐流、羽流、缁流、术流、技流、女史、老史、儿史、凶史、异史、人杂;物函子目十四,曰禽志、兽志、鳞志、虫志、草谱、木谱、花谱、谷品、果品、菜品、饮案、食案、器考、物考。采摭繁富,用力颇勤。"又评价是书为:"多取稗官家言,纯为小说之体。"①至其卷数,则言其三十五卷。张凤台于1921年撰《中州杂俎序》,其文有云:"汪介人《中州杂俎》乙书,得自琉璃厂书铺,抄本,八册,内分三类,曰地、曰人、曰物,披览循环,似缺天部。"故而,是书现存二十一卷。今收入《四库全书存目丛书》史部第二四九册。至张凤台(1857—1925),字鸣岐,河南安阳人。光绪二十一年(1895)进士及第,声冠安阳。历任长白府知府、兴京府知府等,民国九年(1920)任河南省省长。著有《长白汇征录》《筹边十策》《鹿岩乡土志》等,并编有大型丛书《三怡堂丛书》,共17种175卷。

7.《三侬赘人集》

未见。无卷数。《直隶太仓州志》卷五十六《艺文志》载有书目。观其书名,此书似为作者晚年全集。《康熙嘉定县志》亦载是书。

8.《河南通志》

顺治十四年(1657)至顺治十七年(1660),汪价参与修纂《河南通志》。《河南通志》是河南巡抚贾汉复、翰林院编修沈荃修纂。贾汉复(1606—1677),字胶侯,号静庵,山西曲沃人。于顺治十四年(1657)任河南巡抚,乃开管纂修豫志,聘沈荃总其事。《三侬赘人广自序》云:"余行李半天下,所至以客为家。客两河者,前后十数年,始于察荒李御史幕,怀孟薛宗伯知之,呼至其家,与仲蒨二兄读书翕园。后为贾大中丞召修省志,别去。"又云:"庚子修豫志,午日,贾大中丞邀饮开府谈次。"《河南通志》共五十卷,图三十一幅,分图考、建置沿革、星野、疆域、山川、风俗、城池、河防、封建、户口、田赋、物产、职官、公署、学校、选举、祠祀等三十门。该志是清朝最早修成的省志。康熙十一年(1672)曾诏令各省"纂辑省志",将该志"颁诸天下以为

---

① (清)纪昀等撰:《钦定四库全书总目提要》,中华书局1997年版,第1044页。

式"。可见,《河南通志》在全国的影响之大。《康熙嘉定县志》亦载是书。

9.《侬雅》

四卷。未见。翟灏撰《通俗编》卷三十三《语辞》"孖鿔"条下,引《侬雅》训为:"读'鸦牙'二音,俗以儿啼则口作孖鿔声,以慰之。"又卷二十二《妇女》:"瓦剌国"条下,引《侬雅》训为"今俗转其音曰'歪赖货'"。① 则知《侬雅》一书当为一部释词的音韵书。此书作于汪价早年。《三侬赘人广自序》云:"弱冠时作《侬雅》四卷。"《康熙嘉定县志》亦载是书。

10.《火山客谯》

十五卷。未见。《三侬赘人广自序》云:"蒙难时,作《火山客谯》十五卷。"所谓蒙难时,当是指甲申国变,即 1644 年,汪价三十四岁。《三侬赘人广自序》曾述乃周亮工与宋牧仲等同看是书的经历。其文有云:"宋出上赐先相国古画同观。司农一一赏鉴毕,列坐开宴。余曰:'姑缓之,请再观今画。'取余所著《火山客谯》阅之。诸公叫读不已,都忘杯箸,鼓掌而笑,巾帻尽欹。主人劝且饮。诸公曰:'得此奇文,愈读愈快,正如身入龙藏,争看宝贝,唯恐其尽,谁肯撤而去之?'竟阅达旦,不备宾礼。"《康熙嘉定县志》亦载是书。

11.《广禅喜》

一卷。未见。亦作于"蒙难时"。《三侬赘人广自序》云:"蒙难时,……作《广禅喜》一卷。"

12.《千里面目》

六卷。未见。此书当作于作者归里之时。《三侬赘人广自序》云:"同人问讯,作《千里面目》。"《康熙嘉定县志》亦载是书。

13.《化化书》

十二卷。未见。此书当作于作者晚年。《三侬赘人广自序》云:"老闲半舫,作《化化书》十二卷。"《康熙嘉定县志》亦载是书,题为《汪子化化书》。

14.《人林题目》

八卷。未见。此书亦当作于晚年。《三侬赘人广自序》云:"老闲半

---

① (清)翟灏撰:《通俗编》,清代乾隆十六年翟氏无不宜斋刊本。

舫，……作《人林题目》八卷。"

15.《蟹春秋》

一卷。未见。此书亦当作于晚年。《三侬赘人广自序》云："老闲半舫，……作《蟹春秋》一卷。"

16.《三侬赘人诗文全集》

未定卷数。未见。观其书名，当为作者晚年，整理平生所作诗、文，合为一集。

17.《鼠吓》

五卷。未见。《康熙嘉定县志》亦载是书。

18.《嘉定县志》

汪价参与纂修《嘉定县志》。《嘉定县志》是嘉定县知县赵昕、举人苏渊纂修，许自俊亦参与订阅。是志修于康熙癸丑年（1673），汪价时年六十三岁。是志收汪价乐府诗《甘澍谣》、五古《锄木棉》各一首，五律《题唐园娱晖序》《皇庆寺》二首，七律《题徐宗伯归有园》一首，五绝《卓锡泉庵》《白鹤村》二首，七绝《坐吴塘桥》《槎浦村翁》二首，还有《练祁神宫赋》一篇。是志二十四卷亦载汪价生平著述书目，有《三侬赘人集》《河南通志》《中州杂俎》《汪子化化书》《鼠吓》《草木春秋》《侬雅》《千里面目》《半舫词》《火山客谯》十部。

19.《嘉定县续志》

汪价参与纂修《嘉定县续志》。《嘉定县续志》是嘉定县知县闻在上、进士许自俊等纂修。是志修于康熙二十三年（1684），汪价时年七十四岁。是志收汪价《孙公泉赋》一篇，《送余逊庵大尹归开林序》《闻邑侯尚齿旌节序》两篇，《邑侯陆公稼书解官日记》一篇。是志卷五载有汪价书目三部，不见于《嘉定县志》。有《人林题目》《三侬啸旨》《三绝倒》等三部，不题卷数。

20.《驿递议》与《赦罪论》

魏源《皇朝经世文编》收录汪价政论文两篇：《驿递议》和《赦罪论》。其中《驿递议》是较早记载我国古代关于邮递的文献，文中大胆揭露了清政府驿递的弊端，即有名的"三病二困一弊"论。《赦罪论》亦曾收入汉学堂知足斋丛书。该文则直斥朝廷,认为:"若大赦,虽旷岁一举……则是朝廷徒邀市惠之虚名,而小民反受纵奸之实祸也。"①二文可以考见汪价经世致用之思想,亦可见其对清廷的态度。

此外,雍正时纂修的《河南通志》载有汪价《汴梁感怀》《枋口》《梁园吟》佚诗三首,《百城烟水》载有《锄木棉》佚诗一首,而《少林寺志》亦载有《少林祖堂》佚诗一首。其诗云:"山空僧语寂,独叩祖堂扉。宝石流神采,金灯吐白辉。大乘清谛出,半字妙音归。门外松花落,应同法雨飞。"②诗中取象准确,表意深邃,深得唐人禅诗风味。

四、《草木春秋》与戏剧《草木传》关系

清代传奇《草木传》,共十回,亦名《药性梆子腔》《草木春秋》《药会图》等,是清代的一部具有逞才炫学性质的戏剧。该传奇的作者本为山西壶关(今山西黎城)郭廷选,却被误编入《蒲松龄集》中。乾隆年间、道光年间皆有抄本,题名不同,有题《本草记》的,有题《药会图》的,还有题《群英会》的。题名《草木传》的抄本,现藏于蒲松龄故居纪念馆。对于《草木传》的版本与作者,路大荒、洪流、杨海儒等学者的研究已发其端,③贾治中、杨燕飞继而进行了系统的梳理及补充。④ 然而,由于郭廷选无诗文集传世,相关交游资料亦是十分贫乏,对于《草木传》的创作了解,与事实尚有距离,还有待于进一步揭示。

认为《草木传》的作者是蒲松龄,其所依据者,乃《草木传》抄本题首的一行文字,即"柳泉先生手著南轩于次客碧"。因蒲松龄号曰柳泉先生,于是题首所署的"柳泉先生"便被认定是蒲松龄了。其实,仅仅依此"柳泉先生"的署名,就认定《草木传》的作者为蒲松龄,论据似乎不够充分。是故,路大荒将《草木传》辑入《蒲松龄集》时,在《后记》中又补云:"这篇作品是否为蒲氏本人所作,尚待考证。"⑤

考查蒲松龄的著作,除大家熟知的《聊斋志异》外,尚有杂著、俚曲和戏

---

① (清)贺长龄编:《清经世文编》卷七三、卷九十,道光年间刊本。
② (清)叶封等纂:《少林寺志》,清乾隆十三年刊本。
③ 详见(清)蒲松龄撰,路大荒主编:《蒲松龄集》,上海古籍出版社1986年版,第1703页;洪流:《〈草木传〉及其作者问题》,《山东中医学院学报》1986年第2期,第54—56页;杨海儒:《〈草木传〉的作者是蒲松龄吗》,《甘肃社会科学》1987年第5期,第103—105页。
④ 详见贾治中、杨燕飞:《略论清代的药性剧》,《中华戏曲》1996年第1期,第249—256页。
⑤ (清)蒲松龄撰,路大荒主编:《蒲松龄集》,上海古籍出版社1986年版,第1828—1829页。

剧三类。但是,在蒲氏墓表碑阴所录的蒲松龄三种戏剧和 14 种俚曲中并没有《草木传》一剧;又,此剧本与乾隆、嘉庆、道光年间流传在中州河南、山西一带的抄本相比,在形式、内容上几乎完全相同,如《草木春秋药会图》即是。故《草木传》作者为蒲松龄一说,似难以成立。而且《草木传》被辑入《蒲松龄集》时,路大荒亦删掉了《草木传序》①和《志异外书序》②两篇文字。《草木传序》不题撰名,对剧中人物以中草药命名及药性亦只字不提;而更可疑者,乃《志异外书序》一文,系完全抄自《淄川县志》。嘉庆十三年刊本《草木春秋药会图》,共十回,书前有《自叙》,不题撰人③;道光十九年抄本④、道光二十三年抄本⑤,也是十回,回目、内容与嘉庆十三年本亦相同,唯道光十九年抄本多出邱世俊《序》。这《草木春秋药会图》同《草木传》比较,除缺少"开演"部分外,剧本的回目只有细微差别,而出场人物、内容情节几乎完全相同。《草木春秋药会图》的回目依次是"栀子斗嘴""陀僧戏姑""妖邪出现""石斛降妖""灵仙平寇""甘府投亲""红娘卖药""金钗遗祸""番鳖造反""甘草和国"。《草木传》剧本的回目与《草木春秋药会

---

① 其文曰:"读先生诸作,而知先生之于文也,一若洪水陡起,有若远峰耸翠,而其间之葱郁浓淡,无一不见于手笔之超脱。若徒有学无识,而无超脱之才之达之,则如尺水无波,小山无云而已,又奚足耸人之望观哉? 验天地间,岭不动,枝不鸣,忽嘘而为风;渊甚平,岳甚静,忽蒸而为气,惟其嘘与蒸之倏忽莫之定。是以先生之材而之测,而其为文也,又乌乎可测哉? 吾于《草木传》又信其然也!"

② (清)张廷等纂修:《淄川县志·轶事志》卷八,乾隆四十一年刊本。

③ 嘉庆十三年《草木春秋药会图》的作者《自序》与道光十九年《草木春秋药会图》的作者《自序》内容稍有不同,但同出作者一人之手是无疑的了。其文曰:"余尝留心于医道者非一日矣。甲子夏,在汴省公寓与原任宝丰县邱忽谈及《草木春秋》,乃谓:'其无益于人也。'余不禁有感于药性者。因即不揣固陋,择其紧要,正其错误,不必整襟而谈,但从戏言而出,生、旦、净、丑,演成一段事实,悲欢离合,弄出许多笑谈。名士见之固可喷饭,俗人见之亦可逍遥。乃吾之意不在此。尝考《周礼》有云:'医师以十全为上,十失一次之,十失二又次之。'然以此求之于晚近,即十失二三之医,果伊谁也? 诚今人目击神叹。而知其脉理之未讲,亦以其药性之不明。若得,信如是也。则圣人误医药以济夭死之谓何? 吾因急出此言,使人之有心于药性者,直则戏本玩之。既非苦其所难,自然乐于诵观。药性亦忘其为药性,观戏文亦忘其为戏文。则用药者,不至有冒昧之失;服药者,不至有蒙蔽之冤。而吾之心已足矣。然未必尽如人意。彼好高者流,即有呼我为迂者,我即应之以为迂;呼我为狂者,我即应之以为狂。但求不愧吾心,庶于医道不无小补焉。是则,吾之志也矣。"见蔡毅编著《中国古典戏曲序跋汇编》,齐鲁书社 1989 年版,第 2551—2552 页。

④ 道光十九年钞本《药会图》前有黔南邱士(实为世)俊《序》和作者郭廷选《自序》。本书所引文字均出此。详见杨燕飞点校:《药会图钞本校勘》,《山西中医学院学报》2001 年第 2 卷第 3 期,第 8—12 页。

⑤ 临汾张耀庭先生藏有《草木春秋药会图》道光二十三年钞本,其后《序》云:"嘉庆拾叁年冬,古留壶关郭廷选序于满城官署编次。"见刘纬毅主编《山西文献总目提要》,山西人民出版社 1998 年版,第 779—780 页。

图》的回目所不同者只是第三回回目。《草木传》写为"妖蛇出现"，《药会
图》写为"妖邪出现"。可见，《药会图》与《草木传》的关系十分密切。那么
这两种本子究竟谁在先，谁在后呢？又是谁抄的谁呢？

颇具价值的是道光十九年抄本《草木春秋药会图》卷首所录的邱世俊
《序》，不仅透露了剧本的作者信息，还揭示了剧本的创作时间和故事来源
等重大问题。邱世俊《序》云：

> 医之一道，甚难言也。医者，意也。必得心领神会，方能应手。而
> 药性之补泻寒热，攻表滑涩，种种不一；更得深识其性，然后可以随我调
> 度。故用药譬之行兵，奇正变化，神明莫测。晋之郭子秀升先生，儒医
> 也。穷极《素问》，阐抉《灵枢》，而居心慈祥，人品端方，非市井者俦。
> 余与订交，不殊金兰。其暇谱有传奇一则，乃群药所会。余阅之，不胜
> 佩服。遂观其首，曰《药会图》。要知非游戏也，实在使诸药之寒热攻
> 补，简而甚明，则显而易学。业仁术者，果会心于此，庶于医道不无小
> 补云。

从中可知，郭廷选又名郭秀升，山西人，是一名"儒医"，精通《素问》《灵枢》
等医学典籍，并著有传奇《药会图》；郭秀升其人"居心慈祥，人品端方，非市
井者俦"；其与邱世俊交谊甚深，为"金兰"之契。考邱世俊，乃贵州大定府
人，嘉庆四年（1799）任宝丰县知县。道光十七年（1837）纂修的《宝丰县
志·职官志》云："知县……邱世俊，贵州大定府庚寅恩科举人。嘉庆四年
任。"①道光二十九年（1849）纂修《大定府志·俊名志》亦云："邱世俊，大定
增生，官宝丰知县。"②足见，《草木春秋药会图》这个作者郭秀升，与邱世俊
同属乾隆、嘉庆时期人。

而从作者的《自叙》，亦可考订该剧编撰的时间。嘉庆十三年、道光十
九年《草木春秋药会图》的《自叙》皆云："余尝留心于医道者，非一日矣。甲
子夏，在汴省公寓与原任宝丰县邱公忽谈及《草木春秋》，乃谓'其无益于人
也'，余不禁有感于药性者……"由于邱世俊是在嘉庆四年（1799）任宝丰县
知县的，到郭秀升编撰该剧时已离任，可见这个甲子年应是在嘉庆四年
（1799）以后的甲子年。依据郑鹤声《中西史日对照表》可知，当在嘉庆九年
（1804）。这个时间，当是郭秀升编撰《药会图》的时间。

---

① （清）李枋梧等纂修：《宝丰县志》卷九，道光十七年刊本，国家图书馆藏。
② （清）黄宅中等纂修：《大定府志》卷三十二，《中国地方志集成》，巴蜀书社2006年影印。

　　要之,从前面《草木传》的回目、内容与《草木春秋药会图》的比较来看,这两个剧本,究竟谁先谁后,是谁抄的谁,则亦明矣。而需要指出的倒是,题署所谓的"柳泉先生"显系后人伪托。或者这"柳泉先生"竟是郭秀升的别号,然而证信尚缺。

　　值得一提的是,在道光二十三年(1843)抄本《草木春秋药会图》的《自叙》中,作者又自题为:"嘉庆十三年冬,古留壶关郭廷选序于满城官署编次。"很明显,这个自称郭廷选的人与郭秀升当是同一人,邱世俊《序》中的所谓郭子秀升,实是称其字;而壶关(今山西黎城)无疑是郭廷选乡籍。

　　其实蒲氏说也罢,郭氏说也罢,研究者还忽略了一个至关重要的问题,那就是《草木传》剧本的题材来源问题。

　　道光十九年《草木春秋药会图》作者郭廷选《自叙》云:

> 　　余尝留心于医道者非一日矣。甲子夏,在汴省公寓与原任宝丰县邱公忽谈及《草木春秋》,乃谓:"其无益于人也。"余不禁有感于药性。择其紧要,正其错误。不必整襟而谈,但从戏言而出。或寄情于草木,或托兴于昆虫,无口而使之言,无知识、情欲而使之悲欢离合。名士见之固可喷饭,俗人见之亦可消遣,乃吾之意不在此。

郭廷选在《自叙》中明确交代了传奇《药会图》,亦即《草木传》,乃取材于章回体才学小说《草木春秋》;而且,认为《草木春秋》略存瑕疵,称其"其无益于人",决心要"择其紧要,正其错误"。

　　《草木春秋》小说中,所有出场人物均以草药名之,如以"刘寄奴"为汉家君主,以"管仲""杜仲"为辅相,以"甘草"为国老,以"金石斛"为总督,以"黄连""木通"为总兵等等;又以"巴荳""大黄"为番邦胡椒国的郎主,以"高良姜"为军师,以"天雄"为元帅,以"密陀僧"为国师等,演出一场番汉大交兵的故事。应该说,小说趣味性和知识性都很强,也较适宜改编成剧本,进行演出。《草木传》中出场角色的名字亦如此,如老生有甘草、白冬瓜,正生有威灵仙,小生有小红子,武生有金石斛等;正旦有紫石英、金红花,小旦有菊花、白蛇,老旦有饭糠等;丑有栀子、山慈姑、石决明、槟榔、草决明等;花面有元花、天雄神、番鳖、密陀僧等。从《草木传》的回目,也可看出其与《草木春秋演义》之间确实存在着一定的联系。如《草木传》第二场是"陀僧戏姑",《草木春秋演义》第十三回则有"密陀僧大施妖术"、第十四回则有"黄芪大战密陀僧";《草木传》第三场是"妖邪出现",《草木春秋演义》第二十六回则有"水精湖蛇怪兴妖";《草木传》第四场是"石斛降妖",《草木春秋演义》第四回则有"金石斛起兵征剿";《草木传》第五场是"灵仙平寇",《草木春秋演义》第十二回则有"威灵仙传宝刀甲"、第三十回则有"威灵仙收仙子阵";《草木传》第八场是"金钗遗祸",《草木春秋演义》第二回则有"金小姐被劫山林";《草木传》第九场是"甘草和国",《草木春秋演义》第七回则有"甘国老奉旨讲和"等。如果把它们的情节故事详加比较,完全可以断定,《草木传》一剧的创作,同《草木春秋药会图》一样,正是以小说《草木春秋演义》的故事为蓝本的。

《草木春秋》乃清代云间词人汪价所撰,①据清嘉庆七年《直隶太仓州志》卷五十六《艺文志》记载,汪价亦曾游幕中州,被聘纂修《河南通志》,②而且因为于中州掌故颇为熟悉,还撰有《中州杂俎》一书。汪价游豫时,与汴省友人薛宗伯、周栎园、李琳枝等多有诗词唱和,多达五十余首。③ 是故,"晋人"郭廷选得以于汴省睹其小说《草木春秋》一书,并依此创作了戏剧《草木传》。而这,亦是于事理密合。

观《草木传》一剧,其创作本旨与小说《草木春秋》一样,一方面炫耀其博物多识之才学,另一方面略寄其感慨与抱负。

首先,作者是借戏剧以炫耀其博物多识的才学。在《草木传》的《开演》中,作者借剧中人物甘草曾说:

> 因吾善晓人意,能达众性,遂将《本草》一书不免乘间融通一回。医道宣妙莫测,精义入神莫加;《黄帝内经》奥无涯,《玉版》《灵兰》可嘉。伊尹配作汤液,补泻俱有所差;雷公炮制更堪夸,尤要细心腾拿。我今胡诌直演一番便了。④

作者郭廷选《自叙》亦云:

> 合《本草》一大部,煅炼成书,欲起死人而活之,先活草、木、金、石之腐且朽者。如甘草、金石斛之属,尽使着优孟衣冠,歌舞笑啼于纸上,以活药药死人,未有不霍然而起者。纵不日用乎活药,亦岂肯忘情于活药,鼓舞欢诵,则人人知其药,亦即人人知其性。用药者不至有错误之遗憾,服药者不至有屈死之冤魂。而吾之心已足矣。然自好高之流多,

①　详见拙著《草木春秋作者新探》,《古籍整理研究学刊》2011年第3期,第83页。

②　(清)王昶等纂修:《直隶太仓州志》卷五六,嘉庆七年刊本。

③　(清)汪价撰:《中州杂俎》卷二十一,民国十年安阳三怡堂排印本。

④　(清)蒲松龄撰,路大荒编:《蒲松龄集》,上海古籍出版社1986年版,第1704页。

药活而人则未必尽活也。故即有呼我为迂者，我即应之以为迂；呼我为狂者，我即应之以为狂。但求不愧吾心。庶于医道不无小补焉，是则，吾之志也矣。

足见，作者创作《草木传》的目的，乃在于逞才炫学，展示其医药学问，要人们"知其药""知其性"，借以表达其志。

《草木传》全剧十回，不过三万字，所载药名，分属草、木、虫、鱼、金、石、禽、兽、果、菜、谷、介等类，近 300 种。作为一部才学戏剧，收录药名如此之多，已属相当不易，药名遍及生、旦、净、末、丑所有脚色行当及诸种器物，可谓蔚为大观。比如老生扮有甘草、天南星、白茯神，正生扮有黄芪、威灵仙，小生扮有金石斛、海粉；正旦扮有甘菊花、紫石英、密蒙花，小旦扮有慈姑、白花蛇、海金沙，副旦扮有刘寄奴、乌梢；末扮有槟榔；净扮有石决明；丑扮有栀子、密陀僧、红娘子等。此外还有"海藻、大戟、甘遂、芫花四大草寇"及"鱼、鳖、龟、鳖"之类角色若干。全剧共十场，"演员"如此众多，规模可谓宏大。

《草木传》中介绍药物及其功能与医药专书的记载也是相当吻合的。关于这一点，贾治中、杨燕飞两位先生也注意到了。如在《栀子斗嘴》一场，甘草有一段唱词，共介绍了 31 种药物：瓜蒌、贝母、白芨、白蔹、乌头、参、辛芍、藜芦、海藻、大戟、甘遂、芫花、菊花、天门冬、麦门冬、兜铃、知母、旋覆花、天花粉、贝母、款冬花、元明粉、金莲、黄芪、羚羊、枳椇、金铃子、胶泥水、希茨草、常山、山豆根。其中有"常山"一种。《本草纲目》卷十七云："气味苦寒，有毒。主治伤寒、寒热、热发……痰结、吐逆。"又云："疗鬼蛊往来，水胀洒洒，恶寒鼠瘘。"又云："治诸疟，吐痰涎，治项下瘤瘿。"而《草木传》则曰："理痞结，瘟疟并治。"《本草纲目·常山·附方》列举《外台秘要》《养生主论》《肘后方》《千金方》《和剂局方》等书中所收方剂，共 26 篇，将其主治归纳为"温疟热多""瘅疟寒热""妊娠疟疾""百日儿疟""小儿惊忤""胸中痰饮"等。① 毫无疑问，医药专书关于"常山"的主治疗效与戏剧《草木传》所述是高度一致的，充分展现了作者的医学才识。

其次，作者于此剧中也要略寄感慨，以抒情言志。郭廷选借《草木传》的剧中人物甘草云："我要想立功勋，与国同休。常欲想定华夷，朝居一品。"②这"立功勋"与"定华夷"即是郭廷选略以寄慨之所在，也是他久郁心

① （明）李时珍撰：《本草纲目》卷十七，《文渊阁四库全书》第七七三册，台湾商务印书馆1986 年影印。
② （清）蒲松龄撰，路大荒编：《蒲松龄集》，上海古籍出版社 1986 年版，第 1704 页。

中的抱负与志向。郭廷选《自叙》亦曾愤激地表达："故即有呼我为迂者,我即应之以为迂;呼我为狂者,我即应之以为狂。"是以,《草木传》最后一回,上演了一出番汉大交兵的龙虎戏,作者安排锦将军、金石斛前去征讨反进中原的"番鳖子",使甘草为参谋,写"那反贼闻见甘草,即写降表逃命而去",神农皇帝不禁赞甘草道:"这等韬略贯胸中,别有奇谋佐深宫。"于是"封其为国老,带旨还家"。

综上所述,《草木传》传奇,系抄自《草木春秋药会图》,二者系改编自汪价的才学小说《草木春秋》。其作者不是蒲松龄,而是郭廷选。《草木传》也不是一部"药书",而是一部庋藏作者博物多识和医药学问的才学戏剧,即以戏剧见其才学者;同时,作者在剧中也略以寄托其"立功勋""定华夷"的理想与抱负。

五、《草木春秋》才学展示与文化意蕴

《草木春秋》一书的价值,一直不为人所注意。袁世硕先生曾云该书作者是"以其所学知识为小说的,然就小说演义故事看,也无其他寓意"。① 笔者看来,这部小说,其文化意蕴有三:一是作者以小说庋藏其博物才学;二是作者以忠奸二元对立的模式来表达其"意主忠义,旨归劝惩"的思想;三是表现作者立功勋、定华夷的个人价值观念诉求。

首先,庋藏中医草药才识。以"草木"给自己著述命名的,在集部中颇多,主要是注释《诗经》和《离骚》的。子部中亦有《草木子》②一部,乃明代叶子奇所著。说部中,尚有《草木春秋》一部,共三十二回,同《草木子》一样,内容均是以记录草木知识为主,然而,若论生动、富于趣味者,还是非《草木春秋》莫属。关于《草木春秋》借演义历史故事来记录中草药知识,作者在《自叙》中即已言明。其文云:

> 黄帝之尝百草也,盖辨其味之辛甘淡苦,性之寒热温凉,或补或泻,或润或燥,以治人之病,疗人之疴,其功果非细焉。予因感之,而集众药

---

① 袁世硕撰:《草木春秋·前言》,《古本小说集成》,上海古籍出版社1994年版。
② 叶子奇所著《草木子》一书,《四库全书总目提要》云:"黄衷序云二十二篇,郑善夫序又云二十八篇。正德丙子,其裔孙溥以南京御史出知福州,重刻之,约为八篇:曰管窥,曰观物,曰原道,曰钩元,曰克谨,曰杂志,曰谈薮,曰杂俎,每二篇为一卷,即此本也。……子奇学有渊源,故其书自天文、地纪、人事、物理,一一分析,颇多微义。其论元代故事,亦颇详核。"(见《四库全书总目提要》,中华书局1997年版,第1631页。)

之名,演成一义以传于世。虽半属游戏,然其中金石草木水土、禽兽鱼虫之类,靡不森列,以代天地器物之名,不亦当乎?①

观《草木春秋》一书,其所罗列的"金石草木水土、禽兽鱼虫"之类中药,共达三百多味。比如第一回中,作者介绍书中出场的主要人物,所用草木草药就达50余味,有寄奴、管仲、杜仲、王孙、兰花、甘草、金石斛、木香、金樱子、金银花、金铃子、木通、白芨、仙茅、覆盆子、黄连、黄芪、黄芩、黄丹、黄环、牛黄、薯蓣、银杏、都念子、荷花、柏叶、白前圈、威灵仙、苦瓜、甜瓜、木耳、竹徇、萝勒菜、藕丝菜、荇菜、香薷、磨蒸薷、天昆、决明子、天仙子、益智子、预知子、胡椒、不死草、珍珠圈、海金沙、金箔、滑石、秦艽、石羔、荆芥、霍香、泽兰。第八回中,作者写汉天子御驾亲征前,招兵买马,写前来投军之将领,其中有胡桃、海藻、白芍、夏枯草、茅根、苏梗、石长生、蒲黄、槁木、芦荟、芦根、羔石。有趣的是,作者写那胡桃大将,有千斤之力,善用一根酸枣棍,也是一味中草药。第三十回写胡椒国天雄元帅之师诃黎勒从雷丸山楝实洞带了许多徒弟来助战。其所带的徒弟竟是四十四味中草药,乃是:

> 五昧子、车前子、茺蔚子、冬葵子、续随子、牛旁子、都角子、青箱子、投石子、君迁子、大风子、白附子、赤药子、都咸子、盐麸子、菟丝子、白芥子、醋林子、悬勾子、密栗子、莱菔子、木威子、海松子、桃榔子、胡颓子、使君子、瓦楞子、白药子、排风子、甘露子、地肤子、葶苈子、亚麻子、猪腰子、相思子、蔓荆子、蛇床子、牵牛子、五敛子、枸杞子、木龟子、橡斗子、蓖麻子。

还有,书中写到的功臣,如黄连,其一家五口皆为中草药名,有黄连之子黄芪、黄芩和黄丹,黄连之弟黄环及其子黄寮郎。其父子兄弟五人,曾有合战西域国王巴嗒杏之功,并将其杀得大败。巴嗒杏即巴旦杏,产自天山,古时亦称偏桃、偏核桃、婆淡树,也有称巴旦姆的。观巴嗒杏,实为新疆维吾尔语音译。新疆巴旦杏是从古波斯传入。我国种植巴旦杏,从唐朝开始,有一千三百多年的历史。在《岭表录异》《艺苑卮言》《本草纲目》中均有记载。《本草纲目》载:"出回回旧地,今关西诸土亦有。树如杏而叶差小,果亦尖小而肉薄,其核如梅核,壳薄而仁甘美,点茶食之,味如榛子,西人以充方

① (清)汪价撰:《草木春秋·自叙》,据山东大学图书馆藏刊本景印,见《古本小说集成》,上海古籍出版社1994年版。

物。"又载其药性曰："气味甘、平、温，无毒。主治：止咳、下气、消心腹气闷。"①黄连主苦，而巴嗒杏主甜，二者正相克。

作者写每一个人物的性格，亦是充分考虑到了其所代表这一味草药的性能。如写黄连，则曰："为人忠直，温诚性冷。"写杜若，则曰："面色晦而青。"写甘蔗，则曰："面皮青亦厚。"写甘草，则曰："面黄长髯，性温主和。"胡椒国敌将有号曰"九皮将"者，分别为：白藓皮、海桐皮、大腹皮、牡丹皮、榆白皮、地骨皮、石榴皮、川桦皮、柞木皮。汉将黄连、石韦、杜衡等九人分别迎战，汉将刀砍、枪刺九皮将，皆不能伤之，反而折损了上将徐长卿，军师决明子只好收兵。后来，覆盆子设计以火攻之，方将九皮将战败。观此破敌之法，也是与医理相符的。所谓树皮的九味药，当然怕火燃烧了。

以中草药命名汉将与贼将、番将，其所分别者，唯在药性。汉将乃正统，主和，又忠诚、仁爱，故用刘寄奴草等命名。关于刘寄奴草，《野菜博录》曰："野生姜，《本草》名刘寄奴。生山野中，茎似艾蒿，长二三尺余，叶似菊叶，瘦尖，开花白色，结实黄白色，作细筒子蒴儿。叶味苦，性温无毒。"②刘寄奴草的命名，还有一段传说。李清《南北史合注》云："高祖尝负刁逵社钱三万，经时无以还，被逵执谧密以己钱代偿，得从伐获新洲。遇一大蛇，长数丈，射之。明日，往闻杵臼声，寻之。见童子数人，皆青衣于榛林中捣药。问其故。答曰：'我主为刘寄奴所射，今合药敷之。'裕曰：'神何不杀之？'曰：'寄奴，王者，不可杀也。'裕叱之。童子皆散。乃收药而反。每遇金疮，敷之即愈。人因称此草为刘寄奴草。"③《本草纲目》谓其药性曰："气味苦、温、无毒，主治破血、下胀，多服令人下痢。"而番将以下犯上，负有欺君之罪，故用巴荳大黄等命名。关于巴荳，乃有毒植物，其毒性为全株有毒，而种子毒性尤其大。《本草纲目》载其药性曰："气味辛、温，有毒。"关于大黄，《本草纲目》载其药性曰："气味苦、寒。"④看来，用中草药来命名汉家忠臣良将与番邦贼将，其所分别者在中草药有毒无毒、性温性寒等。要之，从全书人物命名、人物性格与药性的关系、敌我双方将领与药性的关系来看，《草木春秋》确实庋藏了作者的中草药才学知识。

---

① （明）李时珍撰：《本草纲目》卷二十九，《文渊阁四库全书》第七七三册，台湾商务印书馆1986年影印。

② （明）鲍山撰：《野菜博录》卷二，《文渊阁四库全书》第七三一册，台湾商务印书馆1986年影印。

③ （清）李清撰：《南北史合注》卷一，清代抄本。

④ 以上所引（明）李时珍《本草纲目》材料分别见于卷十五、卷三十五、卷十七。《文渊阁四库全书》第七七三册，台湾商务印书馆1986年影印。

　　其次,意主忠义,旨归劝惩。《水浒传》和《三国演义》是两部优秀的古典小说。这两部作品的题材虽殊,一是写帝王将相并歌颂圣君贤臣,一是写绿林人士并歌颂英雄豪杰。但是,这两部作品写的都是忠义之士、仁义之士。是故,明人熊飞和杨明琅将两部小说合刻,题曰《英雄谱》,视之为姊妹篇,并评曰:“意主忠义,而旨归劝惩。”①笔者认为,这一“意主忠义,旨归劝惩”说,不妨来评价《草木春秋》一书。

　　《草木春秋·自叙》曰:“夫刘寄奴之为汉朝仁德之君,固矣! 巴荳、大黄之为番邦狼主,亦固矣! 至若巴荳、大黄负欺君之罪,而竟以干戈犯界,轰轰烈烈,何等威暴,致使异人并起,各逞技术,奇幻成兵,此金石斛诚栋梁之材,父子竭忠效命,暨诸将士皆尽握赤心,努力汗马,卒乃邪正不胜,一朝摧败,不亦天乎?”②可见,是书对仁政的向往,对忠义之士、仁义之士的推许,作者是已言明了的。《草木春秋》为了表达这一创作本旨,其所采用的是结构方法是忠奸对立的二元模式,既有良将忠臣金石斛、黄连等与草贼天竺黄、天门冬等的对立,也有汉家君臣与番邦郎主的对立。

　　《草木春秋》中,曾两次写到蜀椒山的草寇:前者为天竺黄、郁李仁等;后者为天竺黄之族弟天门冬、天花粉及马兰、杨卢、米仁等。天竺黄为元帅金石斛、先锋金樱子所剿,天门冬为大将黄环、黄寮郎、石龙芮等所剿。而观这两伙强人,确实是为非为歹之徒,无一点仁义之心。如天竺黄曾强抢金石斛之女金银花,逼其投河;天门冬欲乘汉家天子刘寄奴征讨胡椒国之机杀去京都,抢夺天子之位。是故,书中丝毫没有写到欲招安这两伙强盗之意。要之,剿盗即是惩盗,惩盗即是劝世。

　　汉家天子刘寄奴,作者不止一次称其为仁德之主。而当其御驾亲征时,也是先派使者甘草前去讲和,而胡椒国不但不和,接连夺取地黄关、龙骨关,还声称要夺汉家天下。是故,刘寄奴大举进军征剿。再看刘寄奴对敌国俘虏,采取的是招降的办法,并没有为了报仇而丧心病狂,滥杀无辜。如其对大将柴胡,不仅招降之,而且封之为上将军;与此形成鲜明对照的是那进犯中原的巴荳大黄,在擒拿了苏方木后,竟残忍地将其杀害。

　　在威灵仙、决明子、女贞仙等帮助下,汉家天子刘寄奴及各路将军经历三年的浴血奋战,终于打败了胡椒国。胡椒国国主巴荳大黄与西域国王巴嗒杏将投降议和时,刘寄奴不但准其议和,而且是善言相劝、以礼相待,展示

---

①　丁锡根编:《中国历代小说序跋集》,北京:人民文学出版社 1996 年版,第 906 页。
②　(清)汪价撰:《草木春秋·自叙》,据山东大学图书馆藏刊本景印,见《古本小说集成》,上海古籍出版社 1994 年版。

了大国之君的仁义之怀。还是那巴荳大黄上表纳降的表文说的明确："伏惟胡椒番国主无理太甚，自恃强暴兴兵，有犯天朝，致汉天子亲自劳神远来征伐。理宜撤戈卸甲以来服降，奈众将士抵死欲战，兹有此败。臣罪该万死，赖汉天子仁慈厚德，以准投降。今特供明珠二车，珊瑚二车，琅五千，玛瑙四车，犀角、玻瑙二车，共计八车，外有波罗蜜几十担以奉献圣天子，略表微意，申此诚心。"作者借番邦国主之口大大地称赞了汉家天子刘寄奴的仁德，表达了作者对忠义、仁义的向往之情，则其劝惩之意亦寓焉！

最后，寄托立功勋、定华夷的价值观念。无论从哪个方面说，《草木春秋》都在一定程度上表现了汪价的民族思想，寄托其立功勋、定华夷的个人价值诉求。考汪价的身世，经历了明亡的重大变故，而且其家乡又有"嘉定三屠"这样的民族大耻。这不可能不给汪价的思想带来影响。是故，汪价创作《草木春秋》这样的庋藏中草药才识的小说来略寄感慨。这只要从番邦郎主的命名曰巴荳大黄，而其元帅名曰天雄、军师名曰高良姜即可看出作者的微言大义。周拱臣曾撰有《离骚草木史》，其自叙云："草木之中有君子焉，有小人焉。——比其类而暴其情，使萧艾、葰葹知所顾忌，而不敢进。而与兰芷江蓠竞德，凛凛乎衮钺旨也。以治草木还以治草木者治人，是所望于灵修者挚焉尔，若夫窃取之义，予则何敢？夫固曰：'风木之酸泪，草莽之孤愤，所攸寄焉尔也。'稗官野乘，聊寓荒衷。篇中之草木禽鱼，其有以罪我也，夫其有以知我也夫。"[①]汪价以草木中"君子"为汉天子及其将帅命名，而以草木中的"小人"为胡椒国、西域国国主及将帅命名，其意亦与周拱臣的观点相同。

汪价的《草木春秋》一书，曾为晋人郭廷选改编为戏剧《草木传》，至《草木传》的具体问题，上文已详考，不再赘述。在《草木传》一剧中，郭廷选借剧中人物甘草云："我要想立功勋，与国同休。常欲想定华夷，朝居一品。"[②]这"立功勋"与"定华夷"不仅是郭廷选略以寄慨之所在，而且也是汪价久郁心中的抱负与志向。

《草木春秋》与《草木传》一样，也上演了一出番汉大交兵的龙虎戏，作者安排汉家天子刘寄奴御驾亲征，而从征的大将军亦是金石斛及其子金樱子、金铃子，女儿金银花，还有黄连父子兄弟五人，还有仙人如威灵仙、决明子、覆盆子等，最后攻入胡椒国，迫使巴荳大黄递上降书顺表，从此番汉讲

---

① （清）周拱臣撰：《离骚草木史》，《续修四库全书》第一三○二册，上海古籍出版社2002年影印，第75—76页。

② （清）蒲松龄著，路大荒编：《蒲松龄集》，上海古籍出版社1986年版，第1704页。

和,永无征战。

　　要之,作品中对敌我双方将领以药性为据的命名,采用忠奸二元对立的审美结构方式,其寓意已明矣。那就是不仅在于意主忠义,旨归劝惩,而且也在于表现作者立功勋、定华夷的理想与抱负。

第七章　董说与《西游补》创作考论

对于董说的小说《西游补》,学界还鲜有从才学角度对其进行研究者。董说(1620—1686),字若雨,号西庵,后出家为僧,法号漏霜,改字南潜,一字月涵。晚明诸生,浙江乌程南浔人。曾加入复社,受业于复社领袖张溥,并从事反清活动。董说天性颖悟,博学多能,著述宏富,多至百余种,涉及领域包括佛学、易学、史学、诗歌和小说等。董说中年出家为僧,交游甚广,为当时名士。《明诗综》有文云:"以云游四方,浮湘上衡岳,至长沙见陶如鼎,倾盖言欢。晤寓公黄周星,曰'此古伤心人也',展《桑海遗民录》,黯然而别。已归吴中,主古尧峰宝云院,时往来于洞庭之西小湖及浔溪补船庵之间。"①至其所创作的小说名著《西游补》,实为明末清初一部著名才学小说,下面便从小说作者、家学、小说所展示才学及其与《西游记》的关联等几方面展开论述。

一、董说作《西游补》新考

关于《西游补》的作者,目前学界有三说,或认为董斯张,或认为董说,或认为董斯张与董说父子合著。认为作者为董斯张的有高洪均《〈西游补〉的作者是谁》②、傅承洲《〈西游补〉作者董斯张考》③、王洪军《董斯张:〈西游补〉的作者》④三家;认为作者为董说的有冯宝善《也谈〈西游补〉的作者》⑤、徐江《董说〈西游补〉考述》⑥、苏兴《〈西游补〉的作者及写作时间考辨》⑦、赵红娟《董说作〈西游补〉新证》⑧等几家;而认为作者为董斯张、董说

①　(清)汪曰桢著:《南浔镇志》卷一二,清代道光间刊本。
②　高洪均著:《〈西游补〉的作者是谁》,《天津师范大学学报》1985 年第 6 期。
③　傅承洲著:《〈西游补〉的作者董斯张考》,《文学遗产》1989 年第 3 期,第 120—122 页。
④　王洪军著:《董斯张:〈西游补〉的作者》,《广州大学学报》2003 年第 8 期。
⑤　冯宝善著:《也谈〈西游补〉的作者》,《明清小说研究》1988 年第 2 期,第 235—240 页。
⑥　徐江著:《董说〈西游补〉考述》,《中国社会科学院研究生院学报》1993 年第 4 期。
⑦　苏兴著:《〈西游补〉的作者及写作时间考辨》,《文史》第 42、43 辑,第 245—263 页,第 225—239 页。
⑧　赵红娟著:《董说作〈西游补〉新证》,《文学评论》2005 年第 4 期,第 128—132 页。后收入《明遗民董说研究》一书,2006 年版第 394 页。

父子合著的尚有田干生《〈西游补〉作者之谜》①一家等。

　　其实,认为《西游补》作者为董说,最早见于清人钮琇(?—1704)的《觚賸续编》,其文云:

　　　　吴兴董说,字若雨,华阀懿孙,才情恬旷。……每一出游,则有书五十担随之。虽僻谷之深,洪涛之险,不暂离也。余幼时曾见其《西游补》一书,俱言孙悟空梦游事,凿天驱山,出入庄老,而未来世界历日先晦后朔,尤奇。②

钮琇亦好稗史,其《觚賸》即为著名小说集。这里,钮琇所言甚明,董说著《西游补》是毫无疑问的。

　　董说的《西游补》之所以出现作者创作权归属问题,是因为《西游补》的最早刊本题署为"静啸斋主人",并不是直接题署作者董说,或董斯张。静啸斋曾是董斯张的书斋名,而董斯张所著诗文集亦以此名之,如《静啸斋呓语》《静啸斋存草》等。但问题是董斯张卒于崇祯元年(1628),其生平事迹与是书所写"青青世界"内容不谐。又,董斯张未卒时,此静啸斋是董斯张教子之所,董斯张卒后,此书斋由董说继承,自然也就成了董说读书撰文之地。《丰草庵前集》卷一有董说撰《赵长文先生〈乍醒草〉序》,有文云:"余童子时,性又不与诸童子等,绝不好晚起,星粲粲且栉且沐。于是先子大忧,儿若此,惫矣。属先生令晚起,久之勿改。属先生苦余,令晚。顾先生勿忍苦余也,则书以戒,'自是后童子不日出不得出'。悲夫,静啸斋东壁上一十一字,点画不改,先子墓木已拱。"③《楝花矶随笔》亦有文云:"丁丑戊寅间(1637—1638),有茗上知交赠联在静啸斋,云'振衣千仞冈,濯足万里流'。浔中陈茂老见之,言'此未到君语,须异时'。"④皆可说明董说拥有静啸斋,在这里读书会友、谈诗论文。不仅如此,后来,静啸斋甚至还成了董说之子的读书处。董说《志园记》云:"癸未(1643)之岁,余数有玄怪梦游,感而作《梦乡志》……其明年,湖上虞圣民氏馆静啸斋,授诸子邹鲁圣贤遗文。"⑤

---

① 田干生著:《〈西游补〉作者之谜》,《文史杂志》2003 年第 2 期。
② (清)钮琇著:《觚賸续编》卷二,清康熙三十九年刊本。
③ (清)董说撰:《丰草庵前集·乍醒编》,《四库禁毁书丛刊》集部第三三册,北京出版社 1997 年影印,第 81 页
④ (清)董说撰:《楝花矶随笔》一卷,清代手钞本。
⑤ (清)董说撰:《丰草庵前集·七耀编》,《四库禁毁书丛刊》集部第三三册,北京出版社 1997 年影印,第 116 页。

则此静啸斋是父传以子,子又传子,为董说家族世代所有。章培恒先生曾指出明末清初人有可以沿用亡父的室名的习惯,甚至可以自号为此室主人。①因此,单纯从"静啸斋主人"这个号来判定《西游补》作者是董斯张,证信明显不足。

直接证明《西游补》作者为董说,除钮琇言之凿凿外,尚有董说自著诗文可证。董说《丰草庵诗集》卷二有《丰草庵漫兴》诗十首,其四云:"依旧蘋江白雁飞,汉官仪借绿蓑衣。箧中尺素人存殁,志里名山今是非。垂柳门添新钓影,问樵矶长旧松园。西游曾补虞初笔,万镜楼空及第归。"并于腹联自注云:"鹿山草阁,旧名问樵。"尾联自注云:"余十年前曾补《西游》,有《万镜楼》一则。"②是诗作于顺治七年(1650)庚寅,则所谓"十年前"当是明崇祯十三年(1640)庚辰。观此,则可确知《西游补》的作者为董说,而其创作时间则是崇祯十三年,③此时距明亡仅差四年的时间。

值得一提的是,赵红娟女士所撰《西游补作者董说新证》一文中,指出《西游补》中的三条内证,④来证明作者为董说,这三条内证包括董说的散文创作手法、《西游补》小说梦境的描写和创作思想观念等,论证有力,考核详博。其实,运用《西游补》中的诗文创作、描写方式及小说主题来证明《西游补》小说语言特色、创作思想与董说的《丰草庵集》诗文创作的关系,从而证明小说为董说创作,还是从小说所蕴含才学识的角度来论证的。是故,笔者将从小说记录才学识的角度来重新认识这一重大问题。

二、董说先祖世系及姻亲考

董说有个令其骄傲的先祖,叫董贞元,北宋末年因忤逆当国者蔡京而罢官,便归隐湖州乌程县梅林村,遂为梅林董氏。又因其好梅,人称梅花董公。董说尝撰《林氏释》,叙其行实甚详,其有文云:

　　我始祖贞元公,宋金紫光禄大夫,艮岳方兴,抽簪远逝,卜筑苕溪梅

---

① 章培恒著:《董说研究序》,见《明遗民董说研究》,赵红娟著,上海古籍出版社2006年版。
② (清)董说撰:《丰草庵诗集》,《四库禁毁书丛刊》集部第三三册,北京出版社1997年影印,第15页。
③ 关于《西游补》成书时间,鲁迅《中国小说史略》推测为明亡前。鲁迅文云:"全书实以讥弹明季世风之意多,于宗社之痛之迹少,因疑成书之日尚在明亡前。"而黄人《小说小话》则认为作于明清鼎革之后,说董说"身丁陆沉之祸,不得已遁为诡诞,借孙悟空以自写其生平之历史"。
④ 赵红娟著:《西游补作者董说新证》,《文学评论》2005年第4期,第129页。

村。地富梅花,公草堂之侧有异梅,夭矫独立铁杆,锵锵金石声。碧叶如掌,下可覆小渔村。公赋诗曰:"三槐九棘浮云外,一树寒梅寄我心。"盖纪实也。公殁,而人称梅花董公,子孙私谥曰梅林先生。而一时江左高人杖履道梅村,望先生之故庐,皆叹慕梅林董氏,遂名其里曰梅林。①

董说对这个先祖敢于反抗蔡京不仅引以为自豪,甚至到了崇拜的程度,就连给同里张氏的《家谱》作序时,还念念不忘自己的先祖。其《木香张氏谱序》有文云:

　　余家故居梅林,号梅林董氏。梅林者,宋金紫光禄大夫贞元公,当蔡京执政,弃官徙乌程梅村,与老梅为邻。梅相奇古,其上皆成龙虎鸾凤之象。下可坐三百人,当布叶如绿云垂天。公《述志诗》曰:"三槐九棘浮云外,一树寒梅寄吾心。"遂终身梅隐。高宗南渡,车驾驻梅树下,饮酒赋诗而去。田间民未尝见天子,幸上来,名曰"上林",亦号上林董氏。②

董说之所以这样看重他的先祖和梅林董氏,除了先祖的这种不屈权势的气节外,还另有隐情。原来宋高宗赵构南渡时,曾驻跸于此处的梅树之下,董氏梅林因而又叫上林。无疑,宋高宗赵构南渡并立国临安的史实会给处于晚明以及南明时期的董说以巨大的民族情感的慰藉。因此他在《林氏释》中又进一步说道:

　　高宗南渡,驻跸宴赏,感旧京之榛莽,嘉老臣之忠哲,于是易名曰上林,而桥其庐之东曰迎阳,名其西桥曰御驾。当是时,车马轧然西村也,故名其西曰轧村。刘如一作《上林赋》云:"上林之墟,大为膏腴。南临官道,北绕具区。迎阳东回,御驾环西,中有董园十丈之梅,实为海内千载之奇。"③

---

① (清)董说撰:《丰草庵前集·文苑编》,《四库禁毁书丛刊》集部第三三册,北京出版社1997年影印,第135页。
② (清)董说撰:《丰草庵前集·苕文编》,《四库禁毁书丛刊》集部第三三册,北京出版社1997年影印,第100页。
③ (清)董说撰:《丰草庵前集·文苑编》,《四库禁毁书丛刊》集部第三三册,北京出版社1997年影印,第135页

又,董说中岁出家,虽抛弃红尘,但还是念念不忘家族之盛事。其在《宝云诗集》中又多次咏及先世梅林——上林之典,如:"轧村留辇到,家乘记梅花。"(《天到桥》)"传戚僧宝分家乘,集汇梅林补玉州。"(《先太史墓下作奇帏孺》)"僧宝分钞珍旧事,始知北宋出真贤。"(《晴雪中题二子岁寒诗本》)①

董贞元所隐居的梅林村位于现在的湖州市织里镇,董说先祖一直在这里居住。至董说八世祖董仁寿时,始迁居湖州市南浔镇,并占籍,遂为南浔董氏,时间就在元末明初的农民大起义时期。董说在《木香张氏谱序》言:"我仁寿公始居浔溪,及余之身八世矣。梅林渺渺,古树凋落。"董说的父亲董斯张曾著《吹景集》,其卷二有文云:

> 始祖仁寿公自梅林迁浔上,里中呼为三老董公。胜国之季,行中书省三辟之,公叹曰:"龙不隐鳞,达者深痛。吾婚嫁幸了,絓影人间,复能持手板看他人鼻息乎?"竟不应,遂凿石为船,以见志。曰:"此船可烂,吾其出矣。"性喜吟咏,曾和中峰梅花诗百首,嘉靖中惜毁于火。②

则董仁寿至董说八世世系分别为迁南浔镇第一世董仁寿,第二世为董铎,第三世为董庠,第四世为董环,第五世为董份,第六世董道醇,第七世董斯张,至董说则为第八世,始由明入清。

从董说曾祖董份起,即南浔董氏第五世,董说家族即以词林起家,三代四进士,一时称雄浙省,成为著名的文化世家。董份(1510—1595),字用均,号浔阳山人。嘉靖十六年(1537)中举,嘉靖二十年(1541)成进士,授翰林院编修,累官至礼部尚书兼翰林学士。董份擅史学,著有《史记评抄》《汉书评抄》《后汉书评抄》等,诗文集有《泌园集》三十七卷,收入四库全书,明代状元宰相申时行为之作序。董份因为一些原因,卷入奸相严嵩一党,致使后世学者鄙其为人。其实,他以青词献媚皇上,与严世蕃之流合作,当时因势而情非得已,晚年觉得有辱圣教斯文,而深以为恨。故其病故时,嘱其后人:"毋书故官,以白布三尺题曰'耐辱主人'。""耐辱"二字意味深长,给人留下无穷遐思,叹恨无穷。有学者比较董说与其曾祖董份,说两人个性正好

---

① (清)董说著:《宝云诗集》七卷,《四库禁毁书丛刊》集部第三三册,北京出版社 1997 年影印,第 189—196 页。

② (清)董斯张撰:《吹景集》,《续修四库全书》第一一三四册,上海古籍出版社 2002 年影印,第 23 页。

相反,董份"圆滑""少亢直",而董说"奇崛不俗"。① 其实,从董份晚年的自号"耐辱"来看,董份亦绝非寻常俗人可比。因此,申时行《泌园集序》有文云:"则公之生平蕴抱,盖有忧郁约结而不伸者,何暇遑词人之业争雄闻捷于瓠翰之场? 固知公不欲以空文自见者也。"②申时行与董份有师徒之谊,他应该是了解他的老师董份的。他说董份实有经世怀抱,不徒以空文自见,然而最终郁结不伸,实有情非得已的原因。

虽然,有人比较董份与董说二人之优劣,但董说本人对这个先祖还是充满尊敬之情的。董说出家后,一次拜谒董份墓,并作诗云:"肃皇礼乐古无俦,赐马争传天路游。凤翥鸾翔文六世,西清东观史千秋。"③从诗中完全可以看出董说对这个先祖评价甚高。董份妻吴氏,为吏部尚书吴鹏之女。吴鹏(1500—1579),字万里,号默泉,浙江秀水人,嘉靖二年(1523)进士,授工部主事,曾出使安南,累官至吏部尚书。著有《飞鸿亭集》。董份之婿徐泰时(1540—1598),原名三锡,字大来,号舆浦,长洲人,万历八年(1580)进士,累官至太仆寺少卿,其所建之留园为苏州著名园林。徐泰时婿范允临(1558—1641),吴县人,亦为进士,明代著名画家,与董其昌齐名,著有《输寥馆集》。范允临曾撰《董嗣成行状》,其中叙述董份的平生事迹较详。④

董道醇,董份之子,董说之祖,字子儒,号龙山,万历元年(1573)癸酉举人,万历十一年(1583)癸未成进士,著有《董黄门稿》。朱国桢为其作《序》,董斯张作跋。《董氏文萃》卷一收其诗十首,评曰:"不欲徒以文胜,而诗特沉郁顿挫,书法遒劲。"⑤董道醇娶妻茅氏,即董说之祖母,为唐宋派古文领袖茅坤之女。茅坤(1512—1601),字顺甫,号鹿门,浙江吴兴人,明代著名的散文家、藏书家,嘉靖十七年进士,兼通文武,累官至广西兵备佥事、河南副使。著有《茅鹿门集》。提倡学习唐宋古文,反对文必秦汉,其所选《唐宋八大家文钞》至今犹为学界大力称道。

董道醇有子六人:董嗣成、董嗣茂、董嗣昭、董嗣昕、董嗣昈、董嗣暲(斯张)。其中董嗣成、董嗣昭亦为进士。周庆云《南浔志》卷一八有董嗣成小传,其文云:"天资颖敏,工诗文,精六书,尤善草圣。年二十,举万历己卯乡

---

① 赵红娟著:《明遗民董说研究》,上海古籍出版社2006年版,第6页。
② (明)申时行撰:《泌园集序》,见《董学士泌园集》卷首,董份撰,《四库全书存目丛书》集部第一〇七册,齐鲁书社1997年影印,第5页。
③ (清)董说著:《宝云诗集》七卷,《四库禁毁书丛刊》集部第三三册,北京出版社1997年影印,第190页。
④ (清)范允临撰著:《输寥馆集》,《四库禁毁书丛刊》集部第一〇一册,北京出版社1997年影印。
⑤ (清)董熄辑:《董氏诗萃》卷一,乾隆十年刊本。

试,明年庚辰进士,廷对二甲第一,授礼部仪制司主事,晋精膳司员外郎。"董嗣成为官耿介,与其乃祖不同,曾倡言立储削藩,以妄言获罪。家居时,喜读史书,读至冯谖《请市义策》,遂谏之祖董份曰:"大人所设义仓,意在惠此一方耳,盖亦推广盛事! 诸所置田园庐舍,剖其什三以予民,否则量其值而予之金,庶几积而能散。"董份称曰:"善。"①董嗣成著述有《星槎纪事》《光禄遗编》《三游稿》《礼部札稿》《青堂集》等。董嗣成妻徐氏,即徐泰时之子徐继斋女,董份之外女,董嗣成之表妹。徐继斋,亦进士,累官至尚宝司卿。

董嗣茂,副贡,生平不显。董嗣昭,字叔弢,号中条,二十一岁即中进士,在礼部观政时,不幸病逝。董嗣昕、董嗣昺均擅诗画,然亦均早卒。

董斯张(1586—1628),董说之父,行六,一名广曙,原名嗣暲,字然明,号遐周,又号借庵。廪贡生。董樵、董耒尝撰《遐周先生行略》,载于《静啸斋存草》,述董斯张生平甚详。董斯张著述甚富,有短篇小说集《广博物志》、随笔《吹景集》、诗集《静啸斋存草》等。董斯张学问渊博,通经学、史学、文字、音韵等,而其诗名尤其显著。董熳《董氏诗萃》评曰:"大抵古瘦则穷追秦汉,冲淡则兼采大历、会昌,怪丽则出入飞卿、长吉,务期自成一家,不袭前哲。"②韩曾驹为其诗集撰《序》,亦评曰:"然则诗固不足以穷先生也。世人之穷而怀悒抑也,虽藉草茵花轻、肥豪举对之常,若有清凄憔悴之况,令人神伤。此天地之秋气也。昌黎所谓不平之鸣,欧阳所谓穷而后工者也。夫不备四时之气,不可以言诗。则读先生诗者,慎毋以其穷也,而但以秋心相向乎?"③董斯张妻沈氏,为大司空沈儆炌之女。沈儆炌,字叔永,归安人,万历十七年进士,官副都御史,云南巡抚。继配屠氏,屠庚朏兑之女。侧氏施氏,董说即侧室施氏生。再,据《南浔志》,董斯张著述尚有《吴兴艺文补》《吴兴备志》二书。

湖州董氏,从宋室南渡以来,因高宗幸临,其族人皆引为高门崇第,每遇换代之际,皆有守身不仕之辈。如董仁寿由元入明,朝廷屡次征辟而不就,遂凿石船名志;董说由明入清,则披发入山,潜身寺庙,以表绝仕清廷之意志。再,董氏家族作为文献世家,自董份起,以经、史、易三学为家学,且家族代代皆好诗文,足称诗文传家,加之姻亲的互相影响,如茅坤古文学的影响。是故,董氏文化世家的家学特色及家庭教育,必会反映到他的创作中,尤其是小说《西游补》之中。

---

① 周庆云纂:《南浔志》,民国十一年刊本。
② (清)董熳辑:《董氏诗萃》卷一,乾隆十年刊本。
③ (清)董斯张撰:《静啸斋存草》,《四库禁毁书丛刊》第一〇八册,北京出版社1997年影印,第4页。

三、董说家学与《西游补》庋藏才学

董说非常重视家学家风的培育与发展,尤其重视家乘的纂修,认为此二者事关天下教化和人才培养。董说撰《泌园会业序》一文,论之甚详,颇能给人启发。其有文云:

> 家学废,天下无人才;家乘废,天下无善俗。何谓家学废天下无人才? 父兄诏子弟以布衣为辱身,子弟懔懔承教,一旦乘轩,可幸无罪。读书十年不知所学,天下霸绮丽则业丹青,天下尊荒僻则业鬼神。飞而逐俗,为道屡迁;鹦鹉学舌,求人髽髻。夫丈夫戴天志如江河,古无苍颉身造六书,奈何为人父兄驱子弟为鹦鹉哉? 己有利剑,不试牛马;他人陈言,宝于夏璜。文章坠地,习见勿怪。积家成乡,积乡成国,故曰家学废天下无人才。何谓家乘废天下无善俗? 家乘之作,有谱有传,勉其后人。家传尤重,砥节砺行;风立百世,道德可传。岳岳大勋,金石旌旗。名业可传,倦世飞遯;身沉志升,高逸可传。言满天下,星辰争光。文人可传某某,特书简牍,为世法程;某某草木腐殁而无闻。或传或否,一辱一荣。积家成乡,积乡成国,家各有谱,谱各有传,则人人不寒而栗,有身后名之思。当今天下之所忧,在人人无身后名之思也。故曰家乘废天下无善俗。①

董说认为建立家学,事关天下人才和国家兴衰,于是倡义"家家兴家学",并以编纂家乘以引领之。同时,董说又为建立家学提出具体的对策与方法。比如公推一人以司家学之职,称之曰司学,这有些类似于今天的校长。还具体制订了家学目标和教学大纲。比如以养心、蓄气和治声为三宗,以《尚书》《诗经》《周易》《礼记》《乐记》和《春秋》为六本,以"枝叶、因人、径路、慢忽"为四禁,以"制义、策对、论议、经解、笺表、杂拟"为六科。每年在一定的时间举行献文活动,谓之岁业。如果献文不符合格式,悖于"三宗六本",称之曰"此非我家之文也"。而有才高岳镇、气蒸海渎、舒为云霞、鼓为雷霆,曰"此我家之文也"。并且著录于家乘,这样不过数年,则家学会有小成。然后依才之高浅或试于郡邑,或试于乡,而不中者,则责有司之过也。

---

① (清)董说撰:《丰草庵前集》,《四库禁毁书丛刊》集部第三三册,北京出版社 1997 年影印,第 102 页。

董说认为如果家家如此重视家学，则一定会达到"人才盛而学校兴"的局面。

从董说家族来看，其家学表现为尤注重经学、易学与史学，比如董份、董斯张、董嗣成以及后人董汉策、董闻京、董丰垣等，均有史学、易学方面的学术著作传世。① 而董说本人，除诗文、小说外，更是肆力于易学与史学，据考证董说著述多达一百种，对于易学、史学方面，则按其编年有《史记丙子评本》《乍醒编》《浔收》《辛壬杂著》《七国考》《昭阳梦史》《二代文献》《史记癸未评本》《闻书野语》《周礼纬》《易发》《易运》《地易编》《九宫编》《六书发》《河图卦版》《洪范变》《史记脉》等。董说所著小说除《西游补》外，尚有《昭阳梦史》《非烟香法》《楝花矶随笔》等。

关于《西游补》庋藏才学，学界尚无专文阐论。《续西游补杂记》记《西游补》内容，稍涉其行文与文采，如谓其文法绵密，有才人笔。曰："有起有讫，有伏案、有缴应、有映带、有穿插、有提挈、有过峡、有铺排、有消纳、有反笔、有侧笔、有顿折、有含蓄、有平衍、有突兀、有疏落、有绵密，且帙不盈寸。"如谓其文采，则文备众体，曰："诗、歌、文、辞、时文、尺牍、平话、盲词、佛偈、戏曲无不具体，亦可谓能文者矣。"

考查《西游补》所庋藏的才学，首先在于阐扬心性之学，表达自己对儒家、易学的哲思与体悟，初具义理派的规模与特色。关于《西游记》所蕴藏的心性说，自明代即有发覆，后来阐释者甚多，可谓汗牛充栋。究其因，实是王阳明的心学，即致良知的影响。关于这一点，谢肇淛《五杂俎》云："《西游记》曼衍虚诞，而其纵横变化，以猿为心之神，以猪为意之驰，其始之放纵，上天下地，莫能禁制，而归于紧箍一咒，能使心猿驯伏，至死靡他，盖亦求放心之喻，非浪作也。"②谢肇淛不仅指出书出猿与猪的意象的通感性，而且并未囿于王阳明心学范围，而是将此学说的源头推到先秦孟子学派那里。孟子尝云："仁，人心也；义，人路也。舍其路而弗由，放其心而不知求，哀哉！人有鸡犬放，则知求之；有放心而不知求。学问之道无他，求其放心而已。"③

那么，董说在《西游补》中又是如何阐说孟子的这一观念的呢？《西游补答问》中，董说自问自答，一语就道出了其所宗法在于孟子之学。其有文

---

① 董说著有《易运》《出震三易合表》，董说族侄董汉策著有《周易大成》，董说族孙董闻京著《复园文集》，董说裔孙董丰垣著《尚书大传》《竹书纪年辨证》等。

② （明）谢肇淛撰：《五杂俎》卷一五，《历代笔记丛刊》，上海书店出版社 2001 年版。

③ （东汉）赵岐注，（宋）孙奭疏：《孟子注疏》，十三经注疏本，中华书局 2009 年版，第5988 页。

云："问：《西游》旧本，妖魔百万，不过欲剖唐僧而俎其肉；子补《西游》而鲭鱼独迷大圣，何也？曰：孟子曰学问之道无它，求其放心而已矣。"于此，在《西游补》中，作者虚构鲭鱼精的故事予以演义，并塑造了一个青青世界，在这个世界里有个小月王宫，国王是一个书生，欲造风华事业，建十三宫六十四卦宫，配十三经和六十四卦。作者写孙悟空因被鲭鱼精所迷被困于此，而被自己真神救了出来，遍览十三宫六十四卦宫。其中引人注意的有三点。一是当孙行者被自己的真神救出来时，他反认作是六耳猕猴，举棒要打。二是孙行者欲尽览六十四卦宫而不能，便拔毫毛变做无数个孙行者前去观览，令其回来一一汇报，其中有一个毫毛行者被一个女子用酒灌得烂醉如泥。孙行者怒责道："你这狗才，略略放你走动，便去缠住情妖也？"三是在青天楼和关雎水殿，师父唐僧与小月王听《闺怨曲》《西游谈》等曲调。观此三点，皆与心、性、情相关锁，旨在求其真心。第十回回末总评云："救心之心，心外心也。心外有心，正是妄心。如何救得真心？盖行者迷惑情魔，心已妄矣。真心却自明白，救妄心者，正是真心。"第十一回回末评云："收、放心一部大主意，却露在此处。"可见，作者董说写孙行者"求放心"之旨即在"情""性"二字。因此在结尾，借行者之口说道："心迷时不迷。""心短是佛，时短是魔。"同时又借沙僧之口说道："妖魔扫尽，世界清空。"

　　而最具象征意味的是董说在《西游补》最后一回的结尾写一个村塾先生正在给学徒讲解"范围天地而不过"一句。是语原文为"范围天地之化而不过，曲成万物而不遗，通乎昼夜之道而知，故神无方而《易》无体"，出自《周易·系辞上传》。董说于易学亦是深有研究，这属于他的家学。他对于此句谈论"尽性尽命"当是十分清楚的，因为它言明如果尽心尽性，就要参赞天地，化合万物。故朱熹注云："此圣人至命之事也。"①当然，董说从儒家的角度谈论心性之学，亦是借助了佛家的外衣。董说在八岁时就曾接触到佛学，在闻谷大师的指导下阅读了心经。《丰草庵诗集》中有《故纸中忽见余八岁时手书梵册，因读先人示语，感而成咏》一题绝句二首。其一云："息心庵里梦初醒，二十年前是智龄。记得竹床残暑后，枇杷树下教《心经》。"诗后小注云："余八岁时，扳闻谷大师，锡名智龄。"董说即使是中年出家以后，其时已创作完成了《西游补》，他的儒家救世之心仍是不变的，比如董说出家以后，还在从事反清复明的事业。

　　董说在《西游补》中庋藏才学除了儒家的心性之学外，还讲论中国历史陈迹，表达自己的史学观念。可以说，董说尤好史学，据其自述，每阅读史书

---

① （南宋）朱熹注：《周易本义》，上海古籍出版社 1987 年影印，第 58 页。

时必当编年,比如集秦汉以来诗歌,编为《风雅编年》;集野史杂集、山经地志,事异正史等,编为《通鉴翼》等。在《西游补》中,董说主要评说了秦始皇、项羽、岳飞、秦桧、虞美人、绿珠、西施等人。过去有人评价董说的史学观念,认为是虚幻,有些虚无主义的色彩。如《续西游补杂记》有文云:

> 世出世间,喜怒哀乐,人我离合,种种幻境,皆由心造。心即镜也。心有万心,斯镜有万镜。入其中者,流浪生死而不自知,方且自以为真境。绿玉殿,见帝王富贵之幻;廷对秀才,见科名之幻;握香台,见风流儿女之幻;项王平话,见英雄名士之幻;阎罗勘案,见功名事业、忠佞贤奸之幻。[①]

其实不尽然。董说于评史中,明显表露了他的史家观念,即以史言志。第四回言秀才廷对,有人将廷对第一的好文章抄回,给大家念,道是:"振起之绝业,扶进之人伦;学中之真景,治理之完神。何则?此境已如混沌之不可追,此理已如呼吸之不可去。故性体之精未泄,方策之烬皆灵也。总之,造化之元工,概不得望之中庸以下;而鬼神之默运,尝有以得之寸掬之微。"董说借太上老君与玉史仙人的对话批评道:"老君道:'文章气数,尧舜到孔子是纯天运,谓之大盛;孟子到李斯是纯地运,谓之中盛;此后五百年该是水雷运,文章气短而身长,谓之小衰;又八百年轮到山水运上,便坏了,便坏了!'当明玉史仙人便问:'如何大坏?'老君道:'哀哉!一班无耳无目、无舌无鼻、无手无脚、无心无肺、无骨无筋、无血无气之人,名曰秀士,百年只用一张纸,盖棺却无两句书!做的文字更有蹊跷混沌:死过几万年还放他不过,尧舜安坐在黄庭内,不要牵来!呼吸是清虚之物,不去养他,却去惹他;精神是一身之宝,不去静他,却去动他。你道这个文章叫做什么?原来叫做纱帽文章。会做几句便是那人福运,便有人抬举他,便有人奉承他,便有人恐怕他。'"董说评文章,指出上古到秦汉有三变:大盛、小盛和小衰,应在天运、地运和水雷运。而到了六朝以至隋唐时期,则是大坏,应在山水运上,所写文章是为应举,并命其名曰"纱帽文章"。这是表现董说对科举及应制文的态度。

再比如董说评秦桧与岳飞,其态度之决绝、观点之鲜明,完全表现的是积极的人生态度,绝无半点功名虚无之感。第八回中写孙行者"半日阎罗决正邪",在阴间审秦桧诬告岳飞谋反之案。大引特引宋金议和之历史,指出秦桧置民族与国家之不顾,只顾自家性命与官职升迁,害死了岳飞。指明

---

① 见《西游补》卷首,上海古籍出版社1983年版。

秦桧位居宰相,其所包藏祸心表现为:"卖国倾朝,谨具平天冠,奉申白玉玺,以为揽政事之地,以为制天子之地,以为恣刑赏之地。"最后孙行者判其一字狱。而更耐人寻味的是,当孙行者见了岳飞后,纳头便拜,认其为第三个师父,与第一个师父须菩提祖师、第二个师父唐僧成"三教合一"。送予岳飞一偈语曰:"有君报君,为臣报国;个个天王,人人是佛。"是故,第九回回末评道:"问秦桧,是孙行者一时极畅快之事,是《西游补》一部极畅快之文。"

再次,《西游补》庋藏了大量诗歌文辞,表达了作者的文采风流。通观一部《西游补》,共得十六回,其所作诗歌文辞不下四十篇,计其文体有绝句、律诗、偈语、歌辞、古文、骈文、书启、诰敕、告示、哀诔、狱词等。诸多文体样式,汇于一书,可谓文备众体。论其价值,则不外乎起文、收文、过峡、伏脉、阐扬等。比如第一回绝句则有:"万物从来只一身,一身还有一乾坤。敢与世间开眇眼,肯把江山别立根?"开启本书十六回。律诗则有:"名花才放锦成堆,压尽群葩敢斗奇。细剪明霞迎日笑,弱含芳露向风欹。云怜国色来为护,蝶恋天香去欲迟。拟向春宫问颜色,玉环娇倚半酣时。"而偈语则有:"牡丹不红,徒弟心红。牡丹花落尽,正与未开同。"一是描写牡丹树之繁华,一为孙行者为情魔所摄伏笔。孙行者审秦桧案时,曾引《吊岳飞诗》,云:"谁将三字狱,堕此万里城?北望真堪泪,南枝空自萦。国随身共尽,相与虏俱生。落日松风起,犹闻剑戟鸣。"此诗不仅将审案收结,而且巧妙点出了董说对于秦岳二人的不同态度。

最后,董说在《西游补》中大量胪列稗语戏曲弹词平话等,借以展现自己的多能多识。比如在描绘莽撞楚王项羽之用情假虞美人时,大书特书其演讲平话,达到几千余字。其开头便道:"项羽也是个男子,行年二十,不学书,不学剑,看见秦始皇蒙瞳,便领着八千子弟,带着七十二范增,一心要做秦始皇的替身。……"再有写到关雎殿上,唐僧与小月王共听弹词,则其有文曰:"天皇那日开星斗,九辰五都立乾坤。眸日寻云前代迹,鱼云珠雨百般形。……图秦不就六国死,去秦称皇刻碣文。谁闻三世秦皇帝,人鱼烛尽海东昏。……"这种七字唱几达百句以上,近七千言。其内容十分凝练地讲述了唐前之历史和唐僧奉命西天取经之过程,无疑是全书的点睛之笔,具有隐括全书的作用。

四、《西游补》与《西游记》关系

《西游补》作为《西游记》的续书,二者的关系,前人与时贤一般认为《西游补》与《西游》前部没什么联系，是一部别开生面的自成体系的小说。游国恩《中国文学史》云："作者意图，并非为补《西游》而作，实际上是借孙悟空等几个形象和虚幻的情节，对明末的朝廷权奸和追求富贵功名的文人等进行嘲讽。"①其实，此种讽世之说亦是对鲁迅先生《中国小说史略》"讥弹明季世风之意"的敷演而已。此后像林佩芬、柴葵珍、杨子坚等学者均持此说，认为是书独立于原著之外，是另外的一部小说。② 当然也有持相反意见者，如赵红娟认为，"《西游补》实际上处在真正续书和新型续书之间，而更靠近新型续书"。③ 所谓"真正续书"，如《水浒后传》之于《水浒传》，《续金瓶梅》之于《金瓶梅》等，而新型续书则是指《金瓶梅》之于《水浒传》。其实，这种"中间型续书"的观念，采取的还是折中的态度，兼顾了两种续书的特点，故显得较为全面。

其实，《西游补》是董说按照《西游》前部的故事情节发展、人物特点和作品思想主旨创作的第"八十二个"西游故事，既没有游离于书外，也不是类似于《金瓶梅》一样的大大脱离了《水浒传》的忠义精神而转变为"反思北宋何以灭亡于金"④的续书。

首先，十分明显的是，这《西游补》十六回书是作为《西游记》第六十一回"猪八戒助力败魔王 孙行者三调八蕉扇"和第六十二回"涤垢洗心惟扫塔 缚魔归正乃修身"之间的插入性文字而存在的，属于插续文字。《西游补答问》中，董说采用自问自答的方式向读者自报出处道："《西游》之补盖在火焰芭蕉之后，洗心扫塔之先也。"⑤董说为了说明《西游补》是接续《西游》前部的，在《西游补》中还多次与《西游》前部"萦带"，表现二者之间的密切关联。如第一回中有"萦带"的文字两处，其文一为"我前日打杀得个把妖精，师父就要念咒；杀得几个强盗，师父登时赶逐"；二为"悟能这等好困，也上不得西天。你致意他一声，教他去配了真真、爱爱、怜怜"。第二回中有"萦带"的文字为"老孙几乎自家忘了，我当年在水帘洞里做妖精时节，有一兄弟唤做碧衣使者"。第四回中有"萦带"的文字为"那人道：'我姓刘，名伯钦。当年五山下，你出来的时节，我也效一臂之力'"。"孙行者呵呵

① 游国恩主编《中国文学史》册四，人民文学出版社 1964 年版，第 130 页。
② 分别见林佩芬《董若雨的〈西游补〉》，《幼狮文艺》第 45 卷第 6 期，第 216 页；柴葵珍《优美的荒诞 清醒的空幻——〈西游补〉初探》，《湖州师专学报》1989 年第 1 期；杨子坚《新编中国古代小说史》，南京大学出版社 1990 年版，第 185 页。
③ 赵红娟著：《明遗民董说研究》，上海古籍出版社 2006 年版，第 415 页。
④ 关于《金瓶梅》的主旨是"反思北宋何以亡于金"的观念，见业师张锦池先生的《中国六大古典小说识要》，人民文学出版社 2013 年版，第 304—305 页。
⑤ （清）董说著：《西游记答问》，见《西游补》卷首，上海古籍出版社 1983 年版。

大笑道：'老孙五百年前曾在八卦炉中，听得老君对玉史仙人说……'"以及第五回、第八回、第九回、第十回、第十一回、第十三回、第十六回等，均或显或隐地与《西游》前部"萦带"。于此，有的学者认为董说《西游补》这种萦带作用是为了唤醒读者对《西游记》的某种记忆。其实作者之意并不在此，他是为了营造《西游补》与《西游》前部是一体化的效果，表示二者是密不可分的。

其次，从内容上来看，在进入孙悟空三调芭蕉扇之前，唐僧师徒所经历的磨难有四十七难，在洗心扫塔之后所经历的磨难有三十一难。特别在三调芭蕉扇之前，比较突出的磨难有四圣显化、宝象国变虎、乌鸡国救主、车迟国赌胜、金兜山遇怪、真假猴王等，而涉及情根的主要有四圣试禅心和西梁女儿国留婚两回。但是董说认为西梁女儿国留婚一回演情根难渡所关涉的主要是唐僧，四圣试禅心一回演情根难渡所关涉的虽然也有唐僧在内，但主要还是猪八戒，基本不关涉孙悟空与沙僧，尤其是"心猿难收"的孙悟空。因此董说特意插续一段有关孙悟空在"青青世界中为情魔所迷"的故事以补此阙。而且董说在《西游补答问》中强调说："问：'《西游》旧本妖魔百万，不过欲剖唐僧而俎其肉。子补《西游》，而鲭鱼独迷大圣，何也？'曰：孟子曰：'学问之道无他，求其放心而已矣。'"董说设计"鲭鱼独迷大圣"一案，照其自己的说法，其目的是为了阐释一种心性之学，这当然是从哲学的角度来归纳《西游》旧本和《西游补》的主旨。《西游补》作为才学小说，其皮藏的才学首先就是阐扬儒家的心性之学，表达自己对儒家、易学的哲思与体悟。而这与《西游记》原书的风貌是完全一致的。又，从鲭鱼精迷大圣的目的来看，也不外乎"欲剖唐僧而俎其肉"，这与琵琶精的"分瓣梅花计"没有什么两样。因此，《西游补》主体故事的情节与内容并没有脱离《西游记》中九九八十一磨难的叙事框架结构。

再次，从《西游补》社会意识的讽世角度来看，他与《西游记》的精神是一脉相承的，诚如鲁迅先生所言"董说是借《西游补》来讥弹明季世风"的衰落。这不妨从两方面来看：一是对明皇室崇信道士的批评，如其写到项羽，毫无为君称王者之英豪之气概，当他为假虞美人所迷时，便不问青红皂白地斩杀了真虞美人，写出了他嗜杀残忍的本性。并且，为了治愈假虞美人的假疯魔病，竟叫黄衣道士来作法，口喷法水，念动真言，以退去妖氛。而更具讽刺意味的是，还强调了一句"一定要用最好的道士，省得再叫和尚来临"。很明显，这段描写是对明代中后期的朱姓皇帝崇信佛道两家的尖刻讽刺。再如，他写道青青世界的小月王因为崇信道教，竟然大兴土木，筑造万镜楼台和所谓六十四卦宫殿。细思"小月王""六十四卦宫殿"之意，董说的大义微言不也尽在其中了吗？二是对明末科举制进行批评。董说描绘在万镜楼的"天字第一号镜"时，首先呈现给读者的是一幅科考百丑图。如其写落榜者，则文云：

> 也有呆坐石上的，也有丢碎鸳鸯瓦砚，也有首发如蓬，被父母师长打赶，也有开了亲身匣，取出玉琴以焚之，痛哭一场，也有拔出床头剑自杀，被一女子夺住，也有低头呆想，把自家廷对文字三回而读，也有大笑，拍案叫命命命，也有垂头吐红血，也有几个长者费些买春钱，替一人解闷，也有独自吟诗，忽然吟一句，把脚乱踢石头，也有不许僮仆报榜上无名者，也有外假气闷，内露笑容，若曰应得者，也有真悲真愤，强作喜容笑面。

描写中第者，则文云：

> 或换新衣新履，或强作不笑之面，或壁上写字，或看自家试文，读一千遍，袖之而出，或替人悼叹，或故意说试官不济，或强他人看刊榜，他人心虽不欲，勉强看完，或高谈阔论，话今年一榜大公，或自陈除夜梦谶，或云这番文字不得意。

而更具讽刺意味的是，一甲所中三名，竟分别："第一名廷对秀才柳春，第二名廷对秀才乌有，第三名廷对秀才高未明。"联起来，恰是一句寓意极深的诗句，曰"柳春乌有高未明"。对于科举取士，董说可谓是深恶痛绝，他认为所取士子不过是一般"无耳无目、无舌无鼻、无手无脚、无心无肺、无骨无筋、无血无气之人"，恰是"乌有高""未明"。虽然名曰"秀士"，而究其实是"百年只用一张纸，盖棺却无两句书"。观董说之描绘科举百丑图，其对科举制讽刺的艺术高超，实不亚于清代的全椒人吴敬梓创作的《儒林外史》。当然，这种讽世态度与《西游》前部也是相通的。如《西游》前部写宝象国国王问群臣谁可降妖时，是"连问数声，更无一人答话"，文官如"泥塑"、武官如"木雕"，一旦有警，则"面面相觑，绝无人色，甚至互相推诿"。在《西游》前部每当写到猪八戒狼吞虎咽时，都要沙僧提醒，而猪八戒则每每大喊大叫："斯文、斯文，肚里空空！"若两相对照，会发现这前部与续书完全可以互相作为注脚，互相解释。

最后，从人物性格发展来看，也基本没有变化，遵循了原著中人物性格的发展逻辑。孙悟空依然十分促狭，爱跟师父讲偈语，好卖弄本领手段，爱使分身术,爱欺压土地神等,唐僧依然是好动乡关之思,遇到困难便禁不住掉眼泪,还是不能分辨真假妖怪,十分容易中妖怪的诡计。凡此都说明董说的《西游补》与《西游记》的密切关系。

五、《西游补》的艺术特色与思想主旨

《西游补》是一部有特别思想的才学小说。早在五四时期,黄人《小说小话》就曾将《西游补》与另一部才学小说《蟫史》并称,认为:"小说界中富于特别思想者,除《西游补》外,无能逮者,但不便于通俗耳。"①目前,学界关于《西游补》的艺术特色与思想主旨的研究,亦是不乏精辟之作。如向彪认为《西游补》是一部具有讽刺特色的小说,②这无疑是继承鲁迅先生的观点,于此台湾学者曾永义则将《西游补》的主题概括为:"通过佛家情缘梦幻的思想以寓现世讽刺之义。"③王通则提出《西游补》反主情的题旨,④朱萍则认为《西游补》兼具文人小说品格和游戏笔墨的特色,⑤而赵红娟甚至认为《西游补》是具有"世界新锐的现代主义文学"。⑥ 以上观点,无疑很有启发性。笔者于本节拟从作品的主脉、文备众体的审美特色及思想性质三个方面,对《西游补》的艺术特色与思想主旨进行探讨。

说文备众体是《西游补》的审美特色,这是显而易见。通观十六回《西游补》,其所作诗歌文辞达四十余篇,计其文体有绝句、律诗、偈语、歌辞、古文、骈文、书启、诰敕、告示、哀诔、狱词等。诸多文体样式,汇于一书,可谓文备众体。论其价值,则不外乎起文、收文、过峡、伏脉、阐扬等。比如第一回绝句则有:"万物从来只一身,一身还有一乾坤。敢与世间开眇眼,肯把江山别立根?"开启本书十六回。律诗则有:"名花才放锦成堆,压尽群葩敢斗奇。细剪明霞迎日笑,弱含芳露向风欹。云怜国色来为护,蝶恋天香去欲迟。拟向春宫问颜色,玉环娇倚半酣时。"而偈语则有:"牡丹不红,徒弟心红。牡丹花落尽,正与未开同。"一是描写牡丹树之繁华,一为孙行者为情

① 黄人撰:《小说小话》,见《晚清文学丛钞·小说戏曲研究卷》,中华书局 1960 年版,第 371—372 页。
② 向彪著:《〈西游补〉讽刺艺术初探》,《怀化师专社会科学学报》1978 年增刊。
③ 曾永义著:《董说的鲭鱼世界——略论〈西游补〉的结构、主题和技巧》,《中国古代小说研究:台湾香港论文选辑》,上海古籍出版社 1983 年版,第 240 页。
④ 王通著:《〈西游补〉思想与叙事艺术研究》,山西大学 2006 年度硕士论文。所谓反"主情"说,即对情的否定,认为情即妖魔也。
⑤ 朱萍著:《文人小说的理性高度》,《淮海工学院学报》2009 年第 12 期,第 27 页。
⑥ 赵红娟著:《明遗民董说研究》,上海古籍出版社 2006 年版,第 433 页。

魔所摄伏笔。孙行者审秦桧案时,曾引《吊岳飞诗》,云:"谁将三字狱,堕此万里城? 北望真堪泪,南枝空自紫。国随身共尽,相与虏俱生。落日松风起,犹闻剑戟鸣。"此诗不仅将审案收结,而且巧妙点出了董说对于秦岳二人的不同态度。同时,小说中还庋藏有平话、弹词、小令、民歌等才艺等。比如在描绘莽撞楚王项羽之用情假虞美人时,大书特书其演讲平话,达到几千余字。其开头便道:"项羽也是个男子,行年二十,不学书,不学剑,看见秦始皇蒙瞳,便领着八千子弟,带着七十二范增,一心要做秦始皇的替身。……"再有写到关雎殿上,唐僧与小月王共听弹词,则其有文曰:"天皇那日开星斗,九辰五都立乾坤。跸日寻云前代迹,鱼云珠雨百般形。……图秦不就六国死,去秦称皇刻碣文。谁闻三世秦皇帝,人鱼烛尽海东昏。……"这种七字唱几达百句以上,近七千言。其内容十分凝练地讲述了唐前之历史和唐僧奉命西天取经之过程,无疑是全书的点睛之笔,具有隐括全书的作用。

《西游补》一书以孙悟空的精神成长为主脉,这是小说的结构特点。《西游补》一书虽只十六回,然涉及的历史人物和虚构人物则有秦始皇、章邯、项羽、虞美人、绿珠、西施、岳飞、秦桧、唐王、徐夫人、小月王、唐僧、翠娘、花爨、虚空尊者等,这些好比是"群山",而其主脉则是孙悟空这一人物形象,核心是围绕他的思想成长及其价值观念。

孙悟空的思想成长所关涉眉目主要是世界情缘如浮云变幻,细分则为君臣之情、夫妇之情、兄弟之情、朋友之情和父子之情,总之不离五伦之属。如董说描绘新唐社会,写天子与君臣,是个个尽得风流,写天子一会儿为倾国夫人暖床,一会儿入东园扫花,把绿玉殿直变做眠仙阁了。又写其将要派遣总戎大将赵成去西方斩杀唐僧,后因采纳了尚书仆射李旷之谏,任命唐僧为杀青挂印大将军,镇守边关,并征讨西虏。又如董说描绘青青世界的小月王欲将青青世界赠予唐僧,令其作青青世界之主,后因唐僧拒绝,便令凿天送唐僧径直去西天,取经回来好接管青青世界。而董说描写唐僧,则写其有发妻翠娘,而描绘二人情境则有"翠娘见唐僧做了将军,匆匆行色,两手拥住,哭倒在地,叫道:'相公,教我怎么放得你去? 你的病残弱体、做将军时,朝宿风山、暮眠水涧,那时节,没有半个亲人看你,增一件单衣,减一领白裙,都要自家爱惜,调和寒冷。'"除了唐僧有了发妻外,还写到了孙悟空亦有子嗣,乃是波罗密王,系孙悟空与罗刹女所生,只因当年孙悟空为借芭蕉扇曾钻到罗刹女肚子里,最后还写道波罗密王杀了唐僧和小月王。凡此,都是要表现孙悟空对于一个"情"字的历练。

再,青青世界的社会是个什么样子呢? 显然董说是持否定态度的。如其描绘青青世界的教育采取科举制度,而其所录之士皆为"无耳无目、无舌无鼻、无手无脚、无心无肺、无骨无筋、无血无气"之人。到了青青世界第二镜的古人世界,孙悟空则变做虞美人,绿珠、西施、丝丝三人因生活无聊,便邀虞美人掷色行令歌诗,以遣光阴。

董说描绘青青世界人事,最为直接痛快的有二事。一是表达对为君者不仁不智的否定态度,这集中体现在对居于古人世界项羽的描绘上。董说写项羽对虞美人百依百顺,以至成了"妻管严",不唯不敢思念虞姬,还上了孙悟空变化的假虞美人的当而将真虞美人杀死,明确地写出项羽的软弱、昏庸、无勇、无谋。二是表达对为臣者不忠不信的否定态度,这集中体现在对未来世界秦桧案重审的描绘上。董说写秦桧,谓之偷宋贼,以"求奸水鉴"之法——坐实秦桧之罪名,让他历经了通身荆棘刑、小鬼掌嘴刑、小刀山刑、碓粉刑、滚油洗浴刑、变蜻蜓刑、万鞭刑、脓水刑、泰山压顶刑、花蛟马刑、鱼鳞剐刑等十余种刑罚之苦。而更具微言大义的是孙悟空又拜岳飞为师,与须菩提老祖和唐僧成儒、释、道三教全师之会。三教之会固然只是表面现象,而其深层含义则是表达董说的社会意识与治国理念。笔者以为,通过古人世界与未来世界的两相对照,通过对项羽、秦桧等人的否定,通过对岳飞的肯定,表达了董说对理治的反思,对善治的期待,表现为:一是强调了一种民本情怀;二是表达了对人才的重视;三是表现了对明君的期待。

第八章　丁耀亢与《续金瓶梅》创作考论

丁耀亢一生著述颇多,诗、文、词、曲、戏剧、小说均有佳著良什。据张清吉《丁耀亢年谱》记载,丁耀亢著作多达24种,有《续金瓶梅》十二卷、《醒世姻缘传》二十四卷、《天史》十卷、《漆园草》一卷、《陆舫诗草》五卷、《椒丘诗》二卷、《江干草》一卷、《逍遥游》二卷、《归山草》一卷、《听山亭草》一卷、《出劫纪略》一卷、《家政须知》一卷、《乐府》二卷、《问天》一卷、《落叶》一卷、《管见》一卷、《放言》一卷、《西湖扇词曲》二卷、《蚺蛇胆》(亦名《表忠记传奇》)二卷、《化人游传奇》一卷、《赤松游传奇》二卷、《非非梦传奇》一卷、《星汉槎传奇》一卷、《仙人游词曲》一卷。①

《续金瓶梅》即是其代表作。因是书与《金瓶梅》有一定的关联,故其内容与性质也一直为人所误解,认为是秽书,有诲淫、导淫之讥。清人刘廷玑就认为:"道学不成道学,稗官不成稗官,且多背谬妄语,颠倒失伦,大伤风化。况有前本奇书压卷。"②而丁耀亢本人,甚至因是书下狱。丁耀亢《归山草》有诗《请室杂著八首》纪其事,诗前小序曰:"乙巳八月以续书被逮,待罪候旨,至季冬蒙赦得放还山,共计一百二十日。"③清廷如此对待丁耀亢及其《续金瓶梅》一书,是让人瞠目结舌的。

然而笔者看来,《续金瓶梅》乃是一部正书,是一部"劝善的书"(鲁迅先生语),且是通过写才写学来进行劝善的。全书皮藏了作者生平所有学问,包括道家、佛学、史学及理学知识,甚至在一定程度上还蕴藏了作者的"金学"观念,即对《金瓶梅》一书的思想与写法的评价。

一、丁耀亢家世与生平

丁耀亢(1599—1669),字西生,号野鹤,晚年又自号紫阳道人、木鸡道人等。顺治壬辰科(1652)拔贡。关于丁耀亢家世与生平的研究,自鲁迅先

---

① 张清吉著:《丁耀亢年谱》,南京大学出版社1996年版,第178页。
② (清)刘廷玑撰:《在园杂志》卷三,康熙五十四年刊本。
③ (清)丁耀亢撰:《归山草》,《丁耀亢全集》,中州古籍出版社1999年版,第472页。

生肇始以来,研究者颇多。① 笔者即在前贤与时人的研究基础上,结合《容城县志》《丁氏家传》及新见丁耀亢后人丁际年《举人中式朱卷履历》和《武夷山志》关于丁耀亢佚文佚诗等予以补考。

丁耀亢家世,乃山东诸城郡望,有"藏马丁氏"之称。始祖为周太公姜尚仲子姜伋,因封地在丁而得丁氏,诸城始迁祖则为明代丁推。丁际年《举人中式朱卷履历》云:"始祖讳兴,原籍湖广武昌县,洪武间以军功除淮安卫海州守御,所世袭百户。二世祖讳推,自海州迁诸城。"②丁耀亢撰《出劫纪略》,有《述先德谱序》一文,其文有云:"按谱姓丁氏,周太公姜氏裔。太公封于齐,生仲子伋,食邑于丁,以地为丁氏。……永乐初,有祖自海而徙诸之藏马山,遂为巨族,今七世。"③《出劫纪略》又录有丁耀亢撰《族谱序》,其文有云:"当元之末,始祖讳兴者,以铁枪归明太祖,从军有功,除淮安海州卫户,子贯世袭。自海州而徙琅琊则自兴之次子推始,然则,推固琅琊始祖也。自推而至吾之身,殆八世矣。"由是可知,丁氏诸城始迁祖丁推是丁兴之次子。丁兴乃一员武将,擅使铁枪,曾追随太祖朱元璋建立功勋。

丁耀亢祖父丁纯,字质夫,号海滨先生,曾任大名府长垣教谕。《述先德谱序》曰:"祖讳纯,号海滨先生,居东海琅琊台之北,地名大村,即藏马山西麓。时族多富,尚侠,独祖好学,稽古能诗,嗜鼓琴。试得售,以明经授于乡。初任授大名府长垣教谕。三年,先大人捷南宫,奉差巡北畿,告回避去,受御史封,家居不复仕。"乾隆《诸城县志》亦载:"纯,字质夫,岁贡,授巨鹿训导,升长垣教谕。砥行端方,通世务。两县士皆敬重之。归与乡人结'九老会'。"由是可知丁耀亢祖父是一位教谕,休致后曾与家乡同好组建"九老会"组织,经常在一起饮酒赋诗,对当地的风俗是有一定影响的。

丁耀亢父亲丁惟宁(1542—1611),字养静,号少滨。嘉靖四十四年(1565)乙丑进士,授侍御史,巡畿北。丁惟宁为官清廉、刚正,不畏权贵,不取媚于权贵。《述先德谱序》云:"丁纯生三子,其仲为先大父,讳惟宁,字养斋,号少滨。少颖悟,年弱冠举于乡。初仕保定清苑令,以卓异授侍御史,巡畿北。风度严正,声闻于朝。复巡历长垣,谒圣毕,付明伦堂讲,不敢南向

---

① 研究《续金瓶梅》大约分为三个时期:第一个时期是二十世纪三、四十年代,以鲁迅先生的《中国小说史略·明之人情小说》为标志,这是起步期;第二个时期是新中国成立后至二十世纪七十年代后期;第三个时期是二十世纪八十年代至今,这是繁荣期。在第三个时期,丁耀亢的研究进入了一个新的阶段。其标志性的著作有李增坡主编的《丁耀亢全集》和张清吉的《丁耀亢年谱》。《丁耀亢年谱》虽较略,然其开创之功不可没。1998 年召开的海峡两岸"丁耀亢学术研讨会",会议共收集论文 20 篇。

② 顾廷龙编:《清代朱卷集成》册二一六,台北:成文出版社 1992 年版,第 267—272 页。

③ (清)丁耀亢撰:《出劫纪略》,《丁耀亢全集》,中州古籍出版社 1999 年版,第 287 页。

坐,以师席为友,讲座不敢僭也。属皆惊服。两丁内外艰,服阕仍补台员。沮冯珰建坊,又素不取媚于江陵,因以年例迁泰州兵宪。"江陵者,即万历时期的著名宰辅张居正,其以亲老去世而夺情,引起明代政坛的轩然大波。

丁昌燕《丁氏家传》云:"直隶土豪某,江陵相国戚也。恃势稔恶。公始视事,诉者数百人,尽斥之去,而以主客礼致土豪。至,则令对簿,不服,前数百人者用自署中出,互质之。土豪曰:'服矣! 然念张太师,当宽我。'公曰:'固宽汝也!'斩之庑下。"①从这件事例来看,丁惟宁确为一清正廉吏,有明代包公之称。又乾隆《诸城县志》云:"惟宁嘉靖四十四年进士,授清苑知县。遇事敏练,无留牍。县附保定府,旧宿重兵多骄蹇难训,惟宁以礼诎其帅,帅戢徒。五弥谨举,治行第一。以内艰归,服补长治。长治人善织,令此者例计日受一缣。惟宁革之,更请蠲织室之供上官者,以苏商困。行取四川道监察御史,侍经筵,巡按直隶。白莲狱株连千余人,悉为宽释。部中巨珰冯保倨甚,讽巡抚,表其间,惟宁执不可。时张居正柄国,诸路使者多望风希旨。惟宁无所禀受,居正滋不悦。用出,为河南佥事。巩县苦河患,为规善地,移其城,民不称扰。有私凿矿于山者,逻卒持之,急乃作乱,惟宁以计擒首祸数人,余传示而解。"丁惟宁在"郧阳兵变"中,为上司所劾,受重诬罢官。《明通鉴》载:"(按:李材)巡治郧阳。材好讲学,遣步卒供生陡役,卒多怨;又徇诸生请参将公署为学宫。参将米万春讽门卒梅林等,大噪,驰入城,纵囚毁诸生庐,趋军门,挟赏银四千,汹光不解。居二日,万春胁材更军中十二事,令上疏,归罪副使丁惟宁、知府沈铁等。材隐忍从之。惟宁责数万春,万春欲杀惟宁,跳而免。材复劾惟宁激变事。闻诏贬惟宁三官,材还籍听勘。"②丁惟宁旋归故里,补官凤翔,辞而不就。修筑一室,悬挂父母遗像,朝夕临荐,无异于倚庐守制,乡人甚敬之。年六十九而卒。

丁惟宁有子六人,丁耀亢行五,继配田氏生。《述先德谱序》云:"吾母田氏,外祖黄县人,以明经授日照司训。乃继配,生亢、心二人,未三十而媔。"《出劫纪略》中《保全残业示后人存记》载:"予生十一岁而孤,弟心仅六岁。前长兄四人分爨久矣。先柱史五十后倦勤,止留薄田六顷养老,故予兄弟遗产独薄。外祖田氏,登州黄县人,以明经授日照司训。先大夫求姻,用家于诸。吾母十六岁归先君,生亢、心二人。又十年,称未亡人,抚二孤而媔。"

① (清)丁昌燕撰:《丁氏家传》,《丁耀亢年谱》,张清吉著,南京大学出版社 1996 年版,第6 页。

② (清)夏燮编:《明通鉴》卷六十八,清代同治年间刊本。

丁耀亢有子三人：曰慎谋、慎思、慎行。三子中，慎行较有文名，号"野航居士"，丁耀亢大多著述，均为其所刊刻。

丁耀亢曾任容城教谕及惠安知县。其中，丁耀亢任惠安令问题，一直以来学界有所争议。因为这一问题涉及丁耀亢撰写《续金瓶梅》的时间与地点的问题。王汝梅先生认为，丁耀亢未上任即辞官回乡，其撰写《续金瓶梅》是在顺治年间任容城教谕之时。①

《国朝诗人征略》云："丁耀亢，字西生，号野鹤。山东诸城人，贡生，官惠安知县。有《椒邱》《陆舫》诸集。"②《晚晴簃诗汇》亦云："丁耀亢，字西生，号野鹤，诸城人。诸生，由教谕历官惠安知县。有《逍遥游》《陆舫》《椒丘》《江于归止听山亭》诸集。"③由上则知，丁耀亢应是就任惠安令的了。

又，笔者于乾隆《武夷山志》新见一条史料，可作为对丁耀亢任惠安令的补证。《武夷山志》卷十六载："丁耀亢，号野鹤，青州人。顺治明经惠安令，有诗文集。"④更为珍贵的是《武夷山志》还录有丁耀亢佚诗一首、佚文一篇，为其诗文集所不见。《武夷山志》卷二十一录其文《武夷偶述》，其文云："武夷之异于他山者，有三。凡山多杂石，土累成峰，兹山一石一峰，千仞无纤土，松竹蒙茸，沿石而生，一异也；他山山水各为一区，此则石根壁笋各浸水中，看山不用杖而用舟，二异也；凡山或排列，或分聚，此则峰相环，九折万状，山前以后山为郭，山后以前山为障，远不半舍，往复不穷，三异也。山游者，舟不如舆之旷，舆不如杖之稳。怯则忘高而视下，贪则逐远而失近。贪者浮，怯者浅，虚心平气用与天游，其浅深所得，与作诗读书同。"《武夷山志》卷九录其诗《架壑船》，云："丹嶂嶙峋洞罅幽，千寻绝壁露船头。潜通万丈蛟龙窟，暗渡三山麟凤洲。不信乾坤如积水，始知天地有藏舟。曾孙宴罢虹桥断，留得仙翁驾玉蜕。"可以说，这《武夷山志》所载史料与诗文，为丁耀亢任惠安县令提供了坚实的证据。在《续金瓶梅·太上感应篇阴阳无字解序》中，作者有云："亢不敏，病卧西湖，既不克上膺简命，而效职于民社，谨取御序颁行《感应篇》而重锓之。"《续金瓶梅·凡例》亦曰："客中并无前

---

① 王汝梅著：《丁耀亢的续金瓶梅创作及小说观念》，《丁耀亢研究》，中州古籍出版社 1998年版，第 161 页。又，关于丁耀亢撰是书的时间共有三说：黄霖先生认为是 1661 年；张清吉先生认为是 1654—1658 年；石玲先生认为是 1660 年。（见刘洪强《续金瓶梅成书年代新考》，《东岳论丛》2008 年第 3 期。）

② （清）张维屏辑：《国朝诗人征略》卷十四，清代道光年间刊本。

③ 徐世昌辑：《晚晴簃诗汇》卷三十二，民国退耕堂刊本。

④ （清）董天工撰：《武夷山志》，清代乾隆年间刊本。

集,迫于时日,故或错讹,观者略之。"①可见,《续金瓶梅》一书即创作于作者任惠安令期间,即 1660—1662 年间,创作地点即是在其病时所卧之西湖边。

丁耀亢少负奇才,明末负笈南游,投云间董其昌门下。董其昌(1555—1636),字玄宰,号思白,松江华亭人。丁耀亢诗《江游·野鹤自纪》云:"忆昔己未渡江,负笈云间,从董玄宰、乔剑圃游。"乾隆《诸城县志》第八《文苑》云:

> 丁耀亢,字野鹤,少孤,负奇才,倜傥不羁。弱冠为诸生,走江南,游董其昌门,与陈古白、赵凡夫、徐暗公辈联文社。②

董其昌乃一代名士,丁耀亢投其门下时,已官至南京礼部尚书。丁耀亢于天启元年和天启四年两次赴试,欲登仕途,不幸的是,两次皆落第。后移居橡檟山,撰史学名著《天史》。钟羽正曾为《天史》作序,其文有曰:"高材旷度,有心持世,于兹表其深衷,真佳刻也。使丁君而绅金匮之编,必为董狐良史之节;丁君而司玉律之任,必为庭坚淑问之明。此固其一班也。"③

丁耀亢虽然参加过反清斗争,给南明朝廷的将领出谋划策,如《航海出劫始末》载:"予说王(遵坦)将以札委土著巨族,授之衔,得步兵四千余,解渠邱围。"④但入清后,他还是参加了科举考试,并做了官。清初顺治年间,丁耀亢入京,由顺天籍拔贡,充任镶白旗教习。与当时名士如王铎、龚鼎孳、傅掌雷、刘正宗等相友善,常有诗词唱和。乾隆《诸城县志》第八《文苑》云:

> 顺治四年入京师,由顺天籍拔贡充镶白旗教习,其时名公卿王铎、傅掌雷、张坦公、刘正宗、龚鼎孳皆与结交,日赋诗陆舫中,名大噪。陆舫者,耀亢所筑室,而正宗名之者也。⑤

王铎(1592—1652),明天启二年(1622)进士,清初被授予礼部尚书。王铎

---

① (清)丁耀亢撰:《续金瓶梅后集》,顺治十七年刊本,《古本小说集成》影印本,上海古籍出版社 1994 年版。

② (清)宫懋让等纂修:《诸城县志》,《中国方志丛书》,台北:成文出版社 1976 年版,第1052 页。

③ 见《天史·序》,《丁耀亢全集》,中州古籍出版社 1999 年版。

④ 见《航海出劫始末》,《丁耀亢全集》,中州古籍出版社 1999 年版。

⑤ (清)宫懋让等纂修:《诸城县志》,《中国方志丛书》,台北:成文出版社 1976 年版,第1052 页。

撰《丁野鹤诗序》,有文云:“予于长安廛中,得野鹤丁君诗,甚喜。喜其不为其易者。……野鹤诗洎传奇,气大、力旺,□首焉,时复镂心,多惊人语。”①龚鼎孳(1615—1673),在清初诗坛上颇负盛名,与钱谦益、吴伟业并称,累官至刑、兵、礼部尚书。龚鼎孳为丁耀亢《江干草》作序,其文有曰:“余与野鹤,文章交。……遂契。迨其颠沛,迨其归隐,迨其盲目,风雨之地,明月之天,千里通精神于一息者,非诗歌无以见吾野鹤矣。”②龚鼎孳有《赠丁野鹤》诗四首,其一有云:“奇人端为草玄留,鲁壁岿然富九丘。波浪尚鸣虹剑愤,江天谁纵羽衣游。”③龚鼎孳为人有侠气,丁耀亢因《续金瓶梅》一书,触怒朝廷,下狱,几死,就是龚鼎孳、傅掌雷等人竭力营救,才得以脱险。丁耀亢临终时说:“生平知己,屈指数人,惟龚大宗伯、傅大司空诸名公,脱骖患难,耿耿在怀。”④其所著《听山诗草》有《哭傅掌雷尚书》诗题,其下有小序。其文曰:“予以著书被祸,蒙公脱骖得免。时病中不忘周恤。临别握手,义过古人。今闻讣音,故历述志感。”

丁耀亢于顺治辛卯(1651)冬任椒丘广文,后又任容城教谕。椒丘在今江西新建区东北。清人查为仁撰《莲坡诗话》,其文有曰:“诸城丁野鹤耀亢官椒丘广文,忽念京师旧游,策长耳驴,冒风雪,日驰三四百里,至华严寺陆舫中,召诸贵游山。人、琴、师、剑、客,杂坐酣饮,笑谑怒骂淋漓,兴尽策驴而返。”⑤《今世说》亦载:“丁野叟在椒邱,每晏起不冠,搦管倚树高哦,得佳句,呼酒。秃髪酣叫,旁若无人。间以示椒邱诸生,多不解,因抵地,直上床,蒙被而睡。”⑥丁耀亢任容城教谕在顺治十一年甲午(1654)春,椒邱任满,丁耀亢改任容城教谕,至顺治十六年(1659)卸任。光绪《容城县志》卷五《秩官》载:“丁耀亢,山东诸城选贡,顺治十一年任。博学有才,工古文、诗、词,后擢惠安令,投劾去。”⑦清人宋荦撰《西陂类稿》,有《宿金隄驿有感步申凫盟壁上韵》一诗。曰:“晚饭依童仆,灯前粗粝香。穷途惊岁序,好友惜沦亡。月暗寒云重,风凄画角长。郑处双白鬓,何异鲁灵光?”其“郑处双白鬓,何异鲁灵光”下有注曰:“时丁野鹤为容城广文。”⑧孙奇逢《孙征君日谱

① (清)王铎撰:《拟山园选集》卷三十七,清代顺治年间刊本。
② 见《江干草·序》,《丁耀亢全集》,中州古籍出版社1999年版。
③ (清)龚鼎孳撰:《定山堂诗集》卷十八,清代康熙十五年刊本。
④ (清)丁慎行撰:《乞言小引》,见《听山亭草》卷首,中州古籍出版社1999年版。
⑤ (清)查为仁撰:《莲坡诗话》卷上,清代乾隆年间刻蔗塘外集本。
⑥ (清)王晫撰:《今世说》卷八,清康熙二十二年刊本。
⑦ (清)俞廷献等纂修:《容城县志》,《中国方志丛书》,台北:成文出版社1969年,第378页。
⑧ (清)宋荦撰:《西陂类稿》卷一,《文渊阁四库全书》第一三二三册,台湾商务印书馆1986年影印。

录存》载有顺治十三年正月初九日,孙奇逢写给丁野鹤书启一通。其文有云:"立儿来此五月,每道先生诱掖至意,隘而扩之使宏,迂而引之使达。此子即孤癖,不能领受。弟感佩,不啻身承。……弟谓非忠孝人,不能作诗人。渊明、子美是何等识趣。人谓二公深于学,故深于诗。"①此文乃是孙奇逢为《椒邱诗集》作的序。孙奇逢(1574—1675),即河北容城人,清初理学大家,晚年居辉县苏门夏峰讲学,称夏峰先生。方苞撰《孙征君传》一文,有曰:"孙奇逢,字启泰,号钟元,北直容城人也。少倜傥,好奇节,而内行笃修,负经世之略,常欲赫然著功烈,而不可强以仕。"②

顺治己亥(1659)秋,年已花甲的丁耀亢擢迁福建惠安知县。丁耀亢《自述年谱以代挽歌》云:"己亥十月,捧檄而往。……自吴而越,借居湖舫。衰病日增,宦情焉强。庚子四月,决志抽簪。投劾不受,进退逡巡。桐江钓台,郎山仙岭。抵于江浦,杉竹成荫;武夷九曲,虹桥千寻;桃花始放,黄鸟多音。异域气候,岁腊方阴;止此三月,用许放还。如云出岫,如鸟归山。诸客征诗,赞其高闲。辛丑正月,得赋归来。""诸客征诗",当指丁耀亢归里时,时人赋诗送别。如陆进撰《巢青阁集》,有诗题《归鹤篇送丁野叟明府归诸城》。其诗有云:"讵献乘轩邀宠遇,敢将别调怨暌违。凌霄自不供常玩,遥指东南缓缓归。"③李继白撰《望古斋集》,其《送丁野鹤归里》诗,有句云:"东海异人丁野鹤,千年华表传宗支。……闽海茫茫六千里,一官潦倒迷舟子。崛强不折令君腰,解绶长歌如敝屣。"④纪映钟撰《戆叟诗抄》,其《送丁野鹤辞官归琅琊》云:"万里蒙冲战鼓秋,海天一鹤去悠悠。自知彭泽腰难折,亦笑淮阴面止侯。"⑤可见,丁耀亢是于顺治十六年(1659)己亥十月赴任,至顺治十八年(1661)正月辞官归隐,计约十五个月。

康熙初年,丁耀亢辞官归里,专事著述。康熙八年(1669)己酉因病去世,享年七十一。丁慎行《乞言小引》曰:"己酉,年七十一,召余曹曰:'将逝矣,生平知己,屈指数人,惟龚大宗伯、傅大司空诸名公,脱骖患难,耿耿于怀。'因占永诀诗毕,合掌说偈而殁。呜呼!痛哉!"⑥龚大宗伯即龚鼎孳,傅大司空即傅掌雷,二人对丁耀亢有脱狱之恩。

---

①　(清)孙奇逢撰:《孙征君日谱录存》卷八,清代光绪年间刊本。

②　(清)方苞撰:《望溪集》卷八,清代咸丰元年刊本。

③　(清)陆进撰:《巢青阁集》卷六,清康熙年间刊本。

④　(清)李继白撰:《望古斋集》卷四,清代顺治年间刊本。

⑤　(清)纪映钟撰:《戆叟诗抄》卷二,清长啸轩抄本。

⑥　(清)丁慎行撰:《乞言小引》,见《听山亭草》卷首,中州古籍出版社1999年版。

二、《续金瓶梅》与《太上感应篇》关系

《续金瓶梅》卷首载丁耀亢本人撰《太上感应篇阴阳无字解序》云：

> 今见圣天子钦颁《感应篇》，自制御序……亢不敏，病卧西湖，既不
> 克上膺简命，而效职于民社，谨取御序颁行《感应篇》而重锓之。欲附
> 以言，而笺者已说之矣。吾闻天道至秘，以言解之而反浅；人心惟微，以
> 法绳之而愈遁。不如以不解解之。

丁耀亢认为，《太上感应篇》所蕴含的"天道"是十分深刻的，而"人心"又是
非常微妙的，若用"笺""注"等法来解释，还不足以指明其真意。因此不如
以"不解解之"。那么，何谓"不解解之"呢？在这一点上，西湖钓史说得倒
是十分清楚。他在《续金瓶梅·序》认为：

> 《续金瓶梅》者，惩述者不达作者之意，遵今上圣明颁行《太上感应
> 篇》，以《金瓶梅》为之注脚。本阴阳鬼神以为经，取声色货利以为纬，
> 大而君臣家国，细而闺闱婢仆，兵火之离合，桑海之变迁，生死起灭，幻
> 入风云，因果禅宗，寓言亵昵。①

这就指出了《续金瓶梅》与《太上感应篇》的关系。

《太上感应篇》是一部道教典籍，被誉为中国劝善第一书。清人惠栋
《太上感应篇自注·序》云："然《玉铃经》言求仙者，必以忠、孝、友、悌、仁、
信为本，故《宋·艺文志》及道藏皆有《太上感应篇》一卷。即抱朴子所述汉
世道戒，皆君子持己立身之学。"②清人王砚堂《太上感应篇注》云："宋理宗
御书'诸恶莫作，众善奉行'二语冠其篇首；明世宗序《感应篇》曰：'不但扶
翼圣经，直能补助王化。'如本朝顺治十三年世祖章皇帝钦谕刊刻此篇，颁
赐群臣，至举贡监生，皆得遍及。是《感应篇》一书不独检束身心，实王化所
必录也。"③可见，从宋元以来，封建帝王为了巩固自己的统治，对《感应篇》
重视程度是非同一般的。

---

① 以上两序均见《续金瓶梅后集》，顺治十七年刊本，《古本小说集成》影印本，上海古籍出版
　　社1994年版。
② （清）惠栋撰：《松崖文抄》卷一，清代聚学轩丛书本。
③ 《藏外道书》第十二册，巴蜀书社1994年版，第270页。

顺治十三年,清世祖钦谕刊刻《太上感应篇》,并颁行全国,与《三字经》同列私塾中,成为诸生所必读书籍。据《清实录》载,早在顺治十二年,世祖就御制《劝善要言》,并亲为序。其文有曰:"朕恭承天命,抚育万方。深念上之教世,劝善为先;人之立身,为善最乐。故取诸书之要者,辑为一编,名曰《劝善要言》。语不欲文,期于明理;词不厌详,期于晓众。欲使贤愚同喻,小大共知。读此书者,当深思其义。反之于心,体之于身。善者,则益当加勉而进于淳良,以求吉庆;其或无知而误染于不善者,尤当速改而归于无过,以免灾戾。庶几不负上天好生之心。而朕殷殷教化之意,亦不虚矣。凡我人民,其敬勉之哉。"①《太上感应篇》即为其中一种。可见,顺治帝将《太上感应篇》颁行全国,其目的即在于使善者加勉,使恶者改过。

正如丁耀亢《太上感应篇》的自序中所说的那样,为《太上感应篇》作注的,历来颇多。除了惠栋、王砚堂外,还有如李昌龄作传、郑清之作赞、真德秀作序、李卓吾作引、周汝登作辑解、冒起宗作论断、许缵作图说、阎若璩作跋、陈澧作序等。但是,像丁耀亢那样,以创作小说的方式来给《太上感应篇》作注解、作论断、作图说、作序跋,还是不多见的。

丁耀亢于《续金瓶梅》中,庋藏道藏,阐说《太上感应篇》一书主旨,首先在卷首作《太上感应篇阴阳无字解》及序,分善道二十四条和恶类一百五十三条。善道二十四条则有:积德、慈心、忠、孝、友悌、正己化人、怜孤恤寡、敬老怀幼、昆虫草木犹不可伤、乐人之善、济人之急、救人之危、不彰人短等,总论则曰:是道则进,非道则退;不履斜径,不欺暗室。恶类一百五十三条有阴贼良善、暗侮君亲、慢其先生、叛其所事、诳诸无识、谤诸同学、虚诬诈伪、攻讦宗亲、刚强不仁、狠戾自用、是非不当、向背乖宜、虐下取功、谄上希旨、受恩不感等,总论则曰:苟或非义而动,背理而行;以恶为能,忍作残害。同时,丁耀亢在结末声称:"其有曾行恶事,后自改悔,诸恶莫作,众善奉行,久久必获吉庆,所谓转祸为福也。故吉人语善、视善、行善,一日有三善,三年,天必降之福;凶人语恶、视恶、行恶,一日有三恶,三年,天必降之祸。胡不勉而行之?"

其次,标立六十四品,分列每回回目前,实则是十四品的反复运用,如广仁品、广慧品、正法品、妙悟品、游戏品、戒导品、正法品、广慧品、净行品、庄严品、证入品、解脱品等。在正文前常征引佛经经文来佐证《感应篇》的观点,如第一回中征引《大方广佛华严经》经文,有文曰:"如来广大目,清净如虚空。普现诸众生,一切悉明了。……十方世界,一切诸佛;知诸众生,乐欲

①《清实录》第三册,中华书局1985年版,第735页。

不同;随其所应,说法调服。"第二十四回引《楞严经》经文,有文曰:"诸法所生,惟心所现。一切因果,世界微尘,因心成体。欲言心有,如箜篌声,求不可见。"又如第三十八回引《妙法莲华经》经文、第四十七回引《金刚经》经文、第五十三回引《智度论》经文、第六十四回引《般若经》经文,等等。在第四十七回中,作者引《金刚经》经文曰:"佛告菩提诸菩萨摩诃萨,应如是降伏其心,所有一切众生之类,若卵生、胎生、湿生、化生,若有色若无色,若有相若无相,若非有相非无相,我皆令入无余涅槃而灭度之。如是灭度无量无数无边众生,实无众生得灭度者。何以故? 须菩提若菩萨在我相、人相、众生相、寿者相,即非菩萨。"丁耀亢认为上引一段经文专谈"无相"二字,"要知此相原从心生,还从心灭,相从心起,于何能无。"而第四十七回所讲故事,则是潘金莲的转世金桂姐嫁了陈经济的转世刘瘸子,一则化为石女,一则化为木瓜郎,名为夫妻,而无夫妻之实。金桂姐悟透前缘,发誓在大觉寺出家,取法名莲净,看经忏悔前生罪孽。所谓:"色归无色,相还无相。色相俱无,是名灭度。"

最后,丁耀亢说解《太上感应篇》,也是要代圣人立言的,故而谈经论史,融汇道教、佛教与儒学三家。第二十九回,作者开篇单讲一个"情"字。认为:"人生世上,都为这个情字,生出恩爱牵缠,百般苦乐。就是圣贤英雄,打不破这个牢笼,如何脱得轮回生死? 即如来的大弟子阿难,被摩登淫女所迷,几乎破了戒体。幸亏如来天眼解救,度他成佛。那道家以女色叫做革囊,说是血布袋裹的一堆白骨。虽是这样说,古来求佛学仙的人,不知被这色字坏了多少。……可见一点情根,原是难破的。"接着引《大学》之文予以论证。他说:"《大学》讲正心诚意,开首头一章就讲了个'如好好色'。从色字说起,才到了自慊的地位。可见色字是个诚意之根,仙凡圣贤这一念是假不得的。即如倩女离魂、尾生同死,才满得个诚字,与忠臣孝子的力量一样满足,只分了邪正两途,因此讲理学的不可把色字抹倒。"丁耀亢讲"情"字,从诚字着眼,便将儒、释、道融通在一起,实是有一定道理的。丁耀亢讲那三教同归,最集中的还是第六十四回。丁耀亢认为:"天命人心有个太乙为之主宰,一切众生贪淫盗杀俱是无用的。这就是圣教的天命,佛的空字,仙教的太极。"丁耀亢能从哲学本体论的高度来谈三教同源的问题,固是无差。但他认为太乙是万物的主宰,儒、道、佛皆是如此。这就在根本上混淆了"三教"的差别。因为道家讲太极,佛家讲空寂,而儒家则注重天道,注重"有与实",讲的是天命之性与气质之性。丁耀亢亦认为儒家也是讲论因果的,这是从方法论的角度来论三教同源的问题。他说:"若论儒者的圣教,孔仲尼只讲了个中庸,不曾说着轮回。子路问事鬼神,只讲了一个事人。眼见得尽了人事,五伦中没有个欠缺,并阎罗老子也是不怕的。南宫适说,禹、稷躬耕为善,子孙后世做了夏周的帝王。羿、奡是两个大恶人,一个有神射之巧,一个有拔山之力。……南宫分明讲了一段因果,福善祸淫的报应。正与易中'积善之家必有余庆,积恶之家必有余殃'相合。我夫子默而不答,不知是何主意。……因此夫子不答处,只说了个尚德君子,尽了人事,便是不得天下,人人该做禹稷救世的圣人。"要之,丁耀亢讲三教同源,既从本体论角度入手,也从方法论入手,借《金瓶梅》三世因果来阐扬,实是能给读者以启发。

三、《续金瓶梅》与《天史》关系

丁耀亢所撰《天史》是一部史学著述。考其成书,当在明末崇祯年间。丁耀亢崇祯壬申(1632)撰《天史·自序》云:"余小子僻处东海之陬,穷愁一室,不能进而与有道之士君子游。草深木肥,用以自娱;瓠落岩居,盖九年于兹矣。狂念倦扫,用返静室,焰短而质微,欲无言而恐暮也。风雪穷庐,偶检先大人手遗《二十一史》,而涉猎之。喟然而悲,愀然而恐,固见天道人事之表里,强弱盛衰之报复,与夫乱臣贼子幽恶大憝之所危亡,雄威巨焰金玉楼台之所消歇,盖莫不有天焉。集其明白感应者,汇为十案,注以管见,十有二篇,名曰《天史》。"丁耀亢曾于万历四十七年己未(1619)负笈江南,拜董其昌,乔剑圃门下,游学两年。泰昌一年庚申(1620)与陈古白、赵凡夫等结文社,并请陈古白为父亲丁惟宁九仙山石祠志文,年底返里。丁野鹤《挽歌》云:"己未十月,负笈游吴。授经问礼,至于姑苏。结纳高士,游览名区。有陈古白、赵凡夫,玄宰董公,江左顾厨。名誉日起,藻丽以敷。庚申岁暮,始反亲庐。"乾隆《诸城县志》第八《文苑》云:"丁耀亢,字野鹤,少孤,负奇才,倜傥不羁。弱冠为诸生,走江南,游董其昌门,与陈古白、赵凡夫、徐暗公辈联文社。"①

由是可知,丁耀亢开始着手撰写《天史》,当是从江南返故里九年后的崇祯二年(1629)。至其完成时间,当在崇祯五年壬申(1632)。《山鬼谈》云:"明崇祯壬申,余既山居久,观史之余,偶感人事,欲有所惩,因集十史恶报,分为十案,名曰《天史》。"《天史·凡例》曰:"兹书两经寒暑而就,上下三千余年,阅古今文不下数千轶,凡有关报应者,拈纸记之,五易其稿而后

---

① 　(清)宫懋让等纂修:《诸城县志》,《中国方志丛书》,台北:成文出版社1976年版,第1052页。

成。"书成后，丁耀亢将其献给益都钟羽正。羽正奇之，并予校正。亦曾邮给董其昌，其昌以选评校正。钟羽正为《天史》作序，其文有曰："丁君为《天史》，阅者肃然神悚，翕然称快，深心于警世，非徒以文鸣者。……高材旷度，有心持世，于兹表其深衷，真佳刻也。使丁君而绅金匮之编，必为董狐良史之节；丁君而司玉律之任，必为庭坚淑问之明。此固其一班也。"①

丁耀亢开始撰写《续金瓶梅》，当是在顺治十三年（1656）钦谕刊刻《太上感应篇》之时。丁耀亢时任保定容城教谕，顺治十六年（1659）卸任，《续金瓶梅》一书当已完成。《天史》与《续金瓶梅》两书的撰写，一在明，一在清，前后整整相差二十七年。

考《续金瓶梅》一书，其所庋藏的大量史学，当是皆取材于《天史》。《天史》共十卷，分别为大逆二十九案、淫十九案、残三十六案、阴谋二十五案、负心十三案、贪十三案、奢十四案、骄十六案、党六案、左道二十四案。《续金瓶梅》一书乃为《太上感应篇》作注，讲论因果报应。丁耀亢为了证明自己的观点，其所引证史书上的事例，皆出于《天史》。《续金瓶梅》第二回，因讲论《太上感应篇》中起首四句："祸福无门，唯人自召；善恶之报，如影随形。"叙述了西门庆之仆来安欺吴月娘孤儿寡母，将其财物抢走。引出丁耀亢一篇论述取不义之财如饮鸩止渴之道学话。其中就列举了曹操、王莽、董卓、石崇等人的事迹。曹、莽、董三人皆在《天史》大逆二十九案中，石崇则在贪十三案的第一案中。第三回中讲论《感应篇》淫恶有三和贪恶有三。叙述了西门庆因生前既贪又淫，三世之报则为：一转为盲丐；二转为太监；三转则为犬豕。又潘金莲、庞春梅等亦得恶报。接着引出丁耀亢一段议论，举史书上王可居因夏夜夫妇庭中交媾亵天为神所罚拆散十五年的故事与韩擒虎、寇莱公死后以阎罗王身份断狱的故事，亦是见于《天史》的。第十三回讲众生不可奢侈太过、暴殄天物。举了古史上的尧舜为君、汉文帝不造露台、宋仁宗宁可忍饥夜不烧羊等善事，接着又说到古来帝王奢泰亡国，说之不尽。《天史》中则有贪十三案、奢十四案、骄十六案，包括石崇、桑弘羊、刘后、蔡京父子、徽宗、叔宝、太平公主等，不一而足。

《续金瓶梅》第三十四回，叙宋高宗南渡，建炎三年，重刻元祐党人碑，汪国彦、黄潜善结党营私，排挤岳飞、李纲、韩世宗等。丁耀亢借讲论《感应篇》说道："今按《太上感应篇》中说，阴贼良善，暗侮君亲，贬正排贤，妄逐朋党，分明说在朝廷。"然后丁耀亢运用大段文字来议论中国历史上党争之祸。他说："这个党字，贻害国家，牢不可破，自东汉、唐、宋以来，皆受门户

① 见《天史·序》，《丁耀亢全集》，中州古籍出版社1999年版。

二字之祸。比叛臣、阉宦、敌国、外患更是厉害不同。即如一株好树，就是斧斤水火，还有遗漏苟免的，或是在深山穷谷，散材无用，可以偷生；如要树里自生出个蠹虫来，那虫藏在树心里，自梢吃到根，又自根吃到梢，把树的津液昼夜吃枯，其根不伐自倒，谓之蠹虫食树，树枯而蠹死。奸臣蠹国，国灭而奸亡。总因着个党字，指曲为直，指直为曲，为大乱阴阳根本。"接着列举历史上人物事件为证：东汉陈寔、荀淑、李膺、陈蕃、窦武、黄琼、刘宠、范滂、郭泰等；唐代李吉甫、李绛吉、李宗闵、李德裕、牛僧孺；宋代王安石、蔡京。最后总结道："只因士大夫做秀才时，便自依门假托，认了各家门户，所以到做官时，全不为朝廷，只以报复为主。这个党字，可不是累朝的祸根！"

　　若论因果，则岳飞行善，忠君爱国，却得恶果；秦桧行恶，残害忠良，生前却享五福。如第六十三回中，丁耀亢写秦桧以莫须有罪名害死岳飞父子家将功臣后，五福全享：即封王居相位十九年、加九锡、三生员献《秦城王气诗》、寿终正寝、葬以王礼。这显然与因果报应不符，亦与《太上感应篇》相悖。故而，丁耀亢进行了一番辩驳。先是批判一般文人之论，即"劫数"之说。他说："要论凡人的智量，原是不能测天的。毕竟上帝的刑赏，再没有错的。或者是宋朝大劫，不许他恢复，或者是金朝数旺，不许他剪灭。这是文人讲理不来，多将劫数二字遮掩，已与因果不合。"然后，借徐佛舍托梦在阴间断秦桧之案，列举《天史》中负心、阴谋、奢骄七案，即赵匡胤伪受周禅、赵匡义烛影摇红、太子德昭自刎、妄造天书崇邪违道、赵桓父子失国北迁、南宋德昭嗣立、崖州寡妇孤儿等案，阐述了自己的观点："查得金粘罕系赵太祖托生，金兀术系德昭托生，报柱斧之仇；……岳飞父子、张宪、牛皋等，俱系当日陈桥兵变捧戴太祖以黄袍加向众将，因此与秦桧原系夙冤，以致杀身相偿。……岳飞系忠臣，却是逆天的君子；秦桧虽系奸相，却是顺天的小人。忠臣反在劫中，小人反在劫外。岳飞虽死，即时证位天神，顶了关寿亭之缺，做上帝的四帅。秦桧虽得善终，却堕了地狱，世受阿鼻之苦，至今不得转世。依旧因果毫发不爽。"接着又征引佛经来区别因果与善恶报应之差异。他说："轮回大劫与百年因果不同。……众生下根小乘，妄执因果为善恶报应，反堕愚暗。不知因果二字从《华严经》上来说，以修证为因，得道为果。凡人因善求福，因恶得祸，只了得善恶二字。还有人相我相，毕竟贪嗔未化。……看今日岳武穆的忠名千古同尊，秦桧的恶身人人诛击，也主是报应了。"即所谓"从善恶二字完人道，从忘善忘恶完了天道"。

　　要而言之，以上丁耀亢讲经论史，其所持观点显豁明白，自可为一说；至丁耀亢讲论因果，通过打通儒、道、释三教的方式予以阐释，并旁征博引历史事实为依据，却是能给人以思考。

四、《续金瓶梅》对《金瓶梅》的评说

张清吉先生认为,《金瓶梅》的作者是丁耀亢的父亲丁惟宁。① 观此说,或有一定的道理。但是,无论如何,丁耀亢能撰写《续金瓶梅》,则其对于《金瓶梅》的内容及其创作必定是非常熟悉的。《续金瓶梅·凡例》有文云:"前集中年月、事故,或有不对者,如应伯爵已死,今言复生,增'误传其死'一句点过。前言孝哥已十岁,今言七岁离散出家,无非言幼小孤媚,存其意,不顾小失也。客中并无前集,迫于时日,故或错讹,观者略之。"显然,丁耀亢创作《续金瓶梅》是在"客中",凭的是记忆;同时,他一再提及的"前集",毫无疑问指的是《金瓶梅》,则其对《金瓶梅》的熟悉程度是可以想见的。

观《续金瓶梅》一书,丁耀亢评论《金瓶梅》内容颇多,几乎遍布全书,对于《金瓶梅》的人物、思想、手法、结构形式等,均有评说。

首先,《续金瓶梅·凡例》有六条涉及《金瓶梅》,或评其形式,或评其手法,或评其内容。《续金瓶梅·凡例》是丁耀亢自己撰写的,共有八条。比如第一条曰:"兹刻以因果为正论,借《金瓶梅》为戏谈。恐正论而不入,就淫说则乐观。"第二条曰:"小说以《水浒》《西游》《金瓶梅》三大奇书为宗,概不宜用之、乎、者、也等字句。"这是说《金瓶梅》的写法。第四条曰:"小说类有诗词,前集名为《词话》,多用旧曲,今因题附以新词,参入正论。"第七条曰:"《前集》止于西门一家妇女酒色、饮食言笑之事,有蔡京、杨提督上本一二段,至末年金兵方入,杀周守备,而山东乱矣。此书直接大乱,为南北宋之始。"这是说《金瓶梅》的内容。

其次,丁耀亢认为《金瓶梅》是一部言情存理之书,其审美特征是"炫情于色",而旨在惩恶劝善。《续金瓶梅》卷首有署名西湖钓史的序,其文有云:"小说始于唐宋,广于元,其体不一。田夫野老能与经史并传者,大抵皆情之所留也。情生,则文附焉,不论其藻与俚也。《金瓶梅》旧本言情之书也。"如《续金瓶梅》第一回,作者说:"《金瓶梅》原是替人说法,画出那贪色图财、纵欲丧身、宣淫现报的一幅行乐图。"也就是说,《金瓶梅》乃是一部戒痴戒淫之书,本旨是劝人为善止恶。这与上面所论的顺治皇帝颁行《劝善录》《感应篇》的本旨是相同的。《续金瓶梅》第二回中,丁耀亢论《金瓶梅》亦存天理,与《太上感应篇》起首四句"祸福无门,唯人自召;善恶之报,如影

---

① 张清吉撰《金瓶梅的作者是谁》一文,认为作者是丁惟宁。见《丁耀亢研究——海峡两岸丁耀亢学术研讨会论文集》,中州古籍出版社 1998 年版,第 85 页。

随形"并无差异。只不过，"那轻薄少年、风流才子听此讲道学的话，不觉大笑而去，何如看《金瓶梅》发兴有趣？总因不肯体贴前贤，轻轻看过。到了荣华失意，或遭逢奇祸，身经离乱，略一回头，才觉得聪明机巧无用，归在天理路上来才觉长久，可以保的身，传的后。"《续金瓶梅》第三十一回中，丁耀亢说："《金瓶梅》前集，说的那潘金莲和春梅葡萄架风流淫乐一段光景，看书的人到如今津津有味。说到金莲好色，把西门庆一夜弄死，不消几日与陈经济通奸，把西门庆的恩爱不知丢到哪里去了。春梅和金莲与经济偷情，后来受了周守备专房之宠，生了儿子做了夫人，只为一点淫心，又认经济做了兄弟，纵欲而亡。两公案甚明，争奈后人不看这后半截，反把前半乐事垂涎不尽。"

　　再次，认为《金瓶梅》运用了"微而显、志而晦"的春秋书法，阅读是书当透过纸背去体贴作者本意。西湖钓史为《续金瓶梅》撰序，亦有文云："今人观其显，不知其隐；见其放，不知其止；喜其夸，不知其所刺。蛾油自溺，鸩酒自毙。"实是道出了《金瓶梅》前集作者运用的史家手法。《金瓶梅》所呈现于作者笔端的权利欲、金钱欲、女色欲，如出笼的猛兽一样，一次次冲击着以仁为天理的三纲五常之说。国际著名的《金瓶梅》研究专家魏子云认为："《金瓶梅》是写'财'与'色'的社会文学。"①业师张锦池先生亦认为："《金瓶梅》是以写财色交易之罪恶为表，以写钱权交易之罪恶为里的社会文学。……《金瓶梅》的真义实为艳歌当哭而意主讽政。"②两位先生持论可谓是体贴作者本意的，既知其隐，又知其止。因为在兰陵笑笑生看来，为君当如尧舜不应如徽宗高宗，为臣当如曾孝序而不应如蔡京、高俅，为子当如李安而不应如王三官，为弟当如武松而不应如韩二，为友当如黄通判而不应如应伯爵。如《续金瓶梅》第七回中丁耀亢借阎罗阴间断案，写了童贯、蔡京父子、高俅、杨戬、王黼等误国权奸的罪恶：童贯挑起边衅，奸杀平民报功，不仅引外族入侵，又使百姓纷纷揭竿而起；蔡京谄佞误国、蔡攸倾父夺权，致使朝廷纲纪大乱；高俅、王黼、杨戬则是卖官通贿，上蔽圣聪，下阻贤才。可见，作者所要反映的本旨是仁与不仁的矛盾、天理与人欲的矛盾，其所愤者，乃是正不压邪而反为邪所压。

　　还有，认为《金瓶梅》写"金"、"瓶"、"梅"三个妇女、写闺房淫邪之风，其矛头对准的是朝廷士大夫之流，这就指出了《金瓶梅》的文化意蕴在于家国一体：西门庆之亡身、西门府之败落与蔡京等奸臣误国、徽钦二

---

① 陈益源撰：《小说与艳情》，学林出版社2000年版，第44页。
② 张锦池撰：《论〈金瓶梅〉的结构方式与思想层面》，《求是学刊》2001年第1期。

帝北狩是彼此密不可分的,他们或同运而兴,或同运而亡。在《续金瓶梅》第三十四回,丁耀亢认为:"有位君子做《金瓶梅》因果,只好在闺房中言语,提醒那淫邪的男女。如何说到缙绅君子上去?不知天下的风俗,有这贞女丈夫,毕竟是朝廷的纪纲。用那端人正士,有了纪纲,才有了风俗;有了道义,才有了纪纲;有了风俗,才有了治乱。一层层说到根本上去,叫看书的人知道,这淫风恶俗,从士大夫一点阴邪妒忌中生来,造出个不阴不阳的劫运,自然把礼、义、廉、耻四个字一齐抹倒。没有廉耻,又说什么'金''瓶''梅'三个妇女?即如西门庆不过一个光棍,几个娼妇,有何关系风俗?看到蔡太师受贿推升,白白的做了提刑千户。又有那蔡状元、宋御史因财纳交,全无官体。自然要纲纪凌夷,国家丧灭,以致金人内犯,二帝北迁。善读《金瓶梅》者,要看到天下士大夫都有学西门大官人的心,天下妇人都要学'金''瓶''梅'的样,人心那得不坏,天下那得不亡?所以讲道学的,要看圣人著经的主意。"这无疑揭示出了《金瓶梅》中"淫欲亡身、权奸误国"的创作本旨。

最后,应伯爵可谓是《金瓶梅》中的重要人物了,他作为西门庆帮闲,无恶不作。在《续金瓶梅》中,应伯爵双目失明,沦落为乞丐,整日拿着个弦子,唱着《金瓶梅》小曲,沿街乞讨。观其一生的遭际,则作者劝惩之意亦明矣。值得一提的是,他沦落为乞丐后所唱的《金瓶梅》曲一套,即是作者对西门庆与潘金莲、李瓶儿、庞春梅四个人物的评论。那一首《西江月》,实道出了作者的劝世之心:"天道平如流水,人心巧比围棋。聪明切莫占便宜,自有阴曹暗记。落地一生命定,举头三尺天知。如今速报有阴司,看取眼前现世。"

要而言之,丁耀亢的金学观点有:认为《金瓶梅》作者是一位高雅君子,其创作本旨是通过敷演财、色、权的交易以戒痴戒淫;认为《金瓶梅》是一部言情存理之书,其审美特征是戒痴而放笔写痴,惩淫而炫情于色;认为《金瓶梅》的文化意蕴表现为闺阁与朝廷的密不可分,即"家国一体",作者借闺阁之风以讽刺朝廷士大夫,旨在揭示出北宋何以会灭亡的原因。

五、《续金瓶梅》结构形态与文化意蕴

乾隆《诸城县志》第八《文苑》云:"为诗踔厉见发,少作即饶丰韵,晚年语更壮浪,开一邑风雅之始,县中诸诗人皆推为先辈。"丁耀亢晚年所著小说《续金瓶梅》,文风可直追其诗风,"踔厉"中逞"丰韵","壮浪"中见"风雅"。而这主要体现在它的结构形态与文化意蕴上。

　　关于《续金瓶梅》一书的结构形态，目前学界还鲜有研究。笔者认为可以用"三世因果"来概括其结构模式的特点。

　　《续金瓶梅》一书，头绪纷繁复杂，书中既写了西门府风流云散、繁华不再的故事，也写了大宋王朝风雨飘摇、屡为金侮的故事；既写了吴月娘母子离合悲欢的故事，也写了徽钦二帝北狩的悽惨景象；既写了西门庆、"金"、"瓶"、"梅"等人的故事，也写了南宋偏安、抗金将领虽勇武却不得收复失地的故事。同时，这三组故事发生的地点，则主要集中在山东东昌府清河县、东京汴梁和江南三地。三组故事在这三个不同的地方展开，仿佛形成一幅打开的扇面，而那扇柄则是《太上感应篇》所宣扬的"三世因果"的理念。如果给它取个名目，不妨称之为三世因果的叙事模式。

　　首先，丁耀亢一面描写西门府的风流云散、繁华不再，又一面铺写大宋王朝的风雨飘摇、为金所欺。作品中西门庆以淫奢亡身后，潘金莲、庞春梅、陈经济亦相继死去，因金兵入侵山东一带，吴月娘携子孝哥与仆人玳安、小玉夫妇一同到寺中避难。这时，西门庆平时所交结的朋友应伯爵、来安、吴典恩等，不但不对陷入窘境的吴月娘母子予以援助，相反却落井下石。来安勾结土贼张三、李四、杨七等，先是将西门府翻了个底朝天，把值钱的东西抢了个光，等到吴月娘返家的时候，又将吴月娘仅有的一点金银细软骗走，又与吴典恩勾结企图将吴月娘下狱致死。观其行径，简直与入侵的金兵毫无分别。应伯爵更为歹毒，竟为了一千两银子将西门庆之子孝哥卖掉。当然，作品中也写了义仆如玳安、小玉夫妇等，与旧主吴月娘不离不弃，帮助吴月娘西去东京、南下普陀千里寻子。还写了曾受西门庆一点援助的刘学官雪中还债，助吴月娘脱难的义行。

　　与西门府风流云散的故事相照应的则是大宋王朝衰落的故事。作品写蔡京、高俅、童贯和杨戬等四大奸臣以淫奢、贪权误国，致使金兵入侵。金人掳走徽、钦二帝后，大宋朝的臣工们，或投降金朝，如郭药师；或僭主称帝，如张邦昌；或假意奉承二帝暗地里却与金人勾结，如秦桧等。那秦桧在徽宗朝任御史，靖康之乱后，曾随二帝北狩，当听说张邦昌称帝时，也曾正言劝止。可是到了燕京后，见金朝兵马强壮，想那宋室衰微，做不成大事，于是便投降了金主挞懒。粘罕侵掠江淮，秦桧竟写檄文数说高宗君臣之罪。其妻王氏更是机巧乖变，与秦桧狼狈为奸，暗约金主，合成一路，充当细作，里应外合，要将南宋做个整人情，送给金朝。当然，作品中也写了忠臣如宗泽、岳飞、李纲、洪皓等，为了恢复中原，南征北战的事迹。

　　其次，丁耀亢一面描写吴月娘母觅子、子寻母的血泪故事，又一面铺写宋高宗偏安一隅与秦桧相互勾结，不但不主动北上恢复中原迎父兄还朝，反而想方设法阻止宗泽、岳飞等北伐中原。作品中写吴月娘与孝哥分别后,吴月娘曾去东京觅子不得,然后坐官船去江南寻找,历尽艰辛。而其子孝哥先是出家为僧,长大后,亦是到处寻找母亲。十年艰辛,十年血泪。功夫不负苦心人,母子终于在南海普陀山朝圣时重逢。应该说,吴月娘母子相寻的故事是感人肺腑的。而与此相照应的是身为南宋之主的赵构,明明知道其父兄在北国受苦受难,然而却不思进取,迎二圣还朝,反而阻止宗泽、岳飞北伐中原。那宗泽曾只身一人,招安太行山草泽英雄王善等,率雄兵百万,收复东京,累次上本请高宗回汴,然而因奸臣所阻,宋高宗迟迟不北上,延误了战机,致使宗泽忧愤而死。死时连叫"过河"不止。那岳家军,在朱仙镇把金人打得大败,金兀术即将败退,岳飞即可直捣黄龙府。不料秦桧竟力主和议,下十三道金牌召回岳飞,以莫须有罪名将其害死。观徽宗、钦宗、高宗父子三人,国难时,推让帝位以自保,且寻安乐窝;登基后,却偏安一隅,不但不北上迎回父兄,反而将国都一再南迁。

最后,丁耀亢则是一面描写西门庆、"金"、"瓶"、"梅"三个妇女转世相报的故事,一面交代赵匡胤、柴世宗、德昭、钱镠、陈桥兵变将领等转世后争夺天下的来龙去脉。作品中安排西门庆三次转世,一转为盲丐,二转为太监,三转则为犬豕,令其饱受人间的磨难与痛苦;潘金莲则转世为金桂,先是嫁给陈经济转世的刘瘸子,不得男女之爱,然后让金桂变为石女,不得男女之欢。李瓶儿则转世为银瓶,被卖入娼门李师师家,嫁给年已花甲的翟员外后,与花子虚转世的郑玉卿私奔,竟被郑玉卿卖给苗青,自杀而死;而庞春梅转世的梅玉嫁给金二官人为妾,金二官人的原配竟是孙雪娥转世的粘夫人,则粘夫人对梅玉是极尽虐待之能事。而与此故事相照应的是,作品写大宋国的君臣与金主,竟然也是有其前生转世的。比如写金粘罕竟系赵太祖托生,金兀术竟是德昭太子托生,金主买竟是柴世宗托生,宋高宗竟是钱镠所托生,或报柱斧之仇,或报陈桥夺位之仇,或报伪夺周禅之仇,故而扰乱宋家天下。而那宗泽、岳飞父子、韩世宗、张宪等俱系陈桥兵变拥戴太祖黄袍加身的众将领托生。故而其徒有勇武而不能北上收复中原。

丁耀亢安排以上三条线索,呈扇面打开,在三个不同的地方,即清河、汴京和江南,展开这三组不同的故事。而那起到关锁作用的无疑便是那《太上感应篇》所讲的"三世因果"报应。这种"三世因果"、循环报应的叙事模式,旨在惩恶劝善,因而其在本质上应是属于一种"神道设教",乃中国小说叙事学之一。

关于《续金瓶梅》的主旨思想,鲁迅先生的《中国小说历史的变迁》认为:"《续金瓶梅》乃是对于《金瓶梅》的因果报应之说。"①丁耀亢本人在《凡例》中亦云:"兹刻以因果为正论,借《金瓶梅》为戏谈。"近世论者多从此思路出发,认为《续金瓶梅》虽是借"因果为正论",但也表现了一定的民族意识。如袁世硕先生认为:"《续金瓶梅》演因果故事,也正寄寓着对卖国通敌者的鞭挞。"②黄霖先生认为:"《续金瓶梅》……沉痛地总结了明亡的历史经验,愤怒地控诉了清朝贵族的残暴统治,自始至终洋溢着爱国爱民的激情。"③从主旨思想的角度来,以上三说固是十分深刻,表现了评论者的真知灼见。然就《续金瓶梅》的文化意蕴来说,笔者认为,首先在于为《太上感应篇》一书作注解,要将儒、释、道三家思想融通为一体,阐明三教同源,旨归劝善;其次是要表达家国一体的政治寓意,总结北宋何以会亡于金的历史教训。

《续金瓶梅》的文化意蕴首先体现在为《太上感应篇》作注解,而在哲学观念上要融通儒、释、道三家。《续金瓶梅》卷首载作者自撰《太上感应篇阴阳无字解序》,其文有云:

> 亢不敏,病卧西湖,既不克上膺简命,而效职于民社,谨取御序颁行《感应篇》而重锓之。欲附以言,而笺者已说之矣。吾闻天道至秘,以言解之而反浅;人心惟微,以法绳之而愈遁。不如以不解解之。

西湖钓史为《续金瓶梅》撰序,其文亦有云:

> 《续金瓶梅》者,惩述者不达作者之意,遵今上圣明颁行《太上感应篇》,以《金瓶梅》为之注脚。④

观此二序,均指出丁耀亢创作《续金瓶梅》是为《太上感应篇》作注释,作"无字之解""不解之解"。《续金瓶梅·凡例》曰:"兹刻以因果为正论,借《金瓶梅》为戏谈。恐正论而不入,就淫说则乐观。故于每回起首先将《感应篇》铺叙评说,方入本传。客多主少,别是一格。"

---

① 鲁迅著:《中国小说的历史变迁》,《鲁迅全集》第九卷,人民文学出版社2005年版,第341页。

② 袁世硕著:《续金瓶梅后集·前言》,《古本小说集成》影印本,上海古籍出版社1994年版。

③ 黄霖著:《金瓶梅续书三种·前言》,齐鲁书社1988年版。

④ 以上两序见《续金瓶梅后集》,顺治十七年刊本,《古本小说集成》影印本,上海古籍出版社1994年版。

　　至《续金瓶梅》一书如何为《太上感应篇》作注解，因前节已论，故不再赘述。丁耀亢虽是要为道家典籍《感应篇》作注解，但是其哲学观念是要融通儒、道、佛三家。这不仅表现为每回中除先将《感应篇》评说外，也是要征引佛教经文予以佐证，并标立佛家"六十四品"以醒人耳目。作品所引佛教典籍包括《华严经》《金刚经》《圆觉经》《弥陀经》《楞严经》《法华经》《般若经》《高僧传》等十六部；每回目前，均标立品目，如广仁品、广慧品、正法品、妙悟品，等等。如开篇第一回即征引《华严经》经文，以阐述因果。其文有曰："如来广大目，清净如虚空。……知诸众生，乐欲不同；随其所应，说法调服。"第二十四回征引《楞严经》经文予以讲说，曰："诸法所生，惟心所现。一切因果，世界微尘，因心成体。欲言心有，如箜篌声，求不可见。"

　　丁耀亢为了注解《感应篇》和阐述三世因果的理念，也引证了儒家经典文献，并结合二十一史予以论述。比如丁耀亢为了阐述"色"与"情"的观念，说："《大学》讲正心诚意，开首头一章就讲了个'如好好色'。从色字说起，才到了自慊的地位。可见色字是个诚意之根，仙凡圣贤这一念是假不得的。即如倩女离魂、尾生同死，才满得个诚字，与忠臣孝子的力量一样满足，只分了邪正两途，因此讲理学的不可把色字抹倒。"这里，丁耀亢讲解"诚"字，以正邪二字予以区分。如倩女与尾生二人，其所为也是一个"诚"字，然而与忠臣孝子的"诚"相比，其邪正却不一样。

　　丁耀亢的所谓融通儒、释、道三家，其观点是认为"三教同源""三教同归"。在第六十四回，他说道："天命人心有个太乙为之主宰，一切众生贪淫盗杀俱是无用的。这就是圣教的天命，佛的空字，仙教的太极。"丁耀亢提出的"太乙"说，从哲学本体论的角度来谈三教同源的问题，指出儒家的"天命"、佛家的"空"、道家的"太极"是同源的，也是同归的。如丁耀亢认为儒家也讲因果，第十回中，他认为："这因果二字原为迷人说法，如大道圆通，生死不二。说什么跖寿颜夭，宪贫季富。今日《感应篇》入门，先去人贪淫二字，教人知戒。那孔门大贤南宫适说，那羿大恶，后来不得其死；禹稷勤苦，子孙俱得了天下。分明是讲一段因果，孔夫子全然不答，只指出'尚德'二字，劝人为善，不说轮回，正是那佛法平等，把地狱、天堂一笔抹净。是我儒家的大道，何尝不信轮回？"丁耀亢讲《太上感应篇》感应观念，讲佛法的三世因果，讲儒家的大道，其本旨还是讲一个"仁"字和"天理"，而这"仁"与"天理"不也就是前文所谓的"太乙"吗！其写西门府及"金""瓶""梅"三个妇女的转回报应，其讲南宋、北宋与大金的循环报应，莫不着意于此。可见，儒家的"仁政"思想，依然是丁耀亢的正面追求。

其次，丁耀亢通过《续金瓶梅》，也是要表达其"家国一体"的政治寓意，其写闺阁即是写朝廷，其写西门府的生离死别即是写大宋江山的政治危机。关于这一点，与那《金瓶梅》前集所言并无差别。《续金瓶梅》中写银瓶私奔、写梅玉与金桂闺阁淫邪，写李师师的兴与衰以及写翟员外、郑玉卿、刘瘸子之流的本末故事，与《金瓶梅》前集中写"金""瓶""梅"三个妇女一样，其矛头对准的仍是朝廷士大夫之流。而更具讽刺意味的是，当吴月娘与孝哥，一个千里觅子一个千里寻母的时候，那康王赵构竟偏安一隅，本人既不愿意迎父兄还朝，也不支持那节节胜利的宗泽与岳飞北伐，反而将国都一再南迁，以避金人。丁耀亢这么刻意地将家事与国事放在一起，对照着写，旨在说明"家国一体"的政治观念：西门庆之亡身、西门府之败落与蔡京、秦桧等奸臣误国、徽钦二帝北狩、高宗偏安一隅是彼此密不可分的，他们或同运而兴，或同运而亡。是故，那西湖钓史说《续金瓶梅》："本阴阳鬼神以为经，取声色货利以为纬，大而君臣家国，细而闺阃婢仆，兵火之离合，桑海之变迁，生死起灭，幻入风云，因果禅宗，寓言亵昵。"是故，那作者丁耀亢亦说："不知天下的风俗，有这贞女丈夫，毕竟是朝廷的纪纲用那端人正士。有了纪纲，才有了风俗；有了道义，才有了纪纲；有了风俗，才有了治乱。一层层说到根本上去，叫看书的人知道，这淫风恶俗，从士大夫一点阴邪妒忌中生来，造出个不阴不阳的劫运，自然把礼、义、廉、耻四个字一齐抹倒。"凡此，都在说明作者是在有意地将一"家"的兴衰与一"国"的兴亡放在一起来写的。

要之，丁耀亢描写三组故事，写大宋的败亡，写西门府的盛衰，写西门庆、"金"、"瓶"、"梅"的三世因果，写金主入侵中原与节节胜利的北伐军，当意在说明："一家仁，一国兴仁；一家让，一国兴让；一人贪戾，一国作乱。""不诚其意，不正其心，不修其身，不齐其家，又焉能治国平天下？"①其机如此！如此而已！这《金瓶梅》后部是这样，前部也是这样。正如业师张锦池先生评《金瓶梅》前部，有文云："《金瓶梅》不只是一部讽世的小说，也是一部中国晚明时代的政治历史小说，家国在作者的笔端是一体的，讽世亦即讽政，乃艳歌当哭，而旨归劝惩之作。"②

最后，需要指出的是，那都察院御史赵鼎与兵部尚书李纲每人所上的一纸奏章，实际上就是丁耀亢提出的保国安民的政治纲领。赵鼎的奏章有云：

①　《礼记正义》，十三经注疏本，北京大学出版社1999年版。
②　张锦池著：《中国六大古典小说识要》，人民文学出版社2013年版，第297页。

"国家根本已枯，小民膏脂已竭，乞震乾纲，大清奸宄，以助兵饷，以退强敌。"①李纲的奏章有云："用兵之道，抑阴而补阳，治国之先，除奸以止乱。"②一个强调的是仁，即爱民，一个强调的是忠，即御边，而二者的结合点却都是指向了剪凶除奸。是故，《续金瓶梅》这部庋藏佛学、史学与"金"学的著作也就成了一部讽喻之作，其机锋所向是如何"御边幅"，其衷心所愿是如何"平虏、保民、安国"。

---

① 　丁耀亢撰：《续金瓶梅后集》卷首，顺治十七年刊本，《古本小说集成》影印本，上海古籍出版社 1994 年版。

② 　丁耀亢撰：《续金瓶梅后集》卷首，顺治十七年刊本，《古本小说集成》影印本，上海古籍出版社 1994 年版。

第九章　陈球与《燕山外史》创作考论

　　骈文体,也叫四六体,亦曰骈四俪六。骈文自六朝起,经历唐代"古文运动"的低谷后,至清代又复兴。清初陈维崧享有盛名;乾、嘉时期,著名的骈文大家有袁枚、邵斋焘、刘星炜、孔广森、吴锡麒、曾燠、孙星衍、洪亮吉等八家。然而,说部中又有诗人兼画家陈球,以骈体文创作《燕山外史》,长达三万一千余言,尽情展现其辞章之美,从而铸就说部及骈文史上的奇迹。叶维庚赞云:"海内文宗陈伯玉,禁中乐府柳屯田。闲来谱出《燕山传》,不数怀宁燕子笺。"

　　本章将从《燕山外史》的作者及版本、《燕山外史》与骈文小说、《燕山外史》对《窦生传》的再创作、《燕山外史》的审美价值与文化意蕴等几个方面予以考论。

一、《燕山外史》作者及版本考略

　　《燕山外史》作者为陈球,其生平,自鲁迅先生《中国小说史略》发覆以来,因其通篇为四六骈体文,又因被鲁迅先生批评为"状物叙情,俱失生气",致使对其关注与研究不多。近年,台湾学者王琼玲先生、潘建国先生先后有所关注。① 然因其生平材料一直发现很少,致使研究进展不大,如陈球生年、创作《燕山外史》的时间等问题还是没有得到很好解决。至其版本,因潘建国先生于上海图书馆发现手稿本,极大地推动了各种刊本的研究;然对于傅声谷注释本的研究,还鲜有论及。是故,笔者在前贤的研究基础上,结合上海图书馆手抄本《燕山外史》序跋和《墨香居画识》《两浙輶轩续录》《出山草谱》等相关记载,对以上诸问题予以进一步探讨,以清眉目。

1. 作者陈球生平考

　　《燕山外史》为清嘉庆年间,浙江嘉兴府秀水(按:府治所在地)人陈球所撰。《嘉兴府志》之卷八十一《经籍志·子部·小说家》云:"陈球,《燕山

---

① 潘建国先生曾撰有《新见〈燕山外史〉清稿本考略》,载《明清小说研究》2008 年第 1 期;王琼玲撰有《燕山外史初探》(1993)《燕山外史研究》(1997)等。

外史》八卷。"又卷五十三《列传·隐逸》云:"陈球,字蕴斋,诸生。家贫以卖画自给。工骈俪。喜传奇。尝取明冯祭酒梦祯叙窦生事,演成《燕山外史》。事属野稗,才华淹博。《墨香居画识》称其善山水。"①据此乃知,陈球,字蕴斋,画家,小说家,功名不畅,仅考取秀才。至《窦生传》,乃明代冯梦祯所撰传奇,俟下文详考。

《墨香居画识》,共十卷,乃清代南汇人冯金伯所撰。冯金伯,字冶堂,一字南岑,号墨香居士。另著有《国朝画识》十七卷、辑有《词苑萃编》等。《墨香居画识》有冯金伯《自序》。其文云:"长夏养疴云间寓楼,摒挡药里之外,颇有余闲。因略加诠次,先登梨枣,就正于当代名公韵士。洎失当爵里,或讹,均希有以教之。其系之墨香居者,别于《国朝画识》之纂辑群言也。其仍曰画识者,则犹夫不贤者,识其小者之意云尔。墨香居士冯金伯书。"《墨香居画识》卷十载:"陈球、吕钤、沈瀚三人,皆嘉兴人,工山水。"②

清代于源《镫窗琐话》云:"陈蕴斋先生,球。居郡中瓶山之侧,自号一篑山樵。性豪迈,耽酒,工画。尝寓西湖,遇雨则著屐出游,徘徊山麓间,终日不去。人笑其痴。蕴斋云:'此即天然画稿也,勉向故纸堆中觅生活耳!'诗品淡逸如其画。"③据此又知,陈球,号一篑山樵。长于山水画,亦擅诗。《燕山外史》题词中,有陈球同乡姚鸞云:"诗中有画画中诗,非画非诗笔更奇。"其下姚鸞注云:"蕴斋长于诗画。"④

陈球善于作画,并因此进学。《两浙辅轩续录》中许仁杰曰:"阮文达视学时,兼试绘事。禾中录取者六人,山水则先生、周封、吕钤、沈瀚;花卉则钱善扬、虞光祖也。"⑤阮文达,即阮元。阮元于嘉庆元年(1795)曾视学浙江。则陈球因绘事取中秀才,约在1795年或稍后。《名媛诗话》亦载陈球《咏寒柳》二句:"龙得春和眉尽展,旋经秋冷黛全消。"⑥并评曰:"可谓刻画殆尽。"可见,陈球不但善于绘画山水,且能移画入诗,这也为其创作才学小说

---

① (清)许瑶光等纂修:《嘉兴府志》,《中国方志丛书》,光绪五年重印本,台北:成文出版社1970年版,第2486页、第1472页。
② (清)冯金伯撰:《墨香居画识》,《清代传记丛刊》第七十二册,周峻富辑,台北:明文书局印行,第6页、第453页。
③ (清)于源撰:《一粟庐合集》,道光年间刊本,国家图书馆藏。孔令境先生所著《中国小说史料》曾引《一粟庐合集》中关于陈球的史料及其五首诗,为学者广泛转引。
④ 见《燕山外史·题词》,三陋居藏本,嘉庆十六年刊本。
⑤ (清)潘衍桐辑:《两浙辅轩续录》卷二十四,《续修四库全书》第一六八五册,上海古籍出版社2002年影印,第693—694页。
⑥ (清)沈善宝撰:《名媛诗话》卷三,光绪年间鸿雪楼刊本。

《燕山外史》打下了坚实基础。

　　于源除撰《镫窗琐话》十卷外,尚有《一粟庐诗稿》八卷、《题红阁词抄》一卷、《柳隐丛谭》五卷以及《语儿村笛》一卷。其《镫窗琐话》载有陈球五首诗,乃陈球不多见之诗作。第一首为七律,题为"立夏前一日,谢吴生钓璜惠酒",属酬谢之作;第二至五首为七绝,题为"阶前紫竹为圬人所损,越七年而复生,作七绝以志喜"。今逐录如下:

　　　　其一:
　　　　连天风雨妒芳辰,无限莺花付劫尘。眼底难留春一日,杯中莫厌酒千巡。辱君何事怜吟客,许我今朝作醉人。樱笋筵开新节换,酡颜倒却老头巾。
　　　　其二:
　　　　新篁乍透碧云姿,叹息相逢已恨迟。不可此君无一日,风光况隔几多时。
　　　　其三:
　　　　剩粉零香尚复存,可怜黄土困灵根。七年空洒潇湘泪,不道年年却返魂。
　　　　其四:
　　　　窗前重见影团团,几度凭栏带醉看。赢得儿童消息好,这回可是报平安。
　　　　其五:
　　　　旧绿凋零新翠攒,何缘又见碧琅玕? 生涯此后无他事,拣取修枝作钓竿。

以诗志喜,所为竹、酒二事,晋人风度亦见矣。《燕山外史·题词》中,有胡文铨之作。其诗云:"三万言难遣,十千酒屡沽。情多终自累,才大有谁俦?"胡文铨自注云:"辛酉岁,余以事至禾,蕴斋为居停主人,知其落落寡交,家贫,以卖画自给酒食,恬如也。"[1]胡文铨,字雪峰,直隶大兴人。从胡注中,知陈球科场不得志,致家贫;然其能以"卖画"为生,且处之"恬如",不输真名士也。《燕山外史》卷末,陈球自述生平。其文曰:

　　　　球十年作赋,伤旧业之荒芜;三径论交,怅同侪之寥弱。学诗学剑,

————————————

[1]　见《燕山外史·题词》,三陋居藏本,嘉庆十六年刊本。

百事蹉跎；呼马呼牛，半生潦倒。兼之路企羊肠，雄心久耗；年加马齿，壮志都灰。骨至消余，见蝇飞而神悚；胆从破后，闻蚁斗而魂惊。嗟乎！桓温已逝，孰许猖狂；严武未逢，谁容傲岸？谁知囊内金俱尽，任教邓禹笑。还喜樽中酒亦空，免使灌夫骂客。

关于陈球生年，则可据《燕山外史》成书年代考知。《燕山外史》成于何时呢？叶蔚在《燕山外史·题词》中说陈球：“少作经生老画师，中年落魄著新词。”是故，《燕山外史》似应为陈球中年所作。再看吴展成《序》，其文曰：“《燕山外史》一编，陈君蕴斋所作也。……蕴斋介其《小阮眭春》示余，且嘱余弁言其首。……嘉庆辛未仲冬，古横塘螟巢居士吴展成拜手题。”吴展成，字庆咸，号螟巢，又号二瓢，嘉兴人，岁贡，著有《春在草堂集》六卷。吴展成《序》题署嘉庆辛未年（1811）仲冬十一月，则可大略推知陈球生年。陈球中年作赋，历十年而成《燕山外史》，那么，《燕山外史》书成时，陈球大约四十岁，那么可以推知其生于1771年。

值得注意的是，上海图书馆藏有《燕山外史》手抄本。前有李汝章《序》，为嘉庆十六年三陋居刻本所删。所署时间为“嘉庆己未暘月沁碧李汝章拜题”。李汝章，号沁碧，布衣，《嘉兴府志》“文苑”有传，著有《易辨》《是亦山房灌园余事诗稿》《也算文稿》《溪稳自定诗词稿》《慈云现杂剧》等。李汝章与陈球交谊深厚，陈球曾在李家坐馆，教授李汝章之子李贞木读书，后李贞木于道光十五年考中进士。对照《中西史日对照表》，嘉庆己未年是嘉庆四年（1799）。更为重要的是，手抄本吴展成之《序》所署时间亦与李汝章序相同，也是嘉庆己未仲冬，与其在刻本上的《序》所署的时间整整相差十二年。显然，刻本所署时间有误。

再，刊于刻本的吕清泰的《序》文内容。其文曰：“蕴斋先生所著《燕山外史》，传窦生逸事……忆己未之秋，蕴斋索余题词，甫读一遍，第如入庄严法会，琉璃琏璖，缨络珠宝，光怪陆离；又如金钟玉磬，青鸾元鹤，宣演法音。但以语言文字而犹著色相也。迄今观之，乃是大辩才。登七宝莲座，讲说大乘妙偈。示现前业镜，当头棒喝，唤醒世间痴儿呆女，同皈正觉，成不可思议功德。……嘉庆辛未涂月上浣，辟支头陀吕清泰铁崖氏拜手。”吕清泰说的“忆己未之秋，蕴斋索余题词”，“甫读一遍”，明明白白地道出了是书写定的时间，即是嘉庆四年（1799），而此年，陈球约四十岁，由是推知陈球约生于乾隆二十四年（1759）左右。至陈球卒年，还不可考，尚需等待新材料的出现。

2.《燕山外史》版本考

关于《燕山外史》的版本,近年海内外学者,颇有关注。① 然其版本,因国内诸馆多有收藏,为了进一步探究陈球创作之本旨,尚有重新梳理的必要。故考其版本大略如下:

《燕山外史》,今所见刻本有嘉庆十六年(1811)三陋居藏本、小蓬仙馆藏本及芸香堂藏本,同治五年(1866)裕德堂藏本、醇雅堂藏本,光绪三年(1877)上海重刊本,光绪四年(1878)日本大乡穆训点本②以及韩国学者朴在渊私藏本③等8种。至手抄本,则有《燕山外史手稿》本,藏于上海图书馆古籍部。

因手抄本对于了解《燕山外史》的成书,有至为重要的意义,故先从考释该本入手。手抄本《燕山外史》,原书题为《燕山外史手稿》,一册。书后有《跋》,介绍其书来历较细,其文曰:

> 清嘉道间秀水陈球善四六骈体。此著谱窦生之轶事,在百数年前,已具男女爱慕婚姻自由之萌芽。惟稿本纵情描述,辄无他忌。但晚清之季,封建统治阶级虽面临崩溃之前夕,尤见压缩群众酷爱民主之气焰。故该书取刻本与此本对照,除首缺李汝章序文及当时诸名公等题词外,并将内容认为悖犯礼教之处,百汰一二,有失庐山本来面目。不禁睹卷良深感叹。现经审定,此为陈氏最后之定稿,并有"色雪斋"及"晏清"朱印图记,惜无资斧翻刻公诸世。此志只有俟于异日。淮山后学宋振仁谨跋于静思轩。

手稿本《燕山外史题词》,首页钤"晏清""印雪斋"(按:上引跋文误"印"为"色")二印,一阳一阴。前有序文两篇,短跋一篇。序文分别是"吴展成序"和"李汝章序",无嘉庆十六年刻本中的吕清泰序。短跋为作者陈球所撰。

---

① 考《燕山外史》版本,有潘建国先生所撰《新见〈燕山外史〉清稿本考略》一文,载《明清小说研究》2008年第1期,第238—249页。有台湾学者王琼玲先生撰《〈燕山外史〉新探》与《清代四大才学小说·丙编·〈燕山外史〉研究》二文,前文见《1993年中国古代小说国际研讨会论文集》,开明出版社1993年版,第365—390页;后文见《清代四大才学小说》,台湾商务出版社1999年版,第327—361页。

② 孙楷第《中国通俗小说书目》卷十附录三《日本训译中国小说之目录》云:"《燕山外史》二卷,大乡穆训点,明治十一年,长野龟七排。"而此本亦实是傅声谷注释本。

③ 见《韩国藏中国稀见珍本小说》第二卷《燕山外史·后记》,季羡林等点校,中国大百科全书出版社2003年版,第441页。朴在渊私藏本实为傅声谷注释本。

李汝章《序》文曰：

> 传千古不朽之业，立言其一也。然立言者多，何传千古者独少？非
> 独开千古生面者，必不传；开千古生面非极千古才力者，亦不传。不特
> 经史文章，即稗官野乘，何独不然？蕴斋先生所撰《燕山外史》，既开千
> 古生面，复极千古才力，则决其必传于千古也奚疑。

陈球之《跋》文曰：

> 沁碧此序，词多溢美。余也何人？辄当斯语。本不敢登入，只缘沁
> 碧作此序后，遽尔赴如玉楼，闻其弥留时，犹惓惓于拙作不置。余不忍
> 负死者雅意。因此赧颜付梓。噫！黄土一抔，已宿故人之草；青燐几
> 点，难招才子之魂。对斯序也，能不潸然！

吴展成《序》，虽存于刻本，然正文已有改易；而尤可注目者，是序文题署时
间出现不同（已论，见前文）。至如《凡例》，手稿本计有九则，末署"蕴斋
识"，嘉庆十六年刻本《凡例》八则，删掉一则。这多出的一则为："是作所用
典故，字面有不妨重复者，如玉箫或作人名，或作乐器；木兰或作人名，或作
花名，或作舟名。鄙作凡遇此等字面，不及避出，以所用之迥别耳。"《凡例》
中，尤可注意者为第六则，其文有几处为嘉庆十六年刻本所无。一是："是
作初名《艳情记》，仅得二万言。"二是："阅者苦其冗长，目力不继，因是分为
四卷。"可见，此书原名实为《艳情记》；全篇只分四卷，而刻本则另分八卷。
　　手稿本上的《题词》有二四家，共六十五首诗。依次为：嘉兴吴展成《金
缕曲》一首；嘉兴张斯冈七绝六首；嘉兴吴嘉孚七绝二首；秀水王祯七绝二
首；归安费鸾雏七绝二首；嘉兴曹言冈七绝二首；秀水李汝章七绝二首；嘉兴
沈振麟七律一首；山阴郑登七绝四首；秀水马光荣《摸鱼儿》一首；秀水吴兆
熊七绝四首；秀水吴洵七绝二首；嘉兴沈志瀛《金缕曲》一首；秀水陈澧七绝
六首；平湖冯廷标七绝六首；归安章谟七绝三首；秀水吕铃七绝二首；嘉兴李
汝虎五言古风一篇；秀水姚鷟七绝四首；秀水范嗣昌七绝二首；秀水钟洪七
律一首；嘉兴沈廷瑚七绝四首。上述诸家中绝大部分不载于嘉庆十六年刻
本，仅有七家题词载于刻本，而刻本上又有八家题词为手抄本所无，分别为
胡文铨、叶维庚、盛复初、胡金题、钱之鼎、赵正文、叶蔚、赵彬等。
　　嘉庆十六年刻本中，其题词虽不如手稿本多，然那不见于手抄本的北平
大兴人胡文铨的《题词》，"俪制推张鷟，新编托董狐"一句，却让人最可注

目。张鷟之《游仙窟》,从鲁迅先生《中国小说史略》,至《中国古代小说总目·文言卷》,皆认为其在国内"久失传","绝不见传",近世才从日本传回。① 而"俪制推张鷟",无疑是对这所谓"失传说"的挑战。

《燕山外史》现存最早的注释本,是光绪五年(1879)上海广益书局的石印本。该本题为《绘图注释燕山外史》。正文前题永嘉若骇子辑注,项震新东垣氏参校。

若骇子即傅传,字声谷,永嘉人,曾撰有《袁文石笺补正》、辑有《历代世系谱图》等。汤肇熙《出山草谱》收录有其所作《奉赠绍卿公祖,用出都原唱韵》诗六首:

> 智珠在握俨探骊,治绩令人系所思。成宪恪遵能报主,湛恩普被不分谁。从知召父循声远,翻憾荆州识面迟。惭愧驽骀年老大,枉图立雪踵杨时。
> 庖代东嘉一月中,其如返斾迹匆匆。暂叨膏雨霑芃黍,还望仁风续苞蓬。福薄竟难留卧辙,才高何遽弛张弓。横阳仍荷芹阳化,镇日衣裳觐渚鸿。
> 万口碑从载道传,闲庭花落自年年。郑卿遗爱民称母,虙子鸣琴吏欲仙。惠赐序言光系牒,委参文字结尘缘。即今盥读勤民谕,叹服精心可质天。
> 如来现出宰官身,说法都教法并伸。善政自能成善教,名儒即可作名臣。洁清似水无余物,勤慎如公有几人。信是素娴治县谱,安平书就绘和亲。
> 雅操玉尺细评文,欣赏奇文鹤俸分。樑栋储材关化雨,经纶嘘气蔼祥云。无私定谳夸包老,有茸遗编仰宋君。先墅窦峰休恋恋,好将忠孝矢心廛。
> 政成化洽乐同观,枳棘丛中幸有鸾。万户瓣香奉生佛,一天列宿应郎官,遮留曲慰舆情望,听断常传卫士餐。试看明年登六表,芙蓉江上颂腾欢。②

汤肇熙,字绍卿,江西万载人,清同治二年进士,光绪八年任平阳知县。此诗

---

① 张鷟《游仙窟》一书,至清末杨守敬《日本访书志》卷八曾有著录,故诸多学者,如鲁迅先生、李剑国先生,皆认为此书在国内久佚,绝不见传。依胡诗,似可商榷。

② 汤肇熙撰:《出山草谱》,清光绪昆阳县署刊本。

题六首,表现了傅传对汤肇熙政绩的高度赞美。

项震新为《燕山外史注》作《跋》,有文云:"余友声谷傅君,尝设帐乐成。所注《燕山外史》,骈体外卷,分段诠解,纤悉无遗,将付梓,属予校雠……"而戴咸弼《序》论傅传生平为人较详。有文云:"郡庠明经也。性情敦朴,有古君子风,其嗜古若饥渴。家贫,老于笔耕。近时师道废,惟善诱后进者咸推君。郡邑人士争延致其家为名师焉。至则辄发其所藏,尽书读之,昕夕采缉不传,久而所见广,所得益多。尤喜骈四俪六之文。摘取《袁文石笺》之阙误者甚夥,为之补正。又注《燕山外史》八卷,皆援据赅博,考核精审,其勤益不可及。……光绪己卯仲冬,嘉善戴咸弼拜撰。"谓傅声谷"明经",亦即是一个贡生,科举不第,以设馆谋生;其人亦酷爱骈文,与陈球有相同的经历与爱好。上引《奉赠绍卿公祖用出都原唱韵》诗,是傅声谷仅见的一首诗,对于考证傅声谷之生平极有价值。其诗句"惠赐序言光系牒,委参文字结尘缘"下皆有注。出句下注云:"传辑《历代世系谱图》,蒙赐序。"对句下注云:"公著《出山草谱》,传为校对。""传"即傅声谷之名。则傅声谷著有《历代世系谱图》,汤肇熙曾为之作序,而傅声谷亦曾为《出山草谱》校字。

傅声谷因何为《燕山外史》作注呢?却原来,正如《凡例》云:"是编素无注释。坊间以《〈桃花扇〉后序》之注欣动予意。予不揣梼昧,妄为辑注。"①《桃花扇后序》作者,乃是清人吴穆所撰。吴穆,字镜庵,北平人。该文亦是通篇骈俪,共约二千五百字,可谓辞采华丽,颇用典故。而注释此序的人,是清人陈宸书。陈宸书,闽县人,一名大捷,字章徽,一字心泉,号花庭闲客,一号养性斋。举人出身,曾任湖南慈利县知县。那么,陈宸书为《桃花扇后序》作注的缘由是什么呢?《桃花扇后序注释·弁言》云:"予年十六始学骈体,读吴镜庵《桃花扇后序》,悦之。思援笔为注,而家无藏书,旨能从事者三十四年。乙亥春仲,因思迩来蓄书颇多,易酬宿愿,爰为释之。……嘉庆丙子夏至前三日,花庭闲客自识于浣兰轩。"②《桃花扇后序》全用骈文,仅二千五百余字,而陈宸书为之作注,竟达四卷,成四册书,亦实属罕见,由是可见,古人治学之深广。可以想见,陈宸书不有如此所为,又焉能打动傅声谷,更不能引起他直追古人,欲为《燕山外史》作注的愿望。

---

① (清)陈蕴斋撰,(清)傅声谷注:《绘图注释燕山外史》卷首《凡例》,台北:广文书局1999年版。

② (清)陈宸书撰:《吴镜庵〈桃花扇传奇〉后序详注》,四卷,东北师大图书馆藏。

二、《燕山外史》与骈文小说

以骈文为小说,陈球实为首创。然以骈文句式入小说,起源很早。一般说来,在六朝志怪与志人小说中,即已出现,然因六朝小说篇幅短小,骈文句式变化不大,且数量上一篇小说中偶有一两句而已,实在算不得有意为之。是故,本节探讨《燕山外史》的骈文运用,将从唐人小说《游仙窟》说起。

1. 从《游仙窟》说起

《游仙窟》为唐代张鷟所撰。张鷟(658—730),字文成,号浮休子。深州陆泽(按:今河北深州市)人。《旧唐书》《新唐书》皆有传。《旧唐书》曰:"聪警绝伦,书无不览。为儿童时,梦紫色大鸟,五彩成文,降于家庭。其祖曰:'五色赤文,凤也;紫文,鸑鷟也,为凤之佐,吾儿当以瑞于明廷。'因以为名字。初登进士第,对策尤工。考功员外郎骞味道赏之曰:'如此生,天下无双矣!'调授歧王府参军。又应下笔成章及才高位下、词标文苑等科。鷟凡应八举,皆登甲科,再授长安尉,迁鸿胪丞。凡四参选,判策为铨府之最。"是故深受时人激赏。如员半千曾言:"张子之文如青钱,万简万中,未闻退时。"甚至有人称之为"青钱学士"。而且,新罗、日本等国,也尤为钦慕他的文章,每次派使者来长安,"必重出金贝以购其文"。① 然而,他仕途并不得意,终因性情浮躁,不持士行,为宰相姚崇所厌恶。开元初,御史李全交弹劾他讪短时政,贬至岭南。不久内徙,任司门员外郎。其作品,除《游仙窟》外,尚有《朝野金载》《龙筋凤髓判》等。

《游仙窟》作于高宗调露元年,是唐人传奇中的一篇逞露才藻的作品,开了后世的小说逞才炫学的先河。《游仙窟》的故事实为叙述作者本人的一次艳遇。张氏在奉使河源途中,进入一个叫"神仙窟"的大宅,受到十娘、五嫂的款待,宴饮笑谑,诗书相答,并共宿一夜而去。小说以第一人称叙事角度叙述,给人以真实感。该作品绝大部分内容运用骈俪,又大量穿插辞赋、诗歌、俚语等。在万余言的作品中,共运用了 83 首诗歌。是故,论《游仙窟》的文学意义及其审美价值,正如萧相恺先生所评:"从小说的艺术风格而言,这篇小说完全是才子型的,一方面它开了唐代小说重翰藻、叙事委

---

① (后晋)刘昫等撰:《旧唐书·张荐传》卷一百四十九,中华书局 1975 年版,第 4023—4024 页。

婉旖旎的特点;一方面亦开了后世炫才小说的先河。"①萧相恺先生从三个方面指出《游仙窟》的价值:一是才子型的作品;一是开了唐人小说重辞藻的先河;一是开了后世才学小说的先河。

那么,《游仙窟》作为一篇有开创性意义的逞才炫学的小说,其文体特征是如何形成的呢?笔者以为,它的问世,首先应与唐代兴起的变文有某种联系,二者之间可能受到共同的因素影响生成的。程毅中先生认为:"张鷟《游仙窟》在体制上有不少特点,只有从民间文学去找它的因由,才能得到比较合理的解释。"②这意见无疑是正确的。其次,还应从作家主体上来看问题,亦即它实是作者炫示才学的内驱力使然。有了这两方面的因素,作品一方面借鉴了民间文学的某些特点,一方面则运用正统文学的手法,《游仙窟》的产生也就不难理解了。民间文学如俗赋小令,描写崔十娘之美,则有"容貌似舅,潘安仁之外甥;气调如兄,崔季珪之小妹。华容婀娜,天上无俦;玉体逶迤,人间少匹。辉辉面子,荏苒畏弹穿;细细腰支,参差疑勒断"之句。如民间歌谣,"但问意如何,相知不在枣(早)";"儿今意正密,不忍即分梨(离)"等。如俗语民谚,"朝闻乌鹊语,真成好客来";"昨夜眼皮瞤,今朝见好人"等。运用正统文学的手法,如骈文俪句,"仆从汧陇,奉使河源。嗟运命之迍邅,叹乡关之眇邈。张骞古迹,十万里之波涛;伯禹遗踪,二千年之坂蹬。深谷带地,凿穿崖岸之形;高岭横天,刀削冈峦之势。烟霞子细,泉石分明。实天上之灵奇,乃人间之妙绝。目所不见,耳所不闻"。如骚体辞赋,"望神仙兮不可见,普天地兮知余心。思神仙兮不可得,觅十娘兮断知闻。欲闻此兮肠亦乱,更见此兮恼余心"等。③

由于该篇作品写艳情,不少论者把它视为狭邪的作品,甚至认为神仙窟是妓院,五嫂的身份近乎鸨母,而崔十娘就是妓女。④ 其实不然。应该说,崔十娘在文中的表现与妓女是有很大差异的。作者张鷟并无意炫耀其艳遇,他所侧重的是突出逞示诗才与真情的流露。如一开始窥十娘半面,吟诗赞颂,女亦不禁以诗酬答。而当晚婢女将他安置的是在外房歇息。后来,在他接连以数十首情诗、词赋打动对方之后,十娘旋即"为悦己者容",引入中堂,开宴款待。

将骈文与诗词结合,用以演述故事,乃是俗讲变文的特点。而张鷟的

① 萧相恺著:《中国文言小说家评传》,中州古籍出版社2004年版,第96页。
② 程毅中著:《唐代小说史话》,文化艺术出版社1990年版,第105页。
③ 《游仙窟》引文,均见李时人编《全唐五代小说》,陕西人民出版社1998年版,第130—156页。
④ 陈文新著:《文言小说审美发展史》,武汉大学出版社2002年版,第194页。

《游仙窟》也具有如此特色。同时,骈文除用来铺陈景物外,还用以叙事、对话,这当是张鷟首创。这对后世作家创作骈文化小说影响颇大,诸如汪价、屠绅,而尤以陈球《燕山外史》为最。

2. 骈文小说的高峰

骈文虽盛于六朝,然六朝小说中骈文的运用并不足观,骈句在小说中出现的频率极少。至唐代,"始以骈俪之语作传奇",骈句才开始在小说中正式出现,并逐渐增加。宋、明以降,传奇整体水平下降,至清则传奇小说有所抬头,并最终形成一个高峰,如《聊斋志异》及其之前古文名家的创作与其之后的《谐铎》《小豆棚》《浮生六记》等。然而,从运用骈文角度来看,《燕山外史》可算作其中的代表作之一。

唐人小说中,最有名的莫过于《李娃传》《霍小玉传》与《莺莺传》。白行简《李娃传》中,运用骈文,仅一组两句"竹树葱蒨,池榭幽绝"为写景。蒋防《霍小玉传》历来被视为极有文采之作,然其骈文出现也共有七组十六句。分别为:"思得佳偶,博求名妓";"不邀财货,但慕风流";"引谕山河,指诚日月";"春物尚余,夏景初丽";"博求师巫,遍询卜筮";"风流之士,共感玉之多情;豪侠之论,皆怒生之薄行";"丰神隽美,衣服轻华"。七组骈句,有用于写人、写景,也有用于叙事。而《莺莺传》仅有两处骈句,共七组十四句。分别为:"奈何因不令之婢,致淫逸之词";"幽会未终,惊魂已断";"君子有援琴之挑,鄙人无投梭之拒";"虽死之日,犹生之年";"以先配为丑行,以要盟为可欺";"玉取其坚润不渝,环取其终始不绝";"泪痕在竹,愁绪萦丝"。都用于议论。这些名作中的骈文句数,尚不足全文百分之一,且句式单一,几乎全是四四式,而作为骈句的正宗四六式,也仅有一处,即《霍小玉传》中的"风流之士,共感玉之多情;豪侠之论,皆怒生之薄行"。

至裴铏《传奇》,学界公认为是夹杂较多骈文的作品了。甚至有的学者认为:"《传奇》的语言,以骈俪化为特征。"①然其三十一篇小说中运用骈文情况,比例较多者不足百分之六七,最多者为百分之三十四,如《封陟》;而少者不足百分之一,甚至无骈文,如《王居贞》《薛昭》等。(具体见表9-1)

---

① 陈文新著:《文言小说审美发展史》,武汉大学出版社2007年版,第281页。

表 9-1　裴铏《传奇》所用骈文情况统计

序号	小说篇名	骈文句数字数	骈文占全文比例	骈文句式特点	骈文叙事功能
1	《孙恪》	8、48	6.7	33、44、55	写人、议论
2	《昆仑奴》	7、42	6	44、66	写人
3	《郑德璘》	3、22	2.5	33、44、66	叙事、写人
4	《崔炜》	2、16	1	44、55	写人
5	《聂隐娘》	2、20	1	44、66	写景、议论
6	《许栖岩》	2、16	1.5	33、44	写景
7	《韦自东》	2、16	1.3	44、66	写景
8	《周邯》	2、16	3	44、66	对话
9	《樊夫人》	1、8	1	44	写人
10	《薛昭》	6、48	6	44、66	写人、对话
11	《元柳二公》	4、38	1.5	33、44	场面、写人
12	《陈鸾凤》	1、6	1	33	叙事
13	《高昱》	2、16	1.5	44	写景、叙事
14	《裴航》	3、24	1.5	44	写人、写物
15	《张无颇》	5、36	3	44、66	写景、写人
16	《马拯》	2、16	2	44	对话
17	《封陟》	49、490	34	33、44、66	写景、写物、写人、对话
18	《蒋武》	1、12	1.5	66	写物
19	《邓甲》	1、8	1	44	叙事
20	《赵合》	1、8	0.5	44	叙事
21	《曾季衡》	4、32	4	44、66	写人、叙事
22	《萧况》	1、14	1	77	叙事
23	《姚坤》	4、16	2	44	写人
24	《文箫》	6、50	6	33、44、66	写人、写物
25	《江叟》	2、16	2.5	44	写声音
26	《金刚仙》	8、56	5	33、44	写物、写景
27	《卢涵》	2、16	2.5	44	写物、写人
28	《颜濬》	2、28	2	77	对话、写人
29	《陶尹二君》	26、110	9.6	33、44、77	写景、叙事、议论
30	《宁茵》	4、36	3	33、45	写物、叙事
31	《王居贞》	2、8	4	44	写物

而《燕山外史》中，是通篇运用骈文。其运用骈文，句式亦是丰富多样。有三三、四四、四六、六四、六六、四七、四八、八四、五四、五五、六五、四四—四四、六六—六六、六七、七四、七六、七七、七七—七七、八八、十十，近二十种。陈球运用骈句，固是逞才炫学，显露才藻辞章之美，然其并非一味卖弄技巧。而是有所寄慨的，也就是说，这与作者想要表达的心志、情意是密切相关的。如窦生、马遴家与爱姑重逢，三人欢悦。其文曰：

> 未几，青绕村烟，鱼灯乍起，红腾野火，猎骑方回。美人才款于闺中，壮士骤来于马上。马子戎装赫耀，俨同灌江之神；窦生儒服幽闲，雅作江头之客。欢复欢于斯时再晤，快莫快于此日重逢。乃即大开东阁之门，畅叙西园之宴。长春圃内，兰麝氤氲；不夜城中，鱼龙绚烂。楼台历历，院落溶溶。桦灯与火树齐辉，采袖共芳樽一色。秦弦赵管，遍召名姬；银脍金齑，广罗盛馔。其人似玉美而艳，有酒如淮旨且多。竹枝词，柳枝词，纤韵绕喉间而流逸；小垂手，大垂手，轻风翻掌上以悠扬。……生则绮思不让柳耆卿，姑则丽制何殊李清照。紫霞筋畔，兔毫各自霏烟；朱鸟窗前，凤采交相烂锦。绣帕缀春灯之好句，罗裳联秋月之闲吟。贺黄梅饶有柔情，姜白石殊多逸致。搓酥滴粉，飞来淡碧之笺；残月晓风，唱去小红之曲。

此段文字，骈文句式频频转换，由四四、七七、六六、八八，而至四四、七七、四四、七七、三三八—三三八，再至九九、四六—四六、八八、七七、四六—四六，形成一种循环往复、连环复沓、一唱三叠的艺术效果，整个段落显得活泼跳荡，与窦生、爱姑此时历尽磨难重逢的心情完美地结合起来。读此，可以想见，那"全篇不通""恶滥之笔"之说，①显是批评过于严厉了。

不妨再举一例。《燕山外史》卷七中，有一段议论性骈文，于世态炎凉颇多揭露。其文曰：

> 窦生奇才豪放，古藻分披。有誉其文体斋皇，烛天起云霞之色；有赏其诗辞雄健，掷地成金石之声。乃致乞碑诔墓，辙不绝门；买赋希恩，屡常满户。而我独怪其困守荜门之日，厄剧瓮牖之时，犹是斯人也，动

---

① 钱玄同在《寄陈独秀》信中曾痛诋《燕山外史》，认为："除用典外，别无他事，实为文学中最下劣者……直可谓全篇不通。"又在《寄胡适》信中评价《燕山外史》，认为："专用恶滥之笔，叙一件肉麻之事，文笔亦极下劣，最不足道。"见胡适著《胡适古典文学研究论集》，上海古籍出版社1988年版，第37页、第726页。

说瘦寒酸子,见讥大雅之林;犹是斯文也,辄云庸浅肤辞,共诋小巫之局。时命既分究达,文章也判荣枯。然则龙勺鸡彝,不登清庙明堂,真与盘匜无异;浑金璞玉,未上燕台赵市,竟同瓦砾何殊。辨英豪于童稚之年,孰是慧心相得;识将相于风尘之内,断非俗眼所能,亦何怪乎?琪花吐艳,每人锦上增华;兽炭绯红,莫向雪中送暖耶。

细观该段骈文,陈球大量运用长句式,有七七—七七、九六、五六六—五六六、六六、六六六—六六六等不同句式。这已不是六朝骈文之特色,亦与唐宋诸家大不相同,而是陈球自创之骈体格式了。

运用骈文写景状物,则为常例,亦属精彩。然陈球运用骈文来刻画人物心理同样精致。如《燕山外史》卷二,写爱姑见到相思成病的窦生后的心理,十分细腻。其文曰:

蜀帝之春魂乍返,鹃血犹流;巴山之夜话未终,猿肠已断。第念侬身似玉,岂同汶汶可污;孰知渠命如丝,只自奄奄欲绝。未得往还通膈膜,终教日夜系柔肠。即今仲子频来,洵属人言可畏;倘后伯仁忽死,实由我杀无疑。因此烟柳凝颦,露桃含泪,托香腮而惆怅,扼玉腕而徘徊。宝篆薰残,默默暗祈冥事;金钱掷遍,喁喁细卜何辞?镇日凭栏,密意常同花计较;终宵却枕,幽情每与月商量。一寸心中,撞来小鹿;两湾眉上,蹙尽新蛾。口纵不言,心能无感欤!

非常生动地将一个少女内心里对心上人的关切之情表现出来。再如:

万斛深愁推不去,一场好事送将来。莲壶中才听丁东,药栏外忽闻剥啄。兽环微动,何来月下之敲;鹦舌轻扬,似赴花间之约。启双扉而延入,看一朵之能行。谁邀静女于城隅,忽至美人于林下。岂坐怀而不乱,遂加膝以为欢。

要之,骈文乃中国文学史上的一朵奇葩,运用骈文创作小说更是一种大胆的尝试。这既是文体发展的结果,也是文体融合的一种表现。运用骈文创作小说,虽然因用典过多而给普通读者造成阅读上的不便,但是作为一种文人创作,它不但符合作者写情言志的需要,而且能提高小说的艺术价值,也能推动小说类型多样化的发展。更何况《燕山外史》又是全文皆骈的长篇小说。是故,《燕山外史》终于攀上了小说史上骈文小说的高峰。

三、《燕山外史》对《窦生传》的再创作

《燕山外史》的创作本事,源于《窦生传》。《燕山外史·凡例》云:"余偶从坐客中间谈(窦生事),有客言之甚悉,并出冯祭酒梦祯所撰《窦生传》见示。"可见,《燕山外史》与《窦生传》有密不可分的关系,二者是二而一的问题。故欲明《燕山外史》,必先考《窦生传》。

1.《窦生传》作者考略

《窦生传》的作者冯梦祯,字开之,一字具区,号真实居士,秀水人。万历丁丑年(1577)进士。官至国子监祭酒。著有《快雪堂集》二十四卷、《快雪堂漫录》一卷及《历代贡举志》等。

《嘉兴府志》卷五十二《列传》云:"冯梦祯,字开之,一字具区。万历丁丑举南宫第一。官编修。与沈懋学、屠隆以文章气节相勖。张江陵夺情,以不可忤之,外谪广德州判。迁南司业,历祭酒。颇以圣贤之道激励诸生。会部郎中挞成均生,疏论罚之,诸曹侧目,诬劾免归,遂不复出。梦祯落落世外,少仕态。尝与布衣野衲啸傲湖山。稽讨典籍,丹黄满几。好奖引后学。凡以艺质者,片语有合,辄推许恐后。一时秀隽风靡后之。升沉得失,旷然不系于怀也。诗文疏朗通脱,不事刻镂。有《快雪堂集》。"①则知冯梦祯为官刚正,不阿权贵,因深恶张居正而被谪迁。张江陵者,即明朝后期宰辅张居正也。《明史》载:"张居正,字叔大,江陵人。"②冯梦祯传记不见载于《明史》,却载于清代抄本《明史》。其文有云:"沈思孝同年、生邹元标皆以谏张居正夺情,被杖,远戍。梦祯哭而送之郊。归则仰屋直视,气奋眦裂。其父适至京邸,虑其及祸,谓曰:'吾老矣,不思见壮子流血丹墀也,盍从吾归!'梦祯遂请急去。"③

《快雪堂集》卷二十《自赞小像》云:"真实居士此像,万历乙酉冬,鄞唐生某所写。先是达观禅师北行,以白衲为赠。亲作白衲歌。诲督深切,语尤雄快。即词人操笔,未必能尔。以故,居士常披白衲。而像如之。戴斗笠,手捉青玉麈尾,行且笑,俨然居士也。时年三十八。又三年,戊子正月二十

---

① (清)许瑶光等纂修:《嘉兴府志》,《中国方志丛书》光绪五年重印本,台北:成文出版社1970年版,第1406—1407页。

② (清)张廷玉等撰:《明史》卷二百十三,中华书局1974年版,第5643页。

③ (清)万斯同撰:《明史》卷三百十七,清代抄本,《续修四库全书》第三二九册,上海古籍出版社2002年影印,第491页。

六夜,灯下自为之赞曰:'尔何人耶? 不爱葳蕤进贤,而爱竹笠;不爱文绣,而爱布衲;不爱载笔,而爱麈尾。是谓真实居士。尔行何之,亦何所笑。人以为拙,天以为巧。是宜置之一丘一壑以老。'"①冯梦祯,号"真实居士"。"小像"既为唐生所写于万历乙酉年(1585),而时年三十八,则知其生于嘉靖丁未年(1547)。

冯梦祯也是一个小说家,其《快雪堂漫录》即为一部小说集,共有59篇长短不同的笔记小说,或记杂事、或记人、或记怪。《四库全书总目提要》云:"是编为陆烜奇晋斋所刻,皆记见闻异事。语怪者十之三;语因果者十之六;记翰林旧例、大同米价、回回人、义仆、节妇、虞长孺、汉印、吴茂昭品龙井茶、李于麟弃芥茶,以及栽兰、藏茶、炒茶、茉莉酒、造印色、铸镜、造糊、造色纸诸法,为杂言者十之一。太从其多者,入小说家焉。"②然而,《窦生传》不见载。

冯梦祯归隐后,尝居山林,并坚持记日记。《快雪堂日记》:"余自丁亥游天目以后,日所历,夜必记之。甚庞杂不次,今芟之什三,为日记。每一披览,陈迹如新。省心寡过,亦一助也。"此日记极有价值,记录了许多鲜为人知的事迹,足资考证。比如《快雪堂日记》卷六十三《结交篇》中,有云:"余少时,友周生彦云嗣益、贺生伯阊。庚午、癸酉,余、彦云相继登乡荐。丁丑,余以南宫举首,官翰林,中遭废弃。壬辰出山,赴南司业。癸巳擢掌南翰。……今年丁酉秋,余为南祭酒。"③完整地记录了冯梦祯科举、出仕的始终。

2. 陈球敷演《窦生传》的原因

陈球《燕山外史》一书,实是敷演明代传奇《窦生传》的。《嘉兴府志》卷五十三载:"(陈球)尝取明冯梦祯祭酒叙窦生事,演成《燕山外史》。"陈球《凡例》云:"偶而听座中客言及窦生故事,继而阅读冯梦祯所撰《窦生传》,遂取传中节略,敷演成文,聊资谈助。"《窦生传》为冯梦祯所撰是无疑的了。前文论及《窦生传》不见于冯梦祯小说集《快雪堂漫录》,则其当另有所本,然不可考。那么,陈球何以不选其他小说,予以敷演成文,而是偏偏属意于《窦生传》呢? 除了陈球《凡例》自言"聊资谈助"说以外,当有如下

① (清)冯梦祯撰:《快雪堂集》,《四库全书存目丛书》第一六四册,齐鲁书社1997年影印,第325—326页。

② (清)纪昀等纂:《四库全书总目提要》,中华书局1997年版,第1912页。

③ (清)冯梦祯撰:《快雪堂集》,《四库全书存目丛书》第一六五册,齐鲁书社1997年影印,第104页。

原因：

《窦生传》乃陈球乡先贤所作。冯梦祯亦是秀水人，与陈球同乡。冯梦祯一生宦海浮沉。曾取南宫之首，即会试第一；敢于忤怒张居正，正见其气格不凡；谪迁后又任南司业，国子监祭酒，拔诸生无数。故被尊为"八贤"之一。清邓实辑《明东林八贤遗札》，"八贤"分别是赵南星、顾宪成、邹元标、冯梦祯、高攀龙、安希范、於玉立、文震孟八人。① 所以，陈球是否真的由座客闲谈中得知窦生事，姑且不论；则其对于同是秀水人的冯梦祯，应具有异乎寻常的崇拜心理。而冯梦祯那"落落世外、啸傲湖山"的个性，又与陈球是多么的相似。冯梦祯曾为祭酒，对后辈诸生呵护奖掖备至，至令身为诸生，而贫困潦倒、孤高自许、无人提拔的陈球陡生"千里马常有而伯乐不常有"之叹。是故，陈球欲敷演《窦生传》成文以略寄感慨。

陈球何以选择骈俪这一文体来撰写《燕山外史》，并借以炫耀才藻辞章之美呢？却原来，这与他的宿学有关。《凡例》云："球在总角时，即喜读六朝诸体。稍长，于本朝四六家，尤所研究。鄙作间有活剥旧句，非敢有意剽窃，实因话在口头，信手拈用耳。"

骈文最盛之时代在六朝。陈球既喜读六朝诸体，必受其深刻影响。且在清一代，乃骈文之复兴期。初期以陈维崧享有盛名。乾、嘉之间，著名的骈文家则有袁枚、邵斋焘、刘星炜、孔广森、吴锡麒、曾燠、孙星衍、洪亮吉八家。② 又《书目答问》举国朝工骈体文家 21 家，有胡天游、邵汪洪、毛奇龄、胡浚、邵斋焘、王太岳、刘星炜、朱珪、孔广森、杨芳灿、汪中、曾燠、孙星衍、阮元、洪亮吉、凌廷堪、彭兆荪、吴鼐、刘嗣绾、董祐诚、谭莹等。并云："诸家流别不一，有汉魏体、有晋宋体、有齐梁体至初唐体。然亦间有出入，不复分列。至中、晚唐体、北宋体，各有独至之处。特诸家无宗尚之者，彭元瑞《恩馀堂经进稿》用宋法，今人示朴斋骈文用唐法。"③而嘉兴秀水的王昙亦是骈文名家，著有《烟霞万古楼文集》。《嘉兴府志》卷五十三《列传》云："王昙，号仲瞿。乾隆甲寅举人，博通经史，旁及百家。负奇才，善道家掌中雷法。左都御史某以昙荐，会川楚匪起，方禁邪术。荐昙者夙与和珅有连。珅败，方引避，昙亦被牵，不复振。乃落拓江湖，佯狂玩世。"④陈球既自言："于本朝诸四六家尤所研究。"则对以上数位大家的作品，虽不能尽数阅读，然于

① （清）邓实辑：《明代名人尺牍七种》，上海国学保存会，清光绪间刊本。

② （清）吴鼐编：《八家四六文抄》九卷，较经堂刊本。

③ （清）张之洞撰：《书目答问·集部》，清光绪刊本。

④ （清）许瑶光等纂修：《嘉兴府志》，光绪五年重印本，《中国方志丛书》，台北：成文出版社1970年版，第1464页。

其中的几位前代或同时代的大家,起码应有所涉猎。而更能说明问题的,是那藏于上图的《燕山外史手稿本》,此条《凡例》之异文则为:"于国朝陈迦陵、吴园茨、章岂绩三家尤所研究。"这就具体点到了对陈球产生影响的骈文大家。

陈球除了受六朝骈文、清初至乾、嘉时骈文大家影响外,传奇小说中骈文运用,也影响到陈球的创作。《嘉兴府志》云陈球:"工骈俪,喜传奇。"以唐宋传奇为例,小说中凡是出现表、疏等官方文书时,多采用骈辞俪句。如《枕中记》卢生上疏曰:"偶逢圣运,得列官叙。过蒙殊奖,特秩鸿私。出拥节旄,入升台辅。同旋中外,绵历岁时……"在唐、宋传奇小说中,一般民间的书信,亦多采用骈体。如《莺莺传》张生给莺莺书曰:"捧揽来问,抚爱过深。儿女之情,悲喜交集……"故知唐、宋传奇中之应用文,多用骈体书写。此外,描述人物事态、刻画景物时,也往往出现骈文的铺陈笔调。如《长恨歌》中述杨贵妃专宠,文曰:"由是冶其容,敏其词,婉娈万态,以中上意。上益嬖焉。时省风九州,泥金五岳,骊山雪夜,上阳春朝,与上行同辇,居同室,宴专席,寝专房……"《柳毅传》中述龙宫之美,文曰:"则人间珍宝,毕尽于此。柱以白璧,砌以青玉,床以珊瑚,帘以水精。雕琉璃于翠楣,饰琥珀于虹栋。奇秀深杳,不可殚言。"

晚唐的传奇如《三水小牍》《传奇》《甘谣草》等,受时代风气影响,多骈辞俪句。《传奇》中的《封陟》,运用骈文达到十之六七的篇幅。是故,那"工骈俪、喜传奇"的陈球,从中得到启发,创作骈文小说,实属必然。

《窦生传》文虽短,然其情节颇为生动。大略写的是:本朝永乐时,燕山人窦生绳祖,就学于嘉兴,甚悦贫女李爱姑,遂迎以同居。久之,窦父迫令其赘于淄川宦族,遂离去。爱姑复为金陵鹾商所娶,竟辗转沦落为妓。后得侠士马遴相助,终与窦生重逢。而窦妇乃妒,虐之,生终偕爱姑私奔。适逢唐赛儿乱军,两人复分散。等到窦生回家,则家已败落,而妇又求离去,遂孑然一身。恰在此时,爱姑忽归,言当日匿于尼庵中。后窦生及第,官至巡抚,爱姑遂为命妇。生儿后无乳,于是求一奶妈,来应者竟是前妇。窦生及爱姑优容之。可是妇又设计陷害马遴,致窦生得罪入狱。最后昭雪复官,乃与爱姑化仙而去。据此内容可知,《窦生传》乃是一爱情传奇小说。然其情节写窦生与爱姑之离合,计有七次,可谓"七聚七散"也,分别为严父、悍妻、鹾商、妓鸨、妖妇、离乱、权贵等。同时,又有侠客、女尼、孀妇等助其团圆。则情节可谓曲折多变,而题材又综合传统小说中爱情、豪侠、求仙等三大类型的故事内容。

综上所述,由于陈球酷喜六朝及清代前期诸家的骈文,平时喜读传奇小说,而传奇中杂用骈俪文字,又是屡见不鲜的积习。那么,其以骈四俪六文体敷演《窦生传》来创作《燕山外史》,则是理所当然的了。

四、《燕山外史》的艺术特征与创作本旨

《游仙窟》流传大约一千年以后,有通篇骈俪之《燕山外史》问世。针对《燕山外史》,鲁迅先生说的"欲于小说见其才藻之美者",是从辞章的角度进行分类定位的,指出了《燕山外史》的文学特点。同时,陈球创作《燕山外史》也是多所寄慨的。

1. 铺采摛藻的美学特征

在中国古代小说史上,创作小说作品多以散文居多,虽然篇中含有骈句韵文,但是通篇以骈文构撰,达到中长篇的规模,还不多见。观《燕山外史》,共三万一千余字,典故繁复,属对精练,情节曲折,摇荡生姿,为此大手笔,实属不易。清人钟兰谷赞云:"稗乘编成异样工,骈黄俪白许畴同。一场离合悲欢事,尽付诙谐嫚骂中。弱水情多流苦海,好花命薄泣酸风。读残我转为君惜,如此文章不送穷。"①是故,《燕山外史》流传以来,颇受文人雅士喜爱,并有傅声谷为之注释。

鲁迅先生虽给《燕山外史》以表现形式辞章化的文学定位,但对小说内容却评价不高,认为逊于张鷟《游仙窟》。《中国小说史略》云:"专主词华,略以寄慨。""语必四六,随处拘牵,状物叙情,俱失生气。勿论六朝骈俪语,较之张鷟之作,虽无其俳谐,而亦逊其生动也。"②观鲁迅先生的评论,固是非常深刻,但不免失之苛责。

首先,说《燕山外史》的开篇,不妨与《游仙窟》比较来谈。《游仙窟》以散文介绍积石山开篇。其文曰:"若夫积石山者,在乎金城西南,河所经也。《书》云:'河道积谷,至于龙门。'即此山是也。"而《燕山外史》的开头则是一段严整的骈文。其文曰:

> 两仪定位,即肇阴阳,万物推原,咸归奇偶。人非怀葛,畴安无欲之天;世异羲农,孰得忘情之地。稽夫词传黄绢,谱写乌丝。探北部之胭

---

① 见《燕山外史·题词》,三陋居藏板,嘉庆十六年刊本。
② 鲁迅著:《中国小说史略》,《鲁迅全集》第九卷,人民文学出版社 2005 年版,第 250—263 页。

脂,燕姬似玉;数南都之粉黛,越女如花。……暮暮朝朝,色界谁知是
梦;颠颠倒倒,尘缘孰道为魔。球,只替古人,担忧不浅;非干己事,抱恨
偏多。叹潘郎掷果虽多,朱颜改色;嗟杜牧寻春已晚,绿叶成阴。册守
兔园,讵识玉台新咏;帙披萤案,奚知金屋娇容……未得将刀断水,安能
才手成春。幸逢义侠之维持,俾免仙姻之堕落。何来骚客,言之瘀伤,
竟使陈人,闻而怅触。无端技痒,妄求见技之方;讵是情痴,忽有言情之
作。而乃效六朝体,成一家言。撷里下之词,辄夸枕秘;述齐东之语,漫
助笔谈。聊以遣愁,何堪藏拙。文章憎命,穷时倍觉难工;岁月催人,过
后方悲易老。一筹莫展,原知无益而劳心;四座勿喧,且听不才之饶舌。

陈球以繁缛细密的骈句来发表议论,通过大量的用典,如葛天氏之民、羲皇
上人、黄绢幼妇、燕姬、越女等,指明《燕山外史》是一部"言情"之作。同时,
认为"情"是万物之源,是天地之大本。可见,陈球对"情"的看法,是一种儒
家原教旨的思想,属于情本位,而这也是他的创作动机。观陈球的这一开
头,其作用与话本小说中的所谓"楔子"的作用相似,因为那段末"四座勿
喧,且听不才饶舌"一句即带有说书人声口。不仅如此,这一开头还具有统
摄全文的作用。

　　其次,说《燕山外史》的用典。《燕山外史》的用典应该说是比较贴切、
自然的,能够拓展读者的想象空间,达到用语雅而味亦长、情更深的美学效
果。比如,爱姑终为窦生之痴情所动,兼之其母的认同,接受了窦生之爱。
此时叙述人有一段描绘爱姑心理的文字,最可玩味。其骈文为:

　　　　吁嗟乎!世间漫说多情,岂知滋味?天下本无难事,只在工夫。谋
利谋名,弗求胡获?学仙学佛,有志竟成。果能发愤为雄,将相何曾有
种?苟不因循自误,富贵未必在天。竭力磨砖,尚期作镜,诚心点石,直
欲成金。贤豪刻苦之功,类皆如是;士女交欢之事,何独不然?谊若深
投,天女奚难下嫁;缘如固结,月娥岂肯上奔。纵有忍人,安能绝物;从
无尤物,不足移人。罗什吞针,犹涉魔缘之扰扰;姜嫄履拇,尚感神道而
欣欣。何况楼上绿珠,原知报主;座中红拂,夙解怜才。(卷二)

这里,作者运用天下无难事、有志者事竟成、将相本无种等熟语,以及磨砖作
镜、点石成金之典,证明只要像贤豪那样刻苦,爱情同样能够实现;接着又连
用天女、月娥、罗什、姜嫄、绿珠、红拂的典故,印证爱情的实现也要建立在一
定的情感基础之上。合二而一,则陈球的婚姻观念排除了门第、功名等世俗

观念。因此,应该说,陈球的观念是有一定进步性的。同时,其所使用的语言同样不失为雅正。其实,用典的笔法,与春秋书法亦是有其相似的地方的。[①] 其大略有三:一则意婉而尽;二则藻丽而富;三则气畅而凝。所谓意婉而尽,是说用典应讲究意象的象征美和简约美,即作者的未尽之意,往往通过典故的运用象征性地委婉表达出来;所谓藻丽而富,是说用典应讲究辞藻的装饰美和丰厚美,即用语要言简而意丰;所谓气畅而凝,是说用典务使文气贯通而又能有所收束,即所谓行所当行,止所当止。《燕山外史》用典,能得其三昧矣。

陈球运用典故,有时还具有反讽的叙事特点。如窦生欲与爱姑相好,反为爱姑所拒。"才探酥乳,偏遭纤指剥肤;偶接樱唇,反被香津唾面"。晚上只好独宿。则文曰:

> 兴尽则王猷返棹,路穷则阮籍回车。辜负良宵,虚磨好景。下陈蕃之榻,仍是孤眠;移管辂之床,依然独寐。念自初夏相逢,以新秋未合。冲炎冒暑,非从蜗角争名;越陌度阡,不向蝇头索利。(《燕山外史》卷一)

王猷、阮籍、陈蕃、管辂四个用典,所蕴含乃为高洁、脱俗之情操,与此时窦生所为所感殊不类,形成一种强烈的反差。窦生此时之恋爱姑,仅止于恋其色,未达到感其情而至生死不渝的程度。因此作者用典,其反讽效果,一方面是对此时窦生行为的一种否定,另一方面则是对窦生与爱姑情感的一种期许。

再次,《燕山外史》虽源于《窦生传》,而其文学价值和审美意蕴,又是对《窦生传》整体的突破。传统小说,重在讲故事,以人物、情节为中心。至能推陈出新者,方可彰显作者才情,而于小说传播,又可吸引读者。一般说来,凡是敷演前人之作,大抵讳莫如深。然而,陈球不仅在《凡例》中,明确表示《燕山外史》乃根据《窦生传》敷演而来;付梓时,又将《窦生传》附于《燕山外史》正文前。可见,陈球创作《燕山外史》,其主因乃在以《窦生传》叙事、人物为基础,通过敷演大家熟知的故事,来极力驰骋其雕绘藻饰之文采辞章之美,同时亦要深化其主旨思想,丰富其文化意蕴。

---

① 春秋书法,亦曰春秋笔法。《左传·成公十四年》:"君子曰:'《春秋》之称,微而显,志而晦、婉而成章、尽而不污,惩恶而劝善。非圣人,谁能修之?'"(晋)杜预注,(唐)孔颖达疏,《春秋左传注疏》,十三经注疏本,中华书局2009年版,第3702—3703页。

比如《窦生传》中，叙事写景，往往片言只语，而《燕山外史》中无不敷演成百千字骈俪辞章，有极为突出的艺术感染力。如写窦生与爱姑相见，有一段遇雨的景物描写，《窦生传》文云："一日春游遇雨。"而《燕山外史》文曰：

> 当夫深院日迟，小窗人静。春无端而欲去，客有约而不来。细数落花，聊为破寂；静听啼鸟，却是催游。乃即信步遣怀，随心揽胜。访诗人于北郊，奚烦驴背驮来；寻酒伴于南湖，将唤鸭头泛去。俄见云浓似墨，雨润如酥。密若散丝，郭巾易折；骤能破块，谢屐难投。而乃随出谷之流莺，偶穿芳径；与寻巢之旅燕，聊托茅檐；岂知春色难关，忽见出墙之红杏。

此段情景描写，明显带有文人雅化的特点。将窦生与爱姑二人之相遇，既通过遇雨檐下写得合情合理，同时也能烘托二人的心理，即少男怀春、少女多情也，可谓充满了诗情画意。《聊斋志异》中的优秀篇什亦有运用骈句叙事写景，如《罗刹海市》，其文有云："宫中有玉树一株，围可合抱；本莹澈，如白琉璃；中有心，淡黄色；稍细于臂；叶类碧玉，厚一钱许，细碎有浓阴。常与女啸咏其下。花开满树，状类蒼蔔。每一瓣落，锵然作响。拾视之，如赤瑙雕镂，光明可爱。时有异鸟来鸣，毛金碧色，尾长于身，声等哀玉，恻人肺腑。生闻之，辄念故土。"[1]此段中，蒲松龄虽在骈句中间用散句，呈现出一种骈散相间的特点，但是叙述马骥与龙女的故事，亦是摇曳生姿，令人不觉动情。

窦生于爱姑是一见倾心，日后亦百般相求，至如贿之母以求见爱姑，而姑不从，遂积思成梦、成疾。《窦生传》文云："一见心醉，因厚馈求通，妪心许，而姑不苟从也。生积思成梦，积梦成疾。"而《燕山外史》却敷演成一大段近2000字的骈文韵语。即前文所论运用反讽之处，因原文过长，不全援引。这段文字中，值得一提的倒是有关窦生梦境的描写。其文曰：

> 乃绸缪未罄，而变幻已乘。排闼疾呼，突入猾胥悍卒；阍门严缉，将拘奔女狂童。铁索拘铮，惊止不经之呓语，火符闪烁，逐回丕变之游魂。究之夜漏沈沈，索奸安在，空帏寂寂，荐寝何人。四顾惊惶，顿使星眸骤起；百般凝想，遽令香汗齐流。是耶非耶，是百莫定；来矣去矣，来去无凭。直交旅馆五更，才晓阳台一梦。

---

① （清）蒲松龄撰，张友鹤辑校：《聊斋志异》（会校会注会评本），上海古籍出版社1978年版，第460—461页。

这段梦境描写,论者鲜有提及,而其意义最可注意。本为与爱姑欢会之美梦,却变成了噩梦,其悲剧气氛直可笼罩全文,预示了窦生与爱姑之爱情将历经坎坷,突破重重险关。即所谓"七聚七散"也。

叙述马遴这一重大人物时,《窦生传》只有"马遴,黄衫客也"一句,《燕山外史》则敷演为:

> 先生友马遴者,字子衡。绛帷右族,铜柱后人。家近上元,年方中寿。其人也,眼大于箕,须张似戟。喜击剑,好挥金。轻死生,重然诺。精知风鉴,承郭璞之真传。善识星禽,得严遵之秘授。慷慨丈夫志,跌宕古人心。满腹皆书,不屑寻章摘句;一身是胆,何辞蹈火探汤。貌类虎头,每怀投笔;力雄猿臂,最善挽弓。其与生也,为忘年交,称莫逆友。昔曾倾盖于禾中,今复班荆于白下。

一个虬髯客、昆仑侠似的侠义形象跃然纸上。再者,爱姑生子,欲雇请乳母,应征者竟是窦生之前妻。此段《窦生传》仅描述:"未几,姑举一男,觅雇乳哺。或率一妇至,视即前出妇也。"《燕山外史》则铺叙为:

> 既而桂孕珠胎,莲成华井;三岁为妇,一索得男。素知麟角初生,原钟瑞气;讵料鸡头新剥,未酿甘泉。夜夜长号,朝朝待哺。紫胞乍脱,无由璋弄床中;黄口何依,徒自珠擎掌上。情深舐犊,穀待於菟;计切饲雏,转欲负烦螺蠃。何图孽侣重逢,恶缘复值?落英飘至当年入涧之花;行潦流来昔日覆盆之水。顷兹乳妇,即是发妻。甚属骇心,那堪回首?世事无凭难可料,人生何处不相逢?呜呼!有故而去矣!故为乎来哉?

从以上诸人物、情景、事件的对比中,可以看出《窦生传》质朴无文,《燕山外史》则繁文缛采。古代小说中,运用骈文描写景物,这是比较常见的做法。由于陈球擅长山水画,所以描述景物时,文采可观,达到行文如绘的审美境界。如《燕山外史》卷三,写爱姑与其母被醯商赶出家门时所见。其文曰:

> 惟时收涕出门,牵衣就道。似春花之遭雨打,零落残红;如秋择之被风摧,飘骚晚翠。塞鸿避弋,栖来何地江湖;海燕离巢,傍去谁家门户。未几暮云归岫,倦鸟投林。风急石头,涛声汹涌;晖斜浦口,树影迷

离。蚊阵阵以成雷,犬狺狺而如豹。宿荒途则露筋可患,投旅邸则牵臂堪虞。哀哉,愁共地长,就恤未归之卫女;幸也,缘从天假,适逢将老之徐娘。

爱姑母女被娼妇所拐,暂归其家时,所遇之青楼景物为:

第见林密村深之内,别有洞天;山重水复之间,另多胜地。长堤窈窕,过射鸭之斜栏;小沼萦回,近听鹧之曲院。室非寒素,家不寻常。重重水榭风亭,遍雪肤而花貌;队队舞衫歌扇,俱琢月以镂云。

可见,陈球运用景物描绘,比起人物描摹、事件的刻画更为精彩。

此外,《燕山外史》中的骈文,还有其独到之处,即集前人诗句以入骈文。如陈球《凡例》第四条云:"是作五言单对及七言单对,俱集唐、宋、元、明人诗句,似非骈体正格。顾野稗之书,不嫌杂凑,谓之骈句也可;谓之集句,亦无不可。向拟绘图一二十页,将所集之句标题于上,兹因刊资不足而止。"因此可知,《燕山外史》中虽通篇以四六排偶为主,但篇中还夹杂一些五言单对、七言单对。如《燕山外史》卷一云:"因是珠量十斛,数去征歌;橐解千金,常来买笑。"则是集陈陶诗"一曲江南十斛珠"句,赵孟頫诗"姬姜自爱千金貌,游子轻量十斛珠"句及李白《宫中行乐词》"征歌出洞房"句。

唐人裴铏《传奇》、皇甫枚《三水小牍》等小说,其文辞多典雅骈体,且骈辞俪句中,常兼杂多首五、七言诗,如《封陟》也。观陈球骈文不囿于唐传奇旧式,亦不拘于明传奇之集句,而是摘取前人诗句以成四言、五言、六言、七言等进行偶对,是一种更接近骈文体式的改变。可见,陈球撷取前人诗句入骈,在小说中巧妙地运用,乃是其独创的一种炫耀博学多才的方式。难怪傅声谷注释《燕山外史》的五、七言单对时,发出"予之注亦仅得十之三四耳"的慨叹。

2. 多所寄慨的创作本旨

陈球在《凡例》中云:"取传(按:《窦生传》)中节略,敷演成文,聊资谈助。"这"聊资谈助说"显然不是作者本意,更不是其创作本旨所在,仅是托言而已。

关于《燕山外史》的主旨,张蕊青先生提出"尊重情性,非议礼教和程朱理学"的观点,并认为这与"性灵文学思潮"有关。① 台湾学者王琼玲则认

① 张蕊青著:《燕山外史与性灵文学思潮》,《江海学刊》2003 年第 3 期。

为其是对封建科举制度和官场的批判与揭露。① 张蕊青先生与王琼玲先生的观点均从不同的角度指出了该书的思想主旨所在,无疑是有深刻见地的。然而若从文化内涵的角度来看,还有待补说。笔者认为,《燕山外史》的创作本旨表现在爱情与婚姻上,则主张自由与自主;表现在科举制度上,则不是否定与批判而是讽喻与反思;表现在对官场与朝廷的态度上,则不仅是揭露,更是思考如何保民与安国。

首先,作者主张婚姻自由,倡导爱情自主。关于这一思想,作者在文中虽未明言,但亦微露其旨。《燕山外史》卷一云:"球只替古人担忧不浅,非干己事,抱恨偏多! 叹潘郎掷果虽多,朱颜改色;嗟杜牧寻春已晚,绿叶成阴……无端技痒,妄求见技之方;讵是情痴,忽有言情之作。"又卷八结尾云:"客有述其事于座中,咸称奇事;余因记此情于笔下,聊托闲情。……第是情缘未断,口业难除。浔江闻商妇之谈,青衫泪湿,阳关听故人之唱,苍发霜催。秀颊添毫,究向阿谁润色? 枯肠搜句,总缘我辈情钟。此《燕山外史》所由作也!"陈球赋予笔端的爱情,其价值在于窦生与爱姑二人的自由结合,并始终不渝。这通过爱姑与大妇的不同形象即可看出。贫家少女爱姑虽倾慕窦生,但她并不是水性杨花之辈。她对前来求爱的窦生严厉相拒;后虽察知其积思成病,心生怜悯,也并未以身相许;最后探知窦生有志读书,一心向学,且对己情有独钟,才在母亲亲许下,与其结合。再看窦生明媒正娶的富家小姐,蛮不讲理,心忍手狠,致使窦生不堪其辱,遂携爱姑而去。家道中落时,又耐不住贫寒,与窦生离异,弃之而去。通过这一对比,表现的是对父母之命、包办婚姻的否定;而写窦生与爱姑历尽艰辛,终获幸福,并化仙而去,亦肯定自主恋爱这一思想。所谓"欲结同心之果,必栽称意之花"。

清末的淮山人宋振仁倒是看到了这一点。他曾为《燕山外史手稿本》撰写《跋》一篇。其文有云:"在百数年前,已具男女爱慕,婚姻自由之萌芽。惟稿本纵情描述,辄无他忌。"②

其次,论陈球对封建科举的态度,与其说是对其进行批判,还不如说是对科举制度的反思。因为陈球对科举制度本身是不否定的,其所否定的是考官无识、不辨真才。关于这一点,陈球倒是略同于蒲松龄,而有异于吴敬梓。

科举选才,自唐至清,实行已达千年。虽有种种流弊,但有一点不可否

① 王琼玲著:《清代骈文小说燕山外史初探》,《93 年中国古代小说国际研讨会论文集》,开明出版社 1993 年版。此观点亦见于其《燕山外史研究》,《清代四大才学小说》,台湾商务印书馆 1999 年版。

② (清)陈球撰:《燕山外史手稿本》,上海图书馆古籍部藏。

认,那就是它相对于隋唐以前的选士之法,不失为公平。《燕山外史》针对伤害科举公平的致命处,亦即考官的愚昧、不辨真才,大加挞伐。如卷二:

> 生固词社仙才,文坛飞将。胸有成竹,立就云蒸霞蔚之篇;目无全牛,群推虎绣龙雕之技。奇士自存大志,直探骊窟明珠。……岂料文星易晦,士运难亨。适当秋令而宾兴,偏遇冬烘之主试。青纱罩面,安知班马文辞? 白蜡存胸,讵晓匡刘经义? 秦庭得璧,却吝偿城;沧海求珠,翻遗照乘。徒使生也,云翮莫骞,霜蹄遽蹶。杯邀明月,适为下第之刘蕡;帆挂秋,辄作归家之张翰。惜哉,鏖战三场,碌碌空忙举子;促归一棹,匆匆急泛鹅和。

说明考生即使有班固、司马迁的文才史笔,似匡衡、刘向的博学明经,但若遭逢冬烘考官,则天纵才学,满腹经纶,也都将付诸东流之水。陈球说考官是"青纱罩面""白蜡存胸"的"冬烘",乃是运用典故,讥讽其目不识才,胸无点墨。再看卷六写窦生再次落第。其文曰:"检点生涯,支持家计,箧内唯余扁蠹,囊中只剩乾萤。研上非田,待时何益;书中无粟,望岁徒劳。每夜燃糠,已尽埋头之苦;连年献璞,频遭刖足之伤。"自阮元任学政以画才铨选陈球为诸生后,陈球屡下科场,屡不得志,致其终生穷困,以卖画为生。于此,陈球当是借窦生之酒杯,浇自己胸中之块垒,以抒抑郁不得志之情。

现实生活中,大凡科场失意士子,在屡败屡战之际,唯一的奢求是出现像"南宫名宿,东观耆英"一样的考官,来遴选优秀士子。显然,这所说的"南宫名宿"对于陈球来说是有所指的,那就是《窦生传》的作者,曾会试第一,凤擅文名,又好奖人,曾两任南雍国子监祭酒的冯梦祯。

毫无疑问,蒲松龄笔端的狐鬼世界以写书生科举失意、嘲讽科场考官无能最为明显。关于这一点,与陈球极为相似。蒲松龄19岁进学,文名鹊起,却屡困场屋,直到晚年,才援例补了个贡生。蒲松龄本热衷功名,然一次次的名落孙山,使其无限沮丧、悲哀和愤懑,于是将这种心态倾注于稗史小说之中,欲假借狐鬼发泄出来。但蒲松龄不是否定封建科举,而是要反思,以期使其能更完善。如其借《司文郎》中的盲僧人之口说:"仆虽盲于目,而不盲于鼻,今帘中人并鼻亦盲矣!"借《贾奉雉》中异人之口说:"帘内诸官,皆以此等物事进身,恐不能因阅君文,另换一副眼睛肺肠也。"是故,他借叶生之口说:"是殆有命,借福泽为文章吐气,使天下人知半生沦落,非战之罪也。"

然而,在对待封建科举的态度上,吴敬梓是不同于陈球与蒲松龄二人的。吴敬梓批判封建科举制度绝不是因为考官昏庸、不辨真才，而是封建科举制度本身不仅破坏了封建伦理纲常与等级制度，而且还毒害了广大封建士子的身心健康。这一方面体现在作者所歌颂的正面人物形象如王冕、杜少卿、庄绍光等人的身上，也体现在作者所批判的反面人物如牛浦郎、匡超人、杜慎卿等人的身上。

最后，作者是要借小说以反思和总结如何才能保国安民。于源《镫窗琐话》中评《燕山外史》云："诗有寄托便佳，而寄托中亦足自见身分。屈翁山先生，布衣也。题鲁仲连庙云：'从来天下士，只在布衣中。'吴澹川先生，秀才也。题范文正公祠云：'由来贤宰相，只在秀才中。'其风调亦复相似。"①于源在文中将陈球与鲁仲连、范仲淹相提并论，实是过高之誉，然陈球的一腔忧国忧民之心实是与他们相通的。我们再看《燕山外史》卷一窦生所做的梦，有云："排闼疾呼，突入猾胥悍卒；阖门严缉，将拘奔女狂童。"陈球斥责胥卒"猾"与"悍"，这无疑把批判的锋芒指向了贪官污吏。而贪官污吏与土豪劣绅相互勾结，彼此横行乡里，鱼肉百姓，更是令人发指。《燕山外史》卷五云：

> 箝持官府，使为门下爪牙；凌轹乡间，俾作几间鱼肉。刀藏笑里，箭发暗中。兴虞芮之争，横侵南亩；掠毛施之色，强搂东家。……里巷痛心，只苦贪冤莫诉；道途侧目，特患无鼍可乘。

与胥卒对百姓横行霸道形成鲜明对照的是，当他们面对唐赛儿叛军时，是望风而逃。作者于此大有深意焉！陈球功名蹭蹬，出仕无望，为谋生计，以卖文鬻画为生，遂得以与劳苦大众为伍，势必耳闻目睹他们为庸官贪吏、土豪劣绅所欺凌压迫的悲惨情景。是故，作者在《燕山外史》予以揭露，严厉斥责此等败类。《燕山外史》卷六写窦生在旅店中盘缠被窃，报官追查时，县令表现出的态度竟然是："楚人遗弓，由人自得；塞翁失马，于我何求？托言穷寇莫追，任教兔脱；笑道好官自做，遑恤哀鸿。"贪官玩忽职守，根本不顾念百姓之情，实是令人悲愤。陈球用《说苑》《孔子家语》中"楚人失弓"之事，及《淮南子》"塞翁失马"的典故，可谓是极尽挖苦、揶揄之能事。

《燕山外史》卷五写窦生携爱姑离家出走，不幸在途中遭遇唐赛儿之乱，以致使苦命鸳鸯再度离散。作者探讨叛乱的原因，曾云：

---

① （清）于源撰：《一粟庐合集》，道光年间刊本，国家图书馆藏。

　　　　三年两歉，十室九空。石壕之吏频呼，监门之图犹绘。因匿灾而就
　　毙，漠不上闻。即奉诏以赈荒，徒为中饱。甚有桁杨不辍，只解苛徵；升
　　斗未输，便遭酷比。脂膏竭而疮难补肉，掳掠严而臀尽无肤。毒逾永野
　　之蛇，猛过泰山之虎。嗟乎！官威太峻，民命何堪？荐饥莫恤天灾，反
　　有助天为虐。掊克必干众怒，能无结众成仇？向存畏虎之心，尚知法
　　纪。今绝求生之路，岂顾身家？

荒年饥馑，固为天灾；然官府不恤民命，却中饱私囊，助纣为虐，致使哀鸿遍
野，饿殍塞路，的是人祸。百姓无路可走，于是变乱顿起。这种分析，不禁是
揭露贪官污吏的黑暗，而且将批判的矛头指向了最高统治者。面对叛乱，官
军连连败退，而其原因，作者分析说：

　　　　乃有羸师不济，将军却惧断头；窃位无谋，守令但知袖手。寇方压
　　境，即弃甲以疾逃；贼未临城，便挂冠而先遁。亦有危城梁绝，孤垒矢
　　穷。袒孙皓之躯，甘投降矣；断霁云之指，莫发援兵。遂使青犊横行，苍
　　鹅深入。

吏治腐败，必然导致官府无能和将怯兵懦，最后也必将是国将不国矣！这就
使得这篇骈文小说，不仅是逞学炫才、"大旨言情"之作，亦是一篇保国安民
的形象的"谏疏"，其所期待者唯在君仁、臣忠、将勇而已。

第十章　屠绅与《蟫史》创作考论

屠绅创作的长篇小说《蟫史》，其逞才炫学与陈球创作的骈文小说《燕山外史》有相同的地方，也有不同的地方。《蟫史》是全篇运用骈散相间的文言文写成的长篇小说，这在中国小说史上是独一无二的。屠绅，进士出身，乾嘉时期游宦滇南达30年，颇有政声。他于小说中炫耀的才学，种类繁多，五花八门。具体说来，全书以骈散结合为主，穿插诗、词、曲、辞、赋、歌行等文学体式，夹有论赞、章奏、诏书、诔辞、信函等公文体式，同时还有对联、谜语、童谣、俗歌、俚曲、牌戏、祝咒、禅偈、谶语、酒令以及织锦回文、集句联诗等游艺形式。《蟫史》全篇运用的文体样式之多之全，古今罕有伦比，堪称"文备众体"，因此，《蟫史》可归入于辞章派的才学小说。

一、屠绅家世生平新考

章学诚《文德》云："不知古人之世，不可妄论古人之文辞也。知其世矣，不知古人之身处，亦不可以遽论其文也。"①章氏之论，可谓深得孟子"知人论世"之旨。无疑，作家家世及事迹对于其创作研究具有重大价值。关于文言长篇小说《蟫史》作者屠绅的家世与事迹，自鲁迅先生发覆以来，②沈燮元先生、萧相恺先生、王进驹先生、台湾学者王琼玲女士和业师许隽超先生亦均先后有所申论。③ 然而由于材料的局限，使得屠绅家世的研究仍未取得重大突破。笔者不揣谫陋，在上述前辈与时贤研究成果的基础上，结合

① （清）章学诚撰，叶英校注：《文史通义校注》，中华书局2008年版，第278页。
② 鲁迅著：《中国小说史略》，《鲁迅全集》第九卷，人民文学出版社2005年版，第252—253页。
③ 沈燮元著：《屠绅年谱》，古典文学出版社1958年版。萧相恺：《〈琐蛣杂记〉与〈六合内外琐言〉叙考》，载《中正大学中文学术年刊》2007年第2期；《从乾隆五十六年到六十年屠绅的行踪看二十卷增订本〈琐蛣杂记〉为后人伪托之刻》，载《明清小说研究》2010年第1期。王进驹：《〈琐蛣杂记〉和〈六合内外琐言〉版本演变及作者考》，载《文学遗产》网络版2010年第3期；《屠绅宦滇时期交游事迹考述》，载《2009年海峡两岸夏敬渠、屠绅与中国古代才学小说学术研讨会论文集》第290—317页。王琼玲：《蟫史研究》，见《清代才学小说》，台湾商务印书馆1999年版。业师许隽超：《蟫史作者屠绅佚诗九首考释——兼辨其若干生平事迹》，载《文献》2012年1月第1期。

新见史料《屠氏澄江支续谱》，试图对屠绅的家世及生平事迹相关问题做进一步勾勒，以飨同好。

1. 屠绅家谱新考

屠绅（1744—1801），字贤书，一字笏岩，江苏江阴人，除撰有文言长篇小说《蟫史》外，尚有短篇小说集《六合内外琐言》及《鹗亭诗话》《鹗亭诗钞》等。关于屠绅家谱《屠氏澄江支续谱》，现见载于汇通谱《屠氏族谱》内。《屠氏族谱》，分前后两编。前编二十二卷，刊于道光七年（1827），续编三卷，刊于道光八年（1828），均由屠之申纂修。屠之申，字可如，号舒斋，湖北孝感人，嘉道时，累官至直隶布政使，护理总督。

《屠氏族谱》前编除卷一载序、启、凡例及科第仕宦录外，卷二至卷二十二分载屠氏各支世图及世系，包括洞庭支、浙江支、孝感支、蔡镇支、毗陵支、葛桥支、兰陵支、坞里支、秀水支、澄江支、赣邑支、甪里支、宜兴支、肇塘支、平湖支、会稽支、皋埠支、鄞邑支、仁和支、武林支、暨阳支等 21 支。续编分上中下三编：上编分金铎里、嶐溪、安康、武六公、阴山 5 支；中编为屠氏萧山支谱；下编分蛏浦、皋埠东屋支，共 8 支。前后两编合起来共得各省屠氏 29 支。那彦成于道光八年《屠氏族谱续编》撰《序》，有文云："可如制府之纂宗谱也，采访遍天下，阅五寒暑而二十二卷成，一时传诵，叹为盛举。于是疏远之族跋涉来告，又得洞庭及陕西吴越等八支，为之釐次世系，各弁以言，命曰续编。"①那彦成（1763—1833），章佳氏，字韶九，乾隆五十四年进士，官至直隶总督、内阁大学士。

《屠氏族谱》前编卷一亦有屠之申本人于道光七年所撰《总序》，叙"屠氏通谱"纂修原委甚详。其文略云：

> 昔苏老泉有曰："观吾谱者，孝弟之心油然而生。"然则，族之有谱，非徒高门第、矜世胄也，将以辨亲疏、别尊卑、明长幼，使人亲亲长长，以敦宗而睦族也。吾屠氏宗谊最笃，纵世分数十，地隔千里，一经询及派系，水源木本，类能数典不忘者，惟赖纂修支谱，代有其人耳。而同宗《通谱》自太史少泉公集厥大成之后，阅今八十余年，支庶日益繁，迁徙日益众，汇修不日益亟乎？申自荐历直藩，仰承先大夫遗志，续纂《孝感支谱》，业于道光二年蒇事。窃维通谱未成，即先志犹未竟也。直隶重畿辅，四方仕进出其途，邮寄访查甚便，自应及今修辑。爰制谱启，遍

---

① （清）那彦成撰：《屠氏族谱续编序》，见《屠氏族谱续编》上编，屠之申纂修，道光八年刊本。

告同宗,不匝月,而子垣宗贤以毗陵支至,同生宗贤以鄞邑支至,条园宗贤以会稽支至,启瞻宗贤以暨阳支至,复得兰陵甸华宗贤乐仕采访,亲历江淮间,而洞庭、浙江诸支悉至,乃命弟侄辈分司校录,余于公暇编纂而手订之。①

道光二年,屠之申所续修的《屠氏孝感支谱》刊刻,恰值其亦以直隶布政使之职护理直隶总督,故欲效仿其先祖太史少泉公修同宗"通谱"之意,决意纂修"屠氏通谱"。太史少泉公,即屠泂,字少泉,湖北孝感人,康熙五十三年(1714)进士,翰林院编修。屠之申先是撰《屠氏宗谱启》一文,遍示各省屠氏分支。其文云:

> 　　国朝以来,族祖少泉太史公继先志,总汇各支修成全谱。孝思盛举,阖族赖焉。惟全谱之成,又阅八十余年,宗支蕃衍,世次日增,及今续修稽考尚易。前杭州绍理公续纂武林支谱,之申不揣固陋,亦续修孝感支谱,于道光二年春仲剞劂竣事。窃维吾宗支派广远,拟以《续谱》呈正宗贤,则邮筒往返携带维艰。兹敢上遵简肃公札知之意,谨疏短引,徧启宗贤左右来,如有将本支续修付刻者,祈即印清本寄示,以便汇存,否则就近支详查确访,勿滥勿遗,钞录一册,寄至保定。之申必亲自校编,陆续锓板,依少泉公前谱之例,汇成总部,以慰敬宗收族之盛心于勿替也。道光二年四月。②

由于直隶是畿辅之地,交通便利,加之屠之申又任直隶总督,屠氏各省分支自是愿意奔赴保定,前来联宗。即便如此,"屠氏通谱"最后纂成,竟也历时五载。江阴古称澄江,屠绅家族的"澄江支续谱"当是于此段时间内由屠绅后人送至直隶保定,遂为屠之申一同编入《屠氏族谱》。

屠之申尝撰《汇刊澄江支谱序》,有文云:"今余方汇修总谱,适公(屠绅)犹子承楷辈克绍公绪,纂修《澄江支谱》见寄。"③则知,《屠氏澄江支续谱》乃屠承楷纂修。

屠承楷亦撰有《澄江支谱序》,其文有云:"越数十年,笏岩公赴都起复,以修谱事命焕暨承楷稽考查办。焕等承命之下,遂将近支详查,确访次第修

---

① (清)屠之申撰:《屠氏族谱总序》,见《屠氏族谱》卷一,屠之申纂修,道光七年刊本。
② (清)屠之申撰:《屠氏宗谱启》,见《屠氏族谱》卷一,屠之申纂修,道光七年刊本。
③ (清)屠之申撰:《汇刊澄江支谱序》,见《屠氏族谱》卷十一,屠之申纂修,道光七年刊本。

录。又越十数年始得支分派别,集成一册。藏事之日,会逢宗贤直隶布政使司布政使孝感之申公邮寄重修宗谱大启,焕暨承楷捧读之下,感宗贤敬宗收族之盛意,因不揣固陋,而识其巅末于册云。道光五年桂月,应璋公六世孙焕、承楷同敬序。"①屠承楷,屠绅之兄屠缙之子;屠焕,屠绅从弟屠纶之子。则知屠承楷、屠焕所修《屠氏澄江支续谱》是奉屠绅之命纂修的,历经二十年,于道光五年纂成,恰值屠之申纂修通谱,故寄至保定总督府,为其编入《屠氏族谱》,并完整保存下来。

再,序中所谓屠绅的"赴都起复",当时指屠绅于嘉庆六年(1801)辛酉丁母忧后,赴京谋职。师范《习园藏稿鹮亭诗话合序》云:"辛酉春夏间,予以选人赴吏部,屠先生适候补入都,饮酒赋诗,晨夕相往来。"②师范(1751—1811),字端人,号荔扉,云南大理府赵州人,屠绅宦滇时所取乡试亚元,著有《师荔扉先生诗集》等。

2. 屠绅家世新考

《屠氏澄江支续谱》所列屠绅先世,仅至其高祖屠应璋,高祖以上世系皆不载。屠焕、屠承楷《澄江支谱序》云:

> 常郡屠氏自百年公为宋室中兴宰辅,扈跸南迁,始立家焉。后光际公继之,一豹公又继之。至太乙公始迁洞庭,尔时自有宗谱,因丁明季,子姓分居,失据难考。国朝初高高祖应璋公乃卜居郡之江邑西贯里,历百余年,未立家庙。后至三世祖乾修公经营擘画,肇建宗祠。③

《屠氏澄江支续谱》以屠应璋为澄江屠氏一世祖,而在清以前世系直至宋代的南迁始祖,仅列百年公、光继公、一豹公和太乙公四世之名。而这四世皆见载于屠之申于道光二年续修的《屠氏孝感支谱》,也正是因此,屠之申见此《屠氏澄江支续谱》后,亦引为同宗。据《屠氏孝感支续谱》载,此四世行谊如下:

> 屠挺,字百年,宋代进士,钦宗时任右司谏,靖康之变后,奉元祐太

---

① (清)屠承楷、屠焕撰:《屠氏澄江支谱序》,见《屠氏族谱》卷十一,屠之申纂修,道光七年刊本。
② 引文见(清)金武祥编:《鹮亭诗话·附录》,《粟香室丛书》,光绪二十三年刊本。
③ (清)屠承楷、屠焕撰:《屠氏澄江支谱序》,见《屠氏族谱》卷十一,屠之申纂修,道光七年刊本。

后诏迎康王继统,遂徙江南,建炎三年,自建康扈跸临安绍兴,官拜内阁大学士。屠挺生一子屠光际,屠光际生二子,长子为屠一豹,其孙则为屠太乙。屠太乙,讳元亮,晋太史公讳余庆后裔,百年公四世孙,卜筑西洞庭之金铎里,生子五,是为洞庭始祖。①

按《屠氏孝感支续谱》,屠之申即为太乙公屠元亮二十世孙。《屠氏澄江支续谱》载屠绅家世共历八世,正文分为屠应璋、屠应球、屠应麟、屠应凤、屠应斛、屠森、屠撰七小支,屠绅隶属屠应璋支,故只列屠应璋一支世系:

一世:屠应璋,屠绅高祖,字尔圭,配陶氏,生子三:文谦、文智、文阃,公姒合葬东团田。

二世:屠文谦,屠绅曾祖,字逊儒,配顾氏,生子二:乾修、泰修。公葬南湖西村,姒葬本村西头湾西大楞。

三世:屠乾修,屠绅祖,字六吉,号静轩,诰封奉直大夫,配顾氏,诰封宜人,生子一:芳。公葬祖茔西大楞,姒葬南湖西祖茔。屠泰修,屠绅叔祖,字六顺,生子三:芝、蕃、英。公姒合葬南湖。

四世:屠芳,屠绅父,字觐侯,太学生,诰封奉直大夫,配梅氏,诰封宜人,生子二:缙、绅。公姒合葬西大楞。屠芝,泰修长子,字觐光,太学生,配张氏,生子一:纶。屠蕃,泰修次子,字觐宸,配叶氏,生子六:经、纪、纲、绂、经、纬。屠英,泰修三子,字觐扬,配俞氏,生子三:逢恩、德先、异三。

五世:屠缙,屠绅胞兄,屠芳长子,字端书,号牧堂,太学生,貤封承德郎,配刘氏,貤封安人,继配陆氏。生子四:承楷、承榆、承栲、承枢。公姒合葬西大楞。屠绅,屠芳次子,字贤书,号笏岩,乾隆壬午举人,癸未进士,历任云南师宗、弥勒、罗次、恩安、广通、惠泽等县,升寻甸州知州,特旨补授广东粮补监,擎通判,署惠州府碣石同知,诰授奉直大夫。配倪氏、陈氏,诰封宜人,生子四:矧构、去害、以燕、琢成。公姒合葬西大楞。屠纶,屠芝子,字凤诏,配许氏,生子二:焕、燦。

六世:屠矧构,屠绅长子,字杉拳,配费氏,生子三:启焯、启煌、启炜。屠去害,屠绅次子,配戴氏,生子一:启炽。屠以燕,屠绅三子。屠琢成,屠绅四子。屠承楷,屠缙长子,字伯则,配杨氏,生子三:启昆、启明、启迪,启明出继承榆为嗣。屠焕,屠纶长子,字璿曜,配刘氏、杨氏,生子二:澍、灏。

七世:屠启焯,屠矧构长子,字长生,配汪氏。屠启煌,屠矧构次子,字广生,配金氏,生子一:宝田。屠启炜,屠矧构三子,字貤生。屠启炽,屠去害

---

① (清)屠之申纂修:《屠氏孝感支续谱》,见《屠氏族谱》卷五,屠之申纂修,道光七年刊本。

子,配王氏。以燕、琢成无传。

八世:屠宝田,屠启煌子。

令人遗憾的是,因为《屠氏澄江支续谱》属于《屠氏族谱》别支,故其未载人物生卒及详细小传、艺文著述及碑传志铭等。虽是如此,屠绅的先祖世系及其子嗣已是十分清楚明白了。

3. 屠绅家学新考

再,关于屠绅家学,则《屠氏族谱》分别屠氏为洞庭支和浙江支,屠绅属于洞庭支。《屠氏族谱》所载《少泉公修谱凡例十条》一文中,以晋太史屠余"传记"为家学源流之始。少泉公,即屠洄,字少泉,湖北孝感人,康熙五十三年(1714)进士,曾任翰林院编修。至屠余,汉代刘向曾撰《屠余传》,载于《屠氏孝感支谱》,其文云:

> 见晋国之乱,见晋平公之骄,而无德义也。以其国法归周。周威公见而问焉,曰:"天下之国,其孰先亡?"对曰:"晋先亡。"威公问其说,对曰:"臣不敢直言。""示晋公以天妖,日月星辰之行多不当。"曰:"是何能?""然示以人事多不义,百姓多怨。""是何伤?""示以邻国不服,贤良不兴。""是何害?""是不知所以存,所以亡。故臣曰晋先亡。"居三年,晋果亡。威公又见屠余而问焉:"孰次之?"对曰:"中山次之。"威公问其故,对曰:"天生民,令有辨。有辨,人之义也。所以异于禽兽麋鹿也,君臣上下所以立也。中山之俗,以昼为夜,以夜继日。男女切踦,固无休息,淫昏康乐,歌讴好悲,其主弗知。恶此亡国之风也。臣故曰中山次之。"居二年,中山果亡。威公又见屠余,而问曰:"孰次之?"屠余不对。威公固请,屠余曰:"君次之。"威公惧,求国之长者,得锜畴田邑而礼之;又得史理、赵巽以为谏臣,去苛令三十九物,以告屠余。屠余曰:"其尚终君之身。臣闻国之兴也,天遗之贤人,与之极谏之士。国之亡也,天与之乱人与善谀者。"威公薨,九月不得葬,周乃分而为二,故有道者言不可不重也。①

屠余论治国理政首先要施行仁政,勿使百姓多怨、贤良不兴;其次要使民风淳朴,不得昼夜一味享乐;再次要有忠臣极谏之士。这三件事,都可说是治国大义所大。屠氏家学以屠余为源流之始,则是推重其为贤者,所言治国理

---

① （清）屠之申纂修:《屠氏孝感支续谱》,见《屠氏族谱》卷五,屠之申纂修,道光七年刊本。

政之法,即爱百姓、重贤才、正雅乐、善纳谏,不失为治世之金鉴。同时,也应该看到屠余所言治国之法亦可为治家良方,即如何睦族养才,如何增强家庭历史文化。

屠氏后人非常重视姓源,即屠氏受姓原始。"忾正追之,如闻远音,不忘本也。考受姓之原,则推其初之所以同。"屠之姓最先见于《礼记》,说帝喾的妃子即为邹屠氏。据考邹屠,地名,黄帝迁善民于此。因此,屠氏受姓是以地为氏,当为贵族后裔。再,晋国将乱,屠余执国法归周,并论之晋、中山与周分东西之事,亦可证屠之受氏较古。而郑樵所谓"屠以技为氏"实为大谬,并有侮屠氏先人之意。因此,屠氏后人极力考证分辨。

屠氏后人亦非常注重迁徙,考其原委亦较详,并再三至意于此。《续修分支族谱序》有文云:"吾宗受姓由来者远,至南迁祖百年公偕弟文年公统修族谱,推本子忠公为始祖。世居河北,代有闻人。历二十三世至百年公昆季,值靖康之变,衔元祐太后诏迎康王继统,留辅建康。遂卜居锡山之泰伯乡,此吾宗南迁之始。又四世,太乙公宋末避兵隐居姑苏洞庭金铎里,此吾宗移居洞庭之始。又十一世碧岩公偕从弟少溪公于明万历时徙居常郡之双桂里,此则吾宗迁常之始。自北而南而苏而常,亦可得迁越之大凡矣。"那么,屠绅先祖的迁徙路线则十分清晰,南宋时始南迁,先居锡山泰伯乡,后迁苏州,再由苏迁至常州,清初则由常州迁至江阴,至屠绅则历四世。屠挺,字百年,北宋进士,宋钦宗时,任右司谏。绍兴七年,拜内阁翰林学士。屠拱,屠挺之弟,字文年,北宋进士,初为河阳令,迁监察御史,乾道八年官拜工部尚书。太乙公,则讳元亮,是屠挺四世孙,为太史屠余四十二世孙。

屠氏后人非常敬重屠氏先贤,除前已言及的屠余、屠挺、屠拱外,尚有若干,下面择其要者述考如下:

在唐代,文行与政德两方面都突出的首推屠廷高。屠廷高,字子忠,二十岁中进士,任国子监博士,后官拜金青光禄大夫晋尚书令。世居晋阳,迁汴城南尉氏县敦仁里。

孝感支屠氏先贤有屠沂,字酌沧,号艾山,康熙丁卯举人,甲戌进士,累官至浙江巡抚。屠沂为官清廉,施惠于民,颇有官声。缓征薄敛,不尚苛察。据载,康熙三十九年,浙江仁和等二十八州县发生旱灾,他上书请免赋、赈济,并截留漕米二十万石,分存杭州、金华等府,以充积蓄。又因海潮冲击沿海田亩,乃增建石塘为屏障,百姓赖以得利。屠洄,字少泉,号退斋,康熙癸巳举人,联捷进士,翰林院编修,外任河南彰德府知府。屠述濂,字莲仙,号南洲,乾隆乙未佐县云南,由文山县升腾越州知州,宣封缅甸,赏戴花翎,历升云南按察使。从屠述濂一生行实来看,他正是屠绅创作的小说《蟫史》的主人公甘鼎的原型。屠之申，字可如，号舒斋，刑部奉天司总办秋审，御前射中布靶，赏戴花翎，时任直隶总督。

平湖支屠氏先贤有康僖公，与鄞邑支襄惠公二人俱有名，因同举浙江乙酉科乡荐，年纪相差无几，故称"生相同，俱正统间；年相若，皆古稀外"，"德业文章，望重一时"。康僖公即屠勋，字元勋，成化乙酉举人，己丑进士，官刑部尚书，谥康僖，著有《太和堂集》。襄惠公即屠滽，字朝宗，号丹山，一号酉峰，成化乙酉举人，丙戌进士，官太子太保，吏部尚书，谥襄惠，谕祭九坛，崇祀名宦，著有《丹山集》。有赠襄惠公诗句云："东岳山川秀气钟，遥遥门阀大吾宗。明良遭际如公少，伊吕勋名伯仲同。"

鄞邑支屠氏先贤除屠滽外，尚有屠简肃公，即屠侨，字安卿，号东洲，弘治甲子举人，正德辛未进士，任光禄大夫柱国，太子太保，刑部尚书，谥简肃，谕祭九坛，崇祀名宦乡贤，著有《简肃公集》。屠倬，字文卿，正德丙子举人，嘉靖丙子举人，嘉靖癸未进士，江西按察使副使。屠楷，嘉靖癸未进士，历官刑部尚书，谥康简，迁居广西桂林。屠大山，字国望，号竹墟，嘉靖壬午举人，癸未进士，历官兵部右侍郎，兼都察院右都御史，湖、川、贵三省总督，有诗文传世。

又，屠隆，字长卿，号赤水，又字纬真，万历丁丑进士，官礼部主事。屠用仪于嘉庆九年曾撰《赤水公世系考》，于考证屠隆世系甚悉，其文云："公讳隆，字长卿，又字纬真，号赤水，行五。明万历丙子举人，丁丑进士，官吏部仪制司主事，以文章、博物名世。立朝大节，以鲠直称。时有忌公者，愿得而甘心焉。罢官归，著有《由拳》《棲真》《白榆》等集，此公之大略也。宗谱第二图不载公世次及祖父讳号，而鄞邑支谱又以公祖璞误列于子云公位下，此不可不为订证者。至公所著文集，亦应备载其名，爰为考覈于左。家之有乘，犹国之有史也。传信不足，而以传疑。则郭公夏五必书存阙，俟考订耳。如我族谱第二图专载鄞邑支，惟赤水公止载讳字与号，科第、官爵，据《明史文学传》及《太平广记》，以志其人其世次，祖父皆未详。心窃疑焉。夫公为明代名人，岂其无所考据，而姑志阙疑耶？谨按第二图，乃洞庭支十二世大器公修，至十五世少泉公续修，遂仍其旧。又至乾隆之十有二年，而鄞邑支新谱成。仪按谱中载邦彦公单传四世讳顺，生子六：子浩、子华、子良、子真、子云、子皋。而赤水公讳隆，父讳濆，祖讳璞，曾祖讳子云，则是公为子云之后矣。又，赤水公《白榆集》著有自为府君行状，则详其父讳，字朝文，号丹溪，家于鄞邑，始祖邦彦公，传至祖子良、父璞，以及府君。则是璞为子良之子，而非子云之子无疑也。谱乃系公为子云之曾孙。夫子云有子，并无以璞承嗣之说。岂名人自为行状，反不足据乎？夫别风淮雨、亥豕鲁鱼讹错者类多,如此若我宗谱之讹子良为子云,其剞劂之误耶?抑缮稿之误焉?特患讹以传讹,转致以讹为信,一代有差,则万世俱谬。今以公之著作订公之世系,仪敢自为臆说哉?不揣固陋,详其始末,以俟宗贤之合修族谱者。嘉庆九年六月下澣,角里迁宜兴支十六世孙用仪谨志。"屠之申则云:"又按少泉公原谱,十世赤水公系子云公曾孙。同生宗贤寄示抄本,亦相符合。今阅宜兴宗贤用仪所纂《赤水公世系考》,则应为子良公后。第原谱相传已久,未便遽为更易。因并录用仪《世系考》于后,以俟参订。"

屠之申编纂屠氏通谱,秉承以谱齐家的观念,认为家谱在家庭文化建设中有尊祖敬宗收族的功效。如其在总序中云:"昔苏老泉曰观吾谱者,孝弟之心油然而生。然则,族之有谱非徒高门第,矜世胄也。将以辨亲疏,别尊卑,明长幼,使人亲亲长长,以敦宗而睦族也。"因此,他在直隶总督任上,向全国屠氏宗族发出修通谱的倡议,而屠氏各宗亦是积极响应。"吾屠氏宗谊最笃,纵世分数十,地隔千里,一经询及派系水源木本,类能数典不忘者,惟赖纂修支谱,代有其人耳。"故,屠之申家族非常重视修谱之学。故撰《修谱启》后,又撰《总议》,集中表现了他的谱政观点。

定凡例。全国屠氏宗谱,多达几十支,凡谱皆有凡例。屠之申编纂通谱是以少泉公凡例十则和绍理公总论十五条为准。如少泉公《凡例》第四条云:"登仕籍及有卓行者,或录其传,或录其铭,已托生平大概。其行状、诗、跋概不必录,以省累牍。"第五条云:"应封典者,即注爵秩于其名下,其诰敕撰文通套语,无关实行,概不必录。"受此《凡例》影响,屠绅、屠隆等人传记资料的缺佚,就不可避免了,这是令人惋惜的。

溯本源,叙支派。通谱内溯源至以地受姓,并辨以职受姓之讹。叙支派则分浙江、洞庭两大支,分别以雷发公、太乙公为始祖。

别异姓。即去养子,而另立一图,以示汇聚之意。

辨联宗。联宗即谓通谱。屠之申认为联宗不可任意攀附,当以五代之名讳为据。

载序传。屠氏宗谱,自宋元以来,有大量名儒名流为其撰序,以彰其先德。如朱熹、张九成、文天祥、蔡沈、王鏊、陈之佾、方婺如等,皆一一载入谱中。其中朱熹、张九成所作《琴坞记》二文,文虽记屠氏先贤屠道,实为评论古琴之佳作。观之,不免令人珍爱。如朱熹有文云:"古先圣王之作乐,非以佐欢悦听而已。本诸性情,协诸声律,充养行义,涵畅道德。"再如张九成文云:"尝观是坞也,具四时之物,而公之琴写四时之景。琴之煦,以悠应坞中之鸣离;琴之发,以扬应坞中之荷香;琴之隐,以逸应坞中之黄菊;琴之幽,以劲应坞中之松筠。"使人读之,不免对音乐的功能产生重新的评价。

4. 屠绅宦迹新考

学界一般将屠绅的一生划分为四个时期,从出生到十八岁中进士前为第一时期,即乾隆九年至乾隆二十七年(1744—1762),主要是里居读书应举;第二时期则成进士后至出仕以前居家十年(1762—1772),即从十八岁至二十八岁,主要归班铨选;而乾隆三十七年(1772)任云南师宗知县至乾隆六十年(1795)赴任广州通判为第三时期,此一时期,屠绅年龄为二十八岁至五十一岁;第四时期则为广州通判任上丁母忧至北京候补时因疾卒于京师。屠绅卒于嘉庆六年(1801),时年五十八岁。在屠绅人生的四个时期,尤其是出仕二十年,政绩突出,被誉为儒吏。由于屠绅直接的传记材料缺失,有关他的宦绩只能通过其与友人的交游及唱和诗作等间接材料予以考述。

屠绅少年科第,颇擅诗文,喜与人交游唱和,而所交者皆当世清流、循吏,其中不乏直言、敢谏之辈,有的甚至成为屠绅一生的挚友,并影响他的从政观念与人生价值取向。清代良吏汪辉祖(1730—1807)著有《学治臆说》,有《择友之道》一篇,专论为官者如何择友的问题。他说:"人之气质大概不同,畸于阳者刚,不免伉直忤物。畸于阴者柔,类多和易近人,然非平日究心律例,断不能高自持议。……择友自辅,当无取其软媚也。"①汪辉祖的择友观,在屠绅身上得到了充分的体现。

洪亮吉(1746—1809)为乾嘉时名臣,曾因直言上谏而得罪嘉庆帝,被流放伊犁。洪亮吉初名莲,又名礼吉,字君直,一字稚存,号北江,晚号更生居士。乾隆五十五年(1790)考中进士,殿试第三名,即探花,时年四十五岁。洪亮吉著述宏富,是著名的诗人、学者,在朴学、经学方面有很深厚的造诣,而且在人口社会学方面颇有建树,诗文作品收在《卷施阁集》《更生斋集》中。

洪亮吉与屠绅两人在少年时代即订交,是屠绅一生的至交好友。洪亮吉籍贯常州阳湖,屠绅籍贯常州江阴,二家相距不远。屠绅小时候居家读书,经常去嫁在阳湖的姐姐家串门,因而与住在姐夫汪家隔壁的洪亮吉相识。洪亮吉在《卷施阁集》卷一《傭书东观集》中有《屠大令绅以报最入都话旧》一题,共四首。诗后有注云:"君伯姊适汪氏,与余邻居,君恒住其家。"②

---

① (清)汪辉祖撰:《学治臆说》卷上,清汪龙庄先生遗书本。
② (清)洪亮吉著:《卷施阁集》卷一,清代光绪三年洪氏授经堂刻本。

虽然洪亮吉与屠绅订交很早，但是洪亮吉诗文中涉及与屠绅的少年交游诗作不多，大多诗作所记是从屠绅宦滇时开始的。而记录二人早期交游的事迹，多见于屠绅的另一位好友赵怀玉（1747—1823）的作品集中。赵怀玉也是屠绅同时期的官员、教育家，喜好藏书，著有《亦有生斋集》，至其与屠绅的交游，俟后详考。

屠绅在乾隆三十七年（1772）归班铨选到期，乾隆皇帝特授他为云南师宗县知县。屠绅做官后，十分感念皇恩，勉力勤慎，官声颇佳，被人誉为廉吏。至乾隆四十五年（1780），宦滇近十年，终因政绩突出，得到时任云贵总督的李侍尧等荐举报最，入都述职。此时，洪亮吉已中顺天乡试举人，正备书四库馆。屠绅与洪亮吉二人本为少年朋友，中年相见于京师，又恰巧一个中举，一个报最入都，自是不胜欣喜。因此，洪亮吉饮酒话旧，连作诗四首，以诉其衷情。其诗云：

远宦迢迢十载余，相逢我亦颔添须。贤劳已觉官声起，忧患偏怜壮志虚。釜欲生鱼推上考，书应成蠹少宁居。重来流辈俱清秩，莫哂狂奴尚鹿车。

一县无能满百家，水深山瘴路尤赊。未妨茅廨吟诗钵，惯听荒城破晓笳。民杂猺獞难定户，官清胥吏献随衙。敝衣报政来京阙，却使寻常计吏哗。

剪蔬我奉北堂餐，市酒君怜阿姊寒。五载篝灯通夜纺，常时篱落馈春盘。青云志节宾朋慰，绿鬓升沉里巷看。今日乍逢先涕下，板舆天末羡承欢。

门前都复有青山，忧患时时拟闭关。客早自怜华鬓改，官贫莫愧俸钱悭。闲中歌板消年岁，（君喜度曲）归后溪船递往还。我亦尚营千载业，著书多欲待君删。①

洪亮吉《卷施阁集》卷一所作诗篇皆为在京时所作，故题曰《备书东观集》，屠绅此次报最入都述职，洪亮吉作诗四首。此四首诗后又有数题诗言及洪亮吉与同人至崇孝寺、法源寺游玩等，此时若屠绅仍在北京，必会一同参加。乾隆四十六年（1781）洪亮吉因陕西巡抚毕沅（1730—1797）邀请，有赴陕西之行。将行时，与都中诸友告别，其中有洪亮吉的同乡丁履端。丁履端字郁兹，一字希昌，乾隆四十四年（1779）举人，曾官南宫县知县。洪亮吉撰《与

---

① （清）洪亮吉著：《卷施阁集》卷一《备书东观集》，清代光绪三年洪氏授经堂刊本。

丁二履端夜话,即以赠别》诗,诗前小序云:"时余约与屠大令绅共买外家鹳荡庄别业,丁君言已为渠亲串所得,并以志感。"由此,则知此次洪亮吉与屠绅在京都相聚畅谈时,曾商定欲买洪亮吉外舅蒋氏鹳荡庄别业,已作晚年同游著述之所。其诗有句云:"燕车代马三千里,越水吴乡二顷田。此志十年仍未遂,对君一夕竟忘眠。凭将书杜传廉吏,莫更犁锄课少年。未拟买山先买水,曾须笠泽共耕烟。"①诗中不仅可以看出屠绅与洪亮吉二人志趣相投,感情颇深,同时也透露二人倦于宦途,有归隐山林之意。

　　乾隆四十五年(1780)后,洪亮吉虽与屠绅分别,但仍时时牵挂。乾隆五十年(1785),同乡谢聘由固始县知县擢守郑州府知府,洪亮吉曾作诗《闻谢大令聘由固始擢守郑州却寄》以祝贺,在诗中不自觉便想到了还远在滇中宦游的屠绅,并为其鸣不平。其诗云:

　　　　太傅园亭我下帷,早年踪迹镇追随。棋争别墅心尤竞,诗学春坊格
　　未卑。(王庶子大鹤为君房师)制锦乍来遗爱里,栽棠留伴叔教碑。同
　　官尚有吹笙侣,留滞天南报最迟。(屠大令绅)②

谢聘,字耕于,江苏武进人,乾隆三十一年(1766)进士,编有《固始县志》。王大鹤,字子野,号露仲,通州人,乾隆二十二年(1757)进士,历官翰林院侍读学士,著有《啸笠山房诗集》。屠绅与谢聘所谓同官,系指皆为乾隆三十七年(1772)授官,一在滇,一在豫;一在边陲,一在中原。然而,谢聘竟先升迁为知府。二人虽同是洪亮吉同乡好友,但洪亮吉还是为屠绅不平。另,此诗中言屠绅喜好"吹笙",与前言其"喜度曲"可相互印证。

　　洪亮吉乾隆五十五年(1790)中庚戌榜进士,殿试第二名,授翰林院编修,乾隆五十七年(1792)未散馆即授贵州学政。洪亮吉于十一月到贵阳,不断课试生员,视察府学县学,等到年底时,因身处异乡,不禁涌起思乡怀友之情,遂提笔为诗,共作二十四首以遣其情。其八曰《屠刺史绅》,诗云:

　　　　案牍如山目已迷,趁闲偏欲逞篇题。纵官刺史无千石,却学君卿有
　　十妻。好友总抛蛮嶂外,全家忆住小湖西。(所居名西小湖)何时共泛
　　南归棹,卧听溪禽自在啼。③

---

　　①　(清)洪亮吉著:《卷施阁集》卷二《凭轼西行集》,清代光绪三年洪氏授经堂刊本。
　　②　(清)洪亮吉著:《卷施阁集》卷七《猴山少室集》,清代光绪三年洪氏授经堂刊本。
　　③　(清)洪亮吉著:《卷施阁集》卷十五《关岭冲寒集》,清代光绪三年洪氏授经堂刊本。

此时屠绅已升寻甸州知州,故谓"屠刺史"。通观全诗,透露屠绅相关信息颇多:一是屠绅为官亦称清勤廉能;二是他在江阴老家所居住的地方名叫西小湖;三是洪亮吉再次直抒胸臆透露归隐之意,云"何时共泛南归棹,卧听溪禽自在啼";四是屠绅颇好声妓,竟蓄妾多达十人。

乾隆五十九年(1794)屠绅调任广州通判,赴任途中经过贵阳。二人异乡相见,自是欢喜无尽。洪亮吉留屠绅在贵阳逗留三日,并作长诗《屠二绅自寻甸州守擢判广南,道过贵阳,留饮三日,醉后赋赠》以纪之。其诗云:

> 依绿亭边识君日,三十年来五回别。一回握别一倾倒,我越壮年君未老。天怜狂客爱远游,远宦皆出天南头。君行斗大得一州,我亦持节来边陲。囊空衣敝官初改,历尽蛮山饮炎海。北来驿使递一笺,骤阅反疑君左迁。人言宦广胜宦滇,俸入乃逾十万钱。平原坐上多良友,比日谈君不容口。忽然一客来欹门,矫首径入无寒温。旁人惊看仆夫笑,三寸麹尘犹在帽。卸装先约欲促装,为尔南去程途长。秋花黄处频高会,一日为谋两回醉。朋来尚未悉姓名,脱口遽已闻歌声。我行一一为分析,故态狂奴总如昔,不尔先防欲逃席。昨日醉外台,今日醉县中,歌尽百曲倾千钟;新交有嵇陈,旧交忆孙赵,乡语连翻述难了。君不见少岁謦我去,幸有少岁交红阑。百尺挂酒瓢,怳若醉我城北之山桥。(山桥边即乡社)我距君家不三舍,何日同归醉桥下?①

屠绅与洪亮吉在贵阳话别后,即赴广州,任职通判,兼署碻石县,至嘉庆三年,屠绅因母亲梅氏病故,即回乡丁忧。乾隆六十年(1795),洪亮吉任满回京,授咸安宫总裁,嘉庆二年(1797)三月入上书房,教读皇曾孙奕纯读书,嘉庆三年(1798),上《征邪教疏》,力陈内外弊政,为时所忌,因家弟洪霭吉卒,便引疾归,偕全家南下,至四月末归里。《卷施阁集》卷十九有《全家南下集》,皆为此年所作。此时屠绅之母亦病故,由广州归家丁忧。因此,二人便时时会面谈诗饮酒。集中有诗《题金文学捧闻〈客窗续笔〉后》,共五首,其四有句云:"屋后回环西小湖,谈空时觅北街屠。比邻各逞如椽笔,争作人间鬼董狐。"②在"谈空时觅北街屠"句下有注,其文云:"谓屠刺史绅,时亦著《琐蛣杂记》等书。"则知,屠绅《琐蛣杂记》一书此时已经刊刻成书。又,揆其语气,屠绅除是书外,还在创作其他书籍,那肯定便是长篇小说《蟫

---

① (清)洪亮吉著:《卷施阁集》卷十二《莲台消暑集》,清代光绪三年洪氏授经堂刊本。

② (清)洪亮吉著:《卷施阁集》卷十九《全家南下集》,清代光绪三年洪氏授经堂刊本。

史》了。

嘉庆四年，乾隆皇帝病逝，洪亮吉以内廷翰林身份依例北上讣告，嘉庆因授乾隆实录馆纂修，兼任己未会试考官，己未会试后又兼任翰林院庶吉士教习。此时，川陕苗回等族起义，朝廷以邪教征之，洪亮吉上疏言事，触怒嘉庆帝，发配伊犁，百日后，嘉庆帝又以无罪释放。洪亮吉返里，遂自号曰更生。

嘉庆六年（1801）年初，归里闲居的洪亮吉尽享天伦之乐，从元日至清明，共作诗四五十首，几乎每日必作诗，这些诗作均收入洪亮吉《更生斋集》卷三《山椒避暑集》中。其中有诗题《十九日偕陈刺史明善同诣亦园夜宿，即席赋赠》言及曾与屠绅相聚作诗事。其诗云："我初来亦园，主人耽赋诗。坐客刘（文学骏）邵（文学辰焕）屠（刺史绅），各各拈吟髭。我再来亦园，主人思弹冠。名士欲出山，笑杀蒋（侍御舅氏）与袁（大令枚）。山中猿鹤抛离久，卅载复来园畔走。"①其中"坐客刘邵屠"一句下各有小注："刘"指刘骏，"邵"指邵辰焕，"屠"则指屠绅。时间是在四月十九日，即清明后半月。其实，此时屠绅已丁母忧毕，入京候选，洪亮吉言及三十年前在亦园与屠绅相会，表现的是对屠绅进京的担心。

再，洪亮吉"笑杀蒋与袁"一句下亦有小注："蒋"指洪亮吉舅父蒋和宁，而"袁"指袁枚。蒋和宁，字耕叔，一字用庵，号蓉龛，阳湖人，乾隆十七年（1752）进士，翰林院编修考迁湖广道御史。洪亮吉撰有《湖广道监察御史蒋先生别传》一文，述其生平甚详。至袁枚（1716—1797），则其文名颇隆，乃乾嘉间文学重镇，与赵翼、蒋士铨合称乾嘉三大家。字子才，号存斋，一号简斋，后世学者称随园先生。历任溧水、江宁等县知县，有政绩，著作收入《小仓山房集》。再，陈明善，亦为武进人，号野航，曾任朔州知州，著有《洗冤录》四卷，亦园乃为其私家园林，屠绅常在此与洪亮吉、赵怀玉等朋友相聚。洪亮吉与屠绅三十年前在此相聚饮酒赋诗事，吕培《洪北江先生年谱》有文云："乾隆三十四年己丑（1769），二十四岁，七月，与洪亮吉、赵怀玉、庄宝书、邵辰焕、刘骏等，访陈明善刺史于城西徐墅亦园，饮酒唱和，赋长诗以纪盛。"②

屠绅一生落拓，又颇负诗才，故狂傲不驯，洪亮吉对这个老友是无时无刻不在挂念。这次洪亮吉与袁枚等在亦园相聚不久后，屠绅即卒于京，便作《续城东酒徒行赠陆孝廉继辂即题其行卷后》一诗，其诗云：

---

① （清）洪亮吉著：《更生斋集》卷三《山椒避暑集》，清代光绪三年洪氏授经堂刊本。
② （清）吕培撰：《洪北江先生年谱》，清光绪间刊本。

　　孙郎憔悴黄郎夭,可惜城东酒徒少。双丁二陆夹里门,城东近复添酒人(谓解元煦、明经履恒及孝廉叔侄)。酒徒岂止豪于酒,前后诗名亦谁偶?复有周郎绝妙词(举人仪暐),欲兼秦七同黄九。卅余年来坛坫存,愧我笔弱非凌门。黄公垆下一回首,怕见渡口升朝暾。青山庄圮陈园破,约客欲从何处过?已少平生斗酒场,茫茫清泪杯中堕。天荒地老仍归来,杯底客尽埋蒿莱。青松影里石林立,犹认玉山筵上颓。紫薇舍人前后死(谓庄选宸、刘召杨两舍人),落拓更怜狂刺史(屠刺史绅)。蛮府参军亦已亡(杨大令伦),城西自此无余子。城东酒薄花亦稀,僻处闲看飘酒旗。酒徒零落不频到垆畔,剩有荒鸡啼。遂令百尺莺花地,无酒无诗压奇气。玉局堂空砚水枯,风廊月馆都荒废。我怜住处东边城,却辟一斋名更生。荷戈甫罢荷锄始,种菜自喜侪嗤氓。酒人旧者皆衰老,所幸诸公后来好。若说心期到古人,周郎陆弟尤倾倒。读君诗完笑口开,新月影外休徘徊。一城梅花今始开,与尔且覆三千杯。①

　　洪亮吉此诗充满肃杀之气,其中涉及的多为故乡亡友:孙星衍(1753—1818)、黄景仁(1749—1783)、杨伦(1747—1803)、庄选宸、刘召杨和屠绅等,皆当时官场显宦清流、诗文名家。

　　屠绅卒于嘉庆六年(1801)七月三十日,洪亮吉听闻噩耗后,内心十分忧伤,除作诗《续城东酒徒行赠陆孝廉继辂即题其行卷后》外,于次年清明节后怀念老友,检得屠绅所寄诗作,便又作诗以追挽。其诗云:"故纸重翻百感兴,卅年前事杳难凭。闲情究累韩光政,醇酒先亡魏信陵。曾记竺中重九宴,未忘燕市上元灯。诗人循吏谈何易,一著终当让义仍。"②诗后小注云:"君生平慕汤义仍为人,然作吏伤于酷,以此不及。"在此诗,洪亮吉评价屠绅为"诗人循吏"。屠绅作史,推崇汤显祖,但是屠绅作吏"伤于酷",洪亮吉便说他赶不上汤显祖,所以说他"一著终当让义仍"。

　　乾隆二十八年(1763),屠绅考中进士后,时乖运蹇,即没有选入翰林院庶吉士,也没有放外任知县,而是归班铨选,而且返里闲居读书。屠绅回乡到出仕云南师宗县,共有十年时间。这十年时间亦因史料缺失,屠绅的经历还不能详细考证。目前,就其同时期的一些友人诗文别集,尚能略窥一二。如赵怀玉(1747—1823),字亿孙,号味辛,常州武进人。清代著名的文学家、藏书家,官至兖州府知府,著有《亦有生斋集》五十九卷,《亦有生斋续

---

① (清)洪亮吉著:《更生斋集·诗续集》卷一,清代光绪三年洪氏授经堂刊本。
② (清)洪亮吉著:《更生斋集·诗续集》卷一,清代光绪三年洪氏授经堂刊本。

集》八卷。

赵怀玉生于乾隆十二年（1747），比屠绅小四岁，二人亦为少年朋友。赵怀玉乾隆三十年（1765）参加北闱乙酉乡试落榜，回原籍武进。次年八月，曾与屠绅等人在其书斋味辛斋桂树下相聚，并欢饮达旦。筵席散后，赵怀玉追忆其盛，遂有感，缀长诗《八月十九日钱八（璟）、庄四（宝书）、刘大（骏）、洪大（莲）、屠二（绅）集味辛斋桂树下》以纪其盛。其诗有句云：

> 平分秋色秋刚半，屈指年光速流换。庭前老樗一夜开，黄雪飞香清鼻观。招邀同辈三五人，据石临流设风幔。是时日午悬清光，大斛前楹敞虚馆。评诗争论唐以前，传酒何辞爵无算。名山事业付阮屐，散樗功名笑嵇锻。雪泥鸿爪亦何常，浮便飘篷合终判。诸公要作席上珍，而我不辞厨下爨。二难四美兹夕并，过眼云烟君莫叹。江山闲福天所私，他日得之当垄断。声声壶漏刻屡移，卜饮讵嫌宵复旦。酒阑乘兴踏六街，冷月侵衣人影散。归来墙角鸡三号，东有启明光烂烂。①

屠绅是乾隆二十八年（1763）进士，三年后，即乾隆三十一年（1766）丙戌，他正在家乡归班候选，经常与同里赵怀玉、洪莲（即洪亮吉）、钱璟、庄宝书、刘骏等人诗酒唱和。在赵怀玉《亦有生斋集》卷二《怀五君》《二老吟》二题诗后，即为赵怀玉记游诗，有《同人泛舟芦墅作》《石门纪游六首》，屠绅亦有可能参与这两次游玩，惜赵怀玉之诗不记同游者姓名。乾隆三十二年（1767）十月，在赵怀玉书斋味辛斋又有一次联诗活动，得长诗曰《味辛斋联句》，参加人有屠绅、杨炜、杨煐、赵怀玉和洪亮吉等，而实际上只是屠绅与赵怀玉二人联诗。其中诗句题署屠绅的有：

> 霜节开元冬，云踪感素友。言过平原居，……交弗忘杵臼。夕暝分袂归，……幽斋少氛垢。拌挥辟尘犀，……雅报失琼玖。空复期芦碛，……遣兴聊斗酒。嚼螫试蚕食，……卮言仿蒙叟。矫如龙破壁，……精诚结心口。允矣保参辰，……傲不甘五斗。烛跋顾尔仆，……呜呜独击缶。含情欲寄谁？……锦字谢乌狗。今是昨岂非，……博物山穷酉。绝俗比俗仙，……时运或丰蔀。处甕怜醯鸡，……饫言直欲呕。世途一线危，……半面昧妍丑。术拟乞壶公，……与俗诚何咎？但无戟横胸，……小隐宜亩亩。泉明曾荷

---

① （清）赵怀玉撰：《亦有生斋集》卷一，道光元年刻本。

锄，……晡眠撼培塿。淮阴出敝袴，……鸿声虑速朽。荣枯总难料，……远寺钟初叩。肠恐车轮迥，……惊飏落虚牖。人已违拍户，……句让韩孟右。毋使晚节凋，……清宵讵堪负。车笠订牲盟，……息彼儿童诟。后日纪诗篇，……

此次联诗因洪亮吉不至，故没过几天，洪亮吉至味辛斋，屠绅与他们二人再次进行联诗，诗名题为《味辛斋后联句》，此次联诗由赵怀玉起首，曰："宴景方移序，霜风乍戒严。庭堆林叶满，……"然后分别是屠绅、洪亮吉对句。这两次诗会后不久，时值岁暮，屠绅与洪亮吉又冒雪一起去拜访赵怀玉，赵怀玉则撰诗以纪其事，题曰《初雪屠二绅、洪大莲过访，用聚星堂韵》，其诗云：

　　虬枝冻裂飞干叶，昨朝腊八今朝雪。雪今久别如故人，豁眼凝空呼快绝。有客相招出门去，乱扑不知巾角折。安得羊羔酒浅斟，要令鹤氅尘先灭。强将斗笠遮寒侵，遥看青帘被风掣。天边雁影低作字，池畔冰花碎成缬。揭来清赏继聚星，吾辈雄谈惊锯屑。归途暝色乱昏雅，灯火柴扉正飘瞥。呼童炙砚笑学步，好事欧苏试重说。门外怕看三尺深，两脚缩眠衾似铁。

后来，赵怀玉因事外出，正值岁暮，不禁回忆所交诗友，遂写下《岁暮怀人诗二十首》，其十二云："暨阳屠进士，生计只空囊。人病嵇康傲，吾怜阮籍狂。醉恒眠酒市，勇不逊词场。风雪江村里，裁诗寄草堂。"赵怀玉写的这首诗收入他的诗文集《亦有生斋集》卷二。赵怀玉深为屠绅考中进士却归班候选知县遗憾，遂谓其"进士"而"生计空囊"；同时，赵怀玉以魏晋名士竹林七贤中的嵇、阮二贤作比，既写出屠绅胸中之抑郁，也赞美了他的才学，因此，该诗可作为屠绅一生风貌的写照。

屠绅居家铨选知县十年，这十年创作了许多诗歌，与赵怀玉订交后，遂请其作序。由于屠绅早年所著诗集已亡佚，现只存金武祥编《鹗亭诗抄》，亦是创作于宦滇之后，故此《序》对于考见屠绅早期诗歌创作情形，十分重要。赵怀玉《序》云：

　　屠君贤书，弱冠登进士，以诗文名，盖少年而科名者也。今年秋，缔交于陈氏亦园。君旋访余于郡，且以所著诗示余。旷朗出尘，时得神解。由其天质高明，非徒挟兔园册子者比。然后知向之貌，为老宿言之不作者。特擗其空疏卑贫淹塞妄下雌黄者,特行其私忌耳。闻贤书之名,其亦可以少愧矣。夫虽然使君以此自足,而于世之老师宿儒卑贫淹塞者,遂菲薄之气日益骄,业不复进,如先儒所称三不幸者,而有其二,则又将以众之所疑者,疑君奚止二者之惑乎?

赵怀玉赞美屠绅弱冠登第,实属少年科第,而其诗文则"旷朗出尘,时得神解",同时亦殷殷告诫屠绅,毋以仕途淹塞而生妄自菲薄之气。再,《序》中有文曰"今年秋,缔交于陈氏亦园",应为乾隆三十四年(1769)。吕培《洪北江年谱》有文云:"三十四年己丑,先生二十四岁,……七月,与诸同人访城西徐墅陈刺史明善于亦园,与无锡邵秀才辰焕、江阴屠进士绅、同里刘文学骏、中表庄上舍宝书、赵上舍怀玉,唱和诗极多。"而赵怀玉《亦有生斋集》卷一有词《沁园春　亦园次屠贤书韵》,其词云:"弱冠科名,唾手拈来,宜乎近狂。任一门才望,封胡遏末。同时声价,沈宋钱郎。但喜高歌,常拼痛饮,相遇名园共醉乡。秋初到,试回风落叶,一听虚堂。论诗何必宗唐,只小技、从人议短长。看紫薇笼月,花阴浓淡,红莲著露,烟水苍茫。仆本多愁,君能自放,礼法宁为我辈防。匆匆别,记蜘蛛帘幕,蟋蟀林塘。"赵怀玉此词当是吕培所言"唱和诗极多"之中的一篇。

屠绅居家近十年,归班候选,于乾隆三十七年(1772)特授云南师宗县知县,屠绅赴滇任职十余年,于乾隆四十九年(1784)签分寻甸州知州,并于第二年继任运铜官,至五十二年(1787)才到达北京。屠绅到北京后除赴部缴铜觐见外,还与在京诸多朋友会面。

此年,屠绅与王复结儿女亲家,两家订婚约时,曾与赵怀玉等同集于时任翰林院编修的孙星衍寓斋。孙星衍(1753—1818),字渊如,号伯渊,别署芳茂山人等,阳湖人,后迁居金陵。乾隆五十二年(1787)殿试榜眼,是清代著名的藏书家、目录学家、书法家、经学家,辑有《平津馆丛书》《岱南阁丛书》等,著有《周易集解》《寰宇访碑录》《孙氏家藏书目录内外篇》《芳茂山人诗录》等。赵怀玉作诗云:

　　　　高斋胜侣乐投胶,宴衍欣占渐二爻。儿女关心中岁计,风尘握手廿年交。尚余故态当筵发,各有新书付客钞。卜昼未妨兼卜夜,醉看斜月下林梢。

其中颈联对句"各有新书付客钞"下有小注云:"屠有《琐蛣杂记》,王有《甲子大事表》。"则知,《琐蛣杂记》一书完成于乾隆五十二年(1787)之前,即屠绅就职寻甸州知州任上,而其着手编辑是书应该从任师宗县知县任上即开始。至屠绅的儿女亲家王复,字敦初,号秋塍,浙江秀水人,太学生,曾任河南偃师知县,著作除《甲子大事表》外,尚有《树蕙堂诗集》。张维屏《国朝诗人征略》评其人其诗曰:"王大令复,名父之子,翩翩佳士。早年游历江淮,栖迟京国,巨公名士咸有胶漆之投。诗篇蕴藉风流,如其标格。顷自雍镇豫,佐幕需贤,荐牍再申,由丞擢令,虽沾微禄,深惜小用其材。"①可见王复亦是屠绅同僚,曾任职知县。

再,乾隆五十二年(1787),屠绅离京前,亦曾与吴锡麒话别。吴锡麒(1746—1818),字圣征,号谷人,钱塘人,乾隆四十年(1775)进士,历官翰林院庶吉士、入直上书房,升国子监祭酒,著有《有正味斋集》。其中《有正味斋词集》有《齐天乐·送屠笏岩州牧绅还寻甸》一词,云:"东风又绿今番柳,一枝拼为君折。烛醉前霄,云吟万里,带去长安春色。光阴转瞥。料细雨蛮天,跳歌声歇。草长花飞,冶情都仗旧莺说。　奇书续成满篋。早灯窗读罢,肠更萦结。小店听鸡,荒山说虎,定念故人新别。天涯短发。怕冷絮相寻,一簪催雪。梦入苍茫,竹王祠下月。"②

赵怀玉《亦有生斋集》诗卷九有诗《送屠二绅之官滇中》,其有诗句云:"十年未改旧狂名,且喜头衔近乍更(谓屠绅由知县升知州)。治绩即今传绝徼,赋才多半属闲情。几人宿草频增感(汤大令大奎、黄秀才仲则),万里炎风又送行。毕竟轻宪故山隐,得归何时有田耕?"③屠绅擢升寻甸州知州,赵怀玉深为老友升迁而喜,遂作此诗送之,并赞其治绩突出,名扬滇省内外。另,诗中涉及的汤大奎和黄景仁,亦为常州人,二人或擅诗文,或作吏贤能,且与屠绅均有交游。汤大奎,字纬堂,江苏武进人,乾隆二十八年进士,曾官福建凤山县知县。乾隆年间,台湾林爽文等起义,福建多地响应起事,汤大奎便募乡勇与战,结果战死于衙署。

黄景仁(1749—1783),清代诗人,字汉镛,一字仲则,号鹿菲子,常州阳湖人,著有《两当轩集》。屠绅与黄景仁订交很早,黄景仁《两当轩集》卷二十二有诗《别亦园诸君,即用屠笏岩赠别原韵》,诗云:"鸠形鹄面忽阑入,不逢睡哕翻遭怜。怜我亦何有,爱我意殊厚。赠我琼瑶篇,酌我鸬鹚酒。我虽不才感则多,君纵不言愧若何。十年飘泊剩肝胆,指胸欲语声荷荷。宁雄飞,莫雌伏。千里万里各在足,人生随处可不恶。"观诗所叙,则知屠绅与黄

①　(清)张维屏辑:《国朝诗人征略》,清代道光十年刊本。

②　(清)吴锡麒著:《有正味斋集》,清代年间刻本。

③　(清)赵怀玉撰:《亦有生斋集》卷九,清代道光元年刊本。

景仁二人交谊甚笃,正年谓"十年飘泊剩肝胆"。

又,屠绅赴任滇中,途经常州时,顺便回了趟江阴老家,曾与同邑好友金捧闻先生会晤。金捧闻先生是清代著名的文学家,著有《客窗笔记》,亦称《客窗偶笔》。二人席间歌唱苏轼(1037—1101)《赤壁赋》,金捧闻填词《凤凰台上忆吹箫》一阕相赠。金捧闻《客窗偶笔》卷一有文云:"笏岩迁寻甸州刺史,入觐回滇,过常郡,余与晤于蒋颍州太守立庵斋,灯昏画烛,鼓打谯楼,为余歌《赤壁赋》,余填《凤凰台上忆吹箫》赠之,云:'千古眉山,两番赤壁,而今遇此风流。想赋诗横槊,百万貔貅。羽扇纶巾谈笑,东来鹤,西望旌斿。君休怅,吹箫客去,遗响还留。 悠悠十年报最,听竹马儿童,和此清讴。奈青衫寄迹,黄卷埋头。愧我从前盛气,蹉跎矣,酒也含愁。浑携取,江流有声,一叶扁舟。'迄今鱼雁音乖,云山望杳,四方奔走,故我依然,而每忆浩歌,犹觉洋洋盈耳也。"①

徐书受,字留封,一字尚之,贡生,由四库馆议叙南台知县,后特旨补授知州,著有《教经堂诗集》十二卷,清代著名的廉吏,洪亮吉为之作墓志铭,谓之:"为儒而隽,为吏而良。廉乡兮,让乡兮,礼义乡兮。魂而有知,庶先归我水云之乡。"②屠绅与徐书受交情甚深,乾隆四十五年(1780),屠绅任运铜官,并以卓异赴部引见。当时,徐书受正在四库馆作誊录生,屠绅特意到其寓邸相会,二人有诗。徐书受《教经堂诗集》卷二有《笏岩师复以卓异至都,夜过寓邸,赋呈四十韵》一诗,诗后有注云:"丁酉春以运铜至都,有集名《铜人咏》。"则知屠绅曾有诗集《铜人咏》,纪运铜之见闻感受,可惜,今已亡佚。

后来,屠绅再次任运铜官至京,交完差后,在北京曾邀徐书受、钱致纯、王复和胡梅诸人集寓斋话别,并作联句诗以纪其盛。此诗完整收录于徐书受《教经堂诗集》卷四,题为"春夜集屠笏岩明府寓斋话别联句四十韵",其诗云:

> 踪迹天涯合(书受),盘桓夜漏沉。壮怀乘万里(致纯),良会抵千金。几点星明户(复),三更月逗林。壶觞同缱绻(梅),砚席见崎嵚。市近犹闻筑(绅),车闲好载琴。

《教经堂诗集》卷四又有诗题《再次庄四韵赠屠笏岩》,其诗云:"盍簪此高

---

① (清)金捧闻著:《客窗偶笔》,清代刊本。
② (清)洪亮吉著:《更生斋集·文续集》卷二,清代光绪年间刊本。

会,廉吏固不贫。朝飞向云渚,暮鸣宿沙湑。俦侣各相慕,毛羽纷矜新。且可安饮啄,未易离风尘。善为众人母,毋失赤子仁。大隐隐朝市,山林难重陈。男儿既许国,讵宜私厥身。"从诗中内容来看,屠绅与徐书受在常州家乡时即已订交,十年前屠绅去云南为官,二人亦曾饮酒话别。

屠绅第三次任运铜官至京,再次晤徐书受、洪亮吉等人。徐书受《教经堂诗集》卷六有诗《酬屠笏岩入都投赠之作,即送还滇南》,其有句云:

> 爱君十年吏,充腹尚藜莠。薄俸虽无余,犹堪赡八口。长孙伯周间,列尔汉廷右。

徐书受此诗对屠绅在师宗为官的情形做了较多详细的描绘,并称赞屠绅为一循吏、儒吏。

屠绅与后学晚辈的交游,最主要者即是师范。师范(1751—1811),字端人,号荔扉,又号金华山樵,云南大理赵州(今云南弥渡县)人,二十一岁考中举人,名列云南省乡试第二名。后会试屡试不第,以军功保授安徽望江县知县。师范亦为乾嘉诗文大家,一生诗文著述甚丰,皆收入《师荔扉先生诗集》。又,辑有《小停云馆芝言》《滇系》等,其中《滇系》为研究云南省历史文化的宝贵文献。有关屠绅生平及佚诗等重要文献资料即收录在《小停云馆芝言》中。是书为师范任望江知县时所辑,卷首师范《序》云:"辛酉(1801)秋,既令望江,邑为吴楚要冲,凡同好之过访者,一帆两桨,直抵南郭外,岁无虚月。遂葺小停云馆,为授餐地。簿书少暇,仍与邑绅衿把酒谈宴,每拈五七字纪其事,其未经至馆者,亦以邮筒相往来。时日渐久,积卷成帙,题曰《小停云馆芝言》。"《小停云馆芝言》共十册,其中第四册附屠绅佚诗九首,后有师范小注,其文云:

> 先生讳绅,江阴进士,予乡举房师。以寻甸牧,升倅广州,丁内艰归。服满候补,卒于京,乃辛酉七月之三十日。予十八日赴望江,先生送予,返寓即谓少君翊构曰:"师荔扉出京,予死无棺矣。"甫逾旬,无疾而终。少君至署为予言,闻之黯然。兹于蕩山筐中得遗稿数纸,亟镌之,以志知己之感云。①

上引文字十分重要,记载了师范与屠绅的师生关系,还记载了屠绅的卒年及

---

① 见《小停云馆芝言》册四,嘉庆年间刊本。

其长子屠矧构至望江署衙晤见师范的事迹等。

屠绅在乾隆三十九年（1774）甲午任云南师宗知县时，曾任是年乡试考官，师范恰好于是年参加乡试，屠绅特拔其卷，最终获亚元。《师荔扉先生诗集》卷二十八附录载有《檀萃考绩吟序》，有文云："赵州师君荔扉，以甲午举于乡，为亚元，出老友屠公笏岩门。"①至檀萃（1725—1801）是屠绅宦滇时的一个同僚，二人相交十分深厚，有关二人的交游，俟后详考。

由于史料缺载，屠绅与师范早期唱和诗作未能详悉。目前，所能见到的最早唱和诗作时间是在乾隆四十二年（1777）丁酉。乾隆四十一年（1776）夏，屠绅首任运铜之官，从云南长途跋涉，至年底到达北京通州。缴铜事竣后，又赴部引见，一直到乾隆四十二年（1777）初，屠绅运铜差事才算正式交结完毕。

对于屠绅乾隆四十一年至四十二年间首任运铜官事迹及运输路线，沈燮元先生《屠绅年谱》和业师许隽超先生《屠绅三运京铜行程考》二文考证甚详。② 从乾隆三十九年（1774）师范中举至乾隆四十二年，师徒二人分别已三年，加之又在京城相遇，自是欣喜不尽。屠绅在运铜途中尝作诗集《铜人咏》，二人会面后，师徒二人便一起阅读讨论。《师荔扉先生诗集》卷二有诗《笏岩师复以卓异至都，夜过寓邸，赋呈四十韵》，有句云："杖履重相接，文章始见真。艰虞浮蜀水，慷慨咏铜人。"其后有注云："丁酉春以运铜至都，有集名《铜人咏》。"可惜的是，屠绅的这本诗集已亡佚。《小停云馆芝言》所载九首佚诗中，有一首诗题曰：铅，似应为《铜人集》中之作。其诗云："首山铜可范方圆，此物安知入货泉？不似金银犹有母，却疑黄白总非仙。为刀宰割儒生后，挟弹驰驱壮士前。只恐地灵还爱宝，丹砂勾漏竟无缘。"铜与铅，乃清代制钱主要币材，其开采与运输过程，关乎国计民生，意义重大。观屠绅是诗颈联，颇具哲思，能对儒生、壮士的人生价值有所启发。

屠绅将诗集《铜人咏》出示师范，师范读到集中"蛇字韵七首"后，有所感触，便依韵和作七首，即收入《师荔扉先生诗集》卷一中的《京邸晤房师屠笏岩先生，出示近作蛇字韵七首，依数次之》一题，师范诗云：

乾隆四十五年（1780），屠绅以报最入都，除与徐书受、洪亮吉晤面以外，还与师范欢聚饮酒赋诗。师范作长诗《笏岩师复以卓异至都，夜过寓邸，赋呈四十韵》以纪之。其诗云：

① （清）师范撰：《师荔扉先生诗集》，清代刊本。
② 沈燮元撰：《屠绅年谱》，见古典文学出版社 1958 年版；许隽超撰：《屠绅三运京铜行程考》，载于《明清小说研究》2012 年第 1 期。

弟子名偏拙，先生道独亲。再逢皆万里，小别亦三春。衮衮嗟前事，悠悠笑此身。但求收贾谊，那复羡王峋。忆昔披云日，初当折桂晨。菲材叨剪拂，哲匠妙陶甄。谬许南中杰，高登席上珍。诗陪苏轼赋，经向马融陈。琴剑征途启，冠裳帝里新。顿思胜弱羽，宁致老潜鳞。

乾隆五十二年（1787），屠绅第二次运铜至京，师范亦稍后至京，二人失之交臂，师范便作诗寄寻甸州署，以慰相思。《师荔扉先生诗集》卷四有诗《笏岩师复以运铜来京，予抵都前十余日，始由潞河还南，未及追晤，遂依先生所题伫月图韵，成诗一章，寄呈署中》，其诗云："我师宦滇海，万里限南北。箧有星斗文，风雨不敢蚀。"乾隆五十三年（1788），屠绅任广通知县，师范因春宫落第而回乡闲居，便过广通来访屠绅，屠绅则以所撰《琐蛄杂记》出示师范。《师荔扉先生诗集》卷五有诗《广通署谒笏岩师即席赋呈》，其有句云："庚子与师别，都门花正红。董春疏问难，王粲旧飘蓬。名恐传经拙，文惭落魄工。尚余奇字在，立雪许谁同。雨过讼庭静，四山围一城。未抽赊酒券，时出咏诗声。傲吏俱如此，闲花不记名。鼠肝与虫臂，触处露深情。"诗后有小注云："时出未琐蛄记。"可见此时，屠绅之短篇笔记小说《琐蛄杂记》已然脱稿。

乾隆五十五年（1790），屠绅已升任寻甸知州。师范又多次去拜访过这位老师。如《师荔扉先生诗集》卷六有诗《庚戌万寿节，笏岩师约饮坛次，以诗索和，恭次一律》，有句云："诗成贯虱复穿杨，技到神通手亦忘。快睹奇珍入都市，虔瞻礼器向明堂。筵开万寿心全赤，梦叶三刀鬓已苍。远忆红云深拥处，千官拜舞日皇皇。"不数月，师范再访屠绅，作诗《庚戌八月过寻甸，谒笏岩师，酒次辱赠长歌，依韵奉呈》，其诗云："丈夫作事不受（庸人）继，庸人相对恒咥咥。我师爱才如辨味，半李井上犹三咽。暗中摸索录狂生，茁轧丕休两俱绝。是时范也方少年，金马坊前轻赋别。都门一晤再晤春风高，（丁酉正月、庚子三月）秋隼盘空去飘瞥。广通寻甸山水乡，倒屣相迎许侧彭宣列。囊仵洞庭云，袖拂燕台雪。（戊申过广通，以《南还纪行》，今秋过寻甸，以《出岫集》先后校正）酒酣拔剑吟滇月，胸余奇气得倾洩。先生把笔为予说，处世宁愚不可哲。任他溲勃参蓍苓，收入药笼足怡悦。行路难于上青天，后轨何当继前辙。闻言顿使心目开，口中未敢张仪舌。书画虽惭老郑虔，玉亦有瑕竹有节。举主幸遇欧阳公，磁石何妨引顽铁。"不数月，师范与屠绅再次饮酒，作诗《酒次感怀呈笏岩师，即用荆南长字韵》，其诗云："凫何短短鹤何长，兰桂无风静抱香。剑气只宜干薛烛，马声原自恋孙阳。廿年心老风云路，万里身依日月光。辛苦一官罗鲁海，拟将吾道启南荒。"同时，师范又为屠绅作题照诗。其诗云："皎皎神凝玉雪清，陶然一醉更多情。花风香沁诗人骨，撒手罗浮顶上行。"按：荆南，即梁生衡，荆南其字也，号簜山，山西介休县人，监生，东河试用主簿。师范所辑《小停云馆芝言》第四册录有梁生衡诗三十五首，名曰《簜山诗钞》。①

　　屠绅为梁荆南饯行，席间梁荆南作诗惜别，师范亦在座，并和诗一首。其诗题曰"笏岩师促荆南以诗留行，次韵奉酬"，其诗云："七山春明遇独穷，万山归路夕阳中。秋来亦发陈人感，老去常怀国士风。诗浅不嫌酧唱数，情深倍觉挽留工。师门何敢轻言别，愿托离情向晚枫。"师范除和梁荆南诗外，还奉和屠绅诗一首，其诗题曰"次笏岩师酒后见遗韵，即以留别，并柬荆南"，其诗云："子山徒自吟三妇，文学会何甘作大儿。乍惬清眠缘病酒，坐呼银烛醉题诗。红绫宴罢春如海，玄草成时字尽奇。麾下偏陪堪将将，文坛何处有雄师？"

　　此年师范与屠绅离别，至乾隆五十九年(1794)屠绅升任广州通判，二人再未晤面。师范十分怀念他的老师，在《师荔扉先生诗集》卷八有诗《广通县怀笏岩先生》。至嘉庆六年初，屠绅丁母忧毕，遂进京候选，不幸因病卒于京。此年屠绅在京至病逝前曾多次与师范相聚，诗酒盘桓。如《师荔扉先生诗集》十四卷有诗《同人小集寓斋，笏岩师有诗纪事，依韵和呈》，其诗有句云："文字契合皆前缘，秋闱五度罗群贤。都向药笼作参术，掇拾奚用分后先。先生还从延陵至，未亲光霁愈十年。同人燕台欢聚会，影入明镜分媸妍。偏神亦可侯万户，如水有涯山有颠。昨宵新雨喜乍歇，春云淡淡鱼鳞天。脱手将相亦偶耳，夔能怜蚿谁夔怜。狂来合觅裙屐饮，猗欤吾道宁终焉。明岁此日更何处，再逢争颂张乐全。"师范亦将屠绅原韵附于后，云："吴侬早结文字缘，鄜鄜府中得两贤。珊瑚之风竟何有，庶几师君称最先。吴子远在金齿卫，剑器蔚跂逢壬午。老夫髦矣若腐草，惟此数人人树妍。黄金台下骏骨朽，春尘扑面春风颠。过从频仍会樱笋，一樽共酹羲皇天。勋名徐徐各勿怅，意气落落交相怜。后至酒人有季重，南皮瓜李毋忘焉。他时不识几强健，记取风义吾徒全。"又，四月九日，在北京寓所小集，席间屠绅有诗记其事，诗云："腐儒何事走尘埃，京洛相逢且举杯。为政此时知可矣，求名前代陋休哉。左迁但觅栖鸡食，下第仍怀荐鹗才。多丑匡山山畔秀，清闲还复叩扉来。"而师范亦有和诗《四月初九日京邸小集，席间步笏岩韵》："老踏天衢十丈埃，新声合谱尉迟杯。研京尚许笺平仲，沥酒凭谁说怪哉。厄到黄杨知遇闰，吟逢白雪敢言才。为驽为骏休相诧，都被孙阳剪拂来。"

---

① （清）师范辑：《小停云馆芝言》，嘉庆年间刊本。

　　此时的屠绅,流露出了入仕与出仕的复杂情怀与矛盾心态,故一再称自己为"老夫""腐儒",并声称"为政此时知可矣"。

　　屠述濂,字蓬仙,号南洲,湖北孝感县人,由监生捐府经历,分发云南,升迤南道,加按察使,嘉庆五年(1800)卒于缅宁军,道光年间入云南名宦祠。著有《八宅纂要》《河洛精言》及纂修《云南腾越州志》《镇雄州志》等。《屠氏族谱·孝感支》"世系录"云:"屠述濂,字南洲,号莲仙,一字守素,乾隆乙未佐县云南,由文山县丞升腾越州,宣封缅甸,赏戴花翎,迁永昌府,调东川府,五转至迤南道,钦加按察使衔,中间历署禄丰、罗次两县,晋宁、镇雄两州,迤西、迤东两道,云南按察使。因督兵剿办缅宁猓黑,积劳染瘴,卒于军中。恩恤八品荫生,仕滇二十五年,政绩甚多。详载本传及邑志。诰赠通奉大夫,滇省士民请入民宦。妣沈氏,诰赠夫人。生子一:之申。"①屠述濂政绩卓著,又因镇压苗民起义,故入名宦祠。大学士那彦成曾这样评价:"先德南洲先生在滇南以军功历官廉使,凡刑狱赋税铜政盐法以及安边戢民,所建白数十事,所全活千万人。"②

　　屠述濂与屠绅既是同宗,又是僚友。屠绅任寻甸州知州期间,屠之申之父屠述濂亦宦滇南。屠之申《汇刊澄江支谱序》有文云:

　　　　澄江地属毗陵,汉曰毗陵,晋曰暨阳,梁曰江阴,今仍之。同宗笏岩公系出澄江,昔任寻甸州牧时,先大夫亦宦滇南,序联伯仲,至相契也。公嗣四人,长君矧构与余年相若,亦序列雁行。尔时同羁宦辙,未及以支派本原详加考核。……至其行辈次序,即以先大夫与笏岩公称谓为推,先后世次,亦足信今而传后。道光七年丁亥夏,直隶布政使太乙公二十世孙之申可如氏谨序。③

　　屠绅的《鹗亭诗话》中曾载屠述濂所撰《仓神传》一文,其有文云:"余每诣郡,必舍于鹗亭。癸卯(1783)腊既望,雪下,四鼓闻鹗亭西塌墙声,呼仆烛之。"④鹗亭即寻甸州州衙所在。

---

① (清)屠之申纂修:《屠氏孝感支续谱》,《屠氏族谱》卷六,(清)屠之申纂修,道光七年刻本。
② (清)那彦成撰:《屠氏族谱续编序》,见《屠氏族谱续编》上编,(清)屠之申纂修,道光八年刻本。
③ (清)屠之申撰:《汇刊澄江支谱序》,《屠氏族谱》卷十一,(清)屠之申纂修,道光七年刻本。
④ (清)屠述濂撰:《仓神传》,见《鹗亭诗话》《粟香室丛书》,(清)金武祥编,光绪年间刻本。

再,《屠氏孝感支谱》亦载有屠之申撰《南洲公传》,叙其生平事迹甚详。从屠述濂治滇实绩及所涉军功,并宣封缅甸,由佐贰杂职升为云南按察使,疑其即为屠绅《蟫史》主人公甘鼎人物原型(俟后详考)。

檀萃(1725—1801),字岂田,号默斋,一号废翁,安徽望江人,乾隆二十六年(1761)进士,曾任贵州青溪、云南禄劝知县。任内兴学劝农,政声卓著。因运铜船沉被劾,落职为徒,发配云南阳驿。檀萃在云南期间曾先后主持云南五花书院和成材书院,培育了大批人才。一生著述宏富,有《楚庭稗珠录》《滇海虞衡志》《滇南诗话》《滇南集》《草堂外集》《穆天子传注》《逸周书注》《俪藻外集》等,又纂修《武定州志》《禄劝县志》《番禺县志》等。

屠绅宦滇时间很长,前后十余年,因而与檀萃多有交游,二人亦以老友、旧好相称。檀萃曾为师范《考绩吟》作序,有文云:"赵州师君荔扉以甲午举于乡,为亚元,出老友屠公笏岩门。"又,《滇南集》卷三有诗《吏滇作》五首,撰于乾隆四十七年(1782),其中《宿罗次时笏岩赴省与陈东序饮竹下》云:"主人吾旧好,斋竹正檀栾。只为因他出,相招得细看。新尘琴挂壁,圆魄玉飞盘。却对陈惊坐,酣谈尽夜阑。"屠绅与檀萃都曾任运铜官,乾隆五十年(1785)檀萃运铜至京,与友人江映川相聚吟诗,还惦记同样任运铜官的老友屠绅。在离京时,檀萃特意写诗,还嘱托江映川转赠给屠绅。

檀萃督运铅铜,从云贵一带千里迢迢运至京都,因途中船沉铜没之故被劾罢官,发配至滇南,寄身于草堂陋室之中。屠绅得知后,对老友的遭际深以为哀,亲自前去探望,并为其草堂题写联语。《滇南诗话》卷一云:

> 乙酉之春,移寓如意巷,得屋几间,前授生徒,后安女侍,中箪草堂,招诸老落成之,而草堂之称传矣。……是时内馆外馆诸生又极多,草堂一开从此流传,遂以草堂相目矣。屠刺史绅题草堂云:"桃李门中环狄相,桄榔树下住坡仙。"……

乾隆五十三年(1788),檀萃将在草堂所作诗编辑成册,名为《滇南集》,欲谋之梓人,便请屠绅作序。其文有云:

> 宋淳熙十四年戊申,放翁《剑南诗稿》出,又六百年为今乾隆五十三年戊申,而废翁《滇南诗集》兴。两翁生年同,窜处同,豪情胜概同,推其同者而托焉,后翁之偃蹇胜于前翁,诗格亦胜,同时未必信,后来必知之。放翁之诗,天下呼为小李白,废翁之诗豪放近李,而沉郁顿挫近杜,然皆自开生面,不受前人牢笼,必传于后无疑也。又为之作序,将檀

萃与陆游相比,对其诗揄扬有加,谓:"豪放近李而沉郁顿挫近杜,然皆自开生面,不受前人牢笼,必传于后无疑也。"

屠绅将老友檀萃比为南宋大诗人陆游,说他遭际胜于陆游,诗格亦胜于陆游,兼李白之豪放与杜甫之顿挫,可谓称许有加。檀萃擅诗,其诗名在当时的滇南一带颇著,甚至与屠绅、崇士锦并称滇南三大家。《滇南诗话》卷三有文云:

> 滇宦诗友草堂与崇尺遗士锦、屠笏岩绅臭味契合,称三家,尺遗有集,属草堂序之,而尺遗究未见草堂集也。笏岩与草堂唱酬最多,草堂俱沉于川江,笏岩亦不自收拾,其集无闻。后尺遗宦豫,笏岩宦粤,俱未有梓集信,而惟草堂以滇南集刊布于士林。

至崇士锦,字尺遗,号箬亭,本姓宗,为宗泽后人,因避金齐之祸而改崇氏,安徽天长人,乾隆十八年(1753)举人;乾隆二十五年(1760)进士,曾任贵州贵筑县知县、云南独山州、宁州、河南光州、禹州知州等,著作有《滇吟》《黔吟》《燕吟》《豫吟》《白下吟》等。檀萃《草堂外集》卷六有诗《天长崇箬亭翁寿序》,题下有注:"崇赵州士锦之尊人居里,同官为赵州,遥祝序之。"文中有眉批:"崇为天长大族,衣衿极多,而不得开科,翁每恨之,极力磨厉,尺遗果开科上江。"文后又附记云:"崇君尺遗言其先本宗泽后;以避金齐之祸改氏崇。"[①]

另,崇尺遗还曾为屠绅的《琐蛣杂记》《六合内外琐言》撰写评语,署名则为"尺遗子""崇尺遗"等。

程应璜(1731—1792),字抑谷,湖北云梦人,亦为屠绅宦滇时的僚友。屠绅《琐蛣杂记》有多人撰写评语,其中程应璜所撰评语数量最多。再,屠绅《鹗亭诗话》有《双鹤堂》一文,即为程应璜撰。可见,二人交游颇深。

程应璜于乾隆二十四年(1759)中举,曾宦于山西,至乾隆四十二年(1777)入滇,四十九年(1784)任大姚县知县,后改蒙自知县。程应璜与屠绅一样,宦滇时仕途经历了若干波折,都曾担任监运铜官的苦差事。又,程抑谷与檀萃亦相知,并同时受知于云南按察使徐嗣曾。徐嗣曾(?—1790),字宛东,号两松,浙江海宁人,与屠绅同为乾隆二十八年(1763)进士。

---

① (清)檀萃著:《草堂外集》卷六,清代刊本。

至屠绅与程应璜交游事迹,均间接见于檀萃诗文著述。在檀萃《滇南集》卷五有诗《抑谷生日辛亥夏》,其诗有句云:"兹暮忽来儿辈请,挑灯索句笔苦涩。涩极忽如倾琅函,瑰语连那能芰。书罢自读还自笑,君应笑示屠笏岩。"卷六有诗《题程三平甫顾梅画扇面缀屠笏岩刺史后兼寄抑谷明府》,其有句云:

> 自从倾盖逢程子,便爱挥毫得顾痴。素扇月明通雨面,老梅霜点散多枝。先教刺史题唐句,亦许羁徒写楚辞。官阁幽岩俱有兴,阿髻持报乃兄知。

由上引诗文,可知屠绅在滇南为官闲暇时,经常与程应璜、檀萃等人吟诗唱和。《滇南诗话》卷四有"程、屠唱和诗"一条,直接记载屠绅与程应璜和诗的事迹。

邵伦清,生卒未详,字景葵,号鉴堂,一号鉴庭,江苏常熟人,乾隆二十一年(1756)举人,乾隆二十八年(1763)与屠绅同榜进士。历官江西弋阳、河南渑池、云南永善、昆明等县知县及云南广西州直隶州知州等。近代诗人单学傅尝著《海虞诗话》,选录邵伦清诗若干首,并载有小传,记其生平较详。其有文云:

> 邵直刺伦清,字景葵,号鉴堂,乾隆二十八年进士,知江西弋阳、云南永善等县,仕至广西直隶州知州。工长律,尤擅七言,采烈兴高,风雄义峻,诚卓荦才也。

屠绅虽与邵伦清同为常州人,又为同年进士,但记载二人交游的文字皆在二人共宦滇南之后,故亦可称之为僚友。在屠绅《鹗亭诗话》中有篇名《稗赋》者,其署名便为"邵伦清鉴堂",其文云:

> 亦风亦露,时秀时实。有草名稗,为禾所嫉。吾谓其熟也,何得而鉏也?何失较锱铢而尚轻? 以龛粝而为质,祝哽者再而三,疗饥者十之一。剔齿而恶其疏,齧牙而伤于密。饎不洁于厨,醴不馨于室。苟视舌之尚存,虽充肠而遑恤。乱曰:如苗满畦兮似谷盈盘,以繁有子兮以细名。官惟圣者能恶莠兮,惟贤者能鉏兰。我行野而叹息兮,悲嘉禾之独难。

屠绅的长篇文言小说《蟫史》第七卷《锁骨菩萨下世》正文后有评语一篇,其署名则为"鉴庭邵氏",当是出自邵伦清之手。又,《琐蛣杂记》和《六合内外琐言》中亦有多篇评语的作者均题署"邵鉴庭"。由是可见,二人文字之交颇深。

记载屠绅与邵伦清交游情形,多见于檀萃的《滇南诗话》。檀萃《滇南诗话》卷五,叙其与邵伦清交游,有多处涉及屠绅者。其文云:

> 草堂以文名见忌、遭诬陷放逐于昆池,先后为昆明者,皆文吏也。……邵镜堂得昆明,兴正高,而草堂落网,几不视为全人。笏岩责之,即回脸,凡可以为草堂者无不至。

可知,屠绅与邵伦清在檀萃的草堂经常相聚清谈,仿魏晋竹林之游,而开先河者即为邵伦清。

现在,邵伦清诗稿存世仅有《柏古堂诗钞》一种,藏于常熟图书馆。《柏古堂诗钞》存诗一百二十六首,其中与屠绅的唱和之作,共二题四首诗,弥足珍贵。其一为《赠屠笏岩仍用前韵》,有句云:"秋光萧瑟噪昏鸦,商息俄惊雁影赊。雨脚乍悬观蚌鹬,雷声忽震斗龙蛇。他山未必能攻玉,此日何心学艺花。同谱少年君努力,老夫耄矣眼糊纱。"另一则为《笏岩将行以折枝梅花册索题即次云岩方伯韵》,七绝三首,其一云:"君是罗浮梦里人,此行领袖百花春。和羹已负平生志,且向泷头一问津。"其二云:"侬家亦有百花潭,如海幽香愧未探。此日离亭吹玉笛,一齐回首望江南。"其三云:"新换头衔亦适然,旧联车笠惜遥迁。相思一夜花何处,总到窗前已来年。"据王进驹先生考证,因前一题在诗题"闱中和刘澄斋韵"之后,则写作时间当为刘、屠、邵诸人于乾隆五十三年(1788)戊申乡试,在闱中阅卷时的唱酬之作;后一题三首七绝则系屠绅将赴广州任通判时的送别之作。至刘澄斋,即乾隆辛丑年(1781)进士刘锡五,澄斋其字也,山西介休人,著有《随侯书屋诗集》。

再,檀萃《滇南诗话》卷一记载了屠绅与邵伦清诗酒唱和情形,并保存了屠绅的二首诗,题曰"和邵大镜堂九日诞辰",其诗云:

> 七宝妆成玉斧修,清光难彻古梁州。元黄血冷云微现,金碧形空水倒流。饥甚岂无衔草鹿,音多为有在桑鸠。恼公已恨投荒大,会觅凌波太乙舟。(其一)
> 好道何年获禁方,枕中鸿宝秘山堂。不愁妖雾迷风后,终见文星谒

玉皇。送难弥天居士座,拾遗蒲地矮人场。请看羽客荷衣重,合谢高堂
十二章。(其二)

对于二人赋诗情形,檀萃云:"草堂既开,声闻四远,时萧曙堂明府在宁洱,
闻而伤之,首唱用修字,盖以升庵觊草堂也。其用乌嘴狗对白浮鸠,且以老
坡相觊,而及当家事也,草堂喜甚,即和以复之,并邀同人属和。会屠笏岩来
省,亦属其作和。安福梁鉴亭金,学道者也,游于草堂,先为和之……笏岩因
索,亦写诗二章送草堂。"

又,清代乾隆时期诗人萧霖在他的《昆海集》中亦有诗涉及屠绅与邵伦
清交游情形。萧霖,字雨垓,号曙堂,江都人,乾隆二十一年(1756)举人,曾
任宁洱知县,著有《爨余集》《昆海集》等。《昆海集》卷八有诗题云:"邵鉴
堂招同人集昆明吴西园螺峰山房,屠笏岩作《酒人歌》,余因仿其体赠鉴堂、
西园兼示笏岩。"从诗题看出,屠绅受邵伦清邀请,曾与萧霖等同集吴西园
寓所饮酒赋歌,席间屠绅还曾作《酒人歌》。《酒人歌》是明清文人酒席宴会
间经常吟唱的一首长歌,或用旧韵,或作新曲,并没有固定格式。萧霖《昆
海集》卷四亦有诗《闻屠笏岩举卓异诗以庆之》,对屠绅政绩赞美有加:"毗
陵才子神仙史,兀若天闲出骐骥。平生嗜弈兼嗜歌,谈笑时时露真意。兴来
落笔华菜敷,圻补紫凤纫天吴。群籍纷披萃狐腋,险韵独出开鱼凫。闻君政
绩亦矫矫,日计不足岁有余。眼看衅沐破资格,褒诏旁午来金铺……"

另外,《滇南诗话》亦载有屠绅与白贻远交游事迹。白贻远,字蠡峰,据
王进驹考证,为甘肃灵州人,乾隆时举人,曾任天津庆云县知县,乾隆四十七
年(1782)授云南曲靖府陆凉州知州。在《滇南诗话》中共记载了屠绅为白
贻远撰七十生日诗四首,其诗云:

七十谁言是老翁,神如逸鹤气如虹。家于灵夏音尘隔,官到巴滇臭
味同。我亦无田归不得,人皆作郡感何穷。却寻萧寺攀情话,尽引秋声
起桂丛。(其一)

每因西笑爱在夫,有几南人识腐儒。老去睪皮浑不忘,后来鸡肋竟
何辜。君黎疾苦真蒿目,小友衣冠半将须。聊而一觞兼一曲,慰君清梦
到华胥。(其二)

兼金须锻玉须磨,人未庸庸福未多。淫预作堆愁奉使,飞蓬在□笑
驱魔。花虽无赖惊常在,树若相思唤奈何。辛苦一官与古郡,友真同患
力同科。(其三)

今宵顶礼古先生,以介期颐有弟兄。文事也知需我辈,德星不用祝

公卿。贫难作馔供黎枣,醉即题襟谱瑟笙。岂合放吟徒坦率,重君高义薄时名。(其四)

据檀萃《滇南诗话》,白贻远遭际坎坷,晚景十分凄凉。"闱事毕后,(当权者)即假大计除蠡峰名,闻至今犹羁于陆凉不得归也,年且七十四五矣。"屠绅四诗,沉郁顿挫,一唱三叹,表现了深深的敬重、同情之心。

翁元圻(1751—1825),字载青,号凤西,浙江余姚人,以浙江乡试解元中乾隆四十六年(1781)进士,授礼部主事,曾任云南嵩明州知州、广南府知府、迤南兵备道、湖南布政使等,著有《困学纪闻注》,诗文收入《侇老巢遗稿》中。《琐蛣杂记》和《六合内外琐言》中,有多篇作品评点署名"翁凤西"或"凤西氏",可见二人亦为文字交。

翁元圻于宦滇时,亦曾与屠绅、刘锡五等人参与考校云南乡试,互相之间多有诗词唱和。如《屠笏岩夜分不寐,用澄斋见赠三叠前韵奉酬三首》《读东坡和刘道原咏史之作,有感于心,因依韵作四首,寄示邵鉴堂、屠笏岩属和》《次鉴堂、笏岩韵》等。翁元圻在诗中对屠绅多有溢美之词,表示赞叹。如"分无佳丽歌随凤,剩有文章说捕蛇""敢求国士无双目,漫作名场第一流""任评才尽复才狂,不计乌号得与亡"等。

《侇老巢遗稿》还有一些诗篇对于考证《琐蛣杂记》《六合内外琐言》和长篇文言小说《蟫史》成书情形有所帮助,关于这一点王进驹亦是看到了的,并撰文予以考证。比如,在《谭兰楣来琴馆宴集次屠笏岩韵》《寒食西园会饮呈谭五兰楣屠二笏岩汪二耦唐蒋十定甫》两诗中均提到了谭兰楣,他不仅是《琐蛣杂记》和《六合内外琐言》点评者,还是长篇小说《蟫史》卷十七《解歌儿苦寻三生梦》的诠评者。谭兰楣,即谭光祥,吏部左侍郎谭尚忠之子。兰楣(兰湄)其号也,字君农,江西南丰人,乾隆癸丑进士,曾任云南学政,历官湖北施州知州、武昌府知府,著有《知退斋诗》四卷。清人詹应甲著《赐绮堂集》中有《哭谭兰楣郡伯诗六首》,诗前有序,其文云:"兰楣郡伯守施州四载,于嘉庆甲戌季春移守武昌,即于是年殁于官署,逾月而故吏始闻凶问,乃设公之位于北门萧寺中,奠酒焚诗,以哭之。"①谭兰楣在出任地方官时,曾任云南学政,时在甲子年(1804)。江濬源尝撰谭尚忠墓志铭,有文云:"吏部左侍郎谭公以嘉庆二年十一月二十八日薨于位,甲子秋,仲公之五嗣君兰楣先生由仪部郎视学滇中,一日怛然谓濬源曰:'先大人惕厉中外,余四十年,所在著较然之迹,筮以某年月日葬南丰某山之原,宜得文而不

黯者为辞,藏诸幽是用。'"①嘉庆九年甲子年,谭兰楣视学云南,屠绅已去世三年多。可见二人在仕宦经历上没有交集,而从谭兰楣点评屠绅的两部小说来看,两人交游应甚为密切。故其点评的时间与地点及二人交游尚需新材料佐证,不过据上文翁元圻诗的记载,谭兰楣似应在此之前即到过云南,并与屠绅等诗酒交游唱和。

二、屠绅创作动因新考

可以说,每一部作品都是作家生活经历和人生思索的投射。无论是孟子,还是章学诚,都强调"知人论世"之旨。有关屠绅的生平事迹,沈燮元先生撰《屠绅年谱》,已行世五十余年,发凡起例,泽被后学。近年来,萧相恺先生、王进驹先生、台湾学者王琼玲对于屠绅生平、创作亦均有发覆,这无疑会推动着屠绅研究不断向纵深发展。本节即在以上前辈与时贤研究成果的基础上,结合新见中国第一历史档案馆有关史料、《清代官员履历档案全编》及屠绅佚诗,考证屠绅功名仕宦的坎坷,以期能进一步透视屠绅借小说炫耀才学的文化心态。

1. 少年科甲

屠绅出身于乡野,祖父、父亲世代以农为业,父亲早死,母亲梅氏独力抚养其成人。屠绅天资聪慧,十三岁进学,十九岁中举,二十岁即进士中式。

金捧阊《守一斋客窗笔记·偶笔》云:"余家半里许西观村屠氏,世业农。方笏岩之祖六吉,年三十余,仅举一子,尚幼,薄暮偶戏邻人田畔,邻适举锄,无意间劚儿顶,儿立毙。越岁余,笏岩之父觐文(即屠芳)生,咸谓天道昭彰,宜享美报。觐文年二十余,读书通晓,翁遣入都,时先君子官助教,爱师事先君,先君以其为善人之后,将提挈之,居无何,暴疾卒。笏岩幼孤,资质聪敏,早擅才名,年十三游邑庠,十九捷乡荐,二十成进士。"②金武祥《鹗亭诗话·序》云:"与吾家里居最近者,为屠笏岩刺史。刺史崛起田间,以弱冠得甲科。才名甚盛,所交皆一时名士。"③

屠绅于乾隆二十七年(1762)壬午考中举人,二十八年(1763)癸未科连捷中进士。所谓连捷,即是上一年乡试中举,第二年会试、殿试亦中式。

---

①　(清)江潘源著:《介亭诗文集·外集》卷六,清代《介亭全集》本,清代刊本。

②　(清)金捧阊撰:《守一斋笔记》,《丛书集成续编》第二一二册,台北:新文丰出版公司1988年影印,第621—622页。

③　(清)金武祥编:《粟香室丛书》,光绪二十三年粟香室刊本。

《光绪江阴县志》卷十四《选举表》载：

　　屠绅，乾隆二十七年壬午乡举，乾隆二十八年癸未甲科。字贤书，寻甸州知府。①

《国朝历科题名碑录》载：

　　乾隆二十八年癸未，赐同进士出身第三甲一百三十名：……屠绅，江苏常州府江阴县民籍。②

《明清进士题名碑录索引》载：

　　乾隆二十八年癸未科第三甲一百三十名：鲁河、唐来松、廖玉麟、胡绍基、高墉、李集、陈肇森、林德明、鲁鸿、屠绅。③

《清朝进士题名录》载：

　　乾隆二十八年癸未科，赐同进士出身第三甲一百三十名：屠绅，江苏常州府江阴县人。④

　　据以上史料，则知屠绅崛起于乡间，年仅二十岁，即考中进士。名列癸未科进士榜三甲第十名，总第六十八名，而是科录取进士仅一百八十八名。

　　据《清史稿·选举》载："一甲状元授（翰林院）修撰，榜眼、探花授（翰林院）编修，二、三甲进士授庶吉士、主事、中书、行人、评事、博士、推官、知州、知县等官有差。"⑤清末甲辰科探花商衍鎏著《清代科举考试述录》，于此进士授官问题记载甚详。其文曰："（殿试）传胪后，颁上谕第一甲名某授职翰林院修撰，第二名某、第三名某授职翰林院编修。殿试传胪后三日，于保和殿举行进士朝考，专为选庶吉士而设，其前列者曰入选，亦曰馆选。朝

①　（清）沈伟田等纂修：《光绪江阴县志》，《中国方志丛书》，台北：成文出版社 1983 年影印，第 1525 页。
②　（清）李周望等辑：《国朝历科题名碑录》，清代同治四年增补本。
③　朱保炯、谢沛霖编：《明清进士题名碑录索引》，上海古籍出版社 1989 年版，第 2733 页。
④　江庆柏撰：《清朝进士题名录》，中华书局 2007 年版，第 564 页。
⑤　赵尔巽等撰：《清史稿》，中华书局 1977 年版，第 3149 页。

考后授官,前列者用庶吉士,等第次者分别用为主事、中书、知县三项。"

由此,我们似可推知屠绅的仕途,或是留京,或是外任;而最次,也会得到一个知县。

2. 十年未仕

然而,造化弄人。屠绅考中进士十年后,即乾隆三十七年(1773),才得以委任县令,而且是在繁难、偏远的云南师宗县,①而且是一任就十二年。

检《清代官员履历档案全编》,得有关屠绅任官记载多条,②迻录于下:

> 屠绅,江苏常州府江阴县人,年三十岁,乾隆二十八年进士,候选知县引见,奉旨以知县即用。
>
> 臣屠绅,江苏常州府江阴县人,年三十岁,乾隆二十八年癸未科进士,候选知县,敬缮履历恭呈御览。谨奏。乾隆三十七年十一月初一日。
>
> 臣屠绅,江苏常州府江阴县人,年三十岁。乾隆二十八年癸未科进士,候选知县。今轮班拟备,敬缮履历恭呈御览。谨奏。乾隆三十七年十二月初一日。
>
> 屠绅,江苏常州府江阴县进士,年四十四岁。现任云南师宗县知县。乾隆四十九年六月分推升云南曲靖府寻甸州知州。缺、并带运甲辰年三运二起京铜。今缴铜完竣带领引见。
>
> 臣屠绅,江苏常州府江阴县进士,年四十四岁。现任云南师宗县知县。乾隆四十五年大计卓异引见。奉旨著回任。四十九年六月分签升云南曲靖府寻甸州知州。缺并委解甲辰年(乾隆四十九年)三运二起京铜。今缴铜事竣赴部引见。敬缮履历恭呈御览。谨奏。乾隆五十一年九月二十九日。

屠绅于乾隆二十八年(1763)考中进士,而于乾隆三十七年(1772)才以候补知县引见,奉旨即用。那么,这整整十年的时间,他去了何处呢? 而又因何未能当年中进士后即为官任职呢?

---

① 师宗县乃苗疆之地,汉少彝多,在州(广西州)北八十里,征银二千一百九十三两零,杂税六两零。谷九千四百八十三石零,入学八名,养廉银九百两。见《清代缙绅录集成》第三册,第167页。

② 秦国经主编:《清代官员履历档案全编》,华东师范大学出版社1997年影印,第二〇册227、第二〇册233页、第二〇册243页、第二二册117页、第二二册127页。

有学者研究说屠绅滞留京师,可能任翰林院庶吉士或分部学习。① 事实并非如此。《高宗实录》卷九记载乾隆二十八年癸未科进士引见后的任职及去向十分清楚。其文云:

> 癸未五月丙寅(1763年6月20日)。内阁、翰林院带领新进士引见,得旨。新科进士一甲三名秦大成、沈初、韦谦恒已经授职。董诰、褚廷璋、李调元、苏去疾、吴省钦、孙效曾、祝德麟、李铎、董潮、程沆、张秉愚、张焘、姚鼐、祥庆、高塘、孙含中、邱日荣、李廷钦、牟元文、孟生蕙、陈其炜、白麟、吕元亮、刘徵泰、易文基、蒋鸣鹿、周位庚、黄义尊、龚骖文俱著改为庶吉士。汤莩棠、蒋熊昌、李家麟、蔡履元、杨嗣曾、费淳、戴璐、施朝幹、徐天骥、费南英、高焱、沈世焘、陈燮、马葆善、宗开煌、张钧、王为俊著分部学习。商衡、涂宁先、曹焜、袁树著以知县即用。余著归班铨选。②

朝考后改庶吉士的二十九人名单中无屠绅,分部学习的十七人名单中无屠绅,外以知县即用的四人名单中也无屠绅,则屠绅"归班铨选"是肯定的了。何谓归班铨选? 就是以进士身份候补知县的,而且按照当时的要求是要回原籍的。

在清代,进士中式后,能否立即授官是没有一定常例的。据《钦定大清会典事例》③载:顺、康、雍三朝在此问题上是不同的,而乾隆朝一直到五十五年,均照雍正初例办理。如顺治十五年上谕二甲、三甲进士除选庶吉士外,俱除授外官。康熙六年上谕,二甲、三甲进士俱以知县用。而在康熙五十四年,又有新的规定,即:进士具题奉旨著考试,将文理优者留京,遇有月官扣缺即行补用,其余听其回籍,候应补之缺。这应是进士归班铨选的开始。又雍正元年,议准定辛丑科留京进士,照壬辰科进士例,礼部咨送内阁考试,果有学问好者,留京为内外教习。俟三年满后,照例遇有月官扣缺补用,其余令回籍,照原甲第名次候吏部截取,赴部选用。到了乾隆五十五年,上谕归班铨选进士,再交吏部按照甲第名次通行带领引见,候朕记名二三十人,以中书录用,不记名者仍行归班。到了嘉庆十年,又回到清初的状态,即

---

① 台湾学者王琼玲即执此说。见《蟫史研究》(《清代四大才学小说》),台湾商务印书馆1999年版,第187页。

② 《清实录》第一七册,中华书局1986年版,第683页。

③ (清)刘启端等纂修:《钦定大清会典事例》卷七十二,《续修四库全书》第七九八册,上海古籍出版社2002年影印,第245—256页。

新科进士均著交吏部掣签分发各省以知县即用。

乾隆时,朝考尤其注重文艺,同时为了使选拔公正,废除了保荐制,朝考科目在论、奏疏与赋三科基础上,特意增入试贴诗一科。同时朝考后,复令亲王大臣集诸进士观其仪度,核其年岁,分为三等程材抡选。屠绅就是在这样的朝考中栽了跟头,其奏论、谏疏、赋与诗的成绩,名次十分靠后,不仅未中翰林院庶吉士,未中六部主事或中书,而且也未选中知县,"沦落"到了归班候选,并且这一"候"就是十年。这就是所谓的"中式进士引见归班者,十年方能铨选知县"。①

若将屠绅因论、奏疏、诗、赋四科朝考名次列后而落选与其才学小说《蟫史》文备众体的审美特征对比来看,则其炫才心理亦明矣,而其抑郁与不平亦蕴藏其中。

3. 初仕师宗

屠绅于乾隆三十七年(1772)年末奉旨即用,任师宗县知县,乾隆三十八年(1773)到任。沈燮元先生《屠绅年谱》引《云南通志》卷一百二十二《秩官志》条云:

> 师宗县知县,屠绅,(乾隆)三十八年任。②

屠绅任云南师宗县知县一直至乾隆四十九年(1784),前后达十二年。在这期间,屠绅为官廉能,颇有政声。徐书受有诗云:

> 君怒奸厌魁,先为涣群丑。智若止水澄,力足负山走。气摄千夫雄,囊挟三日糗。褫此生奸魂,悯彼死骨杇。传闻互惊嗟,何况身所受。定变殊从容,一矢几曾掊。③

然而,屠绅竟卷入了云贵总督李侍尧④贪污一案,并差一点丢掉了官职,甚

---

① 《清实录》第二六册,中华书局1986年版,第104页。
② 沈燮元撰:《屠绅年谱》,古典文学出版社1958年版,第9页。
③ (清)徐书受撰:《酬屠笏岩入都投赠之作,即送还滇南》,《教经堂全集·诗集》,清代乾隆间刊本。
④ 李侍尧(?—1788)清汉军镶黄旗人。乃乾隆宠臣之一,李侍尧曾镇压过丰顺阿娄农民起义、撒拉尔回民起义,亦曾出征台湾,立下赫赫战功。乾隆念其战功,本不欲治其罪,故令和珅等人几次商议如何处置,江苏巡抚闵鹗元揣知乾隆帝之意图,乃奏请"宽之"。事见《清史列传》。

至性命。事情原委如何呢？却原来，军机大臣兼云贵总督李侍尧因贪污为和珅及其死党海宁所奏，乾隆遂委派和珅赴云南调查。当时屠绅以考核最优为李侍尧所保举进京引见，路过常州府，却听到李侍尧为和珅参劾，于是就将李侍尧托其转送的两箱玉器呈交常州府衙。关于此事，《乾隆朝上谕档》乾隆四十五年（1780）四月初四日上谕所载甚详。其文有云：

> 昨据杨魁（江苏巡抚）奏，将呈出李侍尧玉器之云南师宗县知县屠绅交军机处归案查办，奉旨："知道了。钦此。"当据杨魁将玉器两箱并屠绅送交前来。臣等详加诘讯，据称："我系云南师宗县知县，于上年夏间领文送部引见。临起身时，李总督面交我玉器两箱，说道：'这箱内玉器，俱系不堪呈进之物。现在苏州我有委员孙允恭在彼料理此事，你顺道即将此两箱玉器交给他，退还各店。'我将玉器带了，至本年三月二十一日在常州经过，听说委员查抄云南昆明县知县杨奔家产，并纷纷传说系与李总督有交手婪赃之事。我想杨奔既经查抄，李总督交带玉器，自应呈出，是以在常州府衙门呈首的。此外并无别的缘故等语。"臣等以该员既为李侍尧携带玉器，安知不另有对象收存隐藏？再四究诘，该员供称："当日李侍尧实在止有玉器两箱，交我带往苏州，并无别的物件。况我原怕自己干罪，所以将两箱玉器呈首的。若另有别的物收存隐瞒，将来查出，我的罪名岂不更重呢？求详情。"除将呈出玉器两箱开列清单，交该处预备呈览外，所有臣等讯取屠绅供词，理合奏闻。谨奏。后附"呈出玉器清单"（清单为玉器若干，故略）。乾隆四十五年四月四日奉旨交伊龄阿送京交英廉。钦此。

屠绅勇敢地揭发自己的上级，实是有功之臣。然而，没过多久，李侍尧竟重新委用，任陕甘总督。屠绅虽然以"报最入京引见"，但也只能回到云南继续任师宗县知县，而当时继任云贵总督者是与李侍尧有亲缘关系的福康安。洪亮吉于乾隆四十五年庚子（1780）赋赠《屠大令绅以报最入都话旧》四首。其诗云：

> 远宦迢迢十载余，相逢我亦颔添须。贤劳已觉官声起，忧患偏怜壮志虚。釜欲生鱼推上考，书应成蠹少宁居。重来流辈俱清秩，莫哂狂奴尚鹿车。
>
> 一县无能满百家，水深山瘴路尤赊。未妨茅廧吟诗钵，惯听荒城破晓笳。民杂猛獐难定户，官清胥吏厌随衙。敝衣报政来京阙，却使寻常

计吏哗。

　　剪蔬我奉北堂餐，市酒君怜阿姊寒（君伯姊适汪氏，与余邻居，君恒住其家）。五载籥灯通夜纺，常时篱落余春盘。青云志节宾朋慰，绿鬓升沉里巷看。今日乍逢先涕下，板舆天末羡承欢。

　　门前都复有青山，忧患时时拟闭关。客早自怜华鬓改，官贫莫愧俸钱悭。闲中歌板消年岁（君喜度曲），归后鸡船递往还。我亦尚营千载业，著书多愈待君删。①

观洪亮吉之诗，则知屠绅居官清廉，这从其身穿敝衣，家中老母餐蔬、阿姊五载通夜纺线可乩知。然而，仅仅因为当局者的利益与矛盾，终未提升。

4. 三运京铜

　　屠绅在师宗县任知县时，还曾三次往返京都与云南之间，做运铜的苦差事。中国第一历史档案馆藏乾隆四十一年（1776）二月二十一日四川总督文绶《奏报云南京铜船只过境日期事》折云：

　　云南委员师宗县知县屠绅，办运乾隆四十年关运第二起京铜七十三万六千三百斤，并带解前运员李梦桂、陈重光、隋人龙、宋允清等共挂欠铜九万五千九百四十六斤四两二钱二分九厘八毫共铜八十三万二千二百四十六斤四两二钱二分九厘八毫，装船一十四只，于乾隆四十年十一月初十日自泸州扫帮开行。十五日至巴县换船一十二只，于十二月初二日开行，十七日由巫山县出四川境，交湖北巴东县接催北上讫。该运铜船沿途并无借故逗留生事，盗卖情弊等情。

关于屠绅此次运铜，沿途均有奏折。如过安徽时有巡抚鄂元《奏报云南贵州等省铜铅船只过境日期》折、过江南时有江南河道总督萨载《奏报云南等省运解京局铜锡过清江汛日期事》折、过山东时有巡抚杨景素《奏报云南等省委员办运铜铅锡过境日期事》折、至通州时有直隶总督周元理《奏报云南铜船入直隶抵通州日期事》折，其运铜时间自乾隆四十年十一月初十日由泸州开始，沿途分别为乾隆四十一年二月入四川、五月十五日入安徽、六月十七日入江南、七月二十三日入山东、九月初十日入通直隶通州，前后历时

---

① （清）洪亮吉撰：《卷施阁集》，《续修四库全书》第一四六七册，上海古籍出版社 2002 年影印。

十个月零一天。①

　　屠绅除了于乾隆四十年至四十一年运铜外，还曾于乾隆五十年至五十一年、乾隆五十七年至五十八年两次运铜。前者用时为十六个月零十二天，后者用时为十个月零六天。屠绅曾有赋《铅》诗。其诗云：

　　　　首山铜可范方圆，此物安知入货泉？不似金银犹有母，却疑黄白总非仙。为刀宰割儒生后，挟弹驰驱壮士前。只恐地灵还爱宝，丹砂勾漏竟无缘。②

按，金属铅称黑铅，金属锌称白铅。滇铜黔铅，均为清代制钱的主要币材。有清一代，长江及大运河航道中，运铜、运铅之船络绎。屠绅曾三运京铜，发为此咏，亦以习见之故。

　　屠绅三次解运京铜，第一次与第三次皆较期限提前抵达通州，实为奋勉有功，劳绩显著。第二次之所以耗时十六个月，实因铅铜沉溺，费尽周折，但是也还没有超过期限。运送京铜，实属苦差。考屠绅之著述，从未有言其事。同为云南运铜差官檀萃曾著有《草堂外集》，其卷十五有云：“中丞（指徐嗣曾）去滇，予亦失势。置君恩安，犹如鼠避。予不得已，以铜差行。君亦鹊起，旋从北征。”③可见，运京铜是人人躲避的苦差事，是不得已而为之的。然而，屠绅在云南任内竟三次运京铜，恪尽职守，如期完成任务，实属不易。

5. 仕途升迁

　　另从上文《清代官员履历档案全编》知道，屠绅于乾隆四十九年六月分签升云南曲靖府寻甸州知州。然而《云南通志》卷一百二十一《秩官志》云：“寻甸州知州，屠绅，江阴人，进士，五十二年任。”而道光《寻甸州志》卷十八

---

①　许隽超先生曾撰《屠绅三运京铜行程考》一文，于屠绅“三运京铜”考辨甚详，上述屠绅运铜日期，笔者即参考是文。是文发表于《明清小说研究》2010 年第 1 期，第 228—236 页。

②　（清）师范辑：《小停云馆芝言》第四册，嘉庆间刊本。卷首师范《序》有云：“辛酉秋，既令望江，邑为吴楚要冲，凡同好之过访者，一帆两桨，直抵南郭外，岁无虚月。遂葺小停云馆，为授餐地。簿书少暇，仍与邑绅衿把酒谈宴，每拈五七字纪其事，其未经至馆者，亦以邮筒相往来。时日渐久，积卷成帙，题曰《小停云馆芝言》，陆续开雕，借消鄙吝，偶一展玩，如亲晤语。”嘉庆九年九月作。序后为《凡例》，嘉庆十年三月作。

③　（清）檀萃撰：《草堂外集》，嘉庆元年刊本。又据王重民《冷庐文薮·檀萃传》：檀萃，字岂田，一字默斋，号废翁，安徽安庆府望江县人。乾隆二十六年进士，曾官于云南。是故，与屠绅交好。著有《滇南诗集》《滇南诗话》《草堂外集》《滇海虞衡志》等。

《文秩·知州》栏载:"屠绅,江苏进士,五十四年九月任。"真是令人奇怪,屠绅任寻甸州知州的时间竟有三个:乾隆四十九年、五十二年、五十四年。这实在让人费解。除去这期间乾隆四十九年至乾隆五十年运京铜的一年半时间,其余三年时间,屠绅去做什么了呢?

翁元圻《佚老巢遗稿》中记载多首有关屠绅的诗作。其诗题分别为《屠笏岩夜分不寐,用澄斋见赠三叠前韵奉酬三首》《读东坡和刘道原咏史之作,有感于心,因依韵作四首,寄示邵鉴堂、屠笏岩属和》《次鉴堂、笏岩韵》《和笏岩次檀默斋韵二首》,于屠绅生平,足资考证。其中《屠笏岩夜分不寐,用澄斋见赠三叠前韵奉酬三首》一题非常重要。其一有云:

> 撤棘明朝等散鸦,迤东西隔路程赊。分无佳丽歌随凤,剩有文章说《捕蛇》。愁里对将蒙雾月,暗中搜得隔帘花。苦吟更尽频添烛,巧胜机中韵字纱。

撤棘,指闱墨阅毕,发榜揭晓。却原来,乾隆五十四年(1789)八月举行乡试,屠绅与翁元圻同为阅卷官。台湾"中研院"史语所收有云南巡抚谭尚忠于乾隆五十四年《题为科举事》题本。有文云:

> 乾隆五十四年(1789)八月举行己酉恩科乡试。宾兴大典,臣职任监临,属遵定例,督同执事各官,写典试翰林院编修冯集梧、翰林院检讨刘锡五(号澄斋),于本年八月初六日入闱。照滇省减定中额,取中举人张藻等五十四名,于九月初一日揭晓。

从翁元圻诗"撤棘明朝等散鸦,迤东西隔路程赊"两句来看,屠绅将于乾隆五十四年九月初一日出闱后赴寻甸州知州任。由此看来,《寻甸州志》的记载与事实是最相符的。"迤东"为云南分巡道,辖六府一直隶州,道署即驻曲靖府寻甸州,即屠绅赴任之所。

屠绅赴寻甸州任确是在乾隆五十四年,那么乾隆五十二年至五十四年上半年在何处呢?却原来,他在广通县以知州署理知县事。屠绅弟子师范有诗《广通县署谒笏岩师,即席赋呈二首》及《次楚雄陈都阃裕昆招饮,醉中赋赠》诗可证。[①] 沈燮元先生即以此诗为据,认为屠绅乾隆五十三年在广通任上。又汪如洋《葆冲书屋集》中有《题屠笏岩刺史〈鹗亭诗话〉后,兼柬程

---

① (清)师范撰:《师荔扉先生诗集》,1922 年《云南丛书》刊本。

抑谷明府》二首,《笏岩复作〈感事言怀〉二律见贻,即次其韵》二首,《次笏岩〈不寐偶成〉韵,兼示抑谷》二首,《笏岩、抑谷复联句见贻,依韵答谢》《连夕在郡城与笏岩会饮,抵广通复至县斋剧谈,翌日笏岩送予至舍资,以七言见投,次韵志别》等诗五题,①亦可考见屠绅在广通任上。汪如洋是于乾隆五十二年三月二十六日,抵云南任学政的。五十三年岁试毕,十月下旬以科试案临各府属。

中国第一历史档案馆藏汪如洋于乾隆五十四年三月十六日《奏报经过各属得雨雪日期事》折有云:

> 正月中至大理,抵闱之日,正值大雨沾足,扃试三旬,春膏屡沛,共计有五六次,远近山田咸被优渥。二月至楚雄,早麦渐渐已含苞,蚕豆亦都成荚,青葱秀润,洵为丰豫之征。三月十五日,臣试毕抵省。

广通县是楚雄府所辖之县。与上引汪如洋与屠绅唱和诗正合。则知从乾隆四十九年屠绅任命寻甸州知州至乾隆五十四年到任,除却运京铜一年半与入闱磨卷外,屠绅均在广通任上,以知州从五品职署理广通县七品职。这种怪现象虽不是特例,但在屠绅,却极有可能是为某总督所不喜、屡受上司排挤。

《光绪云梦县志略》卷十一《艺文传》载檀萃撰《云梦先生墓表》,曾谈到其与屠绅、程应璜之交。其文有云:

> 云梦先生者,程君抑谷也。君名应璜,为伊川(程颐)廿世孙,居于楚。其学本伊川,而气象冲粹如明道(程颢),其浮沉州县亦如之。至于自晋改滇,与笏岩及予三人相劚切。……嗟乎! 世未尝无人也,有人亦尝无知之者也。以吾三人来此,孙公补山知之,徐公两松知之,而徐公重吾与先生尤至。顾与徐公异趣者,必力排之,以斗捷于徐公,至于攘臂相仍。夫以徐公德望重天下,彼尚不知,何能知吾辈,宜踬之者尤加厉焉。予至落网罗,笏岩亦屡遭风波,而先生竟以卑官死矣。吾辈之穷,复谁诉哉?

其中"笏岩屡遭见波",是让人多么触目惊心。然而还有更为沉重的打击在

① (清)汪如洋撰:《葆冲书屋集》,《续修四库全书》第一四七六册,上海古籍出版社2002年影印。

等着屠绅呢!

《光绪广州府志》卷二十三《通判》栏载:"屠绅,江苏人,元年(嘉庆)任。嵇成(疑'成'为'承')闲,江苏人,三年(嘉庆)任。"若仅依此,屠绅应是嘉庆元年(1796)任通判于广州,嘉庆三年去职。沈燮元先生亦依据此材料而主是说。其实不然。

嘉庆元年春京师奎文阁刊本《大清缙绅全书》广东广州府栏:

> 粮捕通判加一级屠绅,笏岩,江苏江阴人。癸未(进士)。(乾隆)六十年六月授。

嘉庆元年春京师奎文阁刊本《大清缙绅全书》云南曲靖府寻甸州栏:

> 知州加一级张士楷,湖北松滋人。监生。(乾隆)六十年八月升。

嘉庆二年冬京师奎文阁刊本《大清缙绅全书》广东广州府栏:

> 粮捕通判加一级嵇承闲,江苏金匮人。监生,(嘉庆)二年七月补。

嘉庆三年九月京师荣锦堂刊本《大清缙绅全书》广东广州府栏:

> 粮捕通判嵇承闲,江苏金匮人。监生,(嘉庆)二年七月补。

《清代官员履历档案全编》载:

> 臣嵇承闲,江苏常州府金匮县监生,年四十六岁。原任广东潮州府通判,服满候补,今签掣广东广州府通判缺。敬缮履历,恭呈御览。谨奏。嘉庆二年七月二十四日。①

据以上材料则知屠绅实于乾隆六十年六月授广东广州府通判。而屠绅任广州通判前还有回京都引见之举,亦有可能是乾隆五十八年年末运铜至京,于乾隆五十九年离京之前。这有吴锡麒与张问陶的词与诗可证。吴锡麒于乾隆五十九年甲寅(1794)春季撰《齐天乐·送屠笏岩州牧绅还寻甸》一词。其词曰:

①　《清代官员履历档案全编》第23册,华东师范大学出版社1997年影印,第410页。

东风又绿今番柳,一枝挤为君折。烛醉前霄,云吟万里,带去长安春色。光阴转瞥。料细雨蛮天,跳歌声歇。草长花飞,冶情都仗旧莺说。奇书续成满箧。早灯窗独罢,肠更萦结。小店听鸡,荒山说虎,定念故人新别。天涯短发。怕冷絮相寻,一簪催雪。梦入苍茫,竹王祠下月。①

张问陶乾隆五十九年甲寅(1794)撰《送屠笏岩刺史归寻甸州》诗。其诗云:

宦拙文心巧,嵚崎历落人。科名同辈少,边徼一官贫。易醉神先王,长歌气独真。白头携美妇,龙性老难驯。孔祢记年友,疏狂古道存。几人交莫逆,万里别销魂。天远蛮云怪,文穷傲吏尊。重来应计日,相望国西门。②

而到了乾隆六十年七月,屠绅才正式"升任"广州通判,并在赴任途中经过贵阳,与洪亮吉把酒言欢。洪亮吉作《屠二绅自寻甸州守擢判广南,道过贵阳,留饮三日,醉后赋赠》一诗。其诗云:

依缘亭边识君日,三十年来五回别。一回握别一倾倒,我越壮年群未。天怜狂客爱远游,远宦皆出天南头。君行斗大得一州,我亦持节来边陲。

按《清代地方官制考》,通判为正六品官,乃是知府的佐贰职官,与同知分掌粮运、督捕、海防、江防、水利、抚苗诸事,以佐知府之政治。知州为从五品官,按清代官制应从外府通判升任。③ 然而,这对于屠绅来讲,则完全反过来,屠绅则是由知州升任(实为降职)通判。难怪法式善赋诗为屠绅鸣不平。其《屠笏岩绅过访》诗云:

知州升通判,此事前无闻。群略不介意,看花兼看云。蹇驴过卢沟,长安来卖文。或得补一官,当亦君所欣。胸中万卷书,奚能救困穷。昨冬访诗龛,正值祭诗辰。滔滔口悬河,睥睨旁无人。青山久跌宕,白

---

① (清)吴锡麒撰:《有正味斋词集》卷三《伫月楼琴言》,《续修四库全书》第一七二五册,上海古籍出版社 2002 年版,第 472 页。
② (清)张问陶撰:《船山诗草·补遗》卷四,清嘉庆二十年刻道光二十九年增修本。
③ 刘子扬著:《清代地方官制考》,紫禁城出版社 1988 年版,第 98 页。

发仍鲜新。胡弗勒一书,典章名物陈。倘藉迁固笔,力挽淳风淳。不然饮美酒,远希葛天民。宦海原苍茫,何必伤沉沦。①

屠绅这次在广州为官,与在云南做官不同,时间极为短暂,刚满两年,从乾隆六十年六月至嘉庆二年七月。这又是为什么呢? 师范所辑《小停云馆芝言》第四册后"附屠笏岩先生遗诗",师范注云:

> 先生讳绅,江阴进士,予乡举房师。以寻甸牧,升倅广州,丁内艰归。服满候补,卒于京,乃辛酉七月之三十日。予十八日赴望江,先生送予,返寓即谓少君矧构曰:"师荔扉出京,予死无棺矣。"甫逾旬,无疾而终。少君至署为予言,闻之黯然。兹于簏山箧中得遗稿数纸,亟镌之,以志知己之感云。

这段文字颇为重要,基本厘清了屠绅广州通判离职的原因,沈燮元先生《屠绅年谱》于嘉庆二年之后,接以嘉庆六年,未提及屠绅广州通判离任的时间和原因。观此文,则知屠绅于嘉庆二年是因母亲梅氏去世,以丁内艰解职广州通判任的,而嘉庆六年客京师当是嘉庆四年或稍后服满进京候补求官的。《光绪江阴县志》卷十九《列女·节妇》载:"梅氏,赠奉直大夫屠芳妻,二十八岁夫亡,寿八十一。以子绅官寻甸州知州,赠宜人。"②

　　上段引文,据许隽超先生考证,③还可以知晓以下两个问题:一是屠绅辞世的具体日期。师范《习园藏稿鹗亭诗话合序》云:"辛酉春夏间,予以选人赴吏部,屠先生适候补入都,饮酒赋诗,晨夕相往来。予出京十二日,而先生顿卒于客寓。"沈燮元《屠绅年谱》据此推测屠绅卒于春夏间。"出京十二日"云云,与师范在上一段引文中所言的七月十八日出京赴任,其师屠绅七月三十日卒,是完全吻合的。屠绅卒于嘉庆六年七月三十日,是毋庸置疑的。二是屠绅子嗣情况,以前无人提及,今据此文,知其至少有二子,一子名矧构。关于屠绅的卒因,《屠绅年谱》云"以暴疾卒"。④ 师范言恩师"无疾而终",为尊者讳也。

　① (清)法式善撰:《存素堂诗初集录存》卷十一,清嘉庆十二年王埠刊本。
　② (清)沈伟田等纂修:《光绪江阴县志》,《中国方志丛书》,台北:成文出版社1983年影印,第1575页。
　③ 许隽超撰:《屠绅佚诗九首考辨》,《文献》2012年第1期。
　④ (清)洪亮吉《北江诗话》卷二:"屠刺史绅生平好色,正室至四五,婢妾媵仍不在此数,卒以此得暴疾卒。余久之哭以诗曰:'闲情究累韩光政,醇酒终伤魏信陵。'盖伤之也。"

要之,观屠绅之生平,可谓历尽坎坷:幼年即失怙,品尝了人世的辛酸;科名虽早慧而十余年未入仕,养成了他孤傲的性格;初仕云南而构怨大僚,甚至为皇帝所不喜,给他的仕途蒙上了一层阴影;迁寻甸与广州,似升而实降……而这一切,又无不与其创作小说《蟫史》及其他作品,如《六合内外琐言》《鹗亭诗话》有着密切的关系。一句话,屠绅坎坷的仕宦人生才是其创作才学小说《蟫史》的动因所在。如果套用蔡家琬的话:"蒲聊斋之孤愤,假鬼狐以发之;施耐庵之孤愤,假盗贼以发之;曹雪芹之孤愤,假儿女以发之。"则为"屠笏岩之孤愤,假才学以发之。"①其形虽异,然其神却相似,即同是"一把辛酸泪"也。

三、《蟫史》创作本事考

《蟫史》究竟写的是一个什么故事呢?那落第书生桑蠋生是否为作者自喻呢?小说中南征北战的大将军甘鼎的原型究竟是不是傅鼐呢?皆是值得深思的问题。笔者以为只有弄清了这些问题,才能更好地理解小说的创作本旨与文化意蕴。而这一切,又无不与乾嘉盛世的史实有密切的关系。

1. 乾嘉史实画影图形

《蟫史》的创作时间当为嘉庆二年七月以后。屠绅于乾隆六十年六月授广州通判,嘉庆元年赴任,至嘉庆二年丁内艰而离职。其创作小说的时间不可能与上任广州通判同步,而应滞后,且有较长闲暇时间方可安心创作。因为创作长篇小说毕竟不同于短篇传奇。《蟫史》开篇言道:

> 在昔吴侬,官于粤岭,行年大衍有奇。海隅之行,若有所得,辄就见闻传闻之异辞,汇为一编云。

"大衍"之数为"五十","大衍有奇"当是指五十一。屠绅于乾隆六十年(1795)授广州通判,恰好五十一岁。可见,大衍有奇,说的是屠绅上任广州通判的时间,并非指创作的时间。且观上文声口,句句乃在回忆总结。

嘉庆二年,屠绅因母亲去世,解职广州通判,居家守制。在守制期间创作长篇小说《蟫史》,以遣内心哀痛,并抒发其一生坎坷仕宦的感慨,表达对乾隆年间及嘉庆元年至三年的史事的看法,这无疑于事理始为密合。

---

① （清）蔡家琬撰:《红楼梦说梦》,嘉庆十九年解红轩刊本。

　　观《蟫史》，屠绅所写战争有殄灭海盗、岛贼，征抚交趾、回变、九苗、广蛮及五斗贼等，这些战争皆与乾嘉时期的几场重要战事相合，可以说前者是以后者为时空背景展开的。《蟫史》所涉及的乾嘉实事主要有灭海寇、征苗、平台湾、讨白莲教等。现分考如下：

　　关于安南海匪

　　《蟫史》所涉及的甘鼎歼灭海盗、征抚交趾，实是指安南海匪。安南国，即今越南，古称交趾。其国西接老挝、缅甸，北连广西、云南，东西边境长约一千七百里。入清以来，黎氏享国，纳贡不止。至乾隆五十三年，发生内乱，阮氏集团欲夺权，国主黎维祁向清廷求救。于是乾隆命孙士毅、许世亨督率大军戡乱，此为"安南之役"。此役先胜后败，复命福康安招抚。终因黎维祁懦弱，不得已册封阮光平为国王。此后两国政治关系虽步入正常化轨道，但是，由于阮光平父子以兵窃国，国用虚耗，商舶不至，竟遣舰船百余，总兵十二，以采办军饷为名，多招中国沿海亡命，啖以官爵，资以船械，使向导入寇闽、粤、江、浙。嘉庆初年，屡有安南兵将及总兵封爵敕印。① 这就是安南海寇为祸东南沿海的由来。加之内地土盗与之遥相呼应，致使百姓离乱，惶惶不可终日。

　　关于这一点，参看乾隆、嘉庆间上书、奏折及上谕档等史料，亦可得到证实。如程含章②曾撰《上百制军筹备海匪书》，收入《皇朝经世文编》。其文有云："逮乾隆五十四年后，盗贼复起。祸缘安南夷主黎氏衰微，阮光平父子篡位，招至亡命，资以兵船，使其劫掠我商渔，名曰采办，实为粤东海寇之始。"③

　　再如中国第一历史档案馆藏福建巡抚汪志伊于嘉庆二年奏折。其文云："至若洋匪，从前不过土盗出没。自乾隆五十八、九年间，安南夷匪胆敢窜入，互相勾结，土盗藉夷匪为声援，夷匪藉海盗为爪牙，沿海肆劫，掳人勒索。"

　　再如《清实录》御史宋澍奏："查闽省近来洋盗充斥，兼漳泉被水后，失业贫民，出洋为匪。但此等匪徒，随聚随散。而粤省匪船，遂有假装服饰，称为安南夷人，乘风入闽。"两广总督吉庆更进一步查明，当时安南海盗的基地就在江坪一带。其所上奏折称："查盗船俱在江坪白龙尾一带藏躲。而雷属之海安、与琼属之海口、二营。隔洋对峙。中闲水面。仅八十余里。向

---

① （清）魏源撰：《武圣记》，《魏源全集》第三册，岳麓书社 2005 年版，第 274—275 页。
② 程含章（？—1832），云南景东人。乾隆五十七年举人，嘉庆初，大挑知县，分广东，署封川。迁雷州知州，曾率乡勇破海盗乌石大。著有《岭南集》《山左集》等。
③ 《皇朝经世文编》卷八五，道光年间刊本。

来盗船。俱由此处潜驶来粤。"①

可见,阮氏父子控制的安南国,由于当时任云贵总督的福康安进军安南的妥协,致使乾隆末年至嘉庆初年,近二十年的时间,东南沿海深受其祸。直到嘉庆十五年,才将海盗全部肃清。

安南海盗猖獗之时,正值屠绅迁寻甸州(乾隆五十四年至五十九年)、广州通判(乾隆六十年至嘉庆二年)时期。屠绅对安南之战的战况是了如指掌的,而且对安南为祸东南沿海也是十分清楚的。所以在嘉庆二年以后,丁忧守制期间,创作《蟫史》,就把这一史实也写入小说之中。观《蟫史》一书,其写海盗骚扰东南沿海的情节,如卷一"甲子城掘井得奇书":近日滨海有人传言,倭寇将以数十艘犯此间州郡,……但倭寇蹂躏江浙,肆矢突于瓯闽,数败复振。今迤逦来粤,我兵四集,零帆剩桨无返者,可谓知进不知退矣。再如卷三"忏铜头蚩尤销五兵":则先写甘鼎等征剿广州王邝天龙,然后写桑蛣与常越、沙明等设计击杀与交趾洋盗有勾连的海盗头目老鲁,其部下老龙与老段率盗来降,并一举攻进交趾洋盗大本营江坪,迫使其主屈蚝投城屈服,于是东南沿海海盗平定。

关于回民兵变

纵观清王朝,回民兵变几乎遍及整个清代历史。最为严重的是在道光、咸丰、同治三朝。当然屠绅所写《蟫史》不可能未卜先知,去写道光以后的回民兵变。原来,在顺治年间就有回民米喇印、丁国栋起兵,而在乾隆年间还有两次回民兵变:一次是乾隆四十六年(1781)苏四十三起兵,另一次是乾隆四十八年(1783)田五起义。盖屠绅《蟫史》中写回民兵变即源于此,尤其是指乾隆年间的两次回民兵变。

《清实录》载:乾隆四十六年三月,撒拉尔回人苏四十三等因争立新教将旧回人杀伤数名,……兰州知府杨士玑、副将新柱前往查办,行至白庄子被苏四十三等新教回人团团围住,后被杀害。② 这便是史书所谓苏四十三起义。起义初期声势较大,很快占据河州城,并进逼省城兰州。后来,乾隆派阿桂与李侍尧、海兰察等人率领八旗劲旅前去镇压,起义失败,苏四十三被杀。

乾隆四十八年,回民又爆发了田五起义。其导火索仍是新、旧教派之争,欲为新教领袖马明复仇。起义经过近两年的准备,于乾隆四十八年四月分别在伏羌县、静宁州同时发动。起义初期,田五即战死,其后继者马四娃

---

① 《清实录》第二八册,中华书局1986年版,第90、173页。
② 《清实录》第二三册,中华书局1986年版,第64—65页。

等继续战斗。迫使乾隆不得不派福康安、阿桂、海兰察等人率大军前来镇压，至七月间，起义失败。①

在《蟫史》中，屠绅则把回民起义安排在甘鼎消灭交趾与岛贼之后，征苗之前。写的是陇西公率军征剿，被回人围困，不得出；后甘鼎派木兰前去解围，并于枪罕一战，将回人首领赛田、杨嘿、法珠、国灵等悉数擒获。

关于台湾林爽文等起兵

观《蟫史》小说，屠绅写斛斯贵、贺兰观等如何擒获岛贼梅飒彩、严多稼等人，平定海岛，实是指乾隆派遣福康安、海兰察、李侍尧等一干将领远征台湾，镇压林、庄、陈等农民起义的史实。

《清实录》载，林爽文之变发生在乾隆五十一年（1786）十一月二十七日，于彰化大里杙庄起兵，两天后攻破彰化，杀死知县俞峻，自立为盟主大元帅，并分攻诸罗、淡水。庄大田亦乘机起兵，攻陷凤山。这便是林爽文起义。随后，朝廷派常青、徐嗣曾、黄仕简等前去镇压，未胜。而林起义则与天地会有关。台湾天地会是福建漳州平和县人庄烟（亦名严烟）、洪二房和尚等于乾隆五十二年在台湾建立。天地会亦称洪门，大概即源于此。乾隆五十三年，朝廷又增派时任陕甘总督福康安和太子太保李侍尧、参赞大臣海兰察率大军攻台，先解诸罗之围，乘胜攻克大里杙、小半天，并擒获林爽文。再袭千牛庄，俘获庄大田，于是台湾平定。

至乾隆五十七年，因福建米价昂贵，陈周全集合天地会再次起兵，提出"争天夺国"的口号，建立政权，年号天运。后起义失败，陈周全被杀。

台湾林爽文、庄大田、陈周全等起兵抗清，清廷派军舰跨海远征，屠绅在《蟫史》中将其视为海寇之乱，认为性质与安南海寇一样。所以屠绅在小说中叙述交趾人与岛贼梅飒彩联合为乱，即所谓"交夷与岛贼一"也。在《蟫史》中，屠绅采用诠解、谐音之法，将林爽文、庄大田等起义领袖命名为梅飒彩、严多稼，将福康安、海兰察、柴大纪、李侍尧等命名为斛斯贵、贺兰观、木洪纲、李舜佐等，而那诸罗城、嘉义、凤山等地名，则名为群纲城、显教岛、鹭鸶城。② 又《清史列传》载海兰察善射。其文云："十月渡鹿仔港，登岸后三

---

① 《西北回民起义研究资料汇编》，宁夏人民出版社1988年版，第107页。

② 黄人撰：《小说小话》，认为："细考之，书中人物事迹，仍历历显露：如石珏之为琅玕，余舜佐之为李侍尧，斛斯贵之为福康安，贺兰观之为海兰察，龙木兰之为龙么妹，木宏纲之为柴大纪；梅飒彩、严多稼之为林爽文、庄大田。其余若群纲、鹭鸶二城则诸罗、凤山也；青、黄、黑、赤、白五苗，则九股十三姓诸种也；五斗米贼，则川、陕各号之白莲教匪也；当时朝议甚惜齐王氏之才，有欲抚之使平苗自赎者，故尊之为锁骨菩萨，别树一帜，不混于五斗米贼中。陈文述曾令常熟，为诸名士所推服，所谓都毛子者，殆即其人也。余不备述。"见《晚清文学丛钞·小说戏曲卷》，中华书局1960年版，第372页。

日,率巴图鲁二十人,至彰化县之八卦山视地形,见彼于山上筑卡,跃马先登,敌拥至。发箭殪数人,余惊遁。上以海兰察甫抵台湾,即能用少击众,奖之。"①而在《蟫史》中,屠绅则夸大其善射,写道:"贺兰观亲掣一箭,干长五尺,芒大四寸,矢翎带风,弧角衔月,贯其渠及在后二人。交人怖曰:'自古无一矢杀三人者,吾侪何为捋虎须以取灭亡,添蛇足而遭诛殛耶?'百余艘皆退。"

又,《蟫史》卷十八,说到岛贼梅飒彩、严多稼被诛后,朝廷下令诏封诸功臣。曰:"王师克岛,叛民之殃,而赤子之庆也。……兹以平岛勋,晋尔斛斯贵闽国公、贺兰观漳南郡公、赠尔李舜佐太傅、余述祖尚书。存殁四臣,共模像置祠,香火岛上。"这与《清实录》中所载乾隆谕旨大封福康安等人十分相符。乾隆五十三年二月初二(1788年3月9日)谕曰:"此次台湾逆匪滋事,劫县戕官,肆行不法,至一年之久。福康安等带兵渡洋,旬月之间,即将贼匪痛加歼戮,捣穴擒渠,各村庄得以安堵如旧。该处地隔重洋,五方杂处,风俗素称刁悍,经此一番惩创,若不明示武威,恐民人等事过即忘,不足令其怵目儆心、常思安分、畏法将来。事竣后,如福康安、海兰察,及鄂辉、普尔普、舒亮之勇略最著者,应于台湾郡城及嘉义两处,共建生祠,塑立像貌。俾该处民人,望而生惕,日久不忘。"②

关于苗变始末

屠绅《蟫史》中叙甘鼎征苗事最详。从卷三起至卷二十,以征苗为主线,共叙述了征白苗乐般、红苗噩青气、青苗眹眬、黑苗鞳斋、黄苗呷吼及蔡小虎等事。无疑,这征苗之事,也是以乾嘉时苗变为创作本事的。

有清一代,苗族与清政府的纷争不断,至乾、嘉时期为巨。据《清史编年》载:乾隆六十年正月,贵州、湖南苗民因不堪地方官吏、地主等欺凌、压榨,在石柳邓、石三保、吴八月等人领导下纷纷起来反抗,提出"逐客民、收失地"的口号。嘉隆命云贵总督福康安赴黔以观动静。然而,没想到的是,这更激起苗民愤怒,爆发了大规模的苗民起义。乾隆不得不派几路大军前往清剿。其中有原湖广总督福宁、新任两江总督毕沅、四川总督和琳,及禁卫军统领额勒登保等人,集云南、贵州、四川、湖南、湖北、广东、广西等七省之兵,合十八万大军。③ 此次以武力解决民族问题,清军付出惨重的代价,也给清政府带来沉重打击。嘉庆元年福康安卒于军中,和琳继任统帅。和

---

① 周骏富辑:《清史列传》第四册,清国史馆原编,明文书局1986年版,第64页。

② 《清实录》第二十五册,中华书局1986年版,第446页。

③ 李文海主编:《清史编年》第六卷,中国人民大学出版社2000年版,第779—800页。

琳虽想用政治手段解决民族争端,但不久亦死于军中。额勒登保继任统帅,终于在嘉庆二年一月,打败苗将石柳邓、石三保。平苗之事告一段落。① 而此时,屠绅正任职广东省广州府通判,其于苗变之缘由与清政府征苗之战亦是了如指掌的,故将之写入小说,以寄其思想。

关于白莲教起义

四川、湖北、陕西三省白莲教起义差不多是紧接着贵州、湖南苗民起义的。清嘉庆时御史梁上国《论川楚教匪事宜疏》分析二者联系,十分透彻。其文有云:"乾隆六十年,湖南之苗,盖地方官于苗民平时不能抚绥、驾驭、逼勒、供应、科派夫役种种凌虐,而内地奸民之侵夺苗地者,苗民控诉,官复不为申理,是以因而滋事。当时统帅进讨者,宿兵两年,两广、云、贵、四川等省俱有征调,而湖北最近,差徭役尤多,俱系以军兴法从事。而不肖官吏,更从而奉一派十,渔利侵肥,其时又逢严禁小钱,滇、黔、川、楚无赖之徒,向以私铸私贩为生者,一时罢业,固已狡而思逞。又适襄樊一带有查拿邪教之案,有司奉行不善,挨户搜查,胥吏蠧役乘势攫取财赂,不遂所欲,即诬以邪教治罪。"②是故,嘉庆元年三月,终于酿成了大规模的白莲教③起义,至嘉庆九年,起义遭到镇压。清政府曾从十六个省征调军队,来镇压这次起义,耗资军费两亿白银以上,致使清王朝元气大伤。可以说,从这开始,清王朝的统治即已逐渐走向衰落了。

白莲教起义初期,乾隆虽逊位,但是,由于和珅主政,贿赂公行,官军怯战,将帅唯知自保,因此教乱不止,且发展越来越迅猛。至嘉庆四年,乾隆驾崩,和珅伏法,清军战事始有转机。加之苗民起义失败,清政府能集中更多部队前来镇压白莲教匪。屠绅将白莲教起义之事写入小说,当在嘉庆四年左右,④此时小说的写作已接近尾声。《蟫史》第十八回末刚刚平定岛贼,本来应该接写前面征苗之战,却插入了一段剿征三省教乱的情节,即为明证。屠绅在小说借五斗米教来隐指白莲教,所用篇幅虽较短,但其所寄托却实深刻。屠绅在《蟫史》中论征剿教匪之失在于:"主兵乏策,但收乡兵。一则利失给饷及军官之半也;一则因其平日有杀贼之志也。不知其人行藏迥异乎

---

① 咸丰年间,苗民复起义,历时十八年。参见李文海主编:《清史编年》第九卷,中国人民大学出版社 2000 年版。

② (清)梁上国撰:《论川楚教匪事宜疏》,《皇朝经世文编》卷八九,道光刊本。

③ 白莲教乃一通称,包括混元教、荣华会、收元教、三阳教、西天大乘教等。其提出口号有"换世界""反乱年""末劫年,刀兵现""吾徒下方身遭难,不请师父无所靠"等,明显带有反清政治色彩。是故,乾隆末年,清政府采取高压手段,终于激起了大规模的农民起义。

④ 此年,屠绅好友洪亮吉因上书直言朝廷剿教乱之失,触怒嘉庆帝,几乎被杀,最终发配伊犁。而屠绅撰《蟫史》亦是以"小说"见讽谏之意。

兵,早晚皆可为贼。我中虚实,易为贼知,漏泄半由此辈。幸而贼当败,人人可见其功,乡兵固亦勇也,不幸而贼反相薄,人人束手无策,乡兵必先退避焉。乃悟杀贼为其虚号,而半饷不足以结其心也。"屠绅分析了失利之由后,又进而论平乱之法,即四个字:财、食、力、仁。对于"仁",屠绅说:"此种兵将,固自难用,用之存乎其人,请赦天下斗狠之犯,与夫盐徒矿徒,铸钱盗犊之人,及井邑大猾,山泽野豪,以胆力罹于法网者,责以涮洗自赎,富贵可图,必收奇效,然斯事也,激劝为功,非都元不能任。"此种分析是十分深刻的,与上述梁上国分析正合。教乱之由,即由苛政而起,果如屠绅所言,网开一面,施以宽政,则匪日少,而兵益勇。

可贵的是,清代满族学者震钧倒是看到了这一点。其《天咫偶闻》卷三有云:

> 世行《蟫史》一书,……详其命意,似指三省教匪之役。当世将相,任意毁刺,且有上及乘舆处。①

果如震均所说,则屠绅创作《蟫史》,以实事入小说,其意大焉!

2. 桑蛸作者自喻考辨

桑蛸,字蠋生,是《蟫史》中战功赫赫的总帅甘鼎的一名"从事",其身份类似于《水浒传》中的吴用、朱武等。鲁迅先生《中国小说史略》认为:"书中有桑蠋生,盖作者自喻。"②鲁迅先生这一"桑蠋生即作者自喻"说,是有一定道理的。然而,《蟫史》中关于桑蠋生的描写又有许多与作者屠绅经历相龃龉的地方,故而提出来,予以辨析。

其一,《蟫史》所云"在昔吴侬,官于粤岭"实是作者自道,并非指桑蛸的经历。《蟫史》卷一云:"在昔吴侬,官于粤岭,行年大衍有奇。海隅之行,若有所得,辄就见闻传闻之异辞,汇为一编云。"屠绅是江苏江阴人,乾隆五十九年授广州通判,乾隆六十年到任,时年五十一岁。可见,这里所言分明是屠绅在叙述自己的经历及《蟫史》一书的来历,却原来是屠绅自己任职广州通判时的见闻与传闻。而这与第一卷的开篇词也是互相补充的。其开篇词云:"望洋知道云遥,观海觉文澜甚阔。萧闲岁月,非著书何以发微;浩淼烟云,岂坐井而能语大。"则知,虽不能说屠绅一到任便已开始《蟫史》的创作,

---

①　(清)震均撰:《天咫偶闻》,《续修四库全书》第七三〇册,上海古籍出版社2002年影印。

②　鲁迅著:《中国小说史略》,《鲁迅全集》第九卷,人民文学出版社2005年版,第253页。

但其书的创作实是孕育于此。而卷一交待桑蠋生的来历却是"闽人","尝治金石篆,工刀法","一日乘船,因遇暴风,落水几死"。

《甲子石赋》中所言:"首甲子曰天行,迄六十知圣学,石纷罗于太空,信造物者为之追琢。"考查这一"甲子"年,确与屠绅生年相同。屠绅生于乾隆九年(1744),恰好是甲子年。其所云的"官于粤岭"的时候,年龄为"大衍有奇",即五十一,也与屠绅在乾隆六十年任广州通判相符;屠绅任广州通判共两年,于嘉庆二年七月丁内艰回籍。但要知道,这里所言还是屠绅自己的生平,而不是在说桑蠋生的生平。

其二,屠绅之为官经历与桑蠋生入幕甘鼎的经历并不相一致。屠绅既然说他的《蟫史》,是乾隆六十年至嘉庆二年任职广州通判的"见闻"与"传闻"。那么,此两年间的"见闻"与"传闻"当包括哪些呢? 照我看来,当包括:(一)交趾洋盗在阮光平父子控制下不断骚扰粤、闽、浙三地,甚至窜入江苏、山东等地。(二)苗民起义。(三)乾隆六十年天地会陈周全在台举事,嘉庆元年淡水天地会施兰等复在台湾起事。(四)嘉庆元年正月起,湖北枝江、宜都、保康、当阳、竹溪、来凤等县白莲教起义爆发,湖南白莲教众亦起义响应;嘉庆元年八月,陕西白莲教亦起义响应;嘉庆元年十月四川白莲教起义响应。至嘉庆二年,教军大举攻入陕西、河南,并提出"兴汉灭满"的口号。至嘉庆二年七月,清军仍未将教军击败。此外,还包括平定大小金川事①和啯匪事②。又,屠绅在赴任广州前的经历前文已详考,兹不赘述。

而《蟫史》中桑蠋生的经历有哪些呢? 前后可分为三段:其一是桑蠋生落海后,抱一船板漂流至甲子石岸,见无名上人所撰的《甲子赋》,便将之刻于石碑;然而,一场雷雨过后,石碑不见,蠋生投海欲自尽,为人所救;救人者乃是两个隐士,一为常越,一为沙明,后均投军,建功立业;桑蠋生往见甘鼎,受到赏识,于是桑蠋生为甘鼎修筑了甲子城,并设计击退了洋盗老鲁;俟后,桑蠋生掘井得三篑天书,因上有文曰"彻土作稼"之文,始知是上天赐予他们二人;而副卫利达及部下因军饷少,勾结洋匪,事发,将问斩,桑蠋生知其可堪重用,谏而重用;甘鼎与桑蠋生一同剿灭广州王与交贼、岛贼后,即赴

① 关于大小金川之战,起因是藏族土司为争夺地盘而内讧,即大金川土司莎罗奔出兵攻掠布什札和明正两土司。乾隆十一年,清廷派傅恒为统帅出兵干预,迫使莎罗奔归还侵占土地。乾隆三十八年夏,大小金川竟通过联姻联合起来共同反清,乾隆命阿桂为定西将军,明亮、丰伸额为副将军,率师征讨。阿桂先克小金川,后攻大金川,至乾隆四十一年平定大小金川。战后,乾隆废除了大小金川的土司制,设厅委官,加强统治。乾隆平定大小金川之事,屠绅正在云南耶宗县任上,故其于此事当亦熟知。

② 啯匪,即啯噜会匪,乃哥老会的前身,分红钱和黑钱两种,亦叫红签和黑签。其"十百为群,以焚抢为事"。见(清)梁上国撰:《论川楚教匪事宜疏》,《皇朝经世文编》卷八九。

川、楚等地。这里所述三事：即平岛贼、粤匪与交盗，与屠绅广州通判任职时所见是符合的。

其二是桑蠋生与甘鼎获胜后，即赴蜀、楚等地平苗。因甘肃回民叛乱，节度使陇西公遭围，于是转赴甘肃，枹罕一战，救出陇西公并平定了回民之乱。这件事应是屠绅传闻之事，同时，这陇西公石珏，似应影射当时为乾隆重新启用的李侍尧等人。甘鼎旋即赴成都，并招降白苗，得乐般父子。然后赴楚与红苗噩青气战，蠋生助其将偷袭的噩青气打败。噩于半路得玛知古相助，玛知古有神镜，人不能破。后矮道人之徒犷儿制服玛知古，大败噩。噩又得西洋人唎哑喻相助，与甘鼎战。玛知古以镜照之，木兰斩其左臂，犷儿捕噩之子萨剌，甘鼎将其斩首，头悬竿，噩大怵，投青苗睒睒。降将杜承瑾、慕炜往青苗招降睒睒，途中遇麻犵狫。慕炜设计杀睒睒，青苗平定，而噩青气投奔黄苗。噩青气投黄苗后，与苗酋呻吼相得，并驯练男猓女猓，困甘鼎。矮道人之师刘渊往救，打败刚上人，则噩与刚同逃至黑苗。时甘鼎为人为诬，上以斛斯贵夺其总帅职，然苗人不惧怕斛斯贵，并打败斛斯贵的交趾降将屈眊，甘鼎派兵援之，并灭黑苗。斛斯贵上书请求恢复甘鼎总帅职。甘鼎与噩青气再战，难分难解，刘渊与唎哑喻亦分别参战，大谈禅机佛理，神仙阴常生至，相与赋诗论史而去，而战亦止。以上为甘鼎赴蜀、楚征苗之大致情形，此当为屠绅之所传闻也。

其三是斛斯贵带桑蠋生转战于闽地，与交趾洋匪、岛贼梅飒彩作战。这期间有矮道人命木兰作法，装载五百舟军饷赴泉州支援斛斯贵，同时，海兰观亦带领三千神策军前去援斛，大败梅飒彩。然而，岛贼严多稼复起，并攻下鸷鸶城，困住守将木宏纲。严与梅联手，并得刚上人相助，此时岛上形势危急。甘鼎击败噩青气，并迫使其降，于是，命噩青气赴岛援贺兰观。梅、严二人因争契童生隙，梅奔显教岛。于是诸将杀死严多稼与刚上人。木兰、点石、解鱼等攻破尾生，击败梅飒彩，梅飒彩为木宏纲所杀，海岛平定。以上即为史书中所谓福康安等平台事件始末，当是屠绅所传闻也。

朝廷复命甘鼎驻豫东寿春，协助楚王防五斗米教贼。桑蠋生亦随之，在虞山遇都毛子，并结为知己。后桑蠋生为五斗米贼所擒，为其师周浮邱所救。唎哑喻又往助五斗米贼，俘犷儿，幸有矮道人师刘渊来救之。斛斯贵、贺兰观与黄苗战，请派矩儿助战。昔冯盎碑下之怪物投胎为交趾国王，得娄万赤相助，与黄苗勾结，斛、贺出师攻之，汉军死伤惨重，斛与贺相继死军中。木兰往寿春求援，时刘渊与唎哑喻相斗，以掌雷劈死唎，逼出真元，尽歼五斗米贼。甘鼎赴楚援王军，又援黔州，大战蔡小虎，杀之，黄苗平。以上所写，实影射福康安、和琳攻苗，相继死于军中。

甘鼎又率军回闽粤，与交趾国王战。由于交趾国百姓厌战，便发动起义并捆绑国王馗形来献给甘鼎以乞休兵。娄万赤与矮道人斗法，失败，逃江中蟹腹，为捕蟹人所获，转被屠夫所杀。交趾荡平臣服。于是所有大乱悉平，而桑蠋生亦功成身退。

质而言之，从以上桑蠋生的三段经历来看，其与屠绅经历虽有某些相似的地方，但更多的是不同的地方。再比如从思想上来看，屠绅与桑蝡二人实迥异。桑蝡随甘鼎南征北战，建功立业。而这，确实也是屠绅的人生愿望。屠绅二十得中进士，三十才授官，得到一个蛮荒之地的县令，这不能不说对屠绅是一种打击。屠绅有赋诗云："当筵那复问悲欢，念尔茫茫感百端。风雨十年家铁瓮，云山一夕话铜官。谁怜冷锻稽康灶，我愧虚弹贡禹冠。今夜蓉城好明月，醉中犹得坐团圆。"①其"弹贡禹冠"典故，正表明屠绅欲与志向相投的人共同为官，去干出一番事业。但是，桑蠋生最后以"从事""长史"职终其一生，而且在功成之后退隐，这与屠绅的人生志趣又是大不相同的，二人实是貌相似而神相异。是故，说桑蠋生即作者自喻，应理解为桑蠋生在某种程度上体现了屠绅的人生愿望，还不能将屠绅说成是桑蝡的原型。

3. 甘鼎人物原型新考

黄人《小说小话》有云："《蟫史》，此小说中之协律郎诗，魁纪公文也。书中主人甘鼎，盖指傅鼐。傅之材力，在明韩襄毅、王威宁右，而未竟其用，举世悼惜。故好事者撰为是书，以同时一切战迹，归傅一身，致崇拜之意。"②清代，有满、汉两个傅鼐。满洲傅鼐，正白旗人，雍、乾时大臣，平定噶尔丹有之功，后因贪污，被发往军台效力。汉族傅鼐，浙江山阴人，乾嘉时名臣，与屠绅同时代。因平苗有功，累官至湖南按察使。黄人未明言是哪一个傅鼐，从"以同时一切战迹，归傅一身"来看，似是指汉族傅鼐；然"从其而未竟其用，举世悼惜"来看，与两傅鼐之经历又均不符。

还是鲁迅先生说的明确，认为："且假傅鼐扦苗之事（在乾隆六十年）为主干。"③指的就是汉族傅鼐。孙楷第《中国通俗小说书目》亦认为："傅鼐即《蟫史》中之主人甘鼎。"④同时引英和《恩福堂笔记》说："湖南傅廉访鼐凤精奇门术。嘉庆庚午乡试，士子出闱后，傅将往查苗疆云：'闱中恐有事，

---

① 见《笋岩诗钞》，光绪年间粟香室刊本。

② 黄人撰：《小说小话》，《晚清文学丛钞·小说戏曲卷》，中华书局 1960 年版，第 371—372 页。

③ 鲁迅著：《中国小说史略》，《鲁迅全集》第九卷，人民文学出版社 2005 年版，第 253 页。

④ 孙楷第撰：《中国通俗小说书目》，作家出版社 1957 年版，第 176 页。

嘱提调诸人加意。'未几,果有主考家人刺伤内监试黄太守洽一案。其术可谓精矣!"也明白指出《蟫史》傅鼐即汉族傅鼐。

无疑,上述所言《蟫史》中的甘鼎,其人物原型为乾嘉时名臣傅鼐,而非雍乾时的傅鼐。汉族的傅鼐,字重庵,顺天宛平县人,原籍浙江山阴。曾随福康安平定苗疆,立下大功。由下层官吏佐贰杂职(未入流)而迁至封疆大吏,在大清一代创造了一个仕宦升迁的神话。《清史稿》《大清一统志》《湖南通志》均有傅鼐传。其中《湖南通志·名宦志》云:"傅鼐,山阴人。由府经历分发云南,军功擢宁珥知县。乾隆六十年,黔楚苗变,督师福康安檄赴湖南军营,计禽首逆吴半生,奏以同知直隶州知州用,赏戴花翎。嘉庆元年,补凤凰厅同知,四年食知府俸,六年命总理边务,十年就升辰永沅靖道,十四年升湖南按察使,又二年卒于任。"①

《大清一统志》卷三百五十三亦载:"傅鼐,浙江山阴人。由凤凰厅同知知府衔,命总理边务,累官至湖南按察使。权奇,有才武。历苗疆十余年,躬亲行阵,训练兵勇,号飞队。前后剿定诸寨,所向克捷,其所设施务为经久之策。时大甫撤降苗,叛服不常。鼐于三厅永保,相其险要,建立碉卡哨台,分拨练丁戍守。计口屯田,省帑项以巨万计。其闲田以为岁修廪给奖赏,祭祀师儒养济育婴之费。苗既帖服,遂设苗弁数百人,用资弹压。立义学,百数十所。教之礼让,始责苗生取中乡举,苗益格心。及卒,得旨轸惜,赠巡抚衔,命后之监司守其法,祀名宦。"②傅鼐本人于嘉庆十三年曾受到嘉庆帝召见,并被立作臣工榜样,受到嘉奖。嘉庆谕曰:"国家设官,分职首重得人。其人果能殚心厥职,视国事如己事,兴利除害,则庶政修举,而民生胥被其益。朕孜孜图治,无曰不以人才为念。有能实民宣力者,无论内外满汉,大小臣工,必逾格旌擢,以风有位,如辰永沅靖道傅鼐。"③

观傅鼐嘉庆四年以前的经历,实与屠绅有相似的地方:分发云南,同任知县;嘉庆元年均为知州(府)佐贰(傅为凤凰厅同知,屠则为广州府通判,官职性质一样)。傅鼐能得机与福康安平定苗疆,从而立下战功,并于嘉庆四年升任知府,当然,嘉庆五年以后,关于傅鼐的事迹,屠绅是不可能未卜先知的。在《蟫史》中,描写甘鼎不仅在粤以指挥衔平定海贼与岛贼,而且因平回有功而升任总师,深得斛斯贵的认可与赏识,最终一举平定苗疆与岛贼。如果说屠绅在小说中对人物的塑造与现实中人物在未来人生中的发展

① (清)曾国荃纂修:《湖南通志》卷一百七《名宦志》十六,清光绪十一年刊本。

② (清)穆彰阿纂修:《大清一统志》,《四部丛刊续编》影旧钞本。

③ 《清实录》第三〇册,中华书局1986年版,第538页。

轨迹是相符的,展现出了一定的预见性,也不能是错的。而这,正因为也是屠绅所追求的人生理想与抱负,所以,才会与傅霈有此机缘巧合!并非偶然。但是,事实终归是事实。其实,甘鼎的人物原型,是另有其人。

上文曾述及屠绅与屠述濂交游事迹。关于屠述濂,其子屠之申曾撰《南洲公传》,其文云:

> 公讳述濂,字莲仙,号南洲,宋御史百年公裔太乙公十九世孙也。父可村公,乾隆己未进士,知直隶宁河长垣县事,迁安徽安庆府通判,循绩昭垂,载在志乘。子嗣二人,公其季也。少承彝训,擅经济才。
>
> 乾隆乙未(1775)岁,以国子生筮仕云南,由县丞渐升文山县、腾越州、永昌府,调东川府,五转而至迤南道。中间历署禄丰、罗次两县,晋宁、镇雄两州,迤东、迤西两道按察使兼驿传。公宦绩在滇者,若盐、若铜、若驿务、若钱法、若仓储、若筹边、若军旅,不畏难,不辞过,亦不居功,卒之获上宜邀圣明眷顾之恩,独厚公之由文山擢知腾越州也。
>
> 州南野人犷悍,遏缅甸国使不得内附会,野人劫掠汉寨,公奉檄剿抚,军声大震。缅目孟幹叩铁壁关求谒,公宣上威德,示以大义。幹稽首申言国主久愿归欵,且修贡献。公诺之,已而贡驯象土物,输诚祝釐。奉旨锡公花翎,命往宣封,野人望旌节伏不敢动。驰至阿瓦,彼国坐摆,持经敬收敕印,旋遣使随公入朝。公蒙召对,恩赐有差。缅夷自用兵后十余年,抗不臣附,至是惧,备外藩礼,时乾隆辛亥八月也。
>
> 旋以功擢永昌守,摄迤西道篆。时制钱不行,私铸充塞,乃设局改铸,收买小钱,以一易三小钱,辏集私铸一空。调东川守,旧缺铜银额巨万。公给本收课,预筹接济,周履铜银诸厂以察之。由是丁炉倍兴,常额乃足。前署镇雄时,知派夫运铜,屡以道远而口粮不给为病,公均劳逸,请以镇城上游五跕归威宁,下游五跕归镇雄,大府入告,遂著为例。
>
> 丁巳夏,摄迤东道篆,值黔省南笼狆苗叛,奉檄率官兵土练五千拒之。驻平彝以一面当贼。贼入滇,凡三路,一由黄泥河,一自江底,一自楼下河。公于黄泥河获贼谍释之使,为内应,连战皆捷,斩获伪元师总兵数人,生擒贼目仙故、仙达无算。焚其粮械,余悉遁往,援黄草坝。贼出战,公并力御之半日,而围解,城乃获全。进攻楼下河,贼会土兵及黔兵夹击之,捣穴擒渠,降众数万,计在路,千里有奇,接仗七十余次,不期月,凯旋。初公精法家,学折狱如神,不闻其知兵也。及独建方略,莫不叹异云。
>
> 值缅宁猓黑作乱,方任迤南道署按察使,制府富公奏授。公翼长为

先锋,进攻蛮茂,耕恒章外,皆克之。遂会制府兵攻南洒河及怕札怕木拱干丙别柏木坝下诸地,深入瘴乡,尽破险隘。贼窜山谷,协从者尽降。猓黑平,奏上加按察使衔。返次缅宁,议留守防御,瘴发患痢,卒于军。上闻悼惜,再三谕赐祭葬,荫爵一人,以侄之璜承袭。时嘉庆五年庚申四月也。

　　公宦滇三十年,大邑剧郡不以脂膏自润,至于利民之事,毅然必为。虽遭谴负累,弗顾也。往守东川,小除夕,城中火四千余家。公按户口遽发仓库,人给米二斗,钱一千,俾得度岁。乃请捐廉俸偿之,上官以为专,弗能责也。滇鹾政计口授盐,奸胥因缘舞弊,人额常浮。又有派课法,凡十户中有逋赋者,分责诸户代纳,民病甚。公请民煎民运官,即寚地征课。大府从公议奏,上著为定例。他如除文山秋粮之折色、禁永昌军食之采买及清釐驿政、革里胥之包揽需索,皆因时因地权宜。活民之大者,滇省士民举名宦焉。榇归自缅宁,所经州郡,父老皆白衣冠,焚香泣送,道为之壅。辛酉八月,与沈淑人合葬孝感县属之黎家堰。道光二年壬午直隶布政使司布政男之申敬撰。①

从上文来看,傅鼐仕宦经历,虽与《蟫史》主人公甘鼎大略相仿。但细考屠述濂的人物仕宦经历,难道不与甘鼎的人生经历更相合吗? 前文已论,嘉庆五年之前傅鼐的经历,与小说主人公甘鼎经历虽然有相合的地方,且与小说作者屠绅宦滇经历相合,但是,傅鼐在嘉庆五年以后的经历,屠绅无论如何在小说中是不能未卜先知的。因为《蟫史》一书撰成于嘉庆五年。小亭道人《蟫史·序》落款题署:“时龙集上章涒滩余月既望,小亭道人书于听尘处。”②“龙集上章涒滩余月”为太岁纪年,即嘉庆庚申五年。

　　是故,笔者认为小说主人公甘鼎的人物原型表面上看有傅鼐的影子,而究其实,当是按照屠述濂的人物经历加以综合创造的。若结合屠绅宦迹、与屠述濂交游并按屠之申《南洲公传》,可得理由八条:

　　一曰:屠述濂宦滇时间近三十年,与屠绅同宦寻甸州,且交游颇深,又属同宗,故屠绅对其生平经历颇为熟悉。

　　二曰:屠述濂卒于嘉庆五年,其一生最主要生平业绩,均发生在屠绅小说《蟫史》成书之前。

---

① （清）屠之申撰:《南洲公传》,见《屠氏孝感支续谱》,《屠氏族谱》卷四,屠之申纂修,道光七年刊本。

② （清）屠绅著:《蟫史》,梅竹氏藏板,磊砢山房刊本,《古本小说集成》,上海古籍出版社1994年影印。

三曰：屠述濂宦绩由下层佐贰杂职起，历任知县、知州、道台，直至云南按察使。

四曰：屠述濂治绩"若盐、若铜、若驿务、若钱法、若仓储"皆十分得法，且以利民为主。这与甘鼎治绩相符。

五曰：屠述濂平苗，时在嘉庆二年（1797）丁巳，力阻三路苗军犯滇，一个月时间，有大小七十余战，不仅"斩获伪元师总兵数人"，且生擒贼目"仙故、仙达"无数。

六曰：乾隆五十六年（1791）辛亥八月，屠述濂剿抚州南野人，使中缅通好，深得乾隆赏识，并下旨令其宣谕。

七曰：乾隆末年，缅宁直隶厅猓黑乱起，屠述濂为时任云南巡抚的富纲（1737—1800）举荐，接署云南按察使，前往平剿猓黑，因疾卒于军中。

八曰：屠述濂为官清廉，多施仁政，深得民心。所谓"利民之事，毅然必为。虽遭遣负累，弗顾也"，"滇省士民举为名宦"。直隶总督那彦成评价道："先德南洲先生在滇南以军功历官廉使，凡刑狱、赋税、铜政、盐法以及安边戢民所建白数十事，所全活千万人。"①

再，屠述濂所撰《仓神传》一文，曾述其掘地得石匣碑文之事，屠绅亦写入小说《蟫史》中，名为"甲子城掘井得奇书"。《仓神传》有文云：

> 神名亿，庚姓，赐氏于春秋……蹻之盗滇，神雨粟三日，助其饷。唐宋之世，中国虚耗，神有功于西南夷，蒙氏王大理，神分遣使者诣郡国，化为土蜬据囷，囷如卮不漏，如釜不竭。蒙氏喜，封之灵官，而图其像，人首而龙身。元代版入中土，神以蛮血食久，不愿受秩宗礼，徙居野人界。②

在《蟫史》中，甘鼎等分析苗乱之由、剿苗之法，更能体现屠述濂对时事的看法。《蟫史》卷六有云：

> 厥初致寇，则自武臣。乃叛形已成，而销弭未能，转施搏激。……曾不知文吏多贪，武夫多暴耳。则有腹地莠民，利其土壤，讦所出而思夺之，官罔秉正衡，袒于先入，因而尽索賮布，殊无厌时，苗固道路以目矣。又士卒骄横，藉帅之威，牵其牲畜，发其盖藏，迭乱其家室，苗之欲

① （清）那彦成撰：《屠氏族谱续编序》，见《屠氏族谱续编》上编，屠之申纂修，道光八年刊本。
② （清）屠述濂撰：《仓神传》，见《鹦亭诗话》，《粟香室丛书》，金武祥编，光绪年间刊本。

甘心也。

认为,构乱之由在于"文吏多贪,武夫多暴",而多贪则无谋,多暴则无勇,说得多么深刻。这就将矛头指向了整个官场。再有甘鼎进而分析剿苗之法,说道:

> 仆闻诸道路,凡有进剿,降苗在前,乡兵次之,而大军为之后。此必不得功之势,非彼知吾弱而更未之以弱乎?降苗未图奋斗,必反蹙乡民,而掣大军之肘。必民应募者,多欲报其私忿,胜则薄赏,败无所惩,无不相率退矣。仆与诸君约,降苗勿用,置乡兵于后军,立营数十处,以牵制苗民,徐议攻取。前此尝合围矣,而卒不胜者,人心各有所藉,贼志为之益坚。今分兵,则分贼之心与力也,而我兵之心力大可用矣。

甘鼎剿苗之论,无疑是正确的。乾隆六十年,福康安率大军剿苗,即是以降苗在先,并在奏折中美其名曰:以苗攻苗之法。可见,屠绅对福康安的治军之法是持否定态度的。

统观甘鼎,南征北讨,东拼西杀:剿交匪,两国修好;灭岛贼,重置郡县;败回教,枹罕大捷;平五斗米教,定中州;剿抚九股苗,重设厅县。由指挥渐升至总帅,又至大金吾,封开国男。而这一切,可以说也是久宦滇、粤的屠绅的人生理想与追求。

四、《蟫史》写才写学考

《蟫史》炫耀才学走的是辞章化的道路。鲁迅先生所称《蟫史》逞才炫学是"欲于小说见才藻之美者",当是从这一角度而言的。然细观《蟫史》,其逞才固是见"才藻之美",而于文体亦是无所不用,可谓是"文备众体"。同时,这部小说也是庋藏博学、搜奇志怪的。正如黄人所说:"虽章回小说乎,而有如《庄》《列》者,有如《竹书》《路史》者,有如《易林》《太玄》者,有如《山海》《岳渎》《神异经》者,有如《杂事秘辛》《飞燕外传》《周秦行纪》者。盖奄有《水浒传》《西游记》《金瓶梅》诸特色,而无一语袭其窠臼。"①黄人所言,实是指出了屠绅炫学的本意。

---

① 黄人撰:《小说小话》,《晚清文学丛钞·小说戏曲卷》,中华书局1960年版,第372页。

1. 文备众体

屠绅于乾隆二十七年进士中式后，参加朝考，由于名次靠后，未能被选为庶吉士，同时亦未得授为知县，而是归班候选十年。那么，屠绅参加朝考，其考试的内容是什么呢？是策论、奏疏、诗词与骈赋四科。这对于能诗作赋的屠绅来说，真是无比尴尬之事。是故，屠绅创作小说，在小说中炫耀各种文体，其初衷也就不难理解了。

诗词曲赋

观《蟫史》一书，屠绅依据小说中的不同角色，创作了数量十分庞大的诗词曲赋，包括古体诗、近体诗、集句诗、联句诗、词、小令、套数、骚体等，有四言、五言、七言等。此外，屠绅运用诗词还有其特殊之处：即全书二十卷的回目联起来是一首完整的古体诗。①

我们不妨先来看回目连起来的这首古体诗：

> 甲子城掘井得奇书，庚申日移碑逢怪物。
> 忏铜头蚩尤销五兵，争锦缎织女秘三绝。
> 明化醇倚床迷本相，玛知古悬镜瞩中州。
> 锁骨菩萨下世，点金道人遭围。
> 麻犼猹厕上开筵，葛琵琶壁间行刺。
> 酒星为债帅，禅伯变阍奴。
> 山中敝帚添丁，地下新船载甲。
> 求博士恭献四灵图，解歌儿苦寻三生梦。
> 连尾生吐胸中五岳，都毛子行阁上诸天。
> 生心盗竟啖俗儒心，少目医终开盲鬼目。

细观其诗，则会发现它完整地记录了《蟫史》一书主要内容，而那二联三四句、三联五六句，显然可成为全书之骨，体现了作者反对战争、追求和平的主旨，即发明人之本心，为后来者诫。所谓"销五兵"，即消除武事；而"争锦缎"，即追求文事；所谓"明化醇"，即发明本心；而"镜中州"，即知古鉴今之意也。

---

① 台湾学者王琼玲发现《蟫史》在体式上分卷不分回，改白话长篇小说的双句对偶回目为单句卷目，同时其奇数卷的卷目与偶数卷的卷目是两两对仗的。这一发现启发了笔者，若将《蟫史》的全书卷目联起来，恰是一首古体诗。（见《蟫史研究》，《清代四大才学小说》，台湾商务印书馆 1999 年版，第 227 页。）

又,《蟫史》每卷卷末必有律诗一首。比如第一卷卷末,其诗云:

> 发书陈箧自当年,秘笈谁翻甲子前。为有神灵开绝学,于无字句得真诠。一生病酒吾衰也,五夜谈兵士粲然。剑指火星休落地,光垂薄海净戈铤。

观其诗,不仅是对本卷内容的高度概括,亦是对全书消除战争、追求文事的题旨的阐扬。再比如第二十卷卷末,其诗云:

> 岂有春秋皮里著,非无青白眼前争。奇文反正斯为乏,至道能疑不是明。伥子翩来记喜怒,菌人溘逝失枯荣。烂柯山上仙人卧,那得闲棋斗死生。

运用"皮里春秋"和"青白眼"等典故,不仅将全篇以乾嘉时事入小说的目的点出,而且亦表达了作者对功名利禄的态度:所谓至道,即在于"使镜大明而兵弋息也"。而这也是盲左撰史之心事,不没于千秋万世。

在情节发展中,屠绅多次安排在不同场合下以赋诗填词来表现人物。如第五卷有联句诗、第七卷有题画诗、第十卷及第十八卷填词等,均可称十分精彩。与《红楼梦》《镜花缘》小说相比,虽没有众佳人、才子结社评诗的情节,然其表现作者诗笔,达到炫文耀采的作用,则是相同的。

屠绅本人亦善"度曲",加之又在少数民族聚集地区长期为官,故而将民歌纳入小说情节之中。如卷三中,桑蜎以男童、女童行反间计,宴会之际,则有唱词云:

> 天也清,地也宁,何事人心独不平?金瓯有沸羹。日又晴,月又明,不解妖星到处生?无端鼙鼓声。歌满船,哭满川,要索珠宫献纳钱,骊龙只暂眠。水作仙,风作傀,四海无家我见怜,追欢及此年。

此曲低沉、迂回,十分凄楚。接着又唱道:

> 身是赵王宫女伴,如此山河,屡见居停换。蜂自豺声头易断,请将恶梦频时唤。世间万事随蓬转,封豕长蛇,自古无全算。帐暖鞭蓉消夜半,海风又卷降帆乱。

童女有言："近日广州小儿,多能学唱。"可知,这当是粤地乡间之曲,屠绅以之入小说,其讽意不言自明,不徒为炫才耳!

此外,尚有骚体、赋体之文,不过在全文出现较少,如第一卷中《甲子石赋》、第九卷中《五鬼唱》等。

观《蟫史》一书,屠绅炫文耀采,文备众体,与一般的通俗小说不同。屠绅作小说,亦是发愤之作,是寄托其为官近二十载的感触与心志情意的。正如其自己在卷一所说:"赋意凿空,岛人无有以蠡测者;中原估客,恐未解好奇而索观之也。其观之矣,当不必朗然成诵,则遍传诸中原之学士大夫。"可见,其著书的着眼点,并不是一般的普通读者,而是士大夫,甚至是"观人风者"。

四六骈体

屠绅《蟫史》,除了展现诗、词、曲、赋的文采之外,还运用了对仗工整、辞采华丽、典故繁富的四六骈体。屠绅运用骈体,与陈球《燕山外史》不同,主要有以下几种情形:

首先,在每卷卷首,皆有一篇骈体赋,与传统章回小说的回前诗相仿。如第二卷卷首,其文曰:

> 天齐太乙,因求福以降神;庆忌于蝎,待呼名而执役。彼看碑于没字,耻落秦阬;兹玩物以有情,荣修禹鼎。

再如第三卷卷首,其文曰:

> 逆天者亡,海上之孙恩必败;无德不报,车中之麋竺何伤。嗟小丑之潜形,地难铸错;喜神奸之革面,水可销兵。

《蟫史》全书中的奇数卷回目与相邻的偶数卷回目是相对仗的,第一卷回目与第二卷回目,即"甲子城掘井得奇书"对"庚申日移碑逢怪物"呈对仗关系。第一卷卷首骈体赋与第二卷卷首骈体赋亦相对。即上述引文与"望洋知道云遥,观海觉文澜甚阔。萧闲岁月,非著书何以发微;浩淼烟云,岂坐井而能语大"一篇是相对的。且细观二文,还有些类似于词的上片与下片的关系。再若把它们与第一、第二卷的卷末律诗对照起来看,会发现它们与两卷内容相表里,互为补充,可见屠绅创作小说,其文思之巧妙。

其次,全书中所用的书启,亦是骈文。这与一般小说,尤其是唐传奇,没有什么区别,而在人物描写、景物描绘等方面,却少用骈文,而仍以文言文为主。关于唐传奇中运用骈文情况,见《燕山外史》一章,此处不再赘述。《蟫史》一书所用书启,几乎每卷必有。试举一例,如第十二卷中,区星驰书于甘鼎。其文曰:

> 星在粤西,闻足下平枹罕之叛回,援陇西之知己;持檄祗烦青佩,执鞭遂有白蛮。分兵而解李郭之围,列阵而悬睒睒之首。当日知公有我,不图遂至于斯。后来许国何人,亦恐难为其继。徒以功高之累,鹬且退飞;不曾意满而亏,雷终出奋。星也宣粤无状,忽膺节铖之加;抚黔有忧,窃藉风云可接。侧闻苗民逆命,尚有其三;常谓汉将封侯,当居第一。思其前绩,跂是远谟,真人锋在行间,我亦不应有疾。天女更来海国,君其何患无成?

此书启,在结构上有承上启下的作用,而在内容上亦有总结前文的作用,将前文中甘鼎之事迹一一开列:枹罕大捷、纳降白苗、分兵击苗、解围李郭二节度使、斩睒睒等。甘鼎睹书后,当即赋诗三首作回:其一有云:

> 人随地气北而南,岂谓天功我敢贪。杨仆头衔新粤峤,桓分手植故江潭。疲于兵事不堪七,宥以国恩何止三? 多愧知交相问讯,心如再熟有春蚕。

再次,屠绅运用骈文,其异于传统小说的最大特点是,人物对白几乎全用骈文,这在小说史上也是绝无仅有的。如第一卷中,桑蝈因碑失而投海欲自尽,幸而为常越、沙明二隐士所救,并劝其投军。桑蝈曰:"圣天子豢养将备,罗列海邦,以节度使驱策,何至采捕细民,向屠沽村舍,侈谈修予之文,略诩枕戈之概。岂其阃师高卧艅艎,徒惊向若,转以乘风破浪之能,让于啬夫耶?"其中沙明答云:

> 人言文臣不爱钱,始能惜命;武臣不惜命,亦许爱钱。前世其皆验矣。……夫将兵之道,不宜用聚敛小人,彼以为兵无事而多费刍粮,不妨樽节之,无使有余钱而后已。殊不知将使兵,兵恃食,食仅足,即不足矣。兵不敢怨,即有怨矣。故我辈不肯入伍为兵。与其贫而作乱,明有兵符,暗为盗线,毋宁驾渔艇以食其技能,守民之质,防盗之心。若海岛不靖,忧及尊亲,愿为乡勇屯练,以报天子,谁曰不然。如公所言,节度威尊而不能养,阃帅任重而不能教,海边之兵,其可用乎? 海边之民,岂

无谋乎?

再如第五卷中,司马季孙荐明化醇于甘鼎,甘鼎以礼聘之。三人对话亦全用骈文。其中明化醇曰:"酉所居地,风雨之会,阴阳之和。白苗建都,天一所生也;司马公赋性文明,木火之质,水既克火,泽亦灭木矣。化醇安土敦仁,历有年所,面垢不能去,浮土之形,脾醒不欲眠,燥土之气,自能制白苗积水,为天将收金,况以儒通墨,久得诵《金刚经》,不烂之舌,羿彀必志,虞机善迎,非邀谕蜀之功,实佐平蛮之略耳。"

最后,全书每卷卷末律诗后,均有署不同名字的诠文,亦是用骈文写成。观此二十篇不同署名的诠文,从其风格来看,当出于一人之手,很有可能就是屠绅自己的狡狯之笔。试举一例,将其与所在卷中的回目、卷首骈体赋、卷末律诗作一通盘考察,以明究竟。如第十卷,署柳猗氏诠曰:

> 理语:臭腐则虫生焉。若井中无书而指之为奇,碑下无物而目之为怪,穿凿之理;蛬尤之不为尤,织女之不欲织,附会之理;有本相而忽迷,隔中州而思瞩,鹘突之理;骨何故而名锁? 金何为而能点? 支离之理。精言则穿凿者有则,附会者入神,鹘突为昭融,支离为脱落,而不然者臭腐矣。水陆之产,足供餍饫,其最珍者,非腥即膻,暑月经宿,人皆掩鼻,而集腥附膻之物,过而大嚼,无不得肉而快意焉。史氏慨之,传麻犳狉也。麻本蝇这一种,犳狉为苗之类,以犳狉名蝇,知苗民之集腥附膻,同于蝇也。
>
> 矜狷介之人,有不屑为酒肉言欢者,麻犳狉所窃笑矣。诗曰:"民之失德,乾糇以愆。"自有麻氏之筵而老悭之道废。尚豪华之士,若惟恐其豆觞无地者,麻犳狉不足忧矣。诗曰:"纵我不往,子宁不来。"自登麻氏之厕而争坐之说穷。向龌龊小夫而高谈名教,是人之开筵以待犳狉也。向济齐善之士,而曲致恩私则犳狉之开筵以待人也。……
>
> 今人肆筵设席,而或于妓馆优亭,权贵之阃房,胥徒之戚舍,虽非厕上,臭味略同,若而人者,谱于麻氏,其大小宗远近可知也。古者治庖厨以待宾客,燕亭既成,雅歌遂作。苟踉蹡入坐,而牛马其饮,鸡鹜其食,几何不同于厕上嘉宾。麻氏结客,思饮食之而不以礼,云开筵也,忘乎厕间矣,不亦痴乎?

此卷之卷末律诗云:"将军顷刻作猪嚎,道士分明借火逃。不畏铜牌欺羽扇,可怜玉玦抵金刀。厕间披发灾旋降,坐上求毡兴不高。羯鼓为君频解秽,肠无余热是真豪。"此卷之卷首骈体赋曰:"蜚声在棘樊之下,遂有谗人;托迹于藩溷之间,非无热客。肆筵逐臭,传羊头羊胃之谣;涤器闻腥,变鬼躁鬼幽之相。"而此卷之回目是"麻犰猺厕上开筵"。综上观之,屠绅此卷所演之故事,乃谓人生性理之旨:若人无所追求,不免为附腥逐臭之徒,而其世界亦是蝇营之域,逐臭之乡罢了;而人生的真谛乃在于"思饮食"而"以礼"。而这也是不分苗、汉或满的,人人皆此。

谕诰章表、策对奏疏等公文

屠绅参加朝考,其科目亦有奏论、疏对等。观《蟫史》一书,屠绅拟作这类公文以及谕诰等多达七十五封,平均每卷之中,将近四篇。这样的数量,在明清章回小说中实是罕见。

一般来说,屠绅运用应用文书的作用有三:一为重述前文情节;二为补述前文内容;三为联结下文。其实,这三条作用均集中在一点,即过渡,属于"文字过峡"。屠绅运用这类应用文书,大致可分为:诏谕、诰敕、表疏、奏议、榜文、告示、檄文、牒报、祭文、诔辞及书启,均用骈体四六撰写。细审其作用,除上述文字过峡之外,还应有点明主旨、表达作者心志情意的作用。这只要看看第十一卷中上谕斛斯贵以代甘鼎总师便知:

> 尔甘鼎招降白苗之功,自不可没。今妖氛遽炽,困及元戎,三日之陷身,千秋之蒙垢也。自贬三秩,虽万不获已。顾国家赏罚,人臣不当自言。若屡著战功,则将自请加秩乎?诸葛大臣,用人失措,然后议贬。若自为敌掳,岂直为斯自请哉?宜夺全官,并勘失律。姑以用人之间,及于宽宥,暂解总帅任,以都督领千人驻黔州,候代者来,即以大兵付。著枢农牧民使遣官驰谕。

此谕,除文字过峡作用外,作者亦运用了婉而多讽的春秋笔法,将批判的矛头指向了最高统治者——皇帝。李节使言:"顷闻代者为斛斯贵,世袭柔远侯,以高门伟望,时在军旅,不战而人多自降。四方每著懋绩,今苗将平矣,彼合应其时乎?"郭节使言:"闻其嗜酒善陶情,军士无所触迕。惟挥霍不能遂,往往告遍都下,人目之为债侯。"李、郭二节使所言亦是在为甘鼎鸣不平。若联系斛斯贵的原型来看,则表现了作者对乾隆包庇、重用福康安、李侍尧的不满。

2. 廋博庋艺

屠绅《蟫史》廋博庋艺有很多种,形式亦是多样,有酒令、回文、拆字、骨牌、偈语、祝咒、俚曲、卜筮、医术等，与《镜花缘》一样，目的在于炫耀才艺、庋藏博闻。如第一卷中，桑蛸与甘鼎、常越、沙明四人于酒店饮酒。四人连续行酒令为：

> 蛸生曰："命令为军中第一，筋之政亦如之。今方位二木二火，木火递生而得土，土旺于四季，惟金水缺如，请各书一字，木火有土者不饮，金水相生者不饮，如无，引海螺一杯。"……蛸书：杜字、灶字、淦字、沐字……鼎书：圭字、炎字、鑫字、淼字……明书：垛字、烟字、唫字、冰字……越书：桂字、炷字、洚字、淋字。
>
> 指挥曰："各以姓为诙谐语。"鼎曰：一人姓甘，爱女不爱男，女子癸水至，成潭……越曰：一人姓常，怕妻不怕娘，妻子相火旺，烧汤……蛸曰：一人姓桑，说阴不说阳，阴地寸金惜，如糖……越代明曰：一人姓沙，种壶不种瓜，壶子啄木食，成痂。

上述文字游戏第一段中，其酒令是运用文字拆合之法，然而这里面所蕴含的五行相生之理，则有深意存焉。五行相生、阴阳之理，屠绅在全书中所论颇多，几乎充斥每一卷中。其影子人物甘鼎亦曾以此言志。其文曰：

> 天一生水兮，万汇之源；地二生火兮，一气之根；天二生木兮，四时之元；地四生金兮，五兵之门；天五生土兮，我生立命。我勤于水兮，死必以正；我攻夫火兮，气惟其盛；我择其木兮，太阿自柄；我挥乎金兮，大贤是聘；我安吾土兮，得一干净。

这里的"死必以正""大贤是聘""得一干净"暗中规定了甘鼎的一生踪迹。同时屠绅还借桑蛸之口谈到了运用五行、阴阳，如何相地建造甲子城，尽情地展露了他在这方面的才学。其文有云："异哉！天造地设，屹此高墙；公所图城，形如灵螭，本合洛书之数。……请分建四门，则用京房法，以坎、离、震、兑为四监司。就其方位置重关。冬至闭北门，避坎之广莫风；夏至及两分，各闭南东西门，以避离之景风；震之明庶风，兑之阊阖风，盖藏风则聚气也。公廨宜于乾位，兵阳事，当以天临之。贮武备库，宜于坤位，守如处子，是为牝马之贞。若有纳甲之法，乾三甲，纳三甲，而甲子首元，又可以贯甲寅、甲辰。公廨中有三百精锐，可抵六百人。若简练揣摩，一以当六，此大易精义，非吾臆说。"

屠绅于《蟫史》展现璇玑图，与李汝珍不同。李汝珍于《镜花缘》中，是借才女史幽探来诠释璇玑图共有多少首诗,①而屠绅则是在书中借员夫人之手自创璇玑图,自创织锦回文诗。《蟫史》第四卷写枹罕之战时,员用智夫人织六幅五色丝布回文,即璇玑图,用牛腹藏书之法以疑回人。其文云:

> 员夫人织一图,如弓样,两头顺逆读:命薄皆丑性恶皆狗柄是斧刀逃遁何有。

> 又一图,如玉尺,十字演七绝,复四字回环读之:氓蚩笑舞学狐鸣忽甲兵。

> 又一图,内外顺逆读,即苏若兰璇玑图遗制也:脐噬有灾生盾矛,定难神鼎沸中洲。西征早策如貔虎,北向先时识马牛。鼙鼓作声悲静夜,黍禾残气败高秋。泥涂乱迹群鳞介,迷处何虞漏网收。

> 又一为象戏图,三十六字,纵读由右,横读由左:尔臣土滨虿民,罪若尘海之贼。当戒周铖伏诛,我其道秉窜殛。极言拜命无将,罔两来归中国。

> 又一图,如方珪,正读互读成二绝,一三五字皆阳文,不借用;二四字皆阴文,借用;以白黑色别之。第二遍首句借次句二四字,次句借首句二四字互读,下两句仿此:道胡容兽惑,岂谓妖多雾。人可有回心,将教说作霖。

> 又一图,如龟形。只十三字,共四回错综读,以四彩线为细文贯串之:首读:莫耶一剑诛天方,是狗与猪唤,即耶字娘。次读:是莫猪耶与狗娘,唤一天剑诛方。即一三读:猪狗一娘,唤莫是耶,剑诛天与方;四读:娘唤狗猪耶,天与是方剑,莫一诛。即耶字

以上所引第四图为例,依其要求试解之。若纵读即如上诗,而横读则为:"罔极我当罪尔,两方其戒若臣。来拜道周尘土,归命秉铖海滨。中无窜伏之风,国将殛诛贼民。"果然,回主赛田、杨嘿中计,回中忽雷率部投降,说道:"天书已发其六,识天命之有归。"最终甘鼎赢得了枹罕大捷。

屠绅在小说中还讲到了一种牌戏,即四灵图。此图谱分毛、羽、介、鳞四部,共三十二张。其文有曰:"彼乃用宣和绿林,②既属率尔……旃被放辞京师,道中曾撰《四灵图》,其谱具在,刻楮亦成。"其后,屠绅以大段篇幅说解此谱。据屠绅自称,此谱系其任云南时于途中自创,或于公余闲暇时,或于

① 参见本书第十二章《李汝珍与〈镜花缘〉创作考论》。

② 宣和绿林,似指明代的《宣和牌谱》。相传瞿佑所撰,收入陶珽编《说郛续》。

运铜次途中,借以自娱自乐罢了。

屠绅小说中所炫才艺还有天文、星相、卜筮、算命、风水、堪舆之类,限于篇幅,不再一一考述。

3. 志异述怪

由于屠绅仕宦经历曲折,长期在边远地区为官,搜奇、志异、述怪遂成了他排遣内心郁闷的一种方式。屠绅所撰的《鹗亭诗话》与《六合内外琐言》,均为志异短篇小说集,大多为宦滇、迁粤时所见所闻。是故,屠绅在嘉庆二年后创作长篇文言小说《蟫史》时,也不自觉地将许多灵怪、神异现象写入书中,一面以寄其心志情意,一面以增强小说的神秘色彩。

《蟫史》作者志异述怪,遍布全书,卷卷皆存。卷一中,掘甲子城得三箧天书:一箧为书二十卷,每行得数百字,题曰:彻土作稼之文,归墟野凫氏画;一箧为天人图,题曰眼藏须弥僧道作;一箧为方书,题曰六子携持极老人口授。这三箧天书,具有笼罩全书的作用,以后凡遇战事危急时,即启视之,便可化险为夷。卷二中“移碑逢怪物”,写矮道人取得石湾大捷后,见敌帐前有一石碑,视其文,为将军冯盎建。于是以剑画地,移碑二十步,下方便有黑烟万缕冲出,一物首六翼四,手三足一而十趾,鼓翼飞去。此物后降生在交趾国,化为国王尪形,其属屡犯闽、粤等省,甚至深入浙江、江苏、山东一带作乱。细思以上二情节,实本于《水浒传》中宋江还道村受三卷天书与洪太尉误走妖魔。

其余则有卷三以“三箧天书”中“方书”治火蜈蚣、入陇右甘鼎遇铜头蚩尤;卷四有李牧脱甘鼎淮阴侯之难、张嘉贞(即张鷟)下世为员用智、织女下世为员夫人;卷四、卷五有明化醇为鬐儿折腰摄阳、员夫人以镜现化醇原形为猕猴;卷六有玛知古持镜化中州、象虫毒员矩儿;卷七有女子骨节化锁骨菩萨、八学士冥报锁骨菩萨;卷八有砭先生点石成金、针道人点金成铁、庆喜大战树酋;卷九有喇哑喻铜盘幻相管吸腥、蝇精厕上开筵;卷十有蝎女行刺;卷十一有债帅遇酒星、木兰犷儿大战鹿头人;卷十二有玛知古大战刚上人;卷十三有以天书医毒瘴救全军之命;卷十四有斛斯贵移军平台木兰地下新船载甲、阴长生解刘元海与喇哑喻、刚上人之斗;卷十五至二十亦有藏神盒夺刚上人之命、连尾生行风化虎拒斛斯侯、梅飒彩游冥途、少目人以砗磲医二目⋯⋯不一而足。

《蟫史》卷一有署名殳父先生的论文,其文有曰:“书不奇,不可以言得。得之,则以总部书为三才之表章,以零星书为万有之消纳,以有字书存六合之音容;以无字书还毫芒之权量。奇书既得,天心泰矣,帝道咸矣。若曰:

'行道而有得于心,德之致也。'"可见,《蟫史》之搜奇志异不仅是作者的有意为之,构成全书的一个审美特征,同时,作者屠绅也是寄"天心""天道"于志异之中的,要表达他的一种治国理想,而这也就关涉到了小说的文化意蕴了。

五、《蟫史》的结构与思想

《蟫史》是中国小说史上唯一的一部文言长篇章回小说,探讨其艺术特色与文化内涵,无疑是十分有意义的。早在五四时期,黄人《小说小话》就曾赞扬《蟫史》说:"小说界中富于特别思想者,除《西游补》外,无能逮者,但不便于通俗耳。"①目前,学界关于《蟫史》的艺术特色与文化内涵的研究,亦是不乏精辟之作。如侯忠义先生认为《蟫史》是一部神魔小说,是"以独特的神魔小说的形式,表达了文人的普通的人生理想"。② 詹颂认为,《蟫史》是一部描写"神魔斗争的历史小说",其构思体现为一种"衍古性,打破时空界限",明显带有一种"魔幻色彩"。③ 无疑很有启发性。笔者于本节拟从作品的结构形态与思想性质及作者的人才观三个方面,对《蟫史》的艺术特色及其文化价值进行探讨。

1. 一线贯珠　首尾圆合

《蟫史》一书在情节的安排上,有自己的艺术结构特点,是由甘鼎和桑蝌的人生经历贯穿始终的若干个短篇结成的有机长篇,正所谓"一线贯珠,首尾圆合"。

《蟫史》全书可分为三大部分:即灭倭、剿苗、平台。这三大部分连起来明显是一个有机的整体,但又都具有相对的独立性。因为三大部分本身又是由若干个小故事组成的,其中每一个小故事也都具有相对的独立性。剿苗作为全书的主干,它所包括的分别征九股苗,诸如白苗、红苗、黑苗、黄苗等,以及征苗前的抚回和征苗后的平五斗米教更是如此。这类故事可以当作独立的短篇小说来阅读,但是由于其结构上经过作者精心安排,二十卷的长文仍然是一个有机的整体。

《蟫史》的这种艺术结构,与《儒林外史》不同。《儒林外史》是"连环短

① 黄人撰:《小说小话》,《晚清文学丛钞·小说戏曲卷》,中华书局 1960 年版,第 371—372 页。
② 侯忠义撰:《〈蟫史〉的历史贡献》,《明清小说研究》2010 年第 1 期,第 4 页。
③ 詹颂撰:《论〈蟫史〉的构思与文体特点》,《明清小说研究》2005 年第 2 期,第 223 页。

篇"式的,带有"纪传性的特征",①而《蟫史》则是一线贯珠式的。"珠"就是相对独立的众多的短篇,"一线"就是甘鼎和桑蜎两人的人生经历。

首先,《蟫史》的第一大部分,其中心事件是灭倭。围绕灭倭,又有若干个小故事,比如桑蜎刻石、甘鼎建甲子城、掘井得奇书、石湾大捷、龙女助战、移碑逢怪、江坪大捷等。这部分中,每一个故事之所以能连接起来,成为一个相对的有机整体,则是因为由甘鼎和桑蜎作为经线来贯串的:甘鼎建甲子城,桑蜎以奇门遁甲术助之;掘井得奇书,则书上标示二人名姓;石湾大捷系由桑蜎指挥,甘鼎为总帅;龙女助战、移碑逢怪均由桑蜎视角写出;江坪大捷所用反间计,亦系桑蜎、常越、沙明所施。同时,这若干个小故事之所以能够密合,起到纬线作用的,即是那遍布于每卷中的书启与檄文。如由石湾大捷擒广州王过渡到江坪之战灭安南交匪,则由石中丞檄文和区星参议之书启连接。如区星书启曰:"星会当辞广州,交人为患,中丞废寝忘食,故走荐足下,乞以师援海、尚二都督。不克,则星之罪;克之,则国之威。年月日。广西右布政区星致书于甘镇抚使麾下。"一经一纬,前后呼应,将这一部分中的每个小故事紧密结合起来,遂形成一个有机的整体。

有趣的是,《蟫史》的第二部分剿苗、第三部分平台中的若干个小故事,也是以甘鼎、桑蜎的经历作为经线和以遍布于每卷中的或上谕或檄文或书启作为纬线这种方式联结起来的。如第二部分中剿苗是全书的主体,共有十一个小故事组成,除去九股苗的九个小故事外,尚有抚回与平五斗米教两个小故事。甘鼎与桑蜎的经历为经线贯穿其中,自不必说。其从灭倭过渡至剿苗,即是先由道人李长脚微露其意,然后即以枢密院文书来完成第一部分到第二部分的过渡。枢密院文书曰:"上念甘鼎石湾之功,加三等官,擢兵马总帅,调赴楚、蜀、黔、广,备九股苗。甲子右卫指挥,命甘鼎举以自代。闻命后,三日内,疾驰入见天子,且与君国谋。"至甘君枹罕大捷入蜀,则有矩儿得父员用智书过渡;至击白苗则用司马季孙之檄文过渡;至入楚击红苗则用犷儿书信与敕书过渡;等等。

在征苗过程中,又有斛斯贵代甘鼎总帅之事,表面上甘鼎不再起贯穿的作用,而实际上,斛斯贵(其原型为福康安)督军后,被苗兵反扑,节节败退,幸而有甘鼎与桑蜎相救,才得以保住性命,于是斛斯贵上书请命,复甘鼎总帅之职。可见,征苗部分中,插入斛斯贵一节,实是为突出甘鼎所设。同时,也表达了作者屠绅对当朝天子及权贵的讽刺之意。斛斯贵之书曰:"自臣

---

① 张锦池撰:《论〈儒林外史〉的纪传性结构形态》,《文学遗产》1998 年第 5 期。

易甘鼎总帅以来,核鼎之用兵,非术士不能成遏乱之功,非妇人不能妙诛邪之略。其事不经,要以利国家为呕呕,故臣亦释疑而征苗,责之以难能,程之以易竟,而鼎启天书救全军之命,擒鬼物得二丑之情;遇难而吞铁丸,叹功而发神箭。黑苗辇弑,已就诛戮;蚋吼青气,行净将荡平。凡此殊勋,非臣贵所几及。惟圣明洞察,仍以甘鼎总帅,臣愿副之。靡尽愚忱,伏俟俞允。"于是,甘鼎恢复总帅之职,并进攻黄苗,连获大捷。这时,朝廷又有敕书至,其文曰:"荐牍薪来,喜不欲言,爱而思觏。自此南方军旅,责尔有成。若宵衣而忘曳其裾,旰食而忽亡其箸,朕何患焉? 仍复尔鼎前职,节制三路,斧钺征诗如其官。贵可视师东瓯。剋日易旗纛,均宜勤能,以荷宠锡。"而这上谕也将小说由征苗逐渐过渡到平台的第三部分了。

《蟫史》的这种艺术结构形式,显然是受了宋元话本一类的短篇与《三国》《水浒》一类长篇的影响;同时也有些像《史记》的"列传"诸篇形式的扩展。它是综合了短篇与长篇的特点,创造而成的一种特殊形式。这种形式运用起来十分灵活,可以挥洒自如地展现社会生活画面,有些像绘画上的《清明上河图》《千里江山图》等"长卷"。如果要给它取个名目,不妨称之为"短篇构成的有机长篇"。

2. 因史成材　旨归劝惩

因史成材,旨归劝惩,是《蟫史》的选材指南,也是《蟫史》的思想性质所在。

署名小亭道人的《蟫史·序》曰:"举凡鸿文巨制,洵足解脱虫顽,拔登觉路。独奈何见即生倦,反不若稗官野乘,投其所好,尚堪触目警心耳! 矧驱牛鬼蛇神于实录中,用彰龟鉴,化虫为蟫,恣其游泳,水即涔蹄,未始非世道人心之一助。此磊砢山人《蟫史》之所由作也。"①署名杜陵男子的《蟫史·序》曰:"盖有可为无,无可为有者,人心之幻也。有不尽有,无不尽无者,文辞之诞也。幻设不测,事孰察其端倪;诞故不穷,言孰究其涯际。蜃楼海市,景现须臾;牛鬼蛇神,情生万变。讵可据史宬之实录,例野乘之纪闻乎? 且子独不见夫蟫乎? 坠粉残编之内者,蛃鱼也;含灵积卷之中者,脉望也。常则觅生活于故纸,变则化臭腐为神奇。"②小亭道人与杜陵男子所言的"实录",即指《蟫史》的素材乃是清代乾嘉时期的历史时事,采用的方式

---

① 见《蟫史》卷首。《蟫史》,梅竹氏藏板,磊砢山房刊本,《古本小说集成》影印,上海古籍出版社1994年版。
② 见《蟫史》卷首。《蟫史》,梅竹氏藏板,磊砢山房刊本,《古本小说集成》影印,上海古籍出版社1994年版。

是因史成材;而屠绅创作的目的是"用彰龟鉴",是要助一助"世道"及"人心",表达自己对时事的看法与主张,即旨归劝惩,而那遍布全书的牛鬼蛇神乃是作者所施的障眼法而已,切不可为其所蒙蔽。

谁不知道乾隆时期的名将李侍尧呢? 李侍尧(? —1788),字钦斋,汉军镶黄旗人,其父李元亮曾任户部尚书。在乾隆初年即被乾隆帝接见。曾先后任军机处章京、热河都统、工部尚书、刑部尚书、广州将军、两广总督、云贵总督、陕甘总督、闽浙总督及武英殿大学士、军机大臣、太子太保等。为乾隆帝爱将之一。李侍尧征战一生,战功无数,平定大小金川、灭倭、剿回、平台等等。闵鹗元上书称:"李侍尧历任封疆,勤干有为,为中外所推服。"①《清史列传》载:"谕建福康安等生祠于台湾,侍尧居福康安、海兰察之次。复命图形紫光阁,列前二十功臣。御制赞曰:'以恒入觐,命往闽疆。战固老已,谋猷允长。渡兵济饷,井井有方。不误军储,其绩孔臧。'"②《清史稿》评曰:"侍尧短小精敏,过目成诵。见属僚数语,即辨其才否。"③然而,在《蟫史》中,屠绅将其化名为李舜佐,虽任节度,然而无谋亦无勇,几次作战均以失败而告终,最后仅充任甘鼎的副手而已。

谁不知道乾隆时期的大将军福康安呢? 福康安(1753—1796),姓富察,字瑶林,满洲镶黄旗人,清高宗孝贤皇后之侄,大学士傅恒之子。曾先后任御前侍卫,户部侍郎,蒙古都统,吉林和奉天将军,云贵、川陕、闽浙、两广总督,以及武英殿大学士兼军机大臣。福康安深得乾隆帝的宠爱,曾被加封为忠锐公和贝子(与皇子享有同样特权)。福康安一生战功赫赫,曾随阿桂平定大小金川,又与李侍尧一同剿回、平台、灭倭、伐苗,并反击廓尔喀(即今尼泊尔中部地区)侵略军,迫使廓尔喀依福康安提出的条件乞和。嘉庆元年(1796),卒于伐苗军中。谕曰:"大学士贝子福康安秉性公忠,才猷敏练,扬历中外,懋著殊勋,年力富强,正资倚毗,乃当大功垂成之际,积劳成疾,遽尔溘逝,实深震悼。"④福康安亦能为诗。《国朝诗人征略》载其诗云:"料得天涯劳远梦,滇风蜀雪又秦云。手把鞭梢指葱岭,故人还在玉关西。"⑤据《清史列传》载,乾隆御制赞曰:"金川领兵,已著伟名。几处封疆,

---

① 《清实录》第二二册,中华书局1986年版,第912页。

② 周骏富辑:《清史列传》(三),《清代传记丛刊·综录类》,台北:明文书局1985年版,第634页。

③ 赵尔巽等撰:《清史稿》,中华书局1977年版,第10822页。

④ 周骏富辑:《清史列传》(四),《清代传记丛刊·综录类》,台北:明文书局1985年版,第149页。

⑤ (清)张维屏编:《国朝诗人征略二编》卷三十七,清代道光二十二年刊本。

吏肃政成。解围擒逆,能人不能。崇封殊爵,嘉尔忠诚。"①然而,在《蟫史》中,屠绅将其化名为斛斯贵,代甘鼎总帅时,为苗人打得落花流水,竟差一点丢掉性命;奉旨征剿岛贼梅飒彩、严多稼,既无勇力,又寡谋少智,最后不得不又在甘鼎与桑蜎的辅助下,勉强取得胜利。

谁不知道乾隆时期的猛将海兰察呢? 海兰察(1740—1793),满洲镶黄旗鄂温克人,姓多拉尔,世居黑龙江。海兰察一生征战南北,立下无数战功。乾隆二十年从军为骑兵,于征准噶尔之战中,生擒叛军酋长巴雅尔,封巴图鲁,意为英雄,升头等侍卫。乾隆御制赞曰:"烈风扫枯,迅其奚难。亦赖众杰,摧敌攻坚。于塔巴台,射巴雅尔。是其伟业,勇鲜伦比。"以后,曾先后入缅作战,参与平定大小金川,剿灭回教叛乱,随福康安平定台湾林、庄起义及击败廓尔喀侵略军。晋封为超勇公。乾隆五十八年三月,病故,乾隆赐谥"武壮"。并打破病故不入昭忠祠之例,谕曰:"海兰察由行伍出身,在戎阵多年,其接战次不可胜记。实不愧为宣力之臣。兹病卒于家,非阵亡者,比例不入昭忠祠。但念军营奋勉,曾受多伤,著加恩,亦入昭忠祠,以示轸念功臣之意。"②海兰察的画像曾四次入陈紫光阁,与李侍尧、福康安等一齐在台湾建生祠。吴昙绣《海侯诗》曰:"海侯黄面两眼青,夜坐帐中观列星。匹马杀贼双青萍,不闻人声但血腥。身轻先卒走跃陉,胆麤脱甲阵不扃。大宛之马红丝裎,画雕之弓雪白翎。一发双矢力透鞯,愤深勃怒吻出霆。生小不识阴符经,家世光耀籍索伦。"③然而,在《蟫史》中,屠绅将其化名为贺兰观,虽其神射之勇威力不减,然其谋略之机却庸碌平常。

而在《蟫史》中南征北战、东伐西讨,集乾隆时期阿桂、李侍尧、福康安、海兰察、徐嗣曾、孙士毅、柴大纪等名将所有功绩于一身,并事功之后悄然隐退的甘鼎,其人物原型乃是乾嘉时的傅鼐。据《湖南通志·名宦志》载:"傅鼐,山阴人。由府经历分发云南,军功擢宁珥知县。乾隆六十年,黔楚苗变,督师福康安檄赴湖南军营,计禽首逆吴半生,奏以同知直隶州知州用,赏戴花翎。嘉庆元年,补凤凰厅同知,四年食知府俸……"④后来,傅鼐又升任巡抚,其本人亦于嘉庆十三年受到嘉庆帝召见,被立作臣工榜样,受到嘉奖。

屠绅塑造人物形象,像这样的例子实在太多了。作者如此召唤英雄

①　周骏富辑:《清史列传》(四),《清代传记丛刊·综录类》,台北:明文书局1985年版,第137页。

②　以上所引关于海兰察材料均见周骏富辑《清史列传》(四),第65—68页。《清代传记丛刊·综录类》,台北:明文书局1985年版。

③　杨钟义撰:《雪桥诗话三集》卷八,民国求恕斋丛书本。

④　(清)曾国荃纂修:《湖南通志》卷一百七《名宦志》十六,清光绪十一年刊本。

们的亡灵,用意何在呢? 是为了演出历史的新场面,是为了谱写时代的乐章。是故,屠绅创作《蟫史》,其思想性质是旨归劝惩,既表现为缘史醒世,表述人们的一种期待,呼唤真正治世而摒弃粉饰太平;又表现为因史喻世,表露人们的一种心态,鄙夷懦将庸帅而崇尚忠臣良将;还表现为藉史警世,表达人们的一种感受,功成身退,此为省身之道。是故,也就使《蟫史》成了乾嘉盛世的一部讽喻之作,是屠绅给乾隆帝所上的一部形象而深刻的谏疏。

要而言之,在总体框架上羽翼史实,于细微处显露精神,既源于史实而又高于史实,谱写一曲形象的"资治通鉴",以意主讽世,旨归劝惩,是《蟫史》所要表达的作者的心志情意。

3. 失士者亡　得士者昌

《蟫史》的命意一直以来是个聚讼不休的问题。杜陵男子《蟫史·序》曰:"作者现桃源于笔下,别有一天;读者入波斯之市中,都迷两目。自我作古,引人入胜。不洵可以餍好奇之心,而供多闻之助乎哉!"①清代满族学者震钧《天咫偶闻》云:"世行《蟫史》一书,……详其命意,似指三省教匪之役。当世将相,任意毁刺,且有上及乘舆处。"②黄人云:"虽章回小说乎,而有如《庄》《列》者,有如《竹书》《路史》者,有如《易林》《太玄》者,有如《山海》《岳渎》《神异经》者,有如《杂事秘辛》《飞燕外传》《周秦行纪》者。盖奄有《水浒传》《西游记》《金瓶梅》诸特色,而无一语袭其窠臼。"又云:"《蟫史》,此小说中之协律郎诗,魁纪公文也。书中主人甘鼎,盖指傅鼐。傅之材力,在明韩襄毅、王威宁右,而未竟其用,举世悼惜。故好事者撰为是书,以同时一切战迹,归傅一身,致崇拜之意。"③

鲁迅先生《中国小说史略》认为:"《蟫史》欲于小说见其才藻之美者……虽华艳而乏天趣,徒奇崛而无深意。"④郑振铎《清初到中叶的长篇小说的发展》认为:"《蟫史》是比《野叟曝言》更为荒唐古怪的。……全书是生硬的文言,令人如读卢仝《月蚀歌》,作者过于卖弄文情,反而弄巧成拙。"⑤台

---

① (清)屠绅著:《蟫史》,《古本小说集成》影印本,梅竹氏藏板,磊砢山房刊本,上海古籍出版社 1994 年版。

② (清)震均撰:《天咫偶闻》,《续修四库全书》第七三〇册,上海古籍出版社 2002 年影印。

③ 黄人撰:《小说小话》,《晚清文学丛钞·小说戏曲卷》,中华书局 1960 年版,第 371—372 页。

④ 鲁迅著:《中国小说史略》,《鲁迅全集》第九卷,人民文学出版社 2005 年版,第 252 页。

⑤ 郑振铎撰:《清初到中叶的长篇小说的发展》,《郑振铎古典文学论文选》,上海古籍出版社 2009 年版,第 470 页。

湾学者王琼玲认为:"滇南、粤岭的特殊风土民情、重大战役,刺激了宦居其地,且居官闲逸的屠绅,引发了他创作小说的强烈动机,遂以近十八万字的文言文长篇,达成他炫文耀才、庋藏博学、炫耀多艺,并传述异闻等主要目的。"①

观以上诸家之说,大抵可分为两类,即"炫才说"和"志异说"。"炫才说"也罢,"志异说"也罢,说是作者屠绅的创作才学小说的手段可以,但如果说是作者的主观命意或最终目的似不可。照我看来,屠绅苦心经营才学小说《蟫史》的着眼点是所谓"乾嘉盛世"的治乱问题,其所围绕的核心是人才,作者所要表达的观点是失士者亡,得士者昌,即人才是兴邦之本。这亦当时作品的文化内涵所在。

书中着力描写了时任甲子城左卫指挥的甘鼎与落魄书生桑蝴相识之始末。甘鼎以重礼聘请桑蝴生入幕,并尊之为先生,声称"海上有此君,省中无其匹"。于是,桑蝴作了甘鼎的军师,仿照伍子胥修内城外郭之法帮助甘鼎修筑了甲子城,以护佑一方百姓,并教之以纳甲之法守城,以少御众;当甘鼎为节度使所调,赴柏林增援时,桑蝴以余卒百人,仿诸葛亮空城计之法计败来袭之海贼,毙敌五十九人,生擒贼首白獭儿及士卒五人,而我兵未伤一人。

书中也描写了桑蝴向甘鼎推荐贤能之辈,如常越、沙明、邹郁等。甘鼎之所以取得石湾大捷,并一举击败交匪屈蚍,收大将渠灌儿,即是此三人之功。桑蝴荐贤,尤其难能可贵者是推许甘鼎重用曾附逆交匪的利达。神泉副指挥利达因军中粮饷为上级所克扣而受交趾贼伪符,并于臂上刺绣,以为交匪内应,陇西公依法将斩时,为矮道人李长脚所扰。后甘鼎将赴楚、蜀时,举以自代。蝴生曰:"始请治之,继复用之,有古名帅风度哉!"

书中还描写了甘鼎赴楚征九股苗途中,收大将员矩儿。与白苗战时,得谋士司马季孙与明化醇辅佐。收白苗时,得大将乐犷儿与谋士乐般。而难能可贵的是,甘鼎在汇聚八方英才的同时,对女性人才也是格外器重,并同样待之以礼,如天女、木兰,以及降将鬙儿、魔妗等。

书中还描写了甘鼎与桑蝴儿次与红苗首领噩青气争斗,相执不下,且噩青气又有战败斛斯贵之役,并差一点害死斛斯贵,可是甘鼎在俘获噩青气之

---

① 王琼玲撰:《蟫史研究》,《清代四大才学小说》,台湾商务印书馆 1999 年版,第 223 页。另考屠绅居官广州是在乾隆六十七年,嘉庆二年六月丁内艰离职。屠绅所担任官职为通判,属知府的佐贰杂职。《清史稿·职官三》载:"同知、通判分掌粮盐督捕,江海防务,河工水利,清军理事,抚绥民夷等要职。"而乾隆六十年至嘉庆二年,正是交匪猖獗之时。是故,王琼玲所言屠绅"居官闲逸",实属误解。

时,仍准其投降。后来,噩青气果真在平台时,为甘鼎立下大功。

甘鼎在收服降将魔妗时,对其部下的谋士亦是优礼待之。比如进士杜承瑾、乡练教师慕炜等,后来与甘鼎、桑蜎等一道平台及剿灭悍匪蔡小武,立下汗马功劳。其余,则有文士张弓弨、都毛子等,皆在平台之战或平交趾之战中有所建树。

颇能给人警醒的是,当魔妗脱逃,其谋士鲜于季通、郎应宿为节度使李舜佐俘获将问斩时,有一段对话。其文曰:

> 李节使勃然曰:"中朝士类,助妖女为乱,科目可废,胶庠可芜也。速寸斩之。"季通、应宿骂曰:"朝廷养士数百年,未尝无定乱之才,宣猷王国。今被兵处所,守陴官民,独非科目胶庠之士哉?公等内贪外忌,视士林如盗贼,平时不能教养,而又使劣官狡吏,如脍切之。"

天下治乱,系于人才,于此不就昭然若揭了吗?朝廷养士储才,却不知用才,不能人尽其才,这当是屠绅发愤著书、苦心经营《蟫史》的用意所在。

正如恩格斯所说,"主要人物是一定的阶级和倾向的代表,因而也是他们时代的一定思想的代表,他们的动机不是从琐碎的个人欲望中,而正是从他们所处的历史潮流中得来的。"①《蟫史》的审美特征是寓庄于谐,借神魔以写人间,而其文化内涵是借稗史以实录,在戡乱中求索治国安邦之道。是故,《蟫史》的文化内涵表现为因史成材,缘史通志,而旨归劝惩,意主讽政,是一部形象的"资治通鉴",是一曲人才的赞歌。要之,《蟫史》所提出的核心问题,是治平,是戡乱。要回答的问题是究竟怎样对待和使用人才,国家才能实现真正的盛世。

---

① 《马克思恩格斯选集》第4卷,人民出版社1972年版,第343—344页。

第十一章　夏敬渠与《野叟曝言》创作考论

《野叟曝言》是古代章回小说中最长的一部,共一百五十四回,是书所展示的才学主要有医学、兵学、诗学、算学四家,而其本质在于寄寓理学宗旨,主张抑佛黜道。鲁迅先生称《野叟曝言》为"庋学问文章之具"。① 徐珂说夏敬渠"湛深理学,又长于兵、诗、医、算",又说《野叟曝言》"讲道学,辟邪说,叙侠义,纪武力,描春态,纵谐谑,无一不臻绝顶。昔人评高则诚之《琵琶记》,谓用力太猛,是书亦然"。② 鲁迅先生和徐珂都指明了《野叟曝言》是一部才学小说。不过,评价夏敬渠的小说已达到"绝顶"的层次,确有过誉之嫌,但其以小说庋藏医、兵、诗、算四大才学,并强意识地力主辟佛黜道,崇尚正宗理学,确实是达到了前所未有的程度。

一、夏敬渠家世与家学

关于夏敬渠的家世、家学,鲁迅先生的《中国小说史略》、赵景深的《夏二铭年谱》、王琼玲的《夏敬渠年谱》均在不同程度上对此问题予以勾勒。其中王琼玲用力颇勤,除了《夏敬渠年谱》外,尚有《野叟曝言研究》《夏敬渠与野叟曝言考论》和《清代四大才学小说》。王琼玲搜罗关于夏敬渠的文献材料,包括《江阴夏氏宗谱》在内,较为详尽。笔者亦曾著有《野叟曝言与夏敬渠家世文化论考》,包括对江阴夏氏的家学与家族教育、世系源流、家风家教、家集著述以及夏敬渠的诗文佚著进行汇考。③

目前,对于夏敬渠家世、家学的探讨,若仍寄希望于新材料的发现,已属渺茫。然而,若从小说的审美意蕴与文化内涵的角度来看,对其家世与家学予以重新梳理与研究,还可以给人带来新的启迪。袁行霈先生曾说过:"冀于发现新材料几乎已不可能,倘能用更严谨之方法对已有之全部资料进行系统整理,或有希望得出较为公允切实之结论。"④袁先生的观点,着眼点即

① 鲁迅著:《中国小说史略》,《鲁迅全集》第九卷,人民文学出版社2005年版,第250页。
② (清)徐珂编:《清稗类钞·著述类》,中华书局1984年版,第3763—3764页。
③ 赵春辉著:《野叟曝言与夏敬渠家世文化论考》,黑龙江人民出版社2014年版。
④ 袁行霈著:《陶渊明研究》,北京大学出版社2009年版,第235页。

在于要依从新方法来梳理旧有之材料,或可以得出新的结论,诚为中肯。

夏敬渠先世以姒为姓,籍贯绍兴。在明代前期,夏敬渠先祖迁居江阴,遵祖先制度而改姓夏氏,始占江阴籍。《江阴夏氏宗谱·始迁江阴祖厚庵公传》云:"公讳坤元,字广生,号厚庵。先世本姒姓,浙江绍兴府会稽县人。会稽,故禹墓在焉。禹之后在咸阳者,以国号为姓。因议守墓,居本邑则姒姓,徙他邑则夏姓。故公之改姓夏,遵祖训也。家牒毁于明季,生出本末及生平行谊概用缺如。惟传公生于永乐二十年,由宣德间来江阴,方十余龄耳。卒,自树立,卜居邑城南布政坊巷,颜其堂曰祖姒。"①则知夏敬渠的江阴始迁祖为夏坤元,生于永乐二十年,即1422年,则其家族家学渊源有案可循者从明前期至清代光绪年间,已达400余年。

以夏坤元为始祖,至清初分为四宗,即所巷宗、钓台宗、南街宗和复姓宗。夏敬渠一派则属于南街宗,即夏维新宗支。夏维新为第七世,是夏敬渠的高祖。

顺治二年(1645)乙酉,清军攻陷江阴,夏敬渠先世有夏嘉祚、夏维新、夏允光(亦名永光)等三人,殉明而死,道光七年从祀三公祠。②

关于夏维新抗清的事迹,多见载于省志、邑志之中,然记载最详赡者当属《江阴夏氏宗谱》卷四《南街宗世录》,其文云:"嘉祐四子,字燦焉,号彩邦。明崇祯癸酉(1633)举人。万历三十二年(1604)八月初七日生,顺治二年(1645)八月二十一日城破时殉难,年四十二。旌表忠义。崇祀忠义祠,从祀三公祠。载《明史·侯峒曾传》、《一统志·忠节传》、《江南通志》、横云山人《明史稿》、江上遗民《李介孤忠录》。"如《江南通志》载:"戚勋,字伯屏,江阴人。……顺治乙酉,城破,大书'阊门殉难中书戚勋'八字于壁,挈妻、妾、女婢二十一口,自焚死。同死者,癸酉举人夏维新,字燦焉。"③

《浣玉轩集》卷二有夏敬渠撰《拟明中书舍人戚公传》一文,亦叙及高祖夏维新等以死殉明事。其文云:

---

①　(清)夏孝旃等修:《江阴夏氏宗谱》,光绪十二年刊本,上海图书馆、南京图书馆和国家图书馆均有藏本,笔者所依据者为国家图书馆所藏。本书所引《江阴夏氏宗谱》的文字皆出于是谱,不另一一标出。再,上文提到的台湾王琼玲女士所看到的《江阴夏氏宗谱》,现藏于南京图书馆。

②　三公祠位于江阴县城东南阎应元抗清殉难地栖霞禅院,祠中祀江阴典史阎应元、丞尉陈明遇、训导冯敦厚三人。道光六年御史中丞陶澍请以守城众义士士百人从祀。阎、陈、冯三人于顺治二年(1645)乙酉城破殉难,乾隆四十一年谥忠烈、烈愍、节愍。见朱方增《三公祠附祀殉义绅民记》,《光绪江阴县志》卷七。

③　(清)赵宏恩等修:《江南通志》卷一百五十三《人物志·忠节》,《文渊阁四库全书》,台湾商务印书馆1986年影印,第452页。

乙酉五月，王师南下，弘光衔璧降。勋复归家，密谋后举。闰六月
辛酉朔，举人夏维新、诸生许用、王华、吕九韶纠众守城，迎前典史阎应
元为将以抗我师。勋在围中，因病未任事。应元谋勇俱绝，设机视衅，
连败我兵。维新、九韶辈亦多出奇计。许用复制乐府《五更曲》，月夜
于城上歌之，以乱我军士心。军士闻之皆思归，不能力战。前后两月
余，伤我将士数万。或谓勋虽病，应元亦时遣人至勋家问策。勋亦与有
力焉。八月庚子日，我军以大炮攻破城北门。应元坚不肯降，诛之。维
新等皆自刿死。①

夏敬渠高祖等三人殉大明而死，表现出的是正统知识分子事君以忠的纲常
观念，以及那种临危不惧、视死如归的节操。这对夏敬渠终身崇奉儒家思
想，遵循程朱理学和对朝廷忠心不贰的思想是有极大影响的。

此外，值得一提的是夏氏的五名义仆，其中徐秀护幼主夏霈脱难，保住
夏维新一根独苗，而冯、潘、高三姓四仆，则重返江阴，与其主夏维新共存亡、
同患难，亦是感人肺腑。正如王琼玲所感叹，谓之"主殉国以尽忠，仆殉主
以尽义"。②《江阴夏氏宗谱》卷七《传略行状·若时公传》云："维新故有仆
五，从霈脱围出，四人者仍缘城入，从维新守陴死，而秀以卒从霈免。"是故，
武进刘毓麟亦对其赞扬有加，在《若时公传》末云："慕义之殷，虽台隶亦若
此乎哉！然明自甲申国亡，大臣忸怩，俯首新朝，而其仆固未闻有慷慨蹈义
者也。"刘毓麟将夏氏三烈及其四名义仆与降清的明臣做对比，不仅能突出
夏氏一门忠烈，更能体现夏氏家族的忠义思想渊源。

夏氏家学，旨在崇圣教、辟佛老，堪属正宗理学。其高祖夏维新自觉践
行"君为臣纲"的理念，殉明自刿，自不待言。而这一理学思想正式成为夏
氏家学，这一思想深刻影响夏氏子孙后代的行为，包括影响到夏敬渠创作他
的才学小说《野叟曝言》，实是始于夏敬渠曾祖母和祖母叶氏姑侄二人，发
展于祖父夏敦仁，而成于母亲汤氏。

夏敬渠曾祖母名叶淑（1631—1708），出身无锡郡望。《江阴夏氏宗谱》
卷四《南街宗世录》载："（夏霈）配叶氏，无锡县石幢明庠生尔培公讳孝基长
女，例封太安人，敕赠孺人。崇祯四年辛未九月初十日子时生，国朝康熙四
十七年戊子三月初五日申时终，寿七十八。"叶孝基的父亲，即叶淑的祖父，

① （清）夏敬渠撰：《浣玉轩集》，清代光绪年间刊本。
② 王琼玲著：《由〈江阴夏氏宗谱〉看夏氏先人对夏敬渠与〈野叟曝言〉的影响》，《明清小说
　　研究》2003 年第 3 期。

为叶茂才,乃明万历十七年进士,累官至工部侍郎。叶茂才是东林理学名家,被誉为"东林八君子"之一。《明史·叶茂才传》曰:"叶茂才,字参之,无锡人。……恬淡寡嗜好。通籍四十年,家食强半。始同邑顾宪成、允成,安希范、刘元珍及攀龙并建言去国,直声震一时。茂才只以醇德称。及官太仆,清流尽斥,邪议益梦,遂奋向与抗,人由是服其勇。时称'东林八君子',宪成、允成、攀龙、希范、元珍、武进钱一本、薛敷教及茂才也。"①叶淑受家学影响,亦是崇尚理学。《宗谱》卷八《小传纪事》称其:"胚胎理学,有大家风。"

而夏敬渠的祖母又是叶淑的娘家侄女。《江阴夏氏宗谱》卷四《南街宗世录》载:"(夏敦仁)配叶氏,无锡县庠增生贾侯公讳复长女。敕赠孺人。顺治十一年甲午十一月初七日酉时生,雍正二年甲辰四月十七日辰时终,寿七十一。载《江南通志·列女传》。"《江阴夏氏宗谱》卷八《小传纪事》载:"夏敦仁配叶氏,……幼娴女箴,通《孝经》、小学、《毛诗》,旁及唐宋诗文,善书工算,始至,姑即以内治委界,次第具举,不言自办,上事下睦,人称贤孝,性方严,督诸子课不许出中门及后圃,每视勤惰施夏楚。待诸媳如女,时训以识大体,循妇道,凡操作必身先而教命之。济困乐施泽及桑梓。"是故,《江南通志》赞为"巾帼之丈夫,闺帏之豪侠"。②

叶氏姑侄出身东林理学名家,家学渊源深厚,加之夏氏满门忠烈,因此,势必会对夏氏家学的形成产生重大影响。《江阴夏氏宗谱》卷七《传略行状·夏母叶太君传》云:"相夫力学,为时宿儒;孝养舅姑,一本其所以事父母者事之;训子严以行,慈不少姑息。……一切善事,知无不为,惟不肯饭僧。佞佛曰:'此吾所不识,亦夫子所不信。我不为也。'"又云:"夫卒之前一岁,尝病剧,请祷,不允。诸子环而泣。则曰:'吾今亦可以祷矣,然非汝等之所为祷也。今岁饥,民贫,嗷嗷望哺,汝等祷资诚厚,何不撤其祷于神者,以祷于人耶?'诸子唯唯听从,合捐二百余斛以为之倡。"作为夏敬渠的祖母,叶氏的这种坚决辟佛的行为与思想,势必会在夏敬渠幼小的心灵埋下种子,若待时机成熟,一定会发芽、开花、结果。

夏敦仁,夏敬渠的祖父。夏敦仁其人不仅行笃孝友,尊君崇礼,且文名冠江左;思想上重儒学正宗,力辟佛、老二氏,主张先器识后文艺。

《江阴夏氏宗谱》卷八《小传纪事·第九世》载:"学以穷经明道为宗。善敦诱,先器识,次文词,律身端严,而襟期洒脱,涵养粹然,著有《十七史论

①　(清)张廷玉等撰:《明史》卷二百三十一,中华书局1974年版,第6052页。
②　转引自《江阴夏氏宗谱》卷十《表章·记载》。

要》等。"《江阴夏氏宗谱》收录杨名时《乡贤夏君传》一文,云:"圣祖皇帝南巡,使者征江左表颂,汇为《圣武飏言集》,首录调元文以进。令迎谒行,在献诗文若干首,奉旨随班候擢用。……临殁,作歌云:'读书略观大意,理学经济未优。'意欲然也。"杨名时赞道:"嗟乎!君师者,成我之本也。当世以文章掇科取青紫者,何限求其酬主、知崇圣教十不得三四?调元列不出下士,禄不逾廪饩,乃能矢忠矢敬,终身不懈。使其有列于朝,吾知必能推此忠敬之心发为事业,无疑也!"

夏敦仁的孝行与治学、理学思想对其家族,尤其是夏敬渠产生了重大影响。杨名时曰:"夏敦仁以朴茂冲雅之姿、躬孝友之行、好学不倦、溥洽多闻,虽不遇,以老未竟厥施,然家庭之内习其教而恂谨能文,乡邑之间每有闻风而兴学向义者。则其志可谓有成而其功效不亦随分而有所立矣乎?吾知其后且将有善承而光大之者也。"①则知夏敦仁推崇理学,并重"尊德性"与"道问学",不尚空谈,注重实学,乃是程朱一脉。

夏敬渠的母亲汤氏对其思想影响也是非常重大。夏敬渠的父亲夏宗泗去世时,夏敬渠仅六岁,母亲汤氏二十九岁,便担起了抚孤的重担。汤氏出身亦是江阴望族,属于理学世家。据《江阴夏氏宗谱》卷七《传略行状·汤孺人传略》云:"孺人出自名门。高祖讳沐,明丙辰科进士,累官至大理寺卿,赠工部右侍度君子之腹,以清节显于时。祖邑庠生尚卿公,父岁贡生岵瞻公,为诸生祭酒。孺人幼颖悟,方五岁,岵瞻公即延名师教之,一过目成诵。年十三,始出学舍,已博通今古。而孺人外祖廷尉公朱讳廷铉,为本朝名卿。外祖母徐夫人,又名媛也,有《史论》《偕隐》等集行世,皆酷爱孺人。比邻而居,常以经史事发问,令孺人条对,孺人尤得力焉。孺人读书见大意,动以古列女为法,不欲以才见。与传一公相切劘者,皆圣贤心性学,一切诗赋文词屏勿道也。"可以说,夏敬渠之母汤氏的高祖汤沐与外祖朱廷铉、外祖母徐媛,皆为一时贤士学者,集萃于一门,又咸集于汤氏一身。汤沐(1460—1532),字新之,号沂乐,成化年间中乡试第一,弘治年间中进士。汤沐一生为官廉介忠恳,夙夜在公,固守清、慎、勤官箴。皇帝亲撰《祭文》,赞美他:"秉刚方之德性,负练达之才猷,擢秀贤科,筮官柱史。"同时,《汤氏宗谱》还记载《家训十则》,亦可考见汤氏家学家风,如敬祖宗、孝父母、严闺闱、崇节俭等。再,《绮岩公遗训》辩天理人欲甚明,有文云:"天理人欲不容并立,若有一毫人欲,便非天理。岂必真正有圣贤学问、性理工夫始克循天理而遏人欲?"又辟僧尼云:"僧尼道士所以能惑人者,一以轮回因果,一以

---

① (清)杨名时撰:《乡贤夏君传》,见《江阴夏氏宗谱》。

禳灾赐福。……若夫尼姑女僧更为诲淫之妖孽,尤宜闭门不纳。吾之视僧道尼姑,若仇者。"①由此可见,推崇理学、排佛斥道亦是汤氏家学。因此《江阴夏氏宗谱》卷八《小传纪事》赞美夏敬渠母亲汤氏说:"汤氏考而贞正,通达礼义。年二十九,誓柏舟。上事媦姑惟劝,病则日侍汤正;下课二子惟严,督训不息。"可以说,母亲汤氏家族的理学思想不仅对夏敬渠理学思想的建立产生直接影响,而且对他的经、史学问,甚至包括诗、词等,皆产生了巨大的影响作用。

　　夏氏家族努力践行封建纲常伦理道德,笃信程朱理学,排斥佛、老二氏,已然形成一种家族文化。而这种家族文化与当时朝廷(主要是指康熙时期、雍正朝和乾隆初期)独尊程朱理学的文化特质亦是相互映衬,相互补充的,共同形成一种家庭文化生态,并对夏敬渠创作《野叟曝言》产生影响。

二、夏敬渠经史著述考

　　《光绪江阴县志》卷十七《人物·文苑》载:"(夏敬渠)英敏绩学,通史、经,旁及诸子百家,礼、乐、兵、刑、天文、算数之学,靡不淹贯。"②《江阴夏氏宗谱》卷八《小传纪事》亦云:"(夏敬渠)崇正学,力辟二氏,通诸经、历代史志,旁及诸子、诗赋、礼、乐、兵、刑、钱穀、医、算之属,无不淹贯。"那么,夏敬渠一生都有哪些著述呢? 除了《野叟曝言》外,还有史学学术专著《纲目举正》《全史约论》《学古编》等,史学兼经学学术专著《经史余论》等,医学专著《医学发蒙》等,还有诗话《唐诗臆解》,诗文集《浣玉轩文集》《浣玉轩诗集》等。这些著述的内容,尤其是史学与经学论著皆与其才学小说《野叟曝言》有颇多关涉处,是故,本节将对此进行略考。

　　《纲目举正》共四卷,现仅存两卷。第一卷为前编,起自三皇,迄于周敬王三十九年(前481),论凡二十七条,又附论三条;第二卷为正编,起自周显王二十八年(前341),迄于周世宗显德六年(959),论凡七十一条;第三卷为续编,起自宋太祖建隆元年(960),迄于宋高宗绍兴十年(1140),论凡八十五条;第四卷为续编,起自宋高宗绍兴十一年(1141),迄于元顺帝至正二十七年(1290),论凡七十三条。其中第三卷、四卷已亡佚。

　　《纲目举正》一书,主要是针对诸家研究、论说朱熹《通鉴纲目》之误而

① 上引见汤恒书等修纂:《暨阳汤氏宗谱》卷十七《文传》、卷一《御祭文》和《训戒杂记》,光绪三十三年刻本。

② (清)沈伟田等修:《光绪江阴县志》,《中国方志丛书》,台北:成文出版社1983年影印,第1982—1983页。

撰写的一部史学论著。自北宋司马光作《资治通鉴》和南宋理学家朱熹撰《通鉴纲目》以后,历代研究、阐发这两种《通鉴》的学者很多,如元人金履祥作《通鉴前编》,以《尚书》为据,断自唐尧以下,弁于《通鉴》之前;陈仁锡撰《通鉴外纪》,以冠于金氏之编;渭上张南轩又本《易传》,以伏羲为首,撰《订正通鉴前编》;明代商辂等复奉诏作《续通鉴纲目》。另,羽翼《正编》者,有尹起莘的《发明》,有刘友益的《书法》;羽翼《续编》者,有周礼的《发明》,有张时泰的《广义》。可以说,诸家之说蔚然大观。然而,夏敬渠认为,以上诸家之说谬误颇多,而且又有很多主观之见。是故,撰写《纲目举正》,以廓清之。

《纲目举正》正文前附夏敬渠所撰《自拟进〈纲目举正〉表》一文,记载是书成书经过及写作宗旨。认为:

> 顾自《正编》而外,每有悠谬之谈,循习之说,而胡氏、尹氏、刘氏,以及周礼、张时泰复多臆见,不足发明、推广《纲目》微意,反以隔阂而蒙蔽之。

接着,夏敬渠申明自己的观点。道是:

> 臣窃谓周礼、张时泰之说流传日久,非实指其谬而明辨之,无以豁读史者之迷,则与其删润而曲存其说,不若辞而辟之,足以扩清其邪说,扶世教而正人心。①

这里,夏敬渠所强调的撰《纲目举正》的目的“扶世教而正人心”,亦可谓是其创作《野叟曝言》的本旨所在。夏敬渠撰《纲目举正·凡例》,谈到《纲目举正》的成因与内容问题,亦是与《表》文相同。

观夏敬渠论史之文,有类乎《孟子》《墨子》的政论文,富于论辩色彩,气势浩大,能发前人所未发,达到“破群疑、释众难,折衷一切”的效果。潘永季赞曰:“顾君宁人论史,执鲁子家之说,以讥陈寿先主、后主之卑其故君,余心是之。及阅二铭之论《三国志》,乃不禁汗下通体。”②如关于陈寿、司马光、朱熹三家争论“帝蜀还是帝魏”的问题,一直是以来为人所关注。夏

---

① （清）夏敬渠撰:《纲目举正》,《丛书集成续编》二六五册,台北:新文丰出版公司1988年影印,第299页。
② 见《浣玉轩集》(一),《经史余论序》,清代光绪年间刊本。

敬渠在《纲目举正·正编》"汉昭烈帝章武元年"条下曰:"然寿之微意,则帝汉不帝魏。故不祖马、班父例,而特废本纪,且不曰《魏书》,而曰《三国志》;不曰蜀主刘备、禅,而曰先主、后主……至《通鉴》之以魏纪年者,宋受周禅,周受汉禅,与晋受魏禅,魏受汉禅无异。……温公以刘崇之嫌尚不敢于帝蜀,岂陈寿当晋初受魏禅而必明帝蜀汉乎? 至朱子则时世既远,且南渡偏安,不敌中原之金国,恐后人以地之大小定统之正闰,而《纲目》一书又全仿《春秋》之例,笔则笔,削则削,非《鲁史》旧文可比,故不妨大书特书,明昭烈承献帝之后,而绍汉遗统也。"①夏敬渠认为陈寿的史学观念是"帝汉不帝魏",司马光是"帝魏不帝汉",而朱熹是南宋理学家,故仿《春秋》笔法,遵从汉统,不帝魏。

夏敬渠的这种史学观点在《野叟曝言》中亦多有发挥。如《野叟曝言》第七十八回"主代帝、殂代崩暗尊昭烈"中,夏敬渠集中大量笔墨讨论这一中国史学上争论不休的问题。其文云:

> 古人每以陈寿帝魏,不帝蜀。议者蜂起,皆盲人扪烛之谈也。……寿果帝魏,则操、丕等俱应系以本纪,今特废本纪之称,因并无世家之目,此寿之不帝魏者一;又不曰《魏书》,而曰《三国志》,既不得明尊蜀汉,故夷魏于吴、蜀,而概称三国,此寿之不帝魏者二;蜀始终称先主、后主,操则先称公、后称王,丕亦先称王,而后称帝,明魏以汉臣而篡汉,与蜀之始终称主者迥殊,此寿之不帝魏者三;……此二十四端,不过撮其大指,非即以此尽之也。②

又如,《纲目举正·正编》"唐太宗贞观十九年"条下有论五君,即汉高祖、光武帝、昭烈帝、魏武帝、唐文皇之高下、优劣。其文云:"论五君人品,而以汉高首,亦非确论也。汉高虽有雄才大略,而不孝不弟,纵妻溺妾,屠戮功臣,轻士谩骂,君德实亏。……昭烈全资诸葛,得以鼎足吴、魏。境内治安,前此

---

① (清)夏敬渠撰:《纲目举正》,《丛书集成续编》第二六五册,台北:新文丰出版公司1988年影印,第341页。

② 《野叟曝言》版本较多,其中抄本有光绪四年本,16开,大型本,4大函,20卷,20册,一百五十四回,有评注、回末总评。内容略残缺,为现知钞本中内容相对最完整者,故弥足珍贵。现藏于中国社会科学研究院文学研究所。其中刊本有光绪七年本,题署光绪辛巳冬月毗陵汇珍楼刊本,20卷,一百五十二回,前有知不足斋主人序及凡例六则,有绣像16幅,版心题《第一奇书》,北京大学图书馆、复旦大学图书馆均有藏,上海古籍出版社1990—1994年《古本小说集成》影印本,即据复旦大学藏本影印。本书所引《野叟曝言》原文,即出此影印本,不再一一标出。

丧败、流离、救死不赡,岂能与光武之发扬蹈厉、殄灭群雄、光复祖业者同日而语。魏武与太宗,将略俱优,而建安末年之治不逮贞观者远矣！何云长短盖略相当乎?"①夏敬渠比较这五位君主的人品,认为"以汉高首"实是大谬,恰恰相反,他认为刘邦最为卑劣;而比较五位君主的功绩,则驳"昭烈足以范围光武"的观点,认为刘备仅是"全资诸葛"而已;又驳"魏武与太宗将略俱优"的观点,认为曹操不如唐太宗李世民远矣。

　　而在《野叟曝言》第七十九回,夏敬渠集中评论汉高祖、唐太宗的功过,所持观点与《纲目举正》是完全一致的。夏敬渠之所以深恶汉高祖刘邦,亦是秉正程朱理学之旗帜的。比如评价他不孝不悌不仁不义,就细数其恶行如分羹之言、纵妻溺妾、屠杀功臣等。而夏敬渠亦是据此以痛贬唐太宗的,虽然唐太宗功不差于汤武,然其逼父、杀弟、内乱之丑行,终于酿成唐代宫闱之乱。

　　质而言之,夏敬渠在小说中评论历代史事,主要集中在第七十四回至第七十九回,借助于戏剧表演的形式,先演出后评论,明白晓畅,能发人深省。这些对历史事件与历史人物的评价,与其史学专著《纲目举正》中的观点基本是一致的。小说与史学专著的评论标准,大都以"忠、孝、仁"为标准,表现了对儒学思想、程朱理学的推崇,并在一定程度上表现出对儒家原教旨思想的回归。

　　至《经史余论》一书,夏敬渠早年著有《读经余论》《读史余论》,后复综合以上二著,编为《经史余论》一书。《浣玉轩集》书前附有潘永季所作《序》,其文有云:"二铭设帐都门,为及门讲经、史,因著有《读经余论》《读史余论》诸书。……余非长于经、史者,而心实好之。故独抄其两《余论》,合为一编,名为《经史余论》。谋付之梓人,以公同好,以惠来者。"②详细交代了是书的成书经过。

　　《经史余论》一书已不复见。由于《读史余论》的一部分内容编入《纲目举正》,如"论左传""三国志"等;另一部分内容,在嘉庆十年,由夏祖耀编入《浣玉轩集》中,同时编入的还有《读经余论》一书。是故,若据《浣玉轩集》,大体可以考见《经史余论》一书的主要内容。

　　《浣玉轩集》卷二中的《读史余论》部分内容,分段不分章,无标题,内容以评论《史记》为主,兼而评骘历代若干名人及史事。如论述司马迁文笔之

---

① (清)夏敬渠撰:《纲目举正》,《丛书集成续编》第二六五册,台北:新文丰出版公司1988年影印,第234页。

② 见《浣玉轩集》(一),《经史余论·序》,清代光绪年间刊本。

优劣,赞扬司马迁崇儒术的观点,但对其记"叔梁纥与颜氏野合而生孔子"事,大为不满,谓之"重诬圣人"。同时认为《史记》中宜删改之处有十七条。如"《孔子世家》匡人之难,应从曲三终而围解之说为正""《孔子弟子列传》宰我与田常作乱,以夷其族急宜删之,以雪其冤""《孟子荀卿列传》梁惠王欲攻赵,孟子答太王去邠殊无谓也"等。

《读经余论》一书,其内容亦是分段不分章,亦无标题。依次序讨论《中庸》《论语》二书中的一些问题。其创作本旨为崇尚儒学,力辟佛、道二教及陆、王心性之说为主,并补充、发扬程朱学派的义理。《读经余论》一书的观点,深受时人推崇,孙嘉淦在听到夏敬渠讲论《君子》《中庸》二章后,即"尊以南面,设坛四拜以致敬"。潘永季《序》亦盛赞夏氏:"至'庸'字一论,为圣教筑万里长城,其功与论《君子》《中庸》章相埒。"①指明夏敬渠所论二章,意义重大。正如《野叟曝言》所论:

> 体《大学》之絜矩,而与民同好恶,用人、理财胥得其当,天下无不平矣。体《中庸》之九经,而贯之以诚,择善固执而达,道无不行矣。达道行,天下平。

可见,夏敬渠持论的核心即在"中庸"这一理论命题,批驳佛、老二教,也是从此出发,认为佛、老的荒谬,即在于反中庸。

三、《野叟曝言》庋藏才学考

台湾学者王琼玲探讨夏敬渠的创作目的时,曾谈到"医兵诗算之才学"的观念。② 说《野叟曝言》所庋藏的才学大体上包括医学、兵学、诗学、算学这四大类,大体不差。同时,我们应该看到,夏敬渠所炫才学又很博杂,旁及其他。

夏敬渠创作《野叟曝言》,其写才写学、庋藏学问,是形式多样、品类繁复的,可以说是囊括了经、史、子、集四部。具体说来,集中在如下四项,即金匮草木之学、诸子诗赋之学、兵法战阵之学、天文历算之学。《野叟曝言》第八回,夏敬渠借文素臣之口曾自曝"才学谱牒"云:"我平生有四件事,略有所长,欲与同志切磋,学成时传之其人。如今历算之法,得了你,要算一个传

---

① 见《浣玉轩集》(一),《经史余论·序》,清代光绪年间刊本。
② 王琼玲著:《野叟曝言研究》,《清代四大才学小说》,台湾商务印书馆1999年版,第116页。

人了。我还有诗学、医宗、兵法三项,俱有心得,未遇解人。"后来,作者果然安排文素臣娶素娥、湘灵、木难儿为妾,分承其医宗、诗学、兵法。

对于医学,夏敬渠著有医学专著《医学发蒙》。《宗谱》卷四、卷八皆著录。《宗谱》不言卷数,《浣玉轩集·著书目》云其为四卷。

《浣玉轩集》卷二录有《医学发蒙·自序》,叙述夏敬渠的医学理念、创作宗旨较详,可考见《医学发蒙》之内容。因《医学发蒙》一书已亡佚,则这一《自序》就更显得无比珍贵,因全文较长,择要而录:

> 乃振笔而为《读经余论》《医学发蒙》二书。……夫学医难,著书尤难。岐黄、仲景尚矣。至河间而即为众射之的,洁古、东垣、海藏、丹溪各有成书,无不为后人指摘者,注《内经》者数家,注《伤寒》者十数家,注《本草》者数十家,后出者鲜不讥其前辈,可轻言著书乎? 虽然,亦视其书何如? 书无可讥,讥者自病耳。会卿著《景岳全书》,不特讥河间、东垣、丹溪,并讥仲景,且及岐黄矣。宁以后人之狂愚而废前人之绳墨邪![①]

夏敬渠的医学,其所宗者乃为黄帝的《内经》、张仲景的《伤寒论》《金匮要略》,同时亦参以张元素、李杲、刘完素、朱震亨等医家之长,力辟张从正、张介宾(即二张)之说,但同时又能对其长处略为节取,这是十分可贵的。这正如他的理学观念,宗法于程朱,朝向孔孟之道原教旨回归。所以夏敬渠强调:"儒也、医也,同源而共其本也。儒者以全人心性为业,医者以全人躯命为业。两者缺一,则形虽存而神已亡,神欲存而形已敝,均之无生也。儒与医之重若此。"(《医学发蒙自序》)可见,夏敬渠论医是与论儒相统一的,目的是借展示医学才识,以表达治平的理想。

在《野叟曝言》中,夏敬渠塑造文素臣形象为圣教功臣。他一方面崇正道、辟邪说,另一方面又精通医理、能活死人、肉白骨,几为再世华佗。是故,由夏敬渠小说中庋藏医药才学,大致可窥见《医学发蒙》的具体内容。《野叟曝言》中,论及医学的章节主要有第十六回、十七回、十九回、八十七回、八十八回、九十一回、九十二回、九十三回、九十四回等。在此数回中,作者连篇累牍地讲论医理、医术、医方等,而其他穿插点染方剂、草药等细节,更是数不胜数。

第二十一回中,夏敬渠主张医病必须知病情,知病情后方可用药。其

---

① 　见《浣玉轩集》(二),《医学发蒙·序》,清代光绪年间刊本。

文曰：

> 医病必知病情，既知病情，后可用药。……既知病情，则三审当亟
> 讲也。一审天时、二审地势、三审人宜。春夏秋冬用药，各殊其时，有山
> 陵陂泽、原隰斥之不同。强弱老少，各殊各宜，固也。而一人中，复有盛
> 衰喜怒、淫劳饥饱之不同。消息变通，一毫不可拘泥。

这里，夏敬渠提出"一知三审"的论断，并进行详解。"知病"即是"知虚
实"；而用药则要一审天时、二审地势、三审人宜。这无疑是能给人以一定
启发的。

在临床行医诊脉及断脉上，夏敬渠也是深得其中壶奥的。第十九回，文
素臣讲道："诊脉须在清晨。"《医宗金鉴》卷三《四诊心法要诀》曰："凡诊病
脉，平旦为准。注：'《经》曰：常以平旦，阴气未动，阳气未散，饮食未进，经
脉未盛，络脉调匀，气血未乱，乃可诊有过之脉。'"①张仲景《伤寒论》卷三
载："太阳中风，脉浮紧发热恶寒身疼痛不汗出而烦躁者，大青龙汤主之。"
而同卷所载："大青龙汤方曰：麻黄六两，去节味，甘温……"而那大承气汤，
则卷五曰："虽汗出，不恶寒者，其身必重，短气、腹满而喘有潮热者，……手
足濈然，而汗出者，此大便已便也，大承气汤主之。"②足见夏敬渠对张仲景
之医书医理的精熟。

对于诗学，夏敬渠曾著有诗话《唐诗臆解》。潘永季称许说："空前人诸
解之解。"蔡香谷亦云："此余遍历天下六十年中，耳之所未得闻，目之所未
得睹者。"可见，时人对夏敬渠的诗歌理论评价是非常高的。《唐诗臆解》，
一般认为已经亡佚③。其实，这本书并未亡佚，今坊间忽现此书，正待价而
沽。④ 这个抄本题以《唐诗臆解》，澄江夏敬渠二溟甫著，金陵唐建中南轩、
姑苏李果客山甫校。观此，则知确为夏敬渠佚著《唐诗臆解》。然而，可惜
的是，是书前未有《序》，卷首所载几首诗，如《秋海棠》《兰》《菊》《莲花》等，
与正文不谐，似为窜入者。正文第一首诗为杜甫《秋兴八首》。唐建中，生
平无考。李果，字硕夫，客山其号也，祖李圣祥为武进士，父早丧，十四岁学

---

① （清）吴谦辑：《医宗金鉴》卷三十四下，清代乾隆武英殿刊本。

② （汉）张机撰，（金）成无己注：《伤寒论注释》，《四部丛刊》，影明嘉靖汪济明刊本。

③ 赵景深《野叟曝言作者夏二铭年谱》云："《唐诗臆解》不久将由夏氏后裔厥谋、挺斋等刊印
行世。"似此书未亡，然至今未见，待考。齐鲁书社1980年版，第436—437页。

④ 同门友卢丹见告孔夫子旧书网有售《唐诗臆解》者，标以孤本。《唐诗臆解》，清代抄本，蓝
丝格，行十，长23.5厘米，宽13.5厘米。

为古文辞,尝应童子试,旋弃去,入官舍佣书,以养其大母及母,曾馆于两淮盐运使李煦署中,为之典文章,亦曾参与纂修《苏州府志》,著有《在亭丛稿》《咏归亭诗抄》等。①

夏敬渠诗学造诣能否达到潘氏、蔡氏所赞许那样,姑且不论。夏敬渠《浣玉轩集》中载有惠元点所作《唐诗臆解序》一文,不见于抄本《唐诗臆解》。其文云:

> 庚申春,余始识二铭于义兴,朝夕者数阅月,未尝知二铭之深于诗也。适同邑蔡君香谷持帙,造二铭。余时亦至二铭斋中。因就观之,则二铭所著《唐诗解》,盖香谷钞毕而归其原稿也。第唐诗自唐迄今,解者数百,其善者不下数十家。虽纯驳互见,不必全合而参伍,以尽之诗人之意,疑亦无所遗。二铭虽天分绝高,而年仅三十余,为饥所驱,衣食于奔走者,且垂十年宜以充之,宁得如香谷所云耶?乃急取而阅之,阅之而目豁然为之开,心怡然为之解。余固无论矣。然岂独香谷未之见,即自唐以后,解之善者,此数百十家,亦宁得窥见其秘耶?②

观惠氏之序,则知是书为夏敬渠少作,当时正在京都坐馆。对照《野叟曝言》一书所记录的夏敬渠许多诗文理论,并从小说庋藏才学的风格来看,当录自《唐诗臆解》。如第一回中,载有文素臣讲解崔颢《黄鹤楼》一诗,甚详。其文曰:

> 此诗之意是言神仙之事,子虚乌有,全不可信也。……故合二句曰:"日暮乡关何处是,烟波江上使人愁。""愁"字将通篇一齐收拾,何等见识,何等气力!若上句解作昔人真正仙去,则诗中连下"空余""空悠悠"等字作何解说?且入仙人之境,览仙人之迹,当脱却尘念,屏去尘缘,如何反切念乡关,且乡关不见而至于愁也?"愁"字俗极,笨极;愁在乡关,更俗,更笨。无论青莲断无搁笔之理,中晚诸公亦将握管而群进矣。

此段论崔颢,与《唐诗臆解》中的论诗,大部分相同。夏敬渠认为崔颢的诗旨在言学仙之事,纯属子虚乌有,表明其对道教的态度。这样的"臆解",是

---

① 见《长洲县志》,乾隆十八年刻本。
② 见《浣玉轩集》(二),《唐诗臆解序》,清代光绪年间刊本。

符合夏敬渠"力辟佛、老二氏"的思想观念的,故可聊备一说。

再比如第十回中,作者借助文素臣与和尚法雨对话,说道:

> 八句律诗,就如一个人的模样:头两句是头,次两句是颈,次两句是腹,未二句是足。古人命为首联、颈联、腹联、足联,其义可知。或称颈联为项联者,颈即项也。或称腹联为项腰者,腹取其无所不包;腰取其旋转如意。故颈联之下,非扩充,即转变。腰、腹虽有异名,部位不可移易也。一人止有一头,断不可头上装头;有头必须有颈,断不可头下装腹;推之腹足,其理可知。

此段论律诗,当与《唐诗臆解》中格律论部分相同。夏敬渠论律诗,其与一般论者不同的是:第二联不呼为"颔联",而呼为项联;第三联不呼为"颈联",而呼为腰联;第四联不呼为"尾联",而呼为足联。则有深意存焉。一者,"腰"或"腹"字,直接标帜出了这第五、六两句诗的内容特点;二者,足联的"足"字,更是揭示出了这第四联的重要性,即立脚要稳,要扎实。夏敬渠论绝句,亦能给人启发。其文曰:

> 至于绝句,则或截首、足二联;或截首、项二联;或截项、腹二联;或截腹、足二联;皆就律诗起、承、转、合之法;随其所截而用之。如截首、足二联者,一起一合,便为如法;截首、项二联者,一起一承,已无余事;截项、腹二联者,不可有起承。

如此比方,将绝句的截句之法说得多么明白显豁! 至于论古诗与古文之法的关系,论诗之意境有无与高下,则曰:

> 至若古诗,则纯乎古文之法。比、赋、兴不拘一体,必与古俱化。来不知其所自来,去不知其所自去:草蛇灰线、断崖回溜、迅雷急雨、阵马风樯;无定势亦无定情:要在奇正相生,主宾间出,反正虚实、参伍错综,无一句平铺,无一笔直叙。而细意熨帖,反不碍正,宾不凌主,仡是一丝不走,斯可与入古人之室矣。合而言之,诗者,思也;律者,法也。

夏敬渠上述论诗之"用法""用意",确能给初学写诗之人以启发。论诗法则用比、赋、兴三义,而其取文法则有草蛇灰线、断崖回溜、迅雷急雨、阵马风樯等,取文意则有奇正相生、主宾间出、反正虚实、参伍错综等。最后,总结说,诗即思也,律即法也。

在唐代诗人中,杜甫是占据极重要的地位的。一般论唐诗者,不可能不论及杜甫。夏敬渠亦有"臆解"杜甫之诗,并且列为卷首。如第七十七回中,论杜甫《咏明妃》诗。其文曰:

> 昭君青冢,事最荒唐。杜诗"一去紫台,独留青冢,画图省识,环珮空归",已驳去无存。惟收句"千载琵琶作胡语"虽证明青冢之诬,而"分明怨恨曲中论"则犹仍"范史"之误。

按《前汉书》,单于愿婿汉氏,元帝以昭君赐单于,号宁胡阏氏。《后汉书》云:敕以宫女五人赐之,昭君因不御悲怨,请掖庭令求行。《前汉书》昭君生一男伊屠知牙师,《后汉书》则云生二子。《前汉书》昭君妻后单于,生二女,长女为须卜居次,次女为当于居次,并无上书求归事。《后汉书》则云:昭君上书求归,而并不详其生二女事。夏敬渠认为,昭君妻前单于生一女,妻后单于生二女,又并无上书主归事,有何怨恨?夏敬渠如此引证史书说杜诗,说到畅快处,又借飞娘之口说道:"今日才知古诗昭君怨的题目都是瞎话,总被这《后汉书》误了。杜诗向不明白,如今因讲汉史,连杜诗都明白了。快活!快活!"观夏敬渠此段论诗论文,亦是据史实所发,同时也是从儒家人伦角度出发,来评价昭君之怨与杜诗之误,足可见夏敬渠论史评诗的本意。

对于诸子各家学说,包括孔子、孟子、《诗经》、《尚书》、北宋五子等。夏敬渠在《经史余论》中已有详细讨论。在小说《野叟曝言》中,比如第一百十八回中,文素臣与失散二十六年的妹妹重逢后,二人交谈全在评论诸家学说。其文有曰:

> 读过五经、四书、《孝经》、小学、《列女传》、小本古文、日记故事、千家神童诗、《武经七书》,看过《字汇纲目》《五子性理》,俱是家中所有训蒙所用者。……身体发肤受之父母,不敢毁伤,读《孝经》一书便知许友以死直是乱道;《论语》大旨,圣人重学不重悟,学在求仁,仁以孝悌为本,忠信为主;《大学》之旨,诚意固然吃紧,若不格物致知,则意不可得而诚;《中庸》之旨,归宿在一诚字,诚须择执,执又须择学问,思辨与格物致知同一求诚之要,《中庸》复指出人一己百,弗得弗措,尤为后学津梁;《孟子》大旨,在指出五性之端,使异端邪说无从置喙。

夏敬渠详论诸书之旨,指出为人当本《孝经》,若"许友以死"则是乱道;《论语》的大旨,在于学不在悟,学在求仁,仁以孝悌为本,忠信为主;《大学》的主旨,在于格物致知,而后才能意诚;《中庸》的主旨,指归在于一个"诚"字,那学问思辨与格物致知同在一个"诚"字;《孟子》的大旨,在于指出五性之端,使异端邪说无从置喙。

对于兵法战阵之学,夏敬渠是将其与礼并列来讲的。比如在《野叟曝言》一书中是要表达辟佛排道的观念的,因而他是十分推崇理学的。而理,即"礼"也。《野叟曝言》中文素臣义妹之婿东方旭中乡试解元,其所精研经书即为《礼记》。《野叟曝言》一书,旨在"崇儒存理",其所存之理,即在这一个"礼"字。除礼外,夏敬渠还注重"兵"。《野叟曝言》一书中第十二回、二十一回、四十四回、六十六回、八十回、八十一回、一百零一回至一百零四回、一百一十一回、一百四十八回等,都载有大段文字叙述兵法战阵。

比如第二十一回载有论说《六韬》《三略》等兵书的文字,认为兵理与医理相同。其文曰:

> 医法与兵法无异,杀贼必知贼情,既知贼情,后可用将;既知病情,后可用药。用将知将之所长,尤必知将之所短,用药亦然,取其长而避其短。……既知病情,则三审当亟讲也,一审天时,二审地势,三审人宜。……三审之外又有三宜,一宜专,一宜平,一宜慎……一切机宜俱关紧要,如《六韬》《三略》,不费究搜,参伍会通,成为名将也。……纲举则众目斯张,领挈则全裘悉振,此亦如左氏一书,为兵家提纲挈领之要也。

夏敬渠论兵法战阵,十分重视《左传》。认为《左传》即是一部兵书战策。文素臣与任信交谈时,任信说道:"弟有一故交姓林,现任福建参将,精于兵法。他说《六韬》《三略》俱属无用,只有一部《左传》方是兵家要略。"文素臣(时化名又李)说道:

> 《六韬》《三略》原非无用,而运用之妙存乎一心。若执于死书,便蹈赵括之故辙,如医者之县成方而施于症,不若《左传》之一症一方,朗若列眉也。

夏敬渠《左传论》有论"与三军战,而击中军之胜与败"之法。其文有云:"至祝聃衷戎师一,《传》则寥寥数行,而痊生兵法之妙无不抉露。惜为注家凭意推揣，晦丘明之文法，而因尽失瘤生兵法，实文家之厄运，亦兵家之厄运也。……盖三覆以等，祝聃实居中覆，尝寇者遇戎诈败而速去，戎逐之其前者，遇后覆而奔。中覆之祝聃乃出，而衷戎师。衷师者，横截其师之中间，而前后覆合击以尽殪之也。此衷之之法，能使敌人恇怯扰乱，首尾不相顾，而必败其。城濮之战，原轸却溱以中军，公族横击之，即是法也。后之名将仿此以克敌者，指不胜屈，而必以强将劲卒。否则反入其围中，受前后夹攻之害。而注疏以勇而无刚者当之，无刚者能胜其任乎？即因戎师已奔，无刚者亦得奋勇还击，亦止击其前何能击其中？而云衷戎师耶？此由文法、兵法两俱茫然不知之故。"①夏敬渠解说《左传》，认为是一部兵书，一事则一战例，观点不可谓不新颖，亦可给人以启发。

再如第六十六回中，有论"四书"与兵书，亦能发人深省。其文曰：

> 读过四书就好了。四书上只暴虎冯河一节，为将的就终身用之不尽。诸如足食足兵，民信之矣；天时不如地利，地利不如人和，皆兵第一至言。……只须把四书理熟，做了根子，再看《孙子》十三篇，《吴子》七篇，这两种书以为行军应敌之用，就可成名将。

夏敬渠论兵法，所本在于《左传》《四书》，这就指明了用兵与政治的关系：以政为本，以兵为辅。所以强调"足食足兵，民信之矣"。

最后，夏敬渠通过文素臣与其失散多年妹妹谈论《武经》七书的大旨，道出了其对兵法战阵之法的总体看法。道是：

> 《武经》大旨，仁义礼智信，五者缺一不可，严字已包在礼字内，似属添出。但《武经七书》不及孔子"临事而惧，好谋而成"八字，以《七书》只说得好谋而成，少却临事而惧一副本领也。

夏敬渠指出《武经》的大旨，在于"仁义礼智信"五常之说，那"严"字已包括在"礼"字内；《武经七书》其弊在"只说得好谋而成，少却临事而惧"，因而不及孔子"临事而惧，好谋而成"八字。可见，夏敬渠即使是谈论兵法，亦是不离程朱理学宗旨的。

对于《野叟曝言》中庋藏的算学，不仅包括算术，而且还包括天文、历法等知识。观《野叟曝言》一书，夏敬渠算学所宗者，有《九章算术》《三角算

---

① （清）夏敬渠撰：《左传论》，《浣玉轩集》（一），清代光绪年间刊本。

法》《周髀算经》等数学专书。

《野叟曝言》第七回中，文素臣纳璇姑为妾，并教其算学，说道："那签上写着《九章算术》，颇是烦难，不想你都会了。将来再教你《三角算法》，便可量天测地，推步日月五星。……三角止不过推广勾股，其所列四率，亦不过异乘同除，但其中曲折较多，还有弧三角法，更须推算次形。……当将钝角、锐角，截作两勾股，与补成一勾股之法。……因把八线之理细细讲解，画了又说，说了又画。"第八回中，文素臣又说道："我生平有四件事略有所长，欲得同志切磋，学成时传之其人。如今历算之法得了你，要算一个传人。……每日在闺中焚香啜茗，不是论诗就是谈兵，不是讲医就是推算，追三百之风雅，穷《八门》之神奇，研《素问》之精华，阐《周髀》之奥妙。"这里文素臣所言算学皆集中在《九章算术》和《周髀算经》两部算书上，亦是道出了夏敬渠算学的本源。

夏敬渠还借《野叟曝言》炫耀了他的天文历法知识，这突出表现在第八回中。夏敬渠谈到了测量五星距地远近方法。其文曰："此从诸曜之掩食得之：人从地仰视，而月能食日，是月近于日也；月食五星，是月近于五星也；五星又互相食，是五星各有远近也；五星皆食恒星，是恒星最远也。日为外光，故不能食火、木、土及恒星，而独隔地影以食月，故食必于望。又宗动天之气，能挈七政左旋，其行甚速。故近宗动天者，左旋速而右称迟。右移之度，惟恒星最迟，土次之，木次之，火又次之。日、金、水较带，而月最速，是又以次而近之证也。夫恒星与宗动较，而岁差生。太阳与恒星会，而岁实生；黄道与赤道出入，而节气生；太阳与太阳循环，而朔望盈虚生；黄道与白道交错，而薄蚀生；五星与太阳离合，而迟疾顺逆生；地心与诸圆之心不同，而盈蚀生，其大略也。"夏敬渠以"日蚀、月蚀"之法，推算五星距地之远近，方法别致，虽未精，但大体不误，实属难能可贵。

要之，夏敬渠《野叟曝言》所列算学，皆有所本，虽不十分深入，也不成系统，但是能在小说中予以展开，并以此情节来塑造文素臣等人的形象，表现其崇正辟邪存理的思想，也是非常有意义的尝试。

四、《野叟曝言》的叙事模式

《野叟曝言》主要描写了一个家庭，即文府，着眼点在于文府的荣辱兴衰。作者将文府描写成纯正的理学世家，把文素臣描写成纯正的理学先生，把文素臣之母水夫人描写成女中大儒。书中描写文府说："苏州府吴江县人，忠孝传家。高曾祖考俱列缙绅。父亲道昌，名继洙，敦伦励行，颖识博学,由进士出身,官至广东学道……夫人水氏,贤孝慈惠,经学湛深,理解透彻,是一女中大儒。"书中描写文素臣出生时,则其父道昌梦见孔子手赐一轮赤日,旁有僧道二人争夺,赤日发出烈火将一僧一道烧成灰烬,表现出崇儒辟佛排道的旨意。文素臣一生博学多才,十八岁即中秀才,精通数学、岐黄、历算、韬略各种学问。平生不喜佛老,凡遇之,必极力批判。文素臣其友数人,其志皆在宗庙,欲辅佐贤主,建功立业。

《野叟曝言》描写一个国家,即朱明王朝,着眼点在于朱明王朝的兴衰。《野叟曝言》所叙述的故事"托于有明",正值成化年间。成化帝朱见深在位期间重用宦官外戚,笃信佛老二氏,专心房术,欲求长生,是一个标准的昏君。书中写成化三年至四年,不是七月飞雪,就是六月降霜,故欲求直言极谏之士。文素臣经赵日月推荐,以秀才之身面圣,直言道:"今日之政,莫大于黜异端,莫先于除权寺。异端不黜,则正教不兴;权寺不除,则贤人不进。正教不兴,贤人不进,而欲天下平治,不可得也。"文素臣此言,堪为一治国大纲也。文素臣以言获罪,发往辽东。后来,文素臣受东宫太子重用,奏告天子。皇帝起用文素臣,迁兵部尚书。文素臣荐其诸友入京辅圣,又荐刘虎臣、林士豪等为四路招讨使。再后,东宫登基,尊素臣为素父。四方太平,政治清明。

同时,作者笔端的文府一家最后显赫无比,有子百人,与皇家联姻;素臣之妹进宫为女史,教授公主及妃嫔等;佛、老二氏已除,天下归一。最后文家是六世同堂,作品描绘文素臣与孔子、孟子、韩愈、程子、朱熹等同列,而其母水夫人与尧母庆都、舜母握登、孔母颜氏、孟母仉氏、朱母祝氏等并列。作者这样描写,其旨在说明:"一家仁,一国兴仁;一家让,一国兴让;一人贪戾,一国作乱:其机如此。"①表达了家国同构的理念。

从文素臣的人生历程来说,是以东宫太子对其宠信有加为标志来写文府的兴盛,约占全书三分之一。在此之前的一个阶段则是写未遇东宫时,成化帝怒贬文素臣,发配辽东;在此之后的一个阶段则是铺叙文府显赫的具体情形。这三个阶段的结构形态是有变化的,但就其主体部分来说,文家之荣辱与明王朝之兴衰是始终有机地融为一体的,呈现出一种"家国一体"的叙事模式。

鲁迅先生在《中国小说史略》认为:"与明人之神魔及佳人才子小说面

---

① (汉)郑玄注,(唐)孔颖达疏:《礼记注疏》,《十三经注疏》,中华书局 2009 年版,第3634 页。

目似异,根柢实同,惟以异端易魔,以圣人易才子而已。"①这就道出了《野叟曝言》与明代神魔小说、才子佳人小说的源流关系。台湾学者王琼玲亦认为《野叟曝言》在叙事上的特点是"讲史、人情、神魔、豪侠各类小说的大镕合"。② 王琼玲的观点将鲁迅先生的观点推进了一步,不仅指出《野叟曝言》与明代神魔一类小说的关系,而且点出其与明代讲史、人情、豪侠三类小说的源流关系。近年来,杨旺生的《论〈野叟曝言〉托于有明的叙事谋略》③、董国炎等的《言志小说,还是才学小说?》④等,都是在《野叟曝言》的叙事方式与审美特征方面进行努力探讨的颇有时代意义之作。其实,《野叟曝言》一书的叙事模式若用"家国一体"来概括,或许更为恰当。而且,《野叟曝言》家国一体的叙事方式,是继承了明代四大奇书以来的结构长篇小说的艺术经验、艺术成就,尤其是《金瓶梅》的叙事模式。同时,在一定程度上有所发展、有所创新。

从《野叟曝言》与《金瓶梅》的关系来看,《野叟曝言》采用"家国一体"的叙事模式是对《金瓶梅》所取得的艺术成就的借鉴与模仿。在《金瓶梅》中,兰陵笑笑生写西门府的兴衰,是与当朝宰辅蔡京勾连在一起叙述的。西门庆先得蔡京之庇而兴,继得蔡京之宠而盛,最后则与蔡京同运而亡,同时,北宋亦为金所灭,家国同亡的历史教训也就深蕴其中。在《野叟曝言》中,作者笔下文府的兴衰与大明江山及东宫太子的关系亦与此相似。首先,当朝皇帝因得文素臣之助而灭叛贼景王与奸臣靳直;其次,东宫太子得文素臣之助而平定粤东海夷之乱、苗民起义、台湾民变等;最后是东宫太子登基,文素臣上书极言佛、老之害,皇帝诏告天下,令所有僧、道还俗,儒教一统,天下清平。与此同时,文素臣是"文功武烈,并萃一身",文府亦是六世同堂,母子皆享高寿。

具体说来,《金瓶梅》是一部描写商品经济刺激下的人欲横流的世情书,同时也描写了钱权交易的罪恶和家国一体灭亡的悲剧。一以贯串全书的明线是西门府、蔡府的盛衰,暗线则是权奸勾结、权色勾结、权钱勾结下的一国兴亡。奸商西门庆与奸臣蔡京是小说的两个中心主人公,其对金钱、权势、女色的贪婪虽一,而一个是"钱"的象征,一个是"权"的象征。"富豪傍宰辅,宰辅傍富豪。"这就形成了作品的以钱权交易为核心的政治层面。这就是《金瓶梅》的"家国一体"的叙事模式。

① 　鲁迅著:《中国小说史略》,《鲁迅全集》卷九,人民文学出版社2005年版,第252页。

② 　王琼玲著:《野叟曝言研究》,台北:学海出版社1988年版,第56页。

③ 　杨旺生著:《论〈野叟曝言〉托于有明的叙事谋略》,《东方论坛》2000年第1期。

④ 　董国炎、蔡之国著:《是言志小说,还是才学小说》,《明清小说研究》2010年第1期。

《野叟曝言》一书的叙事风格,明显受到《水浒传》《金瓶梅》的影响。这从《野叟曝言》总评中处处将之与《水浒传》《金瓶梅》对举,即可察知一二。

如第五回总评,其文有曰:"回末青衣链锁刘大,石氏散发跳哭,陡起奇波。不知者谓是恋阅者之目,知者谓是振全回之势。沈宋优劣定于落句,钱起《湘灵鼓瑟诗》,亦以落句擅场,可同于强矢之末,不穿鲁缟乎?《水浒》《金瓶》等书亦知此法,而得失参半,惟此书能擅胜场。"

如第十三回总评,其文有曰:"叶豪述靳坟之事,表明素臣初出茅庐第一功也。远隔十回,使议者猜度万遍,智力俱竭,始为点破。作者之苦读者乎?善读者乃愈得乐耳。彼《水浒》《金瓶》及诸稗官小说,一出口而即解其意,一停墨而即尽其义,读者见乐不见苦,善读者则以为殊未得苦中之乐,其乐无穷也。"

如第二十八回总评,其文有曰:"写夫妻角口,此回如雏莺弄舌,酷类《金瓶》诸妇人勃溪唇吻;写主妇宣淫,如浪蝶迷花,狂蜂采蕊,酷类《金瓶》诸男女秽亵世界。"第三十回总评,其文有曰:"作者之大本领大文章绝不在此,而略一调笑已擅胜场,视《金瓶》之全力为之者何如?"

像这样处处把《野叟曝言》与《金瓶梅》一书对举的评说,还有很多,不一一列举。

下面,再以《野叟曝言》第一回的结撰为例,来说明《野叟曝言》是受到《金瓶梅》的艺术结构影响。我们知道,《金瓶梅》的版本有两个系统:一是词话本,一是绣像本。其中绣像本《金瓶梅》第一回写了西门庆在玉皇庙中,在吴道士的主持下,与十个弟兄结义的事。同时,这十弟兄又各言其志,大抵不离酒肉、金钱、女色等。恰如应伯爵所言的"如今年时,只好叙些财势,那里好叙齿"。①《野叟曝言》第一回也写了十个弟兄结义的事儿,包括文素臣与申心真、景敬亭、元首公、金成之、匡无外、余双人、文古心、景日京及文点十人相聚,把酒言志。观此十人之志,或自比为郦食其、鲁仲连,为人排难解纷、与人休兵息争,或探讨程朱圣贤学问,或欲复典教之旧,以教天下之士,以拔真儒,或诗酒风流,或抢元魁于乡会、占鼎甲于胪传,或立功绝域图像凌烟,或取科甲以显亲、绝仕进以全性,而文素臣之志则专在力辟佛老二氏,独尊儒教。观此二书第一回,所叙内容虽有不同,所言志向彼此不一,然其叙事模式又何其相似也! 凡此,不正说明《野叟曝言》的艺术形式,乃

---

①　《新刻绣像批评原本金瓶梅》卷一,《明清善本小说丛刊》第十辑,台北:天一出版社1985年版。

是《金瓶梅》脱胎而来吗？

　　不言而喻，《野叟曝言》在叙事方法上明显受到《金瓶梅》的"家国一体"的叙事模式的影响。《野叟曝言》中，文府之荣辱与朱明王朝之兴衰亦是紧密相连：文府因文素臣贬往辽东，全家更名改姓远避江西荒山之中；当朝天子成化帝得文素臣之助而剪除叛贼景王、奸臣靳直等，而文府亦是举家迁往京师，享富尊荣；东宫太子得文素臣之助而平定粤东海夷之乱、苗民起义、台湾民变等，文素臣上书极言佛、老之害，皇帝诏告天下，令所有僧、道还俗，儒教一统，天下清平，而文素臣则"文功武烈，并萃一身"，被尊为"素父"，与孔子、孟子、朱子等同列，文家亦是六世同堂，文母则与诸圣母同堂。可谓"家国同盛"。

五、《野叟曝言》的思想性质

　　鲁迅先生认为《野叟曝言》一书的主旨，"排斥异端，用力尤劲，道人、释子，多被诛夷"，正如夏敬渠《凡例》所言的"讲道学，辟邪说"。王琼玲亦曾指出，《野叟曝言》的创作目的在于"展现'崇正辟邪'之理念"。但是，夏敬渠的"讲道学，辟邪说"的思想性质何在呢？他的文化诉求究竟是什么？而其与儒家原教旨思想、程朱理学、明清学术思想的关系又如何呢？这是一个大问题。

　　其实，《野叟曝言》的思想性质表现出鲜明的特色，那就是既继承程朱理学，并向原始儒家回归，又与陆王心学分庭抗礼，属于崛起于三者之间的清代"新儒家"。这也是夏敬渠心目中的"理想国"的文化诉求与总体特征。因此，夏敬渠的文化哲学精神是比较单纯的，与释、道二教思想一点瓜葛也没有，主要是继承了儒家的原教旨思想及其在各个历史发展阶段的合理内核。

1. 从忠孝观来看

　　《野叟曝言》继承了"孝悌也者，其为人之本欤"的伦理观念，并"视孝为仁""移孝作忠"，认为忠、孝、仁三位一体。

　　夏敬渠塑造侠女熊飞娘这一形象是颇具特色的。当文素臣身陷奸贼李又全之手，险些丧命时，侠女熊飞娘悄然出场，并将其救出。熊飞娘性厌风尘，独居山林，父母双亡，守贞不字，与草木、禽兽为伍。文素臣以几乎一篇论文的篇幅讲解何为"孝"。其文有云：

　　　　天地之德莫大于生,祖宗之气不可使绝,故天地定位必有配偶,阴
　　阳通气,始成化育。若徒逞英豪之见,废夫妇之伦,在天地为弃物,在父
　　母为逆子。……惟大英雄、大豪杰,天性最深。若把父母所愿望之念丢
　　在脑后,不勉强去体贴,便是逆女,虽有侠气,岂为英雄? 孝为百行之
　　源,人若尽不得孝字,便与禽兽无异。羔羊尚知跪乳,慈乌尚能反哺,不
　　若不以父母之心为心,便并禽兽不如。《诗经》上说的“哀哀父母,生我
　　劬劳。欲报之德,昊天罔极。”尔父母早亡,劬劳之恩无从报答,只有把
　　父母之心时时提起,不忍违背着他,便是报恩。若但行己意,舞蹈行乐,
　　从井救人,把亲恩全不提念,良心何在? 天性何存? 人身如草木一般,
　　子女皆其枝叶,若把枝叶伐去,树木必然枯槁;生气一断,父母之魂魄无
　　依,生理一息,两间之人类俱绝。佛教之所以得罪于圣人,正为把这生
　　理划灭,使天地之气化不行,祖宗之血脉断绝,不仁不孝,万恶之魁。故
　　一生以辟除佛教为心……

　　夏敬渠继承了程朱理学的天地之性与气质之性的人性论,并从这一角度立
论,向熊飞娘讲解“守贞不字”的行为实是“不孝不仁”。最终,侠女熊飞娘
被文素臣说动。后来,结识侠士红须客,并在文素臣的撮合下,两人成百年
之好。再有,夏敬渠的辟佛观,亦是由此人性论出发的,认为佛教的大恶即
在教人不孝上。

　　夏敬渠塑造小说人物,莫不强调仁义与孝道,笔端的正面人物与反面人
物的分野也是以此为标准的。这不仅表现在对景王叛乱的否定上,亦是表
现在对文素臣的歌颂赞美上。景王抗命叛乱,囚禁太子,滥杀无辜,莫不在
言其不孝、不忠、不仁;而文素臣直言进谏除逆、集结辽东群豪、征讨四方混
一宇内,莫不言其是一个仁人、忠臣、孝子。

　　关于忠、孝、仁三位一体,不妨来看一看作者是怎么借水夫人之口议论
的。当文素臣以言获罪将要问斩的消息传到江西永丰县时,鸾吹与素娥料
定水夫人闻知此消息,必有一翻痛苦哭泣之状。然而,水夫人竟向皇帝叩
谢,并言道:

　　　　天下岂有不爱子之母哉! 喜怒哀乐四者,情也,而有裁制此情者,
　　是以发皆中节;若徇私情,忘天理,则不中其节矣。……老身所虑者,玉
　　佳(即文素臣)见理未精,临事而眩,因老身之故,以私废公,徇小失大,
　　不能明目张胆尽所欲言,上愧祖父之家声,下负媭母之期望耳。若谏而
　　得祸,是意中事也。特以老牛舐犊之私,虑其蹈不测之罪,身撄斧钺,未

免有情,能无慨然乎? 至谪审之事,则固月余来所祷祀而求者,岂求而
得之反有可哀乎? ……书传所载王陵、范滂诸母,入仓卒之时,得哀乐
之正,皆由理明,是以识定。

水夫人的一番言论,是围绕《中庸》来讲的。《中庸》曰:"喜怒哀乐之未发,
谓之中;发而皆中节,谓之和。中也者,天下之大本也;和也者,天下之达道
也。"①夏敬渠运用《中庸》里面的理论,认为"发而皆中节"的情感才是存天
理的,而"徇私情"则是"不中其节",就违背了天理。显然,以"中庸"的理
论来论母子之情,表现出来的只能是一种理学观念。同时,他认为文素臣直
谏得祸恰恰是尽忠的表现,而这忠里面本身已包含了孝的内涵,故曰"得孝
子如此,何来悲伤"! 再如,第六十四回,水夫人曾讲解"仁""孝""忠"三
字,曰:

> 仁者,人也,人受中于天,即有此仁,非此仁无以为人。仁于事君,
> 即忠;仁于事亲,即孝。……夫孝始于事亲,中于事君,故资于事父以事
> 君,则移孝作忠而尽忠,即所以尽孝处,常则靖共夙夜,处变则杀身成
> 仁。君者亲之,君也成仁,即以成孝。若守定省温清之小节、临深履薄
> 之常经,临难苟免,贪生舍义,在国为乱臣,即在家为逆子,此知孝不知
> 忠之弊也。

首先,夏敬渠认为仁是天赋的,是宇宙中的根本。所谓"人受中于天,即有
此仁"。其次,夏敬渠认为孝、忠与仁是相通的。所谓"仁于事君,即忠;仁
于事亲,即孝"。

可见,夏敬渠所持的人性论,其哲学基础是以仁为核心的,即仁是万物
的本体。这一点与朱子是相通的。朱子曰:"仁者,天地生物之心。""千头
万件,都只是这一个事物流出来,仁是个主,即心。""发明心字,一言以蔽之
曰生而已。天地之大德曰生,人受天地之气以生,故此心必仁,仁则生
矣。"②仁既然是宇宙的本体,那么忠与孝自从仁中生出。是故,夏敬渠在
《浣玉轩集》中说:"圣门首重者学,圣学首重者仁。"③夏敬渠虽然继承了程
朱理学的"仁"为宇宙之根本的观念,认为忠、孝、仁三位一体,但是他又强

---

① (汉)郑玄注,(唐)孔颖达疏:《礼记注疏》,《十三经注疏》,中华书局 2009 年版,第
　　3527 页。
② 见钱穆撰《朱子学提纲》,生活·读书·新知三联书店 2002 年版,第 30 页。
③ 见《浣玉轩集》卷一《读经余论》,清代光绪年间刊本。

调三者之间的细微差别,这自是夏敬渠高明的地方。

忠、孝、仁三位一体,即表现为"移孝作忠而尽忠,即所以尽孝处"。而忠、孝、仁三者之间的差别则在于"慎"字,认为"慎则有成无毁,不慎则有毁无成"。如果"疏略泄机,一败涂地",则是"仁不成仁,忠不成忠,孝不成孝"了。夏敬渠用"慎"来区别三者之差别,是与"人心惟危,道心惟微;惟精惟一,允执厥中"的原始儒家原教旨相一致的。孔颖达疏曰:"危则难安,微则难明,故戒以精一,信执其中。"①由此可见,夏敬渠所持忠孝观是符合儒家"中庸"之道的。

夏敬渠以"慎""微"的观念来剖断忠、孝、仁三者之关系,可谓至详至尽。同时,夏敬渠也是以此为基础来区别儒家与道家、释家的。指出墨家因爱路人与爱亲无异,而佛家视亲人与路人平等,则这两家是只知性中有"仁",而不知"轻重浅深"之别,此所以"失其本心"也。并进而反对愚忠与愚孝的行为,提出若像赵苞死战、嵇绍事仇那样,"慷慨以受托而置诸危亡之途",就是"知忠而不知孝",也就是不仁之举。这又表明其思想的内核虽是继承程朱理学,但并非一味奉"三纲"为圭臬,而是在一定程度上具有反思性。甚至这"仁不成仁,忠不成忠,孝不成孝"观点,还含有反讽"君为臣纲、父为子纲"之意,可谓微言大义。

2. 从妇女观来看

《野叟曝言》虽然继承了"三从四德"的妇女观,但是夏敬渠却又一面支持妇女守节,一面赞同妇女再嫁。在一定程度上表现出一种反思性。

"四德""三从"是封建礼教要求妇女遵守的行为准则。关于这一点,作者借文素臣为随氏讲解为妇之道,将其由淫娃变作贞女,即已言明。其文云:

> 女子四德三从,四德是妇德、妇容、妇言、妇功;三从是在家从父、出嫁从夫、夫死从子。妇德要婉挽顺从,在家孝顺父母,出嫁孝顺翁姑,敬重丈夫,和睦妯娌,不可骄奢淫佚。妇容要端庄静正,梳洗洁净,不可涂脂抹粉,举止端重,不可扭捏轻狂。衣必周身,虽盛夏不可露体;出必蔽面,虽亲戚不可妄见。妇言要安详慎密,非礼之言不出于口,不可有嘻笑之声,不可有粗暴之言。妇功要调和饮食,衽织丝麻,洗涤衣裳,或帮

---

① (汉)孔安国传,(唐)孔颖达疏:《尚书注疏》,《十三经注疏》,中华书局 2009 年版,第285—286 页。

夫生活，或教女针黹，一日到晚俱不可贪闲图懒。在家则从父，父字内包含着祖父母、父母、伯叔、兄嫂，有父母则从父母，无父母则从兄嫂，自己婚姻之事及一切家务，俱听主张，不可违逆；出嫁以后，即从丈夫，嫁鸡随鸡，凡事俱要顺从；夫死之后，便须从子，但将此身命与子胶粘一片，贫富苦乐，安危生死，分拆不开，便是从子。

"三从"之说，在《仪礼·丧服》中已有记载："妇人有三从之义，无专用之道。故未嫁从父，既嫁从夫，夫死从子。"①"四德之说"，在《周礼·天官·九嫔》中已有记载："九嫔掌妇学之法，以九教御：妇德、妇言、妇容、妇功。"②但是，《仪礼》也好，《周礼》也罢，并没有赋予"三从""四德"更多的内含。班昭《女诫》则曰："妇德，不必才明绝异也；妇言，不必辩口利辞也；妇容，不必颜色美丽也；妇功，不必工巧过人也。"同时，班昭亦曰："夫有再娶之义，妇无二适之文，故曰，夫者，天也。"③但是，夏敬渠则不以为然，在《野叟曝言》中，不但借文素臣之口，赋予了如上的较详细的含义，比如何谓妇德？夏敬渠说："妇德要婉挽顺从，在家孝顺父母，出嫁孝顺翁姑，敬重丈夫，和睦妯娌，不可骄奢淫佚。"何谓夫死从子？夏敬渠说："将此身命与子胶粘一片，贫富苦乐，安危生死，分拆不开，便是从子。"而且还提出了有变有常之说。比如文素臣又说：

> 从子与从夫、从父不同，父与夫有过失，小者屈意勉承，大者委曲讽谏，若子有过失，当严切训戒，不可任其胡行；若遇昧理之丈夫，则不可一味顺从，要保守自己的节操，方是正理。

夏敬渠的这一"有变有常说"，可以说包含着非常深刻的辩证法哲理。

再，作者描写景王及手下奸贼李又全等，均蓄妾极多，达数十人。当景王与李又全兵败，分别被杀后，其妻妾中，除同谋者问斩，大多都嫁给了东阿山、盘山这两个地方的草泽英雄。有的是文素臣为其主婚，有的是皇帝赐婚。还有铁丐、奚囊、容儿等一班大将，娶的均是再嫁之熊立娘、玉奴、赛奴等。这就表明作者是赞同妇女再嫁的。是故，作者对不愿改嫁的李又全之

① （汉）郑玄注，（唐）贾公彦注：《仪礼注疏》，《十三经注疏》，中华书局 2009 年版，第2394 页。

② （汉）郑玄注，（唐）贾公彦注：《周礼注疏》，《十三经注疏》，中华书局 2009 年版，第1479 页。

③ （汉）班昭：《女诫》，《女四书笺注》，王相校笺，光绪丁丑刊本。

妾焦氏撞死在石牌坊下,亦仅是感叹而已。相反,对不愿屈从景王,宁死而不揭公婆之恶的铁娘则是赞颂有加,不仅封其为香烈娘娘,而且令其护佑沿海百姓安全。这可以看出夏敬渠对孝道是推崇备至的,而对女子的守节不嫁则抱持淡漠的态度,不以为然。

再比如,水夫人在家为文素臣妻妾所安排之日课,则有:

> 阮氏、田氏日课:分日作五分,二分料理中馈,二分纺绩绣作,一分看书;刘氏日课:分日作五分,一分佐理中馈,一分学算,二分纺绩绣作,一分看书;沈氏日课:分日作五分,一分佐理中馈,一分学医,二分纺绩绣作,一分看书;任氏日课:分日作五分,三分绣作,一分看书,一分学诗赋。

阮氏、田氏、湘灵等女子的日课作如此安排,无论是看书、写字,还是医、诗、兵、算,显然已是与班昭"四德"之说相违背了。

但是,夏敬渠却认为:"君子教人,不拂其性,顺而导之,则人易从。汝以诗文为性命,若欲禁你笔砚,使专务女工,则郁郁无聊,必生疾病,我故留此一个光阴,为汝陶情适性之地。"观此文字,夏敬渠旨在说明人各有所好,各有其欲,为教者应尊重其所好、其所欲。要而言之,这里面已经含有尊重人权的萌芽思想了,尽管还是十分微弱。

3. 从理治观来看

很明显,夏敬渠继承了《大学》《中庸》的"诚身"之道与程朱的"格物穷理"之法,反对佛、老的清净空寂之说;讲究朱、陆异同,反对陆子的"凭空想去"。

《野叟曝言》一书中交代,因为成化帝崇信佛、老二氏和重用宦官而致国家政令失常,于是东宫太子向文素臣征求国家政令的"培补之方"。文素臣却讲解《大学》《中庸》二书。这是为何?

文素臣说道:"《大学》八条目中,诚欲修齐治平之道,即《中庸》之尽性、参赞、形著、动变。……《大学》由意诚而至治国平天下,顺而推之也;《中庸》由为天下国家而至诚身,逆而推之也。顺逆虽殊,而俱归重一'诚'。其入手工夫,则《大学》之格物致知,即《中庸》之学问思辨也。由学问思辨之力行,弗得弗措而尽百倍之功,则愚者必明,柔者必强,而可进于'诚'。'诚'则能体《中庸》之九经,而形著、动变、尽性、参赞,即能尽《大学》之八条目,而身修、家齐、国治、天下平,此在困勉者且然,况学智利行者哉?"朱子讲一个"诚"字,又在于那"格物"二字。

因此,夏敬渠又借水夫人与木难儿讲习《大学》"致知在格物"一句,予以解说。难儿说:"格字当作格拒之格,物是物欲,格去物欲便见吾心之真知,意乃可得;而诚与《易经》'闲邪存其诚'、《论语》'克己复礼'同旨。"《周易·乾卦》云:"闲存其诚。"孔颖达疏:"闲邪存其诚者,言防闲邪恶,当自存其诚实也。"①难儿之说,可谓能得"格物"之旨。接着,夏敬渠又用朱子之理予以讲解。说道:"《大学》之道从穷理入手,故格物为第一义,犹《中庸》必从择善入手,而以学问思辨为第一义也。不穷理则心如无心之称,无真知矣,意安得其诚?故欲诚其意,必先致知;欲致其知,必先格物,格得一物,却致得一知。事事真知灼见,不同禅悟支离恍惚。今日格一物,明日格一物,久自豁然贯通。"这里,夏敬渠将"修齐治平"的治国理想与"学问思辨"的为学之道归结到一个"诚"字。这一修养论思想,突出地表现了他的思想与程朱理学是一脉相承的。也表现了他与陆王心学不讲格物只讲致良知的区别。

夏敬渠讲《中庸》,只重一个"庸"字。他借文素臣之口说:"庸也,即中也。老佛则贪生怕死而言长生,言太觉矣,皆隐怪。而非庸也,即非中也。后世援儒入墨,卒使圣道与异端如黑白之判然,皆庸字之力也。不然,则老之窈冥昏默,佛之如如不动,后人皆得以附于尧之执中、舜之精一矣。是则庸之一字,乃圣道万里长城。"又力辩老氏与儒之差异,则曰:"老氏之言,千变万化,其旨皆归于清净,其念皆起于贪生,其功则皆用以养生。"显然,夏敬渠如此来论中庸之道,亦是着眼于与佛、老的差别,指出老、佛的思想与中庸之道是相违背的。

再如,在第十回中,文素臣曾与和尚法雨力辩释氏之失。其文有言:"儒家即有败类,尚不至无父无君,全乎禽兽。释氏则不识天伦,不服王化,弃亲认父,灭子求徒。其下者,行奸作盗,固国典所必诛;其上者,灭类绝伦,亦王章所不宥。"第五十九回有文素臣与东方侨言老庄之言性与儒家之言性不同点:"圣人之性是仁义礼智之性,扩而广之,以保四海,此圣人尽性之事也;老庄之性是以仁义礼智为贼性之物,而以清净为尽性也。圣人之命是理宰乎气之命,夭寿不贰,终身以从此为圣人至命之事也;老庄则以格致诚正为害命之一,而以昏默为至命矣。"这就表明夏敬渠是以仁义礼智信五常为人性的基本内容,这即是天命之性,是一种理,是气的主宰,是与三纲相呼

---

① （魏）王弼等注,（唐）孔颖达疏:《周易注疏》,《十三经注疏》,中华书局 2009 年版,第 26 页。

应的。而那老庄之学所讲的以清净为性,则只能表明其人性论的哲学基础是虚无的,与释教之讲空寂为性并无二致。

夏敬渠因为推崇朱子,当然要贬抑陆子了。比较朱、陆异同,夏敬渠只是借其丫鬟冰弦之口说道:"朱子是靠实做去,做得一分就有一分;陆子是凭空想去,想得十分实没一分。"并斥陆九渊之学为伪学,在文素臣所上奏疏中称:"禁生徒传习陆九渊伪学,撤从祀圣庙。"表明了他对陆子的极端轻蔑。

不言而喻,夏敬渠所谓的"修齐治平"的诚身之道与治国之道,其哲学精神是程朱理学一脉,其人性论的基础是朱子的天命之性,其修养论讲究的是格物致知,强调了与佛老的不同,也强调了与陆王心学的差异。

4. 从治学观来看

夏敬渠继承了明代东林党人、清初三大思想家的清议之风,以治经作为"人生立命处",讲究"经世致用";既坚持以"移风易俗"为己务的"下行路线",同时,又谋求"得君行道"的"上行路线"。

黄宗羲《明儒学案》论顾宪成东林讲会说:"先生论学与世为体,尝言'官辇毂,念头不在君父上;官封疆,念头不在百姓上。至于水间林下,三三两两,相与讲求性命,切磨德义,念头不在世道上,即有他美,君子不齿也。'故会中亦多裁量人物,訾议国政,亦冀执政者闻而药之也。天下君子以清议归于东林,庙堂亦有畏忌。"①又谓东林讲友之一陈龙正云:"上士真其身,移风易俗;中士自固焉尔矣;下士每遇风俗,则身为之移。"②清初三大思想家亦是莫不主张"致用"的,莫不提倡"清议"的。"清议",就是指关心民瘼,所谓"裁量人物,訾议国政"。"致用",就是指"四海穷困、救民水火"这样的关系天下兴亡的"当世之务"。如王夫之主张读《易》应"入神以致用也,穷神知德之盛也",③认为读圣贤之书应以"从人之途,致用之实"开示后世,同时亦认为"清议"可"修敬父敬君之仪",可使"事君尽礼",以葆天下。④ 顾炎武则主张"文须有益于天下",一面声言自己"凡文之不关于六经之指、当世之务者,一切不为";一面认为社会"目击世趋,方知治乱之关必在人心风俗",因而要"保天下",须"自正风俗始",而"正风俗"又应从倡

---

① (清)黄宗羲撰:《明儒学案》卷五八,中华书局 2008 年版,第 1377 页。
② (清)黄宗羲撰:《明儒学案》卷六一,中华书局 2008 年版,第 1505 页。
③ (清)王夫之撰:《读四书大全说》卷八,《船山遗书》,清同治刊本。
④ (清)王夫之撰:《四书训义》卷十八,清光绪刊本。

导"清议"始,亦即"匹夫"皆有发言权。① 梳理以上文献,发现圣贤们彼此唱和,皆言治经史应首重"致用",而匹夫匹妇亦可言"天下"。关于这一与治学有重大关联的思想观念,在夏敬渠的笔端又是如何体现的呢?

《野叟曝言》第一回即写景敬亭、元首公、申心真、金成之、匡无外、景日京与文素臣等十名文士相聚清议,把酒言志。观其所议内容,或者自比为郦食其、鲁仲连要为人排难解纷、与人休兵息争,或者同道相聚探讨程朱圣贤学问、辟除佛老二氏、而欲复典教教天下之士而得真儒,或者切磋制义而抡元魁于乡会、占鼎甲于胪传,或者保境安国立功绝域而图像凌烟,或者取科甲以显亲而绝仕进以全性……显而易见,文素臣等人的清议,其文化意蕴上主要包含的是"得君行道"的"上行路线"。然而,需注意的是景日京的言论,他说:"弟性粗豪,未尝学问,也不识理学渊源,也不论词宗同异,也不耐烦与腐儒酸子镇日没偪拉的歪缠。遇有际会,扪虱而谈,下马作露布,上马杀贼,如耿恭、班定远辈,立功绝域,图像凌烟。倘时运不齐,便牛角挂书,鳌头饮酒,路见不平,拔刀相助,一腔热血,偏洒孤穷。"景日京所言志向,既包含得君行道的上行路线,即为国士;也包含移风易俗的下行路线,即为侠士。后来,在《野叟曝言》一书中,作者果真安排景日京置身于域外之海岛,教化异邦。可见,作者是有意为之的。

作者在第一回安排文素臣等十人清议言志后,又在稍后出场的名士东方侨、白玉麟、刘时雍和戴廷珍等人身上,同样赋予清议的印记:或说《诗》,或言《易》,或注《左传》,或谈二十一史,其所关心者,既讲求性命,又关心世道,其所切磋者唯"医、诗、兵、算"而已。比如,文素臣与刘时雍、戴廷珍等评议唐太宗说:"太宗治天下,却是贤君,若讲修身齐家,便几于禽兽之行。这逼父内乱,是千真万确,罪无可逭的了。"又评蔡邕说:"董卓之暴恶,千古无对,只要想着遍发祖宗陵寝一节,就断没有不痛心疾首欲其速死者矣。……而蔡邕以区区迁转私恩,为之惊叹失声,其性与人殊,可谓衣冠禽兽。况有附逆之罪,若不加戮诛,是为失刑,尚可误认为善人,以国史付之?"可见,夏敬渠借文素臣之口所论,莫不以"移风易俗"为己任。再,刘、戴以二十一史谱入乐府,品评历朝历代,则其"讽议朝政"之意亦寓焉!"清议"与"致用"并举,是夏敬渠心目中的"理想国"的学风,而"治经"则是这个国度里的士子们的"人身立命处",这一学风显然是受到了明末清初清议之风的影响。

然而,应予注意的是夏敬渠笔端的名士及草泽英雄等,其文化意蕴的表

① （清）顾炎武撰:《亭林诗文集》,《亭林文集》卷四,《四部丛刊》本,影清康熙本。

现形式与特征与吴敬梓笔端的南京真儒、名士及征苗的汤镇台、萧云仙相比，虽有明显的不同，但在文化意脉上却有相通的地方。即在于都积极入世，都以"得君行道"的"上行路线"为己任；而其一旦独处时，又都以"移风易俗"的"下行路线"为己务。当然，若论得君行道，则夏敬渠笔端的名士显然是具有强烈意识的；若论其独处时，则吴敬梓笔端的真儒显然是具有强烈意识的。实际上，这反映了一个极为重大的问题，就是"国民性"的问题，或者说是"众数道德"的问题。说明夏敬渠借笔端的名士及草泽英雄与吴敬梓借笔端的南京真儒名士均已有所注意。因此，如果说，明末清初的以清议求解放的启蒙思潮在吴敬梓的笔端确有所反映，那么，夏敬渠所称颂的名士以"得君行道"的"上行路线"为己任为主而辅之以"移风易俗"的"下行路线"为己务亦当含有这种启蒙思潮的萌芽。

5. 结论与余论

《野叟曝言》一书的思想性质与文化沿革大致如下：

继承了儒家传统思想中仁孝的伦理观念。认为仁是天赋的，是宇宙中的根本，所谓"人受中于天，即有此仁"，忠与孝皆从仁中生来。"视孝为仁""移孝作忠"，认为忠、孝、仁三位一体。同时，其所以区别儒家与佛老及墨家，亦是以此为依据的：墨家因爱路人与爱亲无异，而佛家视亲与路人平等，道家唯知求己长生，则这三家是只知性中有"仁"，而不知有"轻重浅深"之别，此所以"失其本心"也。

继承了程朱理学的"三从四德"妇女观，并充之以十分具体的内容。同时，夏敬渠虽是不明确反对妇女守节，却是十分支持、赞同妇女再嫁的。又，夏敬渠认为人各有所好，各有其欲，为教者应尊重其所好，尊重其所欲。因此，"君子教人，不拂其性，顺而导之，则人易从"。这里面已经含有尊重人权的思想萌芽了，并且在一定程度上表现出一种反思性。

继承了"大学"与"中庸"的诚身之道、中和之理与程朱的格物穷理之法。夏敬渠将"修齐治平"的治国理想与"学问思辨"的为学之道归结为一个"诚"字，这一修养论的思想，其哲学精神是程朱理学一脉，其人性论的基础是朱子的天命之性。夏敬渠讲《中庸》，只重一个"庸"字，认为"庸之一字，乃圣道万里长城"。老氏与儒之差异，在于"老氏之言，千变万化，其旨皆归于清净，其念皆起于贪生，其功则皆用以养生"。认为陆王之学为伪学，因为"朱子是靠实做去，做得一分就有一分；陆子是凭空想去，想得十分实没一分。"从而，《野叟曝言》的思想性质也就强调了与佛老二氏的不同，与陆王心学的不同。

继承了明代东林党人、清初三大家的清议之风,把治经当作"人生立命处";讲究"裁量人物,訾议国政",讲究"经世致用";既坚持以"移风易俗"为己务的"下行路线",同时又谋求"得君行道"的"上行路线"。

要之,《野叟曝言》的思想性质是基本上撷取儒家原教旨及其各个历史发展阶段的合理内核而熔为一炉,当然也就只能是一种儒学思想的承继,不能有"哲学的突破",夏敬渠亦只是个朴素的民本主义者,其崇儒黜佛排老的社会治理观念只能是一种梦想而已。

第十二章　李汝珍与《镜花缘》创作考论

　　《镜花缘》一书,内容博杂,炫鬻学问,五花八门,无所不包。用李汝珍自己的话来说,就是:"以游戏为事,……上面载着诸子百家,人物花鸟、书画琴棋、医卜星相、音韵算学,无一不备。还有各样灯谜、诸般酒令,以及双陆、马吊、射鹄、蹴球、斗草、投壶,各种百戏之类。"①又,《镜花缘》中所庋藏的音韵、训诂、校勘及经史知识,无不与乾嘉考据有着密切的关联,是故,李时人先生认为,李汝珍首先是一位乾嘉考据学派学者,然后才是一位小说家。② 因此从这个角度来看,《镜花缘》不失为一部典型的考据派小说。清人王之春认为:"小说之《镜花缘》,是欲于《石头记》外,别树一帜者。"③所谓"别树一帜"当是就其逞才炫学的性质而言的。鲁迅先生评价《镜花缘》,云:"盖以为学术之汇流,文艺之列肆,然亦与《万宝全书》为邻比矣。惟经作者匠心,剪裁运用,故亦颇有虽为古典所拘,而尚能绰约有风致者。"④以"万宝全书"比称《镜花缘》,可谓恰当至极。

一、李汝珍家世生平考实

　　每位作家,其成长历程与创作过程都摆脱不了家世的影响。是故,研究作家的家世,对于理解作家的思想、作品的主旨都将起到推进的作用。二十世纪二十年代,胡适最早开始关注李汝珍的家世,撰《〈镜花缘〉的引论》一文,予以发覆。随后孙佳讯撰写《镜花缘补考——呈正于胡适之先生》一文,刊于 1928 年《秋野》第 2 卷第 5 期。孙佳讯的考证弥补了胡文之不足,并据许桂林《北堂永慕记》订正了胡文的错误。随后,吴鲁星又撰写《〈镜花缘〉考证》一文,力主《镜花缘》作者为海州"二乔",即许乔

---

① 见《镜花缘》第二十三回"说酸话洒保咬文,讲迂谈腐儒嚼字",《古本小说集成》影印本,上海古籍出版社 1990—1994 年版,第 402 页。本书所引《镜花缘》原文,皆出是本,不一一标出。
② 李时人撰:《出入乾嘉:李汝珍及其镜花缘创作》,《国学研究》第四卷,袁行霈主编,北京大学出版社 1997 年版,第 383 页。
③ (清)王之春撰:《椒生随笔》卷四,清代光绪七年文艺丛刊本。
④ 鲁迅著:《中国小说史略》,《鲁迅全集》第九卷,人民文学出版社 2005 年版,第 260 页。

林、许桂林兄弟。①

进入二十世纪八十年代以来，张友鹤先生校注出版了《镜花缘》一书，②其在"前言"中，论述了李汝珍的生平与创作。嗣后，李时人先生相继撰写了《李汝珍"河南县丞"之任初考》和《出入"乾嘉"：李汝珍及其〈镜花缘〉创作》。③此二文亦论及了李汝珍生平、出仕等内容，将这些方面的研究推进到新的阶段。此后徐子方的《李汝珍年谱》④、台湾学者王琼玲的《镜花缘研究》⑤等著作，也各有其新意。但由于没有发现新的材料，李汝珍家世研究尚有待于新的突破，而其生平中"之官河南"的经历亦尚待补证。本节笔者将依据新发现的材料《道光乙未恩科直省同年全录》和《道光乙未科会试同年齿录》⑥（为了行文方便，《道光乙未恩科直省同年录》下文简称《直省同年录》，《道光乙未科会试同年齿录》下文简称《会试同年录》），并结合中国第一历史档案馆朱批奏折、台湾内阁大库文档的题本文会材料、清人诗文集及史志材料，详细考证李汝珍的家世与候补河南县丞的问题。

1. 李汝珍家世新考

李汝珍祖父李廷栋，监生，北平大兴人。祖母贾氏。李维醇《会试同年录》云："（李维醇）高祖廷栋，太学生，敕赠修职郎，晋赠征仕郎。高祖母氏贾，敕赠太孺人。"《直省同年录》同此。李汝珍是李维醇胞叔祖，李廷栋是李维醇的高祖，故可推知。

李汝珍父亲李馥，监生，候选主簿。李馥先娶陈氏。陈氏卒，续娶徐氏。徐氏，旌表贞节。《会试同年录》云："（李维醇）曾祖馥，候选主簿，敕赠修职郎，晋赠征仕郎。曾祖母氏陈，敕赠太孺人。曾祖母氏徐，敕封太孺人，申请旌表贞节。"《直省同年录》同此。李馥有子三人，分别为李汝璜、李汝珍、李汝琮。至于李汝珍生母究竟是陈氏还是徐氏，尚未可知。笔者以为，李汝珍与其弟李汝琮极有可能是徐氏所生，李汝璜赴任海州板浦场时，李馥已去

---

① 关于孙佳讯与吴鲁星撰文与胡适讨论的情形，见孙佳讯著《〈镜花缘〉公案辨疑》一书《引言》，齐鲁书社 1984 年版。

② （清）李汝珍撰，张友鹤校注：《镜花缘》，人民文学出版社 1984 年版。

③ 前文发表在《明清小说研究》1987 年第 1 期，后文发表在袁行霈主编的《国学研究》1997年第 4 卷。

④ 徐子方著：《李汝珍年谱》，《文献》2000 年第 1 期。

⑤ 王琼玲著：《镜花缘研究》，《清代四大才学小说》，台湾商务印书馆 1999 年版。

⑥ 李维醇是李汝璜之孙，记载其进士中式的"同年录"有两份。一份名曰《道光乙未恩科直省同年全录》，文奎斋藏板，国家图书馆藏；一份名曰《道光乙未科会试同年齿录》，文奎斋藏板，哈佛大学汉和图书馆藏。后者记载较前者详细，故本节据此予以考证李汝珍家世。

世，二人年龄尚小，徐氏尚年轻，孀妇弱子。所以于乾隆四十七年壬寅（1782），全家随陈氏所生李汝璜一同赴海州板浦。《李氏音鉴》卷五《第三十三问著字母总论》云："壬寅之秋，珍随兄佛云，宦游朐阳。"①

兄长李汝璜，字佛云。监生，考补方略馆誊录。历任海州板浦场、泰州草堰场盐课大使和高唐州州判。《会试同年录》和《直省同年录》皆云："祖汝璜，历任两淮板浦场、草堰场盐课大使，山东东昌府高唐州州判。"李汝璜初任海州板浦场盐课大使，实是乾隆四十七年（1782）捐纳，随后拣发两淮试用。乾隆四十八年（1783）试署海州板浦场盐课大使。按清代官制，盐课大使为正八品。《两淮鹾务考略》云："各场大使，向俱未入流，秩差于巡检，故称场司。雍正六年，改为正八品。"试用一年期满后，实授板浦场盐课大使，负责"经征折课，稽煎缉私，弹压商竈"。②

《重修两淮盐法志》卷一百三十五《职名表》海州分司板浦场盐课大使条下载："乾隆四十八年，李汝璜，顺天大兴县人，监生。"③

《海州直隶州志》卷五《职官表》板浦场盐课司大使条下载："李汝璜，大兴人，监生，四十八年任。"④

李汝璜初任海州板浦场盐课大使，自乾隆五十年（1785）三月实授到任，至乾隆五十六年（1791）正月止，任满六年。台湾《内阁大库文档》两淮盐政董椿《题报板浦场盐课大使李汝璜六年俸满堪膺保荐折》云：

> 据运使曾燠等会详称，案查首领佐贰职等官，奉部议履历，俸已满六年，详加甄别。其中人材出众、著有劳绩、堪膺保荐者，出具切实考语保题等。因查海分司属板浦场大使李汝璜，顺天府大兴县人。由监生考补方略馆誊录，捐盐课大使，拣发两淮题署板浦场大使。应遵新例，查该员自乾隆五十年三月实授之日起，连闰扣至五十六年正月，六年俸满。行据署海运分司运判京袁宗勋查核加考，详送盐转前来本司等覆核，该大使李汝璜明白谨慎，才具优长，堪膺保荐之员，除履历考语，请册分送部科。外臣谨会同两江总督臣书麟、江苏巡抚臣奇丰额合词保

---

① （清）李汝珍著：《李氏音鉴》，《续修四库全书》第二六〇册，上海古籍出版社 2002 年影印，第 461 页。

② （清）不著撰者：《两淮鹾务考略》，《四库未收书辑刊》第一辑第二四册，北京出版社 1997 年版，第 706、705 页。

③ （清）王定安等纂修：《重修两淮盐法志》，《续修四库全书》第八四五册，上海古籍出版社 2002 年影印，第 387 页。

④ （清）唐仲勉等纂修：《海州直隶州志》，《中国方志丛书》，台北：成文出版社 1970 年版，第 115 页。

题。伏乞皇上睿鉴,敕部议覆施行,为此谨题。请旨。

乾隆五十六年(1791)正月,李汝璜板浦场盐课大使任满后,并未离任,因"明白谨慎,才具优长"而被董椿保举,继续留任,至嘉庆四年(1799)六月金翀接任。金翀(1751—1823),字振之,号香泾,著有《吟红阁诗集》。《重修两淮盐法志》卷一百三十五《职名表》海州分司板浦场盐课大使条下载:"嘉庆四年,金翀,安徽休宁人,拔贡。"嘉庆三年冬《大清缙绅全书·两淮盐院属》载:"板浦场盐课大使李汝璜,佛云,顺天大兴人,四十八三月题。"①嘉庆五年冬《大清缙绅集成·两淮盐院属》载:"板浦场盐课大使金翀,安徽休宁人,生员,四年六月题。"②

嘉庆七年(1801)二月,李汝璜授泰州分司属草堰场盐课大使,至嘉庆十六年六月离任。《重修两淮盐法志》卷一百三十五《职名表》泰州分司属草堰场盐课大使条下载:"嘉庆六年,李汝璜,大兴县人,监生。嘉庆十六年,宋继辉,汉军正黄旗人。"③嘉庆九年春《大清缙绅录集成·两淮盐院属》载:"草堰场盐课大使李汝璜,佛云,顺天人,监生,七年二月授。"④嘉庆十一年春《缙绅全书·中枢备览·两淮盐院属》载:"草堰场盐课大使李汝璜,佛云,顺天人,监生,七年二月授。"⑤嘉庆十七年秋《缙绅全书·两淮盐院属》载:"草堰场盐课大使宋继辉,汉军正黄旗人,监生,十六年六月授。"

据《会试同年录》,李汝璜亦曾授山东东昌府高唐州州判。然而,李汝璜并没有到任。许乔林《弇榆山房诗略·都门早秋怀人诗》(共三十二首)中有怀李佛云诗。其下有注云:"佛云曾仕高唐州州判。"⑥按嘉庆十六年六月,李汝璜卸任草堰场盐课大使后,即会授高唐州州判。然《高唐州志·职官表》州判条下载:"张果达,大兴监生,嘉庆十六年任;耿润,灵石监生,嘉庆二十一年任;梁大受,闻喜监生,道光十年任。德毓,正白旗汉军州同,道

① 清华大学图书馆,科技史暨古文献研究所编:《清代缙绅录集成》第五册,大象出版社 2008 年版,第 71 页。

② 清华大学图书馆,科技史暨古文献研究所编:《清代缙绅录集成》第五册,大象出版社 2008 年版,第 254 页。

③ (清)王定安等纂修:《重修两淮盐法志》卷一百三十五,《续修四库全书》第八四五册,上海古籍出版社 2002 年影印,第 384 页。

④ 清华大学图书馆,科技史暨古文献研究所编:《清代缙绅录集成》第五册,大象出版社 2008 年版,第 458 页。

⑤ 清华大学图书馆,科技史暨古文献研究所编:《清代缙绅录集成》第六册,大象出版社 2008 年版,第 78 页。

⑥ (清)许乔林撰:《弇榆山房诗略》,清代道光年间刊本,国家图书馆藏。

光十六年署任。"①则知李汝璜因故并未到任。

李汝璜的妻子徐氏。《会试同年录》《直省同年录》皆云:"祖母氏徐,敕封孺人,晋封太孺人,诰封太宜人。"

李汝璜有二子。长子李兆翱,次子李若金。

李兆翱(?—1835?),一名李时翱,字书圃。《李氏音鉴》卷首题:"侄时翱书圃校。"嘉庆十八年(1813)癸酉科举人,嘉庆二十五年(1820)钦点景山官学教习,候选知县。《会试同年录》载:"嘉庆癸酉科举人,庚辰钦取景山官学教习,候选知县。敕授文林郎,诰封奉直大夫,刑部山东司主事加一级。"李兆翱至迟在道光十五年(1835)以前已去世。《会试同年录》载:"慈侍下。"

李兆翱之妻为徐氏(?—1845),顺天府宛平县人。《会试同年录》云:"敕封孺人,诰封太宜人。母氏徐,敕封孺人,诰封太宜人。乾隆庚子科进士、刑部郎中讳蠋公孙女,候选通判讳禾公女,议叙州判讳采公、附贡生名廷栋公胞侄女,太学生名莹公胞姊。"

徐氏的祖父是徐蠋(1751—?),一名徐汝澜,乾隆四十五年(1780)庚子科进士,乾隆五十六年(1791)签分山西潞安府屯留县知县,嘉庆元年(1796)正月补授福建漳平县知县,嘉庆六年(1801)调补晋江县知县,嘉庆十二年(1807)二月迁升直隶州同知,嘉庆十三年(1808)署理台湾府知府,最后官刑部郎中。

《清代官员履历档案全编》载:"冲,简缺。徐汝澜,顺天府宛平县人,年四十岁,乾隆四十五年进士,候选知县,今签掣山西潞安府屯留县知县。"随后,徐汝澜所上奏折称:"臣徐汝澜,顺天府宛平县人,年四十岁,乾隆四十五年进士,候选知县,今签掣山西潞安府屯留县知县。缺。敬缮履历。恭呈御览谨奏。乾隆五十年四月二十九日。"

《清代官员履历档案全编》又载:"徐汝澜,顺天人。年五十七岁。由进士归班铨选拣发福建差委。嘉庆元年正月内,补授漳平县知县。六年七月内调补晋江县知县。十二年二月内拿获盗首并通盗要犯多名,着以直隶州同知用。十三年三月内拿获蔡逆贼目各盗犯,加恩赏给知州同知顶戴,署理台湾府知府。"②

徐氏的父亲是徐禾,候选通判。徐禾至少有子三人,一名徐莹,太学生;

① (清)周家齐等纂修:《光绪高唐州志》,《中国方志丛书》,台北:成文出版社1968年版,第272页。
② 秦国经主编:《清代官员履历档案全编》,华东师范大学出版社1997年影印,第二十二册第587、592页;第二册第501页。

一名徐文煐,道光八年(1828)举人;一名徐文耀,道光十三年(1833)进士。《同年录》载:"母舅徐老夫子名莹,太学生……母舅徐老夫子名文煐,戊子科举人,候选教谕。母舅徐老夫子名文耀,癸巳科进士,刑部山东司主事。"

徐氏的胞叔有议叙州判徐采、附贡生徐廷栋等。

李汝璜次子李若金,字君竹。县学生员。嘉庆十九年(1819)己卯科挑取誊录生,充功臣馆誊录。《会试同年录》载:"胞叔若金,邑庠生,嘉庆己卯科挑取誊录,充功臣馆誊录。"黄纯嘏《草草草堂诗选》录有李若金一首诗,①署为大兴李若金(君竹)。其诗曰:

> 世事大都皆草草,草堂岁岁草离离。
> 草荣草枯草聚散,自有草堂草宅之。
> 草芳之臣草衣士,草堂同坐草新诗。
> 草色入帘青几日,原头宿草已经时。
> 劳人草草草头露,诗草流传草岂知?
> 吁嗟乎! 人生那得金光草? 高咏长同草不老。

诗后有注云:"题梦馀餘姻丈遗稿,即以吊之。"

李若金有子李维厚,候选从九品。亦有孙李泰,尚幼。《会试同年录》载:"堂弟维厚,候从九品。堂侄泰,幼。"

胞弟李汝琮,行三。嘉庆五年因邵坝决口捐赀投效,保举南河巡检,候补试用,未得实授。《会试同年录》载:"胞叔祖汝琮,南河候补巡检。"又《会试同年录》载:"堂叔翶(疑似翔)。"《李氏音鉴》卷首载:"侄李时翔安圃校。"则二人应为同一人,即李翔,一名李时翔,字安圃,是李汝琮之子。由此亦知,李汝珍可能无子。

李兆翶长子为李维醇,即李汝璜之孙。李维醇字春醴,号醴泉,一号饮和。嘉庆十六年(1811)生。道光十四年(1834)考中举人,道光十五年(1835)乙未恩科进士,殿试二甲第 35 名。钦点刑部主事,签分山东司行走。历任刑部山东司主事、奉天司主稿、陕西司主事、贵州司员外郎、奉天司郎中、山东沂州府知府、湖南衡永郴桂道道员。《会试同年录》云:"李维醇,字春醴,号醴泉,一号饮和,行一。嘉庆辛未年二月初四日吉时生。顺天府大兴县监生,民籍。乡试中式第九十六名,会试中式第三十三名,殿试第二甲第三十五名,朝考入选第二十四名,钦点刑部主事。"

---

① 　(清)黄纯嘏撰:《草草草堂诗选》,清代道光年间刊本,国家图书馆藏。

《清代官员履历档案全编》载：

> 李维醇，现年四十一岁，系顺天府大兴县人。由道光十四年甲午科举人中式、十五年乙未科进士引见，以主事用签分刑部山东司行走。十六年充奉天司主稿。二十三年五月，总办秋审处行走。二十四年十二月总办减等处。二十五年正月丁母忧。二十七年五月服满，赴部。九月充秋审处坐办。二十八年五月随钦差前任吏部右侍郎福济、右庶子骆秉章驰驿前往河南、江苏、山东查办事件。二十九年七月充律例馆提调，管理赎锾处。八月补授陕西司主事，充律例提调馆纂修。三十五年五月补授贵州司员外郎，充律例馆提调，兼管汉档房。是年九月补授奉天司郎中。咸丰二年，京察一等引见。准其一等加一级。八月俸满，截取奉旨记名以繁缺知府用。本年十一月内奉旨补授山东沂州府知府。①

李维醇是咸丰二年（1852）十一月授沂州府知府，咸丰五年（1855）离任，赴湖南衡永郴桂道任。咸丰三年《大清缙绅全书》山东沂州府条下载："知府，加一级。李维醇，顺天大人，乙未二年十一月授。"②中国第一历史档案馆藏有李维醇于咸丰二年十一月二十四日《奏为奉旨补授山东沂州府知府谢恩并吁求恩训事》朱批奏折。其文曰：

> 本月二十三日内阁奉上谕山东沂州府知府员缺，著李维醇补授，钦此。窃臣畿辅下士，知识庸愚，由进士以主事用签分刑部补授主事，洊升员外郎郎中，总办秋审处、减等处，充律例馆纂修提调。京察一等引见。准其一等加一级，俸满，截取记名以繁缺知府用。涓埃未效，兢惕方深。兹复渥荷温纶，补授今职。闻命之下，倍切悚惶。伏念山东为繁要之区，知府有表率之责。如臣梼昧，惧弗克胜。惟有吁求恩训敬谨遵循于地方。一切公事实力实心，矢勤矢慎以冀稍酬高厚鸿慈于万一所有。微臣感激下忱，谨缮折叩谢天恩，伏乞皇上圣鉴。谨奏。

又，中国第一历史档案馆藏湖南巡抚骆秉章于咸丰五年（1855）六月十六日

---

① 秦国经主编：《清代官员履历档案全编》第三册，华东师范大学出版社1997年影印，第396页。

② 清华大学图书馆、科技史暨古文献研究所编：《清代缙绅录集成》，第二十册，大象出版社2008年版，第461页。

《奏请饬催新放衡永郴贵道李维醇速来任事》一折的录副奏折。其文曰：

> 湖南衡永郴桂道员缺，已奉谕旨著李维醇补授。前因该员尚未到楚，经臣奏明，以本任道员调补湖南按察使文极暂留衡永郴桂道任，以资熟手。现因该司委罢湖南藩司篆务，所遗道篆□此。两粤贼匪纵横南路，各属防剿正值吃紧之时，亟须实任道员督办。免滋贻误。合无仰恳天恩，俯念员缺紧要，迅赐敕部丛催新放湖南衡永郴桂道李维醇速即来南赴任，以重戟守，而专责成谨附片具奏。伏乞圣鉴。谨奏。咸丰五年六月十六日奉。朱批：钦此。

李维醇的妻子黄氏，乃黄纯嘏孙女，黄恒增女儿。《会试同年录》载："娶黄氏，候选布政司经历讳纯嘏公孙女。太学生名恒增公女。"黄纯嘏（1758—1823），原名黄鼎晋，一名晋，字锡之，号梦馀。其先世系出江夏，后迁安徽歙县，因曾祖太仆公出仕淮地，于是定居扬州。黄纯嘏善诗、能画。《历代画史汇传》卷三十一《画史门》有云："黄纯嘏，字锡之。善画、工诗。有豪气。"①构筑草草草堂，经常与一些友人在此赋诗为乐。有诗集《草草草堂诗选》传世。林溥撰《黄梦馀先生传》，其文有曰：

> 先生诗清澹简远，处率胸臆，不落前人窠白。尤不喜为才气语，盖以韵胜也。工六法，得倪、黄意，然不轻为人作。所著有《清啸轩稿》《南游草》《泰岳纪游》，俱散佚不存。存者仅《草草草堂诗选》而已。可惜也！年六十五，无疾而卒。子一，恒增；孙二，咸宝、咸宣。②

黄恒增为《草草草堂诗选》撰写《后记》。其文云：

> 先君少工诗文，著有《清啸轩稿》《南游草》《泰岳纪游》，录目，以为少作，皆删去，不复存。今遗《草草草堂诗选》，大率中年以后遣兴之作，曾自序之。恒增忆癸未年弃养时，诗稿藏箧中，未获编次成帙，亦未敢率尔付梓。每念手泽之遗，思存不殒之意。因家多故，辄未遑也。丙申春，大儿咸宝谨录副本，携入京师。戊戌秋，因同人劝已开雕于琉璃

---

① （清）彭蕴璨撰：《历代画史汇传》，《续修四库全书》第一〇八三册，上海古籍出版社 2002 年影印，511 页。

② （清）黄纯嘏撰：《草草草堂诗选》，清代道光年间刊本，国家图书馆藏。

厂，旋因事出京，示克蒇事。兹于甲辰春，始复刊成。先君生平无所好，惟喜与二三知己吟咏为乐。尝谓："吾诗何足存？聊以自娱而已。第此亦嗜好之年在。"存之以志不忘云尔。至世之采风者，或有取焉，则又恒增之所拜祷者也。此稿二卷，共古今体诗二百二十三首，附词十三首，并著有《风猗书屋文稿》，尚待梓焉。

李维醇的儿子名李镆，尚幼。

值得注意的是，《会试同年录》李汝珍条下所载为："胞叔祖汝珍，河南候补县丞。"这就为李汝珍的出仕问题，提供了一个佐证。说明李汝珍在嘉庆六年与嘉庆十年两次"之官河南"，均是以候补身份试署，一年满后，并未得实授。

另外，从《会试同年录》所载李汝珍之母为徐氏、其兄李汝璜之妻为徐氏、而李汝璜之子李兆翱之妻仍为徐氏的情况来看，这李家与徐家实为世代姻亲。这就让人不禁联想到为嘉庆十五年镌本《李氏音鉴》作参订的"北平大兴徐铨、徐鑑（鉴）"二人。而李汝珍与"二徐"极有可能是中表兄弟。

徐铨（1778—？），字藕船，行五，著有《音绳》。徐鉴，字香垞，行六，著有《韵略补遗》《枕芸阁诗草》等。二人实为一对兄弟，曾于嘉庆九年（1804）甲子、十年（1805）乙丑科同榜联捷进士。一时声名鹊起，被誉为"二龙"。许乔林《弇榆山房诗略·都门早秋怀人诗》中有怀徐铨、徐鉴的诗。怀徐铨诗为："一曲新声唱懊憹，竟辞香案领花封。鹊山铜水风流地，恍过平舆忆二龙。"怀徐鉴诗为："使君清似卜油溪，秋色来从蜀道西。作万首诗行万里，寻香山下好诗题。"[1]

《顺天府志》卷一百十六《人物志·选举进士》嘉庆十年乙丑榜条下："徐鑑，散馆归班，福建兴化府知府。徐铨，庶吉士，知县。"[2]

《清代官员履历档案全编》："臣徐铨，顺天府大兴县进士，年三十一岁，由庶吉士散馆引见，奉旨以知县即用，原选陕西甘泉县知县，亲老题明，改掣近省。今签掣河南汝宁府上蔡县知县，缺。敬缮履历恭呈御览。谨奏。嘉庆十三年八月二十九日。"[3]则知徐铨生于乾隆丁酉年（1777）。

徐鉴《枕芸阁诗草》后有徐炳炎作《跋》。叙"二徐"生平较详，可资考

---

① （清）许乔林撰：《弇榆山房诗略》，清代道光间刊本，国家图书馆藏。
② （清）张之洞等纂修：《光绪顺天府志》，《续修四库全书》第六八六册，上海古籍出版社2002年影印，第373页。
③ 秦国经主编：《清代官员履历档案全编》第二四册，华东师范大学出版社1997年影印，第386页。

证。其文曰：

> 五先伯藕船公，讳铨。六先伯香垞公，讳鑑。于嘉庆甲子、乙丑科同榜联捷进士，改庶吉士。藕船公官河南上蔡、荥泽等县知县，并许、陕、汝、光各直隶州知州，卒于光州直牧任所。香垞官四川遂宁县知县，出守福建兴化府知府，层台咸倚重之。欲处于首郡，暨台湾观察之任，香垞公逊谢弗遑，讵意竟以谦抑开罪，左迁湖南衡州司马，卒于京师。两公著作宏富，尤善书画，吉光片羽，为世所珍。藕船公稿未及见。香垞公稿梓以行世者，亦仅诗文、集、史、骈、音沂等卷。此外，尚有谑浪《九莲灯》等杂作，但耳其名，未见其书。余则悉归湮没，良可慨也。大抵文人为造物所忌，故于官则不显，于文字则不存，此亦天定胜人者也。然手泽云亡，父书难读，顿使先人一生精血付之子虚乌有，问衷其何以安？炎生也晚，未及随侍两公左右，深以为憾。去冬由白下旋京，得香垞公此卷于中表李衿三兄案头，询知购于书肆。当即借抄，仍将原本归赵，并叙其缘以志幸。然则两公手泽散漫于市肆者，何可胜数？安得贤子孙，随处留心而检藏也哉！光绪四年岁次戊寅暮春之初和敬轩主徐炳炎谨志于之翚山东海关幕次。

则知文中提到的李衿，很有可能是李汝璜或李汝琮的后人。

2. 李汝珍投效河工新考

许乔林《弇榆山房诗略》卷一载《送李松石县丞汝珍之官河南》一诗，其编年为"嘉庆辛酉"，即嘉庆六年（公元 1801 年）。诗云："……河南天下中，黄河流经贯。地脊踞上游，宜防重守扞。丞尉虽小官，汛地有分段。……"[1]嘉庆十年石文煃为《李氏音鉴》作《序》云："今松石行将官中州矣。以其慷慨磊落之节概，任人所难为之事。"[2]又吴振勃《筠斋诗录》中《奉题李松石赞府意钓图》七绝二章："领得烟波趣有余，青蓑黄箬暂相於。投竿好拟任公子，谁钓溪头尺半鱼？（其一）树色山光总绝尘，白蘋风里水粼粼；披图怅触情多少，我亦频年结网人。（其二）"[3]

---

① （清）许乔林撰：《弇榆山房诗略》，清代道光间刊本，国家图书馆藏。
② （清）李汝珍著：《李氏音鉴》，《续修四库全书》第二六〇册，上海古籍出版社 2002 年影印，第 381 页。
③ （清）吴振勃著：《筠斋诗录》，清代道光二十八年刊本，挹韵轩藏板，国家图书馆藏，第 12 页。

"丞尉""赞府"皆是对县丞的称呼。县丞是正八品,属于县的佐贰职官。《清史稿·职官三》载:"县丞、主簿,分掌粮马、征税、户籍、缉捕诸职。典史掌稽检狱囚。"①事繁之县,县丞、主簿设置周全,事简之县,则不全设。清代全国共设县丞 345 人,主簿 55 人(乾隆间全国有县丞 414 人,主簿 98人),若不设县丞、主簿之县,则由典史兼领其事。② 又《治河全书》卷十三载:河南省沿河有 5 府 23 县,共设县丞 17 人。则县丞一职专管一县之黄河两岸工程。③ 这里,与李汝珍同时代的人多次提到李汝珍分别于嘉庆六年、嘉庆十年两次"之官河南"。那么,李汝珍两次"之官河南"的具体情形究竟如何呢?

关于李汝珍首次"之官河南",孙佳讯解释说:"嘉庆六年,也就是在其兄李汝璜调往淮南草堰场这一年,李汝珍不知由谁推荐,到豫东一县任治水县丞。"④而第二次"之官河南",胡适认为:"自乾隆四十七年至嘉庆十年(一七八二——一八〇五),凡二十三年,李汝珍只在江苏省内,或在淮北,或在淮南(《音鉴》石文煜序)。他虽是北京人,而受江南、江北的学者的影响最大;他的韵学能辨析南北方音之分,也全靠长期居住南方的经历。嘉庆十年石文煜序中说,'今松石行将官中州矣。'但嘉庆十九年(一八一四)他仍在东海(《音鉴》题词跋),似乎他不曾到河南做官。"⑤孙佳讯则认为:"李汝珍再度'之官河南',是蝉联旧职,还是另有门路,不得而知;就石序有'任人所难为之事'一语,可能还是参加治河的。总之,确确实实是去了。"⑥

张友鹤先生校注本《镜花缘》的《前言》⑦和黄毅先生在为《古本小说集成》影印本《镜花缘》作的《前言》⑧,均认为李汝珍于嘉庆六年(1801 年)到河南做过县丞,嘉庆九年(1805 年)前又回到江苏海州。而徐子方撰《李汝珍年谱》一文,甚至认为:"嘉庆六年(1801),(李汝珍)近 40 岁。赴任河南砀山县丞,并参与治理河患,防汛分段邵家坝。"⑨徐氏之说,确认李汝珍做

① 赵尔巽等撰:《清史稿·职官三》,中华书局 1976 年版,第 3357 页。

② 陈茂同著:《历代职官沿革史》,华东师范大学出版社 1988 年版,第 581—582 页。

③ (清)张鹏翮撰:《治河全书》,《续修四库全书》第八四七册,上海古籍出版社 2002 年影印,第 617—619 页。

④ 孙佳讯著:《镜花缘公案辨疑》,齐鲁书社 1984 年版,第 7 页。

⑤ 胡适著:《中国章回小说考证》,上海书店 1980 年版,第 514—515 页。

⑥ 孙佳讯著:《镜花缘公案辨疑》,齐鲁书社 1984 年版,第 12 页。

⑦ 张友鹤著:《镜花缘·前言》,人民文学出版社 1984 年版,第 7—8 页。

⑧ 黄毅著:《镜花缘·前言》,《古本小说集成》,上海古籍出版社 1990—1994 年版,第 1—3 页。

⑨ 徐子方著:《李汝珍年谱》,《文献》,2000 年第 1 期,第 162—171 页。

了县丞,而且还指出了做官的地点,实是臆测。要之,自孙佳讯、胡适以后,李汝珍两次"之官河南",因史料缺乏,遂成为悬案。

综观这一时期的研究,颇能给人以启发的,是李时人先生撰写的《李汝珍"河南县丞"之任初考》一文,李时人先生始据河南黄河水利委员会档案馆复印的清宫档案资料,认为:"李汝珍嘉庆六年'之官河南'实是捐资("资"疑为"赀",下改)投效河工,未得沿河州县实授县丞职。如果他确有二次河南之行的话,大概也与河工有关。"又解释说:"李汝珍即使再次'河南'之行,想得到沿河州县的实授县丞之类的官,可能性也是不大的。因为自嘉庆四年以来欲在河工上谋出路而捐赀投效者人数甚多,但沿河州县数字有限。而李汝珍既然嘉庆六年投效河工时间较迟,未得沿河州县实授县丞,欲以'熟谙河务'请升的可能性更是不大。因此,根据目前掌握的材料,我们似乎只能说,李汝珍的仕途,只是因捐赀得到一个县丞衔,并没有继续发展。"①照我看来,李时人先生这一"捐赀县丞说"是目前较为合理的一说。

由于李时人先生看到的河南黄委档案馆资料是复印清宫档案的,而且数量有限,致使李汝珍这一"捐赀县丞说"与李汝珍之官河南的实际情形还存在距离。

《大清缙绅全书》收录一份"分发河工试用人员"表,李汝珍赫然在内。兹迻写于下。至有关实授人员问题,俟后文详考。其文曰:

> 南河布理颜尔懋宝市,广东连平人,保举;主簿王絧祖菊亭,山东济宁州人,保举;直隶河工州同李训书芝由,山东济宁州人;南河同知郑巨川沧若,安徽凤台人,廪贡;州同郑澄川鉴如,安徽凤台人,监生;北河主簿吴炘见三,江西新建人;从九彭衍性善励,广东陆丰人,保举;东河主簿钱鸿诰省斋,浙江嘉兴人,保举;南河从九沈清半厂,浙江海宁人,保举;南河县丞韩慧均云泉,山西汾阳人,保举;江苏县丞王汝琛献其,山西汾阳人,廪贡;东河从九韩可均旬庵,山西汾阳人,保举;北河从九韩绍基步峤,山西汾阳人,保举;北河主簿李廷珍谦思,山东历城人,保举;从九马镈静涵,山东历城人,保举;从九马钧陶庵,山东历城人,保举;北河同知余溶覃安,江苏兴化人,保举;东河从九陆延禧云亭,江苏宝应人,保举;南河从九梁德树一□,直隶正定人,保举;

---

① 李时人著:《李汝珍"河南县丞"之任初考》,《明清小说研究》1987 年第 6 期,第 237—242 页。

江苏从九史绍闻苍坪，山东高密人，保举；北河布理师通祖祇堂，陕西韩城人，保举；直隶县丞师艺公忍斋，陕西韩城人，保举；直隶从九黄开先亦香，安徽桐城人，保举；北河布经叶凤池西□，江苏吴县籍山东东滕县人，保举；直隶州同贠怀义宜亭，河南陕州人，保举；东河同知孙尔端处斋，江苏金匮人，保举；东河通判吴茂楠，直隶沧州人，保举；河南县丞李汝珍聘斋，顺天大兴人，保举；北河县丞王镇安斋，广东海康人，保举；直隶从九张全鳌松堂，陕西韩城人，保举；江苏县丞朱城鹤楼，安徽歙县人，保举；河南从九范□瑞云庄，江苏长洲人，保举；东河从九张恒勿轩，顺天大兴人，保举；北河从九陈源亦泉，湖北汉川人，保举；河工布经何维绮颍川，山东新城人，保举；江苏从九程利平远斋，顺天宛平人□□；南河主簿张鼎荣枝卜，直隶盐山人，监生；北河从九熊炯立斋，湖北汉阳人，监生；江苏县丞杨超铎春鸿，汉军正黄旗人，保举；河南从九田霋润斋，顺天大兴籍四川巴县人，保举；河南县丞汤继勋渊如，江苏长洲人，保举；东河从九周黻补堂，浙江山阴人，保举；南河通判宋兰生佩征，直隶长垣人，附贡。①

此表刊于嘉庆五年冬《大清缙绅全书》，共录河工试用人员 43 人。其中李汝珍排名第 28，保举为河南县丞。"聘斋"二字，显系其字。嘉庆六年奎文楼刊本《大清缙绅全书》亦录此表，内容完全相同。由是可知，嘉庆六年，李汝珍所谓"之官河南"，实是分发试用河南县丞。

李汝珍因何分发试用河南县丞呢？孙家讯、李时人先生认为李汝珍"之官河南"与邵家坝决口有关，无疑是十分合理的推断。其实，李汝珍以河工分发试用河南县丞，还与川楚白莲教起义有关系。许乔林于嘉庆六年作《拥炉诗》，其第四首"云栈旧踪香火誓，宜防虚境水衡官"句下注云："余生于蜀。前投效河工未果。""即今瓠子凌床冷，诸将连营铁甲寒"句下注云："河决邵坝。川楚捕白莲教匪。"②即为明证。《拥炉诗》与《送李松石县丞汝珍之官河南》作于同一年，许乔林所谓"投效未果"，说明他自己亦去投效河工了。

中国第一历史档案馆收录嘉庆五年四月二十四日两江总督费淳和江南河道总督吴璥联名"奏为南河亟须整顿请暂准捐赏投效事"奏折。其文曰：

---

① 清华大学图书馆、科技史暨古文献研究所编：《大清缙绅全书》第五卷，大象出版社 2008 年版，第 374 页。

② （清）许乔林撰：《弇榆山房诗略》，清代道光间刊本，国家图书馆藏，第 17 页。

　　恭恳圣恩暂准捐赀投效，以济工需，以资佐理事。窃照江南邵坝漫工，遵旨于秋汛后堵筑。诚如圣谕，不得过百万之数，约计已可敷用。惟连年溃堤旁溢，正河淤高，必须先将河身认真挑濬，使水有去路，坝工方易堵合。计自邵家坝起，至徐城三山头止，淤垫一百七十余里。臣等率同道将并谙练工程之厅营等，用水平逐段较量，分别择要，估计约需土方银八九十万两。再查南北两岸大堤，自丰、沛、萧、砀，以至宿迁、桃源一带，堤身单薄，残缺之处甚多，并有仅高滩面一二尺，甚至有堤与滩平者。将来堵合口门，河归故道，一经水长漫滩，在在可虞。倘此堵彼溃，更属不成事体。是欲堵现在之口门，应先筹两岸之保障。束水培堤，实系大工善后至要之务。臣等督同道将等，逐细勘估，择其紧要之处，酌加帮培，亦非数十万金不可。此两项经费，系在堵筑邵壩之外。臣等再四熟商，凡稍可停缓之工，必为力求樽节，而此等最要工程，实未敢再事因循，致滋贻悮。惟工需一切，亦尚须设法妥筹。我皇上念切民生，原不惜发帑兴办。但国家度支，岁有常经，岂宜格外多费，且挑河培堤工段绵长，需员较多，近年山东修筑运河，纤道曾有捐赀投效之例，得以妥速蒇功。今江南河工，事同一例，似可循照办理，合无仰恳皇上天恩俯准循例投效，既可集费鸠工，而平素稍谙河务者，又得及时自效，于办工用人两有裨益。其情愿仍遵川楚例捐纳者，仍听其赴部报捐，亦属并行无碍。谨拟章程十条，另缮清单。敬呈御览，如蒙俞允，臣等即移咨各省，以便各员遵照赴工，具呈投效，为此恭折具奏。伏乞皇上睿鉴训示遵行。再挑河、培堤，秋间即须兴办，而投效人员陆须赴工，势不能一时毕集，所有工需银两，应请先于江苏、安徽、江西、浙江、山东各藩运关等库酌拨应用，以免迟悮。投效各员捐赀缴纳若干，另行奏明，解还归款。如有赢余，并即解贮江宁藩库，报部拨用。合并陈明，谨奏。嘉庆五年四月二十四日。朱批：该部速议具奏。

据奏折可知，李汝珍若以河工试用，实有三途：一是按川楚例捐纳；二是捐赀投效山东运河；三是如费淳与吴璥所请的捐赀投效南河。而李汝珍是哪一种呢？

　　关于捐纳，《清史稿》卷一百一十二《选举》载："捐例不外拯荒、河工、军需三者，曰暂行事例，期满或事竣即停，而现行事例则否。捐途文职小京官至郎中，未入流至道员；武职千、把总至参将。"[1]而所谓按川楚例捐纳，则是嘉庆三年的事了。中国第一历史档案馆收录嘉庆三年三月二十八日蒋赐棨

①　赵尔巽等撰：《清史稿·选举七》，中华书局 1976 年版，第 3233 页。

"奏请在川楚等省援例暂准开捐事"的录副奏折。其文曰：

> 奏为敬陈管见，仰祈圣鉴一。窃查川楚等省自戡定苗疆剿办教匪以来，陆续拨发军需不下七八千万两，现在各省官兵屡次奏捷首逆，歼擒其余，匪党已极究惫，不日即可蒇功。惟嗣后一切善后事宜，及抚恤各处难民，需费甚巨。仰惟圣主惠爱黎元，恩施稠渥，原不靳此区区。但备查从前平定金川时，曾开川运军粮事例，原仿古人输粟于边之义。此次办理军务，阅时三载，而所发军需银数已较金川为多，似可暂开捐例，以济要需，伏念臣父臣蒋溥前任户部曾经奏开捐例。仰荷允行，臣世受国恩，职司农部，当此需费浩繁之时，不得不预为筹画。合无仰恳皇上天恩暂准开捐。勅交部臣查照前例酌拟条款核议具奏，庶使急公图报之人均得及时效用，而合计支发之数亦借可稍资储备矣。臣不揣冒昧，折具奏，伏乞皇上训示。谨奏。嘉庆三年三月二十八日奉。朱批：大学士九卿科道议奏。钦此。

《清史稿》载："嘉庆三年，从户部侍郎蒋赐棨请，开川楚善后事例，帝虑正途因之壅滞，饬妥议条款。寻议：'京官郎中、员外郎，外官道府，有理事亲民之责，未便滥予登进。进士、举人、恩、拔、副、优、岁贡，始许捐纳。非正途候补、候选正印人员，亦得递捐。现任、应补、候选小京官、佐贰，止准以应升之项捐纳。'从之。"李汝珍试用河南县丞属候选佐贰，按例只能"以应升之项捐纳"，他在嘉庆五年冬被保举分发试用，亦有可能是嘉庆三年按川楚例捐纳的。因为"捐纳官分发各部、院学习三年，外省试用一年。期满，各堂官、督、抚实行甄别奏留，乃得补官"，而这亦是定例。①

又按费淳、吴璥奏折中称："近年山东修筑运河，纤道曾有捐赀投效之例，得以妥速蒇功。"山东运河隶属东河总督，从嘉庆六年"之官河南"的时间来看，李汝珍捐赀投效山东运河亦有可能。

再看捐赀投效南河。据《黄河志》，南河徐属邵家坝于嘉庆年间首次决口是在嘉庆四年七月二十六日，同年十一月二十九日初步堵合，然没过十天，在十二月七日又再次决口，堵合时间是第二年十一月十八日，费时近两年。② 再据费淳、吴璥奏折，则捐赀投效南河的时间，亦与李汝珍之分发河南试用相合。邵坝因"连年溃堤""此堵彼溃"，加之河床高出地表，如果还

---

① 赵尔巽等撰：《清史稿·选举七》，中华书局1976年版，第3236页。
② 袁仲翔等编纂：《黄河志》，河南人民出版社1991年版，第107页。

是一味堵筑,实为下策。而最佳方法,应是挑河疏通,俟堵筑合龙后,缮后束水培堤。然而,这样大的工程,实是用资甚巨。又因镇压川楚白莲教起义,军费开支庞大,致使国库空虚。是故,费淳、吴璥才奏请按川楚例捐赀投效。

那么,李汝珍"之官河南"究竟是哪一种呢?《镜花缘》中有几段论治河文字,最可注意。其文曰:

> 河水泛滥为害,大约总是河路壅塞,未有去路,未清其源,所以如此。明日看过,我先给他处处挑挖极深,再把口面开宽,来源去路,也都替他各处疏通。大约河身挑挖深宽,自然受水就多;受水既多,再有去路,似可不致泛滥了。……
>
> 两边堤岸,高如山陵,而河身既高且浅,形像如盘,受水无多,以至为患。这总是水大之时,惟恐冲决漫溢,且顾目前之急,不是筑堤,就是培岸。及至水小,并不顾为设法挑挖疏通;到了水势略大,又复培壅。以致年复一年,河身日见其高。若以目前形状而论,就如以浴盆置于屋脊之上,一经漫溢,以高临下,四处皆为受水之区,平地即成泽国。若要安稳,必须将这浴盆埋在地中。盆低地高,既不畏其冲决,再加处处深挑,盘形变成釜形,受水既多,自然可免漫溢之患了。……
>
> 第河道一时挑挖深通,使归故道,施工甚难。盖堤岸日积月累,培壅过高,下面虽可深挑,而出土甚觉费事;倘能集得数十万人夫,一面深挑,一面去其堤岸,使两岸之土不致壅积,方能易于藏事。……
>
> 凡河有淤沙,如欲借其水势顺溜刷淤,那个河形必须如矢之直,其淤始能顺溜而下。再者,刷淤之处,其河不但要直,并且还要由宽至窄,由高至低,其淤始得走而不滞。假如西边之淤要使之东去,其西边口面如宽二十丈,必须由西至东,渐渐收缩,不过数丈。是宽处之淤,使由窄路而出,再能西高东低,自然势急水溜,到了出口时,就如万马奔腾一般,其淤自能一去无余。……①

上引几段治河文字,与邵坝治河情形颇为相符,而与运河毫无关系。足可说明李汝珍是参加过邵坝治河的。《天一遗书》云:"黄河埽湾之处,对岸必有沙滩。滩在北,则南地险;滩在南,则北地险。治之法,除险处做矶嘴坝,下护埽,并抢筑里越之外,救急之善,莫过于沙滩之上挑掘引河,为效甚速。且

---

① 见《镜花缘》第三十五回、三十六回,《古本小说集成》影印本,上海古籍出版社 1990—1994 年版,第 609—627 页。

河成之后,险亦永平,诚一劳永逸之计也。"①李汝珍所论治河,可谓深得"挑掘引河"之法。

费淳与吴璥于嘉庆五年十月初九日所上奏折记载邵坝治河情形颇为详尽。其文曰:

> 奏为徐属各厅堤埽各工,有应于邵坝合龙前预行筹办各要务,恭折具奏,仰祈圣鉴事。……臣等业经奏明,择要分别估挑在案。现在石林惟上淤垫高厚处所,开宽数十丈,挑深二三丈不等。其地势较低之百余里,因工长费巨,只可择要酌办,以归樽节。……至邵坝以下徐属各厅,两年来,黄水断流,旧时埽壩未经镶修,多有糟朽。合龙后,黄水骤然拥至朽埽,势必刷蛰,恐致塌及堤。向臣等现饬该道厅等,查明迎溜扫湾,各埽工内苟可抵御者,暂缓估办。……再桃源厅属临河集地方,近接马陵山根。该处河身内有一段,悉系砂礓,性坚如石,难经大溜,亦不能冲刷。以上地势较量,竟与门限相似。河水至不免稍有停壅,难以迅驶遄行。惟因向在水底,人力无从刨挖,实为多年积病。现今河身干涸,正可趁此水尚未到之先,乘时挑办。臣等现已遴委妥干之员,赶紧挑挖,于合龙前完竣,需费尚属不多,实可除去多年隐病,以收河流畅顺之益。……朱批曰:总宜实力妥办,以期永庆安澜。至于帑项,用之于工料,虽多亦不惜。若仍听浮日月,以致料不实贮,建造花园,侵肥入己,为子弟捐官等事,朕必能知,既知必办,慎之勉之。严察属员为要。

要之,李汝珍当是嘉庆五年捐赏投效南河河工,亦有可能是嘉庆三年即已按川楚例纳捐,然后又于嘉庆五年捐赏投效南河河工。那么李汝珍为什么会在嘉庆五年冬被保举为河南县丞的呢?

邵坝是在嘉庆五年十一月十八日合龙的。嘉庆五年十二月初三日费淳与吴璥所上奏折中,称:"邵工于前月十八日合龙后,臣等当即亲督道将等,将前面边埽,后面裹戗,竭三昼夜之力,赶紧镶筑……"那么,邵坝合龙后,费淳与吴璥当具奏保举河工投效有功人员,而李汝珍当是其中之一。现在还不能看到邵坝合龙后,费淳与吴璥具奏保举河工效力有功人员名单的奏折,然嘉庆十年东河总督李亨特《奏为遵旨保举本年伏秋大汛在黄河等工

---

① （清）陈潢撰:《天一遗书》,《续修四库全书》第八四七册,上海古籍出版社2002年影印,第244页。

出力各员请量予纪录事》一折可为旁证。其文曰：

> ……本年豫东黄沁二河，叠经盛涨，寒露以后，尚有秦家厂、蔡家楼等处。险工在在，抢办平稳。仰蒙恩旨，令臣秉公保奏，当即钦遵。转饬黄河各道查明，据实开造去后。兹据各该道先后详送前来，臣查本年伏秋汛内河工文武员弁，并协防之沿河知府、州、县及地方委员人等，会同实力防护，处处周密，获庆安澜。虽俱不辞劳瘁，奋勉出力，均系该员等分所当然，未敢格外仰邀恩施。所有此次出力人员，臣详加覆核，考其劳绩，分别等第，循照向例造册，咨部可否量予纪录以示鼓励……朱批：吏部知道。

清代地方官制，对河缺拣选补授，有明确的规定："如直隶的通永道、永定河道，江南的淮扬道、淮徐道，均应由该河督将派往人员、现任、留工人员或应升人员，拣选谙熟河务者，题请委署一年后，经历三汛，能胜任者保题，送部引见，请实授。"①而邵坝隶属淮徐道，为南河河督辖。因此，李汝珍于嘉庆六年所谓"之官河南"亦明矣，当是李汝珍于嘉庆五年捐赏效力南河，"不辞劳瘁，奋勉出力"，终于在年底因邵坝合龙而被费淳、吴璥保举为县丞，随后于嘉庆六年分发河南试用的。

3. 李汝珍候补县丞新考

那么李汝珍有没有实授河南县丞呢？没有。《道光乙未恩科会试同年齿录》之李维醇条下有载："胞叔祖汝珍，河南候补县丞。汝琼，南河候补巡检。"

李维醇，乃李汝珍之兄李汝璜之孙，字春醴，号醴泉，一号饮和。顺天府大兴县人。道光十四年乡试中式第九十六名，道光十五年会试中式第三十三名，殿试第二甲第三十五名，朝考入选第二十四名，钦点刑部主事。《清代官员履历档案全编》载：

> 李维醇，系顺天府大兴县人，由道光十四年甲午科举人中式、十五年乙未科进士引见，以主事用籖分刑部山东司行走。十六年充奉天司主稿。二十三年五月，总办秋审处行走。二十四年十二月总办减等处。二十五年正月丁母忧。二十七年五月服满赴部，九月充秋审处坐办。二十八年五月随钦差前任吏部右侍郎福济右庶子骆秉章驰驿前往河

---

① 刘子扬著：《清代地方官制考》，紫禁城出版社1988年版，第405—406页。

南、江苏、山东查办事件。二十九年七月充律例馆提调,管理赎锾处;八月补授陕西司主事,充律例馆纂修。三十五年五月,补授贵州司员外郎,充律例馆提调兼管档房;是年九月补授奉天司郎中。咸丰二年京察一等,引见准其一等加一级;八月俸满截取奉旨记名以繁缺知府用,本年十一月内奉旨补授山东沂州府知府。①

是故,李汝珍"之官河南",终其一生未得实授,仅是候补县丞。而那"分发河工试用人员"名单上,笔者据台湾"中研院"史语所《内阁大库文档》所收录的"移会"和"题本"材料,考证出或得实授或升迁者若干。其中有南河布理颜尔懋,嘉庆十八年,吏部尚书铁保题覆,如江南河道总督黎世序所请,淮安府高堰河务通判沈琪升署海防河务同知,遗缺以谙练修防、结实可靠之邳州州同颜尔懋升署。批示:依议。北河主簿吴炘,嘉庆十四年,直隶总督温承惠题报,署安州州判廖功远、署元城县主簿吴炘,俱试署一年期满,查该员等自任事以来经历三汛所管河道堤工深通稳固俱系堪以胜任之员,依例请准其实授。批示:该部议奏。东河主簿钱鸿诰,嘉庆十七年,直隶总督温承惠谨题为循例题署事,该臣查得阜平县钱鸿诰调补武清县,声明所遗阜平县选缺另行请补在案。北河从九韩绍基,嘉庆十七年,直隶总督温承惠题请以固安县管河县丞韩绍基升署南皮县知县。北河主簿李廷珍,嘉庆十五年,总督温承惠题报,署永定河南岸头工上汛霸州州同祝庆谷、南岸三工涿州州判何贞南、下汛宛平县县丞李廷珍俱系试署一年期满,克胜河防之员,照例请准其实授。批示:该部议奏。南河从九沈清,嘉庆十六年,江南河道总督陈凤翔题,为江南徐州府萧县主簿、宿迁县运河主簿、淮安府阜宁县马逻司巡检、安东县长乐司巡检等各员缺,请以李廷璠、金衍鼎、李培南、沈清等分别补授。批示:该部议奏。直隶从九黄开先,道光二十七年,吏部移会,稽察大湖县丞黄开先署归化县事。东河通判吴茂南,嘉庆十年,东河河道总督李亨特题报,河南省归德府仪睢通判华□丁忧遗缺,请以熟谙河防办事勤干之曹考通判吴茂南调署。北河从九熊炯,嘉庆十四年,温承惠题报,署任东安县主簿熊炯试署一年期满,署堪以胜任之员,应请照例准其实授。另外,嘉庆二十一年,吏部移会,稽察房两江总督奏京口驻防闲散邬勒兴阿之妾吴氏自缢身死后,邬勒兴阿亦即自缢殒命一案,奉旨署丹徒县南汇县丞杨超铎著即革职,交松筠胡克家提讯贿银来历。可见他确是实授了的。就目前所知,这张 43 人的大名单,得实授

① 秦国经主编:《清代官员履历档案全编》第三册,华东师范大学出版社 1997 年版,第 396 页。

或升迁的仅为10人。另外,有趣的是,州同郑澄川因其父令其弟郑定川顶冒其执照一事,情愿照例捐银请准赎罪,则知其是不可能实授的了。

李汝珍试署河南县丞一直没有被实授,是肯定的了。在上述试用后得实授的10人中,值得一提的是,北河从九韩绍基,他竟于嘉庆十七年由直隶总督温承惠题请以固安县管河县丞升署南皮县知县。韩绍基由从九品主簿升至正八品县丞,再升至正七品知县,诚为不易。内阁大库文档所录题本全文如下:

> 太子少保兵部尚书都察院右都御史总督等处地方军务紫荆密云等关隘,兼理粮饷河道巡抚事,革职留任臣温承惠谨题,为沿河知县要缺,需员循例拣选,具题升署以资治理事。该臣查得南皮县知县彭希曾升署通州知州,所遗南皮县一缺系繁、疲、难三项沿河要缺,例应在外拣选。兹据直隶布政使方受畴、按察使灵保会呈称,查有固巡县管河县丞韩绍基,才具明干,熟谙河工,堪以升署南皮县知县。详请具题前来。臣查韩绍基,年四十三岁,山西汾阳县人,由从九品职衔投效东河,议叙籤掣直隶河工委用。嘉庆六年,咨署河间县景和镇巡检,历升永清县县丞。丁忧回籍,服阕赴直题补今职。奉准部覆于十四年五月十五日到任。该员才具强干,办事奋勉,以之升署南皮县知县,实堪胜任,与例亦属相符,仍俟部复到日,给咨送部引见,恭候钦定,并照例试看。另请实授,谨题请旨。

韩绍基是以从九品职衔投效东河的。而这职衔是哪来的呢?无疑是捐纳的。嘉庆六年,他到直隶(即北河)河工试用,担任河间县景和镇巡检,是"议叙籤掣"的。依此似可推知,李汝珍分发河南试用县丞,亦是"议叙籤掣"的。总之,嘉庆六年,李汝珍"之官河南"只是试署的候补县丞,一年期满,并没有实授。

4. 李汝珍再官河南新考

嘉庆十年,石文煃作《李氏音鉴·序》所说的"今松石行将官中州矣"是指李汝珍第二次"之官河南"。胡适、张友鹤先生认为,正如石文煃所言,只是"行将"而已,实际上并没有实现。孙佳讯先生则持相反意见,认为李汝珍确实于嘉庆十年又去河南做小官了。而李时人先生推测说:"如果李汝珍确有二次河南之行的话,大概也与河工有关。"李时人先生之推测,颇具见地。照我看来,李汝珍于嘉庆十年"之官河南",实是与"衡工投效事"有关。中国第一历史档案馆收录东河总督稽承志、河南巡抚马慧裕于嘉庆八年十月初六日"奏为衡工需用浩繁请广开登进途径暂开衡工投效事例事"奏折。其文曰:

……自邀圣明洞鉴,查运河、南河办理工程,向有投效之例,臣等自应查照奏请举行。第运河投效,系在未开川楚善后事例以前,各省士民进身无阶,是以踊跃趋公,所捐银数计有一百一十余万。其后南河投效,已在川楚事例之后,统计银数十不及一,盖投效与报捐同一急公而银数多寡悬殊,人情寔不无趋避。……因思乾隆二十六年豫省黄河漫口,经大学士刘统勋等奏蒙高宗纯皇帝特开豫工事例。嘉庆六年,直隶永定河漫溢,经侍郎臣那彦宝等奏蒙圣恩特开工赈事例,均得迅速蒇功,寔为逾格旷典。今衡家楼漫工事同一例,合无仰恳皇上天恩俯允臣等所请照豫工之例,暂开衡工事例,敕议条款通行各省,急公奉上者自必众多,既可少佐工需,更得广开登进。……伏乞皇上睿鉴训示,遵行谨奏。嘉庆八年十月初六日。朱批:军机大臣会同该部速议具奏。

另,中国第一历史档案馆收录嘉庆八年十二月十八日大学士庆桂等"奏为会议衡工捐例章程事"的录副奏折。其文曰:

……臣等悉心商议,谨将此次捐例较之工赈酌减二成银数,并拟推广恩施,酌为增改各条,俾官生等登进多途,以仰副皇上嘉惠士民至意。至捐纳贡监、捐职、捐封加级纪录及捐免保举、免试俸、免考试、免实授、免坐补及离任应补捐复等项,仍照现行常例办理,毋庸增减。……今此次开捐,钦奉谕旨以工竣日停止,自毋庸定立卯期。惟工程现已兴筑,不日即可合龙,而云、贵等省接奉部咨已须来年正月。官生远涉赴京,计须三四月中方能到部,似又未便以工程已竣阻其上进之心,且现在工程需费,已奉旨就近拨解帑项,以应急需。俟该官生等报捐上兑后,再行陆续拨还归款,亦可不虞迟悮。应请以来年开印后,于二月初四日开卯起,至七月三十日截止。毋庸按照省分远近分立日期,统以六个月作为头卯。吏部于九年八月内,将十九省报捐人员汇总,同日籤掣名次以归画。至应如何铨选之处,臣等详加酌议。从前文职捐纳人员,俱奏明定以四新一旧,挨次铨选,惟川楚、工赈例内因各旧例尚有未经铨选人员,奏明改为三新一旧。此次衡工事例应请仍照川楚、工赈旧例,定以三新一旧,轮班铨选,其旧班各例,捐纳之员,俟新班选用三人后,各轮选一人,如某例无人即以其次之班选用。……

石文煜谓李汝珍"往岁游淮北",似应指嘉庆八、九年间,李汝珍为衡工报捐。而嘉庆十年的所谓"之官河南",应与嘉庆五年的分发试用河南县丞一样,也是试署河南县丞。此次"之官河南"仍不得实授,实是因川楚、工赈例之旧班未经铨选人员较多,而衡工新班人员又渐次增加,是以采用"三新一旧"之法进行铨选,使得实授机会变得渺小。

而且,东河总督李亨特为人贪酷无比,任意勒索河工。《清实录》载:

> 李亨特防汛驻工,每日需银六七十两,勒令下北厅同知垫发,并未给还。凡遇临工,每厅每次勒要门包二百七十两。今春勒派曹考厅通判,于曹汛十堡创造公馆一所,计房六十余间,催令于端阳前完竣,以便住彼过节。并令于考城旧有公馆内,添建房屋二十余间,亭子一座,俱不发价。又派令下南厅同知,将祥符上汛八堡及陈家寨旧有小房一所,俱改建大房,有水处俱种荷花。该厅因无银置买砖瓦木料,惟恐催问,甚为惶惧。又原任协备傅文杰,系李亨特母舅,因伊回避告病离任,强派在睢宁厅同知处管总,每年勒帮银四百两。又李亨特从前缘事在京,有通判华灿进京引见。李亨特曾向借银三千两,凑交赔项。华灿无银借给。因此挟嫌,一经到任,查该通判有老亲迎养在署,即勒令告养,又将不谙河务之同知锡福、通判王相纶委用河厅,几误要工,于人地是否相宜,并不与巡抚及该管道员虚衷商酌等语。……①

中国第一历史档案馆收录嘉庆十一年五月初七日"主部左侍郎托津等呈查抄李亨特任所物件缮写清单"。其文曰:

> ……皮夹单纱男衣共二百四十四件。皮棉夹单纱女衣共四百零九件。貂狐羊□各色皮统、皮张共二百四十六件。锦缎呢雨绸绫纱罗布匹共四百七十件。……宝石碧玺等朝珠二十挂。……玉器共二百三十九件。银器共一百三十件。……

李亨特是在嘉庆十年由枭司擢升东河总督的,到次年四月,仅仅一年多的时间,其任所内贪索之物件竟如此之多。李亨特终为河南巡抚马慧裕参倒,落得个发配伊犁的下场。《吴松圃先生奏疏》有嘉庆十一年八月二日"奏为豫东二省分管黄河厅员缘事全行降革"一折,其文曰:"现在候补丞倅不敷补

---

① 《清实录》第三〇册,中华书局 1986 年版,第 54—55 页。

用,恭折籲恳圣慈俯准分别留任协防,以资熟手,而重河务……"①笔者查所参员弁中并无李汝珍,而题请补用人员中亦无李汝珍。按李亨特嘉庆十年任东河总督,而李汝珍亦于此年"之官河南"试署县丞,其虽不得实授,然能清白守身,不至与李亨特辈同流合污,亦属不幸之中大幸。石文煃为《李氏音鉴》作序,曾赞李汝珍:"以其慷慨磊落之节概,任人所难为之事。而益以其澄心渺虑之神明,周人于不见之隐,将大力而济以小心。其所以黼黻皇猷,敦谕风俗者,又岂特詹詹小学利薮林之呫哔云尔哉!"②并非虚誉也。

二、李汝珍的学术著作与思想

李汝珍博学多能,除才学小说《镜花缘》外,尚有两部学术著作,分别为音韵学专著《李氏音鉴》和弈学专著《受子谱》。对于《李氏音鉴》,自胡适的《〈镜花缘〉的引论》中胡适与钱玄同予以勾勒以后,至二十世纪九十年代,虽不乏研究者,然大抵粗略,未有系统研究。九十年代以后,李时人撰写《出入"乾嘉":李汝珍及其镜花缘创作》③一文,对李汝珍在《镜花缘》中所庋藏的音韵、训诂、校勘等才学予以论证,并称李汝珍为"首先是乾嘉考据学家,然后才是小说家"。杨亦鸣先生亦撰有《李氏音鉴音系研究》④一书,专门对李汝珍的音韵之学予以论述,颇具深度。对于《受子谱》,有学者李洪甫撰《二百年前的围棋公赛——李汝珍围棋著述的发现》⑤一文予以简要介绍。至于论述《受子谱》《李氏音鉴》二书与《镜花缘》的关系,至2010年,始有乔光辉《李汝珍〈受子谱〉及其与〈镜花缘〉的关系》⑥予以勾勒。本节即在此基础上,对《镜花缘》中与《受子谱》《李氏音鉴》相关的内容予以研究,考释李汝珍音韵学、弈学的内容与价值,及其与《镜花缘》的关系,探求李汝珍于小说中炫才的心态与人生追求。

---

① (清)吴璥撰:《吴菘圃先生奏疏二卷》,《天津图书馆孤本秘笈丛书》第二册,中华全国图书馆文献缩微复制中心1999年影印,第538—542页。

② (清)石文煃著:《李氏音鉴·序》,《续修四库全书》第二六〇册,上海古籍出版社2002年影印,第382页。

③ 李时人著:《出入"乾嘉":李汝珍及其镜花缘创作》,《国学研究》1997年第四卷。

④ 杨亦鸣:《李氏音鉴音系研究》,陕西人民出版社1992年版。

⑤ 李洪甫:《二百年前的围棋公赛——李汝珍围棋著述的发现》,《中国图书评论》1991年第5期。

⑥ 见2010年《中国〈镜花缘〉学术研讨会论文集》,《明清小说研究》编辑部、连云港《镜花缘》研究会。

1.《受子谱》版本与内容小考

国家图书馆与南京图书馆分别藏有李汝珍弈学专著《受子谱》。该书分上下两卷,大开本,行字二十一,白口,四周双边,单鱼尾。封一署《受子谱选》,卷首题署"大兴李汝珍松石辑,天津徐廷相辅卿、合肥萧荣修菊如校"。还有许祥龄、许乔林二人之序。是书当刻于嘉庆二十二年(1817)。许祥龄《序》题署"嘉庆丁丑岁季春",许乔林《序》题署"嘉庆丁丑岁夏六月",李汝珍所撰《凡例》,题署为"嘉庆丁丑孟秋",则李汝珍《受子谱》当刊于嘉庆二十二年(1817)七月。

至许乔林、许祥龄、徐廷相、萧荣修等,均为李汝珍至交好友。许乔林(1776—1852)亦曾为《镜花缘》作序,为《李氏音鉴》参校。许乔林与其弟许桂林并称"海州二宝",均与李汝珍关系密切,且有姻亲之谊。许桂林撰《李氏音鉴后序》曰:"松石姊夫,博学多能,方在胸时,与余契好尤笃。"李汝珍在《李氏音鉴》中亦曰:"月南,珍内弟,撰《音鉴》一编,珍于南音之辨,得月南之益多矣。"许桂林曾前后两次坐馆于李汝珍兄长李汝璜处,教授李汝璜之子李兆翱、李若金。"二许"著述颇丰。许乔林著有《弇榆山房诗略》《胸海诗存》《海州文献录》《云台新志》等;许桂林著有《宣西通》《易确》《算牖》《许氏说音》等学术著作,此外尚有小说集《七嬉》。

许祥龄(1746—?　　),字蔬庵,江苏甘泉人,业医。著有《蔬庵诗草》三卷,分为《舟车集》《垂帘集》《吴门游草》《嘉禾游草》《西湖游草》等。卷首有秋平老人黄文旸、阮元、阮亨梅、李汝珍四人所作序言以及作者自叙。李汝珍所作序题署为嘉庆丙子(1816),其文有云:"吾友许蔬庵先生,邗江名士,余于神交久矣。迨壬申岁始得亲承丰采,情义交乎,遂称莫逆。"①于此,可见二人交情非同一般,许蔬庵亦曾为李汝珍小说《镜花缘》作批点。萧荣修乃合肥人,字菊如。其所作《镜花缘题词》曰:"谁言作者心,只有明月知。"其亦为《镜花缘》作评。其总评曰:"此集甫读两卷,余是有他役,乃返,而开雕已过半矣。惟就所读数本,附管见所及,妄缀数语于各篇之首,未识有当万一否? 第回忆数年前,捧读是书中间十余卷,其中细腻密线,笔飞墨舞之处,犹宛然在目,而竟不获为之一一指出,实为恨事。然窃喜诸同志为之标题,谅有先得我心者矣,又何恨焉? 菊如识。"②天津徐廷相,似应是从

---

① (清)许蔬庵撰:《蔬庵诗草》,清代嘉庆年间刊本,南京图书馆古籍部藏。
② 萧荣修总评见《镜花缘》一百回卷末,《古本小说集成》影印本,上海古籍出版社 1990—1994 年版,第 1827—1828 页。

大兴迁到天津的一支,与李汝珍应是中表姻亲。至其生平不可考。

《受子谱》一书,正文共选棋谱实为二百一十七局。其中受二子八十局;受三子三十局;受四子六十五局;受五子二十局;受六子九局;受七子九局,受八子八局;受九子一局。另有两局相同,分别为受二子中的第三十二局与第二十八局同、受七子中的第八局与第三局同。此外,还有公弈一局。而卷末,则有李汝珍《公弈题识》一篇和沈谦《公弈题词》一篇。

在受二子八十局棋谱中,以清代四大国弈的棋谱为主。所谓四大国弈,即范西屏、施襄夏、程兰如和梁魏今。其中范氏十五局、施氏二十九局、程氏十七局、梁氏十三局,除上述四家外,尚有谭揆士、张介轩、何耕书等人若干篇;在受三子三十局棋谱中,最多者乃清顺康间国弈黄龙士,共十局,其次是施襄夏、程兰如、胡敬孚等人若干篇;在受四子六十五局棋谱中,以范西屏与徐星友最多,前者三十三局,后者十四局;在受五子二十局中,以范西屏与施襄夏为多;在受六子九局中,以范西屏、徐星友为多;在受七子九局中,程兰如和徐星友各占三局;受八子三局中,施襄夏二局,另一局署为施定庵;受九子一局,为蔡林乡对达顺成。

从李汝珍所开列的棋谱来看,其旨在从历时的角度,总结清初至中叶围棋的发展过程。黄龙士,乃开创大清一代棋风者,其后是名家辈出,以范西屏杰出。《受子谱·凡例》云:"国朝黄月天异想天开,别创生面,极尽心思之巧,遂开一代之盛。相继国弈不一,而最著者,则有梁魏今、程兰如、施襄夏、范西屏,时人谓之梁、程、施、范。此以时代先后论也。此四子者,皆新奇独创,高出往古,而范尤为出神入化,想入非非,又或谓之范、施、程、梁,故是谱以范冠诸各篇之首。"

关于施、范、程、梁四大家,清人诗文集多有记载。略考四人如下。清人闵华《赠国棋施襄夏即之汉阳》赞道:"当代何人称国棋,江南有程(兰如)浙有施。中原旗鼓一相值,斗智空堂月白时。兀然对案若僧定,不闻动息闻风吹。片云忽断秋雁阵,寸心竞吐春蚕丝。度外二子已弃置,湘东一目诚孤危。无何转负即为胜,此意未必傍人知。观者往往变颜色,好事制谱嫌钞迟。呜呼!施生施生抱此艺,况乃家学能兼诗(谓令叔兰垞)。三年三度渡扬子,未逢大敌谁惊奇。而今远赴潇湘去,公卿绝席争迎之。怜余溷濆铜池候,敛手推枰独尔思。"①施襄夏,号定庵,亦名本庵,乃浙江人,著有《弈理指归》。其人棋风稳健、扎实。时人谓之与程兰如齐名。

范西屏,《扬州画舫录》载:

---

① (清)闵华撰:《澄秋阁集》一集卷三《古今体诗》,清代乾隆十七年刊本。

> 本庵父殁，从母改适范氏，生西平。施、范同时称国手。范著《桃花泉谱》，施著《弈理指归》。皆传于世。今之言棋者，动曰施、范，乃二君。

亦载有范、施的一段逸闻，可见他们的性情及当时围棋之盛：

> （施、范）渡江来扬时，尝于村塾中宿。本庵戏与馆中童子弈，不能胜。西平更之亦不能胜。又西平游于甓社湖，寓僧寺。有担草者，范与之弈，数局，皆不能胜。问姓名，不答。曰："今盛称施、范，然第吾儿孙辈耳。弈小数也，何必出吾身与儿孙争虚誉耶？"荷担而去。①

龚炜《巢林笔谈》云："伯氏以围棋冠邑中，四方善弈者辄过访。有施生襄夏，范生西屏，皆浙中年少，与新安程兰如，鼎足。莫有出其上者。施与范尝往来予家中。予不明弈理，而默观其品。襄夏端坐凝思，落一子，神致悠然，范则抚掌摇足以是定二人之优劣。"②则知施襄夏与范西屏，二人性格迥异，可谓一静一动。

清代的薛雪撰《赠弈士程兰如》一诗云："忆昔白门道，别君风雪中。九年重把袂，四海名飘蓬。敌手知何处？故人皆老翁。从教柯烂尽，一局与谁同？"③薛与程二人交往亦深矣。

凌廷堪对施、范亦多所推崇。赞道："范西屏、施襄夏之弈，皆绝技。范所作《桃花泉谱序》颇能言其所得。"④

李汝珍在描述清初围棋之发展后，亦首推范西屏，是故将其棋谱置于各篇之首。他在"受二子"部分中，范西屏与胡肇麟对局 15 局。李汝珍以为："范于弈之道，如将中之武穆公，不循古法，战无不胜，同时胡肇麟乃百战百胜之健儿。时诸人，无不退避三舍，呼之为胡铁头，勇可知也。而范授以二子，每每制胜，何也？能以弃为取，以曲为伸，失西隅补以东隅。屈于此即伸于彼，时时转换，每出意表。"亦即，李汝珍对于范西屏的围棋战术极为推崇，希望围棋后学能从中获益。李汝珍在受四子部分继续推崇范西屏之四子谱，将其三十局逐一列出，称范"以国弈而作四手之应对，敛其锋芒于谨慎，宜乎万举万当！"

---

① （清）李斗撰：《扬州画舫录》卷十一，清代乾隆六十年自然庵刊本。
② （清）龚炜撰：《巢林笔谈》卷四，清代乾隆三十年蓼怀阁刊本。
③ （清）薛雪撰：《一瓢斋诗存》卷三，清代乾隆扫叶村庄刊本。
④ （清）凌廷堪撰：《校礼堂文集》卷二十三，清代嘉庆年间刊本。

与李汝珍同时代的人,也持相同意见。如《冷庐杂识》卷三《弈国手》云:"本朝弈国手首称范西屏世勋,施襄夏绍闇次之。皆海宁人。范著《桃花泉棋谱》,施著《弈理指归》。并行于世。施性纯孝,父病,割股。工诗、善琴、不独以弈见长。"①钱泰吉《夏日杂兴四首》其一曰:"一局围棋趁午凉,近来施范已无双。不知碌石羊毛笔,学字儿童共北窗。"②

袁枚对范西屏更是极为推崇,其所撰《范西屏墓志铭》。其文曰:

> 呜呼! 西屏之于弈可谓圣矣。为人介朴,弈以外,虽詶以千金不发一语。遇婪人子显者,面不换色。有所畜,半以施戚里。余不嗜弈,而嗜西屏,初不解所以,后接精椠器者卢玩之,精竹器者李竹友,皆醇粹如西屏。然后叹艺果成,皆可以见道。而今日之终,身在道中,令人见之,怫然不乐。尊官文儒,反不如执伎以事上者,抑又何也? 西屏赘于江宁,无子。以某月日卒、葬。某有《桃泉弈谱》传世。铭曰:虽颜曾,世莫称。惟子之名,横绝四海,而无人争将,千龄万龄,犹以棋鸣,松风丁丁。③

袁枚将范西屏与颜回、曾子并列,评价可谓极矣。

李汝珍在"受三子"部分中,十分推崇黄龙士与徐星友二人,称其十盘棋谱为"血泪篇"。黄、徐二人,实为师生,先后执清初棋坛牛耳。其"血泪篇"更是名闻棋坛,至今为棋手称道。李汝珍赞叹黄、徐十局道:"其间各竭心思,新奇突兀,乃千古所未有,十局终后,徐遂成国弈。可见心机逾逼逾妙,弈之者正以成之也。"一语道出学棋之妙道,乃在于"心机逾逼逾妙,棋手方能不断进步"。考黄龙士者,何许人也? 夏荃《退庵笔记》卷四有黄龙士小传。其文曰:

> 吾邑善弈者,至今推黄龙士。龙士名虬,以字行,姜堰人,年十一,号第二手。稍长,技益进,有弈秋之目。其父携至京师,挟其技遍谒诸侯王。有某将军者,极爱重之,赍子金帛极厚。期年,龙士思母,欲南归,将军不忍违之,许而命工图其形,复厚有所赠。并约龙士明春必再

---

① (清)陆以湉撰:《冷庐杂识》,《续修四库全书》第一一四〇册,上海古籍出版社 2002 年影印,第 485 页。

② (清)钱泰吉撰:《甘泉乡人稿》,《续修四库全书》第一五一九册,上海古籍出版社 2002 年影印,第 501 页。

③ (清)袁枚撰:《小仓山房集》卷五,清代乾隆年间刊本。

至。其遭遇如此。杜茶邨有送《黄童子序》,见《变雅堂集》。案其序,龙士当生于顺治末,康熙初。故号称童子也。龙士有弈谱,余曾见之。①

夏荃所言黄龙士的弈谱,即《弈括》。而施襄夏、范西屏所著《弈理指归》和《桃花泉》皆源于黄龙士。

观李汝珍《凡例》,则知其对于受子棋,是有其独到见解的。受二子至受五子,弈者应遵循原则及临场应对、发挥等,李汝珍均有细致的分析。如受四子,李汝珍云:"弈至四子,便许称手,盖俗呼四手棋也。已入国弈门户,渐可登堂入室。凡国弈之攻杀固守,四手悉能窥知。所以逊其四子者,只在执先执后,当弃当以,四手所见,在百着以内;国弈则通盘打算,然实得而虚灵,亦可有斯进取矣。"李汝珍认为,棋力若达到国弈水平,当有受四子,方能窥知国弈的攻杀策略。至棋着虚实相生,灵妙变幻,方有进步。至于受六子,李汝珍认为:"若照常布置,则大势必失,不能不以偏师从事,故非中庸之道。然每出奇制胜,履险如夷,是亦一法也。"若受子太多,则贵在出奇制胜,是为的然。足见,李汝珍对于围棋之受子,是有着自己的研究。而这也就是李汝珍《受子谱》的价值所在,即:不仅精选名家对局,且从理论上阐述了"受子棋"原则与法度。

李汝珍《受子谱》亦保存了他自己的一盘棋谱以及其与友人公弈的棋谱。《受子谱》下卷"受四子部分",记录了李松石与程序东对弈的一局棋谱。棋谱记载共三百七十着,然棋谱实际保存为一百五十七手。此局是李松石受程序东四子,而结果是李汝珍胜。李汝珍行棋,着式轻灵,举重若轻,程氏远不及之。(详见附图)

《受子谱》末尾,还附公弈棋谱一局。公弈之具体时间亦可考,当为乾隆六十年闰二月十二日,即公历1795年。李汝珍《公弈识》有云:"右公弈,乾隆乙卯岁,同人偶于朐阳对局也。"则知其为乾隆六十年(1795)。又沈橘夫《公弈题词》云:"旃蒙单阏春余闰,花朝再遇花无信。""旃蒙单阏"乃太岁纪年法,据《尔雅·释天》,即乙卯年也。"春余闰"即二月,依郑鹤声《近世中西史日对照表》,则知春余闰之花朝节实为闰二月十二日。参加这次公弈的弈者为沈橘夫、颜鉴塘、李松石、李佛云、吴云门、程时斋、李宗玉、吴云石、萧兰圃、黄典林,一共10人。《公弈棋谱》共三百十四着,棋谱存着二百二手。其中百七六、百七九、百八二、百八五、百八八、百九二劫;二百七同

---

① (清)夏荃撰:《退庵笔记》卷四,清代抄本。

百九九、二百八同二百三、二百十粘;二百十五同百八七、二百五十八同七四、二百六十一同七十四、三百十一同百五五、三百十三粘、三百十四粘。弈棋结果为"和"。李汝珍《公弈题识》云:

> 第以一日之久,十人各竭心力,惨淡经营,共斯一局。忽得忽失,变迁莫定,补苴既难,而尤妙者,而意见纷如,彼东此西,悉出萧、黄二公意表。抑且约法棋严,授意无从,虽弈秋在座,亦当束手。布置未半,通盘零碎,彼此势如破竹,几至不可终局。岂知漏下三鼓,官子甫毕,及判黑白,两无胜负耶。夫以二人终年对弈,纵使千局,亦难一和。而况十人,高下错落,心思之不同乎? 斯亦奇矣!

那么,李汝珍因何要编撰《受子谱》一书呢? 许乔林为《受子谱》作《序》,其言已明。其文曰:

> 松石二兄博雅多能,不屑以弈名。而通国之善弈者,咸推服之。尝集近时诸名手《受子谱》,自二子至九子,得二百局有奇。钩心斗角,精妙轶(按:轶当为绝)伦,洵为弈家最善之本。初学得之,而门径可循。即高品浏览,亦觉益人神智,抑余窃有念焉。谱名"受子",即让子也。弈主乎争,何取乎让? 而让之云者,盖力可兼人以对兵,取胜不足以贾其勇,必至危地而存,绝地而生。

许祥龄亦云:

> 北平李松石先生,博物君子,而精于弈。尝蓄《受子谱》,自二子以至九子,搜罗四方,历有年所集成示余。余曰:"先生虽非国弈,几希矣。如程、梁、施、范,恐先生有所不及。其受二三子者,直可并驾齐驱,至其下皆俯而视之者,何以蓄为?"先生曰:"不然。余仰而望之者,习之固然;不及于余者,舍黑子而习白子可耳。抑知棋者贵心思,愚者千虑必有一得。黑子一局之中岂无一二可驱者乎? 不妨弃其短而取之长,是或一道也。"余闻是言,知先生之所见大矣! 此即询刍荛察迩言之旨。

从以上两篇序言中,则知李汝珍编撰《受子谱》非徒为游艺也。其旨在为继承前辈弈学,使其谱流传也,光大围棋之事业,此其一也;嘉惠弈林后学,使其得门径,兼使高手获益,此其二也;阐棋之弈理,乃在于一个"让",而这也是为人之道,此其三也。

2.《镜花缘》中的弈棋弈理

李汝珍的弈棋才学、弈棋之道,在《镜花缘》中也有所展示与议论。通观整部小说,则"棋"出现的次数,共为六十一次。分别出现在第二回、第三回、第四回、第四十九回、第六十四回、第七十二回、第七十三回、第七十四回、第七十七回、第八十一回、第八十五回、第九十回、第九十二回。用作回目有第七十三回:看围棋姚姝谈弈谱,观马吊孟女讲牌经;第七十四回亦论及象棋:打双陆嘉言述前贤,下象棋谐语谈故事。而集中展示棋艺才学与议论弈棋之道,是在第二回和第七十三回两回中。

李汝珍继《受子谱》后,在《镜花缘》中继续探索弈棋之法、阐扬弈棋之道。首先,李汝珍借小说展示如何对弈,如何才能提高弈棋水平。李汝珍认为下慢棋,是提高棋艺的一个重要方法。第七十三回中李汝珍借香云之口说道:

> 依我说,姐姐既要下棋,到底还要慢些。谱上说的"多算胜,少算不胜"。如果细细下去,自在有个好着儿;若一味图快,不但不能高,只怕越下越低。俗语说的好:快棋慢马吊,纵高也不妙。围棋犯了这个快字,最是大毛病。

谱上所谓的"多算胜,少算不胜",乃见于《孙子》。其文有云:"夫未战而庙算胜者,得算多也;未战而庙算不胜者,得算少也。多算胜,少算不胜。而况于无算乎?吾以此观之,胜负见矣。"[1]后为历代棋谱书籍所引。李汝珍论黑、白子先后手问题时,有云:"抑知棋者贵心思,愚者千虑必有一得,黑子一局之中岂无一二可驱者乎?"与李汝珍看法不同的是袁枚,他在《范西屏墓志铭》中比较范西屏与施襄夏两国手,说:"然施敛眉沉思,或日昳未下一子。而西屏嬉游歌呼,应毕,则哈台鼾去。"袁氏似推崇快棋,而不喜慢棋,谓其"半日不出一语,亦不出一子"。

李汝珍论打谱于提高棋艺亦有自己看法。第七十三回,李汝珍借紫琼之口说道:

---

[1] (春秋)孙武著,(汉)曹操等注:《孙子》,上海古籍出版社1989年版,第45页。

　　紫琼道："时常打打谱,再讲究讲究,略得几分意思,你教他快,他也不能。所以这谱是不可少的。"芷馨道："妹子打的谱都是'双飞燕'、'倒垂莲'、'镇神头'、'大压梁'之类,再找不著'小铁网'在哪那谱上。"香云道："倒象甚的'武库'有这式子,你问他怎么?"芷馨道："妹子下棋有个毛病,最喜投个'小铁网'。谁知投进去,再也出不来;及至巴巴结结活一小块,那外势全都失了。去年回到家乡,时常下棋解闷,那些亲戚姐妹都知妹子这个脾气,每逢下棋,他们就打起'小铁网'。妹子原知投不得,无如到了那时,不因不由就投进去。因此他们替妹子取个外号,叫作'小铁网'。姐姐如有此谱,给妹子看看,将来回去,好去破他。"

李汝珍所谓"双飞燕""倒垂莲""镇神头""大压梁""小铁网"之类,均为棋谱术语。识谱与打谱是二而一的问题,这对于提高棋艺,无疑是有巨大帮助的。围棋枰有纵横各十九条线。所谓双飞燕,是我方下子在四四线上,对方便下子在六三和三六线上,其形酷似燕子飞翔,故得名;再如小铁网,即是对方在四四和八三线上下子,占据了边角阵地,而我方想打进去,在六三线上下子便是进了网,局面很不利,纵使能勉强救活一块,也极有限。此谱见于《仙机武库》,撰者为清代的过百龄,雍正三年(1725)刊刻。张潮《虞初新志》有传。[①] 故芷馨道："谁知投进去,再也出不来;及至巴巴结结活一小块,那外势全都失了。"

　　李汝珍虽强调弈棋打谱,但不主张死守棋谱、迷信定式,而是要讲变通的。他借紫菱之口道:

　　紫菱道："妹子当日也时常打谱,后来因吃个大亏,如今也不打了。"紫芝道："怎么打谱倒会吃亏呢?"紫菱道："说起来倒也好笑:我在家乡,一日也是同亲戚姐妹下棋,下未数著,竟碰到谱上一个套子,那时妹子因这式子变著儿全都记得,不觉暗暗欢喜,以为必能取胜。下来下去,不意到了要紧关头,他却沉思半晌,忽然把谱变了,所下的著儿,都是谱上未有的;我甚觉茫然,不知怎样应法才好。一时发了慌,随便应了几著,转眼间,连前带后共总半盘,被他吃的干干净净。"紫芝道："姐姐那时心里发慌,所下之棋,自然是个乱的。那几个臭著儿被他吃去,倒也无关紧要;我不可惜别的,只可惜起初几个好谱著儿也被他吃去,

---

① （清）张潮辑:《虞初新志》卷十一,康熙三十九年刊本。

真真委屈。所以妹子常说,为人在世,总是本来面目最好。即如姐姐这盘棋,起初下时,若不弄巧闹甚么套子,就照自己平素著儿下去,想来也不致吃个罄净。就如人家做文,往往窃取陈编,攘为己有,惟恐别人看出,不免又添些自己意思,杂七杂八,强为贯串,以为掩人耳目;那知他这文就如好好一人,浑身锦绣绞罗,头上却戴的是草帽,脚上却穿的是草鞋,所以反觉其丑。如把草帽草鞋放在粗衣淡服之人身上,又何尝有甚么丑处! 可见装点造作总难遮人耳目。"

《镜花缘》这样细致描述弈棋之法,堪称行家。许祥龄为李汝珍《受子谱》作序,亦为《镜花缘》作评点。他在该回评点中指出:"作者本系高手,谈棋自然精致。"

从小说叙事角度来看,李汝珍所论弈棋弈理亦起到勾连前后情节的作用,并为全书主要人物的命运伏脉。《镜花缘》全书有两个重点,一为唐敖游历海外,遍览各国;一为以唐闺臣为首的一百名才女,赴京都,应科试,并参加鸿文宴,各逞才学。这一百名才女,乃是天界的一百位花神,以百花仙子、牡丹仙子为首。按小说交代,因百花仙子与麻姑弈棋,"各逞心思","足足着到天明",才下完五盘棋。不想在这期间,武则天令百花齐放,众花神不敢违期,独牡丹不放,被贬洛阳。而那百花仙子,亦因"失察获愆,有乖职守",自贬人间。可见,《镜花缘》小说故事的发端实起于"弈棋"。于此,作者是有深意寄寓的。还是那许祥龄先生一语道破玄机。其在第三回百花仙子与麻姑斗棋对话部分,下评批道:"此处无一语不埋伏,真仙子语也。"

世事变幻,人生如棋,此乃熟语,然亦与《镜花缘》的主题相关联。李汝珍对于棋道的理解,亦等于其对于人生的理解。这二者的结合,则体现在《镜花缘》文本叙事中。如第三回,写百花仙子因弈棋误事,许祥龄点评道:"好弈棋误正事,神仙且不免,况我辈乎?"这就用神道设教的法子,宣告了棋如人生的命题。李汝珍虽不屑以弈名,然在弈棋方面花费大量精力,亦是与其一生科举未得志,而那两次河南县丞的试署均未得实授有关。观蔬庵此语,含意丰富。再如,第九十回描写麻姑所作《百韵诗》。其诗有云:

> 爪长搔背痒,口苦破情痴。积毁翻增誉,交攻转益訾。朦胧嫌月姊,跋扈逞风姨。镜外埃轻拭,纷纷误局棋。

作者一而再、再而三、三而四地提醒世人,要明了此书本旨。一者,说麻姑伸出长指,总要搔着他的痛痒,才能惊醒这一场春梦;二者,说今日幸把些尘垢全都拭掉,此后是皓月当空,一无渣滓;三者,说此中误事之由,谁得而知?待我再续一句,以足百韵之数,以明此梦总旨;四者,说人生在世,千谋万虑,赌胜争强,奇奇幻幻,死死生生,无非一场棋局,只因参不透这座迷魂阵,所以为他所误。

　　这也就难怪洪棣元读《镜花缘》至此处,下评语道:"吹醒多少世人!……此一回与上一回乃全部中一大关目,通前彻后,其结穴都在《百韵诗》内。要非大手笔不办。恰又分段画句,曲曲传出,使诗中字面十分湛饱,满腹精神并无剑拔弩张之态,浑身筋节亦无细针密缕之痕。可谓笔补造化、巧夺神工。说部中有此佳妙,观止矣!"①洪棣元之论,不仅道出棋艺棋道在《镜花缘》中有隐括全书主旨的作用,而且指出其叙事美学上"通前彻后""无针密缕之痕"的功能。洪棣元可谓解人矣!其评语可谓解语矣!

3.《李氏音鉴》版本与内容

　　李汝珍的音韵学专著《李氏音鉴》的版本,有两个系统:一个是手抄本,一个是刻本。《李氏音鉴》手抄本现藏于北京大学图书馆,二册一函,共六卷。而其刻本甚夥,约有六种。② 一是,嘉庆十五年(1810)刻本,是目前所知最早的刻本,应是初刻本,题"本衙藏板",署"仁和余秋室③先生鉴定";二是,嘉庆二十一年(1816)续刻本,④亦署"仁和余秋室先生鉴定";三是,同治五年(1866)丙寅刻本,为集古堂梓,题署仁和余集纂;四是,同治七年(1868)戊辰重修本,为木樨山房藏板;五是,光绪十四年(1888)戊子重修本,扫叶山房刻板。这五种刻本版心均刻有"宝善堂"三字。除此以外,尚有民国十六年(1927)叶翰卿修订本。⑤

　　抄本不题《李氏音鉴》,而题《音学臆说》,卷首依次有嘉庆十年(1805)

① 见《镜花缘》九十六回,《古本小说集成》影印本,上海古籍出版社 1990—1994 年版。
② 杨亦鸣《李氏音鉴音系研究》一书,在述及《李氏音鉴》版本时,认为有四种。陕西人民出版社 1992 年版,第 12 页。
③ 余集(1738—1823),字蓉裳,号秋室,浙江仁和(杭州)人。乾隆三十一年进士,候选知县,累官至侍讲学士。曾与邵晋涵、周永年、戴震、杨昌霖同荐修《四库全书》。
④ 嘉庆二十一年《李氏音鉴》续刊本,尚未被学界注意。李汝珍在该本始添入俞杏林《音鉴题词》。其题词云:"踵事增华第几回,于今字母用诗媒。须知春满尧天句,即是东风破早梅。(其一)论到北音无入声,菊居卜补记须清。越人生长幽燕地,此日观书倍有情。试翻字母五声图,漫道纵横暗马芜。一样传声兼切字,正宗逊尔费工夫。(其二)松石全书绝等伦,月南后序更精醇。拊膺我愧无他技,开卷差为识字人。(其三)"李汝珍识语有云:"爱取杏林题词续刊《音鉴》后,并赘数语以志欣幸。丙子仲冬汝珍又识。"哈尔滨师范大学图书馆藏。
⑤ 民国十六年叶翰卿修订本,亦为学界所未见,此本藏吉林市图书馆。

九月余集序、嘉庆九年(1804)长至前十日①(12月13日)石文煊序、嘉庆九年(1804)李汝璜序,然后是目录和正文部分,在卷末附吴振勷识语。至刻本,此书更名为《李氏音鉴》,从目前笔者所掌握的五个刻本和一个石印本来看,其正文几乎没有差异。只是嘉庆二十一年刻本,增加了俞杏林《音鉴题词》,并将《字母五声谱》改为《字母五声图》。以后各刻本皆依之。

手抄本《音学臆说》与初刻本《李氏音鉴》相比,字数与篇幅远不及之,可以说前者只是后者的雏形而已。其差异最可注意者有三:一是,抄本卷六分为上、下两部分,上为《字母五声谱》,下为释例,后附有吴振勷识语。而初刻本卷六全卷均为《字母五声谱》,将抄本的释例改为凡例,并移于卷首,吴序更名为《李氏音鉴后序》,仍置于末尾。二是,抄本卷六的《字母五声谱》,初刻本卷六不改其名;抄本卷六"松石字母谱"中列反切、射字暗码,在初刻本中只列反切,不列射字暗码。三是,手抄本吴氏识语中有文曰:"聘斋世伯著《音学臆说》成,将付剞劂氏,属勷握管。勷粗知弄笔,有乖人木之术。固辞不获命,遂写成稿本。"至初刻本中,除将题目改为《李氏音鉴后序》外,还将"聘斋世伯著"改为"松石世伯著"。显然这"聘斋"与"松石"同是指李汝珍,"聘斋"实为李汝珍另一字。而这在嘉庆五年《大清缙绅全书》中所开列的"分发河工试用人员"表中亦得到了证实。②

《李氏音鉴》一书的性质,已有专家将之归入等韵学范围,③姑置而不论。至《李氏音鉴》一书的内容,兹据嘉庆二十一年续刻本予以介绍。是书共六卷,模仿欧阳修《易童子问》的一问一答方式,对音韵知识予以阐释。《李氏音鉴》卷一有云:"地限南北,世殊今古,或囿于方音,或源于经训,近世以来几成绝学。诸家传书,要皆取精鸿博,析义要眇,初学之士视若登天,珍不揣固陋,撰《音鉴》六卷,仿欧阳公《易童子问》,设为问答。"各卷内容依次为:第一卷有八问,问总论字声、音声、五音等;第二卷有十四问,问总论韵书、字母、反切、字母粗细等;第三卷有二问,问切音启蒙和初学入门;第四卷有四问,问北音入声、南北方音等;第五卷有五问,问空谷传声、击鼓射字、击鼓三次、击鼓五次等;卷六是《字母五声图》。

---

① 长至即冬至。依郑鹤声《近世中西史日对照表》,知嘉庆九年长至前十日是1804年12月13日。

② 嘉庆五年《大清缙绅全书》中的"分发河工试用人员"表中,李汝珍排名第28,署为"河南县丞李汝珍聘斋。"见清华大学图书馆,科技史暨古文献研究所编《大清缙绅全书》第五卷,大象出版社2008年版,第374页。

③ 赵荫堂《等韵源流》、王力《汉语音韵学》、李新魁《汉语等韵学》均将之列为等韵学,但在表音系统上存在分歧。赵荫堂、王力认为是以表北音系统为主的,而李新魁则认为是兼表南北音系统的。

　　《李氏音鉴》正文共设三十三问，每问即为一个小标题，集中阐释一个问题。每问先以"或问……可得闻乎？""敢问……何谓也？""或曰……何谓也？"递次设问，然后逐条答解。卷六《字母五声图》是一个音节表，供练音用。该表以字母为纲，每一字母列一图表，则三十三字母得三十三图。每图又按字母二十二韵为横坐标，平（含阴、阳）、上、去、入五声为纵坐标，得一百一十个音节。则三十三张图共得三千六百三十个音节。《字母五声图》的语音系统是根据当时实际语音制定的，同时也借鉴了前代韵书的成果，但李汝珍并不拘泥于古音，而是有自己的语音学思想的，表现了他的远见卓识。《李氏音鉴·卷一·第六问》云：

　　　　或曰："古今字母，各家互异，其主何也？然则俱有误乎？"对曰："诸书所撰，虽多寡不等，然穷其故，要以古今音异，方音不同，互有增损，非误也。《北史》有云：'天地推移，质文屡变，则声音之异可知矣！'……古今语言称谓，既随时变迁，岂声音而独无异耶？试观顾宁人《唐韵正》，以古音证唐韵之譌。可知唐与古音已自不同，不然孙恦岂能别撰《异音》？既撰《异音》，则不合时宜矣。其书又安能行之于世。以此推之，唐既与古异，今又焉得与唐不异。此古今韵书之所以不侔，议论纷纭之所由来耳。"

李汝珍辩证地分析了古今字母之差异，以及各家差异产生的原因，非常客观，令人信服。新的韵书既然不断产生，那么，对待古音应抱何种态度呢？李汝珍的分析很给人以启发。《李氏音鉴·卷一·第八问》针对"以今音谓之俗音"的问题，阐之曰："如谓今音与古音不同谓之俗，则明《洪武正韵》与元《韵会》不同，《韵会》与宋《集韵》不同，《集韵》与《唐韵》不同，而《唐韵》又与六经不同。以此说之，唐以来之书皆不能免俗矣。幸而坟典之书不存，若坟典诸书在，吾知六经亦难免俗矣。"这就明白显豁地指出不可"是古而非今"。同样"是今而非古"也是要不得的。李汝珍接着说："窃谓古音之不亡，或有赖于翻切也，今之学者得能循声以考古读者，亦赖韵书之存也。今虽不能尽从之，而岂可不知其音？又焉知千百年后不以今音为非，而复古音之旧邪？文中子所谓：'焉知后之视今，不如今之视昔也？'古与今并行而不悖，庶乎近之矣。"这一"古今并行不悖说"，可谓至当。

　　李汝珍能从历史的角度，运用逻辑的方法辨析古今音异现象，实属难得。他认为不同时代的韵书，是不同时代语音的反映，其差异乃是历史发展和地域差别造成的，不存在是与非、俗与不俗的问题。诚为千古不易之论。

上引文字中,李汝珍还认为顾炎武《唐韵正》之著虽可证语音的变化,然其信古、泥古的观点,亦是不正确的,这就更见李氏之远见卓识。

　　还有值得一提的是,《李氏音鉴》一书,李汝珍介绍音学知识时,十分关注接受对象,即充分考虑到初学者所遇到的困难,以期帮助他们觅得学习音韵的捷径。《李氏音鉴·卷二·第十六问》云:"珍之年以辨五声而分阴阳者,盖为初学而设也。"《李氏音鉴·卷四·第二十八问》云:"珍之所著为此篇者,盖抒管见所及,浅显易晓。俾吾乡初学有志于斯者籍为入门之阶。"却原来,二百年前的《李氏音鉴》一书,竟是一部学龄前儿童接受语音教育的普及读物。不妨举一例,以明其所以。反切是历来音学之难点,《镜花缘》中亦曾详说之。《李氏音鉴·卷二·第十一问》说:

> 或问:"吾闻反切肇自于魏,其义可得闻乎?"对曰:"郑玄注六经,高诱解《吕览》,扬雄著《方言》,刘熙製《释名》皆无反切,而难字训释,但曰'音某'或'读若某'耳。其间轻重清浊,有内言外言、急气缓气、开口笼口之法,令人无所适从。迨魏孙工叔然注释经书,始随文反切,未有成书。齐周彦伦切字有纽,纽有平上去入,始有《四声切韵》。梁顾野王《玉篇》悉用反切,不复用直音,至唐孙恤增损陆法言之书而为《唐韵》,则大备矣。"

指出反切来龙去脉以后,李汝珍解释何谓"反切"说:

> 敢问:"反与切,其义何也?"对曰:"反者,《毛诗·卫风》笺云:'覆也。'切者,淮南《原道》注云:'摩也。'所谓反切者,盖反覆切摩而成其音之义也。"

在回顾各家言反切之义后,又说:

> 敢问:"以两字切一音,其义何也?"对曰:"凡切必以两字者,盖上为切字之母,下为切字之韵。苟舍此,无以成其音也。"

还有一点,也能略窥李汝珍撰《李氏音鉴》乃在为初学者。《李氏音鉴》书中若遇生僻字,李汝珍则一一标注出。如卷一中,"史籀制大篆"一句的"籀"字下注"账佑切";"仓颉观鸟兽蹄远之迹"一句的"远"字下注"寒昂切";"孙毅《古微书》"一句的"毅"字下注"讫岳切";"张怀瓘《书断》云"一句的

"瑾"字下注"故玩切"。

李汝珍撰《李氏音鉴》固是为推广音韵学,然而该书又是如何创作的呢?《李氏音鉴·卷五·第三十三问》有一段话最可注意。其文云:

> 壬寅之秋,珍随兄佛云宦游朐阳,受业于凌氏廷堪仲子夫子。论文之暇,旁及音韵,受益极多,母中麻韵,即夫子所增也……近年得相切磋者,许氏石华、许氏月南、徐氏藕船、徐氏香垞、吴氏容如、洪氏静节,是皆精通韵学者也。月南为珍内弟,撰《说音》一编。珍于南音之辨,得月南之力多矣! 至于同母十一韵,香垞、月南各增二;藕船一;余五韵为珍所补耳!

据上述材料,李汝珍创作《李氏音鉴》,实是与江南学术共同体有密切关联。首先是受到其师凌廷堪的启发。凌廷堪(1755—1809),字仲子,一字次仲。安徽歙县人。乾隆五十五年中进士,官至宁国府教授。凌氏于学无所不窥,著有《礼经释例》和《燕乐考原》。其次是与同道好友切磋互励之结果。李汝珍与海州二许既是姻亲,又是好友。许乔林通古音,许桂林通音韵,曾著《许氏说音》。李汝珍与大兴二徐既是同乡,又是姻亲,且皆有音学著作。徐铨著有《音绳》,徐鑑著有《韵略补遗》。吴振勃(1769—1847),字兴孟,一字容如,号筠斋,晚称丰南居士,著有《音学考源》。洪静节,即洪棣元,此人曾为《李氏音鉴》编写书目,达四百余种。要之,李汝珍所交往之人皆为精通音学之士,且多有音学方面著作,甚至有些好友还参与了《李氏音鉴》的创作。

4.《镜花缘》中音韵学考释

对于李汝珍在小说《镜花缘》中庋藏其音韵才学问题,李时人先生与台湾学者王琼玲已分别进行了探讨,本节即在此基础上,将《李氏音鉴》中的音韵学知识与小说中相关的情节一一对照起来,做进一步考释研究,以见《镜花缘》写才写学的叙事特点。

李汝珍的"内弟"许桂林,亦是一位小说家,也有于小说中炫耀才学的宿习。许桂林所撰短篇小说集《七嬉》第七篇《冰天谜虎》便载传声韵法。篇后小序云:"传声之戏出于翻(反)切。所用不过数十字。或击节、或挥扇,有数存焉。于其间,一切语言文字,皆可不言而喻。文士之雅技也。余山居幽僻,偶定斯稿,素心人来,口惟饮酒,磬鼓相答,是为手谈。"[1]然而,能

---

① (清)许桂林撰:《七嬉》,文焕阁藏板,清代道光年间刊本,国家图书馆藏。

在长篇小说中,以数回篇幅予以敷演、尽情展示音韵学问的,李汝珍实属第一人。

《镜花缘》中,作者讨论音韵学识的文字集中在第十六回、第十七回、第十九回与第三十一回这四回中,其他各回也偶有论及。而最吸引人注意的则是从第八十二回至九十三回,作者以十二回的篇幅,尽全力铺写体现双声、叠韵音韵知识的酒令游艺活动。兹依次予以考释。

反切

《李氏音鉴》在第十七问、第十八问、第十九问、第二十三问中,以四章的篇幅来探讨切音。《镜花缘》第十六回中,李汝珍首先借才女卢紫萱之口强调辨音对于识字、读书的重要。其文曰:"婢子闻得读书莫难于识字,识字莫难于辨音。若音不辨,则义不明。"这与《李氏音鉴》的主张是一致的。接着以"敦"字为例,采用"童子问答"的方式予以说明:

> (卢紫萱)道:"经书所载'敦'字,其音不一。某书应读某音,敝处未得高明指教,往往读错,以致后学无所适从。大贤旁搜博览,自知其详了?"多九公道:"才女请坐。按这'敦'字在灰韵应当读堆。《毛诗》所谓'敦彼独宿';元韵音憝,《易经》'敦临吉';又元韵音豚,《汉书》'敦煌,郡名';寒韵音团,《毛诗》'敦彼行苇';萧韵音雕,《毛诗》'敦弓既坚';轸韵者准,《周礼》'内宰出其度量敦制';阮韵音遁,《左传》'谓之浑敦';队韵音对,《仪礼》'黍稷四敦';愿韵音顿,《尔雅》'太岁在子曰困敦';号韵音导,《周礼》所谓'每敦一几'。除此十音之外,不独经传未有他音,就是别的书上也就少了。幸而才女请教老夫,若问别人,只怕连一半还记不得哩。"

李汝珍借多九公之口一连气说了"敦"的十个韵音。然后又借卢紫萱之口补出两个韵音,即"吞音、侴音之类"。统观这十二个音韵,不仅将古音、今音放在一起来讲,亦且不辨各处方音之别。这从李汝珍所举之韵音之例均为先秦、前汉之作即可看出。那么,李汝珍这样说是否准确呢?当然,从"敦"这个字的读音来讲,若不分古今、方音,问其一共会有多少个音,说其有十二个,或更多,固是无差。若从音韵学的角度来讲,如此笼而统之,当是不科学的,有失严谨。《李氏音鉴·卷一·第六问》说:"诸书所撰,虽多寡不等,然穷其故,要以古今音异,方音不同,互有增损,非误也。"则知李汝珍是懂得韵音的古今之异、方音之别的。可见,李汝珍在小说中如此来敷演,显然是为了炫学逞才,非为严谨学术论述。此点不可不察。

接下来,就谈到切音了。李汝珍借卢紫萱之口强调道:

> 即以声音而论,婢子素又闻得,要知音,必先明反切,要明反切,必先辨字母。若不辨字母,无以知切;不知切,无以知音;不知音,无以识字。以此而论,切音一道,又是读书人不可少的。

这就突出了这样一个事实:切音在读书人识字、辨音中是必不可少的,是音韵学的重要内容之一;同时,这反切实是建立在如何分辨"字母"的基础之上的。然而能"识切音、辨字母"的人并不多。李汝珍借卢紫萱之口渲染道:"但昔人有言,每每学士大夫论及反切,便瞠目无语,莫不视为绝学。若据此说,大约其义失传已久。所以自古以来,韵书虽多,并无初学善本。"后来,作者安排多九公等人终于在歧舌国以医好世子与王妃之病为交换条件,得到了一张字母表。下面即为这所谓"绝学"的真面目:

表 12-1　《镜花缘》歧舌国才女枝兰音所抄字母表

1	昌	○○○○○○○○○○○○○○○○○○○○○○○○○○
2	茫	○○○○○○○○○○○○○○○○○○○○○○○○○○
3	秧	○○○○○○○○○○○○○○○○○○○○○○○○○○
4	梯秧	○○○○○○○○○○○○○○○○○○○○○○○○○○
5	羌	○○○○○○○○○○○○○○○○○○○○○○○○○○
6	商	○○○○○○○○○○○○○○○○○○○○○○○○○○
7	枪	○○○○○○○○○○○○○○○○○○○○○○○○○○
8	良	○○○○○○○○○○○○○○○○○○○○○○○○○○
9	囊	○○○○○○○○○○○○○○○○○○○○○○○○○○
10	杭	○○○○○○○○○○○○○○○○○○○○○○○○○○
11	批秧	○○○○○○○○○○○○○○○○○○○○○○○○○○
12	方	○○○○○○○○○○○○○○○○○○○○○○○○○○
13	低秧	○○○○○○○○○○○○○○○○○○○○○○○○○○
14	姜	○○○○○○○○○○○○○○○○○○○○○○○○○○
15	妙秧	○○○○○○○○○○○○○○○○○○○○○○○○○○
16	桑	○○○○○○○○○○○○○○○○○○○○○○○○○○
17	郎	○○○○○○○○○○○○○○○○○○○○○○○○○○
18	康	○○○○○○○○○○○○○○○○○○○○○○○○○○
19	仓	○○○○○○○○○○○○○○○○○○○○○○○○○○

20	昂	○○○○○○○○○○○○○○○○○○○○
21	娘	○○○○○○○○○○○○○○○○○○○○
22	滂	○○○○○○○○○○○○○○○○○○○○
23	香	○○○○○○○○○○○○○○○○○○○○
24	当	○○○○○○○○○○○○○○○○○○○○
25	将	○○○○○○○○○○○○○○○○○○○○
26	汤	○○○○○○○○○○○○○○○○○○○○
27	瓤	○○○○○○○○○○○○○○○○○○○○
28	兵秧	○○○○○○○○○○○○○○○○○○○○
29	帮	○○○○○○○○○○○○○○○○○○○○
30	冈	○○○○○○○○○○○○○○○○○○○○
31	臧	○○○○○○○○○○○○○○○○○○○○
32	张	真中珠招斋知遮詀毡专　　张张张珠珠张珠珠珠珠 鸥婀鸦逶均莺帆窝洼歪汪
33	厢	○○○○○○○○○○○○○○○○○○○○

观此表,其秘密何在呢? 作者借歧舌国才女枝兰音之口点破玄机:

> 兰音猛然说道:"寄父请看上面第六行'商'字,若照'张真中珠'一例读去,岂非'商申桩书'么?"

却原来,"张真中珠"中含着四个不同的韵音,只要改换声母,每行均可依例读出。果然,在枝兰音的启发下,大家接连说出:"香欣胸虚""冈根公孤""秧因雍淤""方分风夫"……而那后面的七个字"招斋知遮詀毡专"固然亦是以此类推了。但是,"专"字后面的小字如何解释呢? 请看枝兰音所讲:

> 兰音道:"据女儿看来:下面那些小字,大约都是反切,即如'张鸥'二字,口中急急呼出,耳中细细听去,是个'周'字;又如'珠汪'二字,急急呼出,是个'庄'字。下面各字,以'周、庄'二音而论,无非也是同母之字,想来自有用处。"

以此推之,大家很快说出:珠洼切"挝"字、珠翁切"中"字。要之,李汝珍在《镜花缘》中强调的是初学者练学反切,一定要熟记"字母图"。而这所谓字

母图,就是《李氏音鉴》中以《南乡子》词牌写成的一首小令:

> 春满尧天,溪水清涟。嫩红飘粉蝶惊眠。松峦空翠,鸥鸟盘翾,对
> 酒陶然,便博个醉中仙。

而与此三十三个字母相配的还有二十二个韵母,共可得三千六百三十个
音节。

传声

许桂林《七嬉》中《冰天谜虎》云:"吴明试者……其先于吴时浮海至此。
因问今距吴若干年? 时节、风俗、物产与昔何似? 客以大略告语次。老人击
磬一,击鼓先二后十,又击磬二,击鼓先二后十一,又后三。即有二童出,以
茗献客。吴笑曰:'先生殆善传声乎?'老人大喜曰:'客乃知音,但恐花样不
同。'吴请示其谱。老人乃取黄竹简十余枚,长六一,阔寸余,上刻小字以绿
色填之。"至所刻何字,许桂林并未交代。而李汝珍于此叙述甚详,且语颇
滑稽。李汝珍借林之洋之口道:

> (林之洋)道:"妹夫:俺拍'空谷传声',内中有个故典,不知可
> 是?"说罢,用手拍了十二拍;略停一停,又拍一拍;少停,又拍四拍。
> 唐、多二人听了茫然不解。婉如道:"爹爹拍的大约是个'放'字。"林之
> 洋听了,喜的眉开眼笑,不住点头道:"将来再到黑齿,倘遇国母再考才
> 女,俺将女儿送去,怕不夺个头名状元回来。"唐敖道:"请教侄女:何以
> 见得是个'放'字?"婉如道:"先拍十二拍,按这单字顺数是第十二行;
> 又拍一拍,是第十二行第一字。"唐敖道:"既是十二行第一字,自然该
> 是方字,为何却是放字。"字?"婉如道:"虽是'方'字,内中含著'方、
> 房、仿、放、佛'阴、阳、上、去、入五声,所以第三次又拍四拍,才归到去
> 声'放'字。"林之洋道:"你们慢讲,俺这故典,还未拍完哩。"于是又拍
> 十一拍,次拍七拍,后拍四拍。唐敖道:"昔照侄女所说一例推去,是个
> '屁'字。"多九公道:"请教林兄是何故典?"林之洋道:"这是当日吃了
> 朱草浊气下降的故典。"多九公道:"两位侄女在此,不该说这顽话。而
> 且音韵一道,亦莫非学问,今林兄以屁夹杂在学问里,岂不近于亵渎
> 么?"林之洋道:"若说屁与学问夹杂就算亵渎,只怕还不止俺一人哩。"

李汝珍之讲传声之法,固然是游戏笔墨了。所谓传声之法,仍是建立在上述
字母表的基础之上的。则第一次拍手表示声母,第二次拍手表示韵母,第三

次拍手表示声调,这样,再运用反切,得一音节。《李氏音鉴·卷五》列二十九问、三十问、三十一问、三十二问,以四章篇幅予以阐释"击鼓射字"这一专题,并论述其目的云:

> 其集本为切音而设,此卷附击鼓射字者,因《宾退录》诸书,有此一说。此天下太平,优游无事,谩以到一时之笑乐耳! 然由此而求切音,则事半功倍易如反掌,是亦求音之借径也。故论翻切之余,亦并及之。

却原来,此"空谷传声"也好,"击鼓射字"也好,是一种练习方法,目的在于寓教于乐。

双声、叠韵

何谓双声?何谓叠韵?《李氏音鉴·卷二·第二十二问》云:"双声者,两字同归一母;叠韵者,两字同一归韵也。"而这与反切是密切联系的,即:反切上字与所切之字是双声,反切下字与所切之字是叠韵。

可见,若不明双声、叠韵,是无法弄通反切的。李汝珍为了进一步探讨反切,练习双声、叠韵,在小说《镜花缘》中,从第八十二回到九十三回,以 12 回的篇幅,通过行酒令的故事,来表现双声、叠韵的音韵学识的。在第八十二回"行酒令书飞双声,辨古文字讹叠韵"中,李汝珍借才女蒋春辉之口道:

> (春辉)道:"闻得时下文人墨士最尚双声、叠韵之戏,以两字同归一母,谓之双声,如'烟云'、'游云'之类;两字同归一韵,谓之叠韵,如'东风'、'融风'之类。"

至如何来行酒令,李汝珍则借殷若花之口道:

> (若花)道:"此令并无深微奥妙,只消牙签四五十枝,每枝写上天文、地理、鸟兽、虫鱼、果木、花卉之类,旁边俱注两个小字,或双声,或叠韵。假如掣得天文双声,就在天文内说一双声;如系天文叠韵,就在天文内说一叠韵。说过之后,也照昨日再说一句经史子集之类,即用本字飞觞:或飞上一字,或飞下一字,悉听其便。以字之落处,饮酒接令;挨次轮转,通席都可行到。不知可合诸位之意?"众人道:"此令前人从未行过,不但新奇,并且又公又普,毫无偏枯,就是此令甚好。"

次又借若花之口补充道:

　　（若花）道："即如此，我就添个销酒之法，此后凡流觞所飞之句，也要一个双声或一个叠韵，错者罚一杯另说。如有两个双声或两个叠韵，抑或双声而兼叠韵，接令之家，或说一笑话，或行一酒令，或唱一小曲，均无不可，普席各饮一杯。如再多者，普席双杯。至于所飞之书以及古人名，俱用隋朝以前；误用本朝者，罚一杯。"

以上即为讲双声、叠韵及行酒令之法。至于到底如何通过行酒令之法练习双声、叠韵，不妨来看几个具体实例。首先看起令者的。

　　（监令官）国瑞徵把酒饮了，接过签筒，摇了两摇。道："妹子有僭了。"掣了一签，高声念道："花卉双声。"玉芝道："昨日题花姐姐起令，是'举欣欣然有喜色'，暗寓众人欢悦之意；今日姐姐是何用意呢？"瑞徵道："我想五福寿为先，任凭怎样吉例，总莫若多寿最妙，先把这个做了开场，自然无往不利了。适才想了'长春'二字，意欲飞一句《列子》，不知可好。说来请教：长春《列子》荆之南有冥灵者，以五百岁为春。'冥灵'叠韵，敬瑞春姐姐一杯。"

才女国瑞徵所行酒令，第一步是说出"花卉长春"，长春是花卉一种，且双声，这达到要求了。第二步是飞出"荆之南有冥灵者，以五百岁为春"之句，此句出自《列子》卷五《汤问》，这达到要求了。第三步是飞句中，一要有叠韵之词，"冥灵"叠韵，这达到要求了；二要有花卉"长春"二字的任一字，飞句尾字是"春"，这也达到要求了。从中，可以看出，这双声、叠韵的酒令游艺确是练习切音的最好方法。再看前论音韵之才女卢紫萱于第八十六回所宣酒令：

　　亭亭掣了"列女双声"道："嫫母《老子》有名万物之母。'万物'双声，敬艳春姐姐一杯。"玉芝道："我记得'嫫母'二字见之《史记》《汉书》，别的书上也还有么？"亭亭道："即如'嫫母姣而自好'，见屈原《九章》；'嫫母有所美'，见《淮南子》；'嫫母勃屑而自侍'，见东方朔《七谏》；'嫫母倭傀，善誉者不能掩其丑'，见《工谏议集》；'饰嫫母之笃陋'，见《晋书·葛洪传》；'瞽者遇室，则西施与嫫母同情'，见嵇康《养生论》；'使西施出帷，嫫母侍侧'，见《吴质书》。他如古诗'若教嫫母临明镜'之类，历来引用者甚多，妹子一时何能记得。"玉芝道："常听人说亭亭姐姐腹中渊博，我故意弄这冷题目问他一声，果然滔滔不断，竟说出一大篇来。"

才女卢紫萱所行的酒令是要说出一个列女的名字,要求是双声的,她说"媒母",出自《老子》,达到要求了,当玉芝"以《史记》《汉书》有媒母,别的书上还有么"的问题来刁难她时,她竟能一连气说出 8 个出处。于此,李汝珍炫学的创作动机显露无疑了。再观殷若花的酒令。她是牡丹仙子转世,在这百名才女所行一百个酒令的游戏中,由她来结束,是再恰当不过的了。这就看出李汝珍的匠心独运。

> (若花)随即掣了一枝花卉双声,青钿道:"此题还不甚窄,姐姐拟用何名?"若花道:"我才想'合欢'二字,既承上文,又与现在光景相行,必须用此才妙。"青钿道:"既如此,所飞之句,何不用嵇康《养生论》呢?"若花摇头,忖一忖道:"有了,合欢《礼记》酒食者,所以合欢也。'合欢'双声,合席欢饮一杯。"

嵇康《养生论》有句云:"合欢蠲忿,萱草望忧。"①该句与"花卉双声"酒令是相合的。然李汝珍弃而不用,并不是他不知道此句。笔者以为,李汝珍选择《礼记》句"酒食者,所以合欢也",固是炫才显学,然统观全文,则知这炫才显学并不是唯一目的。之所以选择《礼记》里面的句子,一面是合景,即切合眼前的气氛。正如李汝珍夫子自道:"不独'酒食'二字点明本旨,且'合欢'字又寓合席欢饮之意。"另一面则是为叙事着眼,即照应前文,使文章首尾圆合。此百名才女行酒令,起令者是国瑞徵,用的是《列子·汤问》"以五百岁为春",暗寓祥瑞之意。若用嵇康之"蠲忿""望忧",则前后凿枘不合。此外,还应看到,李汝珍所行酒令,不唯是为了游艺,习学韵学,更主要的乃在于寓道德教化于知识之中。

三、《镜花缘》记录才学考辨

李汝珍在小说《镜花缘》中除了显露其弈棋之艺与音韵之学外,还记录大量其他才学,如经史学问、诸技杂艺等。

关于《镜花缘》中记录的大量学问才艺,近年来,有一些学者对此进行了研究。除了上文提到的李时人先生与台湾学者王琼玲外,还有赵建斌先

---

① 鲁迅辑:《嵇康集》,《鲁迅全集》第九卷,人民文学出版社 1973 年版,第 55 页。

生撰写的《镜花缘丛考》①等。李时人先生认为，李汝珍的诸般学问"是于时代、于社会没有多少意义的"，其诸般杂技百戏反映的"仅仅是封建时代有闲阶层的生活情趣"。② 王琼玲亦认为，李汝珍所炫耀的才、学、识与杂艺乃是他的创作的目的，以寄托其批判与嘲讽，但小说的情节结构推衍却存在诸多矛盾。③ 其实，李汝珍写才写学，是有深层文化意蕴的，乃是寄托其一种理想国精神。是故，笔者拟将《镜花缘》所庋藏的才学分为经史、智识和游艺三类，并作进一步考辨，从而为下文论述《镜花缘》的文化意蕴张本。

余集《李氏音鉴·序》中称李汝珍"少而颖异，读书不屑章句帖括之学"，④所以能够挣脱束缚知识分子的科举桎梏。于是利用闲暇旁及杂流，广泛涉猎经史典籍、诸子百家、百戏杂技等。在《镜花缘》一百回中，李汝珍说："恰喜欣逢圣世，喜戴尧天，官无催科之扰，家无徭役之劳，玉烛长调，金瓯永奠；读了些四库奇书，享了些半生清福。心有余闲，涉笔成趣，每于长夏余冬，灯前月夕，以文为戏，年复一年，编出这《镜花缘》一百回。"这不妨看作是李汝珍在自道家谱。

1. 经史之学

《镜花缘》同《野叟曝言》一样，在小说中谈经论史，庋藏作者的经学、史学观念。然而，在方法上，《野叟曝言》走的是义理派的路子，可以名之为"义理派"；而《镜花缘》走的是考证派的路子，可以名之为"考据派"。

《镜花缘》中，李汝珍探究的经学包括《诗经》《周易》《礼记》《春秋》《论语》等，几乎遍及所有的主要经学著作；李汝珍探究的史学主要集中在纪年法与六朝、五代、南北朝名称的由来问题。而这些内容，则主要集中在第十七回、第十八回、第五十二回与第五十三回。

考《易》注之得失

研究《周易》者，对于王弼、韩康成两家的注必不敢轻视。一般的看法，诚如《镜花缘》第十八回中多九公所言："当日仲尼既作《十翼》，《易》道大明。自商瞿受《易》于孔于，嗣后传授不绝。前汉有京房、费直各家，后汉有马融、郑玄诸人。据老夫愚见：两汉解《易》各家，多溺于象占之学。到了魏

---

① 见赵建斌《〈镜花缘丛考〉体例论要》，《海峡两岸中国古代才学小说学术研讨会论文集》，2009 年版。

② 见李时人《李汝珍及其〈镜花缘〉》，春风文艺出版社 1999 年版，第 115 页。

③ 王琼玲著：《镜花缘研究》，《清代四大才学小说》，台湾商务印书馆 1999 年版，第 600 页。

④ （清）李汝珍撰：《李氏音鉴》，《续修四库全书》第二六〇册，上海古籍出版社 2002 年影印，第 379—380 页。

时,王弼注释《周易》,抛了象占旧解,独出心裁,畅言义理,于是天下后世,凡言《易》者,莫不宗之,诸书皆废。以此看来,由汉至隋,当以王弼为最。"但是,李汝珍治经是有自己的思想与观点的,不拘于成见,亦不为汉宋诸儒所笼络。在《镜花缘》第十八回中,作者借才女卢紫萱之口就对上述观点批评道:

> 汉儒所论象占,固不足尽《周易》之义;王弼扫弃旧闻,自标新解,惟重义理,孔子说《易》有圣人之道四焉,岂止"义理"二字? 晋时韩康伯见王弼之书盛行,因缺《系辞》之注,于是本王弼之义,注《系辞》二卷,因而后人遂有王、韩之称。其书既欠精详,而又妄改古字,加以"向"为"乡",以"驱"为"敺"之类,不能枚举。所以昔人云:"若使马年传汉《易》,王、韩俗字久无存。"当日范宁说王弼的罪甚于桀、纣,岂是无因而发。今大贤说他注的为最,甚至此书一出,群书皆废,何至如此? 可谓痴人说梦! 总之:学问从实地上用功,议论自然确有根据;若浮光掠影,中无成见,自然随波逐流,无所适从。

观李汝珍对王、韩易学的批评,虽过于严苛,但不无道理。因为象占与义理,本为易学的两个重要内容,是二而一、一而二的问题,不可厚此薄彼,有所偏废。正如朱子所言:"读易只以程子《易传》为主,非不知象占为不可废。然文王、夫子作《彖》《象》《文言》《大传》,所发明者却不在于象上,直是要人得其辞以通其意。"又言:"吉凶消长之理、进退存亡之道备于辞,推词考卦可以知变,象与占在其中……不求诸象占,固有所阙。"欲得义理,一定要"推词",然而"推词"亦是离不开"考卦",可见象占与义理是不可分的,是辩证统一的。

考《论语》的版本与音义

版本是考据之重要内容之一,亦即当今文献学之主干。至《论语》版本,主要有《古论》《齐论》《鲁论》三种。因秦火及战乱,《论语》曾一度失传,至汉代,因传授各有所宗,遂分为三家。①

李汝珍在《镜花缘》中,虽然认为《论语》的文字校订,应以《鲁论》为基

---

① "鲁论"者,即在鲁地传授者之谓,已亡佚,清人于鬯撰《新定鲁论语述》二十卷。"齐论"者,即在齐地传授者之谓,已亡佚,清人马国翰辑《齐论语》一卷。而"古论语"者,即汉景帝时鲁恭王刘余在孔子旧宅中发现者,因其文字为大篆,故谓之,亦已亡佚,清人马国翰辑《古论语》六卷。今之注疏本,乃东汉末年大司农郑玄以《鲁论》为基础,参考其他两家编校而成。见《论语注疏·序》,《十三经注疏》,中华书局 2009 年版,第 5332—5334 页。

础,参合其他两家。然而,阅读《论语》,在他心里,还是更重《古论》的。因为只有这样,才能更为精确,才能让读者更为明白。第十七回"因字声粗谈切韵,闻雁唳细问来宾"中,有文云:

> 多九公道:"老夫因才女讲《论语》,偶然想起'未若贫而乐,富而好礼'之句。似近来人情而论,莫不乐富恶贫,而圣人言'贫而乐',难道贫有甚么好处么?"红衣女子刚要回答,紫衣女子(即卢紫萱)即接着道:"按《论语》自遭秦火,到了汉时,或孔壁所得,或口授相传,遂有三本,一名《古论》,二名《齐论》,三名《鲁论》。今世所传,就是《鲁论》,向有今本、古本之别。以皇侃《古本论语义疏》而论,其'贫而乐'一句,'乐'字下有一'道'字,盖'未若贫而乐道'与下句'富而好礼'相对。即如'古者言之不出',古本'出'字上有一'妄'字。又如'虽有粟吾得而食诸',古本'得'字上有一'岂'字。似此之类,不能枚举。《史记·世家》亦多类此。此皆秦火后阙遗之误。请看古本,自知其详。"

李汝珍所谓"古本",实乃《古论》。其言"贫而乐",下应有"道",与"富而好礼"正好相对。可以说,这对于读者理解此句,是很有帮助的。《论语注疏·学而》云:"未若贫而乐,富而好礼者也。"在"乐"后,郑玄注曰:"乐谓志于道,不以贫为忧苦。"[1]显是郑玄参订时,将"道"字删掉,认为所谓"乐"者,即指"道"。

刘宝楠《论语正义·学而》亦认为:"皇本、高丽本、足利本并作'乐道';唐石经'道'字旁注;陈氏鳣《论语古训》云:'郑注本无道字。'《集解》兼采《古论》,下引孔曰:'能贫而乐道。'是孔注《古论》本有'道'字。《史记》所载语,亦是古论,《仲尼弟子传》引'不如贫而乐道',正与孔合。《文选·幽愤诗》'乐道闲居'注引《论语》,子曰:'贫而乐道。'是《集解》本有道字,今各本脱去,郑据本,盖《鲁论》,故无'道'字。今案作乐道,自是《古论》。《汉书·王莽传》《后汉书·东平王苍传》注引,并无道字。与郑本同。下篇'回也不改其乐,乐亦在其中矣'。皆不言'乐道'。而义自可通。故郑不从古以校鲁也。"[2]可见,李汝珍所论当有所本,即以《古论》为依据。或者说,在李汝珍时代,大家习学《论语》,是比较注意版本的比较的。李汝珍又言"古者言之不出"中,在"出"前应加一"妄"字,经义则准确。《论语注疏·

---

① (魏)何晏注,(宋)邢昺疏:《论语注疏》,《十三经注疏》,中华书局2009年版,第5338页。
② (清)刘宝楠撰:《论语正义》,《诸子集成》,中华书局2006年版,第18—19页。

里仁》云:"古者言之不出,耻躬之不逮也。"郑玄注引包咸曰:"古人之言不妄出口,身行之,将不及。"①则郑注曰"妄"意虽明,则不知所出。刘宝楠《论语正义·里仁》云:"……皇本作'古之者言之不妄出也'。"②与李当珍所言是一致的。李汝珍借卢紫萱之口说的第三例为"虽有粟,吾得而食诸",认为"得"字前,应加入"岂"字。观《论语注疏·颜渊》:齐景公问政。子曰:"君君臣臣父父子子。"公曰:"善哉!信如君不君,臣不臣,父不父,子不子。虽有粟,吾得而食诸?"注曰:"善哉!信如夫子之言,而今齐国君不君,以至子不子。虽有粟,吾得而食之乎?将见危亡,必不得食之也。"③不谈是否加入"岂"字。然而,在末尾加"乎"字,其反问义则明。阮元校勘记云:"吾得而食诸。皇本、高丽本,'吾'下有'岂'字。《释文》出'吾焉得而食诸'云。《本》亦作'焉得而食诸',焉,於虔反。《本禽》作'吾得而食诸'。案《史记·仲尼世家》及《汉书·武五子传》并作'岂',与皇本合。《太平御览·二十二》引'吾恶得而食诸'。'岂''焉''恶'三字义皆相近,疑今本'吾'下有脱字。"要之,李汝珍所论版本之异,颇为正确,很能给阅读《论语》者以参考,即便是学者,也会从中受到启发。

探讨《论语》,除了版本外,李汝珍依然不忘音义问题。还是本回,其文有云:

> 多九公见他伶牙俐齿,一时要拿话驳他,竟无从下手。因见案上摆着一本书,取来一看,是本《论语》。随手翻了两篇,忽然翻到"颜渊、季路侍"一章,只见"衣轻裘"之旁写着"衣,读平声。"看罢,暗暗喜道:"如今被我捉住错处了!"因向唐敖道:"唐兄,老夫记得'愿车马衣轻裘'之'衣'倒象应读去声,今此处读作平声,不知何意?"紫衣女子道:"'子华使于齐,……乘肥马,衣轻裘'之'衣'自应该作去声,盖言子华所骑的是肥马,所穿的是轻裘。至此处'衣'字,按本文明明分著'车''马'、'衣'、'裘'四样,如何读作去声?若将衣字讲作穿的意思,不但与'愿'字文气不连,而且有裘无衣,语气文义,极觉不足。若谈去声,难道子路裘可与友共,衣就不可与友共么?这总因'裘'字上有一'轻'字,所以如此;若无'轻'字,自然读作'愿车马衣裘与朋友共'了。或者'裘'字上既有'轻'字,'马'字上再有'肥'字,后人读时,自必以车与

---

① (魏)何晏注,(宋)邢昺疏:《论语注疏》,《十三经注疏》,中华书局2009年版,第5368页。
② (清)刘宝楠撰:《论语正义》,《诸子集成》,中华书局2006年版,第85页。
③ (魏)何晏注,(宋)邢昺疏:《论语注疏》,《十三经注疏》,中华书局2009年版,第5438—5442页。

肥马为二,衣与轻裘为二,断不读作去声。况'衣'字所包甚广,'轻裘'二字可包藏其内;故'轻裘'二字倒可不用,'衣'字却不可少。今不用'衣'字,只用'轻裘',那个'衣'字何能包藏'轻裘'之内?若读去声,岂非缺了一样么?"多九公不觉皱眉道:"我看才女也过于混闹了!你说那个'衣'字所包甚广,无非纱的绵的,总在其内。但子路于这轻裘贵重之服,尚且与朋友共,何况别的衣服?言外自有'衣'字神情在内。今才女必要吹毛求疵,乱加批评,莫怪老夫直言,这宗行为,不但近于狂妄,而且随嘴乱说,竟是不知人事了!"

至这"衣"字究竟读作平声还是去声,也是颇有分歧。朱熹《四书集注》云:"衣,去声。衣,服之也。"①刘宝楠《论语正义》辨云:"凡裘服,毛在外,故有加衣以袭之。衣裘犹衣服。皇、邢各本,'衣'下有'轻'字。阮氏元校勘记:《唐石经》'轻'字旁注。案《石经》初刻本无'轻'字。'车马衣裘',见《管子》'小匡'及'齐语',是子路本用成语。后人涉《雍也》篇'衣轻裘',而误衍轻字。"②看来,李汝珍认为"衣"字作平声读,并非空穴来见,"随嘴乱说",而是有所本的。

对《论语·先进》中"颜路请子之车,以为之椁"句的释义,李汝珍借卢紫萱之口道:

　　婢子向于此书前后大旨细细参详,颜路请车为椁,其中似有别的意思。若说因贫不能买椁,自应求夫子资助,为何指名定要求卖孔子之车?难道他就料定孔子家中,除车之外,就无他物可卖么?即如今人求人资助,自有求助之话,岂有指名要他实物资助之理!此世俗庸愚所不肯言,何况圣门贤者。及至夫子答他之话,言当日鲤死也是有棺无椁,我不肯徒行,以为之椁。若照上文注解,又是卖车买椁之意。何以当日鲤死之时,孔子注意要卖的在此一车;今日回死之际,颜路觊觎要卖的又在此一车?况椁非希世之宝,即使昂贵,亦不过价倍于棺。颜路既能置棺,岂难置椁?且下章又有门人厚葬之说,何不即以厚葬之资买椁,必定硬派孔子卖车,这是何意?若按"以为之椁"这个"为"字而论,倒象以车之木要制为椁之意,其中并无买卖字义,若将"为"字为"买",似有末协。但当年死者必要大夫之车为椁,不知是何取义?婢子历考诸

----

① (宋)朱熹撰:《四书集注》,中华书局2008年版,第82页。
② (清)刘宝楠撰:《论语正义》,《诸子集成》,中华书局2006年版,第110页。

书,不得其说。既无其说,是为无稽之谈,只好存疑,以待能者。第千古
疑团,不能质之高贤一旦顿释,亦是一件恨事。

对于"颜路请子之车,以为之椁"一句,《论语注疏》云:"孔曰:'路,渊父也。
家贫,欲请孔子之车,卖以作椁。'"①这是传统的解释。李汝珍对此是有所
质疑的。李汝珍据当时死者"以大夫之车为椁"之说,认为"以为之椁"当是
指"用车之木来作椁"。李汝珍这样解经,并非"无稽之谈",足可立一说。

综上,李汝珍能从版本、音韵、字义的角度,用考据之法来解经,是深得
乾嘉之法的精义的。李汝珍不拘泥于古人成说,自创新说,足见其经学功底
不弱。

考"三礼"诸家之注及句读、释义

李汝珍在《镜花缘》第五十二回中,借小说中第一才女唐闺臣之口,差
不多以一篇学术论文的篇幅来探究三礼诸家注疏之缺失。简述其观点
如下:

殷因于夏有所损益,商辛无道,雅章湮灭。周公救乱,宏制斯文,以吉礼
敬鬼神,以凶礼哀邦国,以宾礼亲宾客,以军礼诛不虔,以嘉礼合姻好;谓之
"五礼"。及周昭王南征之后,礼失乐微,上行下效,故败检失身之人,必先
废其礼……

孔子欲除时弊,故定礼正乐,以挽风化。及至战国,继周、孔之学,讲究
礼法的唯孟子一人。……汉高祖初平秦乱,未遑朝制,群臣饮酒争功,或拔
剑击柱,高祖患之,叔孙通于足撰朝仪,胡广因之辑旧礼。

汉末天下大乱,旧章殄灭。迨至三国,魏有王粲、卫凯共创朝仪,吴有丁
孚拾遗汉事,蜀有孟光草建众典。晋初,荀凯以魏代前事撰为晋礼。宋何承
天、傅亮同撰朝仪。齐何佟之、王俭共定新礼。至梁武帝乃命群儒裁成大
典,以复周公五礼之旧。陈武帝即位,礼制虽本前梁,仍命江德藻、沈洙等随
时斟酌弃取,以便时宜。

迨至前隋,高祖命辛彦之、牛宏等采梁旧仪,以为五礼。自西汉之初以
至于今,历代损益不同,莫不参之旧典,并非古礼不存,不过取其应时之变。
所以《宋书·礼志》有云:"任己而不师古,秦氏以之致亡;师古而不适用,王
莽所以身灭。"

至注《礼》各家:汉有南郡太守马融、安南太守刘熙、大司农郑玄、左中

---

① (魏)何晏注,(宋)邢昺疏:《论语注疏》,《十三经注疏》,中华书局 2009 年版,第 5426—
5427 页。

郎将蔡邕、侍中阮谌;……隋有散骑常侍房晖远、礼部尚书辛彦之。他们所注之书,或听见不同,各有来取;或师资相传,共枝别干。内中也有注意典制,不讲义理的;也有注意义理,不讲典制的。典制本从义理而生,义理也从典制而见,原是互相表里。他们各执一说,未免所见皆偏。

近来盛行之书,只得三家;其一,大司农郑康成;其二,露门博士熊安生;其三,散骑侍郎皇侃。但熊氏每每违背本经,多引外义,犹往南而北行,马虽疾而越去越远;皇氏虽章句详正,唯稍涉冗繁,又既道郑氏,而又时乖郑义,此是水落不归本,狐死不首邱;这是二家之弊。唯郑注包举宏富,考证精详,数百年来,议《礼》者钻研不尽,自古注《礼》善本,大约莫此为最。

观李汝珍此文,从历史的角度,用逻辑分析的方法,总结归纳三礼的流变、历朝制礼之大典、介绍各朝各家学者,并比较各家之优长,得出郑玄注疏最佳的结论性观点。接着,以《礼记·月令》中"鸿雁来宾,爵入水为蛤"的句读及释义为例来证郑注最佳。李汝珍借唐敖之口道:

> 郑康成注《礼记》,谓"季秋鸿雁来宾"者,言其客止未去,有似宾客,故曰"来宾"。而许慎注《淮南子》,谓先至为主,后至为宾。迨高诱注《吕氏春秋》,谓"鸿雁来"为一句,"宾爵入大水为蛤"为一句,盖以仲秋来的是其父母,其子翯翼稚弱,不能随从,故于九月方来;所谓"宾爵"者,就是老雀,常栖人堂宇,有似宾客,故谓之"宾爵"。鄙意"宾爵"二字,见之《古今注》,虽亦可连;但按《月令》,仲秋已有"鸿雁来"之句,若将"宾"字截入下句,季秋又是"鸿雁来",未免重复。如谓仲秋来的是其父母,季秋来的是其子孙,此又谁得而知?况《夏小正》于"雀入于海为蛤"之句上无"宾"字,以此更见高氏之误。据老夫愚见,似以郑注为当。才女以为何如?

如此有理有据地引述郑注、高注、许注来论证自己的观点,确是学术创作矣。可见李汝珍对"礼"是有较深钻研的。诚非"帖括之学"能为之!

论历史纪年及六朝、五代、南北朝之名称由来

李汝珍所论纪年及几个朝代的由来,所给予读者的是一般的知识,较少个人的创见,即"闻见之知"。《镜花缘》第五十三回中,作者借才女卢紫萱之口道:

> 自盘古氏以及天皇、地皇、人皇至伏羲氏,其中年岁,前人虽有二百余万年之说,但无可考,《春秋元命包》言:"自开辟至春秋获麟之岁,凡

二百二十六万六千年"，而张揖《广雅》以三皇、疏仡之类，分为十纪，共二百七十六万岁，与《元命包》所载参差至五十万年之多。……那时北朝分而为二，一为北齐，一为周朝，北齐传了五主，计二十八年，被周所灭；周传五主，前后共二十六年，被臣子大司马杨坚篡位，改国号为隋。随即灭了陈国，天下才得一统。此是南北朝大概情形。

李汝珍史学之论，仅是粗陈梗概，于人亦仅是广见闻而已。

论春秋之微言大义

春秋笔法、微言大义，是中国古代叙事学的重要范畴，是先秦时期对后世最有影响的叙事理论之一，自史至诗、文、小说，莫不受其影响，得其沃灌。钱钟书先生说："春秋书法遂成史家楷模，言史笔与言诗笔莫辨。"[1]在《镜花缘》第五十二回"谈春秋胸罗锦绣，讲礼制口吐珠玑"中，作者李汝珍借殷若花之口道：

> 《春秋》褒贬之义，似乎有三：第一，明分义；其次，正名实；第三，著几微。其他书法不一而足，大约莫此为要了。……如《春秋》书月而曰"王正月"，所以书"王"者，明正朔之所自出，即所以序君臣之义。……诸如此类，岂非明分义么？……如《传》称隐为"摄"，而圣人书之曰"公"；凡此之类，岂非正名实么？……如"公自京师，遂会诸侯伐秦"，盖明因会伐而如京师；……似此之类，岂非著几微么？
>
> 孟子云："孔子作《春秋》而乱臣贼子惧。"是时王纲解纽，篡夺相寻，孔子不得其位以行其权，于是因《鲁史》而作《春秋》，大约总不外乎诛乱臣、讨贼子、尊王贱霸之意。……或谓《春秋》一书，每于日月、名称、爵号，暗寓褒贬，……不敢定其是否。但谓称人为贬，而人未必皆贬，微者亦称人；称爵为褒，而爵未必纯褒，讥者亦称爵。……要知《春秋》乃圣人因《鲁史》修成的，若以日月为褒贬，假如某事当书月，那《鲁史》但书其时，某事当书日，《鲁史》但书其月：圣人安能奔走列国访其日与月呢？若谓以名号为褒贬，假令某人在所褒，那旧史但著其名；某人在所贬，旧史但著其号：圣人又安能奔走四方访其名与号呢？
>
> 《春秋》有达例，有特笔：即如旧史所载之日月则从其日月，名称则从其名称，以及盟则书盟，会则书会之类，皆本旧史，无所加损，此为达例；其或史之所无圣人笔之以示义，史之所有圣人削之以示戒者，此即

---

[1]　钱钟书撰：《管锥编》，生活·读书·新知三联书店2007年版，第270页。

特笔。如"元年春正月",此史之旧文;加"王"者,是圣人之特笔。……
学者观《春秋》,必知孰为达例,孰为特笔,自能得其大义。总之:《春秋》一书,圣人光明正大。不过直节其事,善的恶的,莫不了然自见。至于救世之心,却是此书大旨。

春秋笔法有五例之说。杜预曰:"《春秋》之称,微而显、志而晦、婉而成章、尽而不汙、惩恶而劝善。非圣人,谁能修之?"①但是,李汝珍摈弃此说,而取春秋"三义"之说和"达特"之说,同时亦反对日月、名称、爵号寓褒贬之说。其实,李汝珍的观点与主张,皆有所本。宋人吕大圭《春秋五论》卷二云:"学者之观《春秋》,必先破《春秋》之以日月为例之说与夫以名称爵号为褒贬之说,而后《春秋》之旨可得而论矣!"又其《春秋五论》卷三云:"学者之观《春秋》,必知孰为《春秋》之达例,孰为圣人之特笔。而后可观《春秋》也。抑愚尝深惟春秋之义窃以其大旨有三:一曰明分义;二曰正名实;三曰著几微。"②可见,李汝珍的《春秋》之学是推崇吕大圭的。而从上述引文来看,他于《春秋》学,几乎是没有什么个人创见的。

要而言之,李汝珍的谈经论史,有史实的记问之学、闻见之知,有对当时经学普遍流行观点的质疑与批判,也有对历来各注疏名家的考辨。虽不乏介绍史识的性质,然其治经不拘于成见,能从各家之说的比较中,阐述自己观点,实属难能可贵。虽不敢说他是治经名家,但他的某些观点是能给治经学者以启发的。

2. 智识之学

儒学发展至清代,进入"道问学"的时代,③遂使德性之知必须建立在闻见之知的基础上的观念成为广大学者的共识。李汝珍也是如此。闻见之知不同于记诵之学,它是对智识的推崇,是对明代以来反智识主义的一种反动。智识之学的一个最大特点就是经世致用。观李汝珍的智识之学,大略有算学、医学、水利学等。依次考辨如下。

医学

李汝珍在《镜花缘》中,用极大篇幅探讨医学,介绍大量药方。观其主

---

① (晋)杜预注,(唐)孔颖达疏,《春秋左传注疏》,《十三经注疏》,中华书局 2009 年版,第 3702—3703 页。
② (宋)吕大圭撰:《春秋五论》,《文渊阁四库全书》第一五七册,台湾商务印书馆 1986 年影印,第 670—671 页。
③ 见本书第二章《才学小说与清代文化生态》。

意,一面在于炫学,而另一面实是要寄寓其一片救世、致用之心。这一点作者借书中主要人物唐敖之口即已点明:"此妙方,既这等神效,九公何不刊刻流传,使天下人皆绝此患,共登寿域。不是件好事?"李汝珍所用药方,前人多有评价,言其疗效。如陆以湉《冷庐杂识》卷四《汤火伤方》云:"《镜花缘》说部,征引浩博,所载单方,以之治病,辄效。……检阅是书中方,用秋葵花浸麻油同涂。时秋,葵花方盛开,依方治之,立愈。"①评点家许蔬庵说得非常清楚。第二十九回"服妙药幼子回春,传奇方老翁济世"回后总评:"诸方皆三折股求之,公之于世,亦欲与此书并传。"第二十七回"观奇形路过翼民郡,谈异相道出豕喙乡"中药方"人马平安散"的眉评:"此方实有效,并非纸上谈兵。"

《镜花缘》中开列的药剂医方共有二十余种,如:秋葵、麻油调大黄末治烫火伤方;乌梅肉去赘肉核药方;祁艾灸面部赘肉核药方;童便、黄酒、蟹、铁扇散、七厘散等方治跌打损伤;五黄散治肿毒药方;街心土、大蒜治中暑药方;人马平安散药方;治痢疾偏方;治回虫腹胀偏方;忍冬汤偏方;大归汤偏方;保胎无忧散偏方;治乳痈秘方;生化汤偏方;六味丸药方;海参可治阴虚偏方;麻黄利汗偏方;葛粉治酒醉偏方;活蝎治惊风偏方;柏叶炒成炭调米浆服之治便血偏方;误吞铜器多食核桃偏方。以上所列诸种药方,若据《本草纲目》《景岳全书》《千金方》《良方集腋》等医药学专著,均可考其出处与治疗实效。

比如,《镜花缘》第二十九回,歧舌国世子坠马跌伤昏迷,多九公即用上列药方第4种"童便、黄酒、蟹、铁扇散、七厘散"等方救之。而考此可治跌打损伤的偏方,即见于《本草纲目》《外科证治全生集》《良方集腋》等医书。

《本草纲目》卷五十二载:"人尿,释名溲,……气味鹹、寒、无毒,主治寒热、头痛、温气。童男者尤良。……《附方》:折伤跌扑,童便入少酒饮之,推陈致新,其功甚大。薛巳云:"凡一切损伤,不问壮弱,及有无瘀血,俱宜服此。……童便不动脏腑,不伤气血,万无一失。军中多用此,屡试有验。(《外科发挥》)"②

《本草纲目》卷四十五载:"蟹,释名无肠公子……气味鹹、寒、有小毒。……主治解结、散血、愈漆疮,养筋、益气。……《附方》骨节脱离条下云:'生蟹捣烂,以热酒倾入,连饮数碗,其渣涂之,半日内骨内谷谷有声,即

① (清)陆以湉撰:《冷庐杂识》,《续修四库全书》第一一四〇册,上海古籍出版社 2002 年影印,第 516 页。

② (明)李时珍《本草纲目》卷五十二,《文渊阁四库全书》第七七四册,台湾商务印书馆 1986 年影印,第 530 页。

好。干蟹烧灰,酒服,亦好。(唐瑶《经验方》)"①

至铁扇散药方,《外科证治全生集》附录载:"象皮五钱,切薄片,用小锅焙黄。龙骨五钱,用上白者四钱,生研。老材香二两。山陕等省无漆,民间棺殓松香黄蜡涂于棺内,数十年后有迁葬者,棺朽,另易新棺。具朽棺内之香蜡,即谓老材香。东南各省无老材香,即以数百年陈石灰一两代之,其效验与老材香同。寸柏香二两,即松香中之黑色者。松香二两,与寸柏香一同熔化搅匀,入冷水取出晾干。飞矾一两,将白矾入锅内熬透便是。以上六味共为细末储磁罐中,遇有刀石破伤者,用药敷伤口,用扇向伤处搧之,立愈。忌卧热处,如伤处发肿,煎黄连水用翎毛醮涂之即消。"据乾隆间山西巡抚明德《金疮铁扇散原·序》载,此方乃医士卢福尧于雍正年间得自塞外神僧。山西布政使文绶为《金疮铁扇散》作"跋",叙药方使末甚详。②

七厘散药方,《良方集腋》载:本方由血竭、麝香、冰片、没药、红花、朱砂、儿茶组成为末,黄酒冲服或调敷。用于跌打损伤、筋断骨折之瘀血肿痛,或刀伤出血。有活血祛瘀,止血止痛之功。③ 所谓"七厘",指服用量,即今之2.1克。本方是伤科常用方,内服外用皆可。方中血竭、红花活血祛瘀;乳香、没药散瘀行气;麝香、冰片窜通经络;朱砂、儿茶宁心止血。综观全方,虽有散瘀定痛,止血愈伤之效,但多数药为香窜辛散,行气活血之品,内服易耗伤正气,不宜多量久服,一般每次只服"七厘",因名之为"七厘散"。

限于篇幅,以上开列药方,不一一考之。

算学

李汝珍展示算学有盈朒算法、韩信点兵、圆周算法、圆内方外法、差分法、铺地锦、筹算法、圆周法、鸡兔同笼、物体重量、音速计算等。

兹举铺地锦与鸡兔同笼算法予以考证。

所谓铺地锦,就是一种格子算法,亦名"写算"。是流行于西方伊斯兰国家的一种古算法,大约在十四世纪传入中国。④ 最初见于明代夏源泽的

① (明)李时珍《本草纲目》卷四十五,《文渊阁四库全书》第七七四册,台湾商务印书馆1986年影印,第323页。

② (清)王维德撰:《外科证治全生》,《续修四库全书》第一○一三册,上海古籍出版社2002年影印,第510—513页。

③ (清)谢元庆编,(清)王庆霄校:《良方集腋》,二卷,留耕堂,道光二十八年刊本,国家图书馆藏。

④ 杜石然著:《数学历史社会》,辽宁教育出版社2003年版,第167页。

《指明算法》,称为"铺地锦"。

明代吴敬《九章算法比类大全》一书介绍这种算法。其"写算"条下云:"要先画置格眼,将实数置于上横写,为法数于右直写,法实相呼,填写格内,得数从下小数起,遇十进上,合问。"①明末程大位《新编直指算法统宗》赋歌云:"写算铺地锦为奇,不用算盘数可知。法实丰呼小九数,格行写数莫差池。记零十进于前位,逐位数上亦如之。照式画图代乘法,厘毫丝忽不须疑。"②

李汝珍内弟许桂林《算牖》解说"铺地锦"算法最详。其文曰:"画横竖格,作斜线。于格之外上列法,右列实。乃以乘法徧乘,填写格内。每一方格,斜线界为二尖格。小数填下半格内,大数填上半格内。乘毕,乃合斜线内数为得数。于格外下方及左方,自下而上以次写之,其斜线内数满十进之上位,作号记之,与笔算同。按铺地锦可乘不可除,数度衍载,有除法不可用,而乘法视笔算、筹算尤为明确也。列式于后。"③(见附表)

《镜花缘》第七十九回,才女米兰芬为求圆周率长度,画了一个"铺地锦"的图形。其文曰:"(青钿)因指面前圆桌道:'请教姐姐,这桌周围几尺?'兰芬要了一管尺,将对过一量,三尺二寸。取笔画了一个铺地锦。画毕道,此桌周围一丈〇〇四分八。"则其铺地锦如图12-1为:

再说圆周率问题。米兰芬计算圆周长用的圆周率是三一四。其文曰:"春辉看了道:'闻得古法径一周三,是么?'兰芬道:'古法不准。今定径一周三一四一五九二六,甚精。只用三一四三个大数算的。'"圆周率最早出现在《周髀算经》,其值为三。汉代刘歆、张衡、王蕃等,皆曾尝试求取更精确的数值。魏刘徽注解《九章算术》时,求得圆周率在朒数及盈数之间。南北朝时,祖冲之则算出圆周率值亦在朒数及盈数之间。康熙时著名数学家梅成主编的《数理精蕴》一书,则精算圆周率值为三一四一五九二六五三。而与李汝珍同时期的数学家朱鸿,更将圆周率值算至小数后三十九位数字。④ 可见,李汝珍圆周率值并非其言"甚精"。

《镜花缘》第九十三回中,提及了"鸡兔同笼"算法。"鸡兔同笼"之算

---

① (明)吴敬撰:《九章详注比类算法大全》,《续修四库全书》第一〇四三册,上海古籍出版社2002年影印,第548页

② (明)程大位撰:《新编直指算法统宗》卷十七,《续修四库全书》第一〇四四册,上海古籍出版社2002年影印,第209页

③ (清)许桂林撰:《算牖》,《四库书收书辑刊》第十辑第八册,北京出版社1997年版,第767—768页。

④ 赵尔巽等撰:《清史稿·列传》二百九十三卷,中华书局1977年版,第13968页。

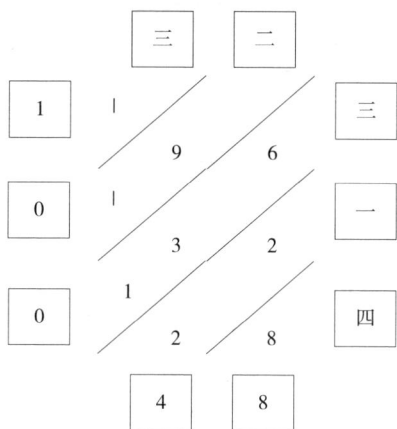

引自（清）许桂林《算牖》（上表结果为1）

图 12-1　米兰芬所画之铺地锦算法

题,在唐代李淳风注释的《孙子算经》中就有记载,可谓一古老算题。其文云:"今有雉兔同笼,上有三十五头,下有九十四足,问雉兔各几何? 答曰:雉二十三;兔一十二。术曰:上置三十五头,下置九十四足,半其足得四十七,以少减多。再命之上三除下三,上五除下五,下有一除上一,下有二除上二,即得。又术曰:上置头,下置足,半其足以头除足,以足除头即得。"①宋代的著名数学家杨辉的《续古摘奇算法》亦载此题。杨辉所用的算法有二。一为分身术:"倍头减足。倍四不分雉兔,是以二足乘只数,于众足内减所余者,即一兔剩二足也。折半为兔。"二为先求雉术:"四因双数,兔有四足,以共足九十四足减之,余皆雉足,四十六为雉。"

在李汝珍内弟许桂林《算牖》中,记载"雉兔同笼"算法较详细,亦很简约。其文云:"在共头足数,问雉、兔各数。法:先半其足,以头减余为兔数;以兔减头为雉数。如雉兔共十五头,四十四足,问几雉? 几兔? 兔四十四足半为二十二,以头十五减之,余七为兔数。以兔七减共头十五,余八为雉数。简诀头减半足余即兔目。"②

观《镜花缘》中第七十九回的"鸡兔同笼"问题,则比上述问题复杂得多。其文曰:

---

① （唐）李淳风等注释:《孙子算经》,《续修四库全书》第一○四一册,上海古籍出版社 2002 年影印,第 593 页。
② （清）许桂林撰:《算牖》,《四库收书辑刊》第十辑第八册,北京出版社 1997 年版,第 771 页。

兰芬道:"怪不得姐姐说这灯球难算,里面只有多的,又有少的,又有长的,又有短的,令人看去,只觉满眼都是灯,究竟是几个样子?"宝云道:"妹子先把楼上两种告诉姐姐,再把楼下一讲,就明白了。楼上灯有两种:一种上做三大球,下缀六小球,计大小球九个为一灯;一种上做三大球,下缀十八小球,计大小球二十一个为一灯。至楼下灯也是两种:一种一大球,下缀二小球;一个大球,下缀四小球。"众人走到南边廊下,所挂各色连珠灯也都工致,一齐坐下,由南向北望去,只见东西井对面各楼上下大小灯球无数,真是光华灿烂,宛如列星,接接连连,令人应接不暇,高下错落,竟难辨其多少。宝云道:"姐姐能算这四种灯各若干么?"兰芬道:"算家却无此法。"因想一想道:"只要将楼上大小灯球若干,楼下灯球大小若干,查明数目,似乎也可一算。"宝云命人查了:楼上大灯球共三百九十六,小灯球共一千四百四十;楼下大灯球共三百六个,小灯球共一千二百。兰芬道:"以楼下而论:将小灯球一千二百折半为六百,以大球三百六十减之,馀二百四十,是四小球灯二百四十盏;于三百六十内除二百四十,馀一百二十,是二小球灯一百二十盏。此用'雉兔同笼'算法,似无舛错。至楼上之灯,先将一千四百四十折半为七百二十,以大球三百九十六减之,馀三百二十四,用六归:六三添作五,六二三十二,逢六进一十,得五十四,是缀十八小球灯五十四盏;以三乘五四,得一百六十二,减大球三百九十六,馀二百三十四,以三归之,得六十八,是缀六小球灯数目。"宝云命玉儿把做灯单子念来,丝毫不错。大家莫不称为神算。

李汝珍如此借用"雉兔同笼"算法,来分辨楼上楼下四种灯的数目,真可堪称是数学专家了。

水利之学

李汝珍嘉庆五年(1805)曾投效南河河工,因功保举为河南候补县丞;嘉庆十年(1810)又曾捐赀投效衡工。两次试用河工,虽不能得到实授县丞职衔,但参与治河的经历,使他积累了大量治河的经验。同时,李汝珍也阅读了一些治河的理论书籍。许乔林《送李松石县丞之官河南》诗中说:"吾子经世才,及时思自见。熟读河渠书,古方用宜善。"由此可见,李汝珍可算得上是一位治河专家了。他实实在在是想要贡献自己所学,以拯民瘼。然而,造化弄人,他一生也没有真正来做一个治河的八品县丞。

《镜花缘》第三十五回"揭黄榜唐义士治河"中有几段论治河文字,是其致用之学中最可注意的。其文曰:

河水泛滥为害,大约总是河路壅塞,未有去路,未清其源,所以如此。明日看过,我先给他处处挑挖极深,再把口面开宽,来源去路,也都替他各处疏通。大约河身挑挖深宽,自然受水就多;受水既多,再有去路,似可不致泛滥了。……

两边堤岸,高如山陵,而河身既高且浅,形像如盘,受水无多,以至为患。这总是水大之时,惟恐冲决漫溢,且顾目前之急,不是筑堤,就是培岸。及至水小,并不顾为设法挑挖疏通;到了水势略大,又复培壅。以致年复一年,河身日见其高。若以目前形状而论,就如以浴盆置于屋脊之上,一经漫溢,以高临下,四处皆为受水之区,平地即成泽国。若要安隐,必须将这浴盆埋在地中。盆低地高,既不畏其冲决,再加处处深挑,盘形变成釜形,受水既多,自然可免漫溢之患了。……

第河道一时挑挖深通,使归故道,施工且难。盖堤岸日积月累,培壅过高,下面虽可深挑,而出土甚觉费事;倘能集得数十万人夫,一面深挑,一面去其堤岸,使两岸之土不致壅积,方能易于藏事。……

凡河有淤沙,如欲借其水势顺溜刷淤,那个河形必须如矢之直,其淤始能顺溜而下。再者,刷淤之处,其河不但要直,并且还要由宽至窄,由高至低,其淤始得走而不滞。假如西边之淤要使之东去,其西边口面如宽二十丈,必须由西至东,渐渐收缩,不过数丈。是宽处之淤,使由窄路而出,再能西高东低,自然势急水溜,到了出口时,就如万马奔腾一般,其淤自能一去无余。……①

清代治河专家陈潢曾撰《天一遗书》,其中论"挑河涮淤"云:"黄河塌湾之处,对岸必有沙滩。滩在北,则南地险;滩在南,则北地险。治之法,除险处做矶嘴坝,下护埽,并抢筑里越之外,救急之善,莫过于沙滩之上挑掘引河,为效甚速。且河成之后,险亦永平,诚一劳永逸之计也。"②李汝珍所论治河,可谓深得"挑掘引河"之法。李汝珍有如此治水之才,然其两次之官河南均未得实授,这对李汝珍不能不说是一个打击。于是,在嘉庆十年(1810)之后,他便绝意于仕途,潜心创作小说《镜花缘》,并把治水的经验写入小说,以寄其内心的抑郁,同时也是借此一展其生平所学。

---

① (清)李汝珍著:《镜花缘》,《古本小说集成》,上海古籍出版社 1990—1994 年版,第 609—627 页。
② (清)陈潢撰:《天一遗书》,《续修四库全书》第八四七册,上海古籍出版社 2002 年影印,第244 页。

3. 游艺之学

最能表现李汝珍"以文为戏"的创作心态的,是在书中所庋藏的丰富多彩、五花八门的游艺之学。李汝珍所展示的游艺才学都有哪些呢?《镜花缘》第二十三回云:"以游戏为事,……上面载着诸子百家,人物花鸟、书画琴棋、医卜星相、音韵算学,无一不备。还有各样灯谜、诸般酒令、以及双陆、马吊、射鹄、蹴球、斗草、投壶,各种百戏之类,件件都可解得睡,也可令人喷饭。"李汝珍于小说中庋藏的这诸多游艺,不仅仅是小说的一个特色,也因此保存了乾嘉时期的社会学、民俗学的珍贵史料,值得深入探讨。然而,学界似乎对此比较冷淡,往往把目光集中在作家身世、版本考证及其尊重女性的思想意识、讽刺精神等方面,是故,兹将《镜花缘》中李汝珍所展现的游艺之学,择其要者,略考如下。

古琴艺术与琴论

同《红楼梦》一样,《镜花缘》中也有大量有关音乐的描写。在《镜花缘》中有关音乐的描写有两处。一处是箫、笛合奏;另一处就是说琴的音色与弹拨技巧问题。李汝珍在第七十四回中论箫、笛合奏,较简略。其文曰:"再芳姐姐因见绿云妹妹铁笛铁箫甚好,所以约了亚兰姐姐、绿云妹妹就在水阁合吹,这箫笛借着水音,倍觉清亮,又是顺风吹来,远吹更有意思。"李汝珍论箫、笛,则讲究一点:一是材质要铁的;二是在水边合奏;三是箫、笛之声依着水面顺风而来,故远听为妙。难怪其在第七十五回的回目上标出"弄新声水榭吹箫"。

展示琴学才艺,在古典小说、戏曲中多所描绘,比如《西厢记》中的琴挑、《警世通言》卷一《俞伯牙摔琴谢知音》中钟子期的高谈琴理,《儒林外史》中的"弹一曲《高山流水》",《品花宝鉴》第十四回中春航和弦、用文字谱说琴,以及《红楼梦》中黛玉论琴、宝玉同妙玉听琴等。都能给人以艺术的熏陶与知识上的传授。在《镜花缘》第七十三回中,李汝珍探讨琴艺则集中在泛音的指法与音色方面,观其全书共有13次提到泛音,可见其对此问题的重视。李汝珍论泛音表现出极强的专业性,对于习琴者亦颇具启发价值。李汝珍借才女田秀英之口道:

> 若论泛音,也无甚难处。妹妹如要学时,记定左手按弦,不可过重,亦不可太轻,要如蜻蜓点水一般,再无不妙。其所以声哑者,皆因按时过重;若失之过轻,又不成为泛音。"蜻蜓点水",却是泛音要诀。

又借田舜英之口补充道：

> 妹妹要学泛音，也不用别法，每日调了弦，你且莫弹整套，只将"蜻蜓点水"四字记定，轻轻按弦，弹那"仙翁"两字。弹过来也是"仙翁、仙翁"，弹过去也是"仙翁、仙翁"。如此弹去，不过两日，再无不会的。

琴，亦名古琴。是我国最古老的一种弹拨乐器。从《风俗通义·声音》所载的所谓"《尚书》：舜弹五弦之琴，歌南风之诗而天下治"，①《诗经》所说的"妻子好合、如鼓琴瑟"和"琴瑟友之"②等来看，琴在周代以前就已产生了。至今已有三千年的历史。乃是上层贵族必修之典礼和修身之器，为"六艺"之一。班固《风俗通义》有云："雅琴者，乐之统也。与八音并行，然君子所常御者琴，最亲密不离于身。"③《礼记》云："君无故玉不去身，大夫无故不彻县，士无故不彻琴瑟。"④

至琴的弹拨，其发音有三种，即散音、按音和泛音。泛音乃左右手配合弹拨之音，是其中很难把握的一种。李汝珍所论泛音习学方法，关键在"蜻蜓点水"四字，是非常正确的，深得泛音弹法壶奥。《太古正音琴经》卷三有云："泛音也，用诸指轻浮弦上弹动，弦应声也。"⑤泛音所讲究者，在一个"轻"字。清人程允基《诚一堂琴谈·三声论》论琴音最详明。其文曰："凡散声虚明嘹亮，如天地之宽广，风水之澹荡，此散弹也。泛音脆美轻清，如蜂蝶之采花，蜻蜓之点水也；按声简静坚实，如钟鼓之巍巍，山崖之磊磊也。"⑥至《仙翁》，乃是一首学习古琴的开指（入门）曲目，最早见于《东皋琴谱》。⑦因其唱词第一句是"仙翁仙翁，得道仙翁"，故名之。《仙翁》最宜练习泛音按音，亦是琴的调弦之曲目。清代张文虎撰《舒艺室余笔》，卷二释"操缦"云："操缦谓调弦、转轸。如今琴家审听《仙翁》泛音，及平当达理定之。"⑧

---

① （汉）应劭撰，王利器校注：《风俗通义》，中华书局1981年版，第293页。

② （汉）毛亨传，（唐）孔颖达疏：《诗经正义》，《十三经注疏》，中华书局2009年版，第872、572页。

③ （汉）应劭撰，王利器校注：《风俗通义》，中华书局1981年版，第293页。

④ （汉）郑玄注，（唐）孔颖达疏：《礼记正义》，《十三经注疏》，中华书局2009年版，第2726页。

⑤ （明）张大命辑：《太古正音琴经》，《续修四库全书》第一〇九三册，上海古籍出版社2002年影印，第421页。

⑥ （清）程允基撰：《诚一堂琴谈》，程氏诚一堂，清代康熙年间刊本。

⑦ （清）东皋和尚撰，［日］铃木龙编，《东皋琴谱》，日本明和九年（1772）刊本，国家图书馆藏。

⑧ （清）张文虎撰：《舒艺室余笔》卷二，光绪七年刊本。

李汝珍探讨弹琴的指法,亦涉及了"八法"。李汝珍借才女殷若花之口道:

把泛音学会了,其余八法,如擘、托、勾、踢、抹、挑、摘、打之类,初学时倒像头绪纷纭,及至略略习学,就可领略,更是不足道的。

接着又借秀英之口总结道:"歌诀虽有八句,第一却是'弹欲断弦方入妙,按令入木始为奇'这两句是要紧的。此诀凡谱皆有,你细细揣摩,自能得其大意。"所谓弹琴"八法",指的是右手八法。《琴学备要》云:"右手弹弦以大(拇指)、食(食指)、中(中指)、名(无名指)为用。只有小指禁而不用,所以名叫禁指。弹弦的方向,向身弹叫弹入,或入弦;向徽外弹叫弹出,或出弦。因为身在里,所以叫做入,徽在外,所以叫做出。弹入的名称曰擘(拇指)、抹(食指)、勾(中指)、打(无名指);弹出的名称曰托(拇指)、挑(食指)、剔(中指)、摘(无名指),共称八法。"①

至弹琴的歌诀,李汝珍所引的两句"弹欲断弦方入妙,按令入木始为奇",说的是弹琴的方法,并不是所谓的勤奋刻苦练琴,练到琴弦欲断,琴身入木了。所谓"断弦",是说"右手八法"弹拨应用力,当然这里有个"轻重缓急"的技巧问题了,并非一味蛮用力;所谓"入木",是说左手按弦应用力向琴身按去,仿佛要进入到木板里去。李汝珍所引之诗句,亦见于《诚一堂琴谈·指诀》中,其诗云:"声完绰注须从远,音歇飞吟始用之。弹欲断弦方得妙,按令入木乃称奇。轻重疾徐蒙接应,撞猱行走怪支离。人能会得其中意,指法虽泆可尽知。"②

在《品花宝鉴》中,写春航弹《结客少年场》一曲,记其文字谱,描述颇详细。其文云:"从四弦九徽上泛起,勾二挑六,勾四挑五,琮琮琤琤,弹了二十二声,仍到九徽上泛止,弹的曲文是……便散挑七弦、六弦,勾四弦,挑六弦,色二弦。以下便是实音,见他左手大指,在二弦九徽上,揉了两揉,以下连弹了五声,作一个掐起又三声,中食两指撮动四六两弦,左手大指在六弦九徽上吟着,又弹了五声,撮动七五两弦,又弹五声,撮动五三两弦,又弹五声,撮动七五两弦,又弹五声,撮动五三两弦,共听得有三十四声。"③(见附图)与李汝珍颇为相似的是,两部著作都在展示琴艺,只不过李汝珍展示的

---

① 顾梅羹撰:《琴学备要》(手稿本),上海音乐出版社2004年版,第46页。
② (清)程允基撰:《诚一堂琴谈》,程氏诚一堂,清代康熙年间刊本。
③ (清)陈森撰:《品花宝鉴》,上海古籍出版社1990年版,第201—202页。

是弹拨技巧,而陈森展示的是琴曲的最古老文字记谱法。现在,中国传世最早的文字谱是唐代的《碣石调幽兰谱》,原件藏在日本东京博物馆。(图12-2)

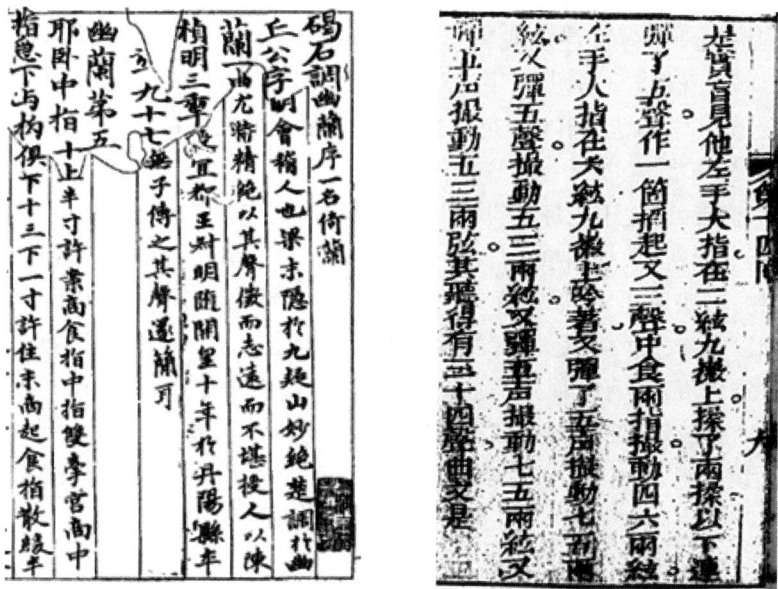

《碣石调幽兰谱》局部　　　　　　　　《品花宝鉴》文字谱

图12-2　琴谱中的汉字记谱法

至《红楼梦》第八十六回,高鹗辈所展示的才学与上述又有所不同,虽然也说到如何识谱、记谱的问题,但他重点是放在琴理上的。作者借黛玉之口道:

琴者,禁也。古人制下,原以治身,涵养性情,抑其淫荡,去其奢侈。若要抚琴,必择静室高斋,或在层楼的上头,在林石的里面,或是山巅上,或是水涯上。再遇着那天地清和的时候,风清月朗,焚香静坐,心不外想,气血和平,才能与神合灵,与道合妙。所以古人说"知音难遇",若无知音,宁可独对着那清风明月,苍松怪石,野猿老鹤,抚弄一番,以寄兴趣,方为不负了这琴。还有一层,又要指法好,取音好。若必要抚琴,先须衣冠整齐,或鹤氅,或深衣,要如古人的像表,那才能称圣人之器。然后盥了手,焚上香,方才将身就在榻边,把琴放在案上,坐在第五徽的地方儿,对着自己的当心,两手方从容抬起,这才心身俱正。还要

　　　　知道轻重疾徐,卷舒自若,体态尊重方好。

高鹗辈笔下的黛玉,观其声口,则俨然是一个女夫子了。可见《红楼梦》后四十回炫学所走的路子是义理派的。

　　灯谜、斗草等文字游戏

　　观《镜花缘》一书,其文字游戏最多、最博者,是酒令。其游戏之目的是展现音韵才学和博通群籍。除此之外,作者展现的文字游戏还有灯谜、织锦回文诗与斗草等。

　　灯谜者,即置于花灯上的谜语,也叫灯虎、文虎。大多在元宵节、中秋节时举行。周密《武林旧事·灯品》云:"又有以绢灯剪写诗词,时寓讥笑。及画人物,藏头隐语,及旧京诨话,戏弄行人。有贵邸尝出新意,以细竹丝为之,加以彩饰,疏明可爱。"①《常德府志·地理志》云:"上元剪纸为灯,糊以竹格,饰以五彩,有绣毯走马莲花诸类,……好事者作成灯谜,夜则相聚以猜,名曰打鼓灯,妇女相邀成队宵行名曰走百病。"②《燕京杂记》卷一云:"上元设灯谜,猜中以物酬之,俗谓打灯虎。"③至后来,凡谜语者,皆谓灯谜矣。

　　李汝珍《镜花缘》中提到灯谜者,凡二十四次。主要集中在第三十一回"看花灯戏言猜哑谜",第三十二回"访筹算畅游智佳国",第六十四回"猜灯谜姊妹陶情",第七十八回"运巧思对酒纵谐谈",第八十一回"白术亭董女谈诗"等回中。比如第六十四回中,写剑南节度使文隐平定倭寇,一两日就有"红旗报捷"到京。"赛孟尝"卞滨任部试主考,故其七女因回避不得赴试。才女孟玉芝即出谜道:"红旗报捷四字,打《论》《孟》一句。"有猜"胜之"的,有猜"战必胜矣"的,皆不对。最后才女宝云猜道:"克告于君。"这个谜猜的应是大有深意的。此谜不仅仅是展现才学,更主要的是,它表达了作者的一种政治理想与抱负。无疑,这卞滨是作者正面颂扬的人物之一。《镜花缘》述其行状为:"原来这卞滨表字渭仙,乃淮南道广陵人氏。自幼饱读诗书,由进士历官至礼部尚书,世代书香,家资巨富,本地人都称他'卞万顷'。盖卞滨自他祖父遗下家业,到他手里,单以各处田地而论,已有一万余顷,其余可想而知,真是富可敌国。"同时,其子亦参加了反抗武氏集团的正义战争。因此,也可说这卞滨实是作者的影子人物。

---

①　(宋)四水潜夫辑:《武林旧事》,西湖书社 1981 年版,第 34 页。

②　(明)陈洪谟撰:《常德府志》,明代嘉靖刊本。

③　(清)阙名撰:《燕京杂记》,北京古籍出版社 1986 年版,第 111 页。

　　斗草游戏,亦是一种文字游戏。《红楼梦》第六十二回,曾写有香菱、芳官、藕官等几个女子斗草。其文曰:

　　　　大家采了些花草来,兜着坐在花草堆中斗草。这一个说:"我有观音柳。"那一个说:"我有罗汉松。"那一个又说:"我有君子竹。"这一个又说:"我有美人蕉。"这一个又说:"我有星星翠。"那个人又说:"我有月月红。"这个又说:"我有《牡丹亭》畔的牡丹花。"那一个又说:"我有《琵琶记》里的枇杷果。"……

　　传说,斗百草之戏始于春秋,是吴王与西施发明的。《中吴纪闻》载:"吴王与西施尝作斗百草之戏,故刘禹锡诗云:'若共吴王斗百草,不如应是欠西施。'"①《月令精抄》斗百戏条下载:"荆楚三月三日,四民踏百草,斗草之戏始。"②然而,对斗草游戏规则,不及言之,令人可惜。
　　《镜花缘》第七十六回、第七十七回,写百名才女集于"百药圃"斗百草,铺叙其情状,言其规则最为生动。李汝珍借才女紫芝之口道:

　　　　这斗草之戏,虽是我们闺阁一件韵事,但今日姐妹如许之多,必须脱了旧套,另出新奇门法,才觉有趣。

　　第七十七回题目亦标为"斗百草全除旧套,对群花别出心裁"。所谓"全除旧套"者,即斗草不在草之多寡,也不用攀折花草;所谓"别出心裁",是随便说一花草名,或果木名,依字面对去,可出前人成对,亦可自己生发,只要见之于书即可。李汝珍其文曰:

　　　　紫芝四处一望,只见墙角长春盛开,因指著道:"头一个要取吉利,我出'长春'。"窦耕烟道:"这个名字竟生在一母,天然是个双声,倒也有趣。"掌浦珠道:"这两字看著虽易,其实难对。"众人都低头细想。陈淑媛道:"我对'半夏',可用得?"春辉道:"'长春'对'半夏',字字工稳,竟是绝对。妹子就用长春别名,出个'金盏草'。"邺芳春遥指北面墙角道:"我对'玉簪花'。"窦耕烟指著外面道:"那边高高一株,满树红花,叶似碧萝,想是'观音柳'……"邺芳春指著一株盆景道:"我对'罗

――――――
①　(宋)龚明之撰:《中吴纪闻》,清知不足斋丛书本。
②　(清)郑泰辑:《月令精抄》,康熙间刊本。

汉松。'"春辉道："以'罗汉'对'观音'，以'松'对'柳'，又是一个好对。"……尹红英道："我出'猴姜'。"蔡兰芳道："我对'马韭'。"玉芝道："骨碎补一名'猴姜'，那是人所共知的；这'马韭'二字有何出处？"兰芳道："陶宏景《名医别录》，麦门冬一名'马韭'，因其叶如韭，故以为名。"……紫芝道："此时除了你我，恰恰九十八位都在这里，教我何处再去邀人？"闺臣道："今日把这斗草改做偶花，一对一对替他配起来，却也有趣。刚才我们只听山辣对水香，可谓工稳新奇之至。不知还有甚么佳对？"春辉道："这里有个单子，姐姐一看便知。"闺臣接过，众人围著观看，莫不称赞。董花钿道："'慈姑花'对'妒妇草'，虽是绝对，但'慈姑'二字，往往人都写作草头'茈菰'，今用这个慈姑，自然也有出处？"宰玉蟾道："按各家《本草》言，慈姑一根，岁生十二子，闰月则生十三，如慈姑之乳诸子，故以为名。大约有草头、无草头皆可用得。"……

此段文字中长春对半夏、金盏草对玉簪花、观音柳对罗汉松、猴姜对马韭、妒妇草对慈姑花等五对斗草文字，皆是"工稳新奇"。同时，作者亦考其出处，如《名医别录》中麦门冬亦名马韭、《本草纲目》言慈姑之名的由来等。要之，《镜花缘》中，李汝珍共列出"新斗草游戏"三百余条。可以看出，这"新斗草游戏"，不仅对仗工稳、文思精巧，而且叙述生动。深刻表现出作者乃是"多识草木虫鱼"之博物君子，令读者不仅广其见闻，亦可学习诗赋对仗之法。

织锦回文诗

清代乾隆年间，流行一种所谓"织锦回文"诗。既是炫耀文采，也是一种文字游戏。相传为晋代苏蕙所创，名为"璇玑图"（见附图《五彩璇玑图》）。《陕西通志》载苏蕙撰《织锦回文诗》一卷和《回文诗》八卷。① 李汝珍在《镜花缘》中以极大篇幅详解此诗。这种织锦回文诗与屠绅《蟫史》的"璇玑图"实是一类。《蟫史》写甘鼎与回人对峙，员夫人织六幅"璇玑图"，计破敌兵。如第一幅提示为"织一图，如弓样；两头顺、逆读"，则原句"命薄皆丑，性恶皆狗；柄是斧刀，逃遁何有"的逆读为："有何遁逃，刀斧是柄；狗皆恶性，丑皆薄命。"第二幅提示为"如玉尺，十字演七绝，复四字，回还读之"。则原十字为"氓蚩笑舞学狐鸣忽甲兵"演成的七绝为："氓蚩笑舞学狐鸣，舞学狐鸣忽甲兵；鸣忽甲兵氓蚩笑，兵氓蚩笑舞学狐。"

---

① （清）沈青崖等纂修：《陕西通志》，《文渊阁四库全书》第五五五册，台湾商务印书馆 1986 年影印，第 515 页。

　　李汝珍在《镜花缘》四十一回中,借武则天给《织锦回文诗》写"序文",述其来历。其文云:

　　　　前秦苻坚时,秦州刺史扶民窦滔妻苏氏,陈留令武功苏道质第三女也。名蕙,字若兰。智识精明,仪客秀丽;谦默自守,不求显扬。年十六,归于窦氏,滔甚爱之。然苏氏性近于急,颇伤嫉妒。……初,滔有宠姬赵阳台,歌舞之妙,无出其右。滔置之别所。苏氏知之,求而获焉,营加棰辱,滔深以为憾。阳台又专伺苏氏之短,谗毁交至,滔益忿恨。苏氏时年二十一。及滔将镇襄阳,邀苏同往,苏氏忿之,不与偕行。滔遂携阳台之任,绝苏音问。苏氏悔恨自伤,因织锦为回文:五采相宣,莹心耀目。纵横八寸,题诗二百余首,计八百余言,纵横反覆,皆为文章。其文点画无阙。才情之妙,超古迈今。名《璇玑图》。

　　可见,《璇玑图》其来已久,而历代研究其读法者亦不乏其人。宋代才女朱淑贞以天文历法谈论此图读法。
　　王士禛《池北偶谈》中《朱淑贞璇玑图记》云:"璇玑者,天盘也;经纬者,星辰所行之道也。中留一眼者,天心也。极星不动,盖运转不离一度之中,所谓居其所而斡旋之处中。一方太微垣也,乃叠字四言诗。其二方紫微垣也,乃四言回文。二方之外,四正乃五言回文,四维乃四言回文。三方之外,四正乃交首,四言诗其文则不回也,四维乃三言回文。三方之经以至外四经,皆七言回文诗,可周流而读者也。"①明代康万民撰《璇玑图》两卷。《四库全书总目提要》云:"僧起宗以意推之,求得三四五六七言诗三千七百五十二首,分为七图。万民更为寻绎,又于第二图内增立一图,并增其诗至四千二百六首,合起宗所读,共成七千九百五十八首,合两家之图,辑为此编。"②一幅八百余言的锦图,回环往复读之,竟可得近八千首诗,真是匪夷所思。明末清初戏曲家万树对"璇玑图"诗也产生了浓厚的兴趣,著有《璇玑碎锦》一书,对璇玑回文诗从理论上予以阐发。是书原载璇玑图一百幅,现存六十幅。每幅图均有命名,比如镜带蛛丝、子母钱、分飞鸿燕、面面相逢、梅花三弄、柳带同心结、节节高、交枝方胜、同心栀子等。江昱撰《序》,有文云:"兹则天工人巧,泯然无迹。吾不知其属思时,先有诗,抑先有图。且复隐寓以名物离合,其字句戛戛乎难之又难! ……观所命名,若未尝以回

①　(清)王士禛撰:《池北偶谈》,中华书局 2006 年版,第 367 页。
②　(清)纪昀等撰:《四库全书总目提要》,中华书局 1997 年版,第 1985—1986 页。

文诗三字没其苦心,而特托于齐政之仪、天孙之杼,洵不污也。然则以今阅者之情而逆作者之意,知必非漫无托寄而为,是怨妻戚妇之为也。"①江昱认为璇玑图与诗,虽为闺中怨妇之所作,寓意托寄在于"回"字;但是万树所作,命名之意,实是关于风教,关于齐家,故曰"托于齐政之仪"。

李汝珍参考了当时研究"织锦回文图"的成果,加之自己的钻研,遂借才女史幽探之手,将此图以红、黑、蓝、紫、黄五彩颜色标出,使其一分而为六,六合而为一,从中得出诗句不计其数。不仅如此,李汝珍又借哀萃芳之手,从史幽探的六图之外,又分出一图,得出数百余首诗。如图12-3《五彩璇玑图》。所谓史幽探五彩图,其读法不妨举一例言之。以蓝色为例:

蓝书读法自中行各借一字,互用分读,四言十二句:邵南周风,兴自后妃;卫郑楚樊,厉节中闱;咏歌长叹,不能奋飞;齐商双发,歌我充衣;曜流华观,冶容为谁?情徵宫羽,同声相追。

情徵至后妃、周南至情悲、官徵至淑姿。取两边四字成句,四言六句:兴自后妃,厉节中闱;不能奋飞,歌我充衣;冶容为谁?同声相追。

同声至后妃、窈窕至情悲、感我至淑姿。两边分读,四言十二句:兴自后妃,窈窕淑姿;厉节中闱,河广思归;不能奋飞,退路逶迤;歌我充衣,硕人其颀;冶容为谁?翠粲藏蕤;同声相追,感我情悲。

同声至淑姿、窈窕至相追、感我至后妃。两边各连一句,或两边遥间一句,俱可读。以下三段,读俱同前:惟时至成辞、佞好至防萌、何辜至惟新。两边分读,左右递退,六言六句:周风兴自后妃,卫女河广思归;长叹不能奋飞,齐兴硕人其颀;华观冶容为谁?情伤感我情悲。

宫羽至淑姿、邵伯至相追、情伤至后妃。以下三段,读俱同前:年殊至成辞、谗人至防萌、怨殃至惟新。互用分读:周风兴自后妃,楚樊厉节中闱;长叹不能奋飞,双发歌我充衣;华观冶容为谁?宫羽同声相追。

宫羽至后妃、邵伯至情悲、情伤至淑姿。虚中行左右分读,六言十二句:周风兴自后妃,邵伯窈窕淑姿;楚樊厉节中闱,卫女河广思归;长叹不能备飞,咏志退路逶迤;双发歌我充衣,齐兴硕人其颀;华观冶容为谁?曜荣翠粲藏蕤;官羽同声相追,情伤感我情悲。

情伤至后妃、邵伯至相追、官羽至淑姿。左右连一句亦可读。以下三段,读俱同前:年殊至成辞、谗人至防萌、怨殃至惟新。

---

① (清)江昱撰《璇玑碎锦序》,载万树撰《璇玑碎锦》卷首,清乾隆五年扬州江氏柏香堂刻本。

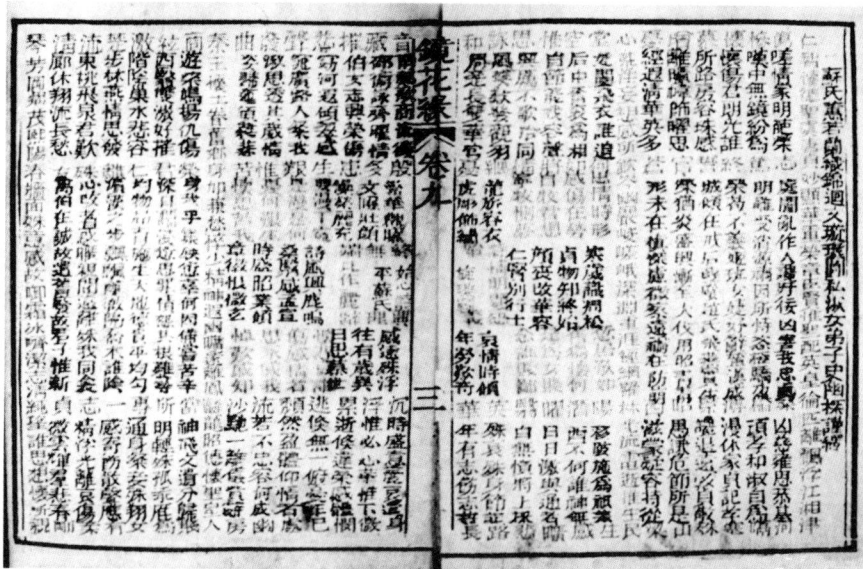

图 12-3　《五彩璇玑图》。载于嘉庆二十三年苏州原刻本《镜花缘》，
现藏北京大学图书馆。

至红书读法、黑书读法、紫书读法、黄书读法，不一一详举。李汝珍探讨此图，其目的自是表现其文采与才学，然而绝不仅乎此。"织锦回文图"实是寄寓了作者的夫妻观，由苏蕙幽怨感愤而作"织锦回文图"，既表达了对夫妻之情绵长、永久的期冀，又表达了作者的一种女性观，对纳妾的反思。李汝珍曾借才女唐闺臣之口赞道："上陈天道，下悉人情，中稽物理，旁引广譬，兴寄超远，此等奇巧，真为千古绝唱。"同时，作者又写那武后之所以开女科考试，就是因为这张《璇玑图》。此为明证。正如黄山谷诗云："亦有英灵苏蕙子，只无悔过窦连波。"

四、论《镜花缘》的审美观念

《镜花缘》一书，具有写才写学的特点，这何尝不是叙事美学的表现之一。除此以外，《镜花缘》在审美观念上还有其独到的地方，那就是源自佛教的所谓"三世"说和源自《易经》的所谓"四时"说，前者所着意的是人物的命运轮回，即按照前世→今世→来世塑造人物；后者所强调是情节的逻辑推衍，即按照春→夏→秋→冬构撰情节。《镜花缘》的这一叙事特点是与《红楼梦》颇为相似的。

1.《镜花缘》的"三世生命"观

《红楼梦》在审美观念上有一个所谓佛教的"三世"说，即大观园中的女儿们，她们来自太虚幻境，历劫诗礼簪缨之族，最后又复归太虚幻境。①《镜花缘》的审美特征也是如此。《镜花缘》的"三世"说观念，是指集于长安卞府花园尽情展示才艺的才女们，她们来自蓬莱仙境，历劫武则天女皇朝，参加科举尽情展才，最后又复归蓬莱仙境。与此相应的是，作品也以三段式情境结构线索作为它的基本构架，即以仙境起，以仙境结，其间以主要篇幅写发生在唐代武则天女皇朝的一切。

需要指出的是，《镜花缘》的"三世"观念，在本质上是属于一种叙事美学，其说虽源于佛教，而其宗旨却在于《周易·观卦》的"神道设教"。《观卦·彖》云："大观在上，顺而巽，中正以观天下。观，'盥而不荐，有孚顒若'，下观而化也。观天之神道，而四时不忒，圣人以神道设教，而天下服矣。"②是故，要想把握《镜花缘》"三世生命说"的实质，就应弄清《镜花缘》的神道描写特点及其在作品中的总体作用。

金圣叹尝云："其实《史记》是以文运事，《水浒》是因文生事。以文运事，是先有事生成如此如此，却要算计出一篇文字来，虽是史公高才，也毕竟是吃苦事。因文生事即不然，只是顺着笔性去，削高补低都由我。"③金圣叹之论指出了小说创作与史传修纂中"文"与"事"的不同。而小说中的神道设教与宗教宣传的神道描写，其"神"与"事"的关系亦如此。小说是以事设神，而宗教则是因神设事。所谓"事"就是情节逻辑推衍方式，所谓"神"就是神道。因神设事，是心中惟念神道教义，其作品情节的逻辑推衍是以神道为核心的，是为突出神道服务的。而以事设神不同，它对神道采用拿来主义的原则，其作品情节的逻辑推衍、纵横变通，都服从于表达作品主旨的需要。李汝珍笔端的调仙遣道、装神弄鬼，就是如此。

魁星以变相出现

《镜花缘》中神道描写最多的，莫过于第一回至第六回。这六回书既相当于传统小说的楔子有隐括全文作用，也是这一部书的总纲。王母娘娘三月初三寿诞，各路神仙皆去祝寿。魁星化身为美女亦前往拜寿。其文云："忽见北斗宫中现出万丈红光，耀人眼目，内有一位星君，跳舞而出。装束

---

① 张锦池撰：《论〈红楼梦〉的三世生命说与两种声音》，《香港浸会大学人文中国学报》1997年第5期，第24页。

② 《周易正义》，《十三经注疏》，中华书局2009年版，第72—73页。

③ 金本《水浒传》，江苏古籍出版社1985年版，第18页。

打扮,虽似魁星,而花容月貌,却是一位美女。左手执笔,右手执斗;四面红光围护,驾著彩云。"而与此情景遥遥相应的是,海外蓬莱有一内寓仙机的玉碑,上具百名才女,近日常发光芒。李汝珍如此设神,目的何在呢?还是百草仙子说得透彻。"现在魁星既现女像,其为坤兆无疑。况闻玉碑所放光彩,每交午后,或逢双日,尤其焕彩,较平时迥不相同。"却原来,从阴阳角度来看,上午属阳,下午属阴;单日属阳,双日属阴。而那女魁星所焕发的文光主才,阴又主女,则其意不言自明:魁星变相,预示了将有大批闺阁奇才,显于世间,并为所用。

百花仙子与月姊嫦娥

王母寿筵,享受奇珍异果,犹且不足。于是在嫦娥的建议下,令鸾凤和鸣、百兽率舞、百花齐放。百鸟大仙与百兽大仙不敢违旨,只得各献所长。然而,百花仙子果敢勇毅,不畏天威,能谨守四时,不令百花齐放,只令桃花、杏花依时开放,前来祝寿。不曾想,这惹恼了风姨和月姊,即风月也,起了一番争执。百花仙子说道:"群花齐放,固虽甚易。第小仙向来承乏其事,系奉上帝之命。若无帝旨,即使下界人王有令,也不敢应命。"嫦娥说道:"此去千百年后,倘下界有位高兴帝王,使出回天手段,出此一令,那时竟是百花齐开,却如何罚?今趁王母并诸位仙长做个证见,倒要预先说明。"百花仙子又言:"要便是嫦娥仙子临凡,做了女皇帝,出这无道之令,别个再不肯的。那时我果糊涂,竟任百花齐放,情愿堕落红尘,受孽海无边之苦,永无翻悔!"不曾想,话至此,女魁星取过笔来,在百花仙子顶上点了一点,便去小蓬莱护玉碑。观此对话,不只点明了全书中那百名才女之来历,而且指出了这才女与则天女皇帝的关联,也可略窥作者对皇权和女权之态度一斑。

武则天与牡丹仙子

依作者之所设神道,我们知道武则天乃天星心月狐临凡。心月狐乃道教二十八星宿之一,居第五,属火,形如火狐,喜好游戏人间。《镜花缘》有文云:"原来这位帝王并非须眉男子,系由太后而登大宝。乃唐中宗之母,姓武,名曌,自号则天。按天星心月狐临凡。当日太祖、大宗本是隋朝臣子,后来篡了炀帝江山。虽是天命,但杀戮过重,且涉于淫私,伤残手足……令一天魔下界,扰乱唐室,任其自兴自灭,以彰报施。"此段文字写武后篡夺李唐江山,体现出一种三世因果的观念。武则天登基后,废唐中宗为庐陵王,并尊武抑李,致使徐敬业兴义兵以讨武后。徐氏失败,武后便于长安设酒、色、财、气四关,并摆下迷魂阵,以确保其业永固。

某日,武则天欲于群芳圃、上林苑雪后赏花,但是,只有蜡梅、水仙等开放,其余尽是枯枝。于是,武则天便降御旨令百花齐放。百花仙子因与麻姑下棋误事,众花找不到百花仙子,不得已于冬季自行开放,以博人间帝王之一笑。然而,独牡丹未放。于是,武则天采用炭火烤炙之法以催其放,而且事后,又将牡丹或贬往洛阳,或迁往岭南边境。而在仙界中,牡丹仙子则转世投胎到海外女儿国,取名为殷若花,后来殷若花亦登大宝,做了女皇。

百花仙子因当日与嫦娥打赌,若令百花齐放,情愿堕落红尘,不想其言应验,"百花获遣降红尘"。一百名花仙,以百花仙子为首,降落人间,而成一百名才女。这便是百名才女的前世因果。这一百才女,将落人间,或在十道,或在外域。① 各经历一番磨难后,应武则天之诏,前往京都参加女科举考试,中式为前百名。在群芳圃尽情展现才艺后,一部分回自己家乡,一部分则参与征讨武后之战,取得胜利。这便是百名才女的今世因果。当然,经历此翻劫难后,这百名才女又复归本相,回到蓬莱仙境,以完成这三世生命之公案。

用"梦"用"幻"

中国古代小说有个特点,就是:逢到关键处,作者好搬个神道出来演双簧,而这神道亦同"梦""幻"紧密相连。因此,凡作者用"梦"、用"幻"的地方,往往是寓有深意的地方,换一句话说,就是所谓"神道"即作者的"自道"。

首先是唐敖之梦。《镜花缘》便如此。《镜花缘》第一回至第六回是全书的楔子,叙百名才女之来历。第七回,才步入正文。其始便写唐敖赴京应试,得中探花,却被武则天褫为秀才,原因是唐敖与徐敬业、骆宾王是结义兄弟。唐敖气恼至极,便游历四海。一日,偶至一庙,曰梦神观。唐敖睹庙名而慨叹人生如梦,不觉睡去。梦至一所。有仙人姓孟,则曰:"现闻百花获愆,俱降凡尘,将来虽可团聚一方,内有名花十二,不幸飘零外洋。倘处士悯其凋零,不辞劳瘁,遍历海外,或在名山,或在异域,将各花力加培植,俾归福地,与群芳同得返本还原,不至沦落海外,冥冥之中,岂无功德? 再能众善奉行,始终不懈,一经步入小蓬莱,自能名登宝篆,位列仙班。"观此梦,实为全书之纲,不仅连接了通部全书,揭示了唐敖海外游历寻访十二名花的目的,而那唐敖成仙之道,则又本于奉行众善、始终不懈,当又是作者劝惩之微意所在焉。

其次是白猿传书。唐敖游历海外不归,其女唐小山(后改名唐闺臣)海

---

① 按唐代行政区划,天下分为十道,即:关内、河南、河东、河北、山南、陇右、淮南、江南、剑南、岭南。外域,则作者依《山海经》虚拟为:君子国、黑齿国、淑士国、歧舌国、智佳国、女儿国等。

外寻父,至小蓬莱泣红亭,得睹一玉碑。上载百名才女及其事迹,后附总论及一篆文图章。其文云:"茫茫大荒,事涉荒唐。唐时遇唐,流布遐荒。"唐小山便以蕉叶抄写,以传其事。并思道:"此碑虽落我手,上面所载事迹,都是未来之事,不能知其详细;必须百余年后,将这百人一生事业,同这碑记细细合参,方能一一了然。不知将来可能得遇有缘?倘能遇一文士,把这事迹铺叙起来,做一部稗官野史,也是千秋佳话。"唐小山所抄之书,白猿亦每每观看,唐闺臣曾戏言:"我看你每每宁神养性,不食烟火,虽然有些道理;但这上面事迹,你何能晓得,却要拿着观看?如今我要将这碑记付给有缘的,你能替我办此大功么?大约再修几百年,等你得道,那就好了。"后来,白猿得道,上有灵光护顶,此书亦是红光上彻霄汉,白猿捧其书寻觅文人墨士。先访五代之刘昫,因作《旧唐书》而不受;后访宋代之欧阳修、宋祁,因作《新唐书》而不受。最后到了本朝,访到有个老子后裔,略略有点文名,仙猿便将碑记交付给此人,径自回山。其实作者此番设神,不唯是给自己的著作蒙上一层神秘色彩,亦将自己自比为前代史家刘昫、欧阳修、宋祁等,而且还声称自己是老子的后裔,称为"少子"。其自道经历云:"见上面字迹纷纭,补叙不易。恰喜欣逢圣世,喜戴尧天,官无催科之扰,家无徭役之劳,玉烛长调,金瓯永奠;读了些四库奇书,享了些半生清福。心有余闲,涉笔成趣,每于长夏余冬,灯前月夕,以文为戏,年复一年,编出这《镜花缘》一百回,而仅得其事之半。"观此自道,知道李汝珍著书,是要比附"唐史"的,同时也要庋藏经史、子、集四库之学问的。

要之,李汝珍《镜花缘》一书的审美特征是采用因事设神之法,讲了百名才女的三世生命故事,以寄其心志情意,并同时实现其逞才炫学的目的。

2.《镜花缘》的"四时结构"法

艾美兰曾分析《镜花缘》的结构特征,并总结说:"这部小说的结构完整性很差。"①若从作品单个故事本身来看,这话无疑是有道理的;若从通篇大章法来看,则又不然。而阿运峰先生在其硕士论文《镜花缘结构与正统价值实践》中提出的"神话寓言结构",②倒是颇具见地的。笔者认为,如果说,"三世"说体现的是《镜花缘》的人物美学观念,那么采用"四时"结构之法来经纬全局,则是其结构美学特征。

---

① ［美］艾美兰著,罗琳译:《竞争的话语:明清小说中的正统性、本真性及所生成之意义》,江苏人民出版社 2004 年版,第 202 页。
② 阿运峰著:《镜花缘结构与正统价值实践》,陕西师范大学 2007 年古代文学硕士学位论文。

《观卦·象》云:"观天之神道,而四时不忒,圣人以神道设教,而天下服矣。"所谓"天之神道,而四时不忒",就是说圣人之道,微妙无方,理不可知,目不可见,但是一切又是那么和谐、自然,这就好像自然的春夏秋冬四时运行演化那样,不留痕迹,不有差错。所谓:"天既不言而行,不为有成,圣人法则天之神道,以观设教,本身自行善,垂化于人,不假言语教戒,不须威刑恐逼,在下自然观化服从。"①是故,小说作者,在布置情节时,依自然四时节气来结构,以见圣人之道,达到惩恶劝善的目的,表达自己的心志情意。

能够对《周易》提出的"四时"概念在小说叙事上作出理论总结的还当属清代的蔡家琬。蔡家琬所撰《红楼梦说梦》,是红学研究的最早专著之一。其文有云:"《红楼梦》有四时气象:前数卷铺叙王谢门庭,安常处顺,梦之春也。省亲一事,备极奢华,如树之秀而繁阴葱茏可悦,梦之夏也。乃通灵玉失,两府查抄,如一夜严霜,万木摧落,秋之为梦,岂不悲哉!贾媪终养,宝玉逃禅,其家之瑟缩愁惨,直如冬暮光景,是《红楼》之残梦耳!"②蔡家琬之论,指明了《红楼梦》一书是依照四时结构来谋篇布局的,贾府的荣枯兴衰是与春夏秋冬四时相呼应的,可以把《红楼梦》的故事划分为春夏秋冬四时气象。傅道彬先生亦曾指出:"春夏秋冬的循环往复,不仅影响到人们的日常行为方式,也深入到人们的精神世界,形成四时祭拜的宗教风俗。中国古典文化中思想的'元亨利贞'与文学的'起承转合'结构的形成,是一次精神领域里的四时变化自然运转。"③可见,运用四时结构来布局谋篇,不仅仅囿于小说这样的叙事文学里,其他样式的文学也是如此。

以百名才女的三世生命为叙事中心的《镜花缘》,即是沿着这样"春夏秋冬"变化来构思全书的"起承转合"结构的。

起——百花获愆降红尘——故事的发生

《镜花缘》通部一书,其故事的发生,即在春天,那仙境的三月初三王母寿诞上的百花仙子与嫦娥角口,是与人间的女皇武则天因酒醉而降御旨令百花齐放遥相呼应的。百名才女来自仙界,在那仙界与人界之间搭起一道桥梁的是唐敖的于梦神观的南柯一梦。这种构思与《红楼梦》里石头与绛珠等的来自太虚幻境如出一辙,起到将太虚幻境与大观园沟通的是甄士隐的南柯一梦。《镜花缘》第六回以后写唐敖参加在春天举行的会试和殿试,

---

① 《周易正义》,《十三经注疏》,中华书局 2009 年版,第 72—73 页。

② (清)蔡家琬撰:《红楼梦说梦》,清代嘉庆年间解红轩刊本。蔡家琬,号陶门,一号二知道人。

③ 傅道彬撰:《〈月令〉模式的思想意义与文学的四时结构》,《礼乐文化与周代诗学精神》,中华书局 2010 年版,第 344—345 页。

得中探花,正在得意之时,却因曾与起兵反抗武则天的徐敬业结拜而被褫夺功名,复降为秀才。于是唐敖对仕途大感失望,又因羞于见家人,因而便四处游历山水,以解心忧。后于梦神观梦演百名才女之迹:"百花获愆,俱降凡尘,将来虽可团聚一方,内有名花十二,不幸飘零外洋。倘处士悯其凋零,不辞劳瘁,遍历海外,或在名山,或在异域,将各花力加培植,俾归福地,与群芳同得返本还原,不至沦落海外,冥冥之中,岂无功德?"要之,百花仙子王母寿诞上祝寿,是天界;武则天女皇朝是人界,而唐敖之梦沟通了天界与人界。情节设置可谓是变幻莫测,扑朔迷离,为下文写唐敖与多九公、林之洋游历海外各国,埋下了伏笔。

承——唐敖父女游历海外——故事的展开

《镜花缘》故事展开的部分是两次游历:一次是唐敖游历海外遍寻十二名花;一次是唐闺臣海外寻父,遇海外十二名花后,一同回长安赴试。所谓十二名花,即流落海外的十二才女。

唐敖游历海外,依次途经君子国、大人国、聂耳国、无肠国、元股国、毛民国、无继国、深目国、黑齿国、小人国、鲛人国、跂踵国、长人国、白民国、淑士国、两面国、穿胸国、厌火国、长臂国、翼民国、豕喙国、伯虑国、巫咸国、歧舌国、智佳国、女儿国、轩辕国、骦兜国、周饶国、交胫国、长股国、三身国、三首国、三苗国、丈夫国、不死国等国,最终到达小蓬莱得遇白猿,并就在此地出家修行。遂题诗曰:逐浪随波几度秋,此身幸未付东流。今朝才到源头处,岂肯操舟复出游。以志不返。林之洋等只好返回岭南,即在次年夏季六月。

唐闺臣海外寻父,与唐敖所走路线相同。途次中凡所遇才女,皆带回岭南。唐闺臣在途中亦得百草仙子所赐灵芝相助,后到小蓬莱,得父亲书信一封,言要中过才女方能见面。唐闺臣还于蓬莱山镜花岭泣红亭遇玉碑一块,上载百名才女事迹。于是,唐闺臣将其抄回,令白猿挟书寻访文人儒士去问世传奇。唐闺臣由蓬莱返回岭南,即在次年夏季七月。

唐敖父女的两次游历,是故事的展开,是写流落人间的百名才女各自的经历。这其中,最值得注意的是,作者对那海外三十多个国家的风土人情的描写。通过这些描写,可以窥知作者之微言大义所在。如在君子国、黑齿国、轩辕国,对儒家人格的推崇、对知识的尊重、对仁政的向往等(详见下节)。

转——长安赴试——故事的高潮

整个《镜花缘》,最重要的事件,当然是这百名才女应武则天之诏参加科举考试了。各地才女自本年秋季八月、十月,依次参加县考、郡考,取中后分别赠予文学秀女和文学淑女称号。然后于次年春季三、四月间俱进京赴试。参加部试,有百名才女中式。于是武则天又特开殿试之先例,亲自任主考。取唐闺臣为殿试第一,殷若花第二,印巧文第三,临放榜时,又因唐闺臣的名字取得不好,于是将前十名移为第十一名至二十名,将第十一名至二十名移为前十名。武则天与太平公主大摆宴席五天,以示庆贺。之后便是百名才女齐聚宗伯府卞滨花园及凝翠馆,大展才艺。至其所展才艺名目繁多,不一而足(详见前文)。才女们展才的同时,月姊与风姨亦化作青衣、白衣女子前来搅局,唐闺臣则作《天女散花赋》以嘲弄风、月两仙,而女魁星、麻姑亦现身以解围。同时,麻姑又作百韵诗以明百名才女因果。

百名才女长安分手,作《长安送别图》,并题诗千首,太后与公主也赋诗相赠。

观《镜花缘》一书,其价值在于提出了妇女问题,这是许多专家所认可的。原因在于,此书不仅是以众多女性人物为主人公,更主要的在于女性享有同男子同样的权利,那就是参加科举考试,像男子一样参与社会公众事业。这一点在武则天所下诏书里是言明了的。其文有云:

> 朕惟天地英华,原不择人而畀;帝王辅翼,何妨破格而求。丈夫而擅词章,固重圭璋之品;女子而娴文艺,亦增苎藻之光。我国家储才为重,历圣相符;朕受命维新,求贤若渴。辟门吁俊,桃李已属春官;《内则》遴才,科第尚遗闺秀。……况今日,灵秀不钟于男子,贞吉久属于坤元;阴教咸仰敷文,才藻益征竞美。是用博谘群议,创立新科,于圣历三年,命礼部诸臣特开女试。

诏书所言,国家储才,丈夫与女子并重。这种男女平等的口号,作者借女皇之口,在诏书中向世人疾呼,其用意是非常深刻的。再看《规例十二条》,有文云:

> 殿试名列一等,赏女学士之职;二等赏女博士之职;三等赏女儒士之职。俱赴红文宴,准其半支俸禄。其有情愿内廷供奉者,俟试俸一年,量材擢用。其三等以下,各赐大缎一匹;如年岁合例,准于下科再行殿试。

况且这才女榜上殷若花,乃是储君,将来还要登基称帝,枝兰音、黎红薇、卢紫萱将来要任太子少保、少师、少傅。

合——举义兵反武——故事的结尾

百名才女长安送别后,有殷若花、枝兰音、卢紫萱、黎红薇等乘飞车回女儿国,唐闺臣、颜紫绡等去海外寻找父亲,其余分为两部分:一部分各归故里;另一部分则参与了讨伐武则天的义军。

殷若花等回到本国后,老国王因病已去世,于是若花便做了国王,将兰音、红红、亭亭封为护卫大臣。唐闺臣与颜紫绡同林之洋一同去小蓬莱寻父,行期虽是定在七月,然其在海上漂泊了整整一个冬季,于次年开春时方至小蓬莱,唐闺臣与颜紫绡便在小蓬莱出家修行,并最终得道成仙。

再说那参与反抗武则天义军的诸位才女。小蓬莱泣红亭玉碑上除载有百名才女的事迹外,尚有一副对联。其文曰:"红颜莫道人间少,薄命谁言座上无。"麻姑作《百韵诗》,亦曾说有几名才女将有含笑就死之事。

各路义军汇聚于小瀛洲,那文芸、章荭、史述等推举唐中宗堂弟化名宋素者任总帅,督领三路人马,经过一冬的筹备,约定新正之后桃会之日,至西水关前共同起兵。诸位才女参与义军,勤王立功,共有三十五位,同时还有八位夫人。义军在破武氏兄弟的酒、气、色、财四阵时受阻。破"酒"阵时,阵亡将士有文荼、文菵,则文菵妻邵红英投缳自尽;破"气"阵时,阵亡将士有谭太、叶洋、林烈,则其妻林书香、谭蕙芳、叶琼芳亦投缳自尽;破"色"阵时,阵亡将士有阳衍、章芹、文萁,其妻阳墨香、戴琼英抚尸自刎,由秀英为夫报仇阵亡;破"财"阵时,阵亡的将士有章荭、燕勇、宰玉蟾、燕紫琼四人,失踪的将士是文菘,失踪的主帅是宋素。

其实,义军破四阵,最可注意的是破四阵之法:破"酒"阵是胸前书符"神禹之位",并在近日内不得饮酒;破"气"阵是胸前带一黄纸,上写"皇唐娄师德之位",并写个"忍"字焚化;破"色"阵是书一符,上写"柳下惠之位",吃一服药,名曰狠心药;破"财"阵是胸前书符为王衍、崔钧,且每人均食核桃一枚。这是为什么呢? 却原来,禹曾治水,水可解酒,故能破酒阵;娄师德为唐高宗、武则天时大将,以谨慎忍让闻名,故能消灭"气"阵;柳下惠坐怀不乱,故能破"色"阵;王衍与崔钧乃是历史上不爱钱财的两个人。是故,《镜花缘》中,李汝珍设置"酒色财气"四阵,其文化意味实是在讲人的修行,所谓兴义军反武还只是一个借口,作者的真实目的是想告诉人们如何修身、正心。如果联系麻姑所言的"何来破阵之法,惟只修行养性",则更明白显豁! 义军为武氏兄弟西水阵所困,唐闺臣之弟唐小峰亦困于阵中,于是燕紫琼去小蓬莱搬救兵时,麻姑化为一道姑,言道:"他这四阵,虽有西水、巴刀……各名,其实总名自诛阵。""凡在阵中被害的,那都是自己操持不定,以致如此,何能怨人? 所谓自诛者,就是这个取义。""据我愚见,女菩萨何不即以其人之道还治其人之身呢?"一句话,这部分所讲破阵,实是在言儒家的诚身之道,即如何以克制酒、色、财、气等等欲望。

历时约一年,经过众公子与众才女的浴血备战,至年底,太后归政,义军终于取得胜利。中宗复位后,将太后尊为则天大圣皇帝。于是太后又下懿旨:来岁仍开女科,并命前科才女重赴红文宴。又,白猿窃书后,日日寻访文人儒士,终于在圣朝太平之世访到了老子后裔少子,将碑记交付其人,径回仙山。一部大书也就戛然而止。

要之,《镜花缘》以四时结构之法布局全书,这是它的结构美学。在思想意趣上,全书弥漫着道家色彩,那充当全书前后两条线索的人物唐敖、唐闺臣父女皆先后归隐蓬莱,成仙得道,即为明证;但是,若究其本旨,还是属于儒家的,是入世的。这一点作者通过那破四阵之法与全书所炫才学内容已是言明的了。而那唐闺臣去小蓬莱寻父时给弟弟的临别赠言亦是明证。其文曰:"总之,在家须要孝亲,为官必须忠君,凡有各事,只要俯仰无愧,时常把天地君亲放在心上,这就是你一生之事了。"因此,说《镜花缘》一书的思想性质是以道家为其外在特征,而以儒家为其思想内核,即外道而内儒,当无大错。

五、论《镜花缘》的文化意蕴

若论《镜花缘》的文化意蕴,研究者或认为体现在与儒道文化的关系上,或认为体现在与乾嘉考据的关系上。① 比如说《镜花缘》的才学化特质体现在对乾嘉考据学派的音韵、训诂、注疏、版本等学术方式的热衷上,《镜花缘》的思想化特质体现在当时社会对程朱理学、道家等学术思想的态度上。

但是,还应看到,李汝珍笔端所着重刻画的,除了天朝大国——唐朝外,尚有海外风土人情各不相同的三十余个国家,那么哪个国家或曰什么样的国家才是李汝珍笔端的"理想国"呢? 而其"理想国"的精神实质又是什么

① 李时人先生认为《镜花缘》的文化意蕴表现为与清代乾嘉考据的关系上:"思想观念与学术观点的出入乾嘉,影响了李汝珍的小说创作,一方面表现在李汝珍以考据家的观点认知小说,另一方面,使《镜花缘》的社会批判和所表现出来的社会理想,都染上了乾嘉考据学派提倡的原始儒学的色彩。"(见《国学研究》第四卷,袁行霈主编,北京大学出版社 1997年版,第 373 页。)陈文新先生认为:"镜花缘是一部极明晰、极充分地表现了中国传统文化影响的作品,它的描写内容、它的否定性、它的情节展式,无不与中国传统文化有关。其中,与儒、道文化的关系又是最为深厚、最为突出的。"(见陈文新撰《〈镜花缘〉与儒道文化》,《明清小说研究》1988 年第 1 期,第 197 页。)

呢？这无疑是个重大问题。笔者以为,若从"理想国"的角度来探究《镜花缘》的文化意蕴,当会更接近李汝珍的创作实际,也更符合李汝珍的社会理想。关于这一点,鲁迅先生曾指出过,他认为,《镜花缘》对于"社会制度,亦有不平,每设事端,以寓理想"①。只是不被人注意罢了。而一些论者多从社会批判的角度予以关注。这当然是正确的。如胡益民先生曾指出,《镜花缘》的社会批判主题主要体现在男女平等与妇女参政上。②

要之,《镜花缘》的文化意蕴集中体现在它的理想国主旨上,而这与"三世生命"观和"四时结构"的叙事美学相适应。那百名才女集于长安凝翠馆与卞府花园尽情展现才学的内容,唐敖、唐闺臣入访海外诸国的见闻及入蓬莱仙境得道成仙,还有才女们参与义军征讨武后的事迹,个中均隐藏着李汝珍心目中的"理想国"。这一"理想国"乃是李汝珍对武则天女皇朝的历史反思、文化反思、哲学反思的结果。

1. 才女们的孝行与才学

《镜花缘》中,对班昭《女诫》之"四行"、《论语》之孔子"四勿"观念是推崇的,表明李汝珍笔端"理想国"的道德规范仍是原始儒家所提倡的"仁孝""礼治"思想观念。

李汝珍于开卷第一回中便讲解班昭《女诫》中的"女有四行:一曰妇德、二曰妇言、三曰妇容、四曰妇功"。认为:"此四者,女人之大节,而不可无者也。"后来又借才女师兰言之口对这一理念予以宣扬。其文曰:

> 即如为人在世,那做人的一切举止言谈,存心处事,其中讲究,真无穷尽。若要撮其大略,妹子看来看去,只有四句可以做得一生一世良规。你道哪四句？就是圣所说的:非礼勿视,非礼勿听,非礼勿言,非礼勿动。

同时,李汝珍笔端所推崇的孝女有很多,如使景公废伤槐之刑的女婧、使文帝除肉刑之令的缇萦、以身代父守边的木兰、投江觅父的曹娥等。

《镜花缘》中的主要人物唐闺臣,其最可感人的行为当属海外寻父了。唐敖因故黜其探花科名,对仕途失望,于是到海外游历,至小蓬莱,出家不归。唐闺臣闻知后,不顾母亲、舅舅等的反对,发誓到海外寻父。再看其他

---

① 鲁迅著:《中国小说史略》,《鲁迅全集》第九卷,人民文学出版社2005年版,第253页。
② 胡益民著:《镜花缘与中国古小说的终结》,《安徽大学学报》(社会科学版)1995年第4期。

人物,如那曾起兵讨武后兵败的徐敬业和骆宾王,二人之子,一起名为徐承志,一起名为骆承志,后来均聚于小瀛洲起兵反抗武则天,即为明证。

《镜花缘》的高潮部分,无疑是百名才女殿试中试后,齐聚凝翠馆与卞府花园尽情展示才艺。此部分从第七十回开始,一直到第九十三回结束,共二十四回。若再加上前面写唐敖、唐闺臣父女两次游历海外,与海外诸才女讲论才艺,则不下五十回书。这部分中,其最可注意者,就是展才的具体内容,它直接包蕴着作品的文化意蕴。

才女讲论经史,其所宗者皆儒家正论。如讲《春秋》,殷若花说《春秋》褒贬之义,集中在三点,即"明分义、正名实、著几微";如讲《三礼》,唐闺臣说周公救乱而制五礼,孔子欲除时弊而重定礼正乐,以挽风化,及至战国,继周、孔之学,讲究礼法的唯孟子一人;如讲《周易》,卢紫萱说汉儒所论象占,固不足尽《周易》之义,王弼扫弃旧闻,自标新解,惟重义理,孔子说《易》有圣人之道四焉,岂止"义理"二字?

才女玩耍游艺,其所讲究者在于修身正心。如吕尧萱论琴曰:"到那风清月朗的时候,遇见知音,大家弹弹,倒是最能养心。"师兰言论马吊曰:"打马吊可除人粗心浮气。"戴琼英论双陆曰:"双陆是为手足而设,劝人手足和睦。"苏亚兰论射箭养心曰:"射贵形端志正,五平三靠是其宗。"……若用洛红蕖的话作总结,就是:"可见古人一举一动,莫不令人归于正道,就是游戏之中,也都寓着劝世之意。"

2. "君子国"的民风

君子国重礼让,抑争讼。唐敖等进入君子国,所见到的是一幅"好让不争"的行乐图:隶卒买物嫌价低务求加价,卖货者嫌银足要扣除多余平色。原来,君子国乃"三以天下让"的吴泰伯之后。那两个宰辅吴之和、吴之祥,即是仲雍的子孙。吴之和说:"争讼一事,任你百般强横,万种机巧,久而久之,究竟不利于己。所以《易经》说:'讼则终凶。'世人若明此义,共臻美俗,又何讼之有?"

君子国非常注重节俭,不尚奢华。君子国凡宴客、生子、婚筵等,敬谨遵守"五簋论"之法,即菜以五样为度,不丰不俭,酌乎其中。考"五簋"之说,乃始于明。明人高攀龙崇尚俭朴,其《高子遗书》载:"自麓与鸿阳携酒西园,以菜止五簋,尽祛繁仪,时潮俗颇侈。"[①]清人于成龙《于清端政书》载有

---

① (明)高攀龙撰:《高子遗书》,《文渊阁四库全书》第一二九二册,台湾商务印书馆1986年影印,第615页。

《劝令节费谕》,亦有论"五簋"之法。其文曰:

> 惟俭助廉,大夫、士、民所共知也。优伶大席,虽敬客,甚为糜费。情谊反不浃洽。即间有行者,除子孙庆祝高堂,余悉止之。至于亲友坐谈,道义人情所必不可少,一饭五簋足矣。不惟自免借贷,实所以仰体圣主崇俭至意。①

是故,李汝珍借吴之祥口说:"于乡党中不时劝诫,宴会不致奢华,居家饮食自亦节俭,一归纯朴,何患家室不能充足。"

君子国的民风还有许多,比如反对风水之说,认为置父母之枢不顾,耽延多年不能入土,此是自求多福,非为尽孝;君子国视三姑六婆、后母如仇寇;禁止妇女缠足,禁止算命合婚……要而言之,这君子国的民风实乃是李汝珍笔端"理想国"的民风。

3. "淑士国"的善政

毋庸讳言,士农工商是一个国家的基础与根本。淑士国非常重视儒家教育,其国的士农工商皆是儒者打扮,并且官长亦是如此,因此淑士国人自幼莫不读书。所谓:"得列名教之中,不在游民之内,从此读书上进固妙,如或不能,或农或工,亦可各安事业了。"与此相适应的是淑士国的"十二取士之法",亦颇能给人以启发。其十二取士之法为:

> 考试之例,各有不同:或以通经,或以音韵,或以词赋,或以诗文,或以策论,或以书启,或以乐律,或以音韵,或以刑法,或以历算,或以书画,或以医卜。只要精通其一,皆可取得一顶头巾、一领青衫。

明清科举取士,只有八股一途算正途。商衍鎏的《清代科举考试述略》载:"旧制童生试正场为四书文二篇,五言六韵试帖诗一首。"又载:"顺治二年颁科场条例,其制(指乡试)第一场试时文七篇:四书三题,五经每经出四题。士子认习某经即作本经之四题,故合称七艺。第二场试论一篇,题用孝经,康熙二十九年兼用《性理》《太极图说》《通书》《西铭》《正蒙》,五十七年专用《性理》,雍正初仍照旧专用《孝经》。判五道,诏、诰、表择作一道。第

---

① (清)于成龙撰:《于清端政书》,《文渊阁四库全书》第一三一八册,台湾商务印书馆1986年影印,第763页。

三场试经史时务策五道。"①经过比较,则知李汝珍笔端理想国的这一善政实表现出其对明清科举专用八股时文取士是否定的。

4. "女儿国"的女权思想

唐敖等路过女儿国,因唐僧西天取经路过女儿国有被女王苦留之事,而不敢上岸。于是多九公解释说,这个女儿国本来有男子,也是男女配合;只是男子反穿裙子,扮作妇人,以治内事,而女子反穿靴帽,扮作男人,以治外事。即所谓男主内、女主外。女儿国的这种种做法,给人以思考的地方固是很多,如胡适认为《镜花缘》的进步性是提出了妇女问题,即是源于此。笔者认为,李汝珍特意描绘女儿国的"男主内、女主外"的特征,旨在说明女子一样可以参与社会公共事务,享有同男子平等的权利,甚至可以为官作宰,甚至可以当皇帝。如殷若花是女儿国的储君,卢紫萱、黎红薇、师兰言等在天朝中才女后奉武则天之命回女儿国为官,助殷若花治理国家。

还有值得一提的是,那林之洋被封为王妃后,则有穿耳和缠足之事,受尽了折磨。这一喜剧性的情节设置,固可说是体现李汝珍反对缠足等陋习,个中包蕴了社会批判的价值。同时,它也从一个侧面说明李汝珍是追求自然美的,这一点是不能忽视的。

5. "黑齿国"的才女治经

"清议"与"致用"并举,是李汝珍心目中的"理想国"的学风,而"治经"则是这个国度里的士子们的"人身立命处",这一学风的形成显然是受了明末清初复古运动的影响。

清初三大思想家莫不主张致用,也莫不提倡清议。清议,就是指关心百姓疾苦,所谓"裁量人物,訾议国政"。致用,就是指学习、征引古人的文章和行事,应以治事、救世为急务,反对理学家不切实际的空虚之学。顾炎武认为:"社会治乱之关必在人心风俗,因而要保天下,须自正风俗始,而正风俗又应从倡导清议始,亦即匹夫皆有发言权。"黄宗羲评述顾宪成的东林讲会:"先生论学与世为体,尝言官辇毂,念头不在君父上;官封疆,念头不在百姓上。至于水间林下,三三两两,相与讲求性命,切磨德义,念头不在世道上,即有他美,君子不齿也。故会中亦多裁量人物,訾议国政,亦冀执政者闻

---

① 商衍鎏撰:《清代科举考试述略》,《近代中国史料丛刊续编》第二十二辑,台北:文海出版
　　社 1966 年版,第 63 页。

而药之也。"①

李汝珍之所以特别重视"人心风俗"问题，其原因即在此。《镜花缘》第十七、十八回写唐敖来到黑齿国，多九公与卢紫萱谈讲经义；第五十二回写唐闺臣经过黑齿国，与卢紫萱谈讲史书，即着意于此。李汝珍借唐敖之口说道："昔人有云：'总群圣之道者，莫大乎六经；绍六经之教者，莫尚乎孟子。'当日孔子既没，儒分为八；其他纵横捭阖，波谲云诡。惟孟子挺命世之才，距杨、墨，放淫辞：明王政之易行，以救时弊；阐性善之本量，以断群疑；致孔子之教，独尊千古。是有功圣门，莫如孟子，学者岂可訾议。况孟子'闻诛一夫'之言，亦因当时之君，惟知战斗，不务修德，故以此语警戒；至'寇仇'之言，亦是劝勉宣王，待臣宜加恩礼：都为要救时弊起见。"李汝珍论孟子，旨在"救时弊"，深得"经世致用"之旨。后来，卢紫萱与黎红薇参加武后女试，俱中才女；随殷若花回女儿国，任东宫少保，发誓说："我们同心协力，各矢忠诚：或定礼制乐，或兴利剔弊，或除暴安良，或举贤去佞，或敬慎弄名，或留心案牍。扶佐他做一国贤君。"这就更可见黑齿国的学风之旨了，而这正是李汝珍笔端"理想国"所追求的。

6. 武则天开设女试

武则天虽是天星心月狐下凡，来搅扰唐家天下。然而，要想知道李汝珍对她的态度究竟如何，仍不是轻而易举的事。笔者认为，《镜花缘》一书，从整体上来看，作者是肯定武则天的，甚至是把她当成一个理想的皇帝来塑造的。这又是怎么说的呢？唐太祖、唐太宗，毫无疑问是中国历史较开明的君主。但李汝珍却评道："太祖、太宗本是隋朝臣子，后来篡了炀帝江山。虽是天命，但杀戮过重，且涉于淫私，伤残手足。"这就等于说李渊父子是"不忠不悌不仁不义"之徒。李汝珍如此评价，不可谓不重，若用"暴戾荼毒"四字下一定评，实不为过。再来看看武则天，虽是天魔下界，然其恶行，除却"错乱阴阳"外，实无他错。而就是这"错乱阴阳"，不正蕴含着男女平等的民主思想吗？

再来看武则天所施之政。首先是百官纪录，士子广额，也就是赏罚分明。这分明是吏治的改革。其次是特降女政十二条。观此十二条女政，虽有对女性苛严之求及程朱理学色彩，然大都亦是做人之根本。除去第三条与第十二条有关贞节内容外，其余十条，均为善政。如第一条言孝，第二条言悌，第四条赐寿，第五条放宫娥，第六条设养媪院，第七条育女堂，第八条

---

① （清）黄宗羲撰：《明儒学案》卷五八，中华书局 1985 年版。

年老贫女按月给薪,第九条酌给妆奁助贫女出嫁,第十条设立女科医院,第十一条给予贫女棺木出葬。最后,武后善政,还当属首开女试,录取天下才女。其诏书云:"联惟天地英华,原不择人而畀;帝王辅翼,何妨破格而求。"这种人才观,无疑是具有一定的历史进步性的。

文芸、徐承志、骆承志等大破酒、色、财、气四阵,武则天最终还政中宗,这里面所见的不是刀光剑影,而是修身养性之道。武则天还政后,作者赐给她的尊号是"则天大圣皇帝",是丝毫不见贬义的。而且又下懿旨:来岁仍开女试。则更可见作者之微言大义。

7. 结论与余论

问题很清楚,李汝珍所持的哲学思想是原始儒家的。但是,他又给这种儒家精神蒙上了一层道家色彩,可谓之"内儒而外道"。

全书笼罩着道家色彩,这可从以下四方面看出。首先,全书中主要人物——百名才女,来自仙界,历幻大唐武则天朝,劫后又回归仙界。其次,其所设之神道谱系又都是道教诸神,如玉皇大帝、王母娘娘、福寿禄三星、麻姑、织女、嫦娥等众仙,这一点是无须辨明的了。再次,全书中的线索人物——唐敖、唐闺臣父女,一海外求仙,至小蓬莱而出家不返;一海外寻父,先至小蓬莱奉父命回天朝赴试,中过才女后,又至小蓬莱寻父,亦出家为仙。最后,那白猿修仙得道,传书于儒士文人,亦是充满了道家色彩。

但是,从全书文化意蕴来看,这还只是表面,其深层思想是充满着儒家的入世精神的。首先,从作者开篇所引的班昭《女诫》"四行"和那《论语》孔子的"四勿"来看,李汝珍用以规范女子行为的还是儒家思想。而最明显的还是唐闺臣归隐小蓬莱时对其弟唐小峰的赠言,其文有云:"总之,在家须要孝亲,为官必须忠君,凡有各事,只要俯仰无愧,时常把天地君亲放在心上,这就是你一生之事了。"不言而喻,唐闺臣所说的"天地君亲"乃"一生之事业",显示的恰是儒家思想,同时还应看到,其显然是受到了程朱理学的某些洗礼,如邵红英等才女为夫殉死。

其次,再来看看那可充当全篇主题歌的镜花岭玉碑总论:"以史探幽,哀萃芳冠首者,盖主人自言穷探野史,尝有所见,惜湮没无闻,而哀群芳之不传,因笔志之。或纪其沉鱼落雁之妍,或言其锦心绣口之丽,故以纪沉鱼、言锦心为之次焉。继以谢文锦者,意谓后之观者,以斯为记事则可;若目为锦绣之文,则吾既未能文,而又何有于锦?矧寿夭不齐,辛酸满腹,往事纷纭,述之惟恐不逮,讵暇工于文哉!则惟谢之。而师仿兰言,案其迹敷陈表白而传述之,故谢文锦后,承之以师兰言、陈淑媛、白丽娟也。结以花再芳、毕全贞者,盖以群芳沦落,几至澌灭无闻,今赖斯而得不朽,非若花之重芳乎? 所列百人,莫非琼林琪树,合璧骈珠,故以全贞毕焉。"所谓"哀群芳之不传",是言作者用史家之法,纪古今所有湮没无闻之集天地之灵气日月之精华的女子,使其名昭彰闺阁,使其才显露于世。

再次,能表现作者用世精神的,还是武后的特开女试及那女儿国中的"男主内、女主外"之政,以及以文芸为代表的义军兵讨武后,一些才女亦参与其中,浴血奋战,终于大破酒、色、财、气四阵。

要之,李汝珍继承了"孝悌为人之本"的伦理观念,以"仁义""礼让"治天下的"王道"思想;他还直接继承了明末清初三大思想家的以治经作为"人生立命处",讲究"经世致用"的哲学;还有主张男女平等,女子亦可参加社会公共事务管理;改革科举,只要擅长一艺,就可以进学;崇尚节俭,反对风水之说……正因为其文化沿革大体如此,所以笔者认为,李汝珍笔端的理想国,其精神实质主要是向儒家原教旨回归,同时也带有近代民主主义思想的萌芽。如果说《镜花缘》向儒家原教旨回归是天空中的一轮新月,那么呈露于作者笔端的近代民主主义思想的萌芽就是天边的点点萤火。

参 考 文 献

一 专 著 类

1.（清）陈球撰:《燕山外史》,嘉庆十六年醇雅堂藏板,国家图书馆藏。

2.（清）陈球撰:《燕山外史》,嘉庆四年己未手稿本,上海图书馆藏。

3.（清）陈蕴斋撰,傅声谷注:《绘图注释燕山外史》,台北:广文书局印行 1999 年版。

4.（清）丁耀亢撰:《天史》,明崇祯刊本,《续修四库全书》,上海古籍出版社 2002 年版。

5.（清）丁耀亢撰:《续金瓶梅》,顺治十七年刊本,《古本小说集成》,上海古籍出版社 1994 年影印。

6.（清）丁耀亢撰,陆合校点:《金瓶梅续书三种》,齐鲁书社 1988 年版。

7.（清）董说撰:《西游补》,明崇祯刊本,《古本小说集成》,上海古籍出版社 1994 年影印。

8.（清）宫懋让等修,李文藻等纂:《诸城县志》,乾隆二十九年刊本。

9.（清）金武祥辑:《江阴艺文志》,光绪粟香室刊本。

10.（清）李汝珍撰:《绘图镜花缘》,清光绪十六年上海点石斋石印,哈尔滨师范大学图书馆藏。

11.（清）李汝珍撰:《镜花缘》,道光十二年刊本,《古本小说集成》,上海古籍出版社 1994 年版。

12.（清）李汝珍撰:《李氏音鉴》,嘉庆刊本,《续修四库全书》,上海古籍出版社 2002 年版。

13.（清）李汝珍撰,张友鹤校注:《镜花缘》,人民文学出版社 1984 年版。

14.（清）卢思诚等修,季念贻等纂:《光绪江阴县志》,光绪四年刊本。

15.（清）黍余裔孙编,垂瀑山人校:《六合内外琐言》,光绪丙子秋申报馆重印,南京图书馆古籍部藏。

16.（清）屠绅撰:《鹗亭诗话》,光绪粟香室刊本。

17.（清）屠绅撰:《笏岩诗钞》,光绪粟香室刊本。

18.（清）屠绅撰:《新野叟曝言》,宣统三年小说进步社重刊本,上海图书馆藏。

19.（清）屠绅撰:《蟫史》,庭梅竹氏藏板,《古本小说集成》,上海古籍出版社 1994 年影印。

20.（清）屠绅撰,张巨才校点:《蟫史》,人民文学出版社 2006 年版。

21.（清）万斯同撰：《明史》，清代抄本，《续修四库全书》上海古籍出版社 2002
年版。

22.（清）汪价撰：《草木春秋演义》，博古堂刊本，《古本小说集成》，上海古籍出版社
1994 年影印。

23.（清）汪价撰：《绘图草木春秋》，经元堂藏板，萃英书局石印，上海图书馆藏。

24.（清）汪价撰：《三侬啸旨》，康熙间刊本，国家图书馆善本室藏。

25.（清）汪价撰：《中州杂俎》，《四库全书存目丛书》，齐鲁书社 1997 年版。

26.（清）闻在上修，许自俊等纂：《康熙嘉定县续志》，康熙二十三年刻本。

27.（清）夏敬渠撰：《纲目举正》，《丛书集成·续编·史地类》，台北：新文丰书局
1989 年版。

28.（清）夏敬渠撰：《浣玉轩集》，私印本，光绪十六年刊行，南京图书馆古籍部藏。

29.（清）夏敬渠撰：《野叟曝言》，光绪八年毗陵汇珍楼刊本，台北：天一出版社 1985
年影印。

30.（清）夏敬渠撰：《野叟曝言》，光绪七年毗陵汇珍楼刊本，《古本小说集成》，上海
古籍出版社 1994 年影印。

31.（清）夏敬渠撰，黄克点校：《野叟曝言》，人民文学出版社 1997 年版。

32.（清）夏子沐编：《源远堂江阴夏氏宗谱》，私印本，光绪十六年刊行，上海图书
馆藏。

33.（清）许瑶光等修，吴仰贤等纂：《嘉兴府志》，光绪五年刊本。

34.（清）张廷玉等撰：《明史》，中华书局 1974 年版。

35.（清）张维屏辑：《国朝诗人征略》，道光十年刊本，《续修四库全书》，上海古籍出
版社 2002 年版。

36.（清）赵昕修，苏渊纂：《康熙嘉定县志》，康熙十二年刊本。

37.《1993 年中国古代小说国际研讨会论文集》，开明出版社 1996 年版。

38.《宫中档乾隆朝奏折》，台北故宫博物院印行 1982 年版。

39.《明实录》，台湾中央研究院历史语言研究所校印本 1962 年版。

40.《清国史》，中华书局 1993 年版。

41.《清实录》，中华书局 1987 年版。

42.陈大康著：《明代小说史》，上海文艺出版社 2000 年版。

43.陈思修，缪荃孙纂：《民国江阴县续志》，民国十年刊本。

44.陈文新、［韩］闵宽东编：《韩国所见中国古代小说史料》，武汉大学出版社 2011
年版。

45.陈文新等著：《明清章回小说流派研究》，武汉大学出版社 2003 年版。

46.董乃斌著：《中国古代小说的文体独立》，中国社会科学出版社 1994 年版。

47.杜贵晨著：《传统文化与古典小说》，河北大学出版社 2001 年版。

48.杜桂萍著：《清代杂剧作家创作论考》，台北：国家出版社 2011 年版。

49.杜桂萍著：《文献与文心》，中华书局 2009 年版。

50. 冯友兰著:《中国哲学史》,生活·读书·新知三联书店 2009 年版。

51. 龚书铎编:《清代理学史》,广东教育出版社 2007 年版。

52. 顾廷龙主编:《清代硃卷集成》,台北:成文出版社 1992 年版。

53. 关四平著:《三国演义源流研究》,黑龙江教育出版社 2009 年版。

54. 黄霖编:《金瓶梅资料汇编》,中华书局 1987 年版。

55. 黄霖等著:《中国古代小说叙事三维论》,上海书店出版社 2009 版。

56. 江庆柏编:《清代人物生卒年表》,人民文学出版社 2005 年版。

57. 蒋瑞藻著:《小说考证》,古典文学出版社 1957 年版。

58. 柯愈春著:《清人诗人集总目提要》,北京古籍出版社 2001 年版。

59. 孔另境编:《中国小说史料》,上海古籍出版社 1982 年版。

60. 李剑国著:《唐前志怪小说史》,南开大学出版社 1984 年版。

61. 李时人著:《李汝珍及其〈镜花缘〉》,春风文艺出版社 1999 年。

62. 梁启超著:《清代学术概论》,上海古籍出版社 1998 年版。

63. 刘敬圻著:《明清小说补论》,生活·读书·新知三联书店 2004 年版。

64. 刘世德编:《中国古代小说研究》,上海古籍出版社 1983 年版。

65. 刘勇强著:《中国古代小说史叙论》,北京大学出版社 1996 年版。

66. 刘子杨著:《清代地方官制考》,紫禁城出版社 1988 年版。

67. 鲁迅辑:《古小说钩沉》,《鲁迅全集》(第十卷),人民文学出版社 1973 年版。

68. 鲁迅著:《中国小说史略》,《鲁迅全集》(第九卷),人民文学出版社 2005 年版。

69. 陆林著:《知非集》,黄山书社 2006 年版。

70. 宁宗一主编:《中国小说学通论》,安徽教育出版社 1995 年版。

71. 潘建国著:《古代小说文献丛考》,中华书局 2006 年版。

72. 齐裕焜著:《中国古代小说演变史》,敦煌文艺出版社 1990 年版。

73. 齐裕焜著:《中国历史小说通史》,江苏教育出版社 2000 年版。

74. 钱穆著:《中国文学论丛》,生活·读书·新知三联书店 2005 年版。

75. 秦国经主编:《清代官员履历档案全编》,华东师范大学出版社 1997 年版。

76. 清华大学图书馆科技史暨古文献研究所编:《清代缙绅录集成》,大象出版社 2008 年版。

77. 沈燮元著:《屠绅年谱》,古典文学出版社 1958 年版。

78. 石昌渝著:《中国小说源流论》,三联书店 1994 年版。

79. 孙佳讯著:《〈镜花缘〉公案辨疑》,齐鲁书社 1984 年。

80. 孙楷第著:《沧州后集》,中华书局 1985 年版。

81. 孙楷第著:《中国通俗小说书目》,人民文学出版社 1982 年版。

82. 孙逊、孙菊园编:《中国古典小说美学资料汇粹》,上海古籍出版社 1991 年版。

83. 谭邦和著:《明清小说史》,上海古籍出版社 2006 年版。

84. 谭其骧主编:《中国历史地图集(清时期)》,中国地图出版社 1996 年版。

85. 王进驹著:《乾隆时期自况性长篇小说研究》,中国社会科学出版社 2006 年版。

86. 王乃骥著:《金瓶梅与红楼梦》,台北:里仁书局 2001 年版。

87. 王平著:《中国古代小说叙事研究》,河北人民出版社 2001 年版。

88. 王琼玲著:《清代四大才学小说》,台湾商务印书馆 1999 年版。

89. 王琼玲著:《野叟曝言作者夏敬渠年谱》,台北:学生书局 2005 年版。

90. 王绍曾主编:《清史稿艺文志拾遗》,中华书局 2000 年版。

91. 王钟翰点校:《清史列传》,中华书局 1987 年版。

92. 吴功正著:《小说美学》,江苏文艺出版社 1985 年版。

93. 吴小如著:《古典小说漫稿》,上海古籍出版社 1982 年版。

94. 吴组缃著:《中国小说研究论集》,北京大学出版社 1998 年版。

95. 徐岱著:《小说叙事学》,商务印书馆 2010 年版。

96. 徐世昌编:《晚晴簃诗汇》,民国十八年退耕堂刊本,《续修四库全书》,上海古籍出版社 2002 年版。

97. 杨廷福、杨同甫编:《清人室名别称字号索引》,上海古籍出版社 2001 年版。

98. 杨义著:《中国古典小说史论》,人民出版社 1998 年版。

99. 杨子坚著:《新编中国古代小说史》,南京大学出版社 1990 年版。

100. 叶朗著:《中国小说美学》,北京大学出版社 1982 年版。

101. 余英时著:《中国思想传统的现代诠释》,江苏人民出版社 1998 年版。

102. 余英时著:《中国文化史通释》,生活·读书·新知三联书店 2011 年版。

103. 袁行霈、侯忠义:《中国文言小说书目》,北京大学出版社 1981 年版。

104. 张锦池著:《中国四大古典小说论稿》,华艺出版社 1993 年版。

105. 张俊著:《清代小说史》,浙江古籍出版社 1997 年版。

106. 张立文主编:《中国学术通史》(清代卷),人民出版社 2003 年。

107. 张清吉著:《丁耀亢年谱》,南京大学出版社 1996 年版。

108. 章培恒著:《献疑集》,岳麓书社 1993 年版。

109. 赵尔巽等撰:《清史稿》,中华书局 1977 年版。

110. 赵红娟著:《明遗民董说研究》,上海古籍出版社 2006 年版。

111. 赵景深著:《中国小说丛考》,齐鲁书社 1980 年版。

112. 郑鹤声编:《近世中西史日对照表》,中华书局 1981 年版。

113. 周和平主编:《北京图书馆藏珍本年谱丛刊》,北京图书馆出版社 1998 年版。

114. 周骏富辑:《清代传记丛刊》,台北:明文书局 1985 年版。

115. 周先慎著:《古典小说的思想与艺术》,北京大学出版社 2011 年版。

116. 朱保炯、谢沛霖编:《明清进士题名碑录索引》,上海古籍出版社 1980 年版。

117. 朱传誉主编:《镜花缘的主题与结构》,台北:天一出版社 1982 年版。

118. 朱传誉主编:《李汝珍与镜花缘》,台北:天一出版社 1982 年版。

119. 朱传誉主编:《夏敬渠与野叟曝言资料》,台北:天一出版社 1982 年。

120. 朱眉叔著:《李汝珍与镜花缘》,辽宁教育出版社 1992 年版。

121. 朱一玄编:《明清小说资料选编》,南开大学出版社 2006 年版。

122.[澳]柳存仁著:《伦敦所见中国小说书目提要》,书目文献出版社1982年版。

123.[德]黑格尔著,朱光潜译:《美学》,商务印书馆2008年版。

124.[俄]巴赫金著,白春仁等译:《小说理论》,河北教育出版社1998年版。

125.[俄]普列汉诺夫著,曹葆华译:《没有地址的信》,人民出版社1983年版。

126.[法]瓦莱特著,陈艳译:《小说文学分析的现代方法与技巧》,天津人民出版社2003年版。

127.[古希腊]亚里士多德著,罗念生译:《诗学》,人民文学出版社1982年版。

128.[韩]闵宽东著:《中国古典小说在韩国之传播》,学林出版社1998年版。

129.[加拿大]诺思罗普·弗莱著,陈慧等译:《批评的剖析》,百花文艺出版社1998年版。

130.[美]艾美兰著,罗琳译:《竞争的话语——明清小说中的正统性、本真性及所生成之意义》,江苏人民出版社2005年版。

131.[美]布斯著,华明等译:《小说修辞学》,北京大学出版社1987年版。

132.[美]韩南著,姜台芬译:《韩南中国古典小说论集》,台北:联经出版社1979年版。

133.[美]韩南著,尹慧珉译:《中国白话小说史》,浙江古籍出版社1989年版。

134.[美]勒内·韦勒克、[美]奥斯汀·沃伦著,刘若愚等译:《文学理论》,生活·读书·新知三联书店1984年版。

135.[美]刘若愚著,杜国清译:《中国文学理论》,江苏教育出版社2006年版。

136.[美]马丁著,伍晓明译:《当代叙事学》,北京大学出版社1990年版。

137.[美]马克梦著,王维东等译:《吝啬鬼·泼妇·一夫多妻制:十八世纪中国小说中的性与男女关系》,人民文学出版社2001年版。

138.[美]蒲安迪著,沈亨寿译:《明代四大奇书》,生活·读书·新知三联书店2006年版。

139.[美]浦安迪著:《中国叙事学》,北京大学出版社1996年版。

140.[美]桑塔耶纳著,缪灵珠译:《美感》,中国社会科学出版社1982年版。

141.[美]史徒华著,张恭启译:《文化变迁的理论》,台北:远流出版社1989年版。

142.[美]苏珊·朗格著,滕守尧等译:《艺术问题》,中国社会科学出版社1983年版。

143.[美]王德威著,宋伟杰译:《被压抑的现代性——晚清小说新论》,北京大学出版社2005年版。

144.[美]夏志清著:《中国古典小说导论》,安徽文艺出版社1994年版。

145.[美]伊恩·P.瓦特著,高原等译:《小说的兴起》,生活·读书·新知三联书店1992年版。

146.[日]大塚秀高编著:《增补中国通俗小说书目》,汲古书院1987年版。

147.[日]内田道夫著,李庆译:《中国小说世界》,上海古籍出版社1992年版。

148.[日]中野美代子著,若竹译:《从小说看中国人的思考样式》,北京十月文艺出版社 1989 年版。

149. [匈牙利]卢卡奇著,燕宏远、李怀涛译:《小说理论》,商务印书馆 2012 年版。

150. [英]鲍桑葵著,张今译:《美学史》,商务印书馆 1985 年版。

151. [英]戴维·洛奇著,王峻岩等译:《小说的艺术》,作家出版社 1998 年版。

152. [英]福斯特著,苏炳文译:《小说面面观》,花城出版社 1984 年版。

153. [英]伍尔夫著,瞿世镜译:《论小说与小说家》,上海译文出版社 1987 年版。

二　论　文　类

1. 阿运峰著:《镜花缘结构与正统价值实践》,陕西师范大学硕士学位论文,2007 年。

2. 陈平原著:《中国小说中的文人叙事——明清章回小说研究》,《郑州大学学报》(哲学社会科学版)2006 年第 1 期。

3. 陈文新著:《镜花缘——中国第一部长篇博物体小说》,《明清小说研究》1999 年第 2 期。

4. 陈小林著:《续金瓶梅研究》,湖南师范大学硕士学位论文,2005 年。

5. 陈寅恪著:《论再生缘》,《岭南学报》1951 年第 11 卷第 2 期。

6. 董国炎、蔡之国著:《言志小说,还是才学小说》,《明清小说研究》2010 年第 1 期。

7. 董璟著:《屠绅及其六合内外琐言研究》,台北成功大学中国文学研究所硕士学位论文,2006 年。

8. 杜贵晨著:《从文素臣形象设定看素臣是孔子》,《南都学坛》2010 年第 30 卷第 2 期。

9. 杜桂萍著:《清初杂剧研究及其戏曲史定位》,《文艺研究》2003 年第 4 期。

10. 方胜著:《为燕山外史一辨》,春风文艺出版社,1987 年版《燕山外史》之附录。

11. 冯保善著:《夏敬渠〈野叟曝言〉与晚明清初实学思潮》,《南京师范大学学报》2010 年第 11 期。

12. 冯保善著:《炫学小说的产生与古代小说观念》,《社会科学研究》1994 年第 5 期。

13. 傅道彬著:《月令模式与中国文学的四时抒情结构》,《学术交流》2010 年第 7 期。

14. 葛山洪著:《骈文与中国古代小说》,《广西师范大学学报》(哲学社会科学版)2003 年第 3 期。

15. 葛兆光著:《十八世纪的学术与思想》,《读书》1996 年第 6 期。

16. 关四平著:《唐传奇〈霍小玉〉新解》,《文学遗产》2005 年第 4 期。

17. 郭豫适著:《文人小说和平民小说的分野与兼容——论清代嘉道时期章回小说的创作格局》,《学术月刊》2002 年第 2 期。

18. 何满子著:《古代小说退潮期的别格:杂家小说——〈镜花缘〉肤说》,《社会科学战线》1987 年第 1 期。

19. 侯建著:《〈野叟曝言〉的变态心理》,《中外文学》第 2 卷第 10 期。

20. 侯忠义著:《〈蟫史〉的历史贡献》,《明清小说研究》2010 年第 1 期。

21. 胡邦炜、沈伯俊著:《忽闻海上有仙山,山在虚无飘渺间——试论镜花缘的思想认识意义》,《镜花缘研究》1984 年第 2 辑。

22. 胡适著:《镜花缘引论》,《胡适文存二集》,北京大学出版社 1998 年。

23. 胡益民著:《〈镜花缘〉与中国古典小说的终结》,《安徽大学学报》1995 年第 4 期。

24. 黄霖著:《丁耀亢及其续金瓶梅》,《复旦学报》1988 年第 4 期。

25. 姜克滨著:《续金瓶梅反清主旨再探》,首都师范大学硕士学位论文,2008 年。

26. 姜台芬著:The Allegorical Quest:The Problem of Meaning in The Pilgrims Progress and Ching Hua Yuan,台湾大学外国语文学研究所博士学位论文,1989 年。

27. 李洪甫著:《二百年前的围棋公赛——李汝珍围棋著述的发现》,《中国图书评论》1991 年第 5 期。

28. 李明发、李明友著:《镜花缘成书时代的思想文化冲突》,《明清小说研究》2000 年第 1 期。

29. 李明友著:《李汝珍生平若干事迹考辨》,《连云港师范高等专科学校学报》2010 年第 3 期。

30. 李时人著:《镜花缘研究论文索引》,《镜花缘研究》1983 年第 1 辑。

31. 李时人著:《李汝珍河南县丞之任初考》,《明清小说研究》1987 年第 6 辑。

32. 刘世德著:《镜花缘的反封建倾向》,《读书月报》1956 年第 8 期。

33. 苗怀明著:《清代才学小说三论》,《南京师范大学学报》2010 年第 6 期。

34. 欧阳健著:《野叟曝言版本辨析》,《明清小说研究》1988 年第 6 期。

35. 潘建国著:《"稗官"说》,《文学评论》1999 年第 2 期。

36. 潘建国著:《新发现野叟曝言同治抄本考述》,《文学遗产》2005 年第 3 期。

37. 潘建国著:《新见〈燕山外史〉清稿本考略》,《明清小说研究》2008 年第 1 期。

38. 钱钟书著:《小说识小(一、二)》,《新语》1945 年第 4、5 期。

39. 秦川著:《野叟曝言与清代才学小说》,《明清小说研究》2011 年第 1 期。

40. 沈伯俊著:《儒林外史与镜花缘》,《社会科学研究》1987 年第 5 期。

41. 施媛著:《屠绅生平、著作研究》,南京师范大学硕士学位论文,2005 年。

42. 施瑗著:《清代作家屠绅写作风格的成因》,《南京师范大学文学院学报》2007 年第 12 期。

43. 石昌渝著:《小说界说》,《文学遗产》1994 年第 1 期。

44. 宋任远著:《镜花缘与格列佛游记》,《书林》1985 年第 6 期。

45. 苏建新著:《才学小说与佳人才子书关系新探》,《2009 年海峡两岸夏敬渠、屠绅与中国古代才学小说学术研讨会论文集》。

46. 孙佳讯著:《镜花缘补考——呈正于胡适之先生》,《秋野》第 2 卷第 5 期,1928 年 2 月。

47. 孙佳讯著:《镜花缘作者的疑案》,《中华文史论丛》1980 年第 3 辑。

48. 孙楷第著:《夏敬渠与野叟曝言》,《大公报·文学副刊》第 165 期,1931 年 3 月。

49. 孙玉明著:《续金瓶梅成书年代考》,《社会科学辑刊》1996 年第 5 期。

50. 王慧秀著:《野叟曝言与儒家正统思想》,青岛大学硕士论文,2008 年。

51. 王进驹著:《才学小说与自况——野叟曝言的小说类型研究》,《暨南学报》2007 年第 5 期。

52. 王进驹著:《从文字狱档案材料看清代盛世中下层文人的病态心理》,《北方论丛》2002 年第 12 期。

53. 王丽娜著:《镜花缘的外文翻译及研究论著》,《镜花缘研究》1984 年第 4 辑。

54. 王琼玲著:《野叟曝言光绪四年精抄本析论》,《东吴中文学报》1995 年第 1 期。

55. 王琼玲著:《野叟曝言研究》,东吴大学古代文学研究所博士学位论文,1986 年。

56. 王琼玲著:《蟫史的作者与版本》,《世界新闻传播学院人文学报》1995 年第 2 期。

57. 王琼玲著:《由〈江阴夏氏宗谱〉看夏氏先人对夏敬渠与〈野叟曝言〉的影响》,《明清小说研究》2003 年第 3 期。

58. 王世立著:《清代才学小说成因审视与价值重估》,天津师范大学硕士学位论文,2005 年。

59. 夏兴仁著:《镜花缘的时代精神和地方特色》,《明清小说研究》1994 年第 4 期。

60. 夏志清著:《文人小说家和中国文化——镜花缘研究》,《中国古典小说论集》1975 年第 2 期。

61. 萧相恺著:《新野叟曝言》,《明清小说研究》1990 年第 4 期。

62. 熊佐琴著:《野叟曝言创作心态研究》,陕西理工学院硕士学位论文,2010 年。

63. 徐子方著:《李汝珍年谱》,《文献》2000 年第 1 期。

64. 许隽超著:《屠绅三运京铜行程考——兼辨其抵寻甸州任的日期》,《明清小说研究》2012 年第 1 期。

65. 许隽超著:《屠绅佚诗九首考释》,《文献》2012 年第 1 期。

66. 杨龙著:《镜花缘归类问题研究》,曲阜师范大学硕士学位论文,2009 年,

67. 杨旺生著:《落寞文士的心声——夏敬渠诗论》,《南京农业大学学报》2001 年第 2 期。

68. 杨旺生著:《夏敬渠与野叟曝言研究》,南京师范大学博士学位论文,2004 年。

69. 张锦池著:《论吴敬梓心目中的理想国——说〈儒林外史〉的思想性质及其文化沿革》,《北方论丛》1998 年第 9 期。

70. 张锦池著:《宋人说话家数考》,《学术交流》1989 年第 3 期。

71. 张蕊青著:《〈燕山外史〉与性灵文学思潮》,《江海学刊》2003 年第 6 期。

72. 张蕊青著:《才学小说炫学方式及其文化根源》,《苏州大学学报》2002 年第 4 期。

73. 张蕊青著:《清代朴学与才学小说的术化》,《学海》2005 年第 6 期。

74. 张小芳著:《才学小说镜花缘的小说学意义》,《南京师范大学学报》2010 年第 6 期。

75. 张友鹤著:《镜花缘的原刊初印本》,《文学书刊》1955 年第 8 期。

76. 张振国著:《伤时劝世　生新续奇——〈续金瓶梅〉价值重估》,山东师范大学硕士学位论文,2003 年。

77. 赵景深著:《野叟曝言作者夏二铭年谱》,《小说戏曲新考》,世界书局,1939 年 1 月。

78. 周勇著:《野叟曝言研究》,湖南师范大学硕士学位论文,2004 年。

79. 周中明著:《论红楼梦与金瓶梅是两种文化》,《红楼梦学刊》1989 年第 3 期。

80. 朱锐泉著:《稗官之师——才学小说整体观视野下的人物设计与文化心态》,《明清小说研究》2011 年第 3 期。

81. [俄]斯科罗包加托娃著:《李汝珍长篇小说镜花缘中对若干儒家教条的批判》,《远东文学研究所的理论问题》,1972 年。

82. [韩]河正玉著:《镜花缘研究》,成均馆大学校博士学位论文,1983 年。

83. [韩]河正玉著:《李汝珍的生平与著述》,《淑明女大论文集》1980 年第 20 辑。

84. [日]驹林麻理子著:《镜花缘——妇女问题与女性》,《东海大学纪要》1976 年 7 号。

85. [日]太田辰夫著:《镜花缘考》,《东方学》1974 年第 48 辑。

86. [日]小原一雄著:《小说镜花缘所具有的特点——特别以妇女问题为中心》,《松山商大论集》,1966 年。

跋　语

梅　敬　忠

　　近年来，多次参与国家社科基金项目成果评审，偶见潜心著述、学养厚实、可启学林拓展深研之作，屡屡欣喜若狂，生怕遗珠。于是乎，平生不解藏人善，到处逢人说项斯，往往荐举有加焉。得知春辉博士呕心沥血之《清代才学小说考论》，洋洋大观之学术专著，荣获国家社科基金后期资助，即将出版面世，我不禁为国家有关部门慧眼识珠而衷心点赞，欣喜有加。在党校系统文史专业领域，获此殊荣和资助者实乃少之又少，非实实在在精品之作而不可得也。

　　关于《清代才学小说考论》的学术分量，张锦池先生已经在序言中精心点评，赞赏有加，切中肯綮。春辉博士对清代才学小说重点作品的研析，深入细致，屡有心得与新见；对学界相关主题研究状况之把握，几至网罗无遗、烂熟于胸，非痛下苦功夫而不可至也！尤其是对清代才学小说资政教化之功用的揭示与阐发，且正面评价其意义，无疑地，大大提升了才学小说研究的思想境界，于学界现有研究水平可谓拔高一筹，发人深省。春辉博士执教于党校（行政学院），从事干部教育大业，所谓党校意识，之于传统学术研究理路，不仅不矛盾，反倒可以促学启思，开拓新径。经世致用，学以致用，用当其所，当代实学之花，绽放异彩也！

　　我与春辉博士相识，颇具趣谈。春辉读博士期间，选择明清小说为主攻方向，留意《红楼梦》人物关系图谱，偶于网上浏览，见我所绘《红楼梦》四大家族关系图表，实用而简明，甚为欣喜。那是我二十世纪九十年代，专为中央党校学员所手绘，聊供教学之用。不想博士毕业，春辉执教于中共黑龙江省委党校（省行政学院）。丁酉岁九月，参加中央党校全国骨干教师培训，听我讲授古典诗学，得以相见；课后促膝长谈，交流诗法、史法及教法，甚为融洽。

　　得知春辉读博导师是张锦池先生、关四平先生，皆是我拜读过大作、衷心敬佩之学者。锦池先生又是我母校同系的前辈系友，甚为欣喜。早闻锦池先生之人品学术久名天下，尤于当代红学界有开辟之功，泽惠学林，盛誉有加。我在党校干部教育课堂，讲授四大名著，尤其是《红楼梦》与中国文化专题几近三十年,得益于锦池先生为代表的红学界前辈的学术滋养,感激之情,心有戚戚焉! 草此跋语,深愿春辉博士承继恩师人品风范与学术精神,尤其是学问态度,徜徉无涯学海,不断探赜索隐,用学术讲政治,教学科研相得益彰,为新时代干部教育事业作出独特贡献,方不负前辈师长之苦心期盼。

令人欣喜的是,不久前,春辉博士致信发来一首诗作,题为《谒中央党校马恩〈战友〉像留诗一首》,其诗曰:

> 巍巍西郊五云间,道德文章光蔚然。
> 幸来宫墙依宇下,恍闻主义训堂前。
> 朝怀京华一千里,夜梦莱茵二十年。
> 此日挽衣亲再拜,教鞭吟指思无边。

由诗意而知,春辉博士信仰坚定,主义引领;世事沧桑心事定,胸中海岳梦中飞! 不禁欣然有待,特地转录于此,公诸鉴赏。不解藏善,说项又荐。

是为跋。

戊戌丙辰春夜,于北京西郊大有庄

后　记

　　犹忆辛卯岁末，书稿甫撰毕，适值腊月廿八，予端坐于书斋之内，手抚七弦。琴音泠泠，充盈于书斋，浸润入书卷，心闸不觉大开。至丙申年冬，亦值腊初，论文又经数易其稿，不断增删，不断修正，终于杀青。忽忆吴毂人"郑重名山业，艰难故纸心"句。再解琴囊，轻抚瑶琴，虽手生荆棘，然亦心旌摇曳；遂感慨良多，百情交萃，不禁泪盈腮边。而最为挂心者，却是感激。

　　己丑年，蒙两位恩师张师锦池、关师四平的提携，拜于门墙之下，转眼已有七载。两位恩师谨严之治学态度、不倦之诲人精神、拳拳之敬业品质，为我树立了杰出的榜样和崇高的追求目标，将我领入了学术的殿堂，得以窥见崭新而广阔的学术天地，逐渐领悟与理解了学术研究的方法与学术探讨的方向。尤其是在博士学位论文撰写过程中，大至章节的构撰，小至字句的斟酌，无不浸润着两位恩师辛苦的付出，这些弟子将永远铭记于心。这次为了基金项目的完成，两位恩师又不断提出肯綮、切实的意见，使我能够顺利修改，并取得大幅度进步。恩师治学严谨的态度、诲人不倦的精神与拳拳敬业的品质，以及达观、宽厚与快乐的人生感悟，教会了我做人的品格与生命的意义，教会了我做事的执着与坚守的价值，这些均将构成我的一生财富，受用不尽。

　　壬辰仲夏，博士学位论文答辩获得通过，并获得年级优秀毕业论文。时答辩委员会主席为张庆善和张国星两位先生，承蒙对博士学位论文给予肯定："对于才学小说的整体性研究，将会深化、完善中国文学史和中国小说史的研究，这是非常有意义的。"同时，答辩委员会委员杜桂萍教授亦指出："小说的才学化是清代小说史上一个独特的文学景观，至今无系统研究。论文在总结前人基础上，采用文献、文本和文化结合的方法，整体研究与个案研究相结合，从源流演变、文化生态和审美特征等方面，对才学类小说进行了全面的梳理、评价与考辨，具有重要的学术价值和小说史意义。"三位名家的赞美与评价，让我受宠若惊，真是不敢坦然接受，总觉得这肯定中包含更多的是期待，是鼓励，是鞭策，令我至今不敢丝毫懈怠。基金项目初审通过，几位匿名专家提出修改意见。或曰："清代才学小说中有的作家的生平等有待于进一步考证，进一步发掘材料，仔细分析，得出令人信服的结论。进一步提高理论素养，深入进行清代才学小说的社会意义的分析。"或曰：

"该成果有时并未改变前人关于某种才学小说的结论,但往往以较为丰富的史料收集与翔实的论证使结论更为信服。这种将文献文本和文化整合一体的研究方法是可取的,从而使得该成果具有学术和应用价值。"或曰:"该成果对学界对才学小说贬抑的观点回应似不足。如袁行霈先生主编的《中国文学史》所说'内容芜杂,程度不同地偏离了小说的文学特性'等一些观点,作者在行文中只是在介绍学界已有成果时介绍了一下,后文所论及与回应,并不充分,似属不该。"等等,虽未谋面,亦不知姓氏,然而,这些意见无一不切中要害,给人以极大的启迪,因此亦引为受知之师。凡所赞美与批评,均是一种鞭策,是期许与鼓励,令予不断前行。

感谢黑龙江大学的刘敬圻先生,先生的学识、人品是吾辈后学的榜样。感谢黑龙江大学的许隽超先生,许先生为予硕士研究生导师,读博期间,亦成了益友。许先生精于乾嘉集部,每有叩问,均悉心解答,令予受益良多。

感谢原江苏省社会科学院文学研究所所长、《明清小说研究》主编萧相恺先生。萧先生是明清小说研究的专家,聆听先生教诲,多有所得;先生又慷慨赠予《镜花缘》相关资料,令人感动。

开题报告会上,傅道彬先生、邹进先生、于莆先生、李洲良先生都曾给予很好的建议,在此一并感谢。

感谢同门孙树勇、林宪亮、李永泉、关庆涛等,他们是我生活中的良朋益友,让我时常感受到思想交流的快乐。

感谢人民出版社的刘畅编辑,多次往来联络,为本书的出版付出了辛劳,做了细致的工作。

十分感谢恩师张锦池先生、梅敬忠先生,于百忙中赐序、赐跋。梅敬忠先生执教于中央党校,任文史部主任,是著名的文史专家、红学家。恩师和梅老赐序、赐跋的情谊,不只有光、荣宠篇幅,而且也是对晚辈最大的鼓舞和策励,我是永远铭德于心的,谨致永远的谢忱。

今虽执教于中共黑龙江省委党校并黑龙江省行政学院,然治古小说不辍不息,亦不以治小说为雕虫小道。常思古人为政寓于诗教、礼教、乐教、文教及曲教,名曰"文以载道"。治古小说,亦可将古之为政与今之为政结合起来,深入阐发与建构现代化的为政之道。陆文裕公命黄标编《古今说海》,即言小说可"裨圣教、资政理、备法制、广见闻、考同异、昭劝戒者"。汤显祖言以曲为政,特制《宜黄戏神庙记》,有文云:"无情者可使有情,无声者可使有声。可以合君臣之节,可以浃父子之恩,可以增长幼之睦,可以动夫妇之欢……岂非以人情之大窦,为名教之至乐也哉!"观此,不禁有知己之叹,以为切中小说戏曲之才大要。执教之余,知晓当今之"明府、大令"亦引笔者之讲授为同好,并自觉以古之为政为榜样,谓之"小道寓大道",遂以为乐事!

我还要感谢内子李艳芹博士及幼子汉青,感谢十几年来的风雨厮守始终相随,感谢许可我将薄薪兑成故纸残帙,并摆上书架时常照拂。感谢他们总是默默支持默默付出,并以我的欣喜为欣喜和以我的忧愁为忧愁,使得我在拥有学术愉悦的同时,没有失去对生活的情调与趣味。若用《诗经·鸤鸠》中的两句诗来形容:"淑人君子,其仪一兮。其仪一兮,心如结兮。"我想是再恰当不过了,因为鸤鸠鸟表达的就是朴素的专心、恒久、忠爱与诚敬。

虽然我已经尽力,但因才力不逮、学识庸浅,论著疏漏和稚嫩之处,亦所在多有。记得恩师张锦池先生曾讲过太老师吴组缃先生的一个比喻:"一盘带衣的花生米,一粒是一粒,看了是令人高兴的。一盘带壳的花生,一颗是一颗,看了是令人高兴的。将花生米和花生碎壳装成一盘呢? 看了就令人摇头了。"面对清样,想起两位先生之言,心甚怏怏,实不敢断焉!

这一科研项目即将结束,小书也即将出版,然而新的科研和教学生涯也将开始。我只能继续努力,来报答师友及一切有关人士对我的关爱。

戊戌秋月春辉识

责任编辑:刘　畅
封面设计:毛　淳　周方亚

图书在版编目(CIP)数据

清代才学小说考论/赵春辉 著. —北京:人民出版社,2019.1
(国家社科基金后期资助项目)
ISBN 978－7－01－019609－1

Ⅰ.①清…　Ⅱ.①赵…　Ⅲ.①小说研究-中国-清代　Ⅳ.①I207.41

中国版本图书馆 CIP 数据核字(2018)第 171993 号

清代才学小说考论

QINGDAI CAIXUE XIAOSHUO KAOLUN

赵春辉　著

人民出版社 出版发行
(100706　北京市东城区隆福寺街 99 号)

北京中科印刷有限公司印刷　新华书店经销

2019 年 1 月第 1 版　2019 年 1 月北京第 1 次印刷
开本:710 毫米×1000 毫米 1/16　印张:26.75
字数:465 千字

ISBN 978－7－01－019609－1　定价:88.00 元

邮购地址 100706　北京市东城区隆福寺街 99 号
人民东方图书销售中心　电话 (010)65250042　65289539